LUA EM TOURO

RUBY DIXON

LUA EM TOURO

Tradução
Beatriz Guterman

1ª edição
Rio de Janeiro-RJ / São Paulo-SP, 2025

VERUS
EDITORA

Título original
Bull Moon Rising

ISBN: 978-65-5924-400-3

Copyright © Ruby Dixon, 2024

Tradução © Verus Editora, 2025
Direitos reservados em língua portuguesa, no Brasil, por Verus Editora. Nenhuma parte desta obra pode ser reproduzida ou transmitida por qualquer forma e/ou quaisquer meios (eletrônico ou mecânico, incluindo fotocópia e gravação) ou arquivada em qualquer sistema ou banco de dados sem permissão escrita da editora.

Verus Editora Ltda.
Rua Argentina, 171, São Cristóvão, Rio de Janeiro/RJ, 20921-380
www.veruseditora.com.br

CIP-BRASIL. CATALOGAÇÃO NA FONTE
SINDICATO NACIONAL DOS EDITORES DE LIVROS, RJ

D651L
Dixon, Ruby, 1976-
    Lua em touro / Ruby Dixon ; tradução Beatriz Guterman. - 1. ed. - Rio de Janeiro : Verus, 2025.

    Tradução de: Bull moon rising
    ISBN 978-65-5924-400-3

    1. Romance americano. I. Guterman, Beatriz. II. Título.

25-97515.0   CDD: 813
                      CDU: 82-31(73)

Meri Gleice Rodrigues de Souza - Bibliotecária - CRB-7/6439

Revisado conforme o novo acordo ortográfico.

Seja um leitor preferencial Record.
Cadastre-se no site www.record.com.br e receba informações sobre nossos lançamentos e nossas promoções.

Atendimento e venda direta ao leitor:
sac@record.com.br

Para meu marido.
Porque sim.

ALERTA DE CONTEÚDO

Apesar de se passar em um universo fictício, esta obra aborda assuntos difíceis, incluindo claustrofobia, desmoronamentos, aranhas, cadáveres, ratos, violação de sepultura, negligência parental, insegurança financeira, alcoolismo, sexo sem proteção e misoginia excessiva. Encorajo que leitores que acreditem que tais conteúdos possam afetá-los ou trazer à tona lembranças traumáticas considerem seu bem-estar emocional ao decidir se lerão ou não esta obra.

— *Ruby Dixon*

UM

ASPETH

27 dias antes da Lua da Conquista

A CARRUAGEM QUE NOS LEVA à Cidade Vasta range, seu assento é desconfortável, e eu paguei um valor exagerado pela viagem. Porém, ela é nitidamente um artefato, e é por isso que eu quis usá-la. O exterior é idêntico ao de todas as outras que estavam paradas na rua em frente à hospedaria, mas esta não tinha cavalo atrelado à frente ou jugo para um. No lugar disso, havia um símbolo esculpido na madeira que eu reconhecia como preliano antigo.

O cocheiro pediu uma boa quantia, mas não me importei. Queria andar no maldito artefato.

Agora, aqui estamos nós, e a viagem é horrível e cheia de trancos e barrancos. De qualquer forma, não consigo deixar de observar a carruagem com cobiça. Ela acelera pelas ruas de paralelepípedos sem um cavalo para guiá-la, seguindo rumo à cidade ao longe. Além disso, o cocheiro é do tipo animado e está sentado na cabine com a gente, em vez de em um banco acima da carruagem. Ele encara as janelas e segura as rédeas como se estivesse guiando um cavalo, mas não há nada nos puxando. Mais símbolos em preliano antigo surgem na dianteira da carruagem, e fico morrendo de vontade de me inclinar para lê-los, mas teria que enfiar o rosto no colo dele para isso, já que minha visão é horrível. Tenho que me contentar com o fato de que ela é mesmo mágica e que o cocheiro que tagarela todo feliz não a venderá. Ninguém vende um artefato.

Bem, ninguém além do meu tolo pai.

Mordisco as cutículas, forçando a visão para fora da janela quando a carruagem mágica passa por um campo com várias pessoas. Elas utilizam pás para cavar a terra, e parece haver uma tenda ao fim do terreno lamacento. Ao lado dela, uma placa com letras brilhantes e coloridas diz: ESCAVE POR ARTEFATOS! ACHOU, LEVOU!

— Isso dá certo? — acabo perguntando ao motorista à medida que passamos. — As pessoas conseguem mesmo encontrar artefatos nos campos?

O cocheiro solta um risinho.

— Ah, não, isso é só para os turistas. Eles aparecem com algumas moedas e suas pás, prontos para mudar de sorte. Todos acham que vão encontrar o mais novo autômato ou o Poço de Vinho Infinito. Nunca aconteceu, mas eles vão embora felizes no fim do dia. Já ouvi dizer que os tipos mais sem-vergonha pegam artefatos quebrados e os enterram nos campos para que as pessoas tenham o que encontrar. — Ele balança a cabeça. — É melhor evitar esse tipo de coisa.

— Mas a sua carruagem é um artefato — observo, ignorando a pisada que Gwenna dá no meu pé. — Como a conseguiu?

Ele estica o braço e dá um tapinha no veículo com se fosse uma pessoa. E de fato é como se fosse. Um artefato que funciona vale mais que ouro.

— Foi um presente que um dos meus ancestrais recebeu do rei. Está na família há várias gerações. Tenho sorte em tê-la.

— É bem rara — concordo. — Ninguém nunca tentou roubá-la?

Desta vez, Gwenna me dá um beliscão.

— Seria inútil tentarem — diz ele com felicidade, alheio à minha linha de pensamento. — Ela para de funcionar ao pôr-do-sol, e há uma palavra mágica que a faz despertar ao amanhecer. A palavra é guardada a sete chaves na minha família, e não a compartilharíamos nem sob ameaça de morte.

Acho que talvez esse homem simplesmente não tenha sido pressionado o bastante. Tenho certeza de que alguém conseguiria arrancar a palavra dele com o tipo certo de incentivo. Fico enojada com meus próprios pensamentos, porque estou imaginando alguém torturando um cocheiro (que tem sido bem gentil, a propósito) para roubar seu artefato.

A questão é que a família Honori precisa com urgência de artefatos. Penso em uma maneira delicada de fazer a próxima pergunta, enquanto Gwenna me encara com os olhos semicerrados.

— Presumo que não a venderia, certo? — pergunto. — Eu poderia fazer de você um homem muito rico.

É mentira, óbvio.

Se eu sequer tivesse dois tostões no bolso, não estaria fugindo da Fortaleza Honori. Se tivesse dois tostões no bolso, teria me casado com Barnabus Chatworth, mesmo ele sendo um interesseiro. A realidade é que estou muito, *muito* falida... mas isso não significa que não posso tentar. Convencê-lo a me vender essa carruagem não resolveria meus problemas, mas seria um passo na direção certa.

Seria *alguma coisa*.

— Ah, eu não poderia fazer isso — diz o cocheiro, e isso não me surpreende. — Herdei esta garotona do meu pai, e, depois de mim, ela será do meu filho. — Ele acaricia a dianteira da carruagem outra vez, como um amante. — Não posso trair minha família por dinheiro, sendo que terei dinheiro da mesma forma simplesmente por causa do artefato.

— Compreendo. — Ainda acho que alguém conseguiria se valer de tortura para arrancar a palavra dele, mas compreendo.

O cocheiro dá uma olhada para o banco traseiro da carruagem, onde Gwenna está aconchegada a mim, segurando a bolsa de transporte do meu gato.

— Certas coisas não estão à venda.

Se *estivessem*, meus problemas estariam resolvidos... não estariam? Considerando que não tenho nem dinheiro, nem artefatos, não tenho como saber.

— É verdade.

— Então as senhoritas estão indo a Vasta? É a primeira vez de vocês na cidade?

— É a primeira vez — concordo, olhando mais uma vez para o campo de terra que some de vista. Fico tentada a pegar uma pá e tentar a sorte com os outros, só para saber se alguém pode mesmo encontrar um artefato no meio de toda aquela lama. Se houver ao menos uma chance, vale a pena tentar, não vale? Por um momento, me imagino cavando um pouco da terra, só para mostrar certo esforço, e então atingindo o metal. Eu o puxaria para cima e revelaria um artefato dourado e brilhante. E não um artefato qualquer; um com carga infinita, como a carruagem em que estamos agora. Ou talvez um daqueles que podem ser recarregados na luz do sol.

E seria algo útil, também. Nada como a vela de vidro que cria uma nuvem de fumaça infinita com aroma de rosas. Um dos cristais de proteção utilizados na capital, por exemplo, seria perfeito. Ou então algo que faz surgir do nada um objeto desejado, como o decantador que serve veneno de serpente. Um artefato de guerra da Antiga Prell, é disso que a Casa Honori precisa. Vários deles, na verdade. Precisamos de proteção e de uma forma de dar recursos ao nosso território.

E precisamos de artefatos que funcionem *de verdade*. Os que enchem nosso cofre no momento estão todos inativos. Um artefato inativo é tão inútil quanto... bem, quanto a herdeira de um detentor sem fundos ou sem artefatos para defender as propriedades da família. Seguro um suspiro e apoio a cabeça na janela da carruagem, observando outra família correr até o campo carregando baldes e pás, conversando com animação.

Gwenna me cutuca, e eu me dou conta de que o cocheiro está falando comigo.

— Hum? — pergunto, me ajeitando.

— Vocês não chegaram a dizer quem são e o motivo de estarem indo à Cidade Vasta. Vão a algum tipo de festa? — Ele fala de modo hesitante, como se não entendesse por que alguém faria uma festa na Cidade Vasta. O rei evita o local por ser caótico. Isso me deixa um tanto tensa. Quando penso em "caótico", me lembro de alguns dos cavalariços do meu pai e de como eles ficam barulhentos depois de alguns copos. No entanto, isso são apenas alguns cavalariços. Não consigo imaginar uma cidade inteira dessa forma. Inclinando-me, espio a cidade ao longe pelas janelas da carruagem. É como uma grande mancha propagada acima de uma colina, a fumaça de milhares de chaminés poluindo o ar. O conjunto todo parece sujo, mas isso não significa que seja perigoso...

Não?

Já li uma pilha de livros sobre a Cidade Vasta, mas a maioria em um contexto histórico. Sei tudo sobre como certo local nas planícies entre dois rios costumava ser o centro de uma cidade ancestral chamada Prell, e que esta era cheia de magia. Os deuses ficaram com raiva do povo de Prell e fizeram a cidade ser engolida pelo solo, e lá ela ficou esquecida por centenas de anos — até que, trezentos anos atrás, as Guerras dos Mantes começaram. Ao fim dos conflitos, a magia foi proibida, e uma nova indústria teve início: a de recuperação de artefatos. A Cidade Vasta foi construída sobre as carcaças da Antiga Prell.

Vasta é de fato a única cidade que não está sob o comando dos detentores. O restante de Mitas é dividido em estados governados por detentores como meu pai, e todos eles seguem as ordens do rei. Mas a Cidade Vasta? É um local à parte, sob controle da Guilda Real de Artefatos.

Não sei como a cidade é do lado de dentro. Sei que a Antiga Prell possuía enormes praças com fontes mágicas, e que seus habitantes impregnavam tudo o que usavam com magia, de copos a carroças e armas. Ela tinia com energia, e seu povo era rico e glorioso... mas a mancha suja ao horizonte me faz crer que a Cidade Vasta é um lugar completamente diferente, assim como seu povo.

O cocheiro quer saber se vamos a uma festa, mas ele só está puxando assunto. Todos sabem que a nobreza evita Vasta e seus cidadãos miseráveis e difíceis. Nós nos mantemos em nossas fortalezas isoladas e na corte.

Porém, ele não sabe que sou nobre e quer uma resposta. Posso muito bem aproveitar para falar a verdade. A *nova* verdade.

— Me chamo Pardal — conto a ele, e só proferir o nome já me enche de orgulho. Ajeito a postura, erguendo os ombros. — E estou indo à cidade me juntar à Guilda Real de Artefatos.

Fico esperando que ele emita os sons de empolgação apropriados a esse pronunciamento. Artífices da Guilda são indivíduos interessantes e perigosos, aqueles de quem se conta histórias. São respeitados por onde passam, e cada feudo emprega as melhores equipes de artífices para caçá-los. Todos reverenciam um artífice.

Entretanto, esse não é o caso do nosso cocheiro. Em vez disso, ele volta a olhar para nós duas e cai na risada.

Grosseiro.

⊱❦⊰

Depois de sermos deixadas nos limites da Cidade Vasta com nossos pertences, Gwenna me encara com raiva antes que eu sequer consiga dar uma boa olhada em nosso entorno. Ela belisca meu braço, fazendo cara feia assim que a carruagem se afasta.

— Quanta lorota! Por que disse àquele homem que seu nome é Pardal?

Chilreia ronrona da bolsa pedindo atenção, o som é tão alto que faz as pessoas pararem no meio da rua movimentada. Abro a bolsa de Chilreia e pego a grande gata laranja nos braços. É como abraçar um saco do qual escapa farinha, mas meu animalzinho se acalma em meu colo feito um bebê. Passo os dedos pela pelugem branca de seu peito enquanto ela ronrona. Pobrezinha. A viagem foi horrível. Tão ruim que precisei passar os últimos três dias em várias carruagens, sacolejando pelo campo. Minha pobre Chilreia teve que passar esse período dentro de uma bolsa. Contudo, eu não poderia tê-la deixado para trás. Ela é tudo o que tenho.

Bem, ela e Gwenna.

Franzo o cenho para minha criada.

— Não é lorota. Eu já te disse. Todos que entram para a Guilda Real de Artefatos passam a usar o nome de um pássaro. É para honrar o primeiro artífice, que foi transformado em cisne por um artefato amaldiçoado. Todos na guilda são um pássaro, e os candidatos são chamados de filhotes. Decidi que gosto do nome Pardal. — Aguardo um momento e continuo: — Sei que este não é seu sonho. Ainda não é tarde para voltar para casa. Podemos dizer que você foi sequestrada. Ou, melhor ainda, posso escrever uma bela carta de recomendação que a faria ser contratada em qualquer fortaleza. É só pedir.

Gwenna me encara com olhos semicerrados.

— Por que está tentando me afastar?

Resisto ao impulso de levar os dedos à boca para roer as cutículas. A vovó considera esse hábito nojento — e é mesmo —, mas não consigo parar. Quando fico ansiosa, começo a roer. No lugar disso, uso a unha do dedão para cutucá-las.

— É só que... eu agradeço por sua companhia, Gwenna. De verdade. Mas este lugar não é para damas respeitáveis, e não quero que se sinta presa a um destino que não escolheu.

Ela encara a rua movimentada à nossa frente. Pessoas de todo tipo ocupam a estrada de paralelepípedos, e todas parecem ter vindo das partes mais perigosas da cidade. No entanto, bem, talvez Vasta inteira seja mais perigosa.

— Lembra quando eu tinha nove anos e você catorze? Erámos garotinhas, e minha mãe tinha acabado de ser contratada para trabalhar nas cozinhas de seu pai. Estávamos brincando juntas no jardim até que seu tutor nos encontrou. Lembra o que disse a ele? — pergunta Gwenna.

Forço o olhar, porque não lembro nada desse dia. Eu passava a maior parte dos dias na infância sentada sozinha na Fortaleza Honori com um tutor, porque meu pai estava na corte. Às vezes era um de matemática, às vezes, um de etiqueta. O melhor tutor que tive foi o que incentivou meu interesse por preliano antigo, e o pior foi o contratado pela vovó, que queria que eu costurasse e "desse um jeito na minha risada" para arranjar um marido.

— Desculpe, não lembro. O que eu disse?

Ela observa os prédios ao nosso redor, colocando uma das mãos acima dos olhos para protegê-los do sol do fim do dia.

— Você perguntou se eu poderia ir às aulas com você. Porque queria uma amiga ao seu lado e gostava de mim.

Abro um pequeno sorriso, porque ainda não me lembro, mas parece ser algo que eu teria feito. Eu era tão solitária quando criança que ansiava por qualquer tipo de atenção.

— Não me lembro. Então fizemos aulas juntas?

— Não. — A voz dela perde a emoção. — Seu tutor disse que eu era uma serva e que não havia sentido em educar alguém destinada à cozinha. Que me educar seria um desperdício. — Ela contrai a mandíbula e me olha nos olhos. — Eu me lembro disso e me lembro de que no dia seguinte haviam encontrado uma função para mim na copa, e eu não tive escolha além de aceitar, porque minha mãe precisava do dinheiro. Penso nisso o tempo todo.

Minha boca fica seca.

— Sinto muito, Gwenna...

— Eu não sinto. As palavras dele me deixaram com raiva. — Ela joga os ombros para trás. — Fizeram com que eu percebesse que queria mais do que um simples emprego. Eu queria aprender. Queria ser algo. Alguém. E vou trilhar meu caminho, independentemente de qualquer coisa.

Suas palavras de determinação emanam um arrepio pela minha espinha.

— Adorei isso. Estou tão feliz por você estar aqui.

Ela pega minha mão e a aperta, e eu a abraço. Ou, pelo menos, tento abraçá-la. Mas estou com Chilreia no colo, e ela, com nossas malas, então tudo vira uma confusão. Gwenna se afasta com uma expressão questionadora, e finjo tirar um fiapo de sua manga. Acho tudo uma pena. Eu amo um bom abraço, e eles são muito raros. Ninguém quer abraçar a filha de um detentor.

— Então está decidido. Eu serei "Pardal", e você será "Noivinha".

— Nem por cima do cadáver de Hannai — declara Gwenna indignada. — Que nome horrível.

— Então escolha um pássaro. — Dou de ombros. — A partir de hoje, teremos novas identidades. Não posso sair por aí me declarando como Senhorita Aspeth Honori, herdeira da Casa Honori. Seria pedir para ser sequestrada e mantida como refém.

E meu pai não tem como pagar o resgate. Não mesmo. Ele não consegue sequer pagar seus cavalheiros. Mal posso imaginar o caos que seria caso as fortalezas vizinhas soubessem o quanto a Casa Honori está de fato falida. A força de uma fortaleza é medida pela terra que protege, e Honori é a família detentora mais antiga. Todos pensam que temos muitos artefatos — que somos imbatíveis. Se a verdade fosse exposta, a fortaleza de minha família seria dominada por nossos inimigos, nossas terras seriam incorporadas às deles, e toda nossa família seria executada. E, apesar de estar extremamente frustrada com meu pai por perder nossos últimos artefatos que funcionavam, as pessoas que vivem nas terras dos Honori não têm culpa. Não merecem qualquer que seja o destino terrível que aguarda a fortaleza.

É responsabilidade do senhor da fortaleza proteger seu povo, e, já que meu pai não pode fazê-lo, ela passa a ser minha.

Então não, eu tenho que fazer isso. Quando meu pai foi à corte visitar sua amante, a cortesã Liatta, eu sabia que precisava agir. Escapei da propriedade na madrugada, carregando algumas malas com meus pertences, e deixei um bilhete para os criados explicando que estava indo visitar minha avó nas montanhas do leste.

Enquanto isso, eu mesma vou me tornar uma artífice, encontrar uma montanha de artefatos e reabastecer as propriedades da família Honori.

Aspeth Honori ficou nas estradas de terra que levam à Cidade Vasta. Pardal é quem eu sou agora.

Gwenna aluga um carrinho de bagagem com um pêni, puxando-o atrás dela. Nós o enchemos — ou melhor, ela o enche enquanto eu seguro minha gata —, até que todos os nossos pertences estão carregados, e não há mais motivo para aguardar.

— Vamos, Noivinha — falo animada. — A reunião de recrutamento da guilda só será amanhã de manhã. Vamos achar um alojamento?

— Não sou "Noivinha" — protesta Gwenna, levando as mãos aos quadris. — Esse nome é incrivelmente tosco.

— Então escolha um pássaro. Qual o seu favorito?

— Para comer? Peru.

— Humm, não acho que se denominar "Peru" seja uma boa ideia, mas duvido que esse nome já esteja sendo usado. — Faço um bico, pensando, e ajeito minha gata pesada nos braços. Pelos deuses, ela está soltando pelos feito um dente-de-leão por meu vestido escuro inteiro. Tento colocar Chilreia de volta na bolsa, mas ela ronrona de raiva e finca as garras no meu braço, então eu suspiro e a apoio no meu quadril como um bebê laranja e gordo. — Que tal Gaio-Azul? Pisco? Catatau?

— Pode ser Catatau. "Noivinha" é simplesmente tosco. — Gwenna me lança um olhar irritado e pega a alça do carrinho de bagagem. — Tudo isso é tosco, mas vá em frente, srta. Pardal.

— É só Pardal — respondo animada, e então respiro fundo.

O que é um erro. A Cidade Vasta possui um aroma *peculiar*. É um cheiro que lembra uma pilha de compostagem, corpos sem banho e uma variedade de outros odores nada apetitosos. Há uma nuvem de fumaça acima da cidade, sem dúvida causada pelas milhares de lareiras acesas ao mesmo tempo. Tusso, segurando minha gata pesada com dificuldade, e me arrependo de ter amarrado meu espartilho tão forte de manhã. — Pela Senhora. Como este lugar cheira mal.

— É como se eu tivesse esfregado atrás das orelhas — concorda Gwenna... Catatau.

— Que nojo. — Cubro o nariz com uma das mãos enquanto seguro Chilreia com a outra. No entanto, ela não está *errada*. Há um cheiro distintivo de algo sujo em tudo que nunca senti antes. A Casa Honori é austera, pouco populosa e, acima de tudo, *limpa*. A Cidade Vasta parece um pouco acabada de longe, mas eu havia decidido evitar julgar até estar em suas ruas.

Agora estou aqui e bem... é ruim.

A cidade está lotada. Essa é umas primeiras coisas em que reparo. Gwenna luta com meu carrinho de bagagem enquanto as pessoas passam por nós na rua, nos olhando feio por não seguirmos o tráfego de pedestres. Trago Chilreia um pouco mais para perto, porque, se ela fugir, nunca a encontrarei de novo nessa multidão. Não que isso seja uma questão, Chilreia só corre atrás de sua tigela de comida. A Cidade Vasta também é suja. Há uma camada de fuligem nas ruas de paralelepípedos e buracos por toda parte. Os prédios — de dois e três andares — parecem desgastados pelo tempo e envergando, e não vejo nenhum vestígio de verde. Tudo é cinza e marrom e apagado e sujo e cheio. Despontando entre os edifícios há um grande paredão cercando o coração da cidade. Atrás dele, vejo torres e telhados altos e arqueados.

É lá que a guilda vai estar. Tudo o que preciso fazer é atravessar o restante de Vasta.

Encaro meus arredores em desgosto. Há tanta gente — gente de todo tipo. Há o povo pálido das montanhas do norte, como eu, e o povo bronzeado da costa do sul; há taurinos marchando em meio à multidão, seus chifres enormes ameaçando arrancar os toldos se andarem perto demais de um prédio, e seus cascos fazendo barulho nos paralelepípedos. Vejo até um deslizante abrindo caminho entre as massas, pequeno e rápido, a casa portátil apoiada nas costas. Quero encarar, mas não me parece ser educado. A Fortaleza Honori fica no alto das montanhas, isolada pela paisagem e nosso nome. A Honori é a detentora mais antiga, e espera-se que adotemos um padrão de excelência maior do que as mais novas. Só nos relacionamos com famílias quase tão antigas quanto a nossa, e, apesar de ter viajado para muitas outras fortalezas ao comparecer à corte e visitar aliados, sempre fui deixada com as mulheres, supervisionada e presa em uma saleta em algum lugar, fingindo ser uma costureira. Na maioria das vezes, não pude sequer levar um livro, porque a vovó acha que ninguém vai querer se casar com uma mulher que fica com a cabeça em leituras, e que é por isso que continuo solteira há tanto tempo, apesar de carregar o nome Honori.

(Mas também vovó teria querido que eu me casasse com Barnabus mesmo ele sendo um interesseiro, o que não seria um problema se eu tivesse uma fortuna. Só tenho medo do que aconteceria quando ele descobrisse que *não* tenho.)

Certa vez vi um folheto que comparava Vasta a um formigueiro construído em cima de um cemitério, e agora não consigo deixar de reparar. As casas alcandoradas na colina que eleva a Cidade Vasta das terras que a rodeiam estão todas amontoadas, e tenho a impressão de que, se uma delas desabasse, a cidade inteira desmoronaria. As ruas parecem serpentear a cidade em um espiral, enfileiradas com cada vez mais prédios decaídos a cada passo. Tudo parece ser feito de madeira e dos restos aleatórios de outras casas antigas. Acima varais com roupas estão pendurados entre casas de lados opostos da rua, derramando água nos pedestres abaixo.

Sinto uma gota molhada no rosto e a afasto horrorizada. Espero com *todas* as forças que tenha sido de roupa lavada.

— Para onde vamos agora? — sibila Gwenna para mim, com uma expressão de expectativa. — Precisa consultar seus folhetos sobre a guilda?

Não é necessário: já os decorei. Durante anos juntei qualquer livro sobre a Guilda Real de Artefatos que pude encontrar. Tenho o livro de memórias de Sparkanos, o Cisne. Também tenho três livros sobre Pega, mestra da guilda, e suas aventuras. E, sempre que a guilda lança um folheto informativo, recebo um para poder analisá-lo. Sei exatamente onde fica a sede.

— A reunião anual é amanhã. Quando a hora chegar, as portas serão abertas para que os recém-chegados encontrem um mestre a quem servirão como aprendizes. Até lá acho que devemos encontrar uma estalagem para passar a noite e esperar dar a hora. — Abro um grande sorriso para ela. — Está tudo indo de acordo com o plano.

— Está? — pergunta Gwenna. — Está *mesmo*?

— Você tem alguma ideia melhor?

Ela pensa por um momento e então solta um suspiro pesado.

— Nenhuma.

— Eu também não. Então vamos. — Chilreia ronrona para mim, e eu a ajeito no quadril de novo. — Vamos encontrar uma estalagem boa e limpa para nos acomodar.

— Ah, uma estalagem *limpa*? — resmunga ela. — Vamos sair da cidade então?

— Muito engraçado.

Contudo, suspeito de que ela tenha razão, o que é um pouco preocupante. A Cidade Vasta *é* uma imundice.

Mas eu já sabia que este lugar seria um tanto rudimentar. Ninguém vem a Vasta por causa da paisagem. Estão aqui porque é onde todos os corajosos moram, afinal: homens ousados o bastante para encarar os túneis profundos das ruínas da Terra Abaixo, procurando os artefatos dos ancestrais e enfrentando ladrões e monstros; equipes de caçadores de artefatos explorando as ruínas da Antiga Prell e comemorando suas descobertas no lendário salão da guilda; guerreiros afastando ondas de ratazanas. É lógico que a cidade seria um tanto deteriorada.

Muito, *muito* deteriorada, na verdade.

— Ei! — O grito indignado de Gwenna interrompe meus pensamentos. — Isso não é seu!

Ao me virar, vejo Gwenna lutando com um homem estranho por uma de minhas malas. O homem rosna para minha criada com uma boca cheia de dentes amarelados, e, para minha surpresa, ela rosna de volta. Ele arranca a mala da mão dela e sai correndo rua movimentada abaixo, e Gwenna começa a persegui-lo.

É como quando o cozinheiro dá sobras aos peixes do fosso depois do jantar, percebo. Vários outros se viram para olhar meu carrinho, abandonado no meio da rua.

Estão prestes a atacar em um frenesi.

Percebo tarde demais que o vestido brocado elegante que estou usando é uma péssima ideia para quem está tentando passar despercebida. Quando outro homem vestido em roupas gastas avança para meu carrinho, faço a primeira coisa que me vem à cabeça: me jogo em cima dele e me sento em cima da pilha.

Chilreia ronrona de indignação por ser sacudida, mas, no momento em que meu traseiro chega à pilha de malas, os espectadores parecem parar. O recém-chegado indo roubar outra de minhas malas faz uma careta e me dispensa com a mão, seguindo na direção contrária. Minhas saias (e, sendo sincera, minha bunda) são grandes o suficiente para esconder as bolsas menores, e eu me reclino de leve, fazendo o possível para cobrir minha bagagem com o máximo possível do meu corpo, e rosno de maneira agressiva para qualquer um que se aproxima.

Talvez seja por causa do enorme gato laranja no meu peito, ou então o fato de uma mulher estar deitada em cima de uma montanha de malas, mas ninguém mais tenta roubar nada meu. Gwenna volta pouco depois, ofegante e suada. Ela coloca a mão no corpete e respira com dificuldade.

— O cretino conseguiu fugir com a mala.

— Qual mala era? — pergunto preocupada. Se eu ficar aqui sem minhas botas ...

— Suas joias. — A boca de Gwenna se comprime em uma linha, com uma expressão de raiva.

Ah. Bem, não é um problema, suponho. Tudo de valor foi vendido assim que meu pai começou a ter problemas com a jogatina, então os ladrões fugiram com várias joias falsas e nada além. Ainda assim, uma cópia bem-feita poderia garantir uma moeda, e eu estava planejando vendê-las quando chegássemos. Isso vai limitar o que podemos usar para nos manter, mas poderia ter sido pior; poderiam ter roubado meus livros, ou a roupa que preparei para quando for conhecer a Guilda Real de Artefatos. Ou a ração favorita de Chilreia, já que ela é uma gata bem exigente.

— Consegui salvar o restante — digo quando ela continua a resfolegar. — Obrigada por tentar.

Ela balança a mão.

— Não sabia que havia tantos ladrões aqui.

Eu também não. De fato, a cidade toda parece estar cheia de foras da lei e bandidos agora. Cada homem que passa pode ser um ladrão, e, sempre que alguém passa perto demais do meu carrinho, fico tensa. Gwenna pega a alça do carrinho e grunhe ao dar um puxão, comigo ainda acima da bagagem.

— Por Milus, Aspeth, o que tem nesse vestido? Pedras?

— São pregas, não pedras — brinco, mantendo um sorriso no rosto para Gwenna não entrar em pânico. Sei que ela já está odiando esta viagem. Sei que teme o quanto estamos vulneráveis agora que deixamos a fortaleza de meu pai. Eu poderia ser sequestrada por outra família detentora à procura de um resgate. Ou poderia ser atacada por ladrões. Também ser prejudicada das diversas formas pelas quais uma mulher da nobreza pode ser prejudicada. Poderia ser largada na floresta ao leste e ficar perdida para sempre — todas coisas que ela citou várias vezes durante nossa jornada até a Cidade Vasta.

Eu havia pensado em tudo isso. Não sou desmiolada. Contudo, não tenho absolutamente nenhuma outra opção.

Gwenna tem razão ao dizer que este local é desagradável e perigoso, mas vir até aqui vale o risco. Se alguém descobrir que a Casa Honori não tem nada além de alguns artefatos inativos e que meu pai perdeu o restante em apostas, seremos expulsos por nossos rivais em menos de duas semanas... e esse é o cenário mais otimista. Eu preciso fazer isso.

Outro transeunte encara o carrinho. Faço cara feia para ele e seguro Chilreia com mais força. A gata não para de se mexer, mas eu a seguro bem. Sei que peso mais que Gwenna. Minha criação como filha de um detentor foi cheia de doces, livros e pouquíssimo esforço físico, e o tamanho do meu traseiro é a prova.

— Se quiser se sentar enquanto eu puxo, podemos trocar.

— Não seja tola — diz Gwenna, puxando a alça do carrinho. — Você é a dama, e eu, a criada.

Isso me faz franzir o cenho, porque eu abandonei a fortaleza. Já não sou mais uma dama. Devo ser Pardal, e ela Catatau, minha semelhante e amiga. Já *conversamos* sobre isso. Contudo uma rua lotada não é o local para discutir, então só seguro minha gata, que se contorce com mais força.

— Vamos achar uma estalagem e nos acomodar, que tal?

Abrimos caminho por mais duas ruas (ou melhor, Gwenna abre) até encontrarmos uma estalagem. Acima da entrada, há uma placa de madeira com uma caneca de cerveja e uma cama presa à telha. O cheiro de comida quente sai pela porta aberta, junto de risadas. Gwenna aponta para o lugar, erguendo as sobrancelhas, e eu concordo com a cabeça. Assim que passamos pela soleira e estamos fora da rua, pulo do carrinho, entrego Chilreia a Gwenna e me aproximo do balcão.

— Um quarto, por favor. — Abro meu melhor sorriso para a atendente, que limpa a madeira com um pano que é provável que esteja mais sujo do que o balcão em si.

Ela para, observando Gwenna com minha bagagem.

— Para uma dama e sua criada?

— Para duas amigas — digo animada. — Somos grandes companheiras.

Ela olha para mim, piscando, e então para Gwenna, e dá de ombros.

— Que seja. O preço não muda. Mas cobramos a mais pelo animal.

A estalajadeira garante que enviará comida mais tarde, além de uma bacia de água para que nos lavemos. Ela não pergunta nossos nomes, mas eu digo que me chamo Pardal, o que causa outra risada. Estou começando a ficar ofendida com a quantidade de pessoas que o considera engraçado. Pardal é um nome comum para artífices da guilda? É de pensar que "Corvo" ou "Peregrino" e até mesmo "Hawk" sejam muito mais comuns. E, então, nos acomodamos (no primeiro andar, graças aos cinco deuses) e nos alimentamos. Há até um pouco de galinha cozida em uma tigela para Chilreia, que faz barulhos ávidos enquanto come, como se a tivéssemos feito passar fome de uma maneira cruel e injusta.

Nós nos sentamos na beirada da cama com as tigelas em mãos e comemos nossa refeição. Eu mastigo uma porção pequena de ensopado, exausta demais para comer muito. Esta é a primeira vez que viajo para tão longe de casa, e, depois de dias de ansiedade e preocupação, enfim estamos aqui. Sinto que vou desabar, mas sei que o verdadeiro esforço mal começou. Amanhã devo me apresentar à Guilda Real de Artefatos como uma aprendiz das artes e saberei onde me designarão para estudar. Imagine só. Estudar, enquanto sou uma solteirona de trinta anos.

Por poucos instantes penso em Barnabus, seu cabelo ruivo perfeito e sorriso maravilhoso, e meu coração dói. Mas por poucos instantes. Já é um avanço. Ele não merece nenhum pensamento meu.

— Então — diz Gwenna ao meu lado.
— Sim?
— Dormirei no chão?

Coloco minha colher na tigela e balanço a cabeça, prestando atenção nela. Gwenna esteve ao meu lado pelos últimos três dias, viajando pelas terras dos detentores durante a noite, pegando uma carruagem sacolejante atrás da outra através das montanhas e de volta pelas florestas, tudo sem reclamar.

Bem, sem reclamar mais do que o habitual.

Sou *grata* por sua presença. Ela é um pouco mais nova do que eu, tem vinte e cinco anos, e eu trinta, e gosto de como ela é corajosa em me dizer o que pensa. Gwenna é minha criada desde os doze anos, e eu a considero uma amiga. Pensando bem, talvez ela seja minha única amiga.

Isso faz o fato de ela estar aqui comigo ser ainda mais significativo.

— Vai dormir na cama, é óbvio. Estamos juntas nessa, e estou decidida a nos considerar iguais, Gwenna. Você é a única pessoa em quem posso confiar, e estar ao meu lado significa tudo para mim. Sei que a Cidade Vasta não é seu sonho...

Ela solta um risinho e come uma colherada generosa do ensopado.

— ... mas mesmo assim agradeço por estar aqui.

— Estou aqui porque você precisava de alguém ao seu lado — resmunga Gwenna. Ela mistura a comida com o talher depressa, encarando-a, e não a mim. — E não posso ser a criada de uma dama se não há uma dama a servir, não é?

— Você sabe que eu escreveria uma carta de recomendação muito carinhosa para você — digo com gentileza. — Fazer parte da Guilda Real de Artefatos não é para qualquer um. Sei que é um trabalho sujo e difícil, e os membros da guilda passam grande parte de seu tempo em túneis escavando a terra. Soube que o treinamento é difícil, longo e que muitos não passam no teste. Entenderei se quiser partir. Tenho certeza de que posso vender algo para que você pegue uma carruagem de volta à Fortaleza Honori. Aposto que podemos encontrar aquele homem gentil da carruagem artefata. Ele não era nada mal.

— Vou ficar — diz Gwenna com uma expressão teimosa no rosto redondo. Ela talvez seja a única pessoa mais obstinada do que eu, e a adoro por isso. — Mas não me chame de "Noivinha". Decidi que é ridículo e... — Ela balança a mão. — Espalhafatoso demais. Gracioso demais.

"Espalhafatoso" e "gracioso" não combinam com nenhuma de nós. Eu sou grande e forte, com pernas grossas e uma cintura que mostra meu amor infinito por petiscos. Roo as cutículas, leio livros e uso óculos. Não sou bonita. Sou comum. Gwenna, entretanto, é bonita. Seu rosto é doce e redondo, e seu cabelo é preto e grosso. Ela bate no meu ombro, um pouco baixa, mas é corpulenta, forte, de seios fartos e nunca poderia ser confundida com uma criatura delicada.

Gostei do nome "Pardal" por combinar com alguém que quer passar despercebido. O pardal é uma criatura que parece não precisar de penas chamativas ou um canto muito elaborado. Um pardal simplesmente faz seu trabalho. Gosto disso.

— Nada de "Noivinha", então — ofereço, apesar de Gwenna de fato parecer uma noivinha fofinha para mim. Até seu cabelo preto lembra a penugem das noivinhas. — Você escolheu um nome. Você queria ser chamada de "Catatau"?

— Aff. Os únicos catataus que conheço se aninham no palheiro e cagam pelo celeiro inteiro.

— Bem, então é o nome perfeito — digo animada. — Eu faço planos, e você caga neles.

Nós nos encaramos, piscando, Gwenna surpresa. Então nós duas caímos na gargalhada.

— Pode ser "Catatau" — diz ela, rindo. — Não vou me lembrar, assim como não vou me lembrar de te chamar de Pardal, mas pode ser.

Abro um sorriso para ela e como mais uma colherada da comida, feliz em saber que, não importa o destino que esta jornada tiver, terei uma amiga ao meu lado.

É só bem, bem mais tarde, enquanto estou deitada na cama e encarando o teto em meio aos roncos de Gwenna ao meu lado, que penso em meu pai. Será que ele já voltou da corte? Ou ainda está na cama da amante? Quando voltar, sequer vai notar que fui embora? Que por várias noites não desço para jantar? Ele vai questionar os criados a respeito de meu sumiço?

Não, é provável que não.

É um pensamento triste. Falei para todo mundo que iria visitar a vovó em sua terra nas Colinas Celenes, o que vai funcionar até que ela mande uma de suas cartas perguntando por que ainda não me casei e listando todas as formas pelas quais me tornei uma solteirona, em vez da herdeira cobiçada que deveria ser. Ela envia uma dessas cartas a cada duas semanas (se tem uma coisa que vovó é, essa coisa é determinada), e, quando uma delas chegar, vão perceber que fui embora, mas acredito que isso vá levar um tempo, e, quando notarem meu desaparecimento, já estarei matriculada como filhote da guilda, segura na Cidade Vasta.

Imagino a cena. Papai vai voltar para casa depois de meses na corte. Passará pelos criados como sempre faz, ignorando as cartas e os pergaminhos cheios de ameaças dos cobradores. E então vai se fechar em seu escritório para tomar uma bebida e relaxar. Ele vai sair para cavalgar por alguns dias, visitará o alfaiate, comprará roupas novas, e, em algum momento, decidirá que deve conferir como sua herdeira está. Ele vai me convidar para jantar no salão principal — e é sempre mais uma exigência do que um convite — e vai se sentar o mais longe possível de mim à mesa de cavalete que preenche o enorme salão. Em algum momento, vai perceber que não estou sentada em frente a ele.

Então, e só então, vai perceber que não estou na fortaleza. Que não estou por aí esperando que ele perceba que existo.

Seria legal ter alguém para se importar que sumi, penso com melancolia. Afinal, sou a herdeira da Fortaleza Honori. Ninguém sabe que estamos falidos e sem artefatos além de mim, meu pai e alguns dos nossos criados mais confiáveis. A filha de um detentor deveria ser importante.

Alguém não deveria se importar?

Qualquer um?

Chilreia mia alto perto da minha orelha e dá uma patada no cobertor. Com obediência, eu a levanto, e ela entra embaixo, se aconchegando ao meu lado. Pelo menos minha gata me ama.

DOIS

ASPETH

26 dias antes da Lua da Conquista

NA MANHÃ SEGUINTE, LEIO o folheto gasto mais uma vez, apenas para me certificar de que não deixei nada passar. A Guilda Real de Artefatos se reúne uma vez por ano, na véspera do Dia do Cisne, para oferecer uma oração aos deuses, agradecer ao rei por sua benevolência e atualizar quaisquer regras da própria guilda. É um momento em que artífices são oficialmente promovidos, detentores pechincham pelos artefatos e aqueles que desejam se juntar à guilda podem se unir a um professor, que fará o seu melhor para preparar seus filhotes durante o ano seguinte para que façam o exame de certificação.

É aí que eu entro. Abraço o folheto contra o peito e respiro fundo.

Estou pronta. Eu *preciso* disso. Artefatos resolveriam todos os problemas da minha família. Dois ou três Grandes Artefatos nos colocariam nos eixos e nos trariam estabilidade. Uma boa quantidade de Artefatos Menores poderia controlar a situação e com sorte serem trocados por um Grande, a depender de sua utilidade. Para ser sincera, estou preparada para o serviço. Aprendi preliano antigo por diversão. Sei ler e falar três outras línguas além dos glifos prelianos. Tenho uma boa educação e sou boa em matemática.

Eles deveriam estar babando por minhas habilidades.

Respirando fundo mais uma vez, me visto, retirando os últimos vestígios de Aspeth Honori, filha única do Detentor Corin Honori das Terras Longínquas. Hoje de fato me torno Pardal, candidata a filhote da Guilda

Real de Artefatos e, em resumo, ninguém. Visto minhas roupas de baixo, anáguas e espartilho, apertando-o na frente. Meias marrom por cima das botas resistentes. Coloco meu vestido menos extravagante por cima da cabeça. É feito de um tecido brocado, grosso e firme, de estampa simples, as camadas de saias balançando em meus tornozelos. Laços foram adicionados às saias para que possam ser erguidas na frente, facilitando o movimento em caminhadas ou trilhas — ou em túneis, já que será esperado que Pardal explore os túneis escuros e misteriosos da Terra Abaixo. O corpete preso a esse é decorado com laços marrom nas bordas, tudo para transparecer sutileza às minhas vestes. Deixo o corpete com o fecho na frente para que eu possa me vestir sozinha, em vez de ter uma criada para isso.

Gwenna observa tudo da cama enquanto acaricia a cabeça redonda de Chilreia.

— Quer ajuda?

— Pardal se veste sozinha — digo com determinação.

Ela revira os olhos para mim.

— Está levando isso a sério demais. Vão dar uma única olhada em você e saberão que é uma dama.

— Não saberão, não. Estou vestida como uma plebeia. — Termino de amarrar o corpete e dou uma olhada para baixo, satisfeita. As mangas são pesadas e lisas, com um botão nos pulsos, e eu os fecho, admirando o tecido monótono. Não há nem mesmo um bordado para dar vida às vestes. — Olhe só para mim, estou usando tanto marrom que não teria como não parecer uma plebeia.

— Nenhuma "plebeia" possui vestimentas em brocado, não importa a cor. — Ela balança os pés na cama. — Quer trocar de roupa comigo?

Penso a respeito, mas Gwenna — Catatau, devo me lembrar, Catatau! — é bem mais baixa do que eu. Suas saias ficariam praticamente indecentes, além de ela ter muito mais volume no busto.

— Ficarei bem.

— Não vai usar seus óculos hoje? Ainda não os colocou.

— Óbvio que não. Óculos são apetrechos de mulheres ricas. Não posso deixar que pensem que não preciso me juntar à guilda.

— Não podem pensar isso — diz Gwenna de modo arrastado. — Você ter peitos já é ruim o suficiente.

— Xiu. — Dou uma olhada para os tais peitos, e eles estão bem salientes, graças ao corpete que estou usando, feito justamente para causar esse efeito. Ah, não. Desamarro a parte de cima e coloco-os para dentro, de forma estratégica, para parecer ter seios menores, então amarro outra vez com um pouco de folga. — Pronto. Assim está melhor. E está chovendo, então devo levar meu guarda-chuva.

Ela me observa e depois olha para as próprias vestes simples, então dá de ombros.

— Então, o que devo saber sobre a guilda?

— Como assim?

Gwenna crispa os lábios.

— Bem, devo saber o que eles fazem além de roubar túmulos? Quem foi o primeiro ladrão de túmulos? Como conseguiram criar uma guilda focada em roubar túmulos?

Fico embasbacada com suas palavras.

— Roubo de túmulos? Não é um roubo de túmulos! É recuperação de artefatos.

— Que estão em túmulos. — Ela ergue a mão quando volto a protestar. — Não estou julgando, só estou perguntando o que devo saber para me misturar e fazer parecer que me juntar à guilda é o sonho da minha vida.

Quero reclamar mais, porque *não é* um roubo de túmulos. Sim, alguns artefatos são encontrados enterrados junto a pessoas, mas a motivação por trás da recuperação de artefatos é nobre. Cada um será usado para aumentar com todo o cuidado o poder dos detentores, permitindo que protejam seu povo e suas terras.

— O que quer saber?

— Como tudo começou? Essa coisa de guilda, foi por causa das Guerras dos Mantes, certo?

Nervosa, me pergunto o quanto posso resumir para que ela se lembre. São trezentos anos de histórias gloriosas sobre a Guilda Real de Artefatos, mas suponho que ela só precise saber do básico.

— As Guerras dos Mantes mostraram a todos que a magia individual, seja piromancia, geomancia ou até mesmo necromancia, era instável e corrompia aqueles que a usavam. Por causa das Guerras dos Mantes, o rei proibiu o uso de magia individual e distribuiu as fortalezas entre seus lordes. Sabe dessa parte, certo?

Ela assente.

— E isso tudo foi há trezentos anos? Foi então que Prell caiu?

Balanço a cabeça.

— A Antiga Prell foi destruída há mais de mil anos, bem antes das Guerras dos Mantes. Mas, depois das guerras, sem magia, as pessoas não sabiam como proteger suas fortalezas. Conflitos irrompiam constantemente, e os senhores das fortalezas estavam insatisfeitos, pois sentiam que não tinham poder o bastante para manter suas terras. Um homem chamado Sparkanos tinha interesse na antiguidade e viajou até as ruínas da Antiga Prell. Trezentos anos atrás, ela não passava de pasto para gado. Ele cavou a terra e tirou dela uma esfera com uma palavra de poder, e levou-a ao rei. Todos os nobres queriam as próprias esferas, e as ruínas foram tomadas por ladrões e vândalos. Sparkanos e o rei sabiam que o fluxo de artefatos precisava ser controlado para ser mantido apenas entre a nobreza. Eles isolaram as cavernas que chegavam às Terras Baixas e declararam que pertenciam à Guilda Real de Artefatos e que, se alguém quisesse caçar artefatos para vender, teria que se juntar à guilda. Entendeu?

— Achei que ia me contar a versão resumida. — Ela me encara, piscando. — É bastante coisa para se lembrar.

É porque essa é a versão resumida. Estou pulando trezentos anos de políticas, estratégias da guilda, descobertas e conflitos dos detentores por poder.

— Só o que precisa saber é que a Antiga Prell explodiu cerca de mil anos antes da guilda ser criada. Tudo bem?

— Antiga Prell, antiga mesmo. — Ela ergue um dedo, depois outro, enquanto conta. — A Guilda surgiu muito depois. Espere, quando Vasta foi construída?

— A cidade em si se formou em torno da área isolada da Terra Abaixo controlada pela guilda. Então a guilda chegou primeiro, e depois veio Vasta.

— Ah, lógico. — A expressão dela indica que é provável que terei que explicar tudo de novo, mas eu estudei a Antiga Prell e a Cidade Vasta por anos. Não posso esperar que todos saibam tanto. Ela coça o queixo de Chilreia e olha para mim. — Então, quando vamos?

— É melhor você ficar aqui.

— O quê? Por quê? Achei que nos inscreveríamos juntas.

E nós vamos mesmo. Mordendo a cutícula do dedão, reflito sobre a situação. Eu adoraria que Gwenna fosse comigo, apesar de tudo. Estou apavorada, mas, se deixarmos nossos pertences e a pobre Chilreia sozinhos aqui na estalagem, temo que nunca mais os verei. Eles são tudo o que me resta, porque, se meu pai descobrir que fugi, serei deserdada em privado. Ele não vai expor ao público até que tenha outro herdeiro na linha de sucessão, e espero já ter meu certificado da guilda até lá, e com sorte um ou dois artefatos para levar à minha família e recuperar nossa honra. Se não...

Com um nó na garganta, pego Chilreia e a coloco em meus braços. Gwenna não gosta de abraços, então encho a gata de beijos, deixando-a lamber meu nariz até doer enquanto a agarro.

— Não vou demorar — prometo. — Preciso que fique aqui com Chilreia e cuide das nossas coisas. Encontrarei um professor para nós duas e voltarei para te buscar. Dê um pêni à mulher lá embaixo e pergunte se ela não tem umas sobras de carne para a gata.

Beijo Chilreia dezenas de vezes até ela começar a se contorcer contra meu peito e eu não conseguir mais adiar a partida. Então coloco-a no chão e tento abraçar Gwenna, já que decidi que agora gosto de abraços. Mas ela me dispensa. Posso gostar de abraços agora, mas Gwenna com certeza *não*.

Com o guarda-chuva em mãos, saio da estalagem e sigo para as ruas sujas da Cidade Vasta. Hoje o cheiro já não está tão terrível, pelo menos o clima está afastando o odor. Infelizmente para mim, está formando um lamaçal, e até os paralelepípedos elevados no centro da rua, feitos para caminhar, estão escorregadios e imundos. Minhas saias, balançando nos calcanhares, estão ficando encharcadas e batendo contra as meias. Aguento essa perturbação por mais uma rua, e depois outra, até que desisto e entro em um beco escuro para amarrar os laços que erguem minhas saias para escavar. Agora elas estão nos meus joelhos, e eu pareço uma tola, mas posso andar desimpedida.

Com o guarda-chuva acima da cabeça outra vez, volto à rua e forço o olhar para o meu entorno. Preciso achar o salão principal da Guilda Real de Artefatos, já que é lá que todos as reuniões de artífices acontecem.

Só que vai ser bem difícil sem meus óculos.

Fico nervosa ao avançar pela cidade suja e apinhada sozinha. Não é que alguém esteja me ameaçando, a questão é que esta é a primeira vez na vida que vou a qualquer lugar desacompanhada. Sigo esperando ver uma dama de companhia à minha esquerda, ou uma criada, ou um guarda. É estranho andar sozinha. Sinto-me exposta, vulnerável e estranhamente solitária.

E molhada. Muito, muito molhada. A garoa não para enquanto avanço por Vasta, como se os próprios deuses estivessem cuspindo em meus sonhos.

Os edifícios amontoados que se enfileiram em cada rua são tão estranhos se comparados aos grandes paredões de pedra e à arquitetura elegante de Honori. Onde moro não há muitas janelas na fortaleza, já que a princípio ela fora construída como forma de defesa, mas, com o passar do tempo, meus parentes buscaram dar mais beleza ao lugar. Se um aposento não possui luz natural, maravilhosos lustres artísticos de metal estão presos ao teto. Tapeçarias e pinturas detalhadas decoram as paredes antes vazias. Tapetes luxuosos garantem que os pisos de pedra fiquem aconchegantes e convidativos, e tudo tem um ar de elegância. Aqui tudo é aleatório, como se tivesse surgido da noite para o dia. Os edifícios se escoram uns nos outros, e tenho certeza de que alguns são feitos inteiramente de madeira reutilizada. Não há telhados aqui — as casas são cobertas por lataria velha ou madeira tão velha quanto. Não passa a impressão de algo funcional, e sim de "bom o bastante", e tudo parece ser temporário.

Pelo menos até você chegar ao coração da cidade.

Todas as estradas em Vasta levam à guilda, já que a cidade foi construída em torno de suas propriedades. É possível ver de longe seu paredão espesso de pedras, tornando-a fácil de se encontrar — só tenho que continuar subindo o formigueiro, por assim dizer, e seguir até aquela parede. Ao contrário do restante da cidade, sua arquitetura é impressionante, mais alta que a mais alta das estalagens. Conforme me aproximo, não posso deixar de pensar que me lembra a fortaleza da minha família, com suas paredes enormes e ameaçadoras para proteger o tesouro interior.

Quando encontro a entrada para a parte isolada da cidade que pertence à guilda, estou encharcada. Depois de passar pelos impressionantes portões, fico perdida em um labirinto totalmente novo de quartéis, salões e bibliotecas. Quando encontro o grande edifício de um exagerado tom de cinza que *com certeza* tem que ser o salão principal da guilda, minhas vestes estão pesadas e pingando, e eu perambulei por metade de Vasta. Devo estar arrastando toda a lama com minhas botas.

Meu humor está péssimo quando me deparo com a estátua de Sparkanos, o Cisne, primeiro artífice. O triunfo volta a me atingir, e eu inclino meu guarda-chuva para trás, ignorando as gotas grossas de chuva que atingem minhas roupas enquanto o observo. A estátua de Sparkanos usa uma longa capa, o tecido ondulando por trás enquanto ele segura a Esfera da Razão embaixo de um dos braços e uma espada no outro. Na bainha da capa, o tecido parece se transformar em penas, fazendo uma alusão à sua maldição. É uma estátua de aparência poderosa e uma sobre a qual li e vi ilustrações em livros, mas é a primeira vez que vejo essa maravilha pessoalmente. Fico sem fôlego diante da imagem.

Só de pensar que posso ser eu um dia, com um artefato poderoso embaixo do braço, abrindo caminho para que outros tirem nosso mundo da escuridão e retorne à sabedoria dos ancestrais...

Meu humor melhora, e abro um sorriso ao me apressar até a longa escadaria de degraus de pedra que leva ao salão. Parece que a cidade inteira está aqui. Apesar da chuva, há uma multidão nas escadas, e, quando abro caminho com alguns murmúrios pedindo licença, não me surpreendo ao ver que as portas para o salão estão totalmente abertas e que há ainda mais pessoas reunidas lá dentro.

O salão é do jeitinho como imaginei. A luz entra através de grandes janelas posicionadas de forma estratégica para dar foco às estátuas dos artífices mais famosos da guilda. A sala em si tem três andares e é mais comprida do que larga. No alto, pássaros empalhados cobrem as paredes, lembretes de que a guilda usa seus nomes. Há uma longa nave, similar à de uma antiga igreja, e um tapete marrom encharcado no centro da sala. As pessoas estão amontoadas, e, ao longe, mais à frente no salão, vejo uma faixa e um estrado.

A multidão é degradável, dando empurrões para conseguir entrar no salão. Um homem quase me dá uma cotovelada, me fazendo esbarrar na pessoa ao lado... que logo apalpa meu traseiro. Solto um gritinho indignado, mas, quando fecho o guarda-chuva para atacar o agressor, não consigo identificá-lo. Há vários homens me lançando sorrisos maliciosos, usando casacos elegantes e chapéus, a chuva pingando deles.

Uma apreensão surge na boca do meu estômago, e me pergunto se deveria ter trazido Gwenna, no fim das contas. Agora que olho ao redor, não vejo nenhuma outra mulher.

Na verdade, talvez eu seja a única mulher aqui.

Isso é... bem curioso, de uma forma muito preocupante.

Eu me aprumo, a mandíbula cerrada, e decido que a única maneira de lidar com isso é com agressividade. Bato nos homens com o guarda-chuva fechado.

— Com licença. Preciso entrar — declaro em voz alta. — Saia! Estou passando!

Há alguns resmungos, mas a multidão continua a se abrir, deixando-me passar. Consigo chegar às portas e, para minha surpresa, estou atrás de um dos grandes e chifrudos taurinos. Esta é outra coisa que nunca vi na fortaleza de meu pai: as pessoas de chifres das planícies.

Bem, é óbvio que alguns taurinos são artífices. Faz sentido, não é? Se um humano pode ser um artífice, por que não um taurino? Decido tratá-los como todos os outros e usar o cabo do meu guarda-chuva para bater no braço grosso do que está na minha frente.

— Deixe-me passar!

Ele solta um rosnado baixo e raivoso, virando-se para me olhar com fúria, e a rotação de sua cabeça cornuda é tão ampla que um gritinho vergonhoso me escapa e recuo, perdendo o equilíbrio. Eu cambaleio, os braços balançando...

... então sou pega pela cintura e salva por braços fortes e pela expressão irritada e estranha de outro taurino, um de olhos dourados.

TRÊS

HAWK

MINHA PELE PRATICAMENTE COÇA conforme mais e mais humanos se amontoam no salão principal da guilda. É o dia do recrutamento, então isso não me surpreende. Hoje é o dia em que tentamos encontrar estudantes o suficiente para formar um Cinco — uma equipe treinada para explorar as ruínas. Apenas metade das pessoas que estão aqui vai de fato se inscrever, mas é como se todos em Vasta aparecessem para admirar os edifícios da guilda, que costumam ficar fechados. É sempre assim, mas este ano está sendo ainda mais irritante por causa do dia do calendário.

— Odeio a Lua da Conquista — diz Raptor ao meu lado, sua cauda balançando quase tão depressa quanto a minha. — Fico com vontade de escapar da minha própria pele. Ou arrancar a de alguém.

Solto uma risadinha, porque entendo bem o que ele quer dizer. Os humanos não têm nenhuma consciência disso, mas os taurinos são sensíveis ao deus ancião Garesh, e a Lua da Conquista é importante para qualquer um que tenha sequer uma gota de sangue de minotauro nas veias. Uma vez a cada cinco anos, a Lua de Sangue cruza com a Lua Branca, assim como quando o ancião Garesh desposou a rainha da Antiga Prell. É chamada de Lua da Conquista entre os taurinos porque o deus conquistou o exército da rainha e a manteve em sua cama por cinco dias. Quando ela ressurgiu, estava grávida de cinco filhos.

E, até que a Lua da Conquista acabe, todo taurino fica agitado e irritado... ou simplesmente sai da cidade. Toda taurina fêmea entra no cio, e todo taurino macho é atingido com a necessidade de copular sem parar.

Não é vantajoso.

Se tiver uma esposa, tenho certeza de que está tudo bem. Na verdade, deve ser até divertido.

Entretanto, não tenho esposa. Não tenho nem mesmo uma amante. Meu trabalho nos túneis ocupa meus dias, e não sobra tempo para uma mulher ou família. A única fêmea de quem fico por perto é Pega, e a ideia de me lançar sobre ela ávido para acasalar me faz estremecer de horror. Somos amigos e parceiros de negócios, mas é só isso.

Coço a pelagem do meu pescoço e tento não rosnar quando outro estudante esperançoso tenta abrir caminho. Mostro os dentes a ele e consigo me controlar, mas por pouco. Ainda falta quase um mês para a Lua da Conquista, mas já estou irritadiço e impaciente. Estarei um desastre completo quando a lua chegar aqui.

— O momento é péssimo — digo a Raptor quando o humano passa por mim com um olhar amedrontado. — Preciso ficar aqui na cidade.

— Você vai assassinar alguém e acasalar com o cadáver se ficar na cidade — diz Raptor com um sorriso malicioso que nem a argola no septo consegue esconder. — E então vão te prender e jogar a chave fora.

Ele não está errado, mas não sabe da missa a metade. Pega precisa de aprendizes... mas não é possível contar com ela para guiá-los por conta própria. Se eu depender dela para resolver tudo, acabaremos com dois alunos (ou *nenhum*) em vez dos cinco necessários, e eles desistirão porque um time de dois integrantes jamais será aprovado, e então não vai haver uma renda para nenhum de nós, já que Pega será expulsa do programa de ensino e vai acabar passando todo o seu tempo em bares, transando e lastimando o passado, e eu acabarei sem emprego.

Flexiono minha mão mágica, os dedos doloridos apesar de não serem reais. Se Pega não conseguir aprendizes, nunca conseguirei escapar do contrato de servidão. Então tenho que ficar.

— Não posso ir embora — digo distraído, fechando a mão outra vez por puro hábito, só para me certificar de que ela está ali. — Não tenho escolha.

— Sempre esqueço — diz Raptor, e há um vestígio de compaixão em sua voz firme. Raptor trabalha em um Cinco para o lorde Nostrum, em uma rotatividade constante. Lorde Nostrum é mesquinho e negligente, e tenho certeza de que Raptor só continua com ele porque pode vender alguns dos artefatos que encontra no mercado clandestino. Todos percebem que lorde Nostrum paga uma mixaria, e por isso sua equipe está sempre mudando, e Raptor acaba tendo que fazer todo o trabalho. Às vezes acho que a questão não é suas vendas ao mercado clandestino, e sim que Raptor prefere trabalhar sozinho do que bancar a babá para os tolos que costumam lhe ser atribuídos.

— Vai partir? Em breve? — pergunto, cruzando os braços enquanto outro aluno abre caminho para fora da chuva. Todos sabem que os taurinos deixam os humanos apreensivos, e nós sabemos que devemos ficar nos cantos dos aposentos ou nas sombras. Eles precisam de nós porque temos mais habilidade com os túneis, mas também sabemos quando desaparecer. Fico na porta em vez de abrindo caminho salão adentro. Assim posso ver o local inteiro e ir embora com facilidade... ou é o que digo a mim mesmo.

Raptor troca o peso dos cascos.

— Não deveria, mas a situação está bem ruim este ano. Sigo acordando suado e tenho dificuldade para dormir. Se eu ficar, terei que gastar todo o meu salário em prostíbulos e outro salário para a desparasitação que vou precisar depois.

Estremeço. Se eu não sair de Vasta durante a Lua da Conquista, serei *eu* nos prostíbulos. Odeio a ideia. Há algo frio e impessoal em passar o período de acasalamento com uma desconhecida. Precisei de uma prostituta da última vez e acabei me sentindo um tanto nojento e descompensado. Levei meses para me sentir eu mesmo de novo. As putas fazem seu trabalho e não discriminam entre homens humanos e taurinos, mas isso não significa que eu goste.

Talvez eu seja peculiar, mas prefiro ser tocado pelas mãos de alguém que conheço às de uma desconhecida, não importa o quanto essa desconhecida esteja empolgada.

Contudo, parece que não terei escolha. Talvez eu possa escapar por algumas semanas quando Pega conseguir uma turma de filhotes.

Embarcar na carruagem mais rápida que estiver disponível — ou achar alguém com uma pedra de teletransporte — e ir a um dos festivais taurinos nas planícies ao sul e passar uma semana fodendo qualquer coisa que se mova.

As chances de isso acontecer me enchem com uma vaga sensação de desespero, mas tenho poucas opções. Pelo menos os festivais taurinos são de graça. Qualquer prostituta da Cidade Vasta vai cobrar um valor elevado durante a Lua da Conquista.

— Não sei o que vou fazer — admito para Raptor, encarando o mar de pessoas que se reúne nos bancos do salão. Viro para meu irmão taurino, refletindo. — Acho que...

Um guarda-chuva surge do nada e atinge Raptor no braço. Seus olhos se enchem de raiva, e ele se vira tão rápido que a desconhecida — uma mulher — logo tropeça em mim, um gritinho agudo saindo de sua garganta.

Por reflexo, a seguro e a salvo antes que caia no chão. Talvez sejam todos os anos de prática com Pega. Meus braços circundam uma cintura firme e coberta por espartilho, e levanto a mulher contra mim como uma noiva, porque é isso ou largá-la no chão.

Isso não ajuda com o calor constante que pulsa em minhas veias. A Lua da Conquista pode ser só daqui a um mês, mas já estou sentindo os efeitos.

Os olhos da desconhecida se arregalam, e ela repara nas minhas feições. Eu apostaria um punhado de moedas que ela nunca viu um taurino tão de perto — algo em seu comportamento me diz que ela vive em uma bolha. Ela fica boquiaberta com minha cabeça de touro e meus chifres e com as joias em minhas orelhas e meu nariz. Faço uma careta para ela, soltando-a.

— Olhe por onde anda — esbravejo. — Pode acabar sendo pisoteada.

— Está bem cheio — admite ela, se endireitando e então sacudindo o guarda-chuva, o que faz com que a água atinja a mim e alguns outros. — Ops. Peço perdão. — Seu olhar se volta para mim e então para minha camisa. — Ah, não.

Olho para baixo. Tufos ensopados de pelo laranja grudam na minha manga, transferidos de suas vestes.

— Desculpe — diz ela depressa, arrancando o tufo das minhas mãos. — É da minha gata. Ela solta muito pelo. É só ignorar tudo isso.

Raptor abafa um risinho, olhando para mim por cima da cabeça da mulher enquanto ela continua a tocar no meu braço, tirando tufos de pelo molhado das minhas mangas de linho. Talvez seja a temporada de acasalamento próxima que está fazendo minha mente se concentrar em tudo o que não devo, mas não consigo parar de encará-la.

Ela é interessante, penso, *da maneira que coisas inesperadas são.* Suas bochechas estão coradas, suas roupas são bem-feitas, apesar de monótonas, e estão molhadas e grudadas no que parece ser um corpo bonito, carnudo e forte. Ela é alta, batendo quase no meu queixo. É uma boa altura para uma fêmea, e o fato de ser robusta me faz pensar nela de formas lascivas que com certeza são causadas pelo cio. Seu rosto é humano, então não sei se ela é o que eles consideram bonita ou não, mas seus olhos são grandes, escuros e expressivos, e seus dedos têm unhas curtas.

E são agitados. Seus dedos são muito agitados. Se ela acariciar minha manga mais uma vez, meu pau vai acordar.

— Esqueça — digo à mulher encharcada e então, porque todos no salão a estão encarando, continuo, prestativo. — Você não deveria estar aqui.

Foi a coisa errada a se dizer. Ela fica tensa, toda a suavidade escapando do rosto. Sua boca franze em uma expressão de desgosto, e ela joga a cabeça para trás.

— É *mesmo*?

— Viu alguma outra mulher aqui? — Raptor entra na conversa.

A mulher se vira para ele fazendo cara feia, e, por um momento, acho que ela vai atingi-lo com o guarda-chuva outra vez, e então terei mesmo que me meter.

— Aqui é a reunião anual da Guilda Real de Artefatos, não é?

— É — diz um humano próximo. — Está perdida?

Sua expressão fica ainda mais irritadiça, suas bochechas mais coradas.

— Nem um pouco. Vim me candidatar.

A voz da mulher ecoa pelo grande aposento, e não fico surpreso quando todos os homens caem na risada. Eles dão uma olhada nela — jovem, desgrenhada, mulher e sozinha — e riem como se nunca tivessem visto nada mais engraçado.

— Onde está sua dama de companhia, querida? — grita um dos homens.

— Volte ao seu papai — grita outro.

Mais risadas se sucedem.

Em sua defesa, a expressão da mulher só fica mais séria, mais determinada.

— Não consigo entender o motivo de tanta graça. — Ela tira um folheto encharcado do corpete e o abre. — Os estatutos declaram que qualquer um pode se candidatar se chegar no Dia do Cisne e se apresentar como um filhote. — Ela olha por cima do folheto, analisando a sala. — Não é verdade?

O mestre da guilda se aproxima dela, um humano idoso e baixo com um colete de cores fortes e roupas nitidamente caras. Ele gesticula para os outros, indicando que devem se acalmar, e vai para o lado da mulher.

— Minha querida, meu nome é Faisão. Sou o mestre da guilda no comando. Por favor, não fique assustada. Tenho certeza de que é tudo um mal-entendido.

— Que bom que concordamos — diz ela, erguendo o queixo. Apesar de achá-la irritante, fico impressionado com sua coragem. — Então, onde me inscrevo?

— Temo que isso não seja possível — continua Faisão. Ele estende a mão para pegar o folheto dela, mas ela o dobra e guarda de volta no vestido. — Não seria correto se uma mulher se juntasse a uma equipe cheia de homens, mesmo que por propósitos educacionais.

Ela o encara de cima, com o queixo erguido, mesmo que Faisão só chegue até seu queixo, o que acho bem engraçado. Seus ombros estão tensos e jogados para trás, e ela parece pronta para ir à guerra.

— Se esse é o único problema, então não precisa se preocupar. Minha amiga, que atende pelo nome de Catatau, se juntará a mim. Nós duas queremos aprender. — Ela faz um gesto de benevolência com a mão. — Pode nos colocar em qualquer lugar. Não somos exigentes.

Raptor solta um risinho, olhando para mim com divertimento. Não é sempre que esse tipo de reunião vale a pena, e agora a multidão inteira está concentrada na mulher encharcada e de vestes marrom que está enfrentando o líder deles.

Faisão continua com aquele sorriso condescendente no rosto — já o vi sendo direcionado aos taurinos muitas vezes — e balança a cabeça.

— Mulheres não se juntam à Guilda Real de Artefatos. Todos sabem disso.

— Sabem mesmo? Porque li seu folheto do início ao fim e não há qualquer menção a gênero. — Ela inclina a cabeça para ele, encarando-o daquela forma desdenhosa que os detentores costumam adotar. — Devo lembrá-lo de que vinte anos atrás a artífice Pega encontrou a melhor descoberta desta geração? E todos os estudos e livros que li afirmam com todas as letras que Pega é uma mulher. Então, veja bem, *Frangote*, você está enganado.

Se foi um deslize, foi um bem esperto. O rosto vermelho de Faisão assume três cores diferentes, e ele ajeita as vestes.

— Meu nome de guilda é Faisão. E a artífice Pega é diferente.

— De que forma? — Ela aguarda, a ponta do guarda-chuva derramando água no chão, e segura o objeto como se fosse uma bengala, as mãos apoiadas com delicadeza no cabo curvado.

— Ela não usa saias. — Um homem provoca do meio do grupo, e eles caem na gargalhada de novo.

Isso não abala a mulher.

— Então se eu as tirar vocês vão me deixar participar?

Mais risos tomam conta da sala, e Faisão parece querer enforcar alguém. Ele remexe nos botões enfeitados na parte da frente de sua casaca da guilda — uma invenção ridícula que ninguém que entra em um túnel usaria — e ajusta a faixa decorada com joias, o material no dourado escuro característico do líder da guilda.

— Senhorita, você se engana. Não importa como se vista. As mulheres não se mostraram membros de grande valor em nossa guilda. Pega foi uma anomalia. Ela *não* é como gostamos de ser representados.

Cerro os dentes, pensando em Pega, que sem dúvida está na cama enrolada em uma poça do próprio vômito, fedendo a álcool. Não, não acho que alguém a considere uma boa representação da guilda. Ainda assim, não podem expulsá-la. Enquanto for um membro ativo, estão presos com ela. Este é outro motivo pelo qual não posso partir durante a Lua da Conquista: se eu abandonar Pega e os rumores de que ninguém está ensinando seus alunos se espalharem, ela sem dúvida será retirada da guilda.

Com certeza terei que recorrer a prostitutas, percebo, e a ideia é tão desagradável quanto impessoal. Raptor não entenderia meus sentimentos, no entanto. Ele se sente completamente satisfeito em dividir a cama com qualquer coisa ou pessoa disposta.

Não posso baixar a guarda o suficiente para fazer o mesmo. Minha mão se contrai de novo, a dor fantasma crepitando na ponta dos meus dedos.

— Mas a artífice Pega... — A mulher começa a falar outra vez.

Faisão pigarreia, voltando a balançar a cabeça.

— Não sei que tipo de ideias colocou na cabeça sobre quem somos e o que fazemos, mas garanto a você que um trabalho na Guilda Real de Artefatos é tão difícil quanto perigoso. Não é o lugar para jovens que não conseguem encontrar um marido e acham que podem assumir o trabalho de um homem.

— Como ousa! — Suas narinas se expandem de raiva, os olhos semicerrando, e, por um momento, ela fica completamente magnífica em sua ira. — Sabe quem *sou*?

A resposta — e a forma confiante e quase arrogante com que se porta — me deixa curioso.

— Não — declara Faisão. — Quem é você? Fale para nós.

Ela para, e então sua conduta muda, perdendo a confiança.

— Meu nome é Pardal.

O salão cai na risada outra vez. Até Raptor solta um risinho. Eu não. Na minha opinião, nada disso é engraçado.

— Você não conquistou esse nome, docinho — diz outro homem.

— Talvez ela esteja tendo um ataque de histeria — grita outro, e mais risos irrompem no aposento.

Faisão balança a cabeça de novo, erguendo as mãos ao ar para acalmar os espectadores. Para a maioria ele parece ser um líder gentil e bem-vestido, usando os luxos que conquistou em seus anos de serviço à guilda. A pança que ele tem agora diz muito sobre seu trabalho como líder, por ser mais necessário para a administração do que para a verdadeira exploração de ruínas.

— Entendo sua decepção, minha menina, mas, por favor, compreenda. O trabalho da guilda é de uma natureza extremamente perigosa. Muitos de nossos membros não cumprem dez anos antes de se aposentarem, ou pior. Todos os anos perdemos bons homens. Todos os anos somos obrigados a resgatar homens competentes dos túneis porque é árduo demais.

Raptor pigarreia alto, os brincos de argola balançando. É um lembrete — não que Faisão se dará conta — de que não é *ele* quem resgata homens dos túneis. Essa responsabilidade sempre recai sobre os taurinos. Perdi a conta de quantas vezes fui afastado dos meus deveres como tutor ou fui acordado no meio da noite para sair em uma missão de resgate só porque algum tolo que mal passou nos testes decidiu agir sozinho.

Os taurinos sempre arrumam a bagunça dos humanos.

— Não é nada contra você — continua Faisão. — É contra seu *gênero*. Colocar uma mulher no meio vai deixar as coisas perigosas para a equipe inteira. Não vão conseguir se concentrar com uma mulher por perto.

Ela pega o guarda-chuva no centro e usa a parte curva para dar tapinhas no casaco de Faisão, como um professor reprimindo uma criança com a régua.

— Pode anotar, *Pinto*. Meu nome é *Pardal*. E você vai voltar a ouvir sobre mim. — Cutucando-o com o guarda-chuva uma última vez, ela se vira, de queixo erguido, e sai apressada do salão, rumo às portas outra vez.

Eu e Raptor chegamos para o lado para que ela possa passar, e a risada a persegue salão afora.

Raptor me lança um olhar de divertimento, aprovando a personalidade da desconhecida.

— Gostei dela.

Eu não. Todo aquele entusiasmo não tem para onde ser direcionado, assim como com Pega, e estou farto de ver as pessoas serem arruinadas pelo sistema, incluindo a mim. Minha mão dói, e volto a flexioná-la. É um lembrete de que esse mesmo sistema me possui até que eu pague minha dívida.

— É Faisão. — O homem deixado no assoalho grita para ela em irritação. Ele passa a mão na mancha molhada deixada em seu casaco. — Faisão.

QUATRO

ASPETH

PASSO TODO O CAMINHO de volta à estalagem chorando.
    Odeio chorar. Parece inútil e patético e deveria ser reservado para os momentos terríveis da vida de alguém. Chorei com a morte de minha mãe. Chorei quando ouvi meu noivo, Barnabus, falando sobre mim com um dos amigos, reclamando que estava sendo forçado a se casar com uma solteirona feia por causa de sua herança. Voltei a chorar quando descobri que tal herança não existe e que a vida de todas as pessoas da Fortaleza Honori está em perigo. Que a qualquer momento podemos ser dominados, nosso povo aniquilado.
    Chorei demais nos últimos tempos.
    Contudo, de fato, que babaca arrogante e pomposo aquele Faisão cretino é. Se soubesse que estava falando com Aspeth Honori, única herdeira da família Honori, teria beijado a bainha da minha saia e prometido que faria qualquer coisa por mim na esperança de conseguir uma incumbência do detentor Honori... porque não saberia que estamos falidos. Ele não permitiria que eu me juntasse à guilda, é lógico, mas pelo menos beijaria o chão por onde passo.
    Em vez disso, tive que engolir meu orgulho e aguentar todos rindo de mim porque sou uma *mulher*.
    Eu sabia que não era comum mulheres entrarem, mas eles fizeram parecer que era proibido. Sei que não é. Só porque não acham que uma mulher pode fazer tudo que um homem consegue, não significa que têm razão; significa que são completos cretinos, e estou ainda mais determinada a provar que estão errados.

Encontrarei um tutor.

Passarei no exame da guilda. Encontrarei artefatos, recuperarei o patrimônio da minha família e nos levarei de volta à glória. E me certificarei de que aquele Faisão cretino saiba quem sou.

Minha boca se contorce, e tenho que me esforçar para controlar uma nova onda de lágrimas. Eu consigo lidar com isso. Consigo. Eu sabia que não seria fácil. Sabia que me juntar à guilda seria complicado, mas eu não tinha previsto que seria rejeitada no primeiro dia. Não sei o que fazer. Não vou desistir, mas isso não significa que eu saiba o que fazer de agora em diante.

Eu... preciso abraçar minha gata.

Uma hora depois, estou de volta aos meus aposentos com um roupão quente, sentada em frente à lareira enquanto seguro Chilreia firme nos braços e deixo que ela lamba meu queixo.

— Eles foram horríveis, Gwenna. Simplesmente horríveis. — Contenho outra fungada chorosa. — Nem tive oportunidade de falar com qualquer membro da guilda para explicar minha situação. Eles não sabem, nem ligam que eu consiga ler preliano antigo. Só se importam com o fato de eu ter... de eu ter...

— Peitos — declara Gwenna. — Sabia que eles odiariam peitos.

— Como alguém pode odiar peitos?

— Eles não podem tocá-los — diz ela, balançando a cabeça. — Isso os deixa com raiva. Para eles, não somos nada além de coisas para apalpar sem cérebro na cabeça.

Solto um suspiro pesado, sentindo-me derrotada. A vida resguardada que tive na Fortaleza Honori não me preparou para os desafios que a Cidade Vasta apresenta. Estou completamente perdida. Sempre fui respeitada e ouvida por causa do meu sobrenome. Agora que ninguém sabe quem eu sou ou de que família venho, estou percebendo que o mundo é muito diferente e mais sombrio do que eu imaginava. Mordo o dedão, minhas cutículas já roídas até doer.

— Não sei o que fazer, Gwenna.

— Eu sei. Damos meia-volta e vamos embora. Vamos para casa e pensamos em alguma coisa. Você pode se casar com algum trouxa pela fortuna dele, e nós nos esquecemos de toda essa insanidade.

Ela não compreende. Gwenna não se dá conta de que é provável que Barnabus se livraria de mim ao descobrir que minha família não possui nenhum patrimônio artefactual; que nossa fortaleza não possui defesas e que os renomados e místicos canhões de fogo feérico dos Honori estão inativos, sua carga consumida; que nossas pedras de defesa estão esgotadas; que não podemos proteger nada nem ninguém, e, quando isso for exposto, todos nos atacarão. Nossos vizinhos, nossos amigos, nossos inimigos — todos vão perceber que somos fracos e tentarão conquistar a Fortaleza Honori. Se tivermos sorte, papai, vovó e eu seremos exilados. Se tivermos azar? Alguém vai encontrar o que restar de nós no fosso.

E ela não se dá conta de que esse não será o fim. Qualquer um que tenha alguma conexão conosco será exilado ou assassinado, simplesmente para que ninguém desafie os novos líderes.

Não posso nem mesmo ir ao mercado clandestino porque a Casa Honori está falida. Nossos recursos se esgotaram, e não temos com o que pagar os credores do meu pai. Ele vendeu todos os nossos artefatos valiosos.

Não contei a Gwenna que Barnabus só queria ficar comigo por causa da suposta riqueza da minha família. Que ele nunca quis beijar uma solteirona feito eu, e que eu estava fingindo em todas as vezes que o deixei me tocar. Até agora a simples ideia me faz querer vomitar. É constrangedor demais para aguentar. Sei que não sou particularmente bonita ou encantadora, mas descobrir o que Barnabus pensa de mim de verdade me fez sentir vergonha. Como se eu fosse algum tipo de criatura nojenta que só pode ser tolerada por causa de dinheiro. Eu escondi isso tudo no fundo do meu coração e não compartilhei com ninguém. Até onde Gwenna sabe, não temos artefatos e estou aqui para encontrar novos para minha família. Os problemas de jogatina do meu pai já são bem conhecidos entre os criados, mas não acho que percebam o quanto isso deixou a todos nós vulneráveis.

— Não vou embora — falo baixo para Gwenna. — Não sei o que vamos fazer, mas não vamos embora. Não vamos desistir. Não depois de termos chegado tão longe.

— Miauuu — concorda Chilreia. No entanto, talvez ela só queira escapar dos meus braços que a agarram.

Gwenna respira fundo e se coloca de pé, andando de um lado para o outro pelo quarto.

— Tudo bem, então. Não vamos embora. Ainda vamos nos juntar à guilda. Então, se aqueles cretinos fecharam o caminho para que entre, como encontramos outro? Quem conhecemos que pode ser uma conexão útil?

Por um momento, eu a encaro impactada. É óbvio que não vamos desistir. É hora de criar um novo plano. Eu me sinto honrada por sua confiança em mim, e novas lágrimas ameaçam escapar, mas eu pisco para afastá-las. Assim como Gwenna não gosta de abraços (pelos deuses, como eu gostaria de um abraço agora), ela odeia choradeira ainda mais. E aqueles homens horríveis não merecem meu choro.

— Não sei — admito. — Não sei o que fazer a partir de agora. Meu pai não patrocina mais um Cinco da guilda, pois não temos os recursos para isso. Mesmo se patrocinasse, eu não poderia procurá-los porque não deveria estar aqui.

— Certo. — Ela para, tamborilando os braços cruzados com os dedos enquanto reflete. — Bem, talvez devêssemos descobrir onde eles bebem e seduzi-los para entrar na escola. Um homem de pau cansado não consegue recusar nada a uma mulher.

Seduzir?

Eu?

Bem... não é um plano ruim. Se ela estivesse sugerindo isso a qualquer um além de mim, seria um ótimo plano. Porém, não sei se sou a pessoa ideal para isso.

— Como vou seduzir alguém? Sentando-me no colo dele e recitando poesia em preliano antigo até ceder? Não sei nada sobre como ser atraente para homens. A única experiência que já tive foi com Barnabus.

E não posso confiar em nenhuma parte dela.

Minha gata se contorce em meus braços, fincando as garras, e eu a solto. Chilreia me abandona, deixando para trás tufos de pelo flutuando, e eu tusso enquanto balanço a mão no ar para afastá-los.

— Certo. Nada de sedução, então. — Gwenna continua a andar de um lado para o outro, pensando. — Mas, se descobrirmos onde os homens da guilda bebem, talvez possamos subornar ou enganar um para nos fazer entrar.

— Não sei se vai dar certo — digo a ela, insegura. — Eles parecem ser contra mulheres como um todo.

— Porque estavam em grupo — diz ela cheia de confiança. — Os homens sempre dizem coisas bem diferentes quando estão sozinhos com uma mulher.

Isso soa suspeitosamente como sedução de novo. Contudo, não tenho outro plano e não quero desistir, então posso muito bem tentar. Encontrar um homem legal em um bar. Falar com ele. Fazê-lo perceber o quanto isso significa para mim e tentar fazê-lo persuadi-los para deixar eu me juntar à guilda. Não tenho dinheiro para suborno, mas há outras coisas que consigo fazer. Sei ler e traduzir. Sei como lidar com a nobreza detentora. Tenho ótima etiqueta. Tenho um entendimento excelente da história preliana antiga.

E, se nada disso parecer funcionar, talvez os peitos possam dar um jeito.

⁂

Discutimos sobre quem vai ficar com as malas e a gata. Gwenna quer ir comigo quando eu sair para a Cidade Vasta ao anoitecer, e eu também adoraria que ela me acompanhasse, mas não quero abandonar nossas coisas.

— Vamos descer e falar com a estalajadeira — sugere ela. — Talvez ela saiba de algo, e a partir disso decidimos.

É um acordo bom, e, pouco tempo depois, estamos no andar de baixo, na sala barulhenta da taverna. Há uma mulher no canto contando aos gritos uma história a um homem próximo, uma caneca grande de cerveja na mão. Dois outros a observam com irritação, e parece haver uma família escondida em uma mesa no canto, em frente à lareira. A sala é mal iluminada e cheira a fumaça; as mesas desgastadas são sebosas e parecem terem sido limpas pela última vez anos atrás. Atrás do balcão, a dona da estalagem se apoia em um barril de cerveja, conversando com um homem sentado sozinho ali. Ele parece... desagradável, e cutuco Gwenna para me certificar de manter uma boa distância entre nós e ele.

Nós nos sentamos na outra ponta do bar, e a mulher do canto fala ainda mais alto:

— E ENTÃO EU O SOQUEI — berra ela. — VOCÊ TINHA QUE TER VISTO A CARA DELE!

Estremeço um pouco e espero que alguém diga a ela para se acalmar, mas ninguém o faz. Talvez essa seja uma situação comum por aqui. Isso é... preocupante.

A estalajadeira caminha até nós, e eu poderia jurar que ela está com as mesmas roupas de ontem, com manchas e tudo. Ela bate o pano molhado, que também é o mesmo, no balcão, e o cheiro horrível sobe. Engulo com força e decido respirar pela boca.

— Com fome? — pergunta ela.

Oh, pelos cinco deuses, acho que nunca mais vou comer algo deste lugar. Tento não encarar horrorizada o pano de prato.

— Estamos buscando uma informação...

Gwenna coloca a mão sobre a minha, balançando a cabeça.

— O que minha amiga aqui está tentando dizer é que estamos procurando homens. Da *guilda*.

A garçonete nos olha como se fôssemos golpistas.

— Aham. Pelo jeito chegou essa época do ano.

O que, pelo nome da Senhora, *isso* quer dizer? Abro a boca para protestar, mas Gwenna pisa no meu pé.

— Consegue imaginar um momento melhor para encontrar um bom homem? — Ela sorri para a mulher. — Será que não saberia onde podemos nos apresentar para alguns deles? Ver se estão solitários?

Ver se estão *solitários*? Pelos deuses.

A estalajadeira dá de ombros. Ela bate na bancada com aquele pano tenebroso mais uma vez, lançando uma nova onda de odor para nós, e coloco um dedo embaixo do nariz como se fosse ajudar em alguma coisa.

— Podem perguntar à escandalosa ali no canto — diz a mulher. — Ela conhece todos na guilda. E, se conseguirem tirá-la da minha estalagem antes que quebre alguma coisa, serei grata para cacete.

Viro a cabeça, esticando o pescoço para olhar para a mulher no canto com um novo interesse. No momento, ela está competindo quem bebe mais com um homem, os dois com as canecas viradas e cerveja escorrendo pelo rosto. Porém, pelo que consigo notar, ela parece ter a idade próxima à minha e à de Gwenna, apesar de estar usando um par de calças e uma blusa escura que estão prestes a ficar completamente encharcadas.

— Obrigada. — Gwenna coloca um pêni na bancada e me pega pelo braço, me arrastando pela sala da taverna até a mulher farrista nos fundos. Caminhamos até sua mesa, e Gwenna fala de novo, segurando-me contra ela. — Com licença, senhorita...

A mulher bate a caneca quase vazia no tampo da mesa de madeira, espirrando os restos da cerveja em nós. Ela nos encara e então abre a boca e solta o arroto mais profano da história.

— Isso foi impressionante — digo com educação, já que não sei bem o que mais devo dizer. — Parabéns.

— Incrível — concorda Gwenna, balançando a mão no ar. — É você quem conhece todos da guilda?

A mulher dá de ombros. Seu cabelo loiro está molhado ao redor do rosto, e eu suspeito que seja de cerveja e suor. Mechas caem em frente aos seus olhos, e resisto à vontade de afastá-las. Ela é mais nova do que eu havia presumido, e não deve ter mais do que vinte, talvez vinte e dois anos.

— Talvez. Quem quer saber?

— Eu. Quero me juntar à guilda. — Deixo escapar.

O homem em frente à loira cospe a cerveja, atingindo-nos com mais bebida, e então ri como se aquela fosse a coisa mais engraçada que já ouviu.

Para mim já deu. Tiro a bebida de sua mão e derramo tudo em sua cabeça.

— Não vejo graça, seu cabeça-oca.

A sala fica silenciosa, e então a loira ri mais ainda.

— Gostei de você — declara ela. — Venha jogar conosco. — Ela gesticula de maneira rude para o homem à sua frente. — Dê o fora daqui, Jallus.

Ele se levanta e vai embora, e a mulher bate na mesa, indicando que devemos nos sentar em frente a ela.

— Ah, eu não bebo...

Tanto ela quanto Gwenna se viram para mim.

Sei quando calar a boca. Em vez disso, abro um sorriso radiante.

— Muito bem. Vamos jogar.

Gwenna e eu nos esprememos no banco vazio em frente à mulher. Tento ignorar o fato de que meu assento está molhado, que a mesa também está e fico um pouco preocupada quando a estalajadeira vai até nós com três canecas cheias e as larga em frente a nós.

— Me chamo Andorinha — anuncia nossa nova amiga. — Mas não como o pássaro, já que me disseram que ainda não mereci esse nome. — Ela revira os olhos. — Então é simplesmente... Andorinha. Como uma viajante, eu acho. — Ela leva a cabeça até a cerveja, bebe a espuma do topo e lambe os lábios. — Então, estão procurando um ponto de encontro da guilda?

Assinto empolgada.

— Sim!

— Por que querem um cara da guilda? — Ela franze o nariz. — São babacas arrogantes, mas se é disso que gostam...

— Já falei que quero me *juntar* à guilda.

— Ah, verdade. — Andorinha ergue um dedo e então a cerveja, virando tudo. Ela abaixa a caneca com um baque, e eu fico esperando que sopre nosso cabelo para trás com outro arroto impressionante, mas ela simplesmente funga e nos encara. — Então, de onde vocês são?

Pisco, porque não tenho uma boa resposta. Não pensei em mentir, mas contar a verdade parece óbvio demais, como pedir para ser descoberta.

Gwenna pisa no meu pé por baixo da mesa e assume o controle da situação.

— Viemos do norte. E você?

Andorinha se anima, e não só porque trazem mais bebida para ela.

— Sou do sul. Abandonei minha trupe, pois já tinha passado da hora de vir a Vasta.

— Trupe? — pergunto com educação.

— Trupe artística. Eu fazia malabarismo com espadas. — Ela começa a se levantar e derruba o banco em que estava sentada, então cambaleia. Gwenna segura seu braço, lançando-me um olhar de pânico.

— Nós acreditamos! Não precisa demonstrar.

— Ah. — Ela solta um soluço. — Tudo bem.

— Então deve ser boa com espadas — comento nervosa até ela voltar a se sentar. — Essa é uma ótima habilidade se está pensando em se juntar à guilda.

Andorinha faz uma careta.

— Pobre de mim, a única habilidade que tenho com a espada é realmente fazer malabares, e não acho que as ratazanas vão achar isso muito impressionante.

— Ratazanas? O que são ratazanas? — pergunta Gwenna. — É a primeira vez que escuto falar em algo assim.

Ah, eu não contei a Gwenna sobre os perigos de nossa futura profissão?

— Sabe os túneis embaixo de Vasta? A Terra Abaixo?

— As ruínas, lógico. — Gwenna assente.

Andorinha se aproxima e finge sussurrar:

— Estão cheias desses ratos gigantes. — Ela abre os braços e os estica o máximo que pode para indicar o tamanho, então franze o cenho e vira o corpo de lado, tentando indicar a altura. — Desse tamanho. Grandes. Nojentos. Fedidos. E eles se aglomeram.

O olhar que Gwenna me lança é de preocupação.

— Ninguém nunca me falou nada sobre ratazanas.

— Tenho certeza de que não são tão comuns quanto parecem — digo, descartando seu medo. Pelo que ouvi dizer, desabamentos são muito mais prováveis. — Mas é por isso que todos que entram para a guilda aprendem a lutar com espadas.

— Que belezura — murmura Gwenna. — Ratos do tamanho de humanos.

— São mais do tamanho de uma criança — corrige Andorinha. — Ou de um deslizante. — Ela ergue a cerveja e bebe até acabar, então bate no peito e solta um arroto profano. — Então, as duas querem se juntar à guilda?

— Foi o que dissemos, sim. — Abro um sorriso delicado, mas preciso de toda a minha força para não abanar o ar em frente ao meu rosto para me livrar do cheiro do arroto.

— Três vezes — adiciona Gwenna prestativa. — Você deveria estar bebendo tanto assim?

Andorinha dá de ombros.

— Você não está bebendo o bastante, se quer saber minha opinião.

Querendo que Andorinha fique satisfeita com a gente, ergo a cerveja e dou um gole. E então tusso. Por Asteria, é o *pior* gosto que já senti. Parece mijo, muito diferente dos vinhos caros da fortaleza do meu pai. Contudo, sorrio entre tossidas e dou mais um gole — ou finjo dar. Gwenna não parece se incomodar, dando um longo gole e depois passando a mão no lábio cheio de espuma.

— Fui à reunião da guilda de manhã — conto a Andorinha. — Assim como os folhetos instruíram. E, antes mesmo que pudesse me sentar, fui expulsa. Disseram que eu não pertencia ali porque sou mulher. Que distrairia os outros nos túneis.

— Escrotos — Andorinha xinga com crueldade. — Escrotos, todos eles.

Fico um pouco chocada com seu entusiasmo, mas Gwenna solta um risinho e toma um gole maior da cerveja.

— Gostei dela — diz, se inclinando para mim.

— Conheci vários deles e são todos escrotos — continua Andorinha, pegando minha caneca e dando um gole. Ela está mesmo muito bêbada, se o olhar distante for algum indício. — Sobretudo o líder. Ele é o maior escroto de todos.

— O nome dele é Faisão? — pergunto.

Ela bate na mesa e aponta para mim.

— Sim! Como sabia?

— Porque foi ele quem eu conheci. — Sinto um aperto no coração e começo a temer que isso não resultará em nada. Não que Andorinha não seja divertida. Gwenna está entretida, e ela parece ser legal, mesmo que esteja um pouco altinha. — Foi ele quem disse que eu não poderia ser um membro.

— Aquele escroto — repete Andorinha, balançando a cabeça. Ela acena para a estalajadeira. — Mais cerveja aqui! Tivemos que aguentar ESCROTOS demais hoje. — Ela grita a palavra para a estalagem.

Gwenna simplesmente solta um risinho na cerveja.

— Não sei o que fazer — confesso, minhas mãos se fechando na caneca de cerveja pela metade. — O plano era esse... ir até lá e ser aceita no programa. Não tenho recursos para subornar alguém.

— Ah, isso é fácil — diz Andorinha. — Pode entrar para o meu grupo de filhotes. Precisamos de cinco pessoas e no momento estamos em quatro. Vocês duas podem entrar e assim seremos cinco!

— Assim serão seis — corrige Gwenna.

Andorinha a olha com desconfiança.

Gwenna balança a cabeça e estica o braço para dar um tapinha na mão de Andorinha.

— Continue bebendo. Então, por que acha que podemos entrar na sua turma se o líder da guilda disse que não podemos?

— E como você conseguiu entrar se é uma mulher? — protesto. Não parece justo. Andorinha vai ser uma aprendiz?

Andorinha abre um sorrisão para a estalajadeira quando ela chega com mais três canecas de cerveja. Ela paga a mulher e traz a cerveja junto ao peito, suspirando de felicidade.

— Vou sentir sua falta — diz ela à cerveja. — Muito, muito mesmo.

— Ela vai a algum lugar? — pergunto.

— Filhotes não podem beber — diz ela, e então toma mais um gole generoso. — É por isso que estou comemorando hoje.

— Então você *é* um filhote. — Andorinha arrota em afirmativa, e eu cubro o nariz com a manga. — Como conseguiu entrar se me rejeitaram?

— Ah, é simples. A turma é da minha tia, e ela prometeu à minha mãe. Acho que não vamos distrair todos os escrotos se formos um grupo de garotas. — Ela balança as sobrancelhas e então parece refletir. — Apesar de haver um deslizante na turma. Ah, e um homem, na verdade. Mas, quando descobrir que há mais mulheres, aposto que vai desistir. Não vai conseguir aguentar o *constrangimento* de nos ter por perto andando com nossas partes femininas em sua presença.

— Homens ficam mesmo estranhos perto de mulheres — concorda Gwenna.

Estou prestes a concordar também, até que percebo o que Andorinha acabou de dizer.

— Espere... você disse que era a turma da sua tia? Mas só mestres da guilda podem instruir. Como isso é possível? Pega é a única mulher no quadro atual.

Andorinha limpa a boca e sorri para nós.

— Pega é minha tia. Ela vai ser minha tutora. *Nossa* tutora.

Com certeza... com certeza não posso ser tão sortuda assim, né? Pela primeira vez desde que cheguei aqui na Cidade Vasta, sinto uma onda de empolgação.

CINCO

HAWK

Conhecendo Pega como conheço, não deveria ficar surpreso por alguém estar batendo à porta de madrugada.

Hoje o dia já foi péssimo. Pega não apareceu para o dia dos filhotes, estava bêbada demais para sair da cama, o que me deixou com a atribuição de recrutar uma turma de cinco. Como sou um minotauro, e os humanos naturalmente têm medo de qualquer coisa de aparência diferente ou que possa destruí-los com um simples golpe, foi um grande fracasso.

Eu só tinha que recrutar três pessoas, já que Pega já dera duas das vagas: uma para Andorinha, sua sobrinha teimosa, e outra para um tipo de sacerdotisa. Tudo que Pega disse é que tinha perdido uma aposta, e estou preocupado que a sacerdotisa se mostre uma beberrona tão potente quanto ela. No entanto, humanos não confiam nem gostam de taurinos. Só consegui recrutar um deslizante que mal parece ter idade o bastante para sair dos terrenos de nidificação da família, e o filho de um jovem comerciante chamado Guillam, que já parece que vai dar no pé assim que tiver uma oferta melhor.

Quatro não é o bastante, no entanto. Quatro não vão nos qualificar para manter uma turma de filhotes. Precisamos de cinco.

Eu deveria estar na rua com os outros taurinos da guilda, comemorando mais um ano de negócios. Uma turma cheia significa que as chances de um aluno ser aprovado são muito maiores. Qualquer aluno que receba a certificação ao fim do ano se torna um membro oficial da guilda, e, para pagar pelo treinamento, contribui com um quarto de seus lucros durante os primeiros cinco anos. Contudo, eu não tenho alunos o suficiente para este ano, e, da última vez que Pega esteve responsável pelo treinamento, nenhum dos nossos foi aprovado, pois ela passou mais tempo com copos do que ensinando. Se não tivermos mais alunos formados e trabalhando para os patronos da guilda, não teremos fundos para sobreviver. A ideia não sai da minha cabeça, fazendo-me andar de um lado para o outro.

Mas eu não recorro à bebida para me distrair. Ver Pega se arruinar com o álcool acabou com a graça desse mau hábito — restando alguns outros.

As batidas à porta ficam mais altas, e rosno baixo enquanto visto um calção, então me apresso pelo hall de entrada do dormitório. Se for um dos amigos de bebedeira de Pega...

Quando abro a porta, já com os dentes à mostra, estou pronto para jogar o otário de volta ao beco. No entanto, não é um dos amigos bêbados de Pega; é sua sobrinha, Andorinha, que parece estar seguindo os passos da tia. Ela nitidamente está bêbada, os olhos vermelhos e semicerrados, uma expressão boba surgindo em seu rosto ao me ver. Seu olhar percorre meu peito nu e minhas calças sem cinto, que correm o risco de escorregar dos meus quadris.

— Caramba.

— Cale a boca. Sou seu tutor, e você deveria estar no seu quarto, não babando pelo meu peito. — Indico a escada, irritado com seu desleixo. — As aulas começam ao amanhecer.

— As aulas só começam quando estivermos em cinco, porque cinco é o número sagrado — corrige ela, cambaleando em um passo para fora da chuva. Ela arrota, então balança a mão em frente ao rosto dela e ao meu. — Eca. Estou tão podre que assustaria as ratazanas da Terra Abaixo. Que bom que finalmente acordou. Estou batendo há *séculos*.

— Devia ter te deixado lá fora — rosno.

— Você não faria isso. É bonzinho demais. — Ela dá um tapinha no meu braço nu, apertando um pouco mais do que deveria, e então titubeia até o banco ao lado da porta e despenca. — Bonzinho e forte. Deveria ficar feliz por eu estar aqui, Hawk. Trouxe *soluções*.

Improvável.

— Não se chama um taurino de bonzinho — resmungo. — Deve dizer que são amedrontadores. Já você está um completo *desastre*, Andorinha. Se planeja ir à Terra Abaixo, precisa estar sóbria...

Paro de falar quando duas desconhecidas saem da chuva e entram na casa, usando capas e carregando malas. Uma arrasta um carrinho lamacento atrás de si, ambas pingando e deixando um rastro no piso limpo. A primeira desconhecida abaixa o capuz, revelando um rosto redondo e descontente ao encarar a mim e seu entorno.

— O que é isso? — pergunto, e então a segunda pessoa retira o capuz.

É a mulher que estava na reunião de recrutamento mais cedo. Aquela alta e mandona de marrom que declarou que se juntaria à guilda.

Ah, *me mata de uma vez*. Isso não pode estar acontecendo.

— Eu *vou* parar de beber — declara Andorinha com uma voz trêmula. Ela ergue a mão como se fosse fazer um brinde, mas não segura uma caneca. — Esta noite foi uma verdadeira despedida. Adeus, bebida. Vou morrer de saudades.

— Você trouxe umas andarilhas — digo num tom de voz seco, observando as duas recém-chegadas.

— Encontrei mais pessoas para nossa turma. — Andorinha abre um sorriso radiante e então cai sobre o banco, bocejando.

— Não encontrou, não.

— Encontrei, sim. Estão bem aqui. — Andorinha aponta para as mulheres esperando ao lado. — Não está vendo?

É óbvio que as vejo. Só que essa é uma ideia espetacularmente ruim. Observo as duas mulheres encharcadas na soleira e balanço a cabeça.

— Não pode simplesmente pegar qualquer pessoa da rua e fazer dela um filhote, Andorinha. Não é assim que funciona. Esse é um trabalho perigoso.

A que estava na reunião mais cedo — a que se denominou Pardal — se endireita e me lança um olhar arrogante.

— O que te faz pensar que não queremos nos candidatar? Sabemos onde estamos nos metendo.

Andorinha solta um risinho.

— Viu só?

Interrompo-a com um aceno de mão, encarando a desconhecida. Já é ruim o suficiente que Pega esteja com uma sacerdotisa, um deslizante e a sobrinha. Já não somos levados a sério porque ela é uma bêbada e eu um taurino. Duas mulheres e um deslizante já vai piorar as coisas, mas Pega fez algumas promessas, e eu não tenho opção além de cumpri-las. Podemos muito bem reunir todos os problemas em um só grupo e perceber que estamos perdendo nosso tempo.

Todos os anos, algo assim acontece. Pega aceita os rejeitados, e então nenhum deles passa nos testes da guilda depois de meses de trabalho duro. Então eu a repreendo por sua irresponsabilidade, e ela admite que estou certo, promete mudar e passa os dias mamando a garrafa de bebida mais próxima. Assim que os estudantes chegam outra vez, ela aceita mais rejeitados. E o ciclo se repete.

Sou um bom tutor, mas preciso de alunos que se importem, e Pega não parece recrutar esse tipo. Ela escolhe os rebeldes, os perdulários, os desajeitados: qualquer coisa com que se identifique. Se ela ficasse sóbria por mais do que uma hora por dia, é provável que pudéssemos dar um jeito juntos. Contudo, como as coisas estão… não tem como.

No entanto, incluir essa mulher que já se tornou infame? É implorar por problemas.

— Só temos vaga para mais uma pessoa na turma, não para duas.

Se eu colocar essa "Pardal" em nossa turma, vão ridicularizar Pega até tirarem-na dos salões da guilda.

— As duas vão entrar — diz Andorinha, alheia ao meu raciocínio. — Ela e Gwenna.

— Não vão, não. Cinco é o número sagrado, lembra? — Aponto para a porta, indicando que as duas mulheres devem dar meia-volta e sair noite afora. — Vocês duas perderam seu tempo. Pega não terá uma turma este ano.

Parece ser a decisão mais sábia. Pega não está em condições de lecionar, e, se ela não tiver membros o suficiente para uma turma, posso desistir. Andorinha não vai se sentir ofendida por muito tempo. Encontrará outro trabalho com uma trupe itinerante. A sacerdotisa a quem Pega deve dinheiro vai ter que simplesmente aceitar. O deslizante pode encontrar outro professor, e Guillam também.

Quanto a mim...

Terei que fazer bicos até que as taxas anuais da guilda sejam pagas. Posso ser substituto em um grupo que precise de cinco pessoas, mas esteja sem um membro, ou participar de resgates. Nem ferrando que podemos mandar Pega aos túneis. Já estivemos em situações piores como parceiros de negócios, eu e ela. E eu odeio dizer isso, porque foi ela quem me deu uma chance tantos anos atrás, mas talvez também seja hora de eu seguir em frente.

Logo reprimo essa ideia. Se eu for embora, Pega não terá ninguém com quem contar além de Andorinha, e elas sem dúvida não seriam uma boa influência uma para a outra. Tenho que ficar.

E então me lembro da Lua da Conquista, e minha frustração aumenta. Por que o azar sempre tem que vir em sequência? Por que não pode ser espaçado entre fases confortáveis de monotonia? Na condição atual, todo esse azar é uma avalanche ameaçando nos soterrar.

— Pode aceitar nós duas — diz a mulher alta, sua expressão tão impassível quanto a minha. — Já li bastante sobre turmas de filhotes. Já aconteceu de tutores aceitarem alunos a mais, mas apenas cinco podem fazer os exames. Você pode lecionar a todos nós, e os cinco melhores serão testados ao fim do ano, certo?

— Você está jogando leis da guilda na *minha* cara? — Eu a encaro com toda a força que tenho, farto e irritado. Se fosse qualquer outra pessoa e qualquer outra situação, eu poderia ter achado a valentia dessa mulher divertida. Porém, estou frustrado com Pega e sua sobrinha inconsequente, e zangado por estar sendo repreendido por uma desconhecida. — Quer saber de outra lei da guilda? Que tal aquela que diz que mulheres não podem entrar para a guilda...

— Ah, nem comece com isso de novo — esbraveja a mulher, me interrompendo.

— ... sem a permissão de um guardião? — concluo.

A mulher fica boquiaberta, e suas bochechas adotam um tom cor-de-rosa.

Acho que enfim a calei. Talvez agora possa voltar a dormir.

— Já terminamos aqui? — pergunto, os braços cruzados em frente ao peito. Olho paras as duas recém-chegadas e então me viro para encarar Andorinha. — Não sei que tipo de ideia de bêbado colocaram na cabeça, mas isso aqui não vai acontecer. Podem simplesmente...

— Como alguém consegue um guardião? — pergunta a mulher de marrom de repente.

— O quê? — Faço uma carranca para ela.

A mulher gesticula para mim, indicando que devo prosseguir.

— Disse que um guardião precisa nos dar permissão. Há algo de específico sobre o guardião? Ele precisa escrever algum tipo de carta?

Elas vão mesmo discutir isso? Minha carranca fica pior.

Andorinha se intromete.

— Pega é minha guardiã!

A mulher mais baixa, de rosto redondo, aponta para a alta e mandona de marrom.

— Ela é minha guardiã.

— Muito bem, então — diz a mais alta, alisando a frente do corpete ensopado. Ela ergue o queixo como se fosse a própria rainha e me lança um olhar firme. — Sou a única que precisa de um guardião, então. Podemos falar em particular, nós dois?

Eu deveria dizer não. Sem dúvida deveria dizer não. Algo em sua postura indica que ela pensa estar com a vantagem, e, apesar de estar curioso, também sinto que uma péssima ideia está em andamento. Hesito, então me lembro da vergonha que ela causou a si mesma no salão da guilda.

— Não.

Ela me ignora como se eu não tivesse dito nada. Em vez disso, seu olhar segue a porta aberta dos meus aposentos.

— Podemos falar em particular lá.

E, antes que eu me dê conta do que está fazendo, ela vai direto para o meu quarto. Eu, um minotauro.

Um minotauro às vésperas da Lua da Conquista. Ela é... insana?

SEIS

ASPETH

MINHA CAMINHADA CALMA E desafiadora sala de estar adentro vai muito bem até eu esbarrar na beirada de uma cama.

Não estou em sala alguma, e sim no quarto do taurino. Ah. Bem, que *constrangedor*. É o que ganho por não usar meus óculos, mas não quero que ele nos rejeite pela possibilidade de achar que minha visão será um empecilho. Além disso, ele me consideraria uma dama rica, e isso não pode acontecer.

Sou muito mais talentosa do que um par de olhos embaçados pode provar, de qualquer forma. Só preciso de tempo para que a guilda perceba isso.

Então eu ajo como se estivesse tudo certo. Dou um tapinha na cama e entro confiante no quarto pouco iluminado. Como se desde o início meu plano fosse confrontar um taurino seminu ao lado de sua cama... a sós. É óbvio. Pigarreio conforme ele segue até mim, um borrão marrom-avermelhado com um brilho dourado no nariz. Queria estar de óculos, porque estou ávida para ver sua aparência com nitidez. Quero saber se seu peito é tão firme e musculoso quanto parece e se seu nariz é mesmo como o focinho de um touro ou se as histórias exageram. Seu rosto é amplo e ele tem chifres, mas as sombras e minha vista ruim escondem o restante.

— O que pensa que está fazendo? — pergunta ele em um tom baixo e ameaçador, movendo-se até ficar na minha frente, a um palmo de distância.

E então consigo ver tudo com nitidez, porque meu nariz e seu focinho estão praticamente se tocando. Consigo ver os olhos dourados e estranhamente humanos. O focinho longo e arredondado com uma argola dourada na ponta. Os chifres que irrompem da testa larga. Sua altura completa ao se agigantar sobre mim. Sua aparência é totalmente incomum, e eu só quero encarar e encarar, como a filha superprotegida de um detentor que sou.

Engulo em seco.

— Queria falar com você em particular.

Ele arqueia a sobrancelha, e é surpreendente perceber que ele tem sobrancelhas. São um pouco mais escuras que o restante de seu rosto... da sua pelagem, mas a expressão é a mesma. Ele acha que sou absurda.

Isso me coloca em um terreno familiar. Ergo os ombros e lhe lanço um olhar desafiador.

— Quero que cheguemos a um tipo de acordo, eu e você. Você ajuda Pega a treinar os filhotes, não é? Quero ser um deles. Tenho certeza de que podemos negociar os termos. É só dizer quais são. Diga qual é o seu preço.

Ele me olha de cima a baixo, o lábio inferior se curvando de leve. De alguma forma, essa expressão é ainda mais ofensiva em um taurino.

— Você não tem dinheiro algum.

— Você não sabe.

— Se tivesse, não teria caminhado até aqui na chuva. Teria pegado uma carruagem. — Ele estende a mão e dá um peteleco em uma das minhas mangas bufantes, frouxas e pingando.

Ah. Bem, ele tem razão, mas não planejo deixar que isso me impeça.

— Posso encontrar os recursos...

Um uivo raivoso surge do corredor. O taurino logo se vira, colocando-me atrás dele.

— Pelos deuses, o que é isso?

Estremeço.

— É minha gata. Acredito que já tenha passado da hora de ela comer e ela esteja bem irritada com isso. — Chilreia sempre escolhe os momentos mais inoportunos. — Mas tenho comida para ela. Não vai ser um problema, e ela não vai acordar os outros residentes.

Ele se vira para me lançar um olhar incrédulo.

— Você trouxe um gato...?

— Bem, sim. Os folhetos que li informavam que os estudantes da guilda ficavam no ninho de seus mentores, ou seja, sua residência, durante o período de treinamento. Este é o ninho da Pega, não é? Parece ser uma habitação da guilda...

— Eu sei o que é um ninho — interrompe ele, balançando a mão na minha frente. — Você não vai ser uma aluna aqui.

— Por que não? Pega é a melhor de sua geração e uma mulher. É lógico que quero aprender com ela.

O taurino me encara. Com seriedade.

— Olha. Você parece ser determinada, e, apesar de estar torrando minha paciência, vou te dar um conselho. Você não quer este ninho. Somos um desastre. Pega não é a tutora certa, e isso significa que todas as responsabilidades recaem sobre mim. Os taurinos não são respeitados pelo restante da guilda, então, se sua intenção é provar seu valor, não sou o tutor certo para você. Além disso, esta turma vai estar arruinada no mês que vem. Você vai se dar melhor se procurar outro lugar.

As palavras dele me fazem vacilar, porque parecem ser sinceras. Seria melhor para mim se fosse aceita pelo professor mais respeitado da guilda, e, pelo jeito, esse não é caso de Pega. Isso é incrivelmente decepcionante, e ainda assim... agora estou curiosa.

— Por que a turma vai ser arruinada mês que vem?

Ele me encara com frieza.

— Porque eu serei o professor.

Espero pela explicação mais detalhada.

Quando ela não vem, pergunto outra vez:

— Por que você vai estar arruinado no mês que vem?

Ele troca o peso dos cascos, e eu escuto o rangido do assoalho sob eles. O taurino leva as mãos aos quadris e se aproxima, e eu sinto um leve cheiro de... couro? Não pode ser. Entretanto, o que quer que seja, é um cheiro bom e terroso. Fico tão distraída com sua fragrância agradável e sua proximidade que quase não escuto o que diz.

— Você não sabe nada sobre taurinos?

Pisco, encontrando seu olhar.

— Eu deveria?

— É você quem está o tempo todo ostentando seu conhecimento sobre a guilda. Me responde. — Ele aponta para mim de modo impaciente.

— Para ser sincera, os taurinos não são muito citados nos livros e folhetos que li.

Ele solta um risinho irritado.

— É lógico que não.

— Então, por que mesmo você vai estar arruinado no mês que vem? — insisto. Minha mente está a mil. Talvez esse mês me faça ganhar tempo. Talvez eu possa convencer outro tutor a me aceitar se este não planeja ensinar até o fim do ano. Talvez...

— Não posso falar a respeito — diz ele com um tom de voz rude. — Você nitidamente é uma pessoa educada, o que significa que sua família é rica. Não quero que um mercador apareça para me transformar em sela porque contei coisas sujas a sua filhinha inocente.

Sinto meu rosto esquentar, e um arrepio proibido me percorre com a ideia de *aprender* coisas sujas. Quanto mais ele desvia do assunto, mais eu quero saber o que acontecerá no mês que vem.

— Fique sabendo que não sou filha de mercador nenhum, nem inocente. Tenho trinta anos e sou uma solteirona. Pode me contar tudo.

Por favor, me conte tudo.

Ele passa a mão pelo focinho longo e então puxa a argola das narinas em um gesto que só pode ser de pura irritação. Em seguida, mexe os cascos outra vez, o assoalho voltando a ranger com sua agitação.

— Sou um taurino prestes a ficar cercado de mulheres às vésperas da Lua da Conquista.

— E...?

Posso jurar que seus olhos ficaram maiores.

— Mulher, como acha que os taurinos se reproduzem?

Meu rosto parece estar pegando fogo. Para ser sincera, tudo o que sei sobre procriação é o que li em romances sórdidos que utilizam palavras como *ondas de êxtase* e *prazer hipnotizante*, nada muito além disso. Passo por cima disso com confiança, como faço com tudo na vida.

— Suponho que taurinos se reproduzam como todos, hum, se reproduzem.

— Entramos no cio. — A voz dele é seca. — Nós *acasalamos*.

Pelo amor dos deuses. Minha língua parece estar grudada no céu da boca, e eu o fito com um fascínio horrorizado.

— A cada cinco anos, todos os taurinos entram na temporada de acasalamento durante a Lua da Conquista. Nossa vida passa a girar em torno de sexo. De foder. De conquistar uma fêmea. De segurá-la e enfiar... — Ele ergue as mãos como se estivesse segurando uma mulher invisível e na mesma velocidade para, se recuperando. — Deu pra entender.

Ainda estou presa à palavra *acasalamento*. Eu o encaro, imaginando-o se agigantando sobre mim, me segurando e então... ondas de êxtase, acho. Há um calor percorrendo meu corpo da maneira mais deliciosa possível, e sinto que estou deixando passar o elemento crucial do porquê isso é assim tão terrível.

— E sua esposa, ela não vai gostar que você tenha uma turma cheia de mulheres quando estiver nesse cio lunar?

Ele se afasta, e tenho um vislumbre de uma cauda balançando, até que volta marchando até mim, cheio de frustração e intensidade em seu olhar.

— Não *tenho* esposa. Esse é o problema. Não tenho um escape para... esse *momento*. Agora entende por que isso não vai dar certo? Você precisa de um professor, e eu vou estar completamente imprestável.

— E a Pega...?

O taurino balança a cabeça.

— Não vai estar disponível para lecionar. A não ser que esteja perguntando se eu cruzaria com ela e... não. Não. — Ele estremece. — Entendeu agora?

— Então... você precisa de uma esposa — repito devagar. — Por causa dessa lua inoportuna.

Ele solta uma risada de frustração.

— Sim, lógico, uma esposa. Só preciso de uma mulher que esteja disposta, mas uma esposa seria o ideal.

— É perfeito — digo a ele, meus pensamentos acelerados com o entusiasmo. — Você disse que eu preciso de um guardião, certo? E que guardião seria melhor do que o meu marido? Podemos nos casar, e o problema dos dois estará resolvido!

A expressão em seu rosto se torna completamente horrorizada, como se eu tivesse pisado em uma pilha de fezes.

— Não pode estar falando sério.

Eu me sinto um pouco insultada com a reação.

—Acontece que estou falando muito sério. Eu preciso de um marido, e você, de uma companheira de cama. Podemos suprir as necessidades um do outro. — Paro de falar, erguendo um dedo. — Precisamos de um bebê? Temo que isso encurtaria minha carreira como artífice da guilda.

— Nada de bebê. Só acasalamento. — Ele passa a mão grande pelo focinho outra vez e encontra meu olhar. — Você não está se oferecendo de verdade para transar comigo só para entrar na escola da guilda, né?

Por que ele está tão chocado? Sou filha de um detentor. Cresci sabendo que sexo e casamento seriam apenas negócios para mim de qualquer forma. Que eu não me casaria com quem escolhesse, e que com certeza não me casaria por amor. É por isso que a traição de Barnabus foi tão devastadora. Eu achei que tinha dado sorte e me apaixonado.

O estimado Barnabus Chatworth ficaria horrorizado ao saber que me casei com um taurino, isso deixa a ideia ainda melhor. Que eu me casei com um funcionário normal da guilda, e não com o herdeiro de um detentor, nem mesmo um homem rico.

No entanto, esse taurino não sabe que sou filha de um detentor. Deve achar que passei a vida sonhando com o amor.

— Se transar com você for me colocar nas salas de aula da guilda, sou totalmente a favor, senhor.

Aquela sobrancelha desgrenhada dele se ergue de novo, e ele se agiganta sobre mim mais uma vez. Talvez seja coisa de taurino se valer de sua altura para intimidar, mas eu me recuso a recuar. Nós nos encaramos, praticamente encostando nariz e focinho, e eu mantenho o olhar firme apesar do meu coração que palpita.

— E se eu mandasse você se deitar na minha cama agora mesmo? — pergunta ele em um tom de voz baixo e ameaçador.

— Diria para me dar uma certidão de casamento primeiro — retruco.

Ele se afasta e solta uma risada, balançando a cabeça para mim.

— Não te entendo. Não está com medo?

— Medo do quê?

— De se casar com um desconhecido. De se casar com um taurino. De se prender a alguém que acabou de conhecer.

— Tenho trinta anos — pontuo. — E, como você supôs, sou pobre. Não sou nenhuma beldade. Que outras opções acha que eu tenho neste mundo? — Não menciono toda a questão de ser filha de um detentor porque suspeito que ele simplesmente tentaria pedir um regate para me devolver ao meu pai, ou me mandaria de volta à fortaleza de uma vez, e nenhum dos dois atende aos meus objetivos. Balanço a cabeça para ele, me esforçando ao máximo para parecer a solteirona amargurada que estou tentando ser. — Esta é minha única chance de ser alguém. Não vou deixar que nada me impeça. Se isso significa um casamento de fachada, tudo bem. Outras pessoas já se casaram por motivos menos úteis. — Abro um sorriso radiante. — E, se percebermos que não somos compatíveis, sempre podemos nos divorciar.

— Não até que a Lua da Conquista passe.

— Não até lá.

— O divórcio mancha a reputação de uma mulher.

— Assim como ser pobre, velha e feia. Vou arriscar.

Ele bufa de novo.

— Você não é feia. É *maluca*. E, não, isso não vai dar certo.

Reprimo a vontade de me envaidecer com o elogio indireto.

— Você mesmo disse que não tem esposa. Que a turma vai ficar arruinada sem você. Eu preciso de um guardião e preciso me juntar à guilda como aprendiz. Por que não podemos ajudar um ao outro? Não vou ser sentimental quanto à minha honra, e você também não deveria. Você tem algo de que preciso. Eu tenho algo de que você precisa. — Tento não corar e falho. — Vamos ser racionais.

— Está dizendo para *eu* ser racional?

— Estou. Você me acha repugnante? O problema é esse? Entendo que não sou lá tão bonita. — Estou caçando outro elogio de um taurino seminu no meio da madrugada, sendo que deveria estar concentrada no meu plano? Sem dúvida.

O taurino me encara por olhos semicerrados.

— Qual é seu nome mesmo?

— Pardal. E o seu?

— Hawk. Um nome que conquistei. Você não conquistou o seu ainda. Qual o seu nome real?

Hawk. Significa falcão, ou seja, um nome forte, respeitável e perigoso. Deveria ter previsto. Mantenho o queixo erguido apesar de seu tom desdenhoso.

— Por que precisa do meu nome verdadeiro?

O vislumbre de um sorriso desponta em sua boca estranha.

— Se vamos nos casar, preciso saber como te chamar.

Meu coração palpita. Ah. Minha mente acelera, tentando pensar em um bom nome falso e não encontrando nenhum.

— Aspeth — deixo escapar, e por não ser tão comum e pela possibilidade de ele ter ouvido falar de mim, continuo: — Como a filha do detentor. Mas não tem nenhuma relação! E todos abreviam o nome. Pode abreviar também.

Oh, pela deusa, agora estou tagarelando para encobrir a mentira.

Ele me lança um olhar estranho.

— Como devo abreviar Aspeth? Para... você sabe, Ass, que nem bunda?

— Que *grosseria*! Pode me chamar de... Peth. — Deuses, isso soa ridículo. Espero ele comentar que também tenho trinta anos e sou solteira, assim como a filha do detentor.

No entanto, tudo o que diz é:

— Tem certeza? — Quando concordo, ele se aproxima. — Se me deixar desamparado na Lua da Conquista depois de todo esse planejamento, vou te caçar, *Aspeth*.

— Ninguém vai ficar desamparado durante a Lua da Conquista — digo animada. — Sem desamparo. Só conquista! Ou seja lá o que você gostaria de fazer.

Por mais estranho que pareça, suas narinas se alargam, e ele me lança outro olhar demorado e questionador.

— Que os deuses nos ajudem. Acho que sou um otário por concordar.

Sorrio, feliz por ter conseguido o queria. Tenho certeza de que o cio causado pela lua vai ser distrativo, mas fácil de se contornar. O importante é que agora tenho um professor e uma vaga como aprendiz. Nada vai me parar.

SETE

ASPETH

TENTO NÃO AGIR COM arrogância conforme ele me leva para fora do quarto. Fazê-lo concordar em me deixar entrar para a turma de filhotes foi surpreendentemente fácil. Minha mão em casamento? Uma virtude que não planejo explorar? Brincadeira de criança.

Vou pensar nas consequências depois. Por enquanto, simplesmente sinto que consigo respirar pela primeira vez desde que cheguei aqui em Vasta. Vou me juntar à guilda. Não vão me mandar de volta para casa. Vai ficar tudo bem.

— Vocês duas estão determinadas a seguir com isso? — pergunta Hawk quando me reúno a Gwenna no corredor. — Não tenho como convencê-las a desistir?

— A mim, não — respondo de imediato e tento não encarar Gwenna demais. Não a culparia se me abandonasse a esta altura, mas... vou sentir muito a falta dela. Tê-la ao meu lado é a única coisa que me impede de ter um ataque de nervos conforme surge um obstáculo atrás do outro.

— Ficarei ao lado de Aspeth — diz minha antiga criada, erguendo o queixo. — Não vou a lugar algum.

Sorrio para ela.

— Vamos nos divertir tanto...

— Isso não se trata de diversão — rosna o taurino para mim. — Se o que espera disto é "diversão", então é melhor dar meia-volta agora e sair por aquela porta.

Gwenna e eu trocamos caretas diante da postura ranzinza dele. Caramba.

— Este é um trabalho perigoso, e é por isso que o treinamento é tão importante. Se não vai levar isso a sério... — Ele hesita, olhando ao redor. — Pelos cinco infernos, onde a Andorinha se meteu?

— Ficou com ânsia — explica Gwenna. — Saiu para encontrar uma latrina.

Hawk solta um suspiro pesado, então coça o focinho longo e marrom. Quero encará-lo com fascínio, porque nunca passei tanto tempo perto de um taurino antes, mas parece ser grosseria. Acho que poderei encará-lo depois que nos casarmos.

Pela deusa. Vamos nos *casar*. A ideia me parece ao mesmo tempo absurda e bizarra. Se ele descobrir que sou herdeira de um detentor, vai me mandar de volta ao meu pai — ou me chantagear por dinheiro e artefatos que não possuo. É essencial que ele nunca descubra.

— Certo. Que seja — diz Hawk depois de um longo momento. — Vou mostrar seus aposentos. Sigam-me antes que eu mude de ideia.

E então ele me lança um olhar profundo.

— Ótimo — falo com alegria. — Obrigada.

Nós paramos, e eu observo meus arredores, maravilhada. Tentei imaginar como os ninhos — os dormitórios onde os filhotes moram até terem as próprias acomodações oficiais da guilda — são. Está escuro, e estou sem óculos, mas o lugar parece ser aconchegante o bastante. O piso de assoalho é barulhento sob meus pés, e uma corrente de ar entra de algum lugar. Há duas cadeiras perto de uma grande lareira ao lado da entrada, e no patamar da escadaria há um quadro que não consigo distinguir. Imagino que no andar de cima seja onde os alunos fiquem. É um pouco precário como um todo, mas isso só deixa tudo mais charmoso.

Gwenna puxa o carrinho pela porta. Antes que possa arrastá-lo mais, o taurino solta um suspiro pesado, vai até ela e ergue o negócio inteiro, segurando-o contra o peito como se não pesasse nada. É mais uma demonstração de força do que de gentileza, e eu fico desconcertada conforme ele sobe a escada.

Gwenna também fica. Ela me lança um olhar desconfiado quando pego a bolsa de transporte de Chilreia e a coloco debaixo do braço.

— Mudar de ideia sobre o quê? Do que ele está falando?

— Ele vai ser meu guardião — murmuro animada. — Para que eu possa entrar para a turma de aprendizes da guilda.

— E como conseguiu convencê-lo disso?

— Explico depois.

A expressão que ela faz é nitidamente de descrença, mas continuo sorrindo. Ando atrás do taurino conforme ele sobe a escada marchando, seus cascos causando ruídos contundentes na madeira. Ele vai até a última porta do corredor estreito e a abre, revelando um pequeno quarto com uma cama de solteiro, um tapete esfarrapado no chão e um baú ao pé da cama.

— Dormitório — diz simplesmente.

— Maravilhoso — digo, e estou sendo sincera. Esta é a experiência autêntica, e estou amando cada segundo. — Pelo jeito vamos dividir o quarto, Gwenna.

— Esta noite, vão — concorda ele, olhando para mim sem se virar. — Amanhã vai dormir comigo. Iremos atrás de um sacerdote de manhã.

— Quê? — grita Gwenna.

Aceno para ela, indicando que precisa ficar quieta. Explicarei tudo quando estivermos à sós.

Hawk vai até o baú, e não posso deixar de notar que, mesmo com seu corpo grande e forte, ele se desloca com uma graciosidade fascinante. Todos os taurinos são grandes assim ou seu tamanho é único? Encaro seu flanco carnudo e as calças que quase caem por seu traseiro atrás da cauda...

Gwenna dá um puxão na minha manga molhada, me encarando furiosa.

— Depois — gesticulo com a boca, balançando a cabeça de leve. — É tudo muito encantador, obrigada, Hawk.

— É "professor Hawk" para todos os filhotes — corrige ele enquanto abre o baú e aponta para o conteúdo no interior. — Uniformes. Vocês os vestirão todos os dias enquanto estiverem nesta casa. A faixa deve ser colocada no ombro direito. É uma faixa branca simples para um filhote. Estejam de pé às oito para o café e a inscrição da turma. Depois disso, vamos direto para o treinamento. — Antes que eu possa dizer qualquer coisa, ele se vira e vem até mim, prendendo-me com seu olhar.

— Você... acorde mais cedo.

— Certo. Pode deixar, professor Hawk. — As palavras parecem tão estranhas quando ditas juntas que não posso deixar de provocar. — Tem certeza de que não quer que eu te chame de "mestre"?

O olhar que ele me lança poderia fazer a grama murchar.

— Não sou mestre da guilda. Nenhum taurino é. — Ele sai apressado do quarto, quase derrubando Gwenna na pilha de malas do carrinho. — Durmam. Andorinha sabe cuidar de si mesma.

— Quando vamos conhecer a Pega? — pergunto atrás dele.

Hawk me ignora e segue escada abaixo. Grosseiro. Talvez vejamos Pega de manhã, então. Uma onda de emoção me atravessa ao pensar em conhecer minha heroína de infância. Sonhadora, me viro e coloco a bolsa de transporte de Chilreia no chão... e então percebo que Gwenna está me encarando.

Fixamente.

— Que história foi essa? — pergunta Gwenna, seu tom de voz calmo de forma ameaçadora.

— Convenci o professor Hawk de que nós duas temos que entrar para a escola para equilibrar os números. — Libero Chilreia da bolsa, e ela logo sai com um olhar de indignação, seus pelos laranja arrepiados por causa da chuva. — Já está tudo resolvido.

— E como o convenceu, pode me dizer?

— Com minha personalidade encantadora? — Quando ela continua de cara feia, percebo que não está acreditando. — Ele precisa de uma esposa...

O grito de Gwenna ecoa pelo quarto.

— O quê?!

De imediato, corro até ela e tapo sua boca, sentando-me ao lado dela na cama.

— Shhh! Não quero que ele mude de ideia!

— Você *enlouqueceu*? — sibila ela. — Vai transar com um desconhecido só porque ele precisa de uma esposa? Ele sabe quem você é?

— Não, e nenhuma de nós vai contar!

— Aspeth, ele tem *cascos*.

— Bem, tenho certeza de que as outras partes do corpo são razoavelmente normais. Não acha? Mas pelo jeito haverá um tipo de festival de acasalamento. — Eu ignoro o gemido de horror de Gwenna e continuo: — Ele precisa de uma parceira de cama. E eu preciso de um guardião, então tudo se encaixa muito bem para nós dois. Não me olhe assim.

— Seu pai...

— Vai morrer se eu não conseguir alguns artefatos. Levar um taurino para a cama é o menor dos meus problemas.

— Bem, não surpreende você ter conseguido fazê-lo aceitar — murmura ela. — Cabra velha safada.

— Não acho que ele seja tão velho. E ele é um taurino. Não há nenhuma cabra envolvida, só touro.

Ela aponta para mim.

— Você é a pior, e esse plano é péssimo.

— Não vai me dedurar, vai?

Gwenna suspira pesado.

— Não. Acho que não vou. Mas se me chamar de "Noivinha" de novo, não garanto nada.

☙

Passo a noite com frio na barriga. Eu nem pisco, só encaro o teto na escuridão enquanto Gwenna ronca ao meu lado na cama, Chilreia deitada nos meus peitos, o local onde costuma dormir. A gata é extremamente pesada e pressiona meus pulmões, mas não ligo. É um peso reconfortante tê-la ali, e eu a acaricio e tento organizar meus pensamentos.

Vou me casar com um desconhecido amanhã.

Um desconhecido com cascos, como Gwenna bem observou. O formato do rosto dele é completamente diferente do meu. Suponho que beijos estejam fora de cogitação... e então me pergunto por que sequer estou pensando em beijar. Eu gostava de beijar Barnabus, mas seus beijos eram uma mentira para me fazer casar com ele. Prefiro me comprometer com um homem honesto que não beija do que com um meloso que mente.

Ainda assim, eu preferiria me juntar à guilda sem homem algum, mas suponho que não possa ter tudo.

Horas se passam, e, quando o amanhecer começa a surgir no céu, me levanto e dou a ração seca para a gata, então me visto com o uniforme que encomendei para este dia. Há meses tenho feito planos para a guilda, então mandei fazer uma versão sob medida da farda extremamente básica dos filhotes. Cada filhote usa calças marrom com diversos bolsos, botas de couro que vão até o joelho e uma camisa branca lisa por baixo de um casaco da guilda encrustado com fileiras de botões. Acima do casaco bem fechado, uma faixa da guilda é usada presa sobre um dos ombros, exibindo as honrarias daquele artífice da guilda em particular. A minha está vazia no momento, mas a coloco mesmo assim. Minhas botas são de um couro minuciosamente trabalhado com pardais decorativos subindo pelas laterais, junto aos botões, e eu possuo braçais combinando que ficam muito bonitos e mantêm minhas mangas grandes e bufantes fora do caminho. Minha camisa é completamente branca, como deve ser, mas garanti que fosse feita do melhor linho possível, e a combinei com uma sobressaia marrom feita de uma seda brilhante que cintila sob a luz.

Estou bem elegante, na minha humilde opinião. Eu me sinto bem armada contra os comentários depreciativos que é provável que os homens da guilda façam esta manhã, quando eu surgir para as aulas com o restante da turma de Pega. É um ultraje que esses homens pensem que mulheres não podem caçar artefatos tão bem quanto qualquer um... como se o gênero tivesse alguma influência.

Coloco os óculos, dou uma olhada na minha aparência no pequeno espelho preso à parede, prendo algumas mechas soltas em um coque baixo, então tiro os óculos outra vez e os escondo em um dos baús. Não posso deixar que ninguém saiba dos meus problemas de visão até estar oficialmente dentro.

Engolindo com força, dou uma última olhada em Gwenna, que ainda está na cama, e em minha querida Chilreia, que come os últimos grãos de ração com vontade. Eu me ajoelho para coçar o queixo laranja da gata. Ela vai ficar bem sozinha no dormitório enquanto estivermos aprendendo, e Gwenna se certificará de colocar mais comida e água e de trocar seus tapetinhos sanitários.

— Tenho que ir — sussurro para Chilreia. — Estou indo me casar com um taurino. Me deseje sorte.

Chilreia simplesmente ronrona e se deleita nas minhas carícias, alheia à bagunça em minha mente. Ela fica feliz desde que tenha ração e um lugar confortável onde deitar a cabeça. É com Gwenna que estou preocupada — e se ela mudar de ideia e expuser a verdade sobre a minha identidade? Somos amigas, mas eu sei que ela pode ser teimosa quando acha que estamos fazendo alguma tolice.

Casar-me com um desconhecido? Isso deve configurar o ápice da tolice, na opinião racional de Gwenna.

Desço a escada, tomada pelo frio na barriga. Alguém abriu as cortinas, e a luz entra no dormitório. Ele é um pouco rústico, com vigas pesadas de madeira e móveis tão pesados quanto localizados em lugares estratégicos, mas acho que faz sentido, considerando que um taurino quebraria qualquer coisa delicada. É aconchegante, no entanto. Há uma prateleira com livros de frente para a lareira, e uma mesa cheia de papéis no caminho para o que deve ser a área da cozinha. Não há ninguém por perto, e tenho um momento para prestar atenção no retrato da mulher de aparência forte no patamar da escada. Ela está com uma faixa da guilda sobre um dos ombros, e calças. Seu rosto transparece admiração, e ela segura uma caixa brilhante nas mãos, estendendo-as para o espectador. Deve ser a Pega.

Uma caixa? Eu me pergunto qual de suas tantas descobertas está ali dentro. Chego mais perto, tentando focar o olhar. Talvez não seja Pega, no fim das contas? A faixa que ela usa é a vermelha de um mestre da guilda, no entanto. Que estranho. Praticamente encosto o nariz na pintura, tentando colocar o objeto em foco.

— O que está vestindo?

A voz áspera ecoa pelos corredores silenciosos do dormitório, e eu estremeço, me virando no topo do patamar.

É o taurino, no pé da escada. Ele está usando um uniforme da guilda parecido com o meu, mas seu ombro está coberto com o azul vivo da faixa e com algo brilhante que não consigo distinguir. Ele não está com um casaco da guilda e parece tão casual que não sei o que pensar. Decido ignorar sua falta de vestes e abro um sorriso.

— Ah, bom dia, professor Hawk. Estava admirando o quadro. — Aponto para ele, atrás de mim. — Você não sabe...

— *O que está vestindo?*

Ele repete a frase no mesmo ritmo despreocupado, mas de toda forma há um toque de ameaça em seu tom de voz. Isso faz meu sangue ferver, e minha coluna fica tensa. Ele vai precisar aprender a lidar com mulheres se planeja se casar comigo, porque, quanto mais recebo ordens, menos me sinto disposta a segui-las.

— É Pega no quadro?

Hawk aponta para o pé da escada, como se indicando que eu deveria ir até lá, e rápido.

Apesar de estar irritada, preciso dele. Não posso me dar ao luxo de deixar brava a pessoa necessária para me inscrever no programa de estudos dos filhotes... pelo menos não no primeiro dia. Quando estiver totalmente inserida no treinamento, não darei a mínima para o que ele pensa de mim. Contendo minha irritação, desço os degraus e paro no local que ele indicou.

— O que você está vestindo? — pergunta ele outra vez.

— Um uniforme. — Tiro um fio de pelo felino da Chilreia da minha manga. — Por quê? Está amassado?

— Esse não é o uniforme que te dei. — Perto assim, consigo ver o desgosto em seu rosto incomum.

— Não é mesmo. Este foi feito sob medida antes de eu ir embora de casa.

Ele cruza os braços em frente ao peito e me encara por cima.

— Não está levando isso a sério? É tudo uma piada para você? Porque podemos dar um fim nisso agora mesmo...

— É lógico que estou levando a sério! — Coloco as mãos nos quadris e o encaro. — É de pensar que isso é óbvio, considerando que mandei fazer um uniforme antes mesmo de chegar aqui. Está me ofendendo ao sugerir o contrário.

— Todos usam os mesmos uniformes quando filhotes — diz ele naquele tom de voz ameaçador. — O mesmo uniforme maltrapilho. Quer ser levada a sério? Então vai se trocar.

— Usar uma camisa sob medida não significa que não sou séria...

Ele se aproxima, e eu recuo no mesmo instante, o focinho dele na minha cara.

— Quer que eu arranque essas roupas de você, Aspeth? É esse seu objetivo aqui?

Solto um gritinho de angústia, piscando para ele. Hawk é ameaçadoramente alto. E um tanto assustador.

— Q-Quer mesmo começar nosso casamento arrancando minhas roupas?

— Por mais que eu vá adorar fazer nada além disso daqui a cerca de três semanas — murmura ele naquela voz fatal —, agora simplesmente quero que se troque. Entendeu?

Assentindo com dificuldade, seguro o fôlego até ele dar um passo para trás e indicar as escadas de novo. Dessa vez, subo os degraus correndo, voltando aos meus aposentos. Ao chegar, retiro minhas roupas sob medida com as mãos trêmulas e tiro o conjunto bem mais simples debaixo de Chilreia, porque é lógico que ela se aconchegou nele. Agora as roupas estão amassadas e cheias de pelo de gato, mas, se é isso que o professor Hawk quer, é isso que o professor Hawk terá.

Não acredito que vou me casar com esse rabugento. Sou uma estúpida. Enfio a camisa desajustada dentro das calças e me pergunto se deveria simplesmente assumir a derrota e recuar. Voltar à fortaleza do meu pai e...

E então o quê? Esperar que uma fortaleza inimiga apareça e arranque minha cabeça? Esperar que conquistem nossas terras e simplesmente rezar para que estejam se sentindo caridosos e me enviem a um convento? Não, esta é minha única opção.

Irritada com Hawk — e comigo mesma por hesitar —, volto ao andar de baixo, desta vez vestida em uma camisa que está apertada demais no busto e me deixa corpulenta e matronal, porque a cintura não está ajustada. A calça mal serve no meu traseiro, e suspeito que, se eu precisar me sentar em algum momento, ela vai rasgar. No entanto, estou usando o uniforme que ele queria.

— Feliz agora?

— Muito — diz ele sem emoção. — Vamos indo. Você precisa estar na matrícula em duas horas.

Hawk joga uma capa marrom sobre meus ombros e também coloca uma. Ele ergue o capuz, seus chifres que apontam para a frente, deixando o volume de tecido acima de sua cabeça enorme, as pontas saindo da bainha de leve. Seguindo sua deixa, também ergo o capuz e saio pela porta da frente atrás dele.

Apesar de estar tão cedo, a cidade está movimentada. Descemos a rua lotada, por pouco não sendo atingidos pelo conteúdo de um penico que alguém esvazia acima, e eu o sigo a trote. Mantenho-me próxima, porque não quero que ele use qualquer desculpa para cancelar tudo.

Fico um pouco surpresa quando ele me leva ao templo de Asteria mais próximo. Pensei que os taurinos cultuassem o ancião Garesh, deus da guerra e destruição. Talvez ele não seja o deus certo para um casamento, mesmo sendo o de um taurino. Hawk marcha templo adentro, seus cascos ecoando de forma desrespeitosamente barulhenta no chão. Uma freira recebe doações perto da frente do altar, e ele segue direto até ela, tirando uma bolsinha de moedas da cintura.

— Preciso me casar, rápido. Chame uma sacerdotisa.

— Por favor — adiciono com educação, parando ao seu lado e segurando seu braço.

— Shhh — diz ele.

— Se vai sair exigindo coisas, ao menos tenha a decência de colocar um "por favor" no fim. Vai perceber que as pessoas ficarão muito mais dispostas a cooperar com você.

Ele abaixa o capuz, virando-se para me lançar um olhar incrédulo.

— Está me dando um *sermão*?

Dou de ombros. Talvez ele pense que o sermão foi desnecessário. Nisso teremos que concordar em discordar.

Hawk bufa, como se não pudesse acreditar no que ouviu. Fico esperando que se desvencilhe do meu braço, mas ele não o faz. Suponho que, se o fizesse, isso arruinaria a ilusão de nosso casamento precipitado. A sacerdotisa chega alguns minutos depois, com uma expressão confusa no rosto enrugado.

— Estamos no meio da semana, meus queridos. Um casamento no fim de semana, quando a deusa está em repouso, é abençoado. Não preferem esperar?

— Não vamos esperar. — Hawk soa rude e mal-humorado como sempre.

— Tem que ser hoje — tento explicar com um sorriso gentil.

A sacerdotisa pisca e então se aproxima, abrindo-se comigo.

— Minha querida, se estiver gestando, alguns dias não farão diferença, e a criança talvez precise da bênção da deusa mais do que ninguém.

Encaro-a horrorizada. Ela acha que estou grávida? Olho surpresa para Hawk, e então de volta para a sacerdotisa. Ela está ignorando Hawk como se ele não existisse, seu olhar totalmente voltado para mim, e não sei se eu deveria rir ou ficar ofendida. Decido ficar ofendida e finjo me aproximar para também me abrir com ela, minha voz propositalmente alta.

— Se eu tiver que passar mais uma noite sem esse macho viril na minha cama, morrerei. O casamento *tem* que ser hoje.

Ela solta um som de angústia, e, em algum lugar atrás dela, ouço o riso abafado de uma noviça.

— Entendo. — Ela se recompõe e estende a mão, e a noviça coloca a bolsinha de dinheiro ali. — Suponho que a deusa ame o... hã, amor. Segure as mãos de seu parceiro, e eu unirei vocês.

— Espere — peço, olhando para Hawk. — Não precisamos de testemunhas?

— A igreja registra todos os casamentos — diz ele.

— Por mais uma moeda, vocês podem levar um lindo certificado para exibir no altar de sua casa — adiciona a sacerdotisa, estendendo a mão para receber outra moeda.

Hawk entrega sem hesitar, e suponho que estamos prestes a nos casar.

OITO

HAWK

25 dias para a Lua da Conquista

AS MÃOS DA MINHA nova noiva estremecem nas minhas suadas, suas cutículas cobertas de pequenas casquinhas causadas pelo hábito excessivo de roê-las. Sua expressão é suave e calma, mas os tremores expõem seu nervosismo. Ela está tão ansiosa por causa desse casamento quanto eu, e, quando a sacerdotisa profere a última parte da oração matrimonial, Aspeth solta um suspiro de alívio e me lança um sorriso rápido, que me pega desprevenido e faz minha cauda balançar.

Ainda estou pensando sobre antes, repetindo várias vezes em minha mente o momento em que Aspeth percebeu que a sacerdotisa estava me ignorando. *Se eu tiver que passar mais uma noite sem esse macho viril na minha cama, morrerei.* Ela constrangeu a si mesma — e a sacerdotisa — apenas para acabar com qualquer argumento, e sei que foi por minha causa.

Foi... gentil.

— Feito. Estão casados sob as bênçãos da deusa — diz a sacerdotisa. Seu olhar passa por mim de forma desdenhosa e volta a se concentrar na postura calma de Aspeth. — Não é necessário selar a união com um beijo.

— Ah, nós vamos nos beijar — rebate minha nova esposa, animada. — Não quero que ninguém pense que não estamos unidos. — Ela coloca a mão na parte da frente da minha camisa limpa e passada da guilda e me puxa para si. Antes que eu sequer possa pensar em como vou encaixar minha boca na sua achatada de humana, ela dá uma bitoca na ponta coriácea do meu nariz. — Pronto.

Ela olha para mim e, com impulsividade, estica os braços e me dá um abraço rápido.

— Então está feito — diz a sacerdotisa com um vestígio de desgosto no tom de voz. — Vão com a deusa.

— Nosso certificado, por favor. — Aspeth agarra meu braço e sorri para a mulher como se fosse mesmo a noiva mais feliz de todas.

O sorriso da sacerdotisa é tenso.

— É lógico. Mas devo dizer que não estou familiarizada com a cerimônia das argolas do povo taurino. — O olhar que ela me lança é incisivo. — Temo que precisarão procurar outro lugar para isso.

— Cerimônia das argolas? — pergunta Aspeth.

Pelos cinco infernos, não vou explicar essa tradição matrimonial a ela.

— Vamos pular. Faremos tudo ao modo humano — digo de maneira rude, e pego minha nova esposa pelo braço. — Vá logo com esse certificado. Estamos com pressa.

A sacerdotisa se adianta, e Aspeth me lança um olhar de curiosidade.

— Devo perguntar sobre a cerimônia das argolas?

Aquela em que ela coloca um anel ao redor do meu pênis e das minhas bolas para mostrar que sou dela e eu perfuro sua vagina com um parecido (ainda que um pouco menor) para demonstrar minha fidelidade? É uma cerimônia romântica. Além disso, funciona bem melhor com uma taurina fêmea, que é tão esplendorosamente grande quanto forte. Não posso imaginar algo assim com Aspeth, por quem não sinto nada além de um leve aborrecimento. Imagino apertar sua boceta entre os meus dedos até que o clitóris apareça e então perfurá-lo com uma argola para provar que ela é minha, e meu pau se contrai.

Certo, não sinto nada além de um leve aborrecimento *e* um vestígio de tesão por culpa da lua.

— Não pergunte sobre as argolas.

Ela assente, e deixamos o assunto de lado.

Pouco tempo depois, estamos com o certificado e nos apressamos de volta ao dormitório de Pega. Lá está tudo um caos, como eu sabia que estaria. Os estudantes estão na cozinha, em estágios variados de prontidão. Andorinha está de ressaca, a cabeça deitada na mesa, seu cabelo no rosto. A pequena sacerdotisa que chegou na noite anterior está uniformizada, mas parece prestes a cair no choro conforme discute com Andorinha sobre quem está no comando. Ela segura um cordão de prece com força e praticamente cai de joelhos quando voltamos. A companheira de Aspeth está ocupada passando a camisa, usando nada além de uma camisola enquanto se inclina sobre o fogão da cozinha. Há outras duas panelas no fogão, as duas borbulhando e sibilando. O deslizante é o único que está calmo, vestido em um uniforme pequenino, as mãozinhas dobradas na cintura, mas ele está carregando sua enorme casa nas costas, apesar de eu ter dito várias vezes para não fazê-lo.

Além de tudo, há um gato laranja estranho no centro da mesa, comendo os restos da carne de porco seca.

— Onde está Pega? — resmungo, tentando não perder a cabeça com a bagunça.

— Onde sempre está — diz Andorinha, pressionando a palma da mão contra a cavidade ocular. — Dormindo.

Minha raiva aumenta um pouco mais. Compenso a ausência de Pega muitas vezes, mas a iniciação dos filhotes é um dos momentos em que ela precisa comparecer. Não deveria ficar surpreso por ela ainda estar bêbada, mas sem dúvida estou ficando mais e mais irritado a cada minuto que passa. Cabe a mim resolver tudo mais uma vez e inventar desculpas para ela. Apesar de dever minha vida a Pega e estar disposto a trabalhar com ela até o fim dos meus dias, é difícil manter a lealdade quando ela não se dá ao trabalho de fazer sequer o mínimo.

Com a mandíbula contraída, puxo a argola do meu nariz. É um hábito de nervosismo, como os humanos que roem as unhas. Agora devo acordá-la, sabendo que isso vai provocar um escândalo? Que é provável que vá fazer esses alunos fugirem assustados antes mesmo de começarem o treinamento? A última vez que arrastei Pega junto dos estudantes contra sua vontade, ela me xingou o tempo todo, vomitou na mochila de alguém, desmaiou no percurso de obstáculos e teve que ser carregada de volta para casa. Os outros taurinos passaram semanas me provocando com isso.

Está tudo bem, lembro a mim mesmo. Está tudo bem. Consigo lidar com isso. Se Pega quer dormir, ela que durma. Vou assumir suas responsabilidades, como sempre faço.

— Vamos indo.

Eles me ignoram. Andorinha continua a esfregar a cabeça. A sacerdotisa começa outra prece, os lábios se movendo enquanto passa as contas entre os dedos dobrados. O deslizante segue comendo o café da manhã, ignorando o caos ao seu redor. A mulher passando a camisa em frente ao forno a ergue, admirando as pregas, e Aspeth vai até ela.

— Nossa, ótimo trabalho. Pode passar a minha depois?

— Não — digo depressa. — Chega de passar roupa. Está na hora de irmos. — Pego a sacerdotisa pelo colarinho (ao menos ela está vestida) e a coloco de pé. — Você. Vá se calçar. Você em frente ao forno, vista-se. Andorinha, livre-se do gato.

Aspeth gagueja, se virando para olhar para mim.

— Ninguém vai se livrar do gato.

Eu a ignoro e aponto para o deslizante.

— Você, tire sua casa. Terá que deixá-la para trás.

A criatura reptiliana dá uma olhada em mim, pisca um dos olhos e volta a comer. Ele, na verdade, não retira a casa enorme em formato de concha que está presa às suas costas. Nem mesmo se dá ao trabalho de abaixar uma das alças. Simplesmente me ignora também. Ao menos Guillam vai me obedecer...

Hesito por um momento.

— Onde, nos cinco infernos, Guillam foi parar?

— Ele foi embora hoje de manhã — revela Andorinha, levantando-se com dificuldade e pegando o gato. — Disse que não queria ficar com um bando de mulheres e um sapo. Sem ofensas, Kipp. — Ela ajusta o gato gordo nos braços e franze o cenho para o pelo que flutua no ar. — Com que frequência você penteia esse monstro?

— Todos os dias — responde Aspeth. — Ela solta muito pelo. E você ouviu isso, professor Hawk? Guillam foi embora, e agora voltamos a ser cinco. É perfeito.

Encaro minha turma de filhotes para a nova temporada. A mulher seminua com vincos perfeitos na camisa. A sacerdotisa chorosa e a sobrinha bêbada da minha chefe. O deslizante que me ignora.

A minha nova *esposa*.

Isso é um pesadelo, e a felicidade de Aspeth ao descobrir que Guillam foi embora acaba com a minha paciência.

Eu a rebaixo de "interessante sexualmente, mas irritante", para simplesmente irritante mais uma vez.

ASPETH

— É um grande orgulho poder dar as boas-vindas à mais nova turma de filhotes da Guilda Real de Artefatos. — Faisão sorri para nós de seu lugar, atrás de um palanque de madeira ornamentada. Ele está mais alto do que o palanque, o que me faz suspeitar de que esteja em cima de algum tipo de caixa. — Em nome do Rei Kethrin III, estamos ansiosos para trabalhar com vocês e treiná-los para que se juntem a nós.

Meu coração quer explodir de empolgação. Tremo no meu assento na plateia, completamente emocionada. É isso. É por isso que estive esperando. Não me importo com quem tenha que me casar, ou treinar, ou onde terei que dormir. Serei treinada para me tornar membro da guilda. Vou salvar minha fortaleza. Vou...

— Com esse tom de voz parece até que ele escolheu cada um de nós a dedo — diz Gwenna, inclinando-se para o meu lado. — Ele age como se fosse o rei.

— Shhh — sussurro para ela. Apesar de Faisão ser um pouco arrogante (ou melhor, muito), não o culpo por se vangloriar na cerimônia de boas-vindas. Ser recebido na lista de calouros é um momento importante em nossa vida, os treineiros que morarão nos ninhos (um nome inteligente para dormitórios) e trabalharão com os mestres da guilda para aprender a arte.

— Uma vez que estiver inscrito na lista de filhotes, não é possível voltar atrás. — Faisão lança um olhar sério para a plateia. — As opções são ser aprovado ou reprovado no teste. No segundo caso, se tornará um dos repetentes da guilda. Você trabalhará com a guilda, cumprindo tarefas subalternas para pagar pelas aulas desperdiçadas, até que outro mestre decida que você pode tentar alçar voo outra vez.

Gwenna belisca minha perna, aproximando-se.

— O que é um repetente?

— Ele acabou de falar. Alguém reprovado no...

— Sim, mas o que eles fazem? De que tarefas ele está falando?

Penso por um momento, tentando me lembrar do que li nos folhetos e livros sobre a guilda.

— Há guardas, e cada casa possui uma criada do ninho responsável pela comida e roupa suja...

— Espere, então, se eu for reprovada, voltarei a ser uma criada, mas dessa vez não serei paga? Aspeth! Mas que diabos...

Do meu outro lado, o deslizante Kipp sibila alto. Nós duas nos viramos para ele, que nos encara de maneira severa, levando um dedo à boca para indicar silêncio. E então... ele lambe o globo ocular.

Certo. Coloco um dedo nos lábios e lanço um olhar incisivo para Gwenna.

— Você não vai ser uma repetente — prometo a ela. — Nós vamos passar.

Ela rosna para mim. *Rosna*. Suponho que ela não vai querer um abraço depois disso. É uma pena, porque estou tão animada por estar aqui, que quero abraçar todo mundo. Até Faisão, se ele se aproximar o suficiente. Plebeus se abraçam, não é? Com certeza não seria muito inapropriado.

Continuo sorrindo enquanto Faisão segue contando a história da guilda e das Guerras dos Mantes, e sobre como a organização foi criada pelo rei trezentos anos atrás. Já sei de tudo isso, então presto atenção nos meus colegas de turma. A cabeça de Andorinha balança, os olhos fechados como se estivesse orando. Ela parece estar mesmo concentrada, e fico feliz em ver isso... até que ela se inclina muito para a frente e ronca. Ao seu lado, a sacerdotisa Mereden lhe cutuca, com uma expressão educada em seu rosto. Ela encara a frente, seu olhar totalmente focado em Faisão no palanque.

Meu olhar vai delas até a próxima fileira, onde um filhote homem com idade próxima à minha está nos fitando. Nossos olhares se encontram, e ele faz um gesto obsceno com a língua para mim. Constrangida, desvio o olhar. Pelos deuses.

— Como seus professores e mentores, os mestres da guilda esperam três coisas de cada filhote — prossegue Faisão. — Curiosidade. Entusiasmo. Honestidade. Permitam-me falar um pouco sobre cada um e por que são importantes.

Gwenna se aproxima de mim mais uma vez.

— Acha que ele ainda vai falar muito?

Reprimo uma careta, porque não sei mesmo. Ele já está lá em cima há algum tempo. As pessoas nos bancos da frente estão cansadas, e suspeito que mais de uma esteja cochilando, assim como Andorinha estava.

— Talvez? Ele ainda nem falou sobre o manual da guilda.

Ela grunhe baixinho.

— Como ele consegue fazer roubo de túmulos parecer tão entediante?

Eu a encaro com uma careta.

— Não é roubo de túmulos, Gwenna!

— Chame do que quiser. — Ela dá de ombros e então ergue o queixo, indicando algo do outro lado da passarela. — Acha que vamos ter que lidar muito com esse tipo de coisa aqui?

Dando uma olhada rápida, vejo outro homem, mais jovem, fazendo movimentos obscenos de lambida com a atenção voltada a Mereden, que está ignorando-o com firmeza.

— Pela deusa, espero que não — murmuro. E eu pensando que quando fôssemos aceitas como filhotes seríamos vistas como só mais duas aprendizes da guilda.

Talvez eu tenha sido otimista demais.

HAWK

— Você *se casou* com ela?

Nos fundos do salão principal da guilda, Raptor me encara como se eu estivesse com uma cabeça a mais. Eu entendo. Foi uma atitude completamente insana da minha parte. Ainda não sei ao certo por que a tomei. É provável que eu estivesse pensando com a outra cabeça. Finjo prestar atenção nos meus filhotes, que estão várias fileiras adiante, na frente do salão. Estão sentados com outras dezenove turmas da guilda, esperando a iniciação.

— Precisávamos de uma turma completa. E eu preciso de uma parceira para a Lua da Conquista.

— Mas... ela? A mandona? — Ele bate os cascos em agitação, assistindo à cerimônia sem prestar atenção. — Achei que não a suportasse.

— Eu precisava de alunos. Ela precisava de um guardião. Seguiremos caminhos diferentes depois disso se for preciso, anularemos o casamento. Não sei qual é o problema.

Ele olha para mim com aquela expressão de "você perdeu a cabeça" de novo.

— Está brincando, não é? Ninguém vai permitir a anulação quando ficar evidente que acasalou com ela. Além do mais, se tinha que se casar com uma humana, por que *essa*? Ninguém a respeita. Ninguém nos respeita também. Qualquer reputação que você ainda tiver vai ser aniquilada ao verem aquela mulher agarrada em seu braço. Foi a Pega quem te convenceu a isso?

Bufo.

— Não.

No entanto, é verdade que Pega aceita todos os tipos que são reprovados. Já houve mulheres que apareceram no dia das inscrições e não duraram uma semana. Muitas não completam o treinamento, pelo assédio que sofrem pelos filhotes homens ou simplesmente porque o trabalho em si é muito perigoso e desagradável. Pega tem um ponto fraco por alunas mulheres, mas a realidade é que a maioria não consegue aguentar o que ela aguenta. Ou aguentava. A Pega dos dias de hoje não conseguiria dar dez passos debaixo da terra sem mamar uma garrafa de bebida.

— Que ideia ruim, meu amigo, péssima. — É tudo o que Raptor diz, de braços cruzados.

Sei que é uma ideia ruim. Não preciso que ele enfatize. Ignoro a forma como ele balança a cabeça em decepção, fingindo interesse quando o mestre Tentilhão leva os cinco filhotes escolhidos para a frente do salão para que possam ser incluídos no livro de nomes. Os cinco nomes são registrados no início do ano e, quando os estudantes se formam, são riscados e substituídos pelos nomes de guilda que escolherem. É tudo muito pomposo e narcisista, mas talvez isso seja minha parte taurina falando. Odiamos estardalhaço. Tentilhão conduz seus alunos até o livro de nomes e os observa assinar. Meus alunos estão mais perto dos fundos do salão, em uma das últimas fileiras, então torço para que tudo esteja mais vazio quando eu precisar ir até lá com eles.

Pega deveria fazer isso, mas ela ainda não apareceu. Ela jurou que se vestiria e apareceria a tempo para a cerimônia, mas já estamos aqui há horas e não há nenhum sinal dela. Algo me diz que ela foi ao bar mais próximo em vez disso, e eu reprimo meus sentimentos de frustração. Ela vai aparecer. Tem que aparecer.

Dou uma olhada na porta, mas não tem ninguém.

Uma turma atrás da outra segue até o livro; eles assinam seus respectivos nomes, recebendo de Faisão um broche oficial de filhote quando terminam. Conforme o salão vai se esvaziando, as cutucadas e os sorrisinhos se tornam mais óbvios, e são todos direcionados aos meus alunos. Sei o que eles veem quando olham para o banco da casa de Pega: quatro mulheres em graus variados de delicadeza — lideradas por Aspeth, que está com o queixo erguido como se fosse dona do lugar — e um deslizante (que ainda está carregando a casa, para meu aborrecimento). Somos uma piada para eles.

Não posso nem ficar bravo com os risinhos que soltam. Olho para meus alunos e enxergo outro ano em que não teremos uma turma aprovada. Vejo outra oportunidade de receber comissões indo por água abaixo. Olho para eles e me pergunto qual vai desistir primeiro, arruinando a temporada para os outros. Para uma turma ser aprovada, é necessário que tenha cinco alunos.

— A turma de filhotes da mestra Pega — chama Faisão.

Meus alunos se levantam, e, apesar da sala estar quase vazia, os sussurros ficam mais altos.

Raptor grunhe.

— Humm. Agora estou entendendo — diz ele. Eu bufo, dividido entre divertimento e pura irritação com Aspeth outra vez. Ela está usando o uniforme da guilda, mas ele não serve nela como nos outros. Seu traseiro largo estica o tecido, destacando sua bunda até uma covinha em uma das nádegas carnudas. Quando ela se vira de lado, vejo que os peitos estão apertados dentro da camisa da guilda, e Raptor emite outro som de admiração. — Talvez possa amordaçá-la quando ela falar.

Dou uma cotovelada nele.

— Está falando da minha esposa, seu babaca.

— Cruze com vontade, meu amigo. — Ele bate nas minhas costas com tanta força que cambaleio em frente a ele e aos outros taurinos no fundo do salão.

Eles soltam risinhos conforme sigo adiante, atravessando a grande passarela para ficar ao lado dos meus alunos.

— Mestra Pega? — chama Faisão de novo, vasculhando a sala por trás do livro enorme. — A mestra da guilda Pega está aqui?

Pigarreio, indo até a frente do palanque.

— A mestra Pega está doente. Assinarei o livro em seu lugar.

Faisão franze os lábios para mim, como se se sentisse ofendido ao ver um taurino a sua frente.

— Você não é mestre da guilda. Onde está a mestra Pega?

— Como eu disse, está doente. — Ele contorce mais os lábios, e não tenho dúvida de que está pensando nas últimas duas turmas, que eu também apresentei. Prossigo. — Apresentarei a turma dela, e ela estará presente na formatura.

Mesmo que eu tenha que arrastá-la em frente à própria guilda, ela estará presente.

Ele respira fundo, como se estivesse decidindo, e então oferece a pena a mim. Assino o livro com o nome de Pega, a pena ridiculamente pequena e frágil nas minhas mãos enormes de taurino. Dou um jeito de não quebrá-la, e então me viro para entregá-la ao primeiro aluno na fila.

É Aspeth, é óbvio.

— Presumo que todas essas mulheres tenham guardiões... — continua Faisão, com aquele tom de voz arrogante. — Consegue apresentar provas disso?

— Consigo.

Ele nos observa e gesticula para Aspeth assinar. Nunca vi um aluno tão feliz em inserir o nome no livro, até que ela para em frente do livro em si e olha para mim.

— Qual é o nosso sobrenome?

NOVE

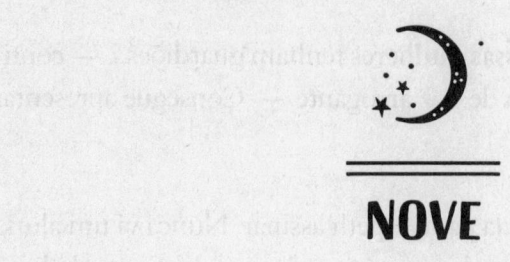

ASPETH

Ajeito a faixa no meu ombro repetidas vezes, só para ter uma desculpa para tocá-la. Por enquanto ela é toda branca, mas já posso ver o dia em que estará coberta de broches representando os artefatos que trarei à guilda. Pequenos círculos para artefatos menores e estrelas de quatro pontas para grandes artefatos. Imagino que a faixa de Pega seja toda incrustada, e que o peso dela em seu ombro deva trazer muito orgulho.

Mal posso esperar para conhecê-la. Vai ser glorioso.

Erguendo o olhar, observo os outros integrantes do nosso ninho. Andorinha parece estar entediada e com um pouco de ressaca, jogada em um banco. Gwenna está sentada com uma postura impecável no banco em frente a ela, franzindo o cenho conforme a sacerdotisa de pele negra ao seu lado dobra as mãos e faz mais uma oração. Do outro lado de Gwenna está o estranho reptiliano deslizante que tem o tamanho de uma criança, balançando seus pezinhos, a concha enorme de sua "casa" nas costas. Não o ouvi dizer nem duas palavras desde que chegamos, mas talvez isso seja normal... Não sei mesmo.

Não consigo ver nossos professores em lugar algum. Pega ainda não apareceu, e agora também perdemos Hawk.

Crispo os lábios, tentando não fazer careta. Os outros ninhos saíram do salão junto de seus professores. Não sei o que devemos fazer agora. Seguimos eles? Esperamos por instruções? Gwenna olha para mim, inquisitiva, e a sacerdotisa faz o mesmo. Fica evidente que esperam que eu tenha respostas.

Tudo bem, então.

— Vou procurar nosso professor.

— Seu *marido* — diz Gwenna, fingindo observar as unhas. — Você vai procurar seu marido.

— Certo. Sim. Isso. — Meu rosto esquenta. É chocante pensar que acabei de me casar com um desconhecido, mas não quero que nada atrapalhe as aulas aqui. — Meu marido — digo confiante, erguendo o queixo. — Tenho certeza de que está em algum lugar por aqui.

Andorinha cai de volta no banco de madeira, deitando-se e colocando o braço sobre os olhos.

— Me acorde quando encontrá-lo.

Franzo o cenho para Andorinha, mas não é como se pudesse dar uma bronca nela. Ela é uma aluna, assim como eu. Passando os dedos na minha cobiçada faixa, finjo limpar uma poeira.

— Volto já.

Eu me viro e me afasto, saindo do salão principal e entrando em um dos corredores laterais. Nunca estive no salão da guilda antes, mas não deve ser tão difícil de me situar, certo? Espero. Estou familiarizada com a entrada, já que foi lá onde fui humilhada, mas com o interior? Nem um pouco.

Todos os alunos saíram pela porta principal, seguindo até a estátua do Cisne, mas vou na direção oposta. Algo me diz que Hawk não partiria sem nós. Ele parece levar o trabalho muito a sério. Então avanço mais fundo no salão, virando em um corredor curvo e cheio de portas. Passo por algo que parece ser uma biblioteca embaçada (queria estar usando meus óculos), mas que pelo jeito está vazia.

Mais adiante, escuto o barulho de uma discussão.

— Eu falei que estou resolvendo — diz uma voz masculina e grossa conforme me aproximo de maneira silenciosa. É o Hawk, e ele está em uma das salas próximas. Dou uma espiada e, quando vejo seu corpo enorme, marrom e embaçado perto de um homem baixo e atarracado que só pode ser aquele cretino do Faisão, me escondo atrás da porta e aguardo no corredor. Eu deveria avisar que estou aqui? Dizer alguma coisa?

— Sua versão de "resolver" é bem diferente da minha — diz Faisão em um tom de voz arrogante.

Ouço o barulho de cascos no piso e uma bufada alta de touro.

— Corrija-me se estiver enganado, mas o único candidato homem de seu ninho fugiu. Ele entrou para a turma do Marreco hoje, preenchendo a última vaga disponível. Agora você não tem nada além de um bando de fêmeas impulsivas...

— Não se esqueça do deslizante — diz Hawk de forma arrastada.

— E um reptiliano que se recusa a tirar a casa para vestir o uniforme. Sinceramente, é uma vergonha.

Minha boca se contorce em uma pequena expressão raivosa. Como ele ousa?

— É uma desonra para a história da guilda — continua Faisão. — E onde está Pega?

— Como eu disse, está doente. Estou cuidando de tudo.

— Ela estava doente no dia de matrícula do ano passado — rebate Faisão. — E apareceu atrasada no ano anterior a esse.

Estava? Apareceu?

— Como eu disse, estou cuidando de tudo. — O tom de voz de Hawk fica cada vez mais impaciente.

— Não duvido da sua competência, Hawk. Isso nunca foi questionado. Você é bom no que faz, mas não é mestre da guilda. Apenas mestres da guilda podem lecionar para um ninho de filhotes. Você conhece as regras tão bem quanto eu.

Silêncio.

O homem-galinha continua:

— Vinte mestres da guilda são permitidos por vez, para vinte ninhos. Vinte turmas de filhotes podem se inscrever a cada ano. Pega pode até ser uma mestre da guilda por causa de suas conquistas passadas, mas ela corre o risco de perder essa posição. Sabe o que vai acontecer se ela não tomar jeito?

Mais silêncio. Quero tanto dar uma espiada, mas não ouso.

— Sua turma será reprovada — prossegue ele. — Assim como foi reprovada no ano passado e no retrasado. E não vou mais ter como protegê-la. Ela vai perder a posição de mestre para alguém que possa trazer dinheiro à guilda. Também vai perder a casa e a pensão, e acabará nas ruas. Você é um bom artifice e um bom professor, mas não está no comando. Ela vai prejudicar tudo o que fizer, e afastar seus alunos. Entende o que digo?

Seu tom de voz é tão desdenhoso, tão condescendente, que quero socá-lo. Que homenzinho grosseiro e odioso. Eu o desprezo. Quero que Hawk o destrua com palavras. Quero que Hawk diga como as coisas são de fato. Quero que ele ataque esse homem metido a besta e diga onde dever enfiar seu...

— Esta turma não será reprovada. — É tudo o que Hawk diz.

— Como não? — diz Faisão, e posso ouvir a perplexidade em sua voz. — Eu mesmo vi aquele bando de desviados. Você está arruinado. Pega te arruinou.

— Vou pressioná-los mais do que nunca. E vou lidar com Pega, como sempre fiz. — Cascos pesados batem no chão, e levo um segundo para perceber que ele está caminhando para a porta, de onde estou espiando.

Assim que me afasto da porta pesada de madeira, Hawk surge no corredor.

Nós nos encaramos por um momento, até que ele me segura pelo braço e me leva para longe, sua mão firme não me dando nenhuma escolha a não ser trotar para acompanhar seus passos largos.

— Você não vai dar um pio sobre isso — murmura ele enquanto me arrasta de volta aos outros.

— É óbvio que não vou — sibilo. — Mas quer me contar o que está acontecendo?

— Depois. — Viramos o corredor em direção a onde estão os outros, muito mais rápido do que eu esperava. Todos se levantam quando nos aproximamos, e então não tenho mais tempo para perguntar nada. Percebo que Gwenna está com uma expressão tensa no rosto, e o olhar que me lança indica que quer conversar.

Bem, somos duas.

Hawk solta meu braço quando nos reunimos com os outros, e eu resisto à vontade de esfregá-lo em indignação.

— Ótimo, estão todos aqui — diz ele com brusquidão. — Agora, se puderem me seguir até lá fora, vamos pegar suas mochilas.

— Mochilas? — pergunta Gwenna.

— Lógico, para enchê-las de pedras. — Hawk marcha até o banco de Andorinha e a levanta pelo ombro. — Vamos ver até onde conseguem caminhar com a mochila cheia para determinar a resistência física de vocês. Preciso saber o quão em forma estão... para poder forçá-los ainda mais.

Engulo em seco.

Por algum motivo, quando me imaginei explorando os túneis, não pensei sobre resistência física. Considerando que passei a maior parte da minha vida sentada a uma mesa elegante ou em frente a um livro, suspeito que esta será uma tarde terrível.

Hawk se vira para nós, seus olhos se enchendo de irritação.

— E então? Por que estão aí parados? Querem ser filhotes ou não?

Com um gritinho de medo, a sacerdotisa corre até a porta, e nós a seguimos.

⚜

Eu estava certa. Treinar não é legal. Esta é uma das piores tardes da minha vida.

Com mochilas lotadas de pedras, Hawk marcha atrás de nós e nos obriga a caminhar pelas ruas sinuosas e irregulares de paralelepípedos da Cidade Vasta. Ele grita com a gente se ficamos para trás. Grita se pedimos para fazer uma pausa. Se pedimos água, permite que bebamos dois goles, até que exige que nos levantemos de novo. Repetidas vezes, ele nos guia para cima e para baixo nas ruas, e a única coisa que me impede de gritar é o fato de cruzarmos com outras turmas que estão fazendo a mesma coisa, ouvindo reclamações intermináveis dos professores que correm ao lado.

O suor pinga do meu rosto, molhando a camisa da guilda e fazendo com que grude na minha pele. A sacerdotisa chora. Andorinha xinga. Gwenna não reclama, mas bufa e me fuzila com o olhar, como se tudo isto fosse culpa minha. O único que não parece incomodado é Kipp, o deslizante, que segue a trote com a mochila na frente do corpo e sua casa nas costas.

Quando entramos em mais uma rua sinuosa — sério, Vasta inteira precisa ter subidas? Nenhuma rua pode ser reta? —, quero me debulhar em lágrimas de alívio ao vermos o símbolo de Pega em uma bandeira do lado de fora de sua casa. Chegamos em casa quando o sol começa a se pôr, e meus pés agonizam de dor.

Hawk nos lidera até lá e para em frente à porta, protegendo-a e impedindo que entremos. Ele cruza os braços em frente ao peito largo, e fico indignada ao ver que ele mal suou enquanto estou praticamente pingando. Andorinha joga a mochila no chão, e, quando ele não a repreende, retiro a minha também. O alívio é avassalador.

— Isso foi patético — diz ele a nós.

— Muito obrigada — falo com dificuldade, as mãos apoiadas nos joelhos. Pelos cinco deuses, estou exausta.

— Estou falando sério — rosna Hawk, me encarando. — Acham que isso aqui é brincadeira? Acham que quando estiverem quase dez quilômetros abaixo da cidade e um túnel desmoronar vocês terão força para se desenterrarem? Vocês precisam melhorar. Ficar mais fortes. Mais rápidos. Preparem-se para repetir isso ao amanhecer. Todos vocês. — Ele aponta para o deslizante. — Não leve sua casa desta vez. Estou falando sério.

Kipp usa a língua comprida para lamber o próprio globo ocular, e não sei se está concordando ou insultando Hawk.

— Estão liberados por hoje — diz Hawk, liberando a passagem. — Fiquem no ninho. De agora em diante, se quiserem ir a qualquer lugar, precisam da minha permissão. Amanhã será o primeiro dia de treinamento, e vocês precisarão de energia. — Conforme entramos, ele lança um olhar feio para Andorinha. — E *nada* de álcool.

— É óbvio que não — responde ela com doçura.

Entro na casa e me sento no banco mais próximo, perto da lareira. As janelas foram fechadas, e a escuridão é bem-vinda, já que tudo que quero fazer é fugir e me esconder. Meus pés latejam no mesmo ritmo da minha circulação, e eu me abaixo para soltar os cadarços da bota, mas então Gwenna aparece do meu lado e me pega pelo braço.

— Temos um problema — sussurra no meu ouvido. — Vamos subir e conversar.

Não sei se consigo subir a escada, mas pelo menos lá poderei tirar minhas roupas suadas. Penso nisso e abandono meu banco em frente à lareira. Os outros estão seguindo na direção oposta, a caminho da cozinha. Não viram Gwenna indo para o andar de cima. Com um suspiro, sigo minha antiga criada acima, cada passo uma pancada dolorosa. Sinto-me mais tranquila ao ver Chilreia aconchegada na cama. A gata olha para cima e mia pedindo a janta assim que me vê.

— Um segundo — falo para ela, coçando suas orelhas com carinho. Descalço as botas e as meias, então tiro o restante das roupas. Estão tão suadas quanto a bunda do diabo, e não sei como vou deixá-las limpas para a manhã seguinte, mas esse é um problema para amanhã. Tiro as roupas de baixo, enfim me livrando do corpete, que está molhado com o suor, e coço a pele abaixo. — Pelos deuses, agora sim.

Gwenna serve comida e água fresca para Chilreia e encosta na porta, sem dizer nada. Coloco uma camisola fina e me sinto no céu. Quando me jogo com todo o drama no lugar que a gata acabou de liberar na cama, ela por fim fala:

— Temos um problemão daqueles, senhorita Aspeth.

— É só Aspeth — relembro, reprimindo um bocejo. Por todos os deuses em seus reinos, estou exausta. Continuo coçando a cintura, aproveitando a sensação do ar frio na minha pele quente. — Estamos disfarçadas.

— O problema é esse — sibila ela. — Enquanto você estava ocupada indo atrás do nosso professor, conversei um pouco com Mereden, a sacerdotisa.

Ela parece ser bem gentil, apesar de muito chorona. Não prestei muita atenção nela porque só ficou choramingando e rezando, como se fazer parte da turma de filhotes de Pega fosse a pior coisa que já lhe aconteceu. Também vestia um véu, como se protestasse de um modo silencioso.

— Bem fiel a Asteria, não é?

— Não exatamente. Pelo jeito... — Gwenna fala a palavra de modo exagerado, as mãos nos quadris conforme se aproxima mais de mim — Mereden vem do Convento do Silêncio Divino. Te lembra alguma coisa?

É para onde muitas mulheres ricas são enviadas quando ficam viúvas.

— Sim.

— E, *pelo jeito*, Mereden ofereceu doar parte de seu salário da guilda se escrevessem uma carta de recomendação para ela e deixassem que viesse treinar. A Igreja quer conseguir mais artefatos, por isso chegaram a um acordo com Pega. Mas Mereden teme que seu pai não goste nada quando descobrir que ela está aqui, e não no convento. E sabe quem é o pai dela?

Estou cansada demais para pensar direito. Reprimindo um bocejo, dou de ombros.

— Ele é rico?

— É o filho mais novo do lorde Vatuo Morsell, da Casa Morsell. Ela é a neta do detentor.

Eu empalideço. Ela tem razão, isso não é bom. Já encontrei o lorde Morsell em várias festas. Ele tem uma barba longa e crespa, e o cabelo trançado em mechas decoradas com as conchas mais bonitas. Lembro-me disso. Também lembro que seus filhos eram bem mais velhos do que eu, e por isso não eram considerados bons candidatos ao casamento, assim não o visitávamos com frequência. Porém, os detentores circulam em grupos restritos, e todos se conhecem.

Ainda assim, a filha de um caçula não é tão importante no grande esquema das coisas, motivo pelo qual permitiram que se juntasse à Igreja. É por isso que não a reconheci.

— Ela me reconheceu?

— Acho que não, mas você vai ter que dobrar os cuidados perto dela, e precisamos nos certificar de que ela continue sem saber de nada.

— Diga que meu nome é uma homenagem a Aspeth Honori se ela questionar. Diga que sou daquela área e que meu pai conheceu o lorde

Honori certa vez e me batizou com o nome de sua filha para conquistar sua simpatia. Invente qualquer coisa. — Dou de ombros. — Não é como se ela pudesse fazer muita coisa agora. Precisa de mim na equipe. Somos cinco, e cinco é o número sagrado.

— Não está preocupada? — Gwenna parece estar chocada.

— Estou cansada demais para ficar preocupada. Acha que também teremos que carregar pedras amanhã?

— Deveríamos tingir seu cabelo. Ou cortá-lo. O que acha de ficar loira? — Ela anda de um lado para o outro, refletindo. — Os óculos sem dúvida estão fora de questão. E que bom que está usando os mesmos uniformes que nós. Ela com certeza suspeitaria de algo se te visse em roupas feitas sob medida... Está me escutando? Aspeth?

Forço meus olhos a se abrirem.

— Estou! Eu juro. Mereden. Filha do caçula. Eu com um cabelo novo. Pedras amanhã.

Gwenna joga as mãos para o céu.

— Não acredito que está tão tranquila quanto a isso. Por que ainda me dou ao trabalho de falar com você?

Pego o travesseiro mais próximo e o coloco embaixo da cabeça, exausta demais para me levantar. É provável que haja janta servida em algum lugar lá embaixo, mas não quero sair de onde estou.

— Porque precisa reclamar com alguém, e eu sou a única que vai te ouvir.

— Eu deveria ter ficado em casa — murmura ela.

— Mas estou tão feliz por não ter ficado — digo com doçura. — Podemos nos abraçar?

— Ah, vai para o inferno. — Ela bufa irritada, e eu solto uma risadinha. É tão bom ter Gwenna aqui para me fazer companhia. Esta aventura não seria a mesma sem ela.

Uma batida na porta pega nós duas de surpresa. Trocamos um olhar, e Gwenna vai até lá, me olhando com cautela. Ela se apoia na porta.

— Quem é? — pergunta.

— Sou eu, Andorinha — responde a voz do outro lado.

Gwenna dá de ombros e olha para mim. Eu coloco um roupão por cima da camisola, e ela abre a porta.

Andorinha entra com tudo, acompanhada de Mereden e Kipp. As duas vestem camisolas longas, e Kipp veste sua casa, como sempre. Minha energia some ao vê-los. Tudo o que quero é dormir, e fico preocupada que algo novo e horrível tenha acontecido.

— O que foi? — pergunto, pegando a gata para que ela não fuja porta afora. — Algum problema?

— Está tudo bem — assegura Andorinha, pegando uma das almofadas da cadeira e se sentando no tapete. Mereden se junta a ela, ajeitando as saias com cuidado. Kipp vai até elas, tirando a concha grande de sua casa das costas e se sentando em cima dela. Andorinha sorri para nós. — Decidimos tirar um momento para nos enturmarmos. Conhecermos uns aos outros.

— Ah, que legal — digo.

— Nem pensar — diz Gwenna ao mesmo tempo. Então se dá conta do que eu acabei de falar, suspira e fecha a porta.

Andorinha dá um tapinha no tapete.

— Venha se sentar com a gente.

Obedeço de imediato, colocando Chilreia no colo e acariciando suas orelhas. Ela ama um bom carinho, então se aconchega, ignorando os tufos de pelo que voam conforme coço sua juba volumosa.

— Isso me deixa tão contente — confesso a eles. — Tirando Gwenna, nunca tive amigos antes.

— Esquisita — diz Andorinha.

Solto uma risadinha, porque talvez seja mesmo um pouco estranho. Contudo, como alguém que cresceu sozinha, cercada por ninguém além de tutores e damas de companhia, amo a ideia de me tornar próxima de todos os presentes.

Andorinha se apoia na almofada e me observa.

— Então, nos conte um pouco sobre *você*, Aspeth.

— Ah. Hum. — Coço as orelhas de Chilreia. — Não há muito a dizer. Sou só mais uma pessoa que queria entrar para a guilda.

— Aham — diz Andorinha, e é óbvio que não acredita em mim. Ela troca um olhar com Mereden, que arqueia as sobrancelhas e nos lança uma expressão séria. Kipp simplesmente lambe o olho.

Gwenna me dá um cutucão, inclinando-se para a frente.

— Ela está sendo modesta. Desde que conheço Aspeth, ela sempre esteve com o nariz enfiado em um livro da guilda. Contou a quem estivesse disposto a ouvir sobre a Antiga Prell, a história da guilda e os tipos de aventura em que os membros se enfiam. Ela estuda sobre isso desde que aprendeu a ler. Está aqui porque é *seu sonho*. Porque quer se tornar alguém.

Sua resposta entusiasmada muda a forma com que todos olham para mim. Os lábios de Mereden se erguem em um pequeno sorriso. Andorinha simplesmente diz "hum" e relaxa. Kipp assente rápido, como se compreendesse bem.

— Ah, muito obrigada, Gwenna — digo baixinho. — Mas sim, sempre foi meu sonho. Cresci lendo histórias sobre a mestra Pega e suas façanhas. Quero ser igualzinha a ela.

— Deuses, não quer, não — diz Andorinha, com um risinho.

— Então sua família possui muitos livros? — pergunta Mereden de maneira educada, antes que eu possa questionar o que Andorinha quis dizer. Na hora percebo que é a coisa errada a se dizer. Livros são coisas de pessoas ricas, assim como óculos. Admitir que tenho muitos livros... ou que tinha antes de meu pai vender toda a minha biblioteca... é praticamente confessar que sou rica ou poderosa. — Tínhamos muitos em um momento — digo, hesitando. — Mas eram caros demais para manter. Eu pegava emprestado do monastério mais próximo sempre que podia, ou dos meus tutores.

— Oooh, tutores. Que chique. — Andorinha faz um floreio com as mãos. — Temos uma mulher rica por aqui. E você, Gwenna? Lê bastante?

— Não — responde Gwenna em um tom calmo. — Mamãe trabalhava para o pai de Aspeth. Foi assim que nos conhecemos. Estou aqui porque não quero passar a vida trabalhando na cozinha.

Fico tensa, com medo de que perguntem de onde sou.

No lugar disso, Andorinha se deita de costas, assentindo.

— Sei bem como é. Minha família nunca teve nem um tostão furado, e, no meu caso, só dá para fazer malabarismos com espadas até certo ponto antes de ter que ir atrás de outra carreira. Minha tia disse que me treinaria se um dia eu quisesse entrar para a guilda, e é por isso que estou aqui. Acho que está na hora de aprender uma nova habilidade antes que eu perca um dedo ou seis.

Estremecendo, continuo acariciando as orelhas e coçando o queixo de Chilreia.

— Dedos são importantes.

— E quanto a você, Mereden? — pergunta Gwenna. — Sem ofensas, mas a noviça de um convento não me parece ser o tipo de pessoa que entraria para a guilda.

Mereden exibe um sorriso trêmulo.

— Fui enviada ao convento porque não queria me casar. Depois de passar um tempo lá, percebi que não queria dedicar minha vida aos deuses. Esta pareceu ser a melhor alternativa.

— Parece que estamos todas desesperadas — diz Andorinha. — Tirando a Aspeth. Ela é só uma sabichona.

— E você, Kipp? — pergunto, olhando para o deslizante. — Qual é a sua história?

Ele pisca para mim, então lambe o olho com a língua comprida.

Isso foi... uma resposta? Sem entender, olho para as outras.

— Deslizantes não falam em voz alta — diz Andorinha prestativa. — Gesticulam se for importante, mas fora isso só se comunicam com a própria espécie.

— Entendi — falo, mas não tenho certeza se entendi mesmo.

— Trabalhei com um deslizante na trupe. Cara legal. Bom com dinheiro. Melhor ainda em guardar segredos. — Ela dá uma piscadela para Kipp. — Ele vai falar conosco se sentir vontade, mas será com as mãos, e não com os lábios.

Nem estou certa de que Kipp tenha lábios.

O deslizante revira os olhos para Andorinha e encara nosso grupo. Ele ergue as mãos e começa a gesticular. Leva um tempo para que eu entenda o que ele está tentando dizer sem palavras, mas acho que compreendemos a essência. Ele e a família são andarilhos. Tudo o que ele tem está dentro de sua casa, na qual ele dá um tapinha afetuoso. Seu pai e sua mãe foram embora — ou morreram —, e agora ele está sozinho no mundo. Kipp quer entrar para a guilda porque é empolgante para ele. Quer ser um herói, a julgar pela pose ereta e arrogante que faz.

Por mais estranho que seja, me identifico com Kipp mais do que qualquer coisa depois disso. Ele quer ser mais do que é. Sonha em se tornar alguém notável. Não está fugindo da própria vida, está aprimorando-a.

— Posso te abraçar? — pergunto toda emocionada.

Kipp recua, uma expressão ofendida no rosto.

— Não se pede isso a um deslizante — reclama Andorinha. — É indelicado. Não se deve tocar neles sem permissão.

— Eu perguntei. — Meu rosto está quente. — E não quis ofender. Minha família não é de se abraçar, e eu decidi que, agora que serei uma pessoa independente, pedirei abraços. Eu amo abraçar. Quero receber abraços todos os dias. Eles causam a melhor e mais calorosa sensação... mas parece que estou cercada por gente que não abraça.

— Posso te abraçar — diz Mereden baixinho.

— Pode? — Olho para ela surpresa.

Ela assente, se levantando quando o faço.

— É um recomeço para todos nós, não é? Posso muito bem ser fã de abraços.

Chilreia mia em protesto ao ser colocada no chão, mas eu limpo o pelo de gato do roupão e abraço Mereden. Ela é mais baixa que eu, e macia, mas seu cheiro é doce e adorável, e seu abraço é quentinho. É um bom abraço.

Braços apertam minha cintura.

— Venha aqui — resmunga Andorinha. — Também posso ser fã de abraços.

Dou uma risadinha, e então Gwenna suspira e se levanta, se introduzindo no abraço em grupo.

— Tudo bem — diz ela. — Mas estou fazendo isso por vocês, não por mim.

Kipp dá um tapinha na minha perna, o mais perto que ele vai chegar do abraço em grupo.

Já serve.

DEZ

HAWK

24 dias para a Lua da Conquista

A NOVA TURMA DE FILHOTES de Pega é sem dúvida a pior turma que já tive, isso porque já cuidei de umas terríveis nos últimos anos. Já trabalhei com filhotes que não queriam receber ordens de um taurino e também com uns que eram covardes ou mimados demais para fazer o trabalho sujo. Certo ano, todos só queriam ficar bêbados com Pega nas tavernas, e nenhum apareceu no dia dos exames.

Ainda assim, eram melhores que esta equipe.

Lavo-me na bacia do meu quarto, jogando água no focinho e me perguntando se tudo vai desmoronar sobre o ninho de Pega. Esta turma precisa ser aprovada, ou ela vai perder sua posição como mestre da guilda. Seremos expulsos e não teremos onde morar, e eu nunca conseguirei pagar minha dívida.

Porém, não sei se esta é a turma que vai nos tirar do buraco onde nos enfiamos.

Já se passaram dois dias de treinamento, e ainda não vi nenhum vestígio de potencial. Eles são uma desgraça completa, e eu não tenho muito tempo para colocá-los em forma para que façam as simulações nos túneis. Eu sabia que seria ruim, mas ainda assim volto a ficar perplexo sempre que olho para eles. Não poderia ter escolhido uma turma pior nem se tentasse.

Andorinha é preguiçosa e beligerante, mas eu sabia que seria. Ela argumenta contra todas as minhas ordens e faz caretas quando não estou olhando.

O deslizante se recusa a ficar sem a casa, e eu não estou totalmente convencido de que está ouvindo qualquer coisa que digo.

A jovem sacerdotisa chora quando precisa correr e ora quando olho para ela.

Gwenna me encara como se eu estivesse violando sua amiga em frente aos seus olhos.

E Aspeth?

Aspeth pelo menos tenta. Assim como ontem, hoje ela deu o seu melhor. Assim como ontem, ela foi a pior deles. Ela bufa e se arrasta pelas ruas extremamente íngremes de Vasta, tentando acompanhar com coragem. Ela quer mesmo isso, percebo, o que é irritante, porque está em péssima forma física. Também é irritante como quanto mais sua, mais as roupas grudam em seu corpo e destacam seus peitos arfantes. Precisei de toda minha força para não encarar os mamilos escuros aparecendo através de sua blusa de linho fina.

Eu me encaro no espelho. Minhas pupilas estão um pouco avermelhadas ou estou imaginando? Já pareço meio insano, e ainda faltam semanas. É a Lua da Conquista por vir que está me fazendo agir como um otário influenciado pelo cio. Em geral eu não ficaria impressionado por um par de peitos suados. Eu poderia me concentrar no trabalho, em fazer desses estudantes membros decentes da guilda, para que possam contribuir com a casa de Pega e eu consiga pagar parte da minha dívida. Eu poderia ignorar todas as distrações.

Em vez disso, aqui estou eu, me casando com uma aluna e fantasiando com o suor salgado escorrendo entre seus seios.

O bulbo sagrado incha de leve ao redor da base do meu pênis como um anel, fazendo-me lembrar de que as coisas estão prestes a piorar, e não a melhorar. Massageio a parte dolorida até que ele diminui, então me seco e saio do quarto para procurar Pega.

A cozinha está surpreendentemente organizada. Esperava que ficasse uma bagunça depois que o treinamento começasse, mas não há louças empilhadas na mesa nem migalhas deixadas por aí. Não faz sentido. Em geral, os alunos ficam exaustos e não limpam nada nas primeiras semanas de treinamento. Eles deixam a pobre criada do ninho esgotada. Sentam-se à mesa e comem (e reclamam) sempre que podem. Contudo, a cozinha está vazia, salvo por uma exceção notável. Em um canto perto do fogão à lenha, a concha grande em espiral do deslizante está deitada de lado, e há um pequeno sino pendurado na abertura, indicando que seu dono está lá dentro. Amanhã teremos que conversar com ele sobre deixar a concha em casa. Ele não pode simplesmente levá-la a todo canto. Vai contra as regras da guilda que os filhotes vistam qualquer coisa além dos uniformes padronizados.

Estou refletindo sobre a melhor forma de tirar a casa do deslizante quando Andorinha entra no aposento, murmurando baixinho. Ela ainda está com o uniforme suado, o cabelo preso em tranças bagunçadas. Ela olha rápido para mim e então evita contato visual, indo até os armários e remexendo neles. Talvez eu tenha gritado demais com ela hoje. Talvez tenha gritado demais com todos eles hoje. Vejo minhas esperanças para o futuro se afastando a cada vez que um deles solta um suspiro dramático, a cada vez que pedem para se sentar e descansar um pouco.

Então os pressiono ainda mais. Devem estar se arrependendo de terem entrado para o ninho de Pega.

— Não tem bebida aqui — digo a ela, pegando uma maçã da tigela na mesa e dando uma mordida. — Está perdendo seu tempo.

Ela se vira e olha feio para mim.

— Cumpri minhas obrigações. Só quero tomar um golinho antes de ir dormir.

— Estou falando sério. Nada de álcool. Você sabe quais são as regras. E, se eu descobrir que trouxe escondido, vai passar as três semanas seguintes treinando seu rastejo. — Devoro a maçã em duas mordidas e pego outra. — Estou farto dos bêbados desta casa.

— Você não ousaria.

— Com certeza ousaria. Pode apostar.

Andorinha faz um som de irritação, mas sai bufando da cozinha, batendo os pés até seu aposento. Não posso expulsá-la do programa — já que precisamos de cinco pessoas —, mas posso tornar sua vida miserável se tentar alguma gracinha.

Termino a maçã, como uma fatia de queijo de cabra e um punhado de nozes antes de sair da cozinha, bem a tempo de esbarrar com Pega no pé da escada. Ela me encara, piscando, os olhos turvos. Seu cabelo está bagunçado, e o rosto, vermelho. Ela está com um uniforme de mestre da guilda amarrotado, a faixa pesada lotada de broches, na qual passa a mão e me lança um olhar distraído.

— Perdi a recruta?

A raiva ferve dentro de mim e tento ignorá-la.

— Sim, há dois dias.

— Ah, *me mate de uma vez*. — Ela soa quase chateada. Então hesita por um momento. — Estou bêbada ou ouvi um gato mais cedo?

— Não sei, em algum momento você *não está* bêbada?

— Ai. — Ela passa por mim, indo para a cozinha. Seus passos estão uniformes, o que talvez seja um sinal de que está mesmo minimamente sóbria para variar.

Não importa se estiver. Vou atrás dela, a raiva enchendo meu peito.

— Precisamos conversar, Pega.

— Preciso comer alguma coisa. Podemos conversar depois que eu fizer um lanchinho. — Ela entra na cozinha e corta um pedaço de queijo, então se senta na bancada e me observa enquanto come. — Dia difícil? Parece exausto.

Cruzo os braços em frente ao peito. É isso ou usá-los para estrangulá-la.

— Sabe o que perdeu, não é? — Quando ela me lança um olhar vazio, percebo que não sabe. Ela não faz ideia mesmo. — Tive que levar seus estudantes ao registro no salão sem você, e todos notaram.

Ela arregala os olhos e mastiga devagar.

— Huh.

— É só isso que tem a dizer?

— Bem, minha vontade é dizer que ouvir isso me dá muita vontade de beber mais, mas acho que você surtaria se eu o fizesse. — Ela dá mais uma mordida no queijo. — Faisão ficou bravo?

— Bravo é pouco. Ele disse que, se sua turma não for aprovada este ano, você vai perder sua posição na guilda e ser expulsa. — Minha raiva aumenta, sobretudo quando sua expressão não muda. — O que tem a dizer sobre isso?

— Ele está blefando.

— Ele não está blefando! Eu que falei com ele! Vi a cara que fez! Está tão cansado das suas desculpas quanto eu! Você precisa tomar jeito, Pega. Ter um taurino como professor não é o bastante para a guilda. Você sabe disso. Eles não me respeitam, e agora sou obrigado a trabalhar com os desastres que você conseguiu como alunos. — Indico a porta. — Já viu aquela turma?

Ela força o olhar, como se estivesse tentando se concentrar.

— Um é um daqueles lagartinhos, não é? De pernas pequeninhas? — Ela balança dois dedos para a frente e para trás. — São uma graça.

Indignado, aponto para a concha no canto que ela nitidamente não viu.

— Certo. — Pega olha para ela e depois para mim, piscando. — Ele é um lagarto. Você é um homem-touro. Qual é o problema?

— Também me mandou a Andorinha.

Ela faz uma careta.

— Isso foi este ano?

— SIM.

— Ok, ok. Vou falar com ela. E os outros? Prestam?

— Mais duas mulheres e uma sacerdotisa. — Puxo a argola pendurada no meu nariz, agitado. — O que quer que eu faça com uma equipe dessas, Pega? Se você for expulsa, não terei como pagar minha dívida...

— Vou dar um jeito — responde simplesmente. Ela pula da bancada e por um momento parece a antiga Pega. — Vou diminuir a bebedeira. Vou conversar com Andorinha e com qualquer outra pessoa que queira. Vai ficar tudo bem. — Ela vem até mim e coloca as mãos nos meus braços, então dá um tapinha no meu bíceps. — Você se preocupa demais.

— Você não se preocupa o suficiente — resmungo. — É sério. Precisa tomar jeito.

— Estou tentando.

Não sei se acredito nela, mas preciso acreditar.

Nós conversamos um pouco mais, eu falando sobre a turma e possíveis problemas, e Pega distraída, fingindo ouvir. Sei quando ela não está mais prestando atenção, já que seu olhar vagueia e suas respostas ficam mais lentas. Algo me diz que ela está esperando até que eu cale a boca para poder encontrar uma bebida, e meu humor piora. Vou para a cama, porque o dia seguinte será longo e eu duvido que verei Pega na aula da manhã, apesar do quanto ela tenha garantido que estará lá.

É quando volto aos meus aposentos que percebo uma coisa importante. Tenho uma esposa agora. E ela não está aqui.

Não que eu queira fodê-la esta noite. Bem, parte de mim quer. No entanto, essa parte é fácil de ignorar, pelo menos durante esta semana. Não, ela precisa estar nos meus aposentos porque tem que se acostumar a dormir comigo. Mesmo que só transemos durante a temporada de acasalamento da Lua da Conquista, temos que fazer com que acreditem que nos casamos por razões comuns. Isso significa que ela precisa ficar comigo. Temos que agir como um casal normal até certo ponto.

E não quero que ela me evite e então entre pânico quando o tesão da Lua da Conquista me atingir com tudo. Já ouvi histórias horríveis de machos que não conseguiram se controlar e cruzaram com qualquer coisa e pessoa que estava próxima, sem se importar se ela queria ou não cruzar. É por isso que os taurinos costumam sair da cidade durante a temporada da Lua da Conquista. É por isso que deixamos tudo organizado com antecedência.

Para que não haja surpresas.

Minha nova esposa precisa se sentir confortável com o marido taurino antes de irmos ao que interessa. Passando a mão no meu nariz comprido, tiro outro travesseiro do armário de enxoval e saio à procura da minha esposa.

Encontro-a no andar de cima, conversando de maneira preguiçosa com a amiga. Aspeth está deitada na cama de Gwenna com a gata laranja grande aconchegada ao seu lado. Ela parece estar com sono, o cabelo está bagunçado, e não está usando nada além de uma camisola fina que vai até a coxa, deixando os braços e pernas nus. Meu bulbo ameaça se fazer notar outra vez, então faço uma carranca para as duas mulheres.

— Hoje não foi difícil o suficiente? Deveriam ir dormir. Amanhã vai ser ainda pior.

— Agora fiquei animada — bufa Gwenna. Ela está sentada em uma cadeira próxima de onde Aspeth está deitada na cama e, quando me aproximo, coloca os pés na beirada do colchão. É um bloqueio sutil, fácil de passar despercebido por quem não está prestando atenção. — Vamos aguentar sua aula. Não se preocupe comigo e Pardal aqui.

— Aspeth — digo com firmeza, lembrando a ela que não conquistaram os nomes de guilda ainda — é minha nova esposa. Precisa dormir nos meus aposentos.

— Ah, é verdade. — Aspeth se senta, bocejando. — Tinha esquecido.

— Como consegue se esquecer do seu marido? — pergunta Gwenna. — Como isso é possível?

— É porque um babaca fica me fazendo carregar pedras em uma mochila e caminhar pela cidade. — Ela desce da cama sorrindo de lado para mim e pega a gata, aconchegando-a contra os peitos. — Vamos, Chilreia. Precisamos ir para a cama com seu novo papai.

Eca.

— Não me chame disso.

Ela pisca, passa por mim e segue para o corredor, ignorando o que acabei de dizer e o fato de que mal está vestida. A gata gorda está debaixo de seu braço, deixando uma trilha de pelo laranja flutuando por onde passa.

Gwenna pigarreia.

— Espero que isso seja só um casamento por conveniência. Se machucá-la, vou te matar.

— Não tenho nenhuma intenção de machucá-la — respondo tenso. A insinuação é incrivelmente ofensiva.

— Ótimo. — Ela para um momento e continua. — Ela não está acostumada a se vestir sozinha, aliás. Talvez tenha que ajudá-la de manhã se ela não conseguir alcançar os cadarços. — Gwenna pega outro conjunto de roupas dobradas, outro uniforme, e o entrega a mim com um olhar de expectativa.

Pelo deus taurino, Aspeth é tão mimada assim? Preciso de toda a minha força para não franzir os lábios. Se for mimada a esse nível, ela vai ter um choque de realidade nos próximos meses. Membros da guilda são o exemplo de aptidão e competência física. Devem ser capazes de lidar com qualquer situação que possa surgir nas profundidades de Terra Abaixo, porque ninguém poderá resgatá-los quando estiverem a mais de trinta quilômetros sob o chão.

Bem, ninguém além de alguns taurinos, por mais triste que seja. Antigamente, a guilda só aprovava os mais fortes e capazes, mas, agora, com a ganância dos detentores aumentando, o ímpeto é de que a guilda continue crescendo, colocando mais equipes em campo. A maioria deles não tem preparo suficiente, então taurinos precisam descer para resgatar quem estiver enrascado com uma frequência cada vez maior. Eu mesmo já fui a muitas dessas missões e testemunhei mais de um membro inútil da guilda perder a vida por sua estupidez.

Recentemente, Faisão e o rei decidiram que, se um grupo de Cinco encontrar um Grande Artefato durante o treinamento, automaticamente serão promovidos ao status de artífices da guilda. Isso foi recebido com muitas reclamações, mas é o que tem feito o quadro de membros da guilda aumentar, que é o que Faisão deseja. Enquanto a demanda por artefatos estiver em alta assim, suponho que continuaremos a enviar pessoas aos túneis.

Isso vai ser benéfico para a turma de Pega. Não importa quão ruins sejam, desde que sejam razoavelmente competentes, devo conseguir pelo menos colocá-los nos túneis de filhotes.

Talvez lá embaixo os deuses os abençoem e enfiem um Grande Artefato bem debaixo do nariz deles. Vai saber.

Aspeth segue para o meu quarto, bocejando, e observo a barra de sua camisola roçar contra a parte de trás de suas coxas. São coxas grossas, e gosto disso. Coxas grossas que vão ficar deliciosas ao redor da minha cintura...

— Então, onde vou dormir? — pergunta ela, arrancando-me dos meus pensamentos caóticos.

Indico a cama. É grande o bastante para dois, mesmo que um desses seja um taurino.

— Entendi. — Ela hesita por um momento, coloca a gata gorda em uma cadeira ao lado da lareira e coça suas orelhas. Então se vira para mim, a expressão calma. — Quer que eu fique de bruços ou de costas?

— Para dormir?

— Para transar.

— Não vamos transar hoje.

Aspeth logo se anima.

— Ah, que ótimo. Estou exausta. — Ela passa por mim e vai até a cama, como se sempre tivesse sido dela. — Vou pegar o lado direito, mas me avise se quiser ficar com ele.

Ela se deita na cama, se cobre e fecha os olhos. Eu a encaro por um longo momento, meus pensamentos acelerados. Como as aulas desta turma mal começaram e eu já sinto que minha vida está saindo cada vez mais de controle? Por fim, me deito na cama e encaro o teto, esperando que ela diga alguma coisa. Que comece a conversa que sei que precisamos ter. Sou experiente e sei o que esperar com a proximidade da Lua da Conquista, mas suspeito que este seja seu primeiro relacionamento com um taurino.

Ou seu primeiro relacionamento com qualquer um. Minha garganta fica seca.

— Me fale sobre você, Aspeth.

— Por que todos ficam querendo saber sobre mim? — Ela boceja.

— Porque quero conhecer a pessoa com quem me casei.

— Quer? Ou só precisava de uma pessoa qualquer? Porque é disso que eu precisava. — Ela coça o nariz, um movimento sonolento e vulnerável. — Não se preocupe se gostamos um do outro ou não, professor Hawk. Não foi para isso que nos casamos.

Ouvir "professor Hawk" enquanto estamos a sós é... estranho.

— Esqueça. Me chame de Hawk.

— Hawk, então. — Ela abaixa a mão e se aconchega no travesseiro, nitidamente pronta para cair no sono.

Apesar de me sentir grato por sua postura racional em relação ao nosso casamento, não estamos em sintonia. Eu estou pensando em sexo, e ela está pensando se somos ou não amigáveis um com o outro. Isso só me faz temer ainda mais por sua ingenuidade.

— Temos que conversar.

— Humm. — Ela não se mexe, mas pelo menos está ouvindo.

— Essa não é minha primeira Lua da Conquista. Já passei por duas desde que cheguei à maturidade. O deus não convoca seus filhos até que tenham mais de dezoito anos.

— Que bom. — Sua voz é sonolenta.

Continuo encarando o teto, depois uma rachadura na parede de onde pinga água às vezes, quando chove. É uma rachadura que Pega jura que vai chamar alguém para arrumar, mas ela deve dinheiro ao carpinteiro.

— Assim, se gerarmos uma criança, poderemos sustentá-la. Cuidar dela. Não procriei, apesar de duas convocações divinas. Esta será minha terceira.

Ela fica em silêncio, e me pergunto se teme ter filhos.

— Não é minha intenção ter filhos desta vez também — digo antes que isso a preocupe. — Preciso dar um jeito nas minhas dívidas primeiro. — Ergo minha mão mágica, girando o pulso e admirando a força das runas gravadas no metal. Eu me sinto grato por minha mão todos os dias. É um lembrete de que já estive em situações piores, e flexioná-la me acalma. Posso lidar com isso. Posso lidar com o que este período trouxer. — Então não se preocupe que eu vá querer te engravidar. Se ficar grávida, não pode escavar.

— Humm.

— Então precisamos falar sobre algum tipo de anticoncepcional. A Lua da Conquista faz nosso esperma ficar extremamente potente... — Até porque estarei enterrado bem fundo nela, meu nó prendendo-a com firmeza, e a ideia faz um calor subir pela minha espinha e minha cauda estremecer. Pigarreio, me acalmando. — O que já usou antes?

— Não usei — murmura ela sonolenta.

Viro a cabeça e então me afasto um pouco, porque nossos travesseiros estão lado a lado, e quase arranco seu olho com um dos meus chifres. Vamos ter de achar uma solução para isso. Depois.

— Como assim, não usou?

— Nunca transei. — Seus olhos estão fechados, e ela parece já estar quase dormindo. — Estava esperando me casar.

Eu me sento e me apoio nos cotovelos, horrorizado.

— Quantos anos disse que tem mesmo?

— Trinta. — Ela coloca o travesseiro em cima da cabeça. — Temos que falar sobre isso agora?

— E nunca *transou*?

— Meu pai teria matado meus pretendentes. — Sua voz sai abafada.

— E eu vou te matar se continuar tagarelando enquanto tento dormir. Podemos conversar sobre isso depois?

Volto a relaxar na cama. Certo. Depois. Amanhã.

Tudo bem. Está tudo bem.

Encaro o teto por um tempo.

— Seu pai dever ser extremamente protetor. — Não posso deixar de comentar. Imagino um mercante gordo e rico, talvez até um corretor de artefatos, que atende a todos os detentores afortunados. É lógico que seria protetor com a filha, deixando-a escolher com quem deseja se casar e quando. E se essa filha é inteligente e mimada como Aspeth, deve conseguir tudo o que quer.

Ainda assim, algo não está fazendo sentido. Por que esperar tanto tempo para se casar e depois se enfiar em um casamento às pressas com um taurino à procura de uma parceira de acasalamento? Vou ter que lidar com um pai raivoso batendo à minha porta? Querendo minha cabeça por ter tirado a inocência de sua filhinha?

Fito Aspeth outra vez. O travesseiro cobre sua cabeça, mas ainda me lembro de qual é sua aparência. Ela não é tão jovem ou inocente. Meu olhar recai sobre seus peitos, que pendem de forma indecente para o colchão, os mamilos marcados pelo tecido fino de sua camisola. É como se estivesse me provocando.

— Isso é inconveniente para cacete — pontuo para ela. — Você ser virgem.

— Por quê? — Ela se vira e me mostra as costas, como se estivesse farta da conversa. — Tudo o que preciso fazer é ficar deitada lá, certo? Não vai ter problema.

Gaguejo, encarando suas costas.

Ficar deitada lá.

Ficar deitada lá?

— Sabe que vou *cruzar* com você, né?

— Humm.

— Não sabe o que isso significa? — Balanço a cabeça, rindo amargamente da minha insensatez. — É óbvio que não. Você é virgem. Seu pai deve ter te mantido afastada de tudo que fosse relacionado a sexo. Conheço o tipo. — Minha cabeça está latejando, e eu passo a mão no espaço dolorido entre meus chifres. — Permita-me educá-la um pouco. Está escutando?

— Humm.

Encaro isso como um sinal para continuar. Ter que explicar a ela como se fosse uma criancinha acaba com minha maldita dignidade, mas não quero nenhuma surpresa.

— Acredito que já tenha ouvido a história do ancião Garesh e da rainha preliana? A versão do povo taurino é diferente da maioria. Nossa história conta que o deus touro conquistou Prell e roubou a rainha de seu marido. Ele ficou tão admirado por sua beleza e coragem que a tomou para si e cruzou com ela por cinco dias seguidos. E, quando ela se levantou de sua cama, deu à luz cinco fortes filhos taurinos. Foi assim que a raça taurina surgiu. É por isso que somos parte touros e parte humanos.

Isso não é algo que os humanos gostam de ouvir, então me apresso com a explicação.

— Por sermos descendentes diretos do deus touro, é ele quem conduz nossos acasalamentos. Os taurinos ficam extremamente férteis durante uma Lua da Conquista. A cada cinco anos, quando a lua retorna, buscamos nossa parceira e fazemos o possível para engravidá-la. Se não houver parceira, o taurino tenta espalhar seu esperma por onde conseguir, no máximo de fêmeas dispostas possível.

Ela não responde nada, e desconfio que a tenha deixado chocada.

— Não tem o que temer. Já que estamos casados sob as bênçãos dos deuses, só tentarei acasalar com você. E... serei gentil. Ou, pelo menos, tentarei. É por isso que precisamos conversar. — Só de pensar no acasalamento que está por vir certas partes do meu corpo já estremecem. — Os machos taurinos não são como... outros machos. Quando a Lua da Conquista desperta, nosso bulbo sagrado também o faz. Ele só aparece a cada cinco anos, e é lá que está nosso esperma. Alguns minotauros carregam a bênção do deus de forma permanente, mas eu não desejaria isso à minha parceira. — Não posso imaginar como esses machos vivem, sempre precisando cruzar, acasalar, o bulbo sempre pressionando, pressionando, pressionando...

Aspeth fica em silêncio.

— Tentarei ser gentil — lembro a ela. — Mas não é sempre fácil para nós. Quando a Lua da Conquista nascer, será cada vez mais difícil me controlar. Até seu aroma vai me distrair. Vou querer tocá-la.

Lambê-la.

Passar o focinho nessa sua bocetinha linda e provar seu sabor...

Engasgo com as palavras mesmo quando meu membro reage.

— Passarei a sentir ciúmes de outros machos que estiverem perto de você, então, se eu parecer irritado, não é culpa sua. É da lua. Vou querer te marcar como minha. Não de um jeito ruim nem fisicamente, é lógico. Apenas para mostrar ao mundo que você pertence a mim. Alguns dos taurinos mais escandalosos levam as parceiras em exibições públicas de luxúria, para lembrar ao mundo que elas já têm donos. Nunca fiz isso, mas... eu entendo.

Pelos cinco deuses, como entendo. A ideia de colocar Aspeth em uma plataforma no meio da zona comercial e abrir bem suas pernas para possuí-la na frente de todos? Agrada o meu lado sombrio e irracional. O lado que nunca de fato deixei livre.

Engulo com dificuldade, porque consigo sentir o bulbo crescendo, mesmo agora, semanas antes da Lua da Conquista. Encaro a rachadura na parede em desespero, desejando que Aspeth diga alguma coisa. Seu silêncio me incentiva a continuar explicando, mesmo que cada palavra ferva minhas veias:

— Quando a bênção do deus enfim me atingir, você saberá. Meus olhos ficarão vermelhos, e meus pensamentos serão sobre cruzar com você e apenas cruzar com você. Qualquer tipo de medida anticoncepcional terá que ser feita por você, porque, se a responsabilidade for minha, tentarei impedi-la. Meu instinto vai exigir que eu te engravide.

Um instinto selvagem e caloroso.

A necessidade de preencher o local entre as coxas da minha parceira com meu esperma. De preencher sua boceta com uma quantidade tão grande do meu gozo que não haverá chance de ela sair de nossa cama sem uma criança na barriga. E, já que a lua está próxima, a ideia é sedutora. É completamente errado, mas meus instintos primitivos adoram.

— O irmão da minha mãe certa vez me contou sobre um taurino que tinha uma parceira. Ela usou uma esponja para impedir que seu esperma entrasse, mas a bênção do deus estava tão forte nele que ele resgatou o objeto de dentro dela e o enfiou em sua boca para dar fim aos seus protestos enquanto metia nela. Ouvi dizer que, além disso, tiveram gêmeos, porque o deus estava lhes ensinando uma lição. Mas não fique muito assustada com isso. O deus entenderá quando o momento não for ideal, e eu farei uma oferenda generosa ao ancião Garesh para apaziguá-lo. Mas durante a Lua da Conquista? Estarei perdido, Aspeth.

Apesar de ela ser uma desconhecida para mim, e uma bem irritante, não posso negar que seu corpo é atraente. Não posso negar que ter uma parceira disposta para a Lua da Conquista é empolgante. Não posso negar que estou ansioso para que aconteça. Só pensar nisso já me deixa de pau duro, o sêmen escorrendo do meu membro enquanto me deito ao lado da minha mulher e lhe conto todas as coisas pervertidas que farei com ela.

— Vou te foder rápido e com vontade — digo, e minha voz é um rosnado de tesão puro. — Não vou querer nada além de enfiar meu bulbo em você e te encher com meu esperma. Vou te comer com força e enterrar em você, e então vamos esperar meu bulbo desinchar. Enquanto isso, estarei atado dentro do seu corpo, preso em você. E, quando ele desinchar, é provável que eu já vá querer te comer de novo. Alguns taurinos não param até que o período da lua passe por completo. Teremos que manter comida e bebida por perto. Eu estarei em um delírio total. Quando terminarmos, você não vai conseguir andar direito por uma semana. Não estou me vangloriando... é um fato.

Coloco a mão no meu membro dolorido e hesito, olhando o corpo dela na cama.

— Sei que vai ser sua primeira vez, mas não vou ser gentil. Não vou conseguir ser gentil. Não vou te violentar, mas precisamos ficar confortáveis um com o outro antes que a lua nasça totalmente. Não estou dizendo isso porque quero me aliviar, por mais que seja o que pareça. Estou falando por *você*. Você tem que se sentir confortável com meu corpo, e eu tenho que saber como dar prazer ao seu. Isso vai facilitar as coisas para nós dois. É bom você saber que os taurinos não têm o corpo igual ao de humanos comuns. Assim como somos maiores num geral, somos maiores em todos os lugares. Se quiser uma aula de anatomia, vai ser um prazer ensiná-la.

A ideia me agrada. Não só pensar em colocar meu pau duro em sua mão e deixá-la explorá-lo, mas o aspecto prático disso.

— Na verdade, acho que podemos adicionar isso aos seus estudos. Podemos nos encontrar depois da aula. O que acha?

Aspeth ronca baixinho ao meu lado.

A perplexidade me atinge ao encarar suas costas. Como uma fêmea consegue dormir em um momento como este? Quando acabo de explicar com todos os detalhes como vou *cruzar* com ela? *Possuí-la*? Em público, se o desejo dentro de mim for grande demais? Que vou comê-la com tanta vontade...

Ela se remexe na cama, e, quando o faz, reparo em uma mancha de terra em seu braço. Estava tão cansada depois de carregar pedras mais cedo que deve ter preferido nem se banhar e simplesmente ir direto para a cama.

E aqui estou eu tentando conversar com ela.

Bufo com a minha arrogância e ajeito o pau dolorido por baixo do cobertor. Talvez amanhã eu não force tanto. Ou pelo menos me certifique de que Aspeth esteja acordada antes de começar uma conversa sobre minha anatomia.

ONZE

ASPETH

23 dias antes da Lua da Conquista

— VOCÊ CAIU NO SONO ontem à noite — sibila Hawk enquanto subo uma das ruas íngremes de Vasta. Sinceramente, não há nenhum lugar plano nesta maldita cidade? Nenhuma estrada que seja ao menos um pouquinho sinuosa? Tudo tem que ser uma subida?

Ao meu lado, o taurino praticamente pisoteia a rua com os cascos, conforme subimos com dificuldade. Acredito que esteja de mau humor porque acabei dormindo enquanto ele tagarelava sobre deuses e como taurinos são sagrados.

— Está se referindo a quando eu caí no sono depois de um dia puxado de treinamento e você decidiu que precisava me dar uma lição? Como se eu fosse uma garota estúpida que nunca viu um pênis na vida?

Bem, nunca vi, mas ele não precisa saber disso.

As narinas dele dilatam, e a argola no seu septo balança. Ele olha para o topo da rua, onde o deslizante Kipp está com a corda toda, carregando tanto a casa quanto a mochila como se não conhecesse o conceito de fadiga. Atrás dele, Gwenna está se saindo bem em carregar a mochila, e tanto Andorinha quanto Mereden estão ficando para trás de ambos. Estou na retaguarda, mancando nas botas e me perguntando de onde tirei a ideia de me tornar uma artífice da guilda.

Ah, é verdade. É porque os inimigos da Fortaleza Honori vão nos executar para roubar nossas terras. Não posso me esquecer.

E agora tenho que lidar com um homem-touro birrento que tentou me dar uma aula quando eu só queria dormir.

— Já viu o pênis de um taurino? Com o bulbo sagrado inchado?

Pelos deuses, a palavra "inchado" me deixa totalmente desconcertada.

— Eu... bem, não.

— Então guarde um pouco de energia para esta noite, pois vai ver um. — Hawk se aproxima. — Você precisa de uma aula porque não tenho a intenção de ser o vilão desta história. A ideia de se casar foi sua.

— Foi mesmo. — Posso lidar com uma exibição de pênis. Sendo sincera, acho a ideia um tanto fascinante. — Mas, se quiser que eu fique acordada, vai precisar parar de tagarelar e me deixar recuperar o fôlego hoje. — As alças da mochila já estão deixando rastros de dor nos meus ombros.

— Isso é para o seu bem — reitera ele, e lança um olhar severo para mim. — Não pense que pode fazer o que quiser só porque estamos casados.

Arquejo ultrajada.

— Não penso! E me ofende você achar que eu usaria nossa relação dessa forma.

— Não usaria?

— Não! — gaguejo. — Foi você quem veio falar do seu pênis, não eu!

Ele arqueia a sobrancelha.

— Não finja que nunca pensou em abusar dos seus benefícios aqui ao abusar do meu pau.

Gaguejo de novo.

— Que grosseria!

Ele bufa.

— Fique sabendo que quero aprender tudo que se ensina aqui — digo indignada. — Não vim aqui para me mimarem. Vim fazer parte da guilda. Qualquer atividade extracurricular terá que esperar até que eu esteja descansada para que possa contribuir com a turma, e isso também significa atividades na cama.

Meu professor grunhe. Hawk está cedendo? Convenci-o que carregar pedras não é a forma certa de nos ensinar?

— E ainda temos que treinar com Pega também.

Tenho que admitir, estou mais do que ansiosa para conhecê-la. Quero ouvir todas as histórias dela. Quero aprender com sua sabedoria. Quero absorver tudo o que ela possa ensinar.

— Em breve. — O tom voz de Hawk é brusco.

Ele corre adiante, ágil em seus cascos enormes, e alcança Kipp.

— Achei que tínhamos conversado sobre a casa.

O deslizante o ignora.

⁂

Andamos para cima e para baixo, marchando por todas as ruas de Vasta até eu estar profundamente farta da mochila, da guilda e, sobretudo, dos taurinos. O suor pinga do meu rosto, e fico aliviada quando Hawk nos chama para almoçar e fazer uma pausa. Comemos e bebemos água sentados no meio-fio de uma rua movimentada, observando burros puxarem carroças até o topo da cidade, onde as ruínas estão protegidas.

— Quando vamos poder ir lá? — pergunto. — Aos túneis?

— Ainda não estão prontos.

Aff. É lógico que ele acha isso.

— Eu sei, mas *quando* vamos estar prontos?

Hawk cruza os braços em frente ao peito.

— Até quando pretende descansar o traseiro no meio-fio, filhote?

Resmungando, me levanto.

Marchamos um pouco mais, até contornarmos o quadrante superior da cidade outra vez e voltarmos à casa de Pega. Seguindo as ordens de Hawk, deixamos as mochilas ao lado da porta para o treino de amanhã e então o seguimos. Para minha surpresa, entramos em uma câmara vazia e estreita. Se eu esticar os braços para os dois lados, conseguirei tocar as duas paredes ao mesmo tempo. No fundo da sala, há um armário de armas.

— Se não querem aumentar sua resistência, teremos que desenvolver suas habilidades de combate — diz Hawk. — Cada equipe de escavação enviada aos túneis possui cinco pessoas, e cada pessoa da equipe possui uma função designada. Alguém tem que ser o navegador, certificando-se de que não andem em círculos. Alguém tem que ser o curandeiro, responsável por manter o grupo saudável. Cada equipe precisa de um mestre de equipamentos, responsável pelos suprimentos. Um bom mestre de equipamentos vai impedir que a comida acabe em três dias. E então temos os membros de combate, o espada e o escudo. O escudo, ou baluarte, é o responsável por proteger os outros membros do grupo enquanto o espada toma a frente do combate. Mesmo que você não seja o espada designado em seu grupo, deve saber se virar com sua arma de escolha. Às vezes o espada morre logo no início e alguém tem que assumir o papel. Entendido?

Mereden ergue a mão, tremendo.

— Diga — fala Hawk.

— Teremos que enfrentar ratazanas? Ou elas vão nos deixar em paz?

— Não há só ratazanas na Terra Abaixo — diz Hawk com um tom de voz ameaçador.

— Tem mais o quê? — pergunta Andorinha.

— Aranhas, para começar — responde ele. — Bestas enormes e nojentas com pernas demais, que surgem do nada e sobem no seu ombro. São coisas monstruosas.

— De que nível de monstruosidade estamos falando? — pergunta Gwenna, uma carranca surgindo em seu rosto.

— O suficiente. — Hawk balança a cabeça e vai até o armário de armas. — E tem as ratazanas, é óbvio. Elas surgiram quando a Antiga Prell desmoronou, e não gostam que ninguém explore as ruínas. Se escutarem vocês nos túneis, vão persegui-los. Precisam ficar alerta. E também há as outras equipes.

— Espera, outras equipes? — Deixo escapar. — Elas nos atacariam?

— Não é incomum. Sabemos de histórias de equipes em que todos morrem, mas, de alguma forma, outra pessoa aparece com um artefato fantástico sem conseguir descrever exatamente onde o encontrou. Ninguém faria uma acusação direta, mas... é melhor ter cuidado. — Ele gesticula para o armário de armas. — Alguém tem experiência com alguma?

Encaro suas costas largas, ansiosa. Sabia que haveria ratazanas nos túneis. Sabia que haveria outros problemas, como passagens desmoronando, deslizamentos de pedras e outros desafios que a natureza apresentaria conforme rastejássemos por quilômetros abaixo da terra, à procura de tesouros antigos. No entanto, nunca cheguei a pensar que outras equipes poderiam nos atacar e nos roubar apenas para reivindicar o que encontramos. Arrepios percorrem os meus braços, e eu os esfrego com força. Pergunto-me o quanto esses "acidentes" são comuns na guilda.

— Alguém? — Hawk se vira para nos fitar, e eu poderia apostar que está franzindo o cenho.

Kipp vai para a frente e tira uma espada do armário. É a menor que tem ali. Na verdade, parece mais uma adaga. Ele a gira ao redor do punho com maestria e a desembainha, olhando para Hawk.

O taurino o encara.

— Quer ser o espada?

Kipp dá de ombros.

— Você tem metade da altura de qualquer um aqui e continua carregando sua casa, por mais que eu tenha te lembrado repetidas vezes de que não deve fazer isso. Se não me obedece agora, o que te faz pensar que confiarei que vai me obedecer quando sua equipe estiver nos túneis?

Kipp dá de ombros de novo, e desta vez a concha em espiral que é sua casa escorrega de suas costas em um movimento fluído, atingindo o chão como uma tigela caída. Ele manipula a lâmina outra vez, e então sobe correndo por uma das paredes estreitas e vai para o teto, seus dedos parecendo ter ventosas grudando na madeira. Ao ficar de cabeça para baixo, ele volta a girar a espada e assume uma posição de guerreiro.

Hawk solta um suspiro pesado e puxa a argola do nariz mais uma vez.

— Certo. Que ótimo. Você é ágil. Mas falei sério. Você não faz parte de uma equipe de uma pessoa, faz parte de um Cinco. Entendeu?

O deslizante lambe o olho, a língua longa e grudenta para fora. Ele embainha a pequena espada na cintura e rasteja até um canto, observando.

Nosso professor se vira para nós.

— Mais alguém?

Gwenna ergue a mão.

— Cozinho bem e sei costurar. Eu era uma criada antes de vir para cá. Posso tomar conta dos suprimentos.

Perto dela, Mereden bate palmas.

— Ah! Eu posso ser a curandeira!

— E eu tenho que ser o navegador? — pergunta Andorinha, agressiva. — Não consigo nem achar o caminho para fora de um bar. Eu deveria ser o espada.

Kipp rosna, um barulho fofo em vez de ameaçador. Ele nitidamente não gostou da ideia.

— Você pode ser o escudo — Gwenna diz em um tom de voz moderado. — Não pode ser a Aspeth.

— Por que não? — Andorinha exige saber.

— É, por que não? — pergunto.

Gwenna me fuzila com o olhar.

— Porque sim. Há várias razões pelas quais ela deve ficar segura na retaguarda, e não na frente.

E tenho certeza de que muitas delas têm a ver com o fato de eu ser da nobreza, mas é lógico que não podemos dizer isso. Simplesmente balanço a cabeça.

— Quero estar na posição em que sou melhor. E, se isso significa ser o baluarte, ficarei feliz em contribuir.

Hawk ergue as mãos.

— Essa é uma conversa ótima, e estou feliz por estarem trabalhando em equipe, mas não *perguntei* que posição querem. Perguntei no que tinham experiência. Está óbvio para mim que alguns de vocês são inúteis.

— Ei — protesta Andorinha.

— Não é você — diz ele —, e sim a Aspeth. Ela é o ponto fraco do grupo agora.

— Que grosseria! — Sinto-me humilhada por suas palavras. Sou filha de um detentor. Tenho educação. Não posso ser o ponto fraco. — Você ainda nem me testou!

— Sei só de ver o quanto é macia.

— Ouviram essa, time? Ele acha a Aspeth macia. — Andorinha solta uma risadinha.

Ele aponta para ela, furioso.

— Você transformou em algo sexual, sendo que só quis dizer que ela não tem músculos nem energia. Ela é... mole.

— Chega, por favor — digo seca. — Meu orgulho não aguenta mais isso. — Mole. Que humilhação.

Hawk fita a mim e Andorinha, como se eu tivesse culpa da sua opinião sobre minha maciez.

— É imprescindível que as habilidades de vocês sejam testadas, porque, se a pessoa errada assumir a liderança, todos podem morrer. — Ele cruza os braços sobre o peito, e não posso deixar de reparar que está sem o casaco da guilda outra vez. É quase como se quisesse usar a menor quantidade de roupas possível quando nos treina...

E então meu rosto fica vermelho com a ideia.

— Vou posicioná-los com base em seu desempenho com armas — continua ele. — Todos precisam ter o *mínimo* de competência, e aqueles que se saírem melhor atacando e defendendo assumirão os postos da frente. Entendido?

O deslizante rosna de novo.

Já posso prever que vou ficar na retaguarda, já que ele me considera "mole".

— Basta. Cada um pegue uma arma no armário. Vamos treinar por enquanto e ver que tipo de habilidades naturais vocês têm. — Hawk abre espaço, indicando a variedade de armas.

Céus. Tenho certeza de que não tenho nenhuma habilidade com armas. O mais perto que já cheguei de uma foi ao escolher qual faca e garfo usar nos jantares da alta sociedade. Com delicadeza, avanço e analiso as opções. A maior parte é de facas, é lógico, e o que parece ser uma espada curta, fina e com a ponta estreita. Os escudos no fim do armário são extremamente curvos, como se contornassem o corpo, e parecem pequenos demais para, bem, proteger.

— Os dois são usados ao mesmo tempo — diz Hawk, respondendo minha pergunta silenciosa. — Cada um possui uma braçadeira, e um baluarte talentoso consegue usá-los ao mesmo tempo, expandi-los e juntá-los para prover a maior cobertura possível para a equipe.

— Ah, entendi. — Não entendi, mas tenho quase certeza de que ele não quer que eu escolha os escudos ainda. Passo por Mereden, que escolhe uma clava cheia de espinhos, e pego a espada com cuidado. Ela é, bem... curta. Ao meu lado, Gwenna esbarra em mim, pegando um par de adagas. — Por que é tudo tão pequeno?

— Pelo mesmo motivo de estarem em uma sala apertada — responde Hawk. — Precisam aprender a lutar em espaços fechados. Não terão espaço para manusear uma espada imensa em um túnel apertado, então precisam aprender a lutar com as menores. É por isso que não terão um bastão nem treinarão com arco e flecha. São táticas de túnel.

Ah. Faz sentido, eu acho.

— E uma besta? Ou zarabatana?

Ele inclina a cabeça, e seus chifres assumem uma aparência surpreendentemente jovial. Não que eu esteja reparando nesse tipo de coisa em meu novo marido.

— Tem talento com algum dos dois?

— Bem, não...

— Então não interessa, não é?

Argh. Mordo o lábio para me impedir de dar uma resposta mal-educada.

Ele pega minha mão e a envolve no cabo da espada que estou segurando.

— Treine com isto. Aprenda o básico. Quando estiver craque, podemos falar sobre outras armas.

Seguro a espada delicada em frente ao corpo e a balanço no ar, tentando imitar os gestos descomplicados que Kipp fez antes.

— Esta espada — diz Hawk, colocando a mão sobre a minha para abaixá-la e parar meus movimentos — serve para perfurar, não cortar. E assim vai arrancar o olho de alguém. Primeiro vamos treinar sua pegada, a de todos vocês. Peguem uma espada e façam fila, vamos aprender o básico.

DOZE

ASPETH

O BÁSICO É SURPREENDENTEMENTE DIFÍCIL. Tenho que segurar a espada com força, mas não forte demais. Tenho que manter o punho frouxo, mas não frouxo demais. Devo perfurar com destreza, mas sem cortar, e retrair depressa. Devo evitar os ossos para que a arma não fique presa neles. Não devo virá-la nem puxá-la, porque posso torcer meu pulso com tanta facilidade quanto esfaquear uma ratazana.

Quando terminamos, meus braços estão latejando de dor, e quero esfaquear Kipp, porque o deslizante é um metido a besta. Fica óbvio que ele já sabe como fazer tudo, e o vi observando minha pegada enquanto eu fazia os exercícios, uma expressão de desânimo e nojo em seu rosto.

E daí que não sou boa com uma espadinha perfuradora? Tenho certeza de que possuo outras habilidades que podem ser úteis. Está tudo bem.

Gwenna é boa com armas, no entanto.

— É igual a esfaquear uma carne que fica deslizando na panela — declarou ela com confiança enquanto atingia um boneco de couro estofado. — Ou um homem que não cala a boca.

Andorinha deu um gritinho em comemoração. Não achei tão engraçado, sobretudo porque sou uma porcaria esfaqueando. Não gosto de ser ruim nas coisas. Prefiro fazer coisas nas quais me destaco, como ler livros e estudar línguas antigas. A parte puramente física de ser um filhote está começando a me intimidar.

Eu me pergunto se me precipitei. Se cometi um erro. No entanto, que alternativas eu tenho?

Nenhuma. Então preciso parar de reclamar e simplesmente melhorar em tudo.

Hawk nos faz agachar, atacar e esfaquear os bonecos de couro até meus ombros e braços doerem. Minhas panturrilhas também doem, por causa de todos os agachamentos e toda a caminhada que fizemos mais cedo. Quando enfim guardamos nossas armas, estou prestes a desmaiar de novo.

— Pausa para a noite — diz Hawk por fim. — Vamos continuar a caminhada ao amanhecer. Estejam prontos.

— Está previsto que chova de manhã — diz Mereden com a voz tímida. — Não chove nas cavernas.

— Ooooh, agora ela te pegou — vangloria-se Andorinha. — Acho que estou sentindo cheiro de dia de folga.

— Acho que estou sentindo cheiro de um bando de alunos preguiçosos.

— Preguiçosos, não — diz Gwenna. — Oportunistas.

Hawk dá de ombros.

— Tudo bem. Se querem fugir da chuva, vamos ficar em casa e treinar com as armas. Precisam aprender a lutar com pouca ou nenhuma luz, então vamos usar vendas.

Gemo em voz alta.

Hawk se vira para mim, erguendo aquela sobrancelha impossivelmente grossa.

— Não está gostando do treino?

— Estou — respondo, determinada a não ser um problema. — Foi um gemido positivo.

— Isso não existe.

— Existe, sim. Eu amo exercícios com espadas — digo entusiasmada, mentindo na cada dura. — Foi um gemido de... prazer.

Hawk me encara. Só... me encara.

Andorinha pega Gwenna e Mereden pelos braços.

— Vamos dar o fora daqui antes que o professor recém-casado mostre seus "exercícios com espadas" para a esposa.

— Eca. — Mereden lança um olhar horrorizado para mim.

E eu fico vermelha, meu rosto esquenta e minha postura fica desconfortável. Pelo jeito, falar de gemidos de prazer e exercícios com espadas não foi a melhor ideia. Observo os outros deixarem a sala, Kipp pegando sua casa e pendurando a enorme concha nas costas antes de segui-las. Agora somos só eu e Hawk.

Professor e aluna.

Marido e mulher.

Com certeza não era um problema que eu esperava ter.

Hawk só continua a me encarar, o olhar intenso. Ele não moveu nenhum músculo, ainda assim me sinto totalmente ciente de seu escrutínio. É como se ele estivesse olhando através das minhas vestes, e isso me faz sentir um arrepio profundo. Afasto uma gota de suor da testa.

— É melhor eu ir... tomar banho.

— É, melhor mesmo — concorda ele, a voz baixa e suave.

Assentindo, saio da sala de treinamento às pressas e corro para as escadas... mas hesito. Quando vou enfiar na cabeça que estou ficando no quarto dele, e não no da Gwenna? Que agora estou casada? De maneira gradual, viro-me e volto aos aposentos de Hawk, tentando me acalmar. Eu consigo. Está tudo bem. Entro no quarto e fico aliviada ao ver que está vazio.

Pouco tempo depois, o alívio diminui. Como exatamente alguém toma banho sozinho? Não é possível que não haja um jeito mais fácil do que jogar jarro atrás de jarro de água aquecida na banheira de cobre em frente à lareira. É trabalho demais, e estou muito exausta para sequer considerar isso. Paro em frente à banheira (que não tem nem um dedo de água no fundo), porque, depois de dois jarros, percebo que isso vai demorar e não tenho mais energia.

Talvez eu possa simplesmente ficar pegajosa e suada pelo restante da vida.

Alguém bate à porta.

— Entre.

Hawk entra devagar, a cabeça chifruda surgindo antes dele. Ele franze o cenho e fecha a porta atrás de si, apoiando-se nela.

— Algum problema? Dei um tempo para que se lavasse antes de entrar.

Levo a mão, trêmula de exaustão, à testa.

— Estou cansada demais para encher a banheira. Outras pessoas faziam isso por mim em casa.

— É óbvio que faziam.

Não sei dizer se ele está caçoando de mim ou não, mas, considerando o quanto é implacável comigo no treinamento, vou supor que está.

— Vou simplesmente passar mais um dia suja. Você disse que vai chover amanhã, certo? A chuva vai tirar a sujeira. — No momento, isso parece bem melhor que qualquer alternativa.

Ele concorda, me observando.

— Espere aqui.

Como se eu tivesse forças para ir a qualquer lugar. Eu me jogo na cadeira mais próxima, me recostando no encosto alto.

— Ótima ideia.

A porta se fecha. Estou quase dormindo quando ela se abre de novo, e desta vez Hawk está de volta com um balde enorme, muito maior do que eu poderia carregar. Ele enche a banheira para mim e gesticula.

— Toda sua.

— Obrigada pela gentileza. — Tiro as camadas suadas do meu uniforme e as jogo no chão, retiro o corpete e a camisola e também os deixo de lado. Entro na banheira e me sento, coloco os joelhos contra os peitos e percebo que acabo de ficar nua em frente ao meu novo marido. Passei tantos anos tendo criados para me banhar que nem parei para pensar.

Dou uma olhada em Hawk para ver se ele reparou no que fiz.

Ah, com certeza reparou. Há uma expressão curiosa em seu rosto bovino, mesmo que ele não diga nada. Depois de um momento, ele pigarreia e aponta para mim.

— Quer que eu lave suas costas?

Será? Parte de mim quer, porque não há nada melhor do que ser esfregada por outra pessoa quando se está cansada, mas não sei quais são os limites entre nós dois.

— Não sei — respondo com sinceridade. — Vai só me lavar?

Ele revira os olhos.

— Sim, a não ser que queira algo a mais.

— No momento, só quero cochilar e nunca mais ver uma mochila de pedras de novo.

— Bem, não vai ter nenhum dos dois. — Ele solta um risinho de divertimento e se senta ao lado da banheira, pegando a flanela em que ainda não encostei. — Sinto muito pela água não estar quente.

Depois do dia longo e suado que tive? A água fria é uma delícia na pele.

— Não tem problema. — Abraço os joelhos. — Obrigada pela ajuda.

— Você é minha esposa... ao menos por enquanto. É o mínimo que posso fazer...

Que coisa gentil de se dizer.

— ... considerando que terei que dormir ao seu lado e sentir seu cheiro.

Retiro o que disse. Retiro tudo o que disse.

Ele umedece a flanela perto dos meus pés, e, de repente, me sinto totalmente consciente do quanto ele está perto e do quanto estou nua. Estamos casados, é lógico. Já era o esperado. No entanto, em algumas semanas, transarei com este homem. Essa era minha parte do acordo, e, sendo sincera, não pensei muito a respeito... até agora. Agora estou reparando no tamanho de seus antebraços e na veia que percorre os músculos de um deles. Estou reparando no tom marrom-avermelhado de sua pele e na forma como ele tem pelagem por todo o corpo, os pelos mais grossos descendo por seu peito. Estou reparando que, mesmo ajoelhado ao lado da banheira onde estou encolhida, ele é enorme...

Hawk esfrega a flanela nos meus ombros, e meu cansaço ganha da curiosidade que sinto por seu corpo. Fecho os olhos, abraço as pernas e reprimo um gemido.

— Eu me esqueci de quanto tempo faz que entrei para a organização — murmura ele baixinho. — As primeiras semanas sob tutela de Pega foram um inferno.

— Você não estava em forma? — Não consigo imaginar algo assim.

— Ah, eu estava. Mas Pega dizia que humanos eram mimados estúpidos e queria que os taurinos fossem os melhores entre os melhores, então ela pegava mais pesado comigo do que com qualquer outro. Pega não estava errada. Nem sei dizer a quantidade de vezes que precisei me envolver para salvar um humano que não deu conta do recado. É por isso que vou pegar pesado com seu grupo, Aspeth. Não é por crueldade. É por necessidade. Entende, não é?

Entendo.

— Quero aprender. E quero ser a melhor. Então é só ignorar minhas reclamações. Todo mundo ignora. — Consigo abrir um sorriso fraco. — Quando vou poder conhecer Pega?

Ele suspira, um som pesado e de derrota.

— Em breve. — Ele descarta o pano, jogando-o no meu joelho, e então esfrega meu ombro com gentileza. — Tem um hematoma aqui.

Preciso de toda a minha força para não choramingar de prazer quando seus dedos me apertam.

— Continue fazendo isso. Eu me lavo.

Hawk grunhe e então continua a massagear meus ombros, aliviando todo o estresse dos últimos dias. A sensação é tão boa que mal presto atenção ao meu entorno. Só quero fechar os olhos, me render ao seu toque e ficar aqui para sempre. Sem vontade, esfrego os braços e as pernas, mas, quando ele acaricia minhas costas com as mãos grandes, desisto e simplesmente me apoio nos joelhos, aproveitando o alívio. Hawk pressiona meus músculos, massageando-os com maestria.

— Isso não vai levar a nada, caso esteja preocupada. Você só parece precisar relaxar um pouco.

— E levaria a quê? — pergunto com um bocejo, meu cérebro preso em um nevoeiro de prazer.

Ele hesita.

— A sexo. Seu pai te manteve superprotegida mesmo, hein?

— O quê? Não, lógico que não — minto. Não me considero superprotegida. Já tive um noivo. Deixei que ele acariciasse meus peitos e minha coxa. Deixei que me beijasse dezenas de vezes. Não é como se eu nunca tivesse sido tocada. Contudo, uma massagem levar a sexo? Que ideia ridícula. Ninguém nunca encostou em mim para me massagear, exceto por talvez uma criada massageando minha mão depressa quando meus dedos estavam gelados. — Muita gente da guilda se massageia e depois transa?

— Como vou saber? Você é a única pessoa que já massageei.

Ah. Hum. Será que ele gosta de abraços?

Seus dedos pressionam um nó perto do meu ombro, e meus lábios se abrem. Arquejo com uma mistura de dor e prazer conforme ele trabalha no músculo tenso, e desta vez não posso impedir o barulho ofegante que me escapa.

— Caralho — rosna Hawk. Ele praticamente pula para longe da banheira, atravessando o quarto às pressas. Dou uma olhada nele e percebo que sua cauda está balançando de um lado para o outro com força, batendo contra suas calças em frustração. Talvez eu devesse sentir um pouco de culpa, mas só o que sinto mesmo é tristeza por ele ter parado. Hawk se recompõe enquanto termino de me lavar com movimentos rápidos, seu olhar está fixo na parede. Quando acabo e me enrolo na toalha, ele se vira para mim. — Lembra o que falei mais cedo?

Franzo o cenho.

— Você reclamou comigo o dia todo. Vai ter que ser mais específico.

Posso vê-lo trincando os dentes, tensionando os ombros.

— Não se faça de boba, Aspeth. Você sabe do que estou falando. Quando eu disse que teríamos uma aula de anatomia.

— Sim, lembro. — Sinto a minha parte íntima se contrair ao lembrar, e espero muito que ele não tenha notado que estou me contorcendo. — Você disse que não queria que eu tivesse nenhuma surpresa. Que precisávamos falar sobre tudo antes do, hum, momento do acasalamento.

— Que bom. Dessa vez prestou atenção. — Seu humor ácido me deixa desconfortável. — Ótimo, então. Se por você tudo bem, vou te mostrar qual é a aparência do pau inchado de um taurino, para que esteja preparada.

E ele abre o cinto.

TREZE

HAWK

Para ser justo, Aspeth pelo menos não foge assim que anuncio que vou exibir meu membro para ela.

Eu me sinto um pouco desconfortável, porque não é do meu feitio sair mostrando minhas genitálias a mulheres que mal conheço, mas não vamos ter muito tempo de preparo antes da Lua da Conquista e nós dois precisamos nos sentir confortáveis. Ignoro o sentimento devasso no fundo da minha mente e abro meu cinto, deixando as calças caírem até os joelhos. Meu pau — já duro e latejando — fica à mostra e totalmente ereto, como uma seta apontando para minha nova esposa.

Ela pisca diante da visão.

E então pisca mais uma vez.

E por fim força a vista.

— Desculpe — diz depois de um momento, indicando as velas. — A iluminação aqui é horrível. Posso ver mais de perto?

Gesticulo para o meu membro, indicando que ela pode examinar o quanto quiser.

Aspeth se aproxima, ainda forçando a vista. Ela se inclina e continua a observar, chegando tão perto do meu pau latejante que eu poderia jurar que senti sua respiração. O que, nos cinco infernos, Aspeth pensa que está fazendo? Ela me analisa com menos de um palmo entre seu rosto e minha ereção, indo de um lado para o outro e me encarando com tanta concentração que poderia estar examinando um artefato fascinante que nunca viu antes. Isso me faz estremecer, a cauda batendo na parte de trás da minha perna. Vê-la me encarar com tanta atenção não deveria ser excitante, mas não consigo evitar. Seus lábios se separam, e eu me imagino colocando a cabeça bulbosa do meu pau entre aqueles lábios semiabertos e sentindo sua língua roçar contra minha pele.

— O bulbo ainda não apareceu — murmuro. — Vai demorar mais três semanas.

Ela ergue o olhar para mim e volta ao meu pau.

— E então? — pergunto depois da longa espera, quase sem fôlego.

Aspeth força a vista outra vez e então olha para mim.

— Não quero te preocupar, *senhor*, mas você está encharcado.

Essa é a única coisa que ela tem a dizer? Bufo, me divertindo, troco o peso dos cascos e resisto ao ímpeto de acariciar minha ereção e ver como ela reagiria a isso. Olhando para baixo, percebo que a cabeça do meu pau está mesmo úmida com pré-gozo.

— É porque estou excitado, *esposa*. Você não fica molhada quando está excitada?

Ela me encara, o rosto ficando vermelho. Aspeth se endireita, encostando no nariz, e então afasta a mão de maneira suave. É um gesto estranho, como se tivesse procurado por algo e não encontrado.

— Essa é uma pergunta muito pessoal, e me recuso a respondê-la.

Tento não rir com sua resposta puritana.

— Estou te mostrando meu pau, Aspeth. Vamos transar dentro de algumas semanas. Acho que temos que começar a nos acostumar com perguntas pessoais.

Ela morde o lábio, me fitando pensativa.

— Você está excitado? — Sua voz é baixa, rouca. — Neste momento?

Meu pau estremece em resposta.

— Sim.

— Porque acabou de me lavar?

— Porque você está encarando meu pau, e eu estou pensando em te comer — admito. — Porque estou pensando em tocar seu corpo. — Estou pensando sobre suas pernas grossas e firmes, e na maciez de sua barriga. Estou pensando sobre o peso de seus seios e como seria tê-los nas minhas mãos. Como se moveriam a cada estocada que eu desse dentro dela. — Não posso deixar de pensar sobre como seria tocar você.

Aspeth leva a mão ao pescoço, o olhar suave e as bochechas coradas. Ela umedece os lábios e olha para mim.

— Você precisa ver meu corpo? Por inteiro? — Ela indica o meio de suas coxas.

Não preciso. No entanto, pelos cinco infernos, como quero...

Antes que eu possa responder, algo quebra no corredor e rola escada abaixo.

Aspeth tem um sobressalto, apertando a toalha contra o corpo, e eu logo enfio o pau para dentro das calças de novo.

— O que foi isso? — pergunta ela. — Um intruso?

Um prato cai no chão, seguido por um palavrão, e eu estremeço, balançando a cabeça.

— Não, suspeito que seja Pega.

Minha nova esposa se anima, levando os dedos à boca e mordendo a cutícula do dedão.

— Ah, estava querendo conhecê-la. Como estou?

Como se eu estivesse prestes a te foder, quero dizer, mas sei que o momento passou. Reprimo um suspiro irritado e ofereço um manto a ela.

— Está de toalha.

— Verdade. — Ela joga o manto sobre os ombros e solta um risinho de menina, indo até mim e segurando meu braço. — Pode nos apresentar?

Pelos deuses. Eu poderia dizer a ela que não quer de fato conhecer Pega. Que não deveria conhecer sua heroína. Que isso só vai quebrar seu coração. Contudo, não posso evitar isso para sempre. Com um puxão agitado na argola do nariz, assinto.

— Sim. Vamos.

Só é preciso dar alguns passos no corredor para chegar à cozinha da casa, mas cada um deles é extremamente desconfortável. Meu pau está latejando e duro, e não parece que vai ficar mole tão cedo. Fico feliz por Aspeth estar tão distraída, que se esqueceu de pegar uma vela, pois a última coisa que quero é que Pega veja o quanto estou excitado. Ainda nem falei para ela que me casei com uma de nossas alunas e não estou animado para essa conversa.

Há outro baque de panelas na cozinha, e, quando entramos, vejo Pega abaixada remexendo em um dos armários, jogando cebolas desidratadas e uma fatia de queijo no chão. Uma única vela está acesa na mesa, fornecendo iluminação suficiente para que eu veja a aparência desgrenhada da minha chefe. Ela está com um uniforme da guilda, mas ele está tão amassado e sujo que consigo ver que é o mesmo que usava da última vez em que nos vimos. Dou uma rápida olhada para o lado e vejo a empolgação de Aspeth perdendo o lugar para a confusão.

Infernos. Eu pigarreio.

Pega se vira para nós, o cabelo parecendo um ninho de rato. Seu olhar passa por mim, pela mulher agarrada ao meu braço e de volta a mim.

— Cadê aquela cerveja?

— Tirei da casa. É melhor você ir para a cama, Pega.

Ela me olha feio e volta a dar atenção para o armário.

— Eu tinha um estoque aqui.

— Sim, também me livrei dele — digo com calma. — Você disse que iria parar de beber.

— Amanhã — promete ela, e empurra uma fileira de potes para o lado, quase derrubando-os no chão.

Dou uma olhada em Aspeth. Ela está apertando meu braço com força, seu rosto animado enquanto observa Pega.

— Senhora — chama ela, e seu sorriso aumenta. — É uma honra tão grande. Há anos sonho em te conhecer. Você é o motivo de eu ter vindo a Vasta. Você inspirou minha determinação de entrar para a guilda. Você... você é uma lenda. — A voz de Aspeth fica baixa, tomada pela admiração. — E fico muito feliz por ser uma de suas alunas.

Reviro os olhos.

— Uma das *minhas* alunas? — Pega se vira, semicerrando os olhos. Ela parece notar Aspeth pela primeira vez e avança até nós de maneira gradual, cambaleando de uma forma que não deixa dúvida de que estivera se acabando na bebida. Não importa quantas vezes eu esconda o álcool, ela sempre dá um jeito de achar mais. Pega encara Aspeth de cima a baixo, franzindo o cenho. — Não te conheço.

— Meu nome é Pardal...

Pega ri na cara dela, um barulho grosseiro e ofensivo, e minha coluna fica tensa com a vontade de agarrá-la pelo braço e arrastá-la para a cama, como se fosse uma criança malcriada.

— Esse não é seu nome, sua tola. — Pega ri, saliva voando da boca ao dizer isso. — Ainda não conquistou esse nome. E não é minha aluna.

— Ela é, sim — digo baixinho. — Ela é uma de suas filhotes deste ano, junto da Andorinha.

Seu rosto se contrai, e, por um momento, acho que ela vai se desculpar.

Em vez disso, Pega se inclina para a frente e vomita aos pés de Aspeth.

Aspeth me olha com um sentimento de horror e traição no olhar. Eu me sinto um escroto, porque sei que ela passou esse tempo todo admirando Pega. Eu devia ter arranjado uma reunião entre as duas. Devia ter pensado em uma forma gentil de dizer que Pega prefere passar seu tempo bêbada, e não buscando aventuras como fazia quando era mais nova. Que ela não é mais a Pega de antes. Já não é mais há anos.

— É melhor eu ir para a cama mesmo — diz Pega depois de um momento, se endireitando e limpando a boca. — Tenho uns filhotes para treinar de manhã. Vou assim que beber mais uma dose.

Ela se afasta aos tropeços, esbarrando em um dos potes e fazendo-o cair no chão com um baque. Cacos de vidro e pêssegos melados se espalham pelo chão inteiro, e Pega nem parece perceber.

Reprimo um suspiro e dou um tapinha no ombro de Aspeth.

— Vá dormir. Vou limpar isso aqui e garantir que ela vá para cama, e não para uma sarjeta qualquer.

— Ela... Você... — O olhar de Aspeth vai de mim para a porta por onde Pega passou um segundo atrás. — Isso foi...

— Eu sei. — Aperto seu ombro. — Vamos conversar a respeito de manhã. Vá dormir.

— Ela é...

— Uma bêbada, eu sei. É por isso que corremos o risco de perder tudo. Agora já sabe por que tem que ser aprovada este ano. Se nossa turma for reprovada, Pega perde tudo.

E eu também.

CATORZE

ASPETH

22 dias antes da Lua da Conquista

COM AS MÃOS NA cintura, encaro o mestre da guilda Corvo, tentando prestar atenção. É difícil me manter na realidade esta manhã, porque ainda estou presa na noite passada, quando vi minha heroína vomitar aos meus pés.

A cena se repete várias vezes na minha mente.

— O objetivo deste treino é praticar manobras — diz Corvo. Ele une as mãos, caminhando em uma viga de madeira bem acima do percurso de obstáculos. Uma chuva fina nos atinge, transformando o percurso de terra em lama.

Odeio isso. Odeio o mestre Corvo. Odeio lama.

Odeio o fato de Hawk ter furado conosco esta manhã, e, no lugar de estarmos treinando com ele, estarmos com desconhecidos enquanto ele vai a uma missão de resgate.

Atrás de mim, um homem dá um peteleco na ponta solta da minha faixa de filhote, conquistando risinhos de seus colegas. Ignoro-o, mas Andorinha solta um rosnado ao meu lado. Se o mestre Corvo percebe alguma coisa, não dá atenção. Em vez disso, ele aponta para cada parte do percurso de obstáculos criado para testar nossa agilidade.

— Túneis. Escalem as pedras. Voltem aos túneis. Passem correndo pelas pedras caindo. — Ele aponta, aponta e aponta. — Rastejem por baixo do muro caído. Voltem aos túneis. Peguem uma mochila e atravessem a linha de chegada antes que a ampulheta fique sem areia. Quem não conseguir, vai ter que repetir tudo.

— Assim é fácil, senhor — diz um dos filhotes. — E se ficarmos amarrados juntos igual a ontem? — Ele olha para nós com um sorriso diabólico e um dente faltando.

— Monstro — murmura Gwenna. — Espero que a janta lhe dê caganeira.

— Ótima ideia, Rosto — responde o mestre Corvo, pegando duas cordas compridas. — Turma da mestra Pega, amarrem-se. Minha turma deve fazer o mesmo. Ambas as turmas farão o percurso ao mesmo tempo para que fique mais interessante.

— Ah, já está interessante o suficiente — murmura Andorinha. Ela pega a corda que Corvo joga para nós e vem até mim. Eu a pego e passo a ponta pelo meu cinto, entregando-a a Gwenna sem dizer nada. Ela me observa com uma expressão de curiosidade, mas não diz nada. Ficamos amarrados juntos, Mereden na retaguarda e Kipp no início, na minha frente.

Então marchamos até a linha de partida, e eu semicerro os olhos para o percurso de obstáculos lamacento, conforme a chuva fica mais forte. O grupo de homens ao nosso lado está cutucando uns aos outros e reprimindo risadas, sem dúvida à nossa custa, mas eu os ignoro.

Tenho que ignorar, ou vou começar a gritar.

Ela é uma bêbada.

— Já! — grita o mestre Corvo, virando a ampulheta e colocando-a na viga ao seu lado.

Kipp sai correndo, seu puxão é tão forte que cambaleio. A turma de homens que está ao nosso lado hoje — os filhotes de Corvo — nos atropela, derrubando Kipp e me dando um empurrão violento. Eu tropeço e Gwenna segura meu braço.

— O que tem de errado com você, Aspeth? — sussurra. — Não está agindo como si mesma.

Se nossa turma for reprovada, Pega perde tudo.

Tudo. Está tudo errado.

Dou um solavanco para a frente quando Kipp se ergue e corre para o primeiro túnel. Cambaleio atrás dele, ficando em quatro apoios para rastejar pelo túnel molhado, feito de madeira podre e mais lama. Ele se estreita, até que preciso virar a cabeça de lado e avançar usando meus cotovelos, mas consigo me espremer e me levantar, pingando de tanta lama, minhas botas e calças carregando uma quantidade nojenta da sujeira.

— *Vamos lá* — grita Corvo para nós. — Ninguém mandou vocês pararem, filhotes da Pega!

Gwenna estende a mão para fora do túnel e eu a seguro, puxando-a para a frente. Ela cai em cima de mim e ofega, esperando Andorinha passar. Enquanto aguardamos, ela me encara.

— Qual é o problema?

Balanço a cabeça. Se eu começar a desabafar sobre tudo que está errado agora, não vou parar. Kipp está puxando a corda, ávido para chegar às pedras e continuar o circuito de obstáculos. Andorinha consegue sair, ofegando, e então esperamos Mereden.

— Tem algo errado — sibila Gwenna.

Mereden cambaleia até nós, erguida com a ajuda de Andorinha, e então nos viramos para a pedras. Kipp faz um barulho de empolgação e corre até elas, puxando-nos consigo. Ele desliza pela lateral íngreme de uma das pedras, mais alta que uma escada, e oferece sua mãozinha para mim. Eu a seguro — e no mesmo instante puxo-o para baixo.

— Ops, desculpa. — Coloco-o em pé. — Desculpe por te tocar.

Ele dá um tapinha na minha mão como quem diz *Não foi nada* e se vira de volta às pedras. Kipp escala até o meio da primeira e olha para nós, apontando para um vinco na superfície outrora lisa que pode servir como apoio para a mão. Coloco a mão ali e tento me erguer.

E não consigo.

Tento de novo.

Andorinha dá um empurrão no meu traseiro.

— Pessoal, ajudem.

Meu rosto queima de vergonha conforme os outros se juntam e praticamente me empurram pela superfície da pedra até eu chegar no topo, ofegando ao lado de Kipp. Demoro bastante e tenho certeza de que terei hematomas em locais inomináveis, mas consigo subir.

— Me dá uma mãozinha aqui — diz Gwenna, estendendo o braço e encostando na superfície da pedra. — Juntos, a gente consegue.

Abaixo-me para pegá-la, e Gwenna se agarra em mim. Corro o risco de cair de novo ao segurá-la, e solto um gritinho angustiado quando sua mão suada escorrega da minha.

— Tempo! — grita o mestre Corvo.

— Tempo? Já? — Andorinha coloca as mãos no quadril, olhando feio para a turma de filhotes que já está no fim do circuito de obstáculos. — Mas que inferno! A gente mal começou!

O mestre Corvo junta as mãos.

— Mais uma vez, filhotes de Pega. Tentem melhorar agora.

— Mais uma vez? — repete Mereden, o lábio inferior tremendo. — Ele está de brincadeira, não é?

Eu me ajeito até conseguir me sentar em cima da pedra e olho para o Corvo. Considerando a expressão cruel em seu rosto e a de arrogância no de seus filhotes, não acho que esteja brincando.

Enquanto observo, um dos filhotes de Corvo esfrega as mãos nos olhos, fingindo chorar.

Outro segura o peito e finge estar balançando os seios, mandando beijinhos enquanto isso.

Respiro fundo. Bando de cretinos.

— Vamos nessa. Vamos voltar ao início e colocar a Andorinha ao lado de Kipp. Talvez isso ajude.

❦

Não importa de que forma reorganizamos a equipe, nosso desempenho continua péssimo. Quando o dia termina, estamos cobertos de lama, arranhões, hematomas e totalmente derrotados. Nem Kipp está alegre como de costume. Assim que chegamos às habitações de Pega, ele joga sua concha em um canto e entra nela, sem querer socializar conosco.

Não o culpo. Também estou decepcionada conosco.

— Isso não foi um treinamento — reclama Gwenna ao nos sentarmos na cozinha. — Foi abuso.

— Pelo menos eles nos ajudaram a nos lavar antes de voltarmos para casa — diz Mereden baixinho. Ela se senta em uma das cadeiras da mesa com delicadeza, elegante apesar do cansaço. — Poderia ter sido pior.

Gwenna faz uma careta para ela.

— Não estavam ajudando. Estavam jogando baldes de água em nós porque perdemos. Essa foi a recompensa por terem "vencido" todas as rodadas do percurso.

— É, mas pelo menos nossas roupas ficaram mais limpas. — Andorinha chacoalha a faixa abarrotada e se joga em uma das cadeiras à mesa. Ela pega duas fatias de pão e um pedaço de queijo, enfia o pedaço no meio dos pães e dá uma mordida enorme. — Por que estávamos treinando com o mestre Corvo para começo de conversa? Ele é um babaca.

Todas olham para mim.

A princípio, não digo nada, estou cansada demais. Fico aliviada ao ver que a criada responsável pela casa de Pega passou por aqui mais cedo e deixou pão fresco e petiscos para nós, porque não acho que tenho energia para sair desta cadeira e preparar algo para comer. Pego uma das castanhas da tigela decorada com símbolos da guilda e as mastigo pensativa.

— Hawk foi a uma missão de resgate hoje de manhã. — Ele me acordou antes do amanhecer para me avisar, colocando suas roupas de couro depressa enquanto outro taurino o aguardava perto da porta de entrada do dormitório. — Foi ele quem organizou para que treinássemos com o mestre Corvo.

Se não me engano, suas exatas palavras foram: "Ele me deve um favor, e ninguém mais vai aceitar treinar vocês", mas não falo essa parte.

— Uma missão de resgate? — repete Mereden, arregalando os olhos escuros. — O que é isso?

— Taurinos — Andorinha responde entre mordidas. Quando ela não explica, Mereden gesticula para que continue. Ela pigarreia. — Os taurinos são ótimos nos túneis. São fortes, têm bom equilíbrio e um ótimo senso de direção. Também têm um olfato excelente e conseguem seguir em frente quando os humanos ficam cansados. Sempre que alguém se perde nos túneis, alguns taurinos são enviados para encontrá-los. Acontece o tempo todo.

— Acontece? — Gwenna franze o nariz, olhando para mim. — Então por que simplesmente não enviam equipes de taurinos em vez de humanos?

— Por controle — anuncia Andorinha. — Por arrogância e controle. Os humanos querem estar no controle de tudo. Querem os artefatos para eles. E não há taurinos o bastante na cidade, de qualquer forma. Acho que eles se cansam de nós e se aposentam depois de alguns anos, vão morar no interior e criam bebezinhos taurinos com as senhoras touro. — Ela dá de ombros. — Esse é o segredinho sujo da guilda. Ninguém mais precisa ser tão bom em sobreviver nos túneis porque os taurinos podem ir salvá-los. A tia Pega costumava brincar que passar no exame é a parte mais difícil do trabalho. — Ela abre o sanduíche e enfia mais um pedaço de queijo no meio dos pães.

Como mais algumas castanhas antes de fazer uma pergunta difícil a ela.

— Você sabia que ela é uma bêbada?

Andorinha faz uma careta.

— Todo mundo sabe. Todo mundo fica na torcida para que ela tome jeito, mas não acontece.

— Por que ela é assim? — pergunto curiosa. — Ela tem tudo o que poderia querer. É uma lenda da guilda. Encontrou alguns dos artefatos mais incríveis: a Espada da Chama Estelar, a Garra Conselheira. Lendas serão contadas sobre ela. Como ela pode ser tão triste a ponto de querer se afogar no álcool o tempo todo?

Andorinha dá outra mordida no sanduíche de queijo e dá uma olhada em Mereden.

— Detentores.

Meu corpo se arrepia.

Gwenna me chuta por debaixo da mesa.

— Ah... não me diga? — consigo dizer com delicadeza.

Mereden faz um barulho solidário e pega o queijo para fazer o próprio sanduíche.

— Ela teve problemas com um detentor? De contrato? Sei que minha família pode ser difícil durante as negociações. Já ouvi algumas histórias.

Fico na expectativa de que ela vá olhar para mim. Que vá dizer algo sobre minha família, sobre os estimados e antigos detentores Honori, que ocupam as montanhas do norte há séculos. Porém, Mereden só mordisca o sanduíche e olha para Andorinha.

Andorinha balança a cabeça, virando o sanduíche e arrancando um pedaço da casca com os dentes.

— Problemas amorosos. Ela se apaixonou pelo herdeiro de um detentor. Ele a estava usando por sua influência e pelos artefatos que encontraria. Pega sempre teve um ótimo talento para encontrar as coisas, mesmo nas maiores pilhas de destroços, sabe? Coisas incríveis. Tem quem diga que ela era a reencarnação do Cisne Sparkanos, mas com uma vagina.

Gwenna pigarreia.

— Que foi? Não fui eu quem disse. Falei que tem *quem* diga. — Andorinha dá de ombros. — Enfim. Tia Pega tinha tudo, menos o homem que amava. Ela esperou que ele se casasse com ela, e ficou esperando. Cinco anos ou mais, eu acho. Então descobriu que ele iria se casar com a filha de outro detentor. Pega o confrontou e pediu para que ele se casasse com ela em vez disso, e ele deu risada. Disse que ela não era da linhagem certa. Acho que algo se partiu dentro dela. Não encontrou nada de bom desde então. — Ela assume uma expressão de melancolia. — Quando eu era criança, minha tia era a pessoa mais interessante que eu conhecia. Mas ela foi um desastre nos últimos dez anos. É um milagre Hawk ainda não a ter abandonado. Acho que, se não fosse por ele, tia Pega já teria sido expulsa da guilda. Hawk compensa a ausência dela. É um cara legal.

Assinto reflexiva, comendo mais umas castanhas. Ele pode até ser um cara legal, mas sem dúvida é rabugento comigo. Se tem algo que percebi sobre Hawk até agora é que ele é bem protetor em relação a Pega, e está determinado a ajudá-la. Isso significa que temos que nos esforçar mais como equipe.

— Amanhã é um novo dia — digo aos meus colegas filhotes. — Vamos comer e descansar, e, se Hawk não estiver de volta de manhã, teremos que enfrentar aquele terrível percurso de obstáculos de novo. Mas pelo menos já saberemos melhor o que esperar.

Gwenna resmunga. Andorinha também. Mereden comprime os lábios e parece estar pronta para chorar outra vez.

— Também odeio a ideia — falo para elas, pegando um pouco do queijo e colocando no pão. — Mas, se isso for o necessário para sermos aprovados, teremos que superar. Vamos dar um jeito, de uma forma ou de outra.

Conversamos mais um pouco, comendo toda a comida que foi servida para nós e depois guardando a louça. Kipp se junta a nós por um momento, sem falar nada, apenas ouvindo e mastigando com delicadeza pedaços de queijo e pão. Depois de um bom tempo, vamos para a cama, e me sinto um pouco estranha de voltar aos aposentos de Hawk sem ele. Chilreia está lá, aconchegada na cama, e solta um miadinho feliz ao me ver. Eu me lavo e troco de roupa, subindo na cama e abraçando a gata.

E eu achando que entrar para a guilda resolveria todos os meus problemas. Que eu me formaria, encheria minha família de artefatos e salvaria o dia. É tudo muito mais complicado do que eu previa, e muito mais difícil.

No entanto, não vou desistir. Mesmo que o mestre Corvo nos humilhe todos os dias. Isso só vai deixar o gostinho da minha eventual vitória muito melhor.

QUINZE

ASPETH

21 dias antes da Lua da Conquista

HAWK NÃO VOLTA NA manhã seguinte. Controlo minha decepção e coloco um uniforme limpo, trançando meu cabelo e prendendo-o em um coque. Quero muito usar meus óculos hoje, mas é provável que o mestre Corvo vá me dedurar para Hawk, por isso não me arrisco.

Estou a caminho de me reunir com os outros quando uma trovoada ecoa no céu, o barulho alto e aterrorizante. Gwenna e Mereden estão no hall de entrada, capas nas mãos. Mereden espia pela janela, vendo a chuva atingir as ruas de paralelepípedos.

— Não vamos sair nesta chuva, certo?

— Nenhum sinal de Hawk ainda — respondo. — Não sei quando ele vai voltar, e temos que fazer cada dia valer.

Há uma batida à porta, e Gwenna a abre. Um deslizante encharcado está na soleira, sua casa pingando, e a pele de um laranja vivo, diferente do verde terroso de Kipp. Ele oferece um bilhete dobrado e sai correndo assim que ela o aceita.

Gwenna abre o bilhete e lê em voz alta:

— Todas as turmas devem se reunir no salão principal da guilda. Sem exceções. — Ela olha para mim. — Acho que está aí a resposta.

Quando estamos todos prontos, saímos na chuva com as nossas capas à prova d'água da guilda. São horrorosas, mas devo admitir que nos mantém secos. Os ninhos dos filhotes — os dormitórios de cada mestre da guilda — ficam a apenas algumas ruas de distância do salão principal, e, quando chegamos, o local está cheio de alunos molhados conversando na entrada. Há uma onda de risos ao nos verem, e um dos homens coloca a mão na virilha, porém Andorinha faz o mesmo gesto para ele.

— Se comporte — diz Gwenna, batendo em seu braço.

— Só se ele se comportar primeiro — protesta Andorinha.

Antes que eu possa me intrometer, um sino toca, e todos olham para o patamar no alto do salão. Vários homens com faixas da guilda apinhadas de broches estão lá acima de nós, e eu trinco os dentes ao ver que um deles é ninguém menos que Faisão.

— Hoje um convidado de honra está nos visitando — diz Faisão com seriedade. — O arquivista Peneireiro, dos arquivos da guilda, passará alguns dias conosco para discutir os planos para o próximo ano. E pensamos, que maneira melhor de testar nossos novos filhotes do que uma pequena competição entre os alunos? — Ele sorri para nós como se fosse o homem mais inteligente que já existiu. — Por favor, sigam para o Salão de Treinamento de Artefatos quando o nome de seu professor for chamado. — Ele olha para o pergaminho em suas mãos. — Mestres Turdídeo e Abutre, tragam suas turmas.

— O que está acontecendo? — sussurro para Andorinha.

— Não faço ideia. Vão se exibir? — Ela dá de ombros.

— O que tem no Salão de Treinamento de Artefatos?

Andorinha pisca para mim.

— ... Artefatos?

Fica óbvio que não vou chegar a lugar nenhum fazendo perguntas a ela.

As turmas se acomodam, aguardando no salão. A lama cobre todo o piso maravilhoso de mármore, e há poças de chuva em frente à entrada. Arranjo um lugar em um dos bancos quando um dos homens se levanta e divido o espaço com Gwenna. Kipp retira a casa das costas e se senta em cima dela, com uma aparência de tédio que só um deslizante consegue alcançar. Mereden rói as unhas e lança olhares ansiosos para a porta, e tento não fazer o mesmo. Vamos ter problemas porque nem Hawk, nem Pega estão aqui? Tento pensar em uma mentira que possa acobertar os dois. Hawk não precisa de uma, mas Pega... talvez ela esteja com uma intoxicação alimentar. Foram vôngoles podres, decido. Ela acabou comendo uma porção de vôngoles podres e passou os últimos dois dias vomitando sem parar. Não, não precisamos de um curandeiro da guilda...

Ou será que dois dias de vômitos é exagero? Inclino-me para Gwenna.

— Quanto tempo alguém passa vomitando se comer vôngoles podres?

Ela semicerra os olhos para mim.

— Essa é alguma piadinha sexual estranha?

Bato em seu braço.

— Não. Estou pensando em alguma história para acobertar Pega...

— Mestres Pega e Corvo, por favor, tragam suas turmas para o Salão de Treinamento de Artefatos.

Ah, mas é lógico que ficaríamos com a turma de Corvo outra vez. Contenho um grunhido de frustração e me levanto, alisando minha saia inexistente. Vamos até a porta por onde os outros alunos desapareceram, atrás da turma de brutamontes do mestre Corvo. Um deles tenta chutar Kipp, mas o deslizante simplesmente pula na parede e se desloca por elas depressa, como se não se incomodasse nem um pouco com as provocações.

Estou ocupada ensaiando a desculpa que vou usar para Pega, concentrada em não deixar nenhum furo na história, e então somos guiados através de uma porta dupla a uma sala que me deixa sem fôlego.

É como uma biblioteca, só que, no lugar de livros, as estantes estão cheias de bugigangas e objetos de todo tipo. Quando entramos, consigo ver caixas de joias, cântaros, colheres, facas e flautas. Vejo uma tigela apoiada de lado com o que parecem ser glifos vermelhos escritos ao fundo. Vejo alguns livros, uma pena e uma variedade de outras coisas que não consigo distinguir sem meus óculos. Quero forçar a vista e examinar tudo, mas há pessoas no fundo do salão, encarando-nos com sorrisos provocadores no rosto.

— Sou o mestre Gavião — anuncia o homem, e sua faixa brilha tanto que até com minha visão ruim consigo ver que ele é importante. Ele é um homem alto, careca e de rosto embaçado. — As duas turmas estão aqui? Mestre Corvo?

— Meus alunos estão todos aqui — declara ele, dando um passo à frente. — Prontos para o desafio.

Antes que qualquer um possa perguntar sobre Pega, avanço.

— A turma de Pega está inteira aqui. No momento, Hawk está em uma missão de resgate nos túneis, e Pega não conseguiu vir hoje. — Deixo escapar. — Vôngoles. Ela comeu um monte de vôngoles podres. Vomitou por toda parte. Foi *horrível*. Nunca vi *nada* daquela cor antes. E o cheiro estava intragável...

O mestre Gavião recua, erguendo a mão para pôr fim à minha tagarelice.

— Poupe-nos dos detalhes. — Eles nos encara ao longo da fila, hesitando. Então se endireita e prossegue: — Muito bem. Turma, este é um exercício para demonstrarem seu conhecimento sobre artefatos para o arquivista Peneireiro. Ele não é membro da guilda, mas tem grande importância por ser o arquivista oficial da organização.

Um arquivista? Que não faz parte da guilda em si, mas pode catalogar e mexer em todos os artefatos? Sou atingida por uma forte onda de inveja. Parece ser o emprego perfeito, e, por um momento, desejo ser ele. Nada de túneis, circuitos de obstáculos nem mochilas cheias de pedras. Só precisa ficar do lado de dentro e passar o tempo estudando artefatos para aprender o que for possível sobre a Antiga Prell e suas ruínas.

— Peneireiro trouxe vários artefatos legítimos e inativos consigo hoje. Nós os escondemos em meio às réplicas de treinamento nessas paredes. — Ele aponta para as prateleiras lotadas. — Haverá três rodadas. Cada um da turma vai selecionar um objeto e o levará à mesa da equipe. Cada equipe receberá um ponto para cada artefato que seus respectivos membros identificarem corretamente. Ao fim do jogo, a turma que estiver com mais pontos vence.

— Oooh, e o que ganhamos? — pergunta Andorinha.

— Honra para sua casa — responde o mestre Gavião em um tom seco.

Andorinha resmunga.

— Pelo jeito, isso não é incentivo o bastante para os alunos de Pega — diz o mestre Corvo em um tom de voz irritante. — Então vou melhorar a oferta para vocês. Os perdedores terão que fazer o percurso de obstáculos na chuva, e os vencedores jantarão dentro de casa.

— Me convenceu — murmura Gwenna.

— Discutam uma estratégia e decidam a ordem em que sua turma seguirá.

Nós nos reunimos, juntando as cabeças, Kipp no centro do nosso pequeno grupo.

— Estamos fodidos — sussurra Andorinha. — Corvo tem dois repetentes na turma.

— Então são péssimos, certo? — pergunta Gwenna.

Andorinha faz um som de angústia.

— Bem que eu queria, mas eles têm uma vantagem. Já estarão familiarizados com os artefatos de treinamento. Já devem ter feito isso várias vezes antes.

Mereden parece arrasada.

— Não acho que consigo fazer o percurso de obstáculos de novo hoje.

Gwenna me lança um olhar de advertência, e sei o que ela está pensando. Quer que eu fique quieta, que esconda o fato de que sei ler os glifos em preliano antigo. Contudo, concordo com Mereden: se eu tiver que ouvir o mestre Corvo gritar "túnel" mais uma vez, é capaz de eu enlouquecer.

— É melhor eu ser a primeira — digo a eles. — Em todas as rodadas, deixem que eu vá primeiro.

— Não... — Gwenna começa a dizer.

— Sim. — Minha expressão é firme. — Posso ver se há algum artefato legítimo e tentar pegá-lo antes deles.

— Como vai saber se é legítimo? Você é algum tipo de especialista em artefatos? — desdenha Andorinha.

— Não, mas sei ler preliano antigo — respondo, e, antes que possa explicar mais, mestre Gavião toca um sino. Eu me endireito e vou para o início da fila do nosso grupo, ignorando os olhares de curiosidade que Andorinha está lançando para mim.

Quando ele assente, dou um passo adiante, e um membro da turma do mestre Corvo faz o mesmo.

— Cada um de vocês deve selecionar um artefato e colocá-lo na mesa que está em frente a sua turma, então será a vez de outra pessoa da equipe, e ela fará a seleção.

Avanço até as prateleiras com passos rápidos e decididos, então viro um pouco a cabeça, forçando a vista e examinando cada objeto o melhor possível. Há uma caixinha de música. Uma colher. Um prato. Um tipo de ferramenta. Uma varinha. Um cálice. Uma luminária. Uma jarra. Os objetos variam de mundanos a fantásticos, e todos são extremamente decorados no estilo da Antiga Prell. Minha visão é horrível sem os óculos, então pego um dos objetos e o seguro praticamente encostado no nariz, tentando ler a escrita pintada na parte inferior de um vaso.

— Algum problema, filhote? — pergunta o mestre Gavião.

— Não, só não quero deixar nada passar — respondo e devolvo o objeto à estante. Parecia autêntico e antigo o bastante, a superfície de porcelana rachada, mas a escrita na parte inferior era completamente sem sentido. Glifos em preliano antigo sem um significado real. Evidentemente falso.

Sigo pela estante forçando a vista, procurando problemas óbvios. Vários dos "artefatos" estão pintados com uma tinta amarela viva, o que me faz hesitar. Os prelianos produziam suas tintas a partir de minerais e alimentos, então a maioria de seus tons de amarelo eram no máximo esverdeados. Azul, vermelho e tons terrosos são as cores proeminentes nos artefatos prelianos antigos, então pego uma taça amarela e dou uma olhada nos glifos na borda.

Taça de Leite Eterno de um Grande Pombo

É, é falso. Suspeito que todos os objetos amarelos sejam falsos, e isso me ajuda a descartar alguns deles. Meu rival escolhe um artefato com confiança e volta à sua mesa, então todos olham para mim, aguardando.

— Precisa de um cronômetro, filhote?

— Não, vou escolher alguma coisa. — Só não sei o quê.

Dou uma olhada na prateleira seguinte, então vejo o que parece ser um ovo feio e incrustado de pedras atrás de um conjunto de pente e espelho. Pego o ovo e procuro por glifos, já que os prelianos rotulavam tudo que possuía alguma função.

Fardo Esmagador. Cargas restantes: Zero

Os artefatos prelianos com um número específico de cargas sempre possuem um glifo de contagem gravado, atualizado por mágica a cada carga utilizada. Comprimindo os lábios, viro o ovo nas mãos e então o coloco de volta na prateleira como se fosse falso. Vou até alguns objetos de vidro e pego uma jarra.

— O artefato precisa ter carga?

— O quê? — pergunta o mestre Gavião, nitidamente irritado com o tempo que estou levando.

Viro-me, encarando-o com o jarro inútil em mãos.

— O artefato precisa ter cargas ou só precisa ser legítimo?

Ele inclina a cabeça e me lança um olhar irritado.

— Acha que colocaríamos artefatos ativos aqui?

Quero dizer *"não sei, colocariam?"*, porque alguns artefatos são completamente inúteis, se tirar o fato de que são divertidos em festas. Como o único artefato ainda ativo que temos em casa — um jarro de água suave. Ela faz com que toda água servida tenha um leve sabor floral, uma homenagem às preferências de algum nobre mimado. Porém, é provável que eu não deveria saber disso, e todos estão me encarando com aborrecimento. Coloco o jarro de volta no lugar, pretendendo voltar ao ovo, até que vejo a solução perfeita.

É uma pequena cumbuca com um glifo na borda de metal, esmalte vermelho bonito nas laterais e alças decoradas. Reconheço aquela cumbuca, porque minha mãe deu uma igual à minha avó muito tempo atrás. É uma cumbuca de azeitonas infinitas, outra homenagem em forma de louça para algum antigo nobre preliano que não podia se dar ao trabalho de fazer os próprios petiscos. Pego-a, dou uma olhada no fundo para confirmar que é de fato uma cumbuca de azeitonas infinitas, e volto à minha mesa com orgulho.

— Finalmente — diz o mestre Gavião. — Os próximos podem escolher seus artefatos.

Andorinha vai representar nossa turma, e, quando ela o faz, pigarreio e cubro a boca, curvando-me. Ao fazer isso, sussurro:

— Não escolha nada que tenha amarelo. É tudo falso.

— Como você sabe? — sussurra Mereden de volta.

Gwenna pega a mão dela e a aperta, então lança um olhar incisivo para Kipp.

— Escutem o que ela diz, está bem? Ela sabe o que está fazendo. — Seu olhar se volta a Andorinha, que está voltando à mesa com uma flauta em amarelo vivo, e comprime os lábios.

Tento não fazer careta, porque todo mundo sabe que instrumentos de sopro não eram populares na Antiga Prell. As flautas ficaram populares na música durante as Guerras dos Mantes, vários séculos atrás. Contudo, ninguém é perfeito.

Consigo manter a expressão neutra quando Gwenna escolhe um tipo de agulha de tricô com o símbolo do domo, aquele com o pássaro de asas abertas, que é o favorito dos falsificadores de toda parte. Ela não teria como saber, então não vou julgá-la. Kipp escolhe uma faca delicada, e Mereden, algo que parece uma fivela, então todos os artefatos de nossa turma são selecionados.

O mestre Gavião e o arquivista Peneireiro passam por nossa mesa, pegando cada objeto e então deixando-o de lado.

— Falso — declara Gavião em voz alta ao pegar o objeto de Andorinha.

— Falso — diz em relação à faca de Kipp.

— Verdadeiro — fala para a fivela de Mereden, que solta um suspiro de pura alegria.

— Falso. — Para a agulha de tricô de Gwenna.

Ele para e dá uma olhada em minha cumbuca, então se vira para o parceiro. O arquivista Peneireiro assente com sabedoria.

— Verdadeiro — diz o mestre Gavião em um tom de voz amargo. — Dois pontos para a turma da mestra Pega.

Seguro a mão de Andorinha em animação e tenho quase certeza de que a cauda de Kipp se enrola em minha bota em deleite. Dois pontos é um bom resultado, considerando que nossa turma nunca estudou os detalhes mais minuciosos da falsificação. Ou até mesmo os menos minuciosos. Ou qualquer detalhe, na verdade.

Os pontos da turma do mestre Corvo são contados, e apenas um de seus artefatos é declarado verdadeiro.

— Um ponto para os filhotes do mestre Corvo. Vamos começar a segunda rodada. Filhotes, venham escolher.

Mestre Corvo parece que poderia soltar fogo pelas ventas, olhando-me feio quando me levanto. Aliso a parte da frente da minha calça e me pergunto se é melhor pegar um falso desta vez, para parecer que sou igual aos outros, ou se quero marcar mais pontos para meu time. Reflito sobre isso conforme prossigo pela longa fila de prateleiras lotadas. Para minha surpresa, o homem que está do outro lado corre até o jarro que eu tinha em mãos na outra rodada — aquele sobre o qual perguntei se os objetos precisavam ter cargas — e o pega.

Tarde demais para passar despercebida, suspeito.

Agora tudo em que eu tocar vai ser analisado, percebo. Todos estão observando cada pausa que eu faço para ler os glifos, cada vez que hesito em frente a um objeto. Preciso voltar ao ovo de antes, mas, ao me virar, vejo um disco grosso, do tamanho da palma de uma mão, preso à uma corrente, o metal manchado e arranhado. Ele possui glifos em quatro pontos iguais da superfície, um deles sendo o olho ornamentado usado para indicar o lar dos deuses, que os antigos prelianos acreditavam ser no extremo norte, depois da área montanhosa onde moro. Eu o pego e o viro de maneira gradual até que o medalhão treme na minha mão, indicando que estou de frente para o norte.

Bem, agora não posso devolvê-lo e fingir que não sei o que estou fazendo. Volto à minha mesa com o medalhão e o deposito com a maior discrição possível. Mereden, Kipp e o restante da turma escolhem seus itens, e faço o possível para não fazer careta a cada falsificação que chega à mesa. Pelo menos estão evitando amarelo, como pedi. Porém, o que escolhem deixa evidente que eles não possuem nenhum conhecimento da arte ou os dos feitiços da Antiga Prell, nem mesmo o básico de gravuras de glifos. Faço um lembrete mental para falar sobre isso com Hawk. Minha turma precisa de aulas sobre como identificar falsificações.

Bem, e como identificar artefatos.

Na verdade, precisamos de aulas sobre tudo.

— Um ponto para a turma da mestra Pega — declara Gavião ao fim da segunda rodada.

A turma do mestre Corvo também recebe um ponto, desta vez por uma pessoa diferente da anterior. Se eu precisasse apostar, diria que não há um especialista na turma dele. Estão usando a sorte. Contudo, agora preciso voltar e pegar aquele ovo. Pressinto que, se não o fizer, vamos acabar empatados, e posso apostar que um desempate não favoreceria nossa equipe.

Desta vez, vou direto ao ovo do Fardo Esmagador, que não tem mais carga. Pego-o, levo-o até nossa mesa e suo enquanto observo os outros fazerem suas escolhas. Quando todos terminam, o mestre Gavião vai primeiro para a turma do mestre Corvo e analisa os objetos com o arquivista ao seu lado.

— Mais um ponto para o time do mestre Corvo — declara Gavião. — Pontuação total: três. — Ele vai até nós e logo faço o cálculo mental. Certo, temos três pontos no momento. Meu ovo deve nos levar a quatro, e assim vencemos, a não ser que ele não conte pela falta de carga. Se outra pessoa da turma tiver escolhido um verdadeiro...

— Nenhum ponto para a turma de Pega nesta rodada.

— O quê? — Deixo escapar, olhando para cima. — Então artefatos inativos não valem, no fim das contas?

O arquivista Peneireiro parece ficar confuso com a minha reação.

— Contam, sim. Vocês não têm nenhum artefato verdadeiro na mesa. Temos um empate.

Encaro os dois.

— Não faz sentido. O meu artefato é verdadeiro. Ele só não tem carga.

— A guilda não tolera quem não sabe perder — Gavião começa a falar.

O arquivista Peneireiro vira o objeto nas mãos, observando-o.

— Eu sei perder — declaro, apontando para o ovo estúpido. — Este é um artefato verdadeiro. Leia os glifos no fundo. É um Fardo Esmagador, mas não tem carga. São bem comuns. Olhe de novo. — O mestre Gavião me lança um olhar de pena que só serve para me irritar mais. — Só olhe, está bem?

— Isso não combina muito com sua turma — continua ele. — E, se sua professora estivesse aqui, seria repreendida. É por isso que as turmas precisam de supervisão. Não podem ficar sozinhos. As regras existem por um motivo...

— Ela tem razão — diz o arquivista de repente.

Todos olham para ele. E para mim, mas eu continuo encarando-o, esperando que explique.

— Ela tem razão — repete, e mostra a parte inferior do peso em formato de ovo para Gavião. — Veja as marcas. Veja como o lápis-lazúli foi utilizado. Temos um igual no arquivo, e o ângulo dos cortes na pedra é o mesmo.

Eles juntam as cabeças, examinando o artefato com toda minúcia. Andorinha me dá uma cotovelada, mas eu a ignoro. Todas as fibras do meu ser estão vibrando de ansiedade enquanto os observo. Por algum motivo, é muito importante para mim estar certa nisso. Sempre me orgulhei da minha sabedoria sobre Prell. E, se eu não estiver certa, não tenho nada a meu favor. Nem a aparência, nem a riqueza, nem sobrenome de detentor...

O mestre Gavião resmunga depois de uma pausa longa e infinita.

— Parece que sim.

— É uma pena que não tenha mais carga — diz Peneireiro em um tom de voz animado, segurando o ovo contra o peito como se fosse um item precioso. — Adoraria saber a quantidade de peso que os prelianos consideravam esmagador. Seria um aprendizado fascinante, não acha?

— Sem dúvida — forço-me a responder. Quero falar sobre outros pesos que foram mencionados em livros antigos e as unidades de medida que os prelianos usavam a depender da situação, mas não é o momento certo. Encaro o mestre Gavião. — Isso significa que temos quatro pontos?

Ele contrai a mandíbula e infla as narinas. Está óbvio que não quer nos declarar vitoriosos. Ele olha para o mestre Corvo, que parece tão furioso quanto, então se vira de volta para mim.

— O jogo está cancelado. Nenhum vencedor ou perdedor.

— Não é justo! — protesta Andorinha. — Cacete, a gente venceu!

— Você — esbraveja Gavião e aponta para mim. — Fique aqui. O restante está dispensado. Os outros jogos estão cancelados. Espalhem o recado para o restante dos times.

A sala se esvazia com o som de cadeiras arrastando no chão e vozes resmungando. O barulho de decepção aumenta quando os outros voltam ao salão e o cancelamento é anunciado, e sinto o rosto queimar enquanto espero. O restante da minha turma continua ao meu lado, e Gwenna entrelaça os dedos com os meus.

Mestre Gavião olha para Andorinha, Gwenna, Kipp e Mereden com desprezo, mesmo enquanto Peneireiro continua a estudar o ovo que tem em mãos.

— O restante está dispensado — diz. — Não estão em apuros.

— Mas eu estou? — pergunto.

— A guilda não tolera trapaças...

Gwenna aperta minha mão e entra na minha frente.

— Ela *não* trapaceou. Como poderia?

— Isso é absurdo — declara Andorinha. — Só não gosta de nós por causa da Pega!

Mereden e Kipp concordam irritados.

Eu me sinto lisonjeada por estarem tão prontos para me defender, mas vejo na expressão do mestre da guilda que é inútil. Ele não sabe como consegui identificar os objetos, e não tenho como dizer que estudo livros raros desde pequena. Ninguém teria acesso a esse tipo de livro, a não ser um membro da guilda ou um detentor que pagou uma boa grana para comprá-los ou pegá-los emprestado. Não posso citar isso, ou que tive um tutor — um artífice aposentado que estava velho demais para rastejar nos túneis — que me ensinou a ler os glifos.

Não posso contar nada disso. Eu deveria ser só mais uma aqui, aprendendo como os outros. Então aperto a mão de Gwenna e a solto.

— Está tudo bem. Vou ficar aqui e responder às perguntas. Não fiz nada errado. É melhor vocês voltarem para o ninho.

Mereden e Andorinha vão embora com relutância, Kipp no encalço. Só Gwenna permanece, encarando a todos. Tenho que apertar sua mão outra vez para reassegurá-la e lhe dou um empurrãozinho para a porta. Ela cambaleia e olha feio para o mestre Gavião e o arquivista Peneireiro.

— Se ela não voltar até o crepúsculo, vou mandar todos os taurinos da cidade atrás de vocês.

Então ela se vira e vai embora, e eu fico sozinha com os dois homens.

— Sente-se, filhote — diz o mestre Gavião em um tom de voz raivoso. — Quero que conte quais são seus truques.

— Truques?

— Como fez isso. Como conseguiu trapacear. — Ele aponta para os artefatos. — Como adivinhou certo três vezes. — Ele indica o ovo protegido nas mãos do arquivista. — Como sabia que esse artefato era verdadeiro se nem nós sabíamos.

— Foi sorte? — respondo sem entusiasmo.

Ele se inclina sobre a mesa, a expressão em seu rosto séria e impassível.

— Sente-se. Não vai embora até conseguirmos algumas respostas.

O arquivista olha para cima, como se me visse pela primeira vez.

— É... é você quem se casou com o taurino? O assistente de sua mestre da guilda?

Não achava que era possível, mas a expressão do mestre Gavião fica ainda mais fria.

Eu me sento.

Acho que ainda vou ficar aqui por um bom tempo.

DEZESSEIS

HAWK

É ENGRAÇADO COMO AS COISAS mudam conforme você vai ficando mais velho. Quando eu era um jovem touro, tudo o que eu mais queria era passar o tempo todo nos túneis, explorando as grutas e ruínas da Antiga Prell. Ficava irritado quando precisávamos voltar mais cedo porque alguém da equipe se ferira, ou quando Pega mergulhava na bebida, pois isso queria dizer que não poderíamos sair para caçar. Não sem cinco pessoas, não sem nossa líder. Agora, no entanto? Quando terminamos mais uma missão de resgate?

Fico feliz por estar em casa. Feliz por estar longe dos fracotes que se passam por membros da guilda hoje em dia. Depois de dois dias seguidos nos túneis, estou suado e sujo de tanto escalar e escavar. Estou cansado e, mais do que isso, irritado e enojado porque a equipe que resgatamos fez uma escolha ruim atrás da outra e ainda acabou de mãos vazias. Se tivessem encontrado um ninho de ratazanas em um local inesperado, eu até sentiria um pouco de compaixão.

Em vez disso, comeram cogumelos que encontraram nos túneis e acabaram se ferindo. Usaram uma pedra de sinal de resgate sem razão e desperdiçaram nosso tempo.

Sei que não sou o único taurino que se sente assim. Raptor, eu e um touro mais velho chamado Águia-pesqueira descemos para resgatar a equipe, porque, pelo jeito, um Cinco sagrado não é necessário para uma equipe de resgate. Nós três estávamos de péssimo humor quando fomos embora, e nosso humor está pior ainda agora que seguimos para casa pelas ruas de paralelepípedos, o dinheiro que recebemos pela missão de resgate fazendo barulho nos bolsos.

Nós três paramos em um cruzamento, as habitações da guilda na rua seguinte. Do outro lado está um bar popular, frequentado por membros da guilda, que está lotado de homens humanos rindo, bebendo e se divertindo.

— Babacas — murmura Raptor, trocando o peso dos cascos, a mão na alça da mochila. — Aposto dez coroas que nossa "equipe" vai direto para o bar quando os curandeiros os liberarem. Não aprenderão nada.

— E quando aprendem? — bufa Águia-pesqueira. — Quem quer que seja responsável pelos critérios de aprovação da guilda está obviamente sendo subornado. Se fosse na minha época, esses babacas nunca sairiam do campo de treinamento, muito menos se arriscariam. Cogumelos, ainda por cima. — Ele balança a cabeça desgrenhada. — Insanidade.

— Pelo menos eles nos pagam — falo, como sempre. Em geral isso me acalma, saber que o dinheiro a mais vai para uma boa causa, mais um passo que dou para pagar minha dívida com a guilda. Hoje, no entanto, isso só me deixa amargurado, porque sei que, em algumas semanas, vou estar de volta aos mesmos túneis, resgatando os mesmos babacas... e a guilda acha que nos dar alguns trocados resolve tudo e é desculpa para o mau comportamento.

Entretanto, ninguém pede a opinião dos taurinos.

Antes que eu deixe essa linha de pensamento me aborrecer, ajeito a mochila no ombro.

— É melhor eu ir para casa. Sou recém-casado e tal.

Por mais estranho que seja, pensar em Aspeth me aguardando já é prazeroso. Ela estará na cama, sem dúvida soltando aquele ronquinho feminino dela, a boca entreaberta. Vai reclamar por causa do treinamento, porque gosta de reclamar e protestar. Eu vou me banhar... e talvez ela olhe intensamente para o meu pênis de novo, encarando-o como se nunca tivesse visto algo igual na vida, acariciando meu ego.

— Então decidiu ficar, afinal? — pergunta Raptor, hesitando. Quando concordo, ele dá um tapa no meu ombro. — Não sei se você é otário ou brilhante por arranjar uma esposa para a Lua da Conquista, mas acho que está mais para otário.

— Sem dúvida otário — concorda Águia-pesqueira.

— Obrigado.

Raptor olha para o céu.

— A lua vai ficar cheia em três semanas. Vai ser um inferno até lá. Talvez ter uma esposa seja uma jogada inteligente, no fim das contas.

— Vou voltar à minha aldeia — diz Águia-pesqueira. — Temos muitas viúvas animadas querendo algumas noites de diversão e nada mais. Se mudar de ideia, pode ir comigo. Parto daqui a três dias.

Concordo com a cabeça, mesmo sabendo que não vou aceitar o convite.

— Obrigado.

— Vou embora amanhã — diz Raptor. — Vou tirar uns dias de folga. Meu Cinco não deu certo, vai ser um bom descanso antes que o lorde Babaca encontre mais gente para a turma. Voltarei a tempo dos exames dos filhotes no fim do ano, já que todo mundo sabe o desastre que isso vai ser.

Estou tentando não pensar a respeito, mas ele tem razão. Para ser aprovada, cada pessoa precisa participar de um exercício em equipe e um individual. No exercício em equipe, cada Cinco precisa fazer uma viagem rápida aos túneis para recuperar um artefato colocado lá pelos mestres da guilda, ou encontrar um novo. Quem conseguir, retorna e comemora a inclusão na guilda. Quem falhar, é resgatado rapidamente (se estiver vivo) ou lentamente (se não estiver), e sempre acaba sobrando para os taurinos darem um jeito. Os exames individuais costumam ser feitos com a fraqueza do aluno em mente, e é por isso que preciso pressionar tanto Aspeth. Ela não pode continuar sendo mole e ingênua, não se quiser se tornar uma artífice da guilda.

Porém, ainda faltam meses para os testes finais.

— Nos vemos quando voltarem — digo aos meus amigos.

Nós nos separamos, e eu faço a breve caminhada até os aposentos de Pega, minha cabeça cheia de pensamentos sobre Aspeth. É estranho que eu queira cheirá-la? Sentir seu aroma e deixá-lo me dominar? Tenho certeza de que é a Lua da Conquista que está me fazendo ficar obcecado com o cheiro de uma mulher, mas fico imaginando qual é seu cheiro quando está excitada, e a ideia faz meu pau enrijecer.

Sem dúvida é a Lua da Conquista. Ajeito meu pênis de maneira discreta para que a caminhada até em casa não seja tão desconfortável.

Porém, assim que entro na residência, vejo que tudo está um caos. Há uma gritaria na cozinha e equipamentos espalhados por todo o hall de entrada. Desvio deles e vou até a fonte do barulho. A cozinha está mais bagunçada ainda. Pega está perto do fogão, tentando colocar uma blusa apertada da guilda por cima da camisola. Andorinha está usando a espada para cortar pequenos pedaços de queijo, Mereden está chorando e colocando os pedaços de queijo em bolsinhas, e o deslizante está tentando tirar um pote de vidro grande da prateleira, e há outros três quebrados perto de seus pés. Gwenna está gritando com Pega, cuja cabeça parece que vai explodir.

Além disso, tenho quase certeza de que todas as armas da sala de treinamento estão sobre a mesa.

— O que aconteceu? Cadê a Aspeth?

Mereden chora ainda mais.

Gwenna dispara pela cozinha até mim, a expressão de raiva pura.

— Você! Finalmente apareceu. Acha que pode simplesmente sumir por aí e deixar a gente para trás?

Arqueio a sobrancelha para ela.

— Estava numa missão de resgate. Deixei um bilhete para Aspeth.

— Sim, bem, a gente precisa de você mais do que qualquer um. — Ela coloca as mãos na cintura e me olha feio. — Agora que está aqui, precisa ir salvar Aspeth antes que a torturem por informações.

— Ninguém vai ser torturado — declara Pega. — Já disse isso duas vezes. Alguém pode me ajudar com a manga?

Gwenna faz uma careta para ela e não se move nem um centímetro para ajudar. Ninguém se move. Em vez disso, ela olha para mim.

— Isso tudo é culpa sua — sibila. — Se não tivesse sumido, Aspeth não teria se envolvido nessa confusão.

Sua raiva — e o meu cansaço — me aborrecem. Eu me aproximo, agigantando-me sobre ela.

— Dá para falar qual é essa confusão que supostamente é minha culpa?

Ela recua, mas só um pouco, a expressão ainda feroz.

— Estávamos jogando um tal jogo de artefatos contra outras turmas de filhotes, e eles decidiram que Aspeth estava trapaceando. Estão mantendo-a presa no salão da guilda e não nos deixam vê-la. É por isso que Pega está se arrumando. — Ela lança um olhar de desdém para a mestre da guilda. — Como se isso fosse ajudar.

— Eu estou ajudando! — reclama Pega.

— Você é um desastre, isso sim — declara Gwenna. — Se não fosse tão inútil, a gente não estaria no meio dessa confusão, estaria?

— Ei — protesta Andorinha. — Está falando da minha tia.

— Sua tia é uma bêbada inútil — repete ela. — Estou errada?

Andorinha olha para mim e abaixa o olhar, carrancuda.

— Bem... ela está tentando.

— Não está tentando o *suficiente*. — Gwenna encara as duas outra vez. — E agora Aspeth está sendo prejudicada porque não havia ninguém para defendê-la. Alguém responsável precisa dar um jeito nisso. Agora.

Olho para Pega. A cabeça dela está presa na roupa, uma das mãos balançando acima da cabeça.

Suspiro e coloco a mochila no chão.

— Alguém ajude Pega com a manga. Vou atrás da minha esposa.

⚜

Quando chego ao salão principal da guilda, estou cansado, irritado e rabugento. Meus cascos ainda estão cheios da lama das cavernas, e estou cheirando a suor velho. Tudo o que quero é tirar essas roupas e tomar um banho, mas parece que preciso resgatar minha esposa em vez disso, e meu humor fica pior a cada segundo que passa.

Ao entrar raivoso, com os olhos arregalados e a cauda balançando, um aprendiz me vê e sai correndo por um corredor. Sem dúvida estava sob ordens de alertar alguém sobre minha chegada. Como esperado, o mestre Gavião surge de uma das portas do corredor, sua boca franzida e a expressão preocupada.

Isso me faz hesitar. O mestre Faisão é um tolo, assim como muitos dos outros mestres, mas sempre respeitei Gavião. Ele é severo, mas justo, e seus alunos nunca precisam ser resgatados.

— Vim buscar minha esposa — digo, mas parte da raiva deixou minha voz. — O que aconteceu?

— Hawk. — Sua saudação acompanha um aperto de mão amigável, e meu humor é um pouco apaziguado. — Que bom que chegou. Queria que fosse sob circunstâncias melhores. Precisamos falar sobre sua esposa. Quando se casaram?

— Faz pouco tempo. — É tudo o que digo. — Onde ela está?

— Está sendo interrogada — responde ele. — Só fiquei sabendo do seu casamento agora. E é com uma aluna? Deve saber que isso não é nada convencional.

— Mas não é contra as regras. Assim como ter uma aluna mulher — lembro a ele. — Quanto à minha esposa, ela gosta de discutir, mas não sei como isso é um crime — comento, e já estou tentando imaginar como Aspeth conseguiu irritar o mestre Gavião. — Qual é o problema com os artefatos?

— Primeiro, gostaria de saber como a conheceu. — Ele inclina a cabeça, me observando. — Ela te procurou ou foi você?

Semicerro os olhos. Aonde ele quer chegar?

— Não sei qual é a relevância disso. Ela queria ser aluna da guilda. Lembra-se de que ela abordou o mestre Faisão querendo se matricular?

Ele me encara, piscando.

— Era ela?

— Sim. Disse que se chamava Pardal. — Sua expressão mostra que a reconheceu, acompanhada de um sorriso de divertimento que, por algum motivo, me faz querer socá-lo. — Agora se lembra.

— Lembro. — Ele solta uma risadinha, e o som me irrita. — Ela com certeza é corajosa. O que fez você decidir se casar com ela?

Decido expor a verdade.

— A temporada de acasalamento está chegando.

A expressão dele continua impassível.

Certo. Ele não entenderia. Não é um taurino.

— Um ritual de acasalamento. Acontece a cada cinco anos. Não tem como evitá-lo.

— Ah. Para agradar a família, então? — Ele ergue as sobrancelhas.

— Algo assim.

— E você confia nela? — Diante da minha expressão confusa, ele continua: — Temos motivos para pensar que sua nova esposa ou é uma ladra de antiguidades muito habilidosa, ou talvez a espiã de um detentor.

Quando gaguejo, ele me conta sobre o jogo dessa tarde. Sobre como Aspeth levou um bom tempo para escolher os objetos e como escolheu perfeitamente todas as vezes, e até os corrigiu durante a terceira rodada.

— Ela sabia que estava descarregado. Ou já sabia da existência daquele objeto em particular, ou sabe ler glifos.

Isso me faz hesitar.

— Apenas arquivistas e alguns dos mestres sabem ler glifos.

— Exatamente.

Sei que Pega sabe identificar alguns dos glifos mais comuns, e eu aprendi a reconhecer alguns poucos, mas a língua preliana antiga escrita é complexa e exige muito estudo, por isso só é dominada por arquivistas, que se aposentaram das atividades da guilda por algum motivo.

— A questão é, ela foi atrás de você para conseguir vantagem na guilda? — Ele me lança um olhar de preocupação. — Todos sabem que os alunos de Pega costumam ser pouco convencionais. Será que procurou você de propósito?

Puxo a argola do meu nariz e balanço a cabeça.

— Fui eu que sugeri que nos casássemos — minto, tentando apaziguar a situação. Contudo, penso naquela noite, como Aspeth e Gwenna apareceram com Andorinha, que obviamente estava bêbada, e pediram, não... exigiram ser alunas. Não pode ser. Sem dúvida são só duas mulheres que decidiram enfrentar um desafio específico, e não espiãs. — Se quiser saber minha opinião...

— Por favor.

— Ela não é uma espiã. É uma rica mimada. Ela já deu indícios de que a família é rica antes e apareceu com uniformes da guilda feitos sob medida e em tecidos caros. Ela não sabe nada sobre o mundo e tem um péssimo condicionamento físico. Se fosse uma espiã, teriam enviado alguém que passaria nos exames físicos com facilidade. Do jeito que as coisas estão, vou ter de fazê-la treinar muito para garantir que não seja reprovada nas coisas mais básicas. — Quando Gavião assente de maneira gradual, prossigo: — É muito mais provável que ela tenha sido mimada pelo pai, e ele tenha comprado artefatos em segredo. Nós sabemos bem como mercantes adoram comprar itens contrabandeados. Talvez seja por isso que ela os reconheceu.

Gavião assente de novo.

— A maioria dos objetos que ela reconheceu pareciam ser bugigangas. Talvez esteja certo. Pode me dizer quem é o pai dela?

— Não sei.

Ele fecha a cara de novo.

Ergo a mão antes que ele possa voltar com a história de "espiã".

— Vou ficar de olho nela e, assim que eu descobrir alguma coisa, te informarei. Mas se quer saber se ela é perigosa, a resposta é não. Nem um pouco. Terá sorte se conseguir passar nos exames da guilda. Ela pode ter conhecimento acadêmico, mas sabemos bem que isso não ajuda muito nos túneis.

Ele resmunga e dá um passo para o lado.

— Tem razão. Talvez eu só esteja exagerando. Vai alertar à guilda se descobrir algo em particular?

— Sabe que sim.

Trocamos mais um aperto de mãos, e ele me leva até uma sala de espera. Aspeth está sentada ao lado de uma luminária de leitura encantada, as mãos unidas no colo, os lábios comprimidos em uma expressão firme e irritada. Posso sentir o olhar de Gavião em nós quando paro ao lado de Aspeth e esfrego o focinho em sua testa, fingindo ser carinhoso.

— Vamos, esposa. Já arranjou problemas demais por hoje.

— Problemas? — repete ela indignada. — Não arranjei problema nenhum!

Pego-a pelo braço e lanço um olhar incisivo para Gavião, um que diz que sou um homem sobrecarregado pela esposa carente. Aspeth vê o olhar e faz mais um som de raiva, desvencilhando-se da minha mão. Ela tem todo direito de ficar irritada com a minha expressão, mas tenho que deixá-la convincente para que Gavião não desconfie de nada.

Levando-a para fora do prédio, não digo nada até estarmos na rua e eu ter certeza de que não há nenhum artefato escondido em uma alcova capturando nossa conversa para a guilda ouvir. Coloco o braço ao redor de seus ombros, e a minha parte depravada não consegue deixar de notar que ela se encaixa com perfeição sob meu braço, como se tivesse nascido para ser a esposa de um taurino.

— Quer me contar o que está acontecendo?

Ela bufa.

— Não sei. Quero? Ou também está desconfiando de mim só porque não sou enganada por uma pintura ruim? A pessoa que fez aquelas réplicas deveria se envergonhar. Até uma criança conseguiria identificá-las.

— E mesmo assim só você conseguiu — comento. — Todas as vezes, se o que mestre Gavião disse for verdade. Você é simplesmente muito sortuda ou tem mais alguma coisa que queira me contar?

Ela hesita, erguendo o olhar para mim, e, por um momento, temo que tudo que Gavião tenha dito seja verdade. Que ela seja mesmo algum tipo de espiã atrás de informações sobre os artefatos para repassar aos detentores, ou para grupos de mercantes clandestinos. A expressão dela é de culpa.

— Não fui totalmente honesta sobre meu passado.

— Não me diga.

Aspeth olha para a frente, mas não afasta meu braço. Mais do que isso, parece se inclinar em minha direção. Como se estivesse procurando apoio. É ao mesmo tempo gratificante e um pouco assustador.

— Quando criança — começa devagar —, eu lia muito. Meu pai era muito ocupado, e minha mãe estava morta, então ele deu ao seu criado uma ordem permanente para que encontrasse qualquer livro que eu quisesse ler e o comprasse. Logo de cara, fiquei fascinada pela Antiga Prell e decidi aprender a ler os glifos.

— Impossível — aponto. — São necessários anos para aprender os glifos, mesmo com um tutor.

— Quem não tem um precisa do dobro de tempo — diz ela com ironia.

— Está querendo dizer que aprendeu sozinha?

— Uma parte. Até que fiz meu pai contratar um tutor que era um artífice aposentado, e ele me ensinou os detalhes. Mas aprendi grande parte sozinha. Eu não tinha nada com que me ocupar, e nenhum amigo. — Ela dá de ombros. — Nem irmãos. De que outra forma deveria passar meu tempo?

Em vez de desconfiança, sinto uma onda de compaixão por ela. Imagino uma pequena Aspeth, jovem, mandona e ávida para conseguir conhecimento para compensar a falta de companhia. Imagino-a sentada com um livro nas mãos em frente à lareira, a gata irritante soltando pelos em seu colo.

Isso explicaria o porquê de ela ser tão ruim nos aspectos físicos da vida na guilda. Explicaria muitas coisas, na verdade. Como por que se casou com um taurino. Ela não tem conhecimento de vida, apenas dos livros. Resmungo. As coisas estão começando a se encaixar. Aperto o ombro de Aspeth.

— Vamos para casa, está bem?

— Estou enrascada? A turma está em perigo?

— Não e não.

Caminhamos pelas ruas sinuosas em um silêncio confortável, e eu mantenho a mão em seu ombro. É bom tê-la ao meu lado. É estranhamente bom saber que talvez Aspeth precise de um amigo e que eu posso ser essa pessoa para ela. Não que me falte amigos, mas há algo de diferente sobre Aspeth. Ela é irritante e sabichona... e incrivelmente vulnerável também. Quando voltamos ao dormitório, todos a abraçam, Mereden chora, e Gwenna cuida dela como uma mãe com seus filhotes.

Pega ainda está com os outros, mas em silêncio. Pelo menos vestiu as roupas direito. Fico um pouco surpreso por ela ainda estar acordada, mas estou cansado demais para me preocupar.

— Eu e Aspeth vamos para a cama — anuncio. — É melhor vocês fazerem o mesmo. Teremos treino pela manhã.

Todos resmungam. Kipp desaparece para dentro da casa de concha, e os outros se espalham.

DEZESSETE

HAWK

ÁGATA ESTÁ ESPERANDO EM nossos aposentos, Aspeth a acaricia e a alimenta enquanto ela mia e faz um alarde, e eu encho a banheira de bronze que fica perto da lareira. Nunca conheci uma criatura tão barulhenta, mas Aspeth faz carinho nela (fazendo pelo voar por toda parte) e conversa com o bicho como se falasse com um ser humano.

— Eu sei — diz ao animal laranja. — Você foi muito negligenciada hoje, mas prometo te compensar. O que acha?

Termino de colocar a água na banheira e tiro a roupa, dando uma olhada para ver se Aspeth me notou. Ela ainda está fazendo carinho na gata, totalmente concentrada. Bocejo, espreguiçando os braços. Pelo deus touro, estou exausto.

— Quanta elasticidade — diz ela de maneira afetuosa, me pegando de surpresa. Eu me viro, e ela fica corada, o rosto em um vermelho vivo. — Falo da gata!

— Lógico. — Ajeito meu pênis, entro na banheira e percebo que seu olhar segue meus movimentos. Afundo e resmungo quando a água quente bate nos músculos cansados. Pelos deuses, foi uma semana longa. Relaxo na água, pego a barra de sabão e a esfrego na flanela que pendurei na borda da banheira.

Aspeth pigarreia.

— Quer que eu te esfregue? Já que estamos casados e eu devo aprender sobre sua anatomia?

Olho para ela. Suas bochechas estão ruborizadas, e os olhos, brilhantes. Não sei em que momento comecei a achá-la atraente, mas não consigo desviar o olhar. Há algo tão sincero em Aspeth. É como se ela desse o seu melhor em qualquer tarefa que dê atenção, sejam assuntos da guilda, sejam outras coisas. Suspeito que também canalizaria todo esse entusiasmo na cama, e a ideia faz meu pau enrijecer.

— Agradeço a oferta, mas saiba que, se encostar em mim, não vamos ficar só em uma esfregada.

— Ah. — Ela soa atordoada.

Além disso, ela não se levanta de onde está na beirada da cama, o que já é resposta o suficiente. Ainda não estamos nesse ponto. Ainda não chegamos à fase carnal do nosso casamento, e eu reprimo a pontada de impaciência que atinge minha espinha. Ela passou por coisas demais na última semana. Infernos, eu passei por muita coisa também. Não há problema nenhum em esperar. É a lua — e o bulbo que se formará — que está me deixando explodindo de tesão.

— Como foi a viagem? — pergunta Aspeth em um tom de voz animado enquanto eu esfrego a pele. — Foi uma missão de resgate?

— E como. — Pareço amargurado, até para mim mesmo. Tento não deixar que a política da guilda me atinja, mas parece que não consigo fugir nesta temporada. — Foi preciso dois dias de escavação para encontrarmos uma equipe recém-formada, três estavam com o tornozelo quebrado. E não estavam nem em um túnel novo ou mais profundo. Pelo jeito, eram só babacas fazendo babaquices.

— Encontraram alguma coisa?

Eu me viro para ela, imediatamente desconfiado.

— Cogumelos das cavernas, por isso os tornozelos quebrados. Começaram a alucinar e saltaram de um rochedo. Por sorte, a queda foi pequena. Para o nosso azar, tivemos que carregá-los de volta.

Ela emite um ruído solidário.

— Então não acharam nenhum artefato? Que pena.

— Por que é uma pena? — Ainda estou tenso, pensando nos comentários que Gavião fez mais cedo. Sobre Aspeth ser uma espiã...

Ela solta um suspiro pesado.

— Acho que estou usando-os para sonhar indiretamente. Sempre quis encontrar um artefato. Não qualquer artefato, mas algo importante.

Algo que possa mudar o mundo. — Ela dá uma risadinha, a expressão melancólica. — Acho que é melhor eu me contentar com "qualquer artefato" antes de pensar nos que mudam o mundo, não é? É que... deve ser tão empolgante. Não posso me imaginar desperdiçando o tempo nos túneis ficando drogada.

Relaxo, porque entendo o que ela quer dizer. Há um sentimento de adrenalina na primeira vez em que se encontra algo importante. É uma sensação inebriante, que fica exacerbada ao entregar o item à guilda e descobrir o que de fato ele é... ou você acaba devastado ao descobrir que é uma réplica. Ou arrasado.

— Essa profissão é de cortar o coração — digo. — Te leva às alturas, mas também te derruba.

— Espero que leve mais às alturas.

Penso em Pega e na frequência que volta ao álcool, apesar de jurar que vai parar.

— É o que esperamos, lógico.

— Humm. — Ela fica quieta por um longo momento. — Hawk, posso te perguntar uma coisa?

— Com certeza. — Eu mergulho a flanela outra vez, tentando me concentrar em ficar limpo.

— Taurinos beijam?

E lá se vai minha concentração. Meu pau fica duro, surgindo na superfície da água como um leviatã faminto. Aspeth não está pensando apenas em artefatos.

— Beijos são uma invenção humana. Não são tão confortáveis para taurinos. Nossa boca não funciona como a de vocês. Preferimos carinhos na cauda como demonstração pública de afeto.

— Entendo.

Ela passa mais um bom tempo em silêncio, e preciso de toda minha força para não olhar para ela. Se o fizer, tenho medo de que ela veja o calor no meu olhar e fique nervosa. Está cedo demais para que meus olhos fiquem vermelhos por causa da Lua da Conquista, mas, pelos cinco infernos, sinto sua aproximação a cada pulsação do meu pau.

Porém, Aspeth está alheia ao meu debate interno. Seu tom de voz é de curiosidade.

— Acho que eu não deveria achar estranho. Meu pai e minha mãe tiveram um casamento arranjado, e não me lembro de ter visto os dois se beijarem. Muitos casamentos são apenas por conveniência, e sei que não sou a primeira humana a se casar com um taurino. Acho que não estou em desvantagem.

Desvantagem?

Desvantagem? Por que se casou com um taurino?

Eu me levanto, deixando a água escorrer do meu corpo. Meu pênis está completamente ereto e pingando água como o restante de mim, e eu olho para ela, me certificando de que esteja vendo tudo que estou exibindo.

— Vou me certificar de que não sinta que está perdendo alguma coisa. Pode confiar.

Ela está confortável na cama, abraçando a gata. Ao me ver, seu olhar desce até meu pau e para nele, os olhos arregalados como se só agora estivesse notando nossa diferença de tamanho. Ela pisca. Força a vista. Pisca de novo. Morde o lábio.

Porém não desvia o olhar. Nem mesmo quando estendo o braço para pegar uma toalha e secá-lo, garantindo que meu membro continue a balançar com liberdade, estocando o ar com o meu desejo.

Aspeth se senta de maneira gradual, colocando a gata no chão e deixando as pernas balançando para fora da cama. Sua expressão se torna pensativa, mesmo enquanto continua a encarar meu pau. Ele reage ao calor de seu olhar, e sinto o líquido pré-gozo escorrendo da cabeça redonda.

— Eu... — Começa ela com a voz rouca.

Reprimo um risinho.

Ela pigarreia e tenta outra vez.

— Eu não posso deixar de pensar no fato de que você me mostrou seu pênis. Quer ver meu corpo também?

— *Sabe* que quero. — Se touros pudessem ronronar, é o que eu estaria fazendo agora.

Ela se levanta e mexe nos botões marrom que revestem a frente da camisa reta. A roupa não cai nada bem nela, mas sei qual é sua aparência por baixo. Sei como fica quando está molhada. O uniforme da guilda é só uma prévia.

— Se eu fosse mais ousada, brincaria dizendo que aceito críticas. — Aspeth abre um sorriso nervoso, olhando para cima. — Mas admito que sou uma tola quando o assunto é meu corpo. Se vir algo que acha repugnante, por favor, não diga nada. Já estou nervosa o bastante.

Como se eu fosse chamá-la de qualquer coisa além de maravilhosa. Ela remexe em um dos botões e olha de volta para a cama.

— É melhor eu ficar sentada ou em pé?

— É melhor que fique como se sentir mais confortável.

— Na biblioteca com um livro no colo? — brinca ela, jogando a camisa no chão. As botas e as meias seguem o mesmo caminho, então a saia e as calças que usa por baixo. Ela tira tudo de forma metódica, e, quando está apenas com o corpete e a camisola final, solta o cabelo do coque e o balança. Com as mãos trêmulas, desamarra os cordões do corpete e o joga de lado. Faz o mesmo com a camisola logo depois.

Então ela volta para a cama e se deita como um cadáver em exibição, as pernas bem unidas, as mãos dobradas em cima da barriga e os olhos fechados.

Não é a posição mais sensual do mundo, mas eu teria que ser um babaca para não perceber o quanto ela está desconfortável. Vou para o pé da cama, dando-lhe espaço, e observo suas pernas grossas e pálidas. Gosto delas. Gosto da curva de suas panturrilhas, seus tornozelos delicados e seus pés grandes. Ela é alta e robusta, e estou ávido para deslizar a mão por uma de suas coxas grossas e ver suas pernas se abrirem.

Entretanto, consigo ver por toda essa pose de cadáver que ela está nervosa. Aspeth fecha os olhos com força, como se à espera de que eu tire suas medidas com uma fita métrica e reclame dos resultados. Fecho a mão em volta de um tornozelo, erguendo-o, e esfrego seu pé.

Ela abre os olhos depressa.

— Oh...

— Está tudo bem — digo. — Você está bem. Somos só um casal nu no próprio quarto. Não tem com o que se preocupar.

— É fácil para você falar. Você é lindo. — Ela observa minhas mãos acariciando seu pé, os olhos semicerrados. — Você é cheio de músculos. Já eu acho que não tenho nenhum.

Prendo a risada que ameaça deixar minha boca.

— Acho que eu vi um. Ao menos um.

Deixo meu olhar percorrer seu corpo outra vez, demorando-me no pequeno volume de sua barriga. Ela é macia ali também, um indício de sua vida afortunada, mas gosto disso. Gosto de me imaginar aconchegado a uma esposa fofa como um travesseiro. Seus peitos são tão grandes quanto eu imaginei que seriam. Como está deitada de frente, eles pendem para os braços, seus mamilos escuros, proeminentes e duros. Tudo nela dá a impressão de ser macio e palpável, e não consigo parar de encarar.

— Achei — provoco. — Achei um músculo.

Ela ri, tentando erguer a cabeça para ver o pé que estou segurando próximo ao peito.

— Onde?

Eu me aproximo, passando o focinho em seu tornozelo.

— Bem aqui.

Aspeth geme, um som baixo e totalmente sedutor.

— Tudo bem? — pergunto, mesmo enquanto passo o focinho em sua pele macia. — Ou quer que eu pare?

— Tudo bem — promete, sem fôlego. Seus dedos torcem os cobertores que estão ao seu lado, e ela me observa com os lábios entreabertos. — Você... minha... tudo bem. Está tudo bem.

Passo a boca por sua pele. Ela é tão macia. Tão afagável.

— Queria que tivesse me tocado no outro dia. Você só olhou.

— Ah. — Aspeth respira e ruboriza até nos lindos seios. Eles balançam com seu arrepio, os mamilos endurecendo, e eu mordisco sua panturrilha. — Não tive coragem. Ainda não.

— Eu tenho — digo sem fazer rodeios. — Posso tocar mais você? Ou ainda não está pronta para isso?

Seu olhar fica suave. Sensual. Ela aperta os cobertores outra vez.

— Pode me tocar.

Que bom. Porque estou ansiando, meu pau duro feito pedra. No entanto, a ideia aqui é guiá-la ao prazer, e estou ávido para tocá-la. Quero percorrer toda a sua pele com minhas mãos, senti-la tremer ao acariciá-la. Quero mostrar a ela como é ir para a cama com um taurino. Mostrar que ela não está em *desvantagem* nenhuma. Que posso provocar prazer melhor do que qualquer humano se ela me der a chance.

E a chance é agora. Afasto suas coxas, abrindo suas pernas, e levo a cabeça ao meio delas antes que Aspeth possa pensar sobre o que estou fazendo.

Aspeth dá um gritinho de surpresa assim que minha língua toca sua pele. A questão sobre os taurinos? É que temos línguas grandes, flexíveis e grossas. Se eu quiser, consigo lamber minhas sobrancelhas, e nenhum humano consegue competir com um taurino que sabe usar esse talento. Para os infernos com os beijos. Minha boca tem coisas melhores a fazer. Aproximando-me, passo a língua por toda a sua boceta em um movimento suave.

Ela puxa o ar e deixa escapar um gemido.

— Você... oh...

— Você disse que já foi tocada antes, Aspeth. Onde? — Com a ponta da língua, provoco sua entrada, massageando seu clitóris e fazendo-a se contorcer. — Seu namorado humano fez isso com você?

— Ele-Ele tocou minha coxa — balbucia, os dedos apertando o cobertor ao lado dos quadris. — Sem a língua. A-Achei que me tocaria com as mãos.

— Tsc. Precisa ser mais específica, esposa. — Passo a língua por seu sexo outra vez, e ela reage estremecendo. — Avise se quiser que eu pare, então. Se for demais para você.

— Não é demais — ofega, então abre mais as coxas, dobrando as pernas. — Quer que... devo...?

— Fique paradinha e me deixe provar seu sabor. — Passo a mão na parte interna de sua coxa, observando sua reação, e lambo sua boceta. Seu sabor atinge meus sentidos: almiscarado e, de alguma forma, doce. Ela geme de novo, suas mãos agitando-se para mim e voltando para a cama.

Divertindo-me, pego uma de suas mãos e a coloco no meu ombro com firmeza.

— Pode segurar os chifres, se quiser.

Seus dedos apertam minha pele, e ela fecha os olhos. Bato a língua em seu clitóris outra vez, e ela arqueia as costas.

— Você... não, está ótimo. Ótimo mesmo. Pode fazer isso o quanto quiser. — A voz de Aspeth fica um tanto sonhadora. — É tão bom.

Acho seu comentário engraçado e ofensivo ao mesmo tempo. Um touro não quer ouvir que é "bom" quando chupa a esposa. O que quer é fazê-la gritar. Entretanto, Aspeth é um pouco mais inocente do que eu esperava, então preciso ir com calma. Tomar cuidado para não assustá-la.

E não vejo problema nisso, já que assim posso aproveitar cada momento. Adoro o jeito que ela se contorce a cada passada da minha língua. Adoro seu gosto, tão suave e delicado quanto sua pele. Meu pau lateja no mesmo ritmo dos meus batimentos cardíacos, pingando líquido pré-gozo por todo o chão e pela beirada da cama, mas não posso me importar com uma bobagem dessas. Estou com o focinho no meio das coxas da minha esposa, e qualquer outra coisa no mundo — incluindo meu próprio prazer — pode esperar um pouco. Coloco as pernas dela no ar e seguro a base do meu membro, apertando-o para me impedir de gozar antes dela.

Porque preciso sentir o gosto do seu orgasmo. Estou ávido por isso.

Provoco seu clitóris com a ponta da minha língua outra vez, massageando a lateral. Já tive fêmeas de clitóris proeminentes na cama antes, e é fácil fazê-las chegar ao ápice. Os lábios de Aspeth são deliciosamente grandes, escondendo seu grelo de vista, e, quando minha língua o provoca, percebo que não passa de uma pequena protuberância. Não tem problema. Ele é delicado e irresoluto, assim como ela. Não importa o formato ou o corpo de uma mulher, posso descobrir como levá-la ao prazer. Tudo o que preciso fazer é prestar atenção aos detalhes.

Apertando o pau outra vez, lambo-a e enfio a língua em seu centro, usando a minha língua grossa como faria com meu pênis. Surpresa, ela respira fundo, contorcendo-se contra minha boca. Algo me diz que isso nunca aconteceu com ela antes, e que ela não sabe como reagir. Sua vulva se contrai ao redor da minha língua, e eu meto nela, mas aqueles suspiros de prazer não estão mais saindo de sua boca — hora de mudar os planos. Volto a lamber sua boceta, fazendo movimentos cada vez mais firmes com a língua, até ela ficar molhada, suculenta e voltar a fazer aqueles sons deliciosos.

Desta vez, mantenho o foco em seu clitóris, aquele pedacinho meio escondido onde sei que ela gostará de receber atenção. Usando a mão livre, separo seus lábios, expondo-a, fazendo com que o grelo pequeno e vermelho apareça. Lambo-a de novo, e as mãos de Aspeth voam para os meus chifres. Os ruídos que surgem de sua garganta me fariam rir se eu não estivesse tão duro. Como estou, passo a mão no pau, e os dedos ficam cheios de pré-gozo. Eu deveria parar de me acariciar, deveria dar a atenção devida ao seus peitos lindos e que balançam, mas não consigo me impedir. Assim como não consigo deixar de envolver seu clitóris, agora saliente, e chupá-lo de leve.

O grito que Aspeth solta é agudo, seus quadris erguendo-se contra meu rosto. Tento me afastar, mas ela os ergue, seguindo minha boca, então dou o que ela quer. Chega de prolongar isso. Ela quer gozar? Porra, vou fazê-la gozar. Passo a língua em seu clitóris, provocando a lateral e voltando a chupá-lo. Ela solta mais um grito, e então se esfrega no meu rosto enquanto eu estimulo meu pau com pressa, ávido para fazê-la gozar antes de mim. Assim que sinto seu orgasmo contra minha língua, jorro nas cobertas, movimentando os quadris contra o colchão ao atingir o ápice, meu focinho enfiado entre suas coxas.

Nem o paraíso prometido da deusa Asteria conseguiria me provocar mais prazer do que este momento.

Aspeth está ofegante, a mão na testa enquanto tenta recuperar o fôlego. Seu rosto — e os peitos maravilhosos e pesados — estão ruborizados, e o centro de suas coxas está úmido com seu prazer. O meu está todo na lateral da cama, mas posso dar um jeito nisso. Depois.

Por enquanto, estou contente em dar atenção à sua boceta, dando lambidas lentas e satisfeitas, amando a forma que ela treme a cada roçar da minha língua.

Aposto que não seria muito difícil fazê-la gozar de novo. A ideia alimenta um desejo primitivo em mim, e eu abro um sorriso cruel antes de separar seus lábios outra vez e abaixar minha cabeça.

Desta vez, Aspeth segura meus chifres.

DEZOITO

ASPETH

20 dias antes da Lua da Conquista

PASSO O CAFÉ DA manhã inteiro ruborizada.

Hawk está quieto, mas, quando olho para ele do outro lado da mesa, vejo que está com um sorriso arrogante no rosto, como se estivesse muito feliz consigo mesmo. Ele parece estar mais relaxado hoje do que já vi antes, o que só me faz ficar mais vermelha.

Por sorte, ninguém notou meu silêncio. Gwenna está discutindo sobre o melhor tipo de queijo quente com Andorinha e Mereden, e Kipp as observa como quem acha graça quando Mereden começa a entrar em detalhes sobre a quantidade ideal de manteiga que deve ser espalhada no pão antes do queijo. E, apesar de eu ter opinião formada sobre queijo quente, não consigo prestar atenção em nada.

Algumas partes do meu cérebro ainda não se recuperaram da noite anterior.

Não consigo parar de pensar sobre o lugar onde ele me tocou. Na sua língua. Nos barulhos famintos que fez ao me dar prazer. Na forma como coloquei as pernas em seus ombros e me movi descaradamente contra ele enquanto me chupava até eu chegar ao ápice. Já li alguns livros eróticos e me toquei algumas vezes, mas nem nos meus melhores sonhos imaginei algo como aquilo. Remexo meu mingau, pensando em como vou conseguir ter qualquer conversa com ele hoje, porque me lembro com todos os detalhes da argola de seu nariz na minha entrada enquanto ele me lambia.

— Ótimo — declara uma voz alta e repentina que me causa um sobressalto. — Estão todos aqui. Pelo menos não tenho que sair atrás de vocês. — Olho para cima, surpresa, ao ver Pega entrando na cozinha. Pega está com o uniforme da guilda, e, por mais que esteja amassado e desbotado, é a primeira vez que a vejo parecer com algo próximo a uma mestra da guilda. Seu cabelo, em geral bagunçado e com mechas grisalhas, está preso em um rabo de cavalo, e sua faixa está pendurada no ombro, com tantos broches que acaba puxando a lateral de sua blusa.

Uma pontada de empolgação me atinge quando ela coloca a mochila no centro da mesa de café da manhã, fazendo os pratos balançarem. O que está havendo?

Hawk se recosta na cadeira, cruzando os braços em frente ao peito largo. Os músculos de seus bíceps ficam salientes, e eu não consigo parar de encará-los. Gwenna faz contato visual comigo, uma expressão de curiosidade no rosto, e fico totalmente vermelha na hora, enfiando outra colherada de mingau na boca e tentando olhar para qualquer lugar que não seja ela.

Ou Hawk.

— Ora, ora — Hawk fala de modo arrastado, inclinando a cabeça e olhando para Pega. — Olha só quem decidiu sair da cama antes do meio-dia. Vai a algum lugar?

— Ah, cale a boca — responde Pega, mas há um sorriso em seu rosto. — Vocês ficaram reclamando sobre o aprendizado, bem, agora a professora está aqui. Vou tomar as rédeas.

— Vai? — Andorinha sorri para a tia.

— Ah, é? — O tom de voz dele é uniforme. Tranquilo.

— É. — Ela coloca as mãos na cintura. — Vai tentar me impedir?

— Óbvio que não. — Hawk parece estar cauteloso, mas assente depois de pensar por um momento. — Fico feliz que queira se juntar à turma. Faz um tempo que isso não acontece.

— É, bem, o susto que essa aqui nos deu ontem — ela aponta para mim — me fez perceber que, se eu não ensinar a esses bobos, eles terão que voltar às suas cortes, e aí o que acontece comigo?

— Acabou de nos chamar de bobos da corte? — Gwenna fica tensa na cadeira, olhando feio para Pega.

— Chamei. Mas podem me provar o contrário. — Ela aponta para a mochila que colocou no centro da mesa, quase em cima do pobre Kipp. — Imagino que todos saibam como arrumar uma mochila para ir escavar.

Todos hesitam. Troco um olhar preocupado com Gwenna e me viro para Hawk, mas graças a Asteria ele não está olhando para mim.

— Ainda não chegamos nesse ponto. Estamos treinando — diz Hawk. — Para a aptidão física.

— Falou como um verdadeiro taurino — continua Pega, balançando um pouco a cabeça. — Olha, não vou dizer que não precisam estar em boa forma para aguentar os túneis, mas, desde que sejam espertos e saibam o que estão fazendo, não é tão importante assim.

Ouço um baque na madeira e, quando Hawk se levanta, percebo que foi causado por sua cauda agitada que bateu na cadeira ao lado. Ele se inclina para a frente, apoiando as mãos na mesa.

— Não é tão importante? Sabe quantos babacas os taurinos precisam resgatar dos túneis a cada ano porque os humanos não acham "importante" ter competência em seus malditos trabalhos?

— A professora aqui sou eu — responde Pega em um tom severo. — Quer que eu ensine ou não?

As narinas de Hawk inflam tanto que a argola em seu nariz pula. Ele parece estar furioso, a cauda balançando de um lado para o outro com força. Chega a bater no braço de Mereden, mas seus olhos estão simplesmente tão arregalados e preocupados quanto os meus.

— Tudo bem — responde depois de um momento. A voz dele está seca com o desdém. — Ensine. Prove que estou errado.

— Ótimo — declara Pega. Ela está um pouco mais empertigada, parecendo mais competente a cada segundo. — Vou ensinar a vocês o que devem levar, e então vamos acampar.

— Acampar? — gagueja Gwenna. — Que raios isso tem a ver com escavar?

Os olhos da mestre da guilda brilham.

— É isso o que vou mostrar.

※

Algumas horas depois, estamos todos com as mochilas prontas, Chilreia está abastecida com ração seca para vários dias (e dou instruções para a criada do ninho sobre como cuidar dela) e saímos da cidade. Hawk quer que caminhemos da residência de Pega até um acampamento, que fica na floresta distante, longe da cidade, mas ela insiste para que peguemos uma carona em vez disso.

— Não vai adiantar de nada se estiverem cansados demais para aprender — diz ela a Hawk. — E é como você disse, eles não estão em boa forma.

Ela também vence essa batalha, e temo que o humor de Hawk vai estar péssimo ao fim do dia.

Pegamos carona na parte traseira de uma carroça de vegetais que está saindo do mercado depois de deixar os produtos. Não é a viagem mais rápida, mas, pelo jeito, o preço é justo. Subimos e balançamos conforme as mulas puxam o veículo pelas ruas sinuosas de paralelepípedos. A mochila que levo nas costas é pesada, mas não tanto quanto as que Hawk tem nos feito carregar. Sento-me com Gwenna de um lado, e Mereden e Andorinha estão do outro lado da carroça. Kipp corre de um lado para o outro, a casa como uma grande armadura nas costas, e não parece querer conservar nem um pouco de energia. Talvez não precise. Parece ter entusiasmo o bastante para todos nós. A mestra Pega está junto do cocheiro, falando sem parar, e Hawk está no fundo da carroça, as pernas pesadas para fora, quase como se não quisesse estar aqui conosco. Isso me deixa um pouco preocupada. Dou uma olhada nele, mas não parece estar com humor para conversa hoje. É por causa de Pega? Ou se arrependeu do que fizemos ontem?

Ao deixarmos a cidade para trás, a estrada esburacada contorna o campo de "Escave por Artefatos", o que faz Pega apontar e rir das pessoas que estão cavando buracos no meio da terra.

— Olhem só esses tolos.

— São tolos por quererem achar alguma coisa? — O tom de voz de Mereden é melancólico. Observamos as pessoas cavando e suando no campo, usando pás e baldes para afastar pilhas de terra. — A maioria das pessoas só pode sonhar em encontrar um artefato. Entendo por que gastariam algumas moedas para ter essa chance.

— Ninguém acha nada — admite Andorinha, dando de ombros. — Isso é só para enganar os turistas.

Não sou tão cética quanto Pega e Andorinha. Parte de mim ainda quer ir lá e tentar a própria sorte. Eu seria uma das pessoas ali com uma pá e um balde, cavando feliz da vida. Observo, forçando a vista, a sombra de pessoas com um tipo de admiração melancólica. Elas têm um sonho e estão tentando realizá-lo da melhor forma que podem. Não há nada errado nisso.

Gwenna me cutuca. Ela se sentou ao meu lado depois de fazer Mereden e Kipp trocarem de lugar com ela.

— Está tudo bem?

— Por que não estaria?

Meu rosto fica vermelho de imediato, caçoando do meu tom relaxado. Se ela percebe, não dá nenhum indício.

— Você não costuma ficar em silêncio em relação a tudo isso — sussurra, apontando para a carroça. — Costuma tagarelar sobre como as coisas eram na Antiga Prell, ou como os membros tradicionais da guilda fazem as coisas.

Remexo a bainha da minha manga, nervosa.

— Acha que Hawk está bravo por Pega estar aqui hoje? — pergunto, mantendo a voz baixa.

— Por que estaria? Não é ela quem está no comando? — Ela me cutuca. — Ou está preocupada que seu amante fique chateado?

Tampo sua boca com a mão.

— Shhh!

Ela arregala os olhos e lambe minha palma, me forçando a soltá-la, e eu limpo a mão nas roupas, olhando feio.

— Que merda é essa? — sussurra ela. — Você está... corando? — Ela olha para Hawk, depois de volta para mim, e então chega mais perto. — Vocês já estão transando? Achei que iam esperar até aquela história da lua.

Meu rosto parece estar pegando fogo.

— E vamos. É só que... ele... eu... — Balanço a cabeça, sem conseguir continuar.

— Ele...? — incita ela, lançando-me um olhar encorajador. — Reorganizou seus órgãos? Foi a melhor comida da sua vida? O quê?

Remexo a saia. Não tenho ninguém para quem contar esse tipo de coisa. Nunca tive. Mesmo quando tive minha decepção amorosa com Barnabus, não pude confessar a ninguém o quanto estava magoada, o quanto me senti estúpida. Gwenna era minha criada, e não seria apropriado da minha parte. Agora, no entanto, nós duas somos apenas filhotes da guilda. E eu estou desesperada para falar com *alguém* a respeito.

Umedeço os lábios e me aproximo para sussurrar:

— Ele me lambeu. De uma forma inapropriada.

Ela me encara, piscando, e um sorriso malicioso surge em sua boca.

— Sabe que não tem nada de inapropriado se estão casados, não é?

— Shh. É só que... fiquei surpresa.

— Também estou. Ele parece ser mais do tipo sério, mas esse é um bom sinal. Um homem que não vê problemas em fazer a esposa gozar primeiro é um homem bom, na minha opinião. Ele te fez gozar, certo?

É isso. Meu rosto vai ficar vermelho para sempre. Quando fizerem um retrato meu, vou parecer uma bola de fogo do pescoço à raiz do cabelo. Ergo dois dedos, no entanto.

Gwenna assente de maneira gradual.

— Estou admirando-o mais a cada dia.

Eu também, que a deusa me ajude.

༺ ༻

Chegamos ao acampamento quase ao anoitecer. É um lugar bonito, com várias árvores crescendo perto de um riacho sinuoso. De um lado da água, há campos e pastos com gado. Do outro, tudo é um pouco mais selvagem e descuidado. As árvores se aglomeram, sem nenhuma trilha visível, e a vegetação rasteira é tão espessa, que não imagino que seja possível atravessá-la de saia. Pequenos arbustos se misturam às ervas daninhas e levam a árvores mais altas e distantes.

É neste lugar nada admirável que Pega sorri e balança a mão no ar.

— Chegamos!

— Chegamos aonde, exatamente? — pergunto, olhando ao redor. Não vejo nenhum tipo de construção próxima, nem túnel ou caverna. Se vamos acampar, sem dúvida precisa haver uma caverna, não é? Já que estamos treinando para nos familiarizarmos com elas, além de ruínas e coisas do tipo.

— É o lugar perfeito para prática em campo — declara Pega, esfregando as mãos.

— Você sempre amou prática em campo mesmo — diz Hawk perto de nós. Quero me virar para olhar para ele, mas meu rosto está quente de novo, então, no lugar disso, puxo meu colarinho, tentando fazer o ar entrar na minha camisa. Está bem quente aqui.

— Prática em campo? — pergunta Mereden, olhando para Andorinha, que dá de ombros.

— Prática em campo — repete Pega.

Gwenna tira a mochila das costas, esforçada como sempre.

— Ótimo. Vamos montar acampamento e começar, então?

— Nada de barracas por enquanto. Está claro demais. — Pega olha para o céu.

— O sol já está se pondo — comento.

Kipp bufa ao meu lado, e não sei se ele achou engraçado ou se está irritado.

Pega simplesmente sorri para mim. Ela está com círculos profundos abaixo dos olhos, e sua pele está com um brilho esverdeado, mas, se ela está passando mal, consegue esconder bem.

— Está se pondo, né, pois é. Queremos que esteja totalmente escuro.

— Por quê? — Gwenna deixa escapar.

— Porque não há iluminação dentro de um túnel. — Pega enuncia cada palavra de maneira gradual. — Assim como não é tudo uniforme e plano. Nem seco. Alguns túneis são molhados. Outros só têm pedras. Nenhum deles é fácil. Por isso, vamos manter as mochilas nas costas. —

Ela aponta para a mochila de Gwenna, indicando que ela deve colocá-la de volta. — E então vamos caminhar riacho acima. A água chega só até o tornozelo. Isso faz as pedras ficarem escorregadias e traiçoeiras, o que é ótimo para prática em campo. Nunca estive em um túnel que seja tão fácil e simples de se enfrentar quanto as ruas de Vasta.

Considerando que as ruas de Vasta são feitas de paralelepípedos (cheias de paralelepípedos, devo dizer) e totalmente íngremes, essa é uma notícia preocupante.

— E faremos isso no escuro? — pergunta Mereden em um tom de voz tímido.

— Fique tranquila, Mer — diz Andorinha confiante. — Estaremos amarrados juntos, assim como nas cavernas, certo?

— Exatamente — diz Pega. — Estão começando a entender.

— Mas vai estar escuro demais para enxergamos qualquer coisa — comento. — Mal consigo ver qualquer coisa agora. No escuro, então... Não vou parar de tropeçar.

Pega se vira para mim.

— Então acendam uma porcaria de tocha e parem de reclamar. Acham que vai estar iluminado nas cavernas?

— Acho que eu preferia quando era o Hawk nos treinando — murmura Gwenna.

Eu também.

DEZENOVE

ASPETH

APESAR DA NOSSA INCAPACIDADE geral, a noite não é tão ruim quanto eu esperava. Gwenna faz uma fogueira e acende uma tocha, mas acaba descobrindo que ela não dura muito tempo. Pega então aparece com uma lamparina e óleo, e nos dá um sermão.

— Quando disse para virem preparados, falei sério.

Depois que a lamparina está acesa, nós nos amarramos uns aos outros. Kipp toma a dianteira, seguido por Andorinha, que segura a lamparina. Gwenna vai atrás dela, seguida por Mereden, e eu por último. Caminhamos pelo riacho escorregadio, e Pega tinha razão, a água só chega aos tornozelos. Ainda assim é extremamente traiçoeiro, e cada passo demanda um grande esforço, nossas botas cada vez mais pesadas com a água. Decido que vou arranjar uma vara antes de qualquer coisa. Uma pequena, para que ninguém reclame por eu usá-la em ambientes fechados. Talvez uma que chegue apenas à altura do peito e não passe dos ombros. Gosto dessa ideia: uma vara para me ajudar a caminhar e para pendurar uma lamparina, porque não conseguir enxergar é agoniante. No momento, só consigo ver as costas de Mereden e o coque de seu cabelo escuro.

Subimos o riacho.

Descemos o riacho.

Subimos de novo, desta vez em uma ordem diferente, comigo na frente. Isso não dá certo para ninguém, e Pega grita coisas como:

— Você está de olhos fechados?!

(Não comento que, na verdade, tenho praticamente cegueira noturna sem meus óculos.)

Subimos e descemos o riacho até que as três luas do céu tenham desaparecido outra vez e a noite fique fria de doer. Estamos batendo os dentes, e Kipp fica gelado demais para continuar, então revezamos para carregá-lo.

— Chega — Hawk por fim declara. — Já mostrou a eles que sabe o que está fazendo, Pegs. Deixe que descansem.

— Ah, tudo bem — diz ela. — Mas sei que Hawk só está reclamando porque quer passar um tempo com a esposa. Pelo jeito, todos vão poder descansar. — Ela bate palmas. — Agora vamos montar acampamento e acender outra fogueira.

— Que diabos aconteceu com a fogueira que acendi? — pergunta Gwenna.

— Você continuou mantendo-a?

— Não! Fiquei subindo o riacho e assustando todos os peixes a noite toda!

— Então ela apagou, não é? — O sorriso de Pega nas sombras é cruel. — Então acenda outra maldita fogueira. Não vão poder depender de ninguém para manter o fogo aceso por vocês nos túneis. Não pensem que vai ser diferente aqui. Minha função é prepará-los.

Gwenna me lança um olhar inquieto, como se me culpasse por tudo. Não posso julgá-la por isso... *é* culpa minha estarmos aqui, como filhotes. Acho que mereço toda e qualquer culpa.

— Vou fazer a fogueira.

— Pode deixar comigo — diz Gwenna. — Sei como acender.

— *Todos* vocês precisam saber como acender uma fogueira — corrige Pega, e aponta para mim. — Acenda a fogueira. Os outros podem preparar os sacos de dormir deles. Amanhã treinaremos com as espadas.

Todos nós resmungamos, o sibilo de Kipp ecoando mais alto que o restante. Não sei se ele está feliz ou irritado com a prática com espadas. Conhecendo Kipp, deve ser uma mistura dos dois. Às vezes não sei se ele gosta de nós ou só nos tolera para alcançar seu objetivo: entrar para a guilda. Parando para pensar, não há nenhum deslizante na guilda no momento, mas ninguém foi contra sua matrícula. Enquanto isso, qualquer pessoa que tivesse um par de seios foi considerada um problema.

Quero mostrar que estão errados e fazê-los se arrependerem de seus preconceitos toscos. Quero que vejam de perto quando formos aprovadas. Quero que fiquem chocados ao perceberem como somos capazes. É mais um motivo pelo qual precisamos nos esforçar tanto para sermos aprovadas de primeira. Pega não terá uma segunda chance, e acredito que nós também não.

Demoro um bom tempo (enquanto Pega grita algumas instruções de forma concisa) para conseguir descobrir como acender uma fogueira, mas, quando enfim consigo, o acampamento está em pé. Há pequenas barracas, onde nos dividiremos em duplas, já que Kipp prefere sua concha redonda e aconchegante. Mereden e Gwenna dormirão juntas, e Andorinha vai dividir uma barraca com a tia esta noite. Não poderei dormir com Hawk quando estivermos nos túneis da Terra Abaixo, é óbvio. Ruborizo só de pensar a respeito.

Porém, ainda não é hora de dormir. Gwenna joga um monte de ingredientes em uma panela para fazer a janta, e nós relaxamos em frente ao fogo, aguardando enquanto ferve.

— Então — diz Pega.

Todos estão em silêncio, observando-a. Ela parece estar desconfortável agora que estamos descansando e ela não pode gritar ordens para nós. Com discrição, procuro Hawk, mas ele está na ponta do campo, apoiado contra uma árvore e nos observando de longe.

— Fico feliz que esteja conosco — diz Mereden com seu jeito meigo. Ela coloca as mãos nos joelhos, parecendo jovem e inocente, os olhos escuros brilhando na luz do fogo. — Você tem uma reputação tão boa na guilda. Estava ansiosa para conhecer a lenda de tantas histórias.

Em vez de lisonjeada, Pega parece estar constrangida. Ela bate nos bolsos, faz uma careta e, quando Andorinha lhe dá um odre de água, toma um gole dele.

— Histórias são só isso. Histórias. Às vezes são exageradas e às vezes não têm nenhuma importância. O que importa é o agora. — Ela olha feio para a água e a devolve. — Falando sobre o aqui e agora, já pensaram em que nome vão usar? Quando forem aprovados?

Eu me envaideço por dentro por ela presumir que seremos aprovados.

— Pardal — digo com orgulho. — Podem me chamar de Pardal.

Andorinha resmunga, revirando os olhos.

— Já sabemos. Já *sabemos*.

Mereden solta um risinho, a manga cobrindo o sorriso.

— Não tem nada errado em se preparar para o sucesso — comento, as costas eretas. — Seu nome é Andorinha, afinal, e nunca caçoei de você por conta disso.

— É porque esse foi o nome que minha mãe me deu quando nasci — responde Andorinha. — Foi ideia dela. Talvez eu mude quando for aprovada. Posso ser a Pega-rabuda, ou algo assim.

Mereden ri mais alto.

— Pega-rabuda é um nome ridículo.

— Ah, cale a boca — diz Andorinha, mas há um pequeno sorriso em seu rosto. — Você escolheu algo melhor?

— Não — admite Mereden. — Não pensei tão longe. Vocês podem pensar em um para mim.

— "Periquito."

Ela olha feio para Andorinha.

— Quer saber? Finjam que não perguntei.

— "Periquito-de-cabeça-suja" — Gwenna diz de repente.

Andorinha grita de alegria.

Mereden faz uma careta para ela.

— Não está ajudando.

— Não sei. Achei "Periquito-de-cabeça-suja" muito bom — diz Gwenna com um sorriso. — É melhor que "Noivinha", que é como Aspeth queria que eu me chamasse. Acho que decidimos que eu seria "Catatau".

— "Noivinha" é um ótimo nome — digo em protesto. — São pássaros muito trabalhadores. Felizes e ocupados. Me fazem pensar em você.

— Talvez eu não seja muito boa em escolher nomes. — Mas se você não quiser ser "Noivinha", não precisa ser. Mereden pode ficar com o nome.

— Melhor não — diz Mereden.

Pega fecha a odre e coloca sua alça sobre o ombro.

— "Catatau" é um nome bonito e simples. "Noivinha" é feminino demais para a quantidade de escrotos que terão que encarar na própria guilda. Se eu ganhasse uma moeda para cada homem arrogante que queria ser chamado de "Corvo", estaria rica.

— Ou "Hawk" — deixo escapar de imediato, pensando nele.

— O que tem o Hawk? — pergunta Pega, e todos olham para mim.

— É, o que tem o Hawk? — Ele entra na conversa, o olhar fixo em mim.

Sinto o rosto queimar.

— Bem, só quero dizer que é um nome comum, sabe? Muito masculino. Aposto que vários homens querem um nome assim. Um nome que passa confiança e testosterona. Não que não combine com você. Combina. Você é muito masculino. Combina bastante com algo que passe a ideia de macho de forma tão agressiva. — Hesito, percebendo que, se eu usar palavras como "agressivo", posso passar a impressão de que Hawk é do tipo que me bate entre quatro paredes. — Não agressivo de um jeito ruim, só quero dizer que...

— Pode continuar — diz ele, a boca formando um sorriso de diversão. — Por favor, continue a exaltar minha masculinidade.

Se meu rosto ficar mais quente, vai pegar fogo.

— Só estou dizendo que você teve sorte de conseguir um nome que combina perfeitamente com você. Poderia não estar disponível.

— Então acha que combina perfeitamente com ele? — A voz de Mereden é *tão* meiga. — Que fofura.

— Não falei isso!

— Falou, sim. — Hawk está me olhando da forma mais ilegível possível. Não sei se está tentando engolir a risada ou só quer que essa conversa acabe. — Quanto ao nome, foi questão de chegar no momento certo. Eu conhecia o antigo Hawk. Quando ele faleceu, fui o primeiro a pedir o nome. Poderia muito bem ter sido chamado de "Ganso".

— "Ganso"? — balbucio, esquecendo que estamos em público. — Ah, você é masculino demais para um nome desses.

— Ela não para de falar "masculino". — Andorinha finge sussurrar para Mereden.

Pela deusa, não paro de deixar a situação pior.

— Kipp — falo rápido, tentando causar distração. — E você? Que nome quer?

O deslizante desdenha, levando a ponta da língua ao globo ocular, então vai até Pega e dá um tapinha nela. A mensagem é óbvia. Quer que ela escolha.

— Algo que represente inteligência e agilidade — diz Pega. — "Calopsita", talvez.

Ele assente, e acredito que tenha gostado.

Andorinha estala os dedos.

— Pensei em um nome perfeito para Mereden!

A ex-sacerdotisa se apruma.

— Qual?

— "Pica-pau"!

Mereden joga um galho em Andorinha enquanto todos tentamos não rir.

༄

É agradável ficar ao redor da fogueira. É legal rir e relaxar juntos, falar sobre nossas esperanças e provocar uns aos outros com os nomes. Ficamos aqui por mais uma hora ou duas, até que Pega nos manda ir para cama.

— Chega de fofoca. Amanhã vai ser um dia puxado. Vão precisar de energia. Hora de ir dormir.

Nós nos levantamos, e, pela primeira vez em horas, Hawk vai atrás de mim. Ele coloca a mão na minha lombar, guiando-me para a barraca que dividiremos. Meu rosto queima outra vez, já que desconfio que todos estejam nos encarando. Mordo o lábio ao entrar em nosso alojamento.

— Sua barraca é maior que a dos outros.

— Taurinos são maiores que os humanos.

E como são. Já percebi que Hawk tem um tamanho... nitidamente não humano em certas partes de sua anatomia. As coxas são enormes e feitas de músculos duros como pedra. Seus bíceps têm praticamente a grossura das *minhas* coxas, e não sou uma mulher pequena. É lógico que precisaria de uma barraca maior.

Deito-me no palete — uma almofada da guilda para que não seja tão insuportável dormir nas pedras e um cobertor de lã que pinica —, e Hawk deita o corpo grande ao meu lado, dominando o espaço estreito. Fico intensamente consciente do quanto ele é grande agora que estamos lado a lado. Além do tamanho impressionante de sua cabeça e seus chifres, seus ombros também são enormes, e ele se vira de lado, se aconchegando.

Ele se aproxima, o focinho perto da minha orelha, e sua respiração aquece minha pele.

— O que acha?

— O-O que acho do quê?

— Está confortável?

Coloco as mãos no corpete, porque não sei mais onde devo colocá-las enquanto estou deitada de costas.

— Bem, não tenho um travesseiro — sussurro. — Mas aposto que consigo me acostumar.

— Sente-se — diz ele e, quando o faço, ajeita o corpo e indica que devo voltar a me deitar. Obedeço e me aconchego na curva de seu ombro, apoiada nele.

Ah. Isso foi... gentil.

— Melhor assim? — pergunta ele.

Sinto minha pele se arrepiar, os mamilos endurecendo contra minha roupa ao pensar na noite anterior. Na *lambida*. Por algum motivo, quando imaginei nosso casamento por conveniência, não havia colocado o prazer na equação. Pensei que transaríamos, é lógico, mas não pensei para muito além disso. Agora não consigo parar de pensar em Hawk me tocando de novo. Ele e aquela língua estranhamente grossa e deliciosa.

Uma língua que me percorreu por inteiro. Por toda parte.

Misericórdia, como é quente nesta barraca. Puxo minha camisa, tentando arejar meu decote.

— Está tudo bem? — pergunta ele, a voz baixa e reservada.

— Tudo. — Abro o primeiro botão da camisa e finjo que era só isso que estava fazendo. — Só me ajeitando para ficar confortável. — Desfaço meu coque também, soltando as mechas que estavam presas com força e mexendo nelas até meu cabelo cair em seu braço. — Pronto. Viu? Agora estou confortável.

Ele resmunga.

O som me faz lembrar o quanto ele estivera impassível a noite toda. Desde que Pega assumiu o controle, Hawk têm agido com completa amargura. Ele acha que foi substituído como professor? Que não precisamos mais dele? Eu me viro e o encaro, sua boca está curvada, imagino que em algo como uma careta de taurino.

— Você está estranho hoje.

Isso conquista sua atenção.

— Estranho?

— Sim. Talvez até insatisfeito. Como se não gostasse que Pega tenha voltado. Que ela tenha assumido o comando. Por quê?

Ele se afasta de leve, me observando.

— Não estou insatisfeito. É só que... bem, já a vi assim antes.

— Assim como?

— Como era antigamente. Feliz. Capaz. Atenta. — Hawk balança a cabeça. — Já vi isso acontecer antes, quando ela abandona a bebida. Ela fica ótima por alguns dias, então algo a deixa puta, ou é muito complicado de lidar, e ela corre atrás da bebida de novo. E fica pior do que antes. Só não quero me iludir.

Olho para ele com compaixão. Parece estar tão taciturno, queria dar um jeito nisso para ele. Seria bom se eu pudesse. Infelizmente, sei que ele tem razão. Havia um tratador de cavalos na Fortaleza Honori que bebia demais. Acabava sendo demitido e voltava implorando, jurando que mudaria de atitude. As "novas" mudanças só duravam alguns dias, até que ele voltava a ser um bêbado e era demitido mais uma vez. Ele só recebia novas chances porque a esposa era uma das cozinheiras. Lembro-me dela chorando o tempo todo, o rosto enfiado no avental. Ela jurava que ele era um homem bom quando não estava bebendo.

O problema é que ele sempre estava bebendo. Quando penso em Pega, meu coração dói ao ver minha heroína de infância assim. Pensar que hoje foi só um acaso da sorte e que ela voltará a ser a bêbada triste que não para de vomitar de antes...

— Por que continua ao lado dela se ela é tão ruim assim, Hawk? Está na cara que todos na guilda te respeitam. Poderia trabalhar diretamente para os mestres. Para os arquivistas. Poderia ser um substituto até encontrar um Cinco fixo. Qualquer um te receberia. Por que está perdendo seu tempo com a Pega se ela é uma causa perdida?

Ele pensa por um bom tempo, refletindo sobre a pergunta. Quando fala, sua voz é suave:

— Devo minha vida a ela.
— Continue.

Hawk é tão reservado, que me pergunto se ele vai mesmo me contar. Para minha surpresa, ele não hesita:

— Fui criado em uma família muito pobre. Muitos taurinos que moram fora da cidade são pobres. São fazendeiros e agricultores, e isso não traz a mesma riqueza que os detentores possuem.

Não digo nada. Sei bem que os detentores são ricos. Bem, em geral são. O rancor na voz de Hawk me faz hesitar, no entanto. Há sempre uma história por trás de uma raiva assim, mas tenho medo de perguntar mais.

— Não é raro que um homem taurino saia de casa assim que tenha idade o bastante para ganhar os próprios trocados. Eu fui embora aos doze anos.

— Doze! — Fico chocada. Muito jovem.

— Pois é. Eu tinha três irmãos e quatro irmãs, e a comida nunca era suficiente. Então, quando atingi os doze anos, fui para Vasta conquistar minha fortuna. Eu era jovem, arrogante e metido. O resultado foi tão bom quanto se imaginaria.

Há um toque de divertimento em sua voz, mas não consigo rir. Só me sinto mal, pensando no garotinho de doze anos que foi forçado a abandonar a família porque queria conseguir se alimentar. Já eu ainda morava com meu pai aos trinta anos, e minha preocupação era se teria dinheiro suficiente para joias. Para festas. Enquanto isso, Hawk estava tentando sobreviver à semana seguinte. Fico um pouco constrangida em ver a disparidade entre as condições dos detentores e dos pobres. Sei bem que a riqueza dos detentores é absurda e que eles cobram impostos altíssimos aos proprietários rurais, para que possam continuar conseguindo mais artefatos e proteger o que já possuem. É um círculo vicioso, e, no momento em que se fica em desvantagem, tudo vai à ruína.

Assim como meu pai fez com que tudo fosse arruinado em nossa família.

Sinto um nó na garganta quando Hawk continua.

— Apareci no salão da guilda e me declarei tão capaz quanto qualquer aluno que já tinham. Falei que, mesmo que não fosse Dia do Cisne, deviam me aceitar como estudante. Eles riram na minha cara e, quando não desisti, falaram que, se eu conseguisse derrotar o Águia-pesqueira no circuito de obstáculos, poderia me matricular. Ele me venceu com facilidade, tudo que consegui foi uma humilhação pública e a consciência de que não sabia o que faria da vida. Passei duas noites na sarjeta, até que Pega me ofereceu uma bebida. Ela disse que sentia pena de mim. Segui-a até em casa e apareci em sua porta no dia seguinte, pedindo um emprego. Qualquer emprego, não importava o quanto fosse difícil. A princípio, ela disse que não, mas continuei aparecendo lá, e ela começou a me dar alguns serviços. Levar coisas até a guilda. Pegar materiais dos mercantes. Sempre deixar as lâminas das espadas afiadas. Eu enchi sua paciência, mas também me certifiquei de que ela visse que eu conseguia fazer as tarefas que me passava. Ela me deu um lugar para morar, mas eu não era considerado parte da guilda. Quando fiz dezoito anos, permitiram que eu virasse um filhote. Filhote *dela*. Fui aprovado nos exames de primeira. Passei dois anos escavando, até que perdi minha mão.

— Perdeu sua mão? — Forço o olhar na escuridão, em dúvida se o escutei direito.

— Sim. Eu estava com meu grupo de Cinco nos túneis. Pensando agora, vejo que eram babacas, mas eu estava contente por simplesmente ter um trabalho. Nosso navegador nos fez virar no lugar errado, e um túnel despencou sobre nós. Meu braço ficou preso, e nosso curandeiro estava enterrado debaixo da pedra. Os outros nos deixaram para morrer.

Arquejo.

— Deixaram vocês lá?

— Foi por autopreservação — diz ele com um tom de voz calmo. — Se tivessem ficado, provavelmente acabariam sem ar ou encontrariam as ratazanas. Elas sempre aparecem à procura de carniça quando algum túnel desaba, mas, sim, nos deixaram para trás. Eu vi quando nosso curandeiro morreu, gritou por socorro até o último segundo. Achei que teria o mesmo destino, que era só questão de tempo. Não sei quanto tempo fiquei preso lá. Dois dias, talvez? Até que Pega apareceu. Ela ficou sabendo que fui deixado e levou seus alunos até lá embaixo para me salvarem. Eles me resgataram e me tiraram dos túneis. Minha mão havia sido esmagada, não houve escolha além de amputá-la. E, quando achei que não tinha como eu dever ainda mais a Pega, ela usou seus contatos para comprar uma mão para mim. — Ele ergue o braço e fecha a mão. — Um membro mágico da Antiga Prell, unida ao coto com palavras mágicas.

Fico chocada.

— Não sabia que você tinha uma mão falsa.

— A maioria das pessoas não sabe. A aparência dela muda de forma a ter a mesma cor da minha pele e se mexe igual a uma mão real. — Ele gira a mão, dobrando os dedos, e mal consigo ver seu contorno na escuridão. — Não há nada além de uma pequena linha no meu antebraço, apontando para onde está conectada, mas, se passar os dedos no meu punho, vai sentir os glifos entalhados.

É a tentação mais irresistível que poderia haver.

— Posso?

— Com certeza. — Ele estende o braço para mim, a palma da mão exposta.

Com hesitação, passo os dedos por sua mão, imaginando qual será a sensação. Não me surpreende muito descobrir que está quente, sua pele igual a de qualquer taurino sob meu toque. Mágica, como ele disse. Traço cada um de seus dedos e depois passo a mão em sua palma. Desço mais, envolvendo seu punho e, de fato, consigo sentir os glifos como se tivessem sido entalhados em sua pele.

— Isso é incrível.

— É mesmo. É como se fossem um braço e uma mão de verdade. — Ele fecha a mão em punho, como se para provar a si mesmo que consegue. — Mas, por ser um artefato, é caro. A guilda concordou em vendê-lo para mim, e não para um dos detentores. Acredito que a história teria sido bem diferente se um deles precisasse dessa mão, mas, já que só eu precisava, acabou ficando comigo. — Ele dobra os dedos outra vez. — Agora preciso recompensar a guilda pela generosidade e, para isso, preciso de alunos que contribuam com o ninho de Pega.

É lógico. É assim que a intermediação funciona na guilda. Os professores não descem aos túneis, por isso são pagos com a contribuição dos formandos. Se nenhum aluno se formar, o dinheiro não entra na conta do ninho. Faz sentido Hawk estar tão estressado. Pega corre o risco de perder o emprego e a moradia, e Hawk... bem, ele poderia perder a mão.

— Então é mais crucial do que nunca que façamos tudo certo. Não só por Pega, como também por você.

— Exatamente.

Mexo em seus dedos, refletindo. Tem que haver algo que eu possa fazer. Alguma conexão que possa usar. Como herdeira de um detentor, estou acostumada a ser a pessoa com toda a vantagem. As pessoas escutam a Senhorita Aspeth Honori. Não querem conquistar sua antipatia. No entanto, aqui sou apenas a Aspeth que quer se tornar Pardal. Sou só mais uma aluna e, se eu me envolver, causarei mais problemas.

Dinheiro resolveria o problema. Dinheiro resolveria os problemas de nós dois, mas isso é algo que não tenho, mesmo com toda a influência do nome da minha família. Penso no meu pai... e então penso em qual seria sua reação se descobrisse que me casei com um taurino apenas para poder ser um filhote. Ficaria horrorizado, tanto com o taurino quanto com a questão de ser filhote. Meu pai é o tipo de detentor que acredita com todo o seu ser que o trabalho árduo deve ser responsabilidade, bem, dos trabalhadores. Aqueles que são inferiores.

Não vejo Hawk como alguém inferior, no entanto. Sendo sincera, ele é melhor que eu — e que a maioria dos humanos — em qualquer coisa que queira fazer. Também não acho que Pega, Andorinha e os outros sejam meus inferiores. Nem mesmo Gwenna, apesar de ter sido minha criada durante anos, antes de virmos para cá. Nós nos unimos durante os últimos vários dias de treinamento, ajudando uns aos outros com as cordas que nos amarram, ou rindo quando alguém comete um erro. Celebramos juntos as vitórias e nos apoiamos quando falhamos.

Eles são meus companheiros.

Meus... amigos.

Acho que nunca tive amigos antes, e a ideia é inquietante. Conheço todas as famílias da alta sociedade, é óbvio. Sei com quem cada herdeiro de detentor está casado, onde cada um mora, quais são seus brasões e quem lhes paga o dízimo. Sei quem são todos eles, mas não os *conheço*. A ideia de contar sobre minhas aventuras na guilda a qualquer um deles é apavorante. Eles não entenderiam.

Eu cresci com os nobres, mas sou uma desconhecida a todos eles. É triste.

Continuo mexendo nos dedos grandes de Hawk, impressionada com a magia que faz com que pareçam reais, feitos de carne e osso. É estranho. A mão dele é tão grande e quente, eu jamais saberia que era mágica se ele não tivesse me contato. É fascinante pensar na quantidade de coisas que ele precisou enfrentar. Há aspectos dele que não conheço, partes que ainda não descobri. Isso é muito empolgante. Ele é uma pessoa interessante, meu estranho novo marido. Puxo a ponta de um de seus dedos, me perguntando qual deve ter sido a sensação de perder a mão e ganhá-la de volta.

— Fale mais a respeito. Qual é a sensação? É diferente, ou é como se fosse mesmo sua mão? Como a magia funciona? A coordenação motora fina funciona normalmente com o artefato? Há alguma restrição nos movimentos?

Seu peito ronca, e, depois de um tempo, percebo que ele está rindo baixinho, o que faz seu corpo grande vibrar.

— Qual é a graça? — Viro-me e olho para sua sombra na escuridão. — É uma pergunta legítima, e estamos nessa área por causa dos artefatos, não é? Por que eu não iria querer saber mais sobre o que está preso a você?

Hawk passa a mão mágica na minha barriga, os dedos mexendo na minha blusa.

— Quer saber mesmo qual é a sensação?

— Não foi o que perguntei? — Pareço sem fôlego e insegura conforme ele brinca com o cós da minha roupa. Ele vai...?

Fico totalmente sem ar quando ele coloca a mão por baixo das minhas vestes e toca meu sexo. Um de seus dedos acaricia o centro da minha vulva, e fico chocada ao perceber que já estou totalmente molhada. Ele circula meu clitóris, provocando-o.

— Me diga se achar que tenho um bom controle da minha mão — sussurra no meu ouvido.

Com os lábios entreabertos, solto um som abafado conforme ele continua a brincar com o músculo sensível. Seus dedos estão pelando contra minha pele, e ele os move de forma lenta e enlouquecedora, cada círculo preguiçoso me levando mais à insanidade. Olho para ele, para seu rosto grande e estranho, seus olhos que brilham na escuridão. Coloco as mãos em seu peito, sem nada a dizer. Só consigo sentir, e sentir, e sentir.

Ele adiciona mais um dedo, e começa a massagear para a frente e para trás, acariciando os dois lados do meu clitóris. Solto um choramingo, e ele se aproxima mais.

— Shh. Era para você estar dormindo, safadinha.

Seguro sua camisa com as duas mãos, torcendo o tecido conforme seus dedos deslizam sobre meu prazer quente. Pelos deuses, estou tão molhada. Ele percorre minha pele com leveza, e de tempos em tempos escuto o barulho molhado do meu sexo, alto o bastante para preencher a barraca. Eu deveria ficar horrorizada, mas estou tão excitada, que isso só aumenta meu tesão. Ofegando, me agarro a ele, tentando ficar quieta. O clímax se intensifica, e vou para a frente, colocando um pedaço de sua túnica na boca e mordendo-a para abafar o grito na minha garganta enquanto minhas pernas sofrem um espasmo e eu gozo, molhando sua mão com meu orgasmo. Ele continua me acariciando, sussurrando meu nome, até que me arranca um segundo orgasmo depressa.

— Isso responde à pergunta? — murmura no meu ouvido.

Não consigo nem *lembrar* qual era a pergunta.

VINTE

ASPETH
19 dias antes da Lua da Conquista

O SEGUNDO DIA NA FLORESTA é horrível. Tomamos chuva o dia todo e a noite também, trememos e sentimos frio. O fogo não fica aceso, e ninguém está de bom humor. Somos atacados por enxames de insetos que mordem e picam qualquer parte exposta de nosso corpo, e não paro de bater nos meus braços e nas minhas pernas, porque os desgraçados conseguem morder até através da roupa.

Hawk parece estar de péssimo humor depois do treinamento daquela noite, e, depois de ser picada por insetos e ter que ouvir Pega gritar o quanto somos horríveis o dia todo, a última coisa que quero é ficar presa em uma barraca com um taurino tão taciturno quanto ela. Ele passou a noite zangado, e isso me irrita. Lembro as palavras do meu professor de etiqueta: é mais fácil conquistar as pessoas com doces do que com vinagre. Então coloco um sorriso no rosto apesar do meu cansaço.

Vou seduzir meu marido e pronto.

Tiro meu casaco suado da guilda e desamarro o corpete para poder respirar, relaxando. Tiro as botas e me deito em cima dos cobertores, já que o dia está quente, e o sol está batendo bem do lado de fora da nossa barraca. Pelo menos aqui dentro é escuro. Já que estamos treinando de noite, temos que dormir durante o dia. Hawk entra batendo o pé, o humor tão ruim quanto estava mais cedo, mas não digo nada. Simplesmente me espreguiço, aproveitando a sensação de poder relaxar e de não estar carregando uma mochila pesada nas costas.

Ele joga o casaco no canto da barraca, a mandíbula cerrada, e então praticamente arranca a camisa fora.

Isso prende minha atenção.

Observo seus músculos grandes tensionarem, o tom ruivo de seu corpo e pelagem fascinante e brilhante. Faz cada músculo seu parecer estar em evidência, como se tentasse chamar minha atenção para o quanto seus braços são firmes e tensos, ou como seu peitoral não passa de superfícies sólidas feitas de ainda mais músculos. Ele coça a cintura, e meus dedos tremem com a necessidade de tocá-lo, de passar as mãos por todo aquele físico poderoso.

Pela deusa, nunca imaginei que seria uma dessas mulheres que ficam atiçadas só de ver um peito musculoso, mas agora vejo que me enganei. Porque encarar Hawk seminu está me deixando agitada e distraída. Se eu tentasse tocá-lo, ele me afastaria com uma batida de sua cauda? Ou aceitaria minhas mãos curiosas?

Queria saber.

— Hawk...?

Ele resmunga, deixando evidente que me ouviu.

Minha coragem me abandona. Fecho as mãos em punhos e decido ir pelo caminho da conversa. Apoiando a cabeça no braço dobrado, viro-me de lado e observo-o tirar o cinto, preparando-se para dormir.

— Me fale sobre você.

— Falar sobre mim?

— Sim, por favor.

— Tenho uma esposa nova que precisa ir dormir — diz, curto e grosso.

Um mosquito pousa no meu braço, e eu bato nele, irritada.

Hawk hesita.

— O que foi isso?

— Um mosquito.

— Ah. — Ele balança a cabeça. — As pestes estão por aí hoje. O Deus das Sombras deve estar de bom humor, já que mandou tantos de seus servos para nos irritar.

— Ou essa quantidade é porque estamos na floresta — respondo e volto ao tópico inicial. — Então não vai falar sobre você?

— É melhor você ir dormir.

— Não, é melhor eu conhecer meu marido. Já que vamos dividir uma cama matrimonial e tudo o mais.

Continuo sorrindo, não que isso seja difícil agora que ele está nu, exceto pelas calças, e está se deitando com o corpo grande no chão ao meu lado. Penso em como foi estar ao lado dele na cama ontem, em como ele colocou a mão dentro da minha calça e me tocou até eu gozar, e junto as coxas, porque quero fazer de novo e não sei como pedir.

Hawk revira os olhos e arruma os cobertores debaixo do corpo. Reparo que ele também não se cobre.

— Tudo bem. O que quer saber?

— Não precisa se sentir tão pressionado. Foi só um pedido.

Ele mexe na argola do nariz.

— É só que... tenho um pressentimento ruim sobre tudo isso.

— Sobre mim e você? — Fico magoada, porque isso parece ter sido repentino. Sei que ainda estamos nos conhecendo, mas não pode ser que ele ache que esse casamento é um erro, certo?

Hawk me olha surpreso, no entanto. Ele se vira de lado, me encarando.

— Não. Desculpe, devia ter sido mais específico. Quis dizer que tenho um pressentimento ruim sobre seu Cinco. Sobre Pega estar envolvida. — Ele passa a ponta de um dedo em meu nariz, traçando seu comprimento como se estivesse fascinado com o tamanho. — Na verdade, você é a única sobre quem tenho um bom pressentimento.

O calor percorre meu corpo, e fico desesperada por mais contato físico. Não sabia quanto gostava disso até me casar com Hawk. Sempre desejei que os funcionários — ou meu pai — me abraçassem quando eu estava na fortaleza, mas eu sabia que não aconteceria. Contudo, agora que estou casada e Hawk me toca? É um vício que quero alimentar. Preciso que ele me toque o tempo todo. Preciso que vá atrás de mim. Preciso que me traga para perto e me abrace ao seu lado.

Ou que coloque as mãos dentro das minhas calças outra vez. De verdade, qualquer um desses basta.

Entretanto, seu elogio — por mais que seja adorável — é igualmente surpreendente.

— Se me considera competente, por que é tão cruel comigo?

Hawk solta um risinho, um som baixo e sensual, e meus mamilos ficam tensos em resposta.

— Não falei que era competente, passarinha. Mas confio que terá bom senso quando estiver nos túneis. É óbvio que estudou sobre a guilda e sobre as ruínas, e isso é bem mais do que os outros fizeram. Se alguém da sua turma passar, vai ser você. — Ele acaricia meu nariz outra vez, e então passa a tocar o espaço entre meu nariz e minha boca. — Mas é por isso que tenho que pegar tão pesado com você. A guilda vai ficar desconfiada por estarmos casados. Você tem que mostrar que é uma ótima aluna, independentemente de qualquer coisa.

Seu toque provocativo faz meu sangue esquentar. Quero chupar a ponta de seu dedo. Quero tocar seu pau. Quero...

Algo sobe por seu braço nu. Uma pequena aranha. Automaticamente, estico o braço e a afasto de seu ombro.

— O que foi isso? — rosna, a cauda batendo no chão com força.

— Uma aranha. Já tirei. Bichinhos nojentos. — Reprimo um bocejo. Para minha surpresa, Hawk se levanta e sai da barraca. — Eu... aonde você vai?

— Tenho que falar com a Pega. — É tudo o que diz, a voz estranhamente tensa.

Que grosseria. É uma grosseria me abandonar depois de me provocar desse jeito. Irritada, bufo, fecho os olhos e tento dormir.

HAWK

Cada dia na barraca com Aspeth é a mais doce das torturas. À noite, quando eles estão caminhando pela floresta, é fácil reprimir meu afeto. É fácil me concentrar na minha responsabilidade: treinar os filhotes.

Pega parece estar de bom humor... quase bom demais. Ela jura que não está bebendo, mas não me deixa sentir seu hálito, então não sei se acredito.

É difícil confiar nela depois de tanto tempo.

Porém, a presença de Aspeth deixa tudo melhor do que a maioria dos treinamentos de filhotes. Depois de vasculhar tudo atrás de aranhas, voltei à barraca e vi que ela ainda estava acordada. Nós conversamos, sendo que deveríamos estar descansando. Simplesmente nos deitamos de lado e falamos sobre tudo e nada. Foi... bom. Muito bom. É bom poder conversar com alguém que encara a situação de forma realista. É bom ter uma companhia que não esteja totalmente bêbada. Posso até ser professor de Aspeth, mas, depois de algumas horas de conversa, é fácil perceber que ela poderia me ensinar muito sobre a Antiga Prell, e aprecio sua inteligência.

Na verdade, fico ansioso para podermos descansar outra vez na barraca.

Quando o treinamento da noite acaba, e Pega está suada e pálida de cansaço, dou um tapinha no ombro de Aspeth.

— Hora de ir para cama.

— Aaaaaaw — exclama Andorinha de forma meiga, porque ela é ridícula. Ao lado dela, Mereden tenta esconder um risinho com a mão.

— Todos vocês precisam descansar — digo de maneira severa. Meu pau está reagindo à Lua da Conquista (e à proximidade de Aspeth), e, quando entramos na barraca, estou completamente duro e latejando. Não que eu cruzaria com minha esposinha frágil no meio da floresta. Contudo, pelos deuses, com certeza penso a respeito.

Nós nos despimos em silêncio, até que Aspeth solta um suspiro de prazer, coçando a camisola que usa por baixo do corpete.

— Ah, como isso é bom.

Eu resmungo, ajustando o membro com discrição.

— Vá dormir.

No entanto, minha esposa nunca me escuta. Não sei se acho engraçado ou irritante, mas acho que está mais para engraçado. Ela se deita em cima dos cobertores outra vez, os mamilos marcando o tecido da camisola, e reprime um bocejo ao olhar para mim.

— Nada de dormir. Este é o momento que temos para conhecer um ao outro, e minha intenção é aproveitá-lo. Qual foi a coisa mais bonita que já encontrou na Terra Abaixo?

A pergunta me faz soltar um risinho, porque é óbvio que Aspeth quer saber tudo sobre o trabalho.

— Quer dizer a mais cara? A mais poderosa?

Ela se vira de lado e apoia a cabeça no braço outra vez, me encarando enquanto me deito.

— Não, quero dizer a mais bonita mesmo. A Antiga Prell era lotada de todo tipo de objeto bonito, e não falo só dos mágicos. Já vi desenhos de afrescos prelianos que humilhariam os artistas modernos. Li sobre uma arquitetura maravilhosa. Mal posso esperar para ver tudo. Só estava curiosa sobre o que você já viu. Não precisa nem ser um artefato. — Seus olhos brilham com uma expressão sonhadora. — Queria ter visto Prell em seu auge. Aposto que era de tirar o fôlego.

— Ela também desmoronou quando estava no auge. Não ia querer ter visto isso.

Aspeth bate em meu braço, rindo.

— Não destrua meus sonhos.

Penso no que ela disse, deitado de costas e olhando para o teto com um cobertor estrategicamente colocado sobre meu pênis. Ela mantém a mão no meu braço, ainda me tocando, e isso faz com que minha ereção permaneça dura e latejando.

— Eu costumava descer para os túneis o tempo todo logo que entrei para a guilda. Desço menos agora... ou melhor, não desço tanto atrás de artefatos. Acabo indo mais em missões de resgate do que qualquer outra coisa. Mas lembro que uma vez eu encontrei um espelho, e ele me fez parar onde estava.

— Um espelho — suspira. — Que incrível. Estava quebrado?

Balanço a cabeça em negativa.

— Estava dentro de um túnel, enrolado em um tecido, preso em algumas rochas próximas a uma antiga caverna. Talvez um ladrão tenha tentado roubá-lo e decidira que não valia a pena, mas, quando o encontrei, não havia mais nada por perto. Nenhuma ruína ou outros artefatos, só aquele espelho coberto e solitário. — Ergo as mãos, tentando usar os dedos para mostrar qual era seu formato. — Tinha quase o mesmo tamanho de um prato, e era tão claro quanto o dia. O metal era trabalhado de forma tão delicada na moldura que parecia com videiras cobertas de flores, cada uma de um tamanho e cor diferentes. Cada folha, cada pétala era feita de pedras preciosas coloridas. Algumas estavam rachadas, mas ainda era maravilhoso.

— Que lindo. Ele era mágico?

— Essa é a parte engraçada. — Rio com a lembrança. — A única coisa que o espelho fazia era deixar seu cabelo de um tom preto e elegante no reflexo. Acabava com os fios grisalhos. E, se seu cabelo não fosse preto, o reflexo ajustava. Era inútil.

— Alguém era sensível em relação ao cabelo, então — responde Aspeth com um sorrisinho. — É engraçado como aquele era um povo que colocava magia em tudo que tinha, e nós somos um povo sem magia nenhuma.

— Isso é porque todos os mantes enlouqueceram trezentos anos atrás. É melhor não termos magia. Pelo menos um espelho mágico é possível de se guardar.

— Acho que tem razão. — Seu sorriso aumenta enquanto me encara do outro lado da pequena barraca. — Já quis ficar com alguma coisa que encontrou?

Você.

Esse pensamento bobo surge na minha mente, e eu o afasto, porque deve ter sido causado pela lua. Nosso casamento é por conveniência, nada além disso.

VINTE E UM

ASPETH

17 dias antes da Lua da Conquista

QUANDO CHEGAMOS AO QUARTO dia na floresta e continuamos treinando, chego à conclusão de que o objetivo deles é nos torturar.

Subimos o riacho.

Descemos o riacho.

Subimos de novo, mas dessa vez amarrados em uma ordem diferente.

Subimos e descemos o riacho com as armas empunhadas.

Sem uma lamparina. Todos carregando lamparinas. Todos carregando lamparinas com o dobro de coisas, para simular uma situação em que encontramos um esconderijo cheio de tesouros.

Nem alguns toques secretos na barraca à noite podem melhorar a situação. Não que isso tenha acontecido muito ultimamente, também. Depois daquela noite explosiva em que Hawk me fez ter um orgasmo, fiquei ávida para que ele me tocasse de novo. Insana.

Em vez disso, só *conversamos*.

E, apesar de achar as conversas prazerosas e incrivelmente satisfatórias — ele é tão obcecado pela Antiga Prell como eu em certos aspectos —, queria que ele me tocasse de novo. Acho que é culpa minha. Falei que queria conhecê-lo durante nossos momentos de descanso na barraca, e acho que ele entendeu que eu não queria ser tocada até que nos conhecêssemos melhor.

É exagero querer as duas coisas? Com certeza penso que não.

Pega fica cada vez mais irritada com o passar dos dias. Ela não parece estar muito bem. Suas mãos tremem o tempo todo, e ela sua mesmo quando está frio. Seu rosto está mais pálido, o olhar profundo, mas ela está determinada a nos manter em movimento. Está mal-humorada, também. Está sempre gritando para nos levantarmos, irmos mais rápido, ou para golpearmos com a espada com mais força. Para nos apressarmos com a fogueira.

Resumindo, ela é cruel.

Hawk não é muito melhor. Ele não fala muito além de quando estamos descansando sozinhos na barraca, e, quando o faz, é para apontar algo que nosso Cinco está fazendo errado. Diz que seremos reprovados se continuarmos nesse ritmo. Que precisamos acordar, melhorar. Estamos dando nosso melhor e mesmo assim não é suficiente para ele nem para Pega.

⁂

— Está usando muito os olhos — diz Hawk, defendendo minhas tentativas de esfaquear com a espada de treinamento. — Consigo prever para onde sua arma vai. Não demonstre suas intenções.

— Não estou demonstrando.

No meu próximo golpe, ele solta um resmungo de frustração e defende outra vez, como se afastasse uma mosca.

— Olhos.

— O que mais quer que eu faça? — balbucio, mesmo ao atacar e simular outro golpe. Minha vista está embaçada, e estou mais concentrada nas formas e cores do que nos objetos, mas não posso deixar que ele saiba disso. — São olhos! São feitos para olhar!

— E nos túneis quase não haverá iluminação. As sombras vão te iludir. Precisa contar com seus outros sentidos ao lutar, Aspeth, ou vamos ter que pegar as malditas vendas de novo.

Solto um som de frustração e volto a atacar, do jeito que ele me ensinou.

Ele desvia com facilidade e, quando tento apunhalá-lo de forma descontrolada mais uma vez, bate na minha mão com o bastão de defesa.

Com um grito, largo a espada e levo o dorso da mão à boca. Minha pele está ardendo pelo golpe, mas, mais do que qualquer coisa, me sinto humilhada. Não posso dizer a ele que não consigo enxergar o suficiente para seguir suas lições para além dos movimentos básicos. Não posso dizer que já é bom o bastante que eu não esteja dando de cara na parede. Tenho que fingir que enxergo tão bem quanto qualquer um. Isso é algo que não posso aprender, mas não posso contar a ele.

— Preciso de um segundo.

Eu me afasto, chupando o dorso da mão, decidida a não chorar. Lágrimas de frustração não resolvem nada. Não vão me ajudar a melhorar no manuseio da espada. Não vão consertar minha visão. Não vão me fazer entrar para a guilda, então preciso canalizar essa raiva inútil para outra coisa.

— Aspeth? — chama Hawk.

— Falei que preciso de um segundo — respondo, entrando na mata densa. — Me deixe em paz. Eu já volto para o treino. — Continuo caminhando, e minha frustração aumenta ao ouvi-lo pisando na vegetação rasteira atrás de mim. Ando um pouco mais rápido, e ele continua me seguindo como se o meu desejo não tivesse importância. Isso só deixa meu humor pior, e, quando encontro um lugar bom para me sentar e relaxar, me viro e olho feio para o taurino que me seguiu esse tempo todo.

— Que parte de "preciso de um segundo" você não entendeu?

Ele ignora meu mau humor, vai até mim e segura minha mão, virando-a para examiná-la.

— Eu te machuquei?

Ah.

— Ardeu, mas você fez o mesmo com os outros.

— Não estou casado com os outros. — Ele leva o dorso da minha mão ao focinho e esfrega o nariz na minha pele. — Desculpe. Estava tentando ser gentil, mas o instinto tomou conta.

— Não quero que seja gentil comigo — respondo, distraída enquanto ele continua a esfregar o focinho na minha pele de um jeito que me faz arrepiar. — Quero que me trate igual aos outros.

— Mas você não é igual aos outros — murmura, e seu olhar dourado encontra o meu. — Você é minha esposa, e era para eu estar te ensinando sobre prazer. Não gosto de vê-la magoada.

A resposta dele me deixa desconcertada.

— Não é como se tivesse me dado prazer nos últimos dias. Mal me tocou desde a noite em que chegamos aqui.

— Está sentindo falta?

Pelos deuses. Sinto meu rosto esquentar.

— Bem... não...

— Mentira. — Ele abre um sorriso, a expressão praticamente selvagem ao soltar minha mão e dar mais um passo até mim. Recuo por reflexo, mas acabo tropeçando em algumas raízes e atingindo uma árvore com as costas. Ele leva a mão à minha cintura, abre meu cinto e coloca a mão dentro da minha calça.

Respirando fundo ao sentir seus dedos quentes na minha pele, olho para ele.

— O que está fazendo?

— Melhorando seu humor. — Ele tem um ar brincalhão no olhar, mesmo ao colocar a outra mão na minha nuca e circular meu clitóris de forma provocadora. A posição me faz encará-lo, e, quando apoio a mão em seu peito, vejo um sorriso surgindo em seu rosto. — Pareceu estar magoada por eu não ter te tocado nos últimos dias. Estou me redimindo.

— Você... não precisa... eu não estava...

— Shh. Eu sei, passarinha. — Ele massageia meu clitóris, e meus joelhos quase cedem. — Está tudo bem.

Meus lábios se abrem, e qualquer coisa que eu queira dizer, afirmar, some da minha mente conforme ele continua a me tocar. Seus dedos dançam na minha entrada, ficando molhados com meu líquido, e, quando ele enfia um dedo no calor do meu canal, meu corpo faz um som molhado. Eu estremeço, surpresa e constrangida.

Hawk só murmura satisfeito.

— Viu como está molhada, Aspeth? Com a presença da lua, quanto mais eu te tocar, mais lubrificação seu corpo vai criar para que possa me receber. Você vai ficar duas vezes mais molhada do que isso, tão molhada que o líquido vai escorrer por suas pernas e encharcar a cama. Tudo isso para que você consiga aguentar meu bulbo, e a sensação vai ser tão boa. — Ele enfia o dedo em mim outra vez enquanto massageia o meu clitóris com o dedão, até que começa um movimento lento e uniforme, me penetrando com a mão. Seu olhar está fixo no meu quando aperto sua camisa, me segurando nele conforme me leva ao prazer.

Gozo com um grito abafado, meu rosto pressionado contra seu peito enquanto ele continua a me dedar. O prazer atinge minha mente e chega até minhas pernas, então me percorre inteira, me deixando satisfeita e sem equilíbrio.

— Ah. Isso foi... bom.

— Foi, é lógico. — Ele esfrega o focinho na minha orelha, como se estivesse aproveitando meu cheiro.

— Eu não estava implorando para que me tocasse — digo com compostura. — Só achei que deveríamos aproveitar nosso tempo aqui na floresta para nos conhecermos. Nossos momentos em particular, quero dizer.

— Ah, nós estamos nos conhecendo. — Ele solta um risinho, achando meu pudor engraçado. — Estou aprendendo que tipo de toque faz você gritar, e sei que você fala sobre a Antiga Prell enquanto dorme.

Eu me remexo até desvencilhar sua mão possessiva do meu corpo e me afasto dele, corada de vergonha.

— Não falo, não.

Ele lambe os dedos, provando meu sabor com movimentos gulosos da língua que me fazem pensar em todo tipo de safadeza.

— Fala, sim, e é uma graça. Noite passada você encontrou tigelas nos sonhos.

"Noite passada" na verdade era o "dia passado", já que estamos dormindo durante o dia, mas não o corrijo. Morro de vergonha por ele ter razão. Às vezes sonho que estou recuperando tigelas brilhantes de uma grande pilha de pedras.

— Que tipo de tigelas?

Hawk solta um risinho, a expressão divertida e cheia de afeto ao me encarar.

— Não sei. Ficou dizendo que era segredo.

Em outra situação, eu ficaria concentrada na expressão afável com a qual meu novo marido está me olhando, mas só consigo pensar que estou falando sobre segredos enquanto durmo. A vida real está invadindo meus sonhos? Será que fiz algum comentário sobre meu pai e a fortaleza? Sobre como ele precisa de artefatos? Preciso distrair Hawk dessa linha de raciocínio para que ele não preste muita atenção caso eu faça isso de novo.

— Sabe, as tigelas prelianas eram uma parte muito importante das refeições. Usavam tigelas de diferentes tamanhos e cores, a depender do que estava sendo servido e em qual horário. Era considerado falta de educação servir qualquer coisa em uma tigela grande durante o desjejum, por exemplo. Passava a ideia de que a pessoa era gananciosa. Se a esposa quisesse ofender o marido, passava a aumentar cada vez mais o tamanho das tigelas, em um insulto discreto.

O taurino solta um risinho, balançando a cabeça para mim.

— Essa é uma das coisas que gosto em você, Aspeth: quando se sente encurralada, começa a dar aulas de história sobre a Antiga Prell. Quando você se tornar mestre da guilda, vou ser um especialista tão bom quanto você, já que terá me ensinado tantas coisas.

As palavras dele me fazem hesitar.

— Acha mesmo que vou conseguir?

— Se alguém vai conseguir, esse alguém é você.

Ele sorri.

Quero me vangloriar de seu elogio.

༺࿇༻

A tarde em que começamos nosso quinto dia na floresta começa com uma chuva fraca, e minhas botas fazem barulho a cada passo. É meu limite. A capa que estou usando está molhada. Minhas meias estão encharcadas. Tudo está coberto de lama, úmido e gelado, e, para mim, basta.

— Isso é ridículo — exclamo, parando à beira do riacho antes de nos amarrarmos para outra caminhada na água. Viro-me para encarar Pega e Hawk. — Para que passar por isso?

Gwenna, Andorinha e Mereden parecem estar tão fartas quanto eu. Até o Kipp parece estar um pouco cansado. A concha grande está pendurada um pouco mais baixo nos ombros do que de costume, um sinal de que mesmo alguém da competência dele pode se cansar dessa patifaria.

— Sabe o porquê — diz Hawk, severo. Se pensei que ser esposa dele faria com que pegasse mais leve comigo, me enganei. Ele pega tão pesado comigo, ou até mais, do que com qualquer um.

Pega faz uma careta ao lado dele e coloca a mão na cabeça. Parece estar tão miserável quanto o restante de nós, as roupas molhadas e lamacentas, os olhos cheios de olheiras. Parece estar com dor de cabeça, também.

— Nós vamos estar nos túneis. — Sinto a necessidade de comentar. — Não... aqui. — Estico o braço, gesticulando para a chuva que nos atinge, e então indico a lama aos meus pés. — Não chove na Terra Abaixo! Não tem insetos! Não tem...

— Aranhas — diz Hawk de imediato. — Tem aranhas.

Hesito.

— São só aranhas.

— Não são *só* aranhas. São enormes. Bichos assustadores. — Ele franze os lábios e parece estar enojado. — Bem que eu queria que não tivesse, mas vocês precisam estar preparados para esse tipo de coisa.

— Disse que são enormes... de que tamanho? — pergunta Andorinha. — Do tamanho de um prato?

— Do tamanho da unha do meu dedão — declara em um tom de voz sério, a expressão sisuda. — Acreditem quando digo que são terríveis.

Meus lábios se contorcem, mas prometo a mim mesma que não vou rir.

— Por mais que eu também odeie aranhas, não sei como essa aventura na floresta está nos ajudando. Corremos mais risco de sermos picados por mosquitos e pegarmos um resfriado de tanto que tomamos chuva do que de encontrarmos aranhas das cavernas. Se querem mesmo nos mostrar como é nos túneis, seria melhor se estivéssemos num lugar fechado, não acha?

Ele balança a cabeça.

— Isso se trata...

— Eu sei do que se trata — protesto, frustrada. — Só estou dizendo que tem que haver um jeito melhor de nos ensinar, um jeito que não seja nos arrastar por uma floresta cheia de lama.

Hawk vai até mim em passos pesados e coloca as mãos na cintura, agigantando-se sobre mim. Mereden solta um gritinho preocupado, mas eu só encaro o taurino de volta. Se ele está tentando me intimidar, não vai conseguir.

— Tem algo a me dizer? — pergunta em um tom de voz ameaçador. — Esposa?

— Tenho. — Ergo o queixo. — Isso é uma insanidade. Se quer nos ensinar como nos movimentar nos túneis, encontre um porão agradável e seco e... — Paro quando ele coloca um dedo na minha cara. — Abaixe isso.

— Aspeth — diz de forma ameaçadora. — *Eu* sou seu professor. Pega é sua professora. Se dissermos que tem que passar uma semana andando na lama, é isso que deve fazer.

— Eu realmente não acho...

— Shhh! — O dedo surge debaixo do meu nariz outra vez, erguendo-se mais a cada sílaba dita. — Não está aqui para achar nada, está aqui para aprender.

Agora sou eu que emito um som de irritação.

— Não sou uma estúpida...

— Não, só não sabe ouvir. *E* não parece gostar de seguir ordens. — Ele me olha de uma forma sinistra, não parecendo nada com o touro que me leva ao clímax quando estamos a sós. — Acho que escolheu a carreira errada.

— Você não está aqui para *achar* nada, está aqui para ensinar — esbravejo, usando suas palavras contra ele.

Gwenna sibila entre os dentes.

Kipp dá um pequeno passo para longe de nós.

Hawk se aproxima, quase encostando o focinho no meu nariz.

— Se você fosse um homem, eu te colocaria sobre meus joelhos e te daria umas palmadas como se fosse uma criança, porque é assim que está agindo.

Não sei por quê, mas o balançar irritado de sua cauda atingindo as coxas e a forma que se agiganta sobre mim não me deixa mais brava. Mais do que isso, faz um calor surgir no fundo da minha barriga.

— Meu gênero não deveria ser uma questão.

Ele semicerra os olhos.

— Então *quer* que eu te dê umas palmadas.

Agora nós dois estamos respirando fundo.

— Ei, hum — diz Andorinha. — Acho que represento todo mundo ao dizer isso, mas que porra é essa?

— Cuide da sua vida — responde Hawk, sem tirar os olhos de mim. Não quero parar de encará-lo também. Se eu continuar a enfrentá-lo, ele vai cumprir o que disse? Vai me colocar sobre seus joelhos e me dar um tapa, a mão no meu traseiro despido, eu sem poder fazer nada, deitada em seu colo...?

Misericórdia, isso não deveria ser tão excitante assim. Olho para Hawk e posso jurar que vejo um brilho vermelho em seus olhos. Ele está agindo assim por causa da lua... ou me deseja mesmo? Deve ser a Lua da Conquista, como ele me disse tantas vezes, e pensar nisso diminui meu tesão.

Sou apenas uma conveniência, nada mais.

Antes que eu possa pensar em uma resposta, ouvimos um som distante na floresta, como o de estalos de galhos. Todos nós nos viramos, e alguém grita:

— Ei! Tem alguém aí?

— Ei — responde Pega, fazendo uma concha com a mão perto da boca. — Aqui! Em frente ao riacho!

Para minha surpresa, a mochila que está no meu ombro escorrega. Uma das alças cai e, quando me viro para segurá-la, a mochila cai inteira no chão com um baque na água. Os cobertores, mantimentos, botas secas e todo o restante cai na lama, e quero gritar de frustração. Era só o que me faltava.

Gwenna se ajoelha ao meu lado, pegando uma das minhas botas.

— Sua desastrada — exclama alto enquanto os viajantes vão até nós.

Pego a ponta de uma das alças e percebo que a fivela foi aberta. Que diabos...

— Coloque o capuz — sussurra Gwenna para mim. — Agora. Rápido.

Há um desespero em sua voz que nunca ouvi antes. Coloco o capuz encharcado por cima do cabelo, olhando para ela surpresa. Estico a mão para pegar a bota, mas ela continua segurando-a e encontra meu olhar. Há um alerta na sua expressão.

— Saudações a todos — diz um homem de voz culta, o sotaque do norte. Como o meu. — Há um local melhor para se atravessar este riacho? O cavalo do meu lorde, Barnabus, perdeu uma das ferraduras, e ele é caro demais para arriscarmos que fique manco nas pedras.

Fico paralisada, sentindo gelo na espinha. O lorde Barnabus Chatworth? Ele está aqui?

Gwenna me entrega a bota com uma expressão firme, como quem diz *Viu só?*.

Sim, agora eu vi. Coloco as coisas de volta na mochila de maneira gradual, determinada a demorar o máximo possível. Será que consigo forçar um vômito? Meu estômago está revirando tanto que não seria tão difícil. Barnabus está aqui. Por quê? Ele já me disse antes que não tem interesse na perigosa e lotada Vasta. Não pode ter vindo para me buscar.

— A travessia do riacho fica mais estreita conforme desce pela encosta — explica Pega. — Estão seguindo na direção errada se querem que as coisas fiquem mais fáceis. O riacho só fica mais largo a partir daqui, mas não é fundo. Se seu cavalo não conseguir atravessar algo assim, vocês têm problemas maiores.

Hawk solta um risinho. Mereden e Andorinha também. No entanto, não escuto mais ninguém rindo, e ouço minha circulação nos ouvidos. Barnabus está aqui. Eles me encontraram. De forma mecânica, pego uma peça de roupa molhada e hesito, o pânico subindo pela minha garganta.

Perderei tudo. Serei destruída. Meu pai e minha avó não só estarão em perigo como também nossa fortaleza será destroçada. E Hawk...

— Mão furada — diz Gwenna de forma exasperada. — Deixe que eu te ajudo. — Ela se ajoelha ao meu lado e tira tudo da minha mochila. — Não vai conseguir fazer tudo caber de volta assim. Olha como se faz.

— Obrigada — gesticulo com a boca, fechando as mãos trêmulas em punhos.

O som dos cavalos fica mais alto, o barulho de seus cascos na lama e o tilintar dos arreios como uma sentença de morte. Espio pela lateral do capuz e vejo que há pelo menos meia dúzia de cavalos na margem do riacho, os homens usando fardas que conheço bem. Reconheço as cores de suas casas em seus gibões, o azul-escuro com acabamento amarelo forte da Casa Chatworth, tão chamativo que se faz notar até com a minha visão ruim. Um dos homens está caminhando, guiando um cavalo pelas rédeas. E então, para meu desespero, o próprio Barnabus aparece, observa o riacho e se vira para nós.

Logo escondo o rosto outra vez.

— O que está acontecendo aqui? — pergunta, a voz tão culta e arrogante quanto me lembro. Eu costumava adorar a forma como ele pronunciava cada sílaba com cuidado, como se as estivesse saboreando. Agora sei que isso é só uma forma de se colocar acima dos outros. De mostrar que é superior por ter sangue de detentor.

É isso, ou ainda estou irritada por ele ter me chamado de feia.

Suas palavras me fazem congelar de medo, no entanto. Seguro meu cantil com força, com um nó na garganta.

— Como assim, o que está acontecendo? — Pega fala de forma arrastada, como se estivesse achando graça. Imagino que esteja com as mãos na cintura, encarando-o com aquele olhar cansado. — O que parece estar acontecendo aqui?

— Parece ser algum tipo de cerimônia religiosa — responde de forma rígida. — Fazem parte de alguma seita da natureza?

Gwenna desdenha, um som tão baixo que só eu escuto. Também quero achar engraçado. Em outras circunstâncias, teria rido da ideia estúpida de que somos uma seita da natureza... mas estou com medo demais de ter sido pega. De ser arrastada de volta à Fortaleza Honori, humilhada, sem nenhum artefato. De que tudo esteja arruinado.

— Por que, nos cinco infernos, seríamos uma seita? — Hawk parece estar irritado.

Posso até imaginar o olhar de desdém que Barnabus deve ter lançado a ele.

— Estão todos com as mesmas roupas. Parece um treinamento religioso.

— Os seus homens estão todos com as mesmas roupas — sussurra Andorinha, alto o bastante para que a escutem.

Mereden solta uma risadinha.

Pega silencia as duas.

— É um uniforme. Esse é um programa de treinamento para os filhotes da Guilda Real de Artefatos.

Fico tensa, esperando que ele se lembre da minha fascinação pela guilda. De como estava sempre lendo livros sobre as lendas da organização. De como era obcecada com o aprendizado dos glifos prelianos antigos.

— Ah.

Aguardo.

— Isso explica as cores. Sigam em frente, então — diz Barnabus, como se precisássemos de sua permissão.

Aos poucos, ajudo Gwenna a guardar as coisas na minha mochila enquanto os cavalos seguem pelo riacho. Quando tomo coragem de olhar para cima, estão distantes no riacho, e só o que vejo são as costas dos cavalos e as capas de Chatworth.

Foram embora. Estou completamente abalada, no entanto.

Estou tremendo, e Gwenna coloca a mão sobre a minha, como que para me acalmar.

— Não acho que ele tenha te visto — sussurra. — Mal olhou para nós.

Respirando fundo, concordo com a cabeça. Até que meu estômago revira e percebo que vou vomitar o café da manhã que tomei há algumas horas. Mal consigo me arrastar por um passo ou dois até começar a vomitar na lama, curvada.

Quando me recupero, Hawk está se agigantando acima de mim, uma carranca no rosto. Ele me coloca de pé, tirando a sujeira de mim, então coloca a mão no meu rosto, me observando.

— Qual é o problema?

Abro um sorriso leve, tirando a importância da situação. Não quero que ele saiba o motivo de eu estar tão estressada.

— Não é nada. Só estou me sentindo um pouco mal.

Ele pega o cantil e tira a rolha, oferecendo-o a mim.

— Beba. — Virando-se, se dirige aos outros. — Vamos voltar à cidade para que possam descansar. Estamos pegando pesado demais. — Então seu olhar se demora em mim. Ele estica o braço e coloca uma mecha de cabelo bagunçado atrás da minha orelha. — Desculpe.

Bebo a água, me sentindo a pior mulher do mundo. Devia dizer a ele que não pegaram pesado demais conosco. Que não passei mal pelo cansaço, e sim porque o nó de ansiedade no meu estômago parece aumentar cada vez mais. Contudo, não posso dizer nada.

Nunca imaginei que minhas duas vidas poderiam se encontrar. Que alguém do meu passado poderia aparecer no meu presente... e agora não faço ideia do que fazer se isso voltar a acontecer.

VINTE E DOIS

ASPETH

14 dias antes da Lua da Conquista

HAWK CONTRATOU UM LENHADOR que estava por perto para nos levar de volta à Vasta naquela noite, e passamos o dia seguinte inteiro recuperando o sono. Na manhã seguinte, fomos à biblioteca da guilda. Lá Pega nos ensinou sobre a história da Antiga Prell e os tipos mais comuns de artefato encontrados nos túneis. Em geral eu amaria esse tipo de coisa. Adoro conversar sobre o Império Preliano, e nada me deixa mais empolgada do que falar sobre artefatos. Contudo, não consigo me concentrar. Sinto o retorno de Barnabus pairar sobre minha cabeça como o machado de um carrasco.

É lamentável como estive alheia aos perigos apresentados aqui. Qualquer um que me reconheça pode me chantagear. Podem exigir dinheiro do meu pai — dinheiro que não existe. Poderíamos acabar expostos em um instante.

Destruídos em um segundo. E ninguém faria nada além de dar de ombros. O dinheiro deles já era, alguém diria. Apostaram os artefatos. O que mais esperavam?

Encaro o livro diante de mim sem conseguir enxergar página alguma. Trata-se da cerâmica na Antiga Prell, e não há cópias o suficiente para todos os alunos, então estou dividindo com Kipp, que vira as páginas com a ponta grudenta de sua língua. O Império Preliano era conhecido por suas cerâmicas e pelo que usavam para encantar os seus jarros e vasos. Já sei tudo o que está nesse livro, mas nunca vi essa citação em particular, e parte de mim sabe que me arrependerei por não ter conseguido me concentrar. Porém, sempre que tento prestar atenção, vejo Barnabus no cavalo. Penso no que vai acontecer se ele descobrir que estou aqui em Vasta, e não no topo das montanhas, abrigada na Fortaleza Honori em segurança, chorando por causa do fim do nosso noivado.

Ele vai agir se souber que estou aqui. Em casa, estamos cercados por criados e guardas que não fazem ideia de que não temos mais artefatos. Eles confiam no poder do meu pai sem pestanejar. A vida deles também está em perigo.

Será que é melhor eu dar meia-volta e partir, então? Voltar para casa e me casar com alguém como Barnabus, para fortalecer as propriedades da família por meio de uma conexão? Ou já não tem mais jeito, já que Barnabus sabe que estou aqui? Se ele me expuser, estarei arruinada.

Também há a pequena questão do meu marido taurino, mas vou enfrentar um problema de cada vez. Mesmo que eu não possa fazer nosso casamento dar certo a longo prazo, devo a ele estar presente para a Lua da Conquista. Ele precisa de uma parceira, apesar de agir como se qualquer mulher estivesse ávida para fazer companhia a ele e àquela sua língua...

— Aspeth?

Olho para cima em um sobressalto.

— Eu... sim?

Pego a página para virá-la, fingindo que estava prestando atenção. Meus dedos entram em contato com a língua grudenta e escorregadia de Kipp, e solto um gritinho de susto. O deslizante ofega, retraindo-se e levando a mão à boca com uma expressão ofendida, como quem diz "Como ousa?".

— Desculpe — consigo dizer, envergonhada. — Pode repetir a pergunta?

— Perguntei se estávamos te entediando — diz Pega. Seu cabelo grisalho está afastado do rosto redondo, preso em uma trança firme, enfatizando um pouco suas maçãs do rosto. Sua aparência está melhor do que nunca, apesar das mãos ainda tremerem de vez em quando.

Andorinha diz que esse é um bom sinal. Hawk não concorda. Ainda está esperando pelo momento em que ela vai voltar aos velhos hábitos.

— Não, não estou entediada — exclamo, colocando minha pose de nobre educada e abrindo um sorriso. — Amo cerâmica preliana.

— Que ótimo. Pode me falar da peça que acabei de citar e as coisas mais comuns a serem observadas? — Ela arqueia as sobrancelhas cheias e escuras.

Hum. Dou uma olhada na página do livro diante de mim. Há um desenho de um vaso fino e canelado, com uma base larga e redonda. Ele me faz lembrar de Hawk e do bulbo que, suspostamente, terá durante a Lua da Conquista. Encaro-o, tentando pensar em características que não sejam fálicas.

— É...

— Deixe-a em paz — diz Hawk, uma voz rouca surgindo no fundo da sala. — Sabe que o conhecimento de Aspeth não é um problema quando se trata de artefatos.

Eu nem tinha notado que Hawk estava na biblioteca conosco. Deve ter entrado depois de nos acomodarmos. Olho para trás sem me virar e vejo seu corpo grande estirado em um banco perto da parede, os cascos esticados em frente a ele, os braços cruzados em frente ao peito. Sua postura é de um homem relaxado, o que é irônico, considerando que o casaco da guilda está apertado em seus braços fortes...

— Se sabe tanto, tem que compartilhar o conhecimento com os colegas. — A expressão de Pega é firme. — Não temos tempo a perder. Não mais.

Ele se ajeita no banco, firmando os cascos no chão. Hawk se inclina para a frente, com a mão no joelho ao observar Pega.

— O que quer dizer com isso?

— Lembra quando o lorde Jent decidiu guerrear contra aquela grande fortaleza litorânea? E pediu reforços da guilda? Mandamos algumas equipes de estudantes recém-formados e só metade deles saiu vivo, mas isso não foi um problema para ele, já que conseguiu os artefatos de que precisava rapidamente. Estamos em uma situação parecida. O lorde

Chatworth pediu que mais turmas fossem enviadas aos túneis atrás de artefatos. Ele vai à guerra e está disposto a pagar preços altos para isso.

Sinto o sangue deixar meu rosto. Meu corpo inteiro, na verdade. Sou só um pedaço torpe de carne, incapaz me mover, falar ou respirar.

A Fortaleza Chatworth vai à guerra.

Já posso supor de quem vem o ataque. Quero olhar em pânico para Gwenna, mas não ouso fazer contato visual.

Esse é o meu maior pesadelo. É até pior.

— O que isso significa para nós? — pergunta Mereden.

— O filho mais novo do lorde Chatworth está pagando para que mais equipes desçam aos túneis. Isso acontece às vezes na guilda, quando um lorde precisa de uma quantidade emergencial de artefatos. Quando isso acontece, os professores levam qualquer turma de filhotes que seja considerada competente o bastante. Isso dará uma vantagem a vocês nos exames finais.

— E temos competência o bastante para ir aos túneis? Como um time? — Andorinha está nitidamente cética. Não a culpo. Também não pensaria em nós quando o assunto é competência, mas talvez... talvez possamos achar algo bom, algo importante, e eu possa tomá-lo para os Honori, em vez de entregar a Barnabus. Talvez eu possa encontrar algo que mude nossa situação. Afinal, foi a Esfera da Razão que deu segurança a Sparkanos e à guilda depois das Guerras dos Mantes. Se existiu um artefato assim, com certeza existem outros.

Talvez esse seja meu lugar, no fim das contas. Se encontrarmos algo importante, posso tentar o possível para que não acabe nas mãos de Barnabus. Ele deve estar precisando de algum tipo de munição extra se está pagando por mais artefatos. Precisa de algum tipo de vantagem sobre meu pai e está confiando que vamos dar um jeito.

Ok. Ok. Posso dar um jeito nisso. Ainda posso salvar tudo. Respiro fundo, trêmula.

— Não estamos prontos — declara Gwenna em um tom firme e racional. Ela está sentada atrás de mim, então não posso ver sua expressão, mas sei que está pensando o mesmo que eu: não podemos ajudar Barnabus. Simplesmente não podemos.

— Não é como se fossem descer sozinhos — retruca Pega.

Olho para cima.

— Hawk vai conosco?

Ela hesita.

— Boa ideia, mas não. Ele vai sair em outra missão de resgate. Mais uma equipe ficou presa nas ruínas de um antigo templo, mesmo sabendo que aquela área é proibida. Babacas.

Espere, ele vai? Ele comentou que os outros taurinos haviam saído da cidade por causa da Lua da Conquista. Por que ele está aqui conosco se vai para uma missão emergencial? Lanço um olhar para ele, mas sua expressão está impassível.

— Isso não é perigoso para ele também? Os outros taurinos não estão aqui.

— Não é um lugar perigoso. Estão em segurança. Só não conseguem sair. — Pega dá de ombros.

— Estou treinando uma equipe de resgate também — diz Hawk. — Já que a guilda está percebendo que seria bom ter mais equipes treinadas. Quando pegarem os equipamentos, vamos nos encontrar no ponto de embarque e descer. Com sorte, não vai demorar muito. — Ele não mostra reação nenhuma, mas sinto que está irritado por ter sido convocado. Não o culpo.

— Não se preocupe com Hawk — diz Pega. — É só dar uma atençãozinha para as bolas dele quando voltar.

Hawk pigarreia.

Meu rosto queima.

— Precisa ser tão grosseira?

— Só quando estou acordada. — Ela sorri para mim. — E todo mundo sabe que está dando atenção às bolas dele, não é como se fosse segredo.

Kipp solta um sibilo e percebo que está rindo. Olho feio para ele.

— Então é bom prestarem atenção à aula — diz Pega, se inclinando. — Porque vamos aos túneis em pouco mais de uma semana, e vocês vão precisar de todas as informações que eu conseguir enfiar na cabeça de vocês.

Pouco mais de uma semana. É tempo o bastante para enviar uma carta para casa. Preciso dar um jeito de alertar meu pai, avisar que Barnabus vai agir contra a Fortaleza Honori. Entretanto, pelos cinco infernos, nem sei onde meu pai está. Está na corte? Na casa de sua amante no litoral? Em casa? Devo enviar cartas anônimas a todos esses lugares e torcer para que uma chegue a ele? Parece tolice, mas que escolha eu tenho? Não alertá-lo parece ainda mais estupidez. Tenho que dizer alguma coisa. Talvez possa deixar subentendido que ele tem um amigo aqui em Vasta, cuidando de seus interesses. Não preciso dizer que sou eu. Ele não reconheceria minha caligrafia, de qualquer forma.

Passo o restante das aulas pensando sobre o que escrever, totalmente distraída. Não é como se eu precisasse aprender qual o formato de uma urna que contém um feitiço específico, ou o que significa quando um pote foi selado por mágica (nada de bom). Já sei de tudo isso. Posso ignorar Pega sem me sentir culpada. Tenho problemas maiores ocupando minha mente.

Ao fim do dia, estou relativamente confiante sobre a mensagem que vou enviar. Já tenho a declaração concisa e perfeita em mente, e estou pensando sobre quais salas dos quartéis teriam papéis de carta que eu pudesse pegar emprestado. Depois, a questão é só conseguir que ela seja enviada. Porém, quando voltamos ao dormitório, qualquer ideia que eu tinha sobre estar no controle vai por água abaixo.

Há um bilhete me esperando, o envelope de velino selado com cera simples. Os outros olham para mim com curiosidade quando o coloco dentro da camisa e sigo até meu quarto para lê-lo com privacidade. Tremendo, abro-o e leio o texto breve.

Amanhã.
Taverna Cebola do Rei.
Meia-noite.

É do Barnabus. Só pode ser. De alguma forma, ele descobriu onde estou. E preciso comparecer. Não tenho escolha.

Hawk só sai mais tarde com a equipe de resgate que está treinando, todos com as faixas pretas que representam os repetentes. Eu me despeço à soleira da porta, como uma esposa carinhosa, mas estou aliviada por ele estar partindo. Com Hawk fora de casa, vai ser fácil escapar despercebida. Quando chega a noite, vou para a cama cedo, fingindo estar esgotada depois de um dia cansativo de prática com espadas. Ao ficar sozinha nos aposentos que divido com Hawk, tiro o uniforme da guilda, coloco meu vestido e capa mais discretos e escuros, e calço botas delicadas. Não sei por que estou tentando fingir que não faço parte da guilda. Para ter um argumento plausível, eu acho. De qualquer forma, parece mais seguro aparecer como "Aspeth", e não "Pardal". Depois de um bom afago nas orelhas de Chilreia, abro a porta o mais discretamente possível...

No entanto, me deparo com Gwenna, de cara feia, esperando do outro lado.

— O que está fazendo aqui? — pergunto estupefata.

— Te impedindo. — Seu olhar poderia perfurar aço. — O que acha que está fazendo?

— Nada.

— Aspeth, você mente muito mal! Está indo encontrar com Barnabus, não está?

Bufo.

— Não.

Ela estica o braço e tira um tufo de pelo laranja da minha capa.

— Pegou nossas antigas roupas, está saindo de fininho à meia-noite... sem dúvida parece estar indo encontrá-lo.

— E como sequer sabe que ele pediu para me ver?

— Entrei aqui escondida e li o bilhete.

— Gwenna!

— Que foi? Estava óbvio que você não ia me contar. — Ela entra no meu quarto e se senta na beirada da cama, cruzando os braços enquanto me encara. — Então vou perguntar de novo, o que acha que está fazendo? Porque ir encontrá-lo é muita estupidez.

— Que escolha eu tenho? — Ela continua a me olhar indignada, então explico: — Ele sabe onde estou e o que estou fazendo. Se acha que ele não vai usar isso para obter vantagem, está sendo ingênua. Preciso ver o que ele quer e qual é o preço do seu silêncio.

Gwenna comprime os lábios, hesitante.

— Você sabe que nada de bom pode vir dele.

— Sim, eu sei. Mas novamente, o que mais posso fazer?

Ela suspira.

— Não gosto disso, Aspeth.

— Nem eu.

Gwenna se levanta, e acho que ela vai me arrastar de volta ao quarto, mas, em vez disso, ela me dá um abraço. Surpresa e emocionada, abraço-a de volta, sentindo-me constrangida, mas, de alguma forma, feliz. Não sei o que seria de mim se tivesse vindo para cá sozinha. É provável que eu já tivesse desistido.

Ela dá tapinhas nas minhas costas.

— Por que não me deixa ir com você, hein?

— Não dá. Sabemos que não dá. — Abraço-a mais forte, afetuosa, e me afasto. — Se eu não voltar, você precisa contar aos outros o que aconteceu. Se for comigo, nós duas podemos acabar enrascadas. Pelo menos assim você ficará em segurança.

— Eu sei, mas você vai à cidade sozinha depois do anoitecer? É perigoso, Aspeth.

Ela tem razão, só que, mais uma vez, não tenho escolha. Não é como se eu pudesse pedir a Barnabus que me encontre em um lugar melhor.

— Estarei com minha capa e serei o mais discreta possível. E, não esqueça, estive treinando com uma espada curta.

Gwenna me encara, e nós duas caímos na risada.

Choramos de rir, porque sou péssima com uma espada. Tão ruim que chega a ser engraçado. O maior perigo que apresento com uma espada é o de machucar quem está ao meu redor, tanto que Pega ordenou que eu usasse um bastão, apenas. Nada de objetos perfurantes, sobretudo em espaços fechados.

Entretanto, Gwenna não desiste. Secando as lágrimas do rosto, ela balança a cabeça.

— Peça a Kipp para ir com você. Ele é bom com espadas, e ninguém vai dar muita atenção a um deslizante.

— E se ele contar a alguém? — pergunto preocupada.

— Kipp? Fala sério. Ele é a discrição em pessoa. — Ela puxa meu braço, levando-me ao corredor como se já estivesse decidido. — Vamos.

Talvez ela tenha razão. Vamos até a cozinha (onde Kipp mais gosta de guardar a casa-concha e relaxar) e falamos com ele. Pouco tempo depois, estou nas ruas de Vasta, indo à taverna, enquanto ele mantém uma distância segura à minha frente. Kipp parece saber aonde ir, o que é bom, já que está escuro, e não enxergo nada sem os óculos. Considerei usá-los, mas isso acabaria com meu disfarce, então preciso andar aos tropeços na escuridão, sem contar com a minha visão para me guiar. É tudo um borrão de sombras, mas consigo focar a concha clara que Kipp carrega como se não fosse peso nenhum, e isso me ajuda a acompanhá-lo.

A cidade parece perigosa à noite. Apesar de saber que (provavelmente) consigo cuidar de mim mesma, ainda fico um pouco assustada com a cidade lotada. As ruas sinuosas de Vasta estão cheias de homens de todas as idades agora que escureceu, a maioria de bêbados e arruaceiros. É tudo tranquilo atrás da muralha da guilda, no centro da cidade, mas aqui, nas ruas comuns, é tudo um caos.

Longe do centro da cidade, onde o domínio é da guilda, as pousadas e lojas se amontoam como se fossem pessoas se aglomerando e competindo por espaço. Se houver ao menos um palmo de terreno livre, alguém o aproveita para construir uma barraca e vender mercadorias. Passamos por uma viela cheia de cobertores e contrabandos expostos para os clientes. Kipp anda por ela apressado, mas parte de mim quer parar e conferir se há algum artefato à venda.

Não que eu tenha dinheiro para isso, é lógico. No entanto, nunca se sabe. Já ouvi todo tipo de história sobre o que pode se achar em Vasta ao falar com as pessoas certas, e a minha prioridade aqui é encontrar artefatos para proteger minha casa. Tenho que me lembrar disso.

Pensar nisso é preocupante. Acelero o passo, apertando a capa ao corpo, e sigo Kipp conforme ele abre caminho entre a multidão. Por sorte, a capa — e o tempo horrível e úmido — evita que qualquer um me incomode. Alguns me olham de canto de olho, mas perdem o interesse quando não paro e simplesmente sigo em frente. Até que a vejo.

Há uma placa pendurada acima da rua, presa à sacada, feita para balançar para a frente e para trás com o vento. Foi pintada à mão: uma mulher peituda segurando um cálice amarelo, derramando objetos redondos e brancos que devem ser cebolas — entre tudo o que podiam escolher — como se fosse líquido. A CEBOLA DO REI está escrito em uma letra chamativa no topo da placa, tão grande que até eu consigo ler.

Kipp para logo abaixo dela e olha para mim, depois para a taverna. Há uma multidão fanfarrona lá dentro, apesar de ser madrugada, e alguém grita de tanto rir, mas o som é abafado por mais berros. A expressão dele ao me encarar é de reprovação.

— Também não é meu tipo de lugar, mas não tenho escolha. — Digo ao parar ao lado dele. — Obrigada por me trazer. Não teria conseguido sem você.

Ele indica a parede, faz uma mímica mostrando que estará encostado nela, e olha para mim.

— Não, não precisa me esperar.

Kipp dá um tapinha onde está seu coração e aponta para a espada. Então assente com firmeza e empatia. Tenho quase certeza de que o gesto quer dizer: *Somos um time*. Isso me aquece por dentro. Até um deslizante silencioso está do meu lado.

— Eu sei — respondo baixinho. — E sou muito grata, Kipp. Mas prometo que vou ficar bem.

Ele concorda outra vez e ajeita as alças da casa-concha, então desce a rua a toda velocidade, seguindo para casa. Fico sozinha em frente ao estabelecimento barulhento e sinto meu estômago revirar de nervoso. Não quero fazer isso. Não quero ver Barnabus. Quero ir para casa, dormir e não pensar em nada.

Contudo, não posso. Meu passado surgiu para arruinar tudo. Reprimo um suspiro de frustração. Não posso fazer nada além de enfrentar o problema. Tirar Barnabus do meu pé e seguir a vida.

Respirando fundo e com firmeza, solto o ar e entro na taverna, abaixando o capuz ao fazê-lo. Logo sinto o fedor do suor e do ar úmido, por conta da quantidade de pessoas no local, e faço uma careta. Está quente, devido ao fogo que crepita na grande lareira nos fundos do estabelecimento, e todas as mesas de madeira estão lotadas. O cheiro é de cerveja derramada conforme avanço até o bar cheio, à procura de Barnabus. O piso de madeira range à medida que tento abrir caminho entre a aglomeração de pessoas, e, quando vejo um espaço livre no fim do bar, sigo para lá depressa.

Ao me aproximar, uma garçonete vai até mim. Talvez tenha a mesma idade que eu, o sorriso animado apesar das olheiras de cansaço e das várias manchas no avental indicam que o dia foi longo.

— O que vai querer, querida?

Não trouxe nenhuma moeda e quero me estapear por isso.

— Estou esperando uma pessoa.

Ela enche algumas canecas e as desliza pelo balcão enquanto me observa.

— Sozinha? Em um lugar assim? Está tudo bem? — Ela se inclina para limpar uma sujeira inexistente e abaixa o tom de voz. — Quer que eu chame um guarda?

Balanço a cabeça.

— Por mais que quisesse, infelizmente tenho que ouvir o que ele tem a dizer.

— É sempre uma merda, não é? Quando não quer ouvir as lorotas, mas não tem escolha. Paixão antiga?

— Algo assim.

— Sei como é. — A garçonete balança a cabeça. — Aqui, beba uma, por minha conta. — Ela enxagua uma caneca de cerâmica e a enche com o líquido de um dos barris atrás dela.

— Ah, não posso...

— Está pálida, meu bem. Aceite a bebida, pense nisso como propaganda grátis. — Ela termina de servir e coloca uma rodela de cebola branca na borda como decoração.

— Ah, hum, uma cebola. E das grandes. Obrigada. — Viro a caneca, tentando dar um jeito de beber sem encostar na cebola em si.

— É daí que vem o nome. — Ela aponta para trás, onde há uma cesta apoiada em cima de outro barril envelhecido. Está cheia de cebolas descascadas, e, enquanto observo, uma cai, juntando-se às outras na cesta. Olho para cima e vejo um cálice de ouro, o mesmo que estava desenhado na placa, virado de lado. Há uma esfera embaçada no centro, e vejo ela se transformar em outra cebola descascada, que rola do cálice e cai na cesta abaixo.

É um artefato.

— Que chique. Veio do rei?

A garçonete assente com orgulho.

— O dono fez um favor para o rei certa vez e foi recompensado. Todo mundo vem aqui pela cebola que se ganha de graça com a cerveja. Também temos cebola frita, se você preferir. Em conserva. Assada, no pão.

— Não precisa, obrigada.

Ela abre um sorriso tenso e se aproxima de novo.

— Cá entre nós, eu evitaria o banheiro. Tem um fedor horrível de cebola.

Eca. Franzo o nariz e balanço a cabeça em concordância.

É então que vejo um chapéu com pluma roxa se movendo pela multidão, e sei no mesmo instante de quem se trata. Barnabus sempre gostou dos chapéus mais ridículos e extravagantes. Tomo um bom gole da bebida para me preparar, pego a cebola e mordo um pedação, porque foda-se Barnabus. Se quer falar comigo (ou pior), espero que eu esteja fedendo a cebola.

— Boa, garota — diz a garçonete.

Faço que sim com a cabeça, comendo a cebola como se fosse uma maçã, e me levanto para falar com meu antigo noivo. Ele vai ficar feliz em me ver? Vai implorar para que eu fuja com ele e abandone a cidade? Ou vai me ameaçar de alguma forma?

Tendo o conhecimento que tenho agora — que papai não tem dinheiro nem artefatos —, pensar em fugir com Barnabus é tentador. Casar-me com ele e deixar que a Fortaleza Honori vire seu problema. Deixar que encontre um jeito de pagar os cavaleiros e seus impostos anuais. Deixar que encontre um jeito de conseguir mais artefatos.

Entretanto, já estou casada, então não posso fazer isso.

E, mesmo se fizesse, é bem provável que ele me assassinaria no nosso leito matrimonial assim que tivesse a Fortaleza Honori em mãos. Não precisaria de mim, e um viúvo pode se casar de novo, é lógico. Então não, me casar para resolver os problemas não é a solução, por mais que eu considere a ideia por um momento breve e esperançoso.

Termino de comer a cebola, torcendo para que meu hálito fique forte e horrível, e ergo a mão para chamá-lo. Ele que venha até mim, decido, e não o contrário. Beberico a cerveja e observo outra cebola mágica cair no cesto. A garçonete pega uma do topo, corta-a em quatro partes iguais com uma faca afiada, coloca-as na borda de mais quatro canecas e as desliza pela bancada. Ela sabe o que faz, e fico admirada.

E então Barnabus surge bem diante de mim, parecendo horrorizado ao ver minhas roupas úmidas e amarrotadas e meu cabelo cheio de frizz, que deve ter se soltado do coque baixo. Abro um sorriso tenso, me perguntando se vamos nos dar ao trabalho de nos cumprimentar com um abraço e beijo na bochecha educados, como todos os detentores fazem.

Ele vem até mim e ah, suponho que sim.

— Barnabus — solto o ar ao dizer seu nome, encostando minha bochecha na dele e me certificando de deixar bastante hálito de cebola sair com as palavras.

Ele recua, me encarando de cima a baixo.

— Pelos deuses, Aspeth, olhe para você. Como isso aconteceu? O que está fazendo neste lixo de cidade?

— Como assim, o que aconteceu? — Eu o encaro e decido dar uma de tola. — Só vim visitar uns amigos. O que *você* está fazendo aqui?

—Visitando amigos? Assim? Duvido. — Ele aponta para as minhas vestes. Estão amassadas do tempo que passaram no baú, cheias de pelo de gato, e as cores não são as mais bonitas, mas não achei que estivesse tão ruim. — Está mesmo trabalhando? Na *terra*?

Está mais para "escavar" do que meter a mão na terra. E eu ainda nem tive a chance de fazer isso. Não que ele precise saber dessa parte.

— Você pediu por esse encontro. O que quer?

O olhar de incredulidade em seu rosto se transforma em pura determinação.

— Quero saber o que está fazendo aqui. Era pra gente estar casado.

Ele ainda não desistiu? Cancelei o noivado há meses.

— Você não está apaixonado por mim, Barnabus. Nós dois sabemos disso. Então diga por que me chamou até aqui, já que está na cara que quer alguma coisa.

— Quero a Fortaleza Honori. — Sua voz sai suave. — Ela estava quase em minhas mãos, e você a tirou de mim.

— Ela não é sua...

— Sou o segundo filho da família — continua ele. A garçonete desliza uma caneca decorada com cebola para ele, que recua com uma expressão de nojo. Ele a afasta e volta a olhar para mim. — Meu irmão esbanja saúde, e a esposa está grávida. Nunca vou herdar a fortaleza da família. Então quero a sua.

— Não pode tê-la. — Não que eu a queira muito no momento, mas prefiro que todos os deuses me amaldiçoem a entregá-la de bandeja para esse babaca. — Como sequer soube que eu estava aqui?

— Não sabia. — Ele se afasta e me analisa. — Foi uma coincidência, na verdade. Mas vi sua criada perto do riacho outro dia. Vocês eram feito carne e unha em Honori, então pedi a meus homens que perguntassem por aí. Todos na guilda ficaram bem animados em contar sobre as novas filhotes da mestra Pega e o brutamontes taurino.

Comprimo os lábios, irritada.

— Você nem usou um nome falso, meu bem. É como se estivesse implorando para ser encontrada.

— Eu tinha um. Não me deixaram usá-lo — murmuro.

Ele tenta pegar minha mão, que está em cima do balcão.

— Podemos esquecer tudo isso. É só voltar para casa comigo.

Quando ele encosta em mim, retraio a mão.

— Não vou a lugar algum com você, e não vamos nos casar. Você não vai ter a Fortaleza Honori.

Barnabus me ignora.

— Não vou nem comentar com ninguém que te encontrei aqui. Podemos dizer que você estava caidinha de tão apaixonada e que nos casamos escondidos. Ninguém precisa saber da verdade. Sua família vai estar arruinada se alguém descobrir que você está aqui, fingindo ser um fantoche da guilda.

Fico furiosa. Ele está me fazendo de estúpida. Como se eu não fizesse ideia de onde me meti. Eu sei — e sempre soube — que viajar sem um tutor não é bem-visto quando se trata da filha de um detentor. Sei que vir a uma cidade perigosa como Vasta deixa isso dez vezes pior, porque a reputação deste lugar não é das melhores. A guilda é considerada um mal necessário para a maioria dos detentores, necessária, mas não apreciada.

Sei de tudo isso.

Contudo, não me *importo*.

Ser a filha imaculada e inocente de um detentor, com uma reputação impecável, não me levou a lugar nenhum nos últimos trinta anos — não me casei; a fortaleza do meu pai está falida; não temos mais artefatos; há risco de perdermos nossa vida se a verdade for exposta, e, francamente, estou farta de tudo isso. Estou aqui nesta cidade perigosa e decadente, me preparando para fazer o temido *trabalho braçal* de um membro da guilda porque não tenho escolha.

Enfim estou fazendo o que quero. O que preciso fazer.

E Barnabus está aqui, metendo o nariz onde não foi chamado e tentando arruinar tudo. Minha raiva aumenta, e pego a cebola da caneca dele e a mordo, sem me importar se estou fazendo pedaços voarem por toda parte. Espero que ele me ache nojenta.

— Não vou me casar com você.

— Errado. — Ele se apoia no balcão, totalmente convencido, como se tivesse me encurralado. — Você vai se casar comigo, e eu vou guardar seu segredinho sobre tudo isso. Se não, sua reputação será destruída.

— Não vou me casar com você — repito com toda a calma do mundo. Ele não precisa saber que não posso. Que já estou casada com outra pessoa. Encontrar com ele aqui só deixou mais evidente que prefiro andar sobre cacos de vidro a me casar com esse cretino. Que horror pensar que gostava dos beijos dele. Tento imaginar esse cafajeste egoísta me lambendo como Hawk, e as cebolas reviram no meu estômago. — Não me faça repetir.

— Bem, então espero que goste de caçar artefatos para mim — diz Barnabus, em um tom de voz sereno. — Paguei um bom dinheiro para que a guilda envie o máximo de pessoas possível atrás de artefatos, e todos vão para as minhas mãos. Sabem que planejo ir à guerra. Para conquistar outra fortaleza. Acha que se importam? Não. Só querem saber se serão recompensados, então me certifiquei de que a recompensa seja enorme. — Ele exibe um sorriso cheio de dentes e se inclina para trás, confiante. — Se quiser, pode contratar equipes em nome do seu pai. Podemos fazer disso uma competição.

Minhas narinas inflam enquanto fervo de raiva em silêncio. Ele sabe que não tenho como impedir o que está fazendo. A guilda é imparcial quando se trata das picuinhas e jogadas de poder dos detentores. Precisa ser. Não importa quem esteja brigando com quem, só o que importa é que a guilda seja recompensada pelos artefatos que conquistar.

— Sendo assim, você deveria se casar comigo — prossegue Barnabus. — Case-se comigo, e não vou contar a ninguém que vi Aspeth, a herdeira solteirona do lorde Honori, fingindo ser lacaia da guilda. Que estava se misturando com os plebeus e ladrões. Vai por mim, você *quer* meu silêncio.

Meus pensamentos estão acelerados. Não posso nem contar ao meu pai sobre isso. Não posso alertá-lo. Se eu me afiliar diretamente à guilda, ele vai vir aqui, me arrastar de volta para casa e fazer com que eu me case com Barnabus de qualquer forma, só para impedir o banho de sangue que está por vir. Casar-me poria fim a tudo.

E é por isso que ameaço Barnabus em vez de me acovardar:

— Você não vai contar a ninguém que estou aqui.

— Não?

— Não, não vai. — Eu me empertigo. — Porque, se contar, me casarei com outra pessoa, com o primeiro detentor que encontrar, e farei dele o herdeiro da Fortaleza Honori.

Seu rosto fica vermelho de raiva.

— Você não faria isso.

— Ah, e como faria. Existem outros detentores com filhos solteiros. O que acha de Vurlith, da Fortaleza Morsell? — Mereden havia comentado que seu irmão estava cortejando outro homem, mas não me importo. — Ele parece gentil o bastante, e está solteiro. Não precisamos ser compatíveis, entende? Só precisamos estar casados para que ele seja herdeiro.

Barnabus se inclina para mim.

— Escute aqui, sua vadiazinha...

Eu me levanto e me afasto dele antes que possa me segurar. Estou jogando um jogo perigoso: nada o impede de me arrastar daqui, me levar até uma sacerdotisa e casar-se comigo à força. Preciso ir embora, depressa.

— Preciso ir.

É então que vejo uma sombra grande, pesada e irritada de um taurino à porta, os chifres indo de um lado ao outro conforme Hawk vasculha a sala à minha procura.

Uh-oh.

— Entrarei em contato — digo a Barnabus, então corro até Hawk antes que ele me veja com meu ex.

VINTE E TRÊS

HAWK

13 dias antes da Lua da Conquista

NEM TODA MISSÃO DE resgate é tranquila, não importa quantos taurinos qualificados sejam enviados.

Essa? Essa foi a porra de um pesadelo.

Tudo que poderia dar errado, deu. As bandeiras estavam no túnel errado, e tivemos que recuar quando percebemos isso. Os aprendizes foram uns inúteis. O túnel que de fato precisávamos acessar havia desmoronado. Então, quando os resgatamos, vimos que tinham encontrado um covil de ratazanas. Estou coberto de mordidas e hematomas, e um dos babacas que fui salvar me cortou com a espada, porque a balançava feito um desvairado.

Meu ombro dói por baixo do curativo improvisado. Minha mão artificial está dolorida, como se para me lembrar de que a esforcei o dobro do que qualquer mão verdadeira naqueles túneis. Estou cansado, dolorido e, mais do que qualquer coisa, farto da humanidade por hoje.

Quero ir para casa, dormir e não pensar em nada até o amanhecer. Talvez o amanhecer de depois de amanhã.

Quero ir para casa, subir em cima da mulher inocente e núbil que está na minha cama — minha esposa — e lamber sua boceta até que grite contra minha língua. Quero massagear meu pau ao sentir o cheiro do seu líquido no meu focinho. Quero me deliciar com seus gritinhos e arfadas, deixar que isso diminua minha irritação feito um bálsamo.

É isso o que quero.

Quero esquecer tudo sobre a guilda por ao menos uma noite, me concentrar nas coxas grossas ao redor das minhas orelhas. Nada seria melhor do que isso.

Porém, quando abro a porta da casa de Pega, fico surpreso ao ver Gwenna no hall de entrada. Ela está em uma das cadeiras que ficam de frente para a lareira, com um cobertor por cima dos ombros, e há uma vela na mesa ao seu lado. Ela pula, sobressaltada, ao me ver, uma expressão de preocupação em seu rosto.

— O que está fazendo aqui? — pergunto. Está tarde, e todos os alunos precisam estar dormindo, porque temos treino logo cedo.

Ela hesita, depois suspira, os ombros caídos.

— Não fique bravo.

Meu sangue começa a ferver.

— Por que eu ficaria bravo?

Ela abre um sorriso largo, sua expressão alegre.

— A Aspeth volta logo. Já deve estar para chegar.

Aspeth... saiu? A esta hora da noite? Estreito os olhos para Gwenna, percebendo a expressão de preocupação que ela está tentando esconder.

— Por que ela saiu? Aonde ela foi?

— Não é nada...

Jogo minha mochila pesada e cheia de lama no chão, e cruzo os braços em frente à minha camisa, tão suja quanto.

— Se não é nada, porque ela precisou sair à meia-noite? E por que você está esperando por ela? — Quando ela volta a hesitar, continuo: — Se eu acordar Pega, ela vai estar ciente desse passeio?

Gwenna assume uma expressão de pânico. Ela envolve o cobertor com mais força nos ombros.

— Ela não teve escolha.

— *Como assim?* — Estou tentando controlar o infame temperamento taurino, mas está cada vez mais difícil. Aspeth está por aí, no meio da cidade. Sozinha. Contra a própria vontade.

Quando deveria estar na minha cama.

É a lua que faz a última parte sair como um rosnado na minha mente. Porém, uma mulher ter sido obrigada a estar na rua sozinha com certeza não é uma coisa boa.

— Quem ela foi encontrar?

Gwenna hesita.

— Uma antiga amizade.

— Que a chantageou para que saísse sozinha à noite?

Ela hesita outra vez e fica em silêncio. O que quer que saiba, não quer contar.

— Você precisa entender — diz Gwenna depois de uma longa, longa pausa — que ninguém nunca cuidou de Aspeth. Ela acha que precisa proteger todo mundo. Hoje não foi diferente.

— Quem ela está protegendo? — Exijo saber.

Ela não responde.

— Aspeth nunca teve ninguém que se importasse com ela. Não o bastante para cuidar dela. Não o bastante para dizer: "Não, Aspeth, essa é uma péssima ideia. Você não pode se encontrar com um homem à meia-noite..."

— Então é um homem? — Sinto uma raiva possessiva no âmago. Ela estava mentindo sobre tudo? — Um ex?

Gwenna balança a cabeça de novo.

— Não posso contar mais. Sinto muito. Não posso trair Aspeth.

A lealdade dela para com a amiga deveria me agradar, mas só aumenta minha frustração. Quero chacoalhá-la até arrancar respostas. Chacoalhá-la e chacoalhá-la, até que a verdade caia como folhas de uma árvore. Contudo, ela nitidamente está fazendo o que considera ser o melhor para a amiga, e não posso sentir raiva disso, por mais que queira. A lealdade entre um Cinco deve ser celebrada. Os últimos dias não teriam sido um desastre tão grande se o Cinco que estávamos resgatando se importassem o mínimo que fosse uns com os outros.

— Ela sempre teve de tudo quando criança, menos amigos. O pai dela considera a riqueza mais importante que o afeto, e a mãe faleceu cedo. Ela não tem ninguém além de mim.

— E de mim.

— E de você — complementa, mas sua expressão é nitidamente de desconfiança. — Desde que não a mate hoje.

Abro um sorriso tenso.

— Preciso da minha esposa viva.

Ela aperta o cobertor nos ombros outra vez.

— Sei que não entende e que só estou dando respostas incompletas, mas confie em mim quando digo que ela está fazendo isso porque é o que considera certo. Sei que Aspeth finge ter tudo sob controle, mas, no fundo, ama agradar. Só porque seu amor nunca foi correspondido, não significa que não queira ser amada. Entende?

Estou começando a entender. Sempre desconfiei que Aspeth era a filha teimosa de um mercador rico. Agora as peças estão terminando de se encaixar: uma filha negligenciada que tinha tudo, menos afeto, e a única pessoa que se importava com ela era uma criada, por pena. O que quer que esteja acontecendo hoje tem ligação com seu passado, algo que ela sente que precisa fazer para agradar ou proteger aqueles que ama.

Continuo furioso pra porra, mas faz sentido.

Frustrado, puxo a argola do meu focinho e balanço a cabeça.

— Apenas me diga para onde ela foi, vou buscá-la.

༺❀༻

Pouco tempo depois, estou avançando pelas ruas de Vasta, cansado. A esta hora da noite, não há nada além de desordeiros e bêbados fora de casa. Por sorte, eles sabem que não devem mexer com um taurino ocupado. A expressão em meu rosto seria capaz de parar uma multidão. Encontro o estabelecimento depois de explorar um bairro perigoso, olhando cada placa por que passo. O lugar não é dos melhores — mas qual parte de Vasta é? —, e fico cada vez mais irritado por Aspeth achar que pode andar por aí, sozinha e no escuro, junto de pedintes e ladrões.

Humana tola, muito tola. Ela acha que é inatingível? Gwenna é leal a ela, mas isso só significa que está ajudando Aspeth com seus planos absurdos. Vou pôr um fim nisso. Vou colocá-la sobre meus joelhos e dar umas palmadas naquele traseiro exuberante e delicioso para lhe dar uma lição.

Então começo a pensar em como seria bater em sua bunda, em como iria balançar e nos barulhos que Aspeth emitiria, e preciso reprimir um gemido. Posso sentir meu bulbo inchando, um anel apertado na base do meu pau que parece um torno. Ele está afetando minha mente, porque agora quero achar Aspeth — não para puni-la, e sim para lhe dar prazer.

Bem, talvez eu também possa incluir um pequeno castiguinho divertido.

Ajeitando meu membro, encaro os bêbados vadiando na entrada do bar. Há alguns homens no canto, de uniforme militar de algum detentor insignificante, mas eu os ignoro. Todo soldado precisa saciar a sede. Estou procurando Aspeth... e a pessoa que ousou chantageá-la.

Fecho minha mão mágica em punho e me pergunto, de maneira distraída, qual vai causar mais dor quando eu der um soco em alguém: o punho real ou o falso.

Entro e examino o espaço, percebendo que só há mais um taurino aqui, e ele está em frente à lareira com um humano macho no colo. Também não há muitas fêmeas de outras espécies. Vejo uma moça atrás do bar, cortando cebolas, mas além disso só homens. O lugar está lotado, e sinto vontade de simplesmente avançar e sair empurrando todos até achar Aspeth.

Se alguém a feriu...

— Ah, olha só — diz uma voz animada e familiar. — Chegou bem na hora.

Então Aspeth aparece na minha frente, a expressão feliz ao abrir caminho entre a multidão. Ela está com uma capa por cima do vestido, o cabelo bagunçado, e as bochechas coradas por causa do calor do bar. Estou imaginando, ou seus olhos estão brilhando de alívio? Ela entrelaça o braço ao meu e me guia até a porta.

— Está tarde, e você veio me levar para casa, certo?

Sei o que ela está tentando fazer. Quer me levar para longe da pessoa que veio encontrar aqui. Não sou estúpido. Ignoro seus puxões conforme ela tenta me arrastar para fora, parando para examinar a sala lotada outra vez. Todos estão nos encarando, mas não sei se é porque uma humana está indo embora com um taurino ou se há outro motivo. Espero que algum homem mostre as caras, que se separe do restante e diga que não posso ir embora com ela, mas, depois de um momento, todos voltam a atenção às suas bebidas.

Ninguém vai admitir que estava aqui com Aspeth. Observo o sorriso iluminado da minha esposa e percebo que ela também não vai me contar nada.

A vontade de dar umas palmadas nela só cresce. Com uma careta, sigo-a quando ela puxa meu braço.

Estamos na rua, nos afastando da taverna, quando Aspeth olha para mim.

— Você está rosnando.

Estou? Deve ser porque odeio isso. Odeio esse lugar cheio de homens que provavelmente não pensariam duas vezes antes de bolinar minha esposa. Odeio que ela tenha se colocado nesta situação. Odeio que ninguém esteja me contando nada.

Então sim, devo passar um tempo rosnando. Qualquer um o faria no meu lugar.

— Quer me contar o que estava acontecendo lá?

Ela me encara.

— Bem... não?

Isso só faz minha irritação aumentar. Paro de repente e resisto à segunda vontade que tive de chacoalhar uma mulher esta noite. Seguro Aspeth pelo ombro, com força.

— Sua tola. Por que está aqui, sozinha, de madrugada? Não sabe que é perigoso?

Sua expressão fica apreensiva.

— Eu sei.

— Então por quê? Por quê? — Quando ela não responde, minha cauda bate na minha coxa, tão brava quanto eu. — Por que veio encontrar um homem aqui?

Ela franze as sobrancelhas.

— Nunca falei que vim encontrar um homem...

— Por que viria encontrar uma mulher em um bar de Vasta? À meia-noite? — Aponto para o bar, furioso, porque me lembro do que Gwenna disse sobre Aspeth não ter tido escolha. — Tem alguém te chantageando? — Outra ideia invade minha mente e me enche de uma raiva inconsequente. — *Alguém tocou em você?*

Talvez eu tenha que dar meia-volta e matar todos naquele bar.

Deve ter algo perturbador em meu olhar, porque ela estica o braço para dar um tapinha no meu peito.

— Estou bem, Hawk. De verdade, agradeço a preocupação, mas juro que ninguém me assediou. Todos eram muito educados e estavam preocupados com as próprias bebidas.

Dou uma olhada nela em uma tentativa de entender se está mentindo. Se está diminuindo a gravidade da situação por saber que já estou furioso com ela. Seguro seu queixo, erguendo seu rosto à procura de hematomas ou marcas. Não encontro nada, suas vestes parecem amarrotadas, mas todos os botões estão fechados, até o menorzinho no pescoço. Solto-a, resistindo à vontade de passar o dedão por sua boca linda e carnuda.

— Hum.

— Se faz você se sentir melhor, comi um monte de cebolas para ficar o mais desprezível possível — diz ela em um tom de voz esperançoso.

Não faz, porque agora sei que *ela sabia que estava em perigo*, mas foi mesmo assim.

— Vou perguntar mais uma vez, e preciso que seja honesta. — Minha voz é baixa e cautelosa. — Preciso voltar lá e matar alguém? Não preciso saber mais do que isso. É só me dizer quem é, e darei um jeito. Posso esconder o corpo onde jamais será encontrado. — Já estou pensando em túneis que desmoronariam com facilidade, em quem precisaria subornar para fingir que não viu nada quando eu descesse para as ruínas.

Ela me encara e um sorriso surge em seu rosto.

— Faria isso por mim? Estou lisonjeada.

— Não era para ser um elogio. — Volto a querer esganá-la. Pego seu braço e percebo que ela está mesmo com cheiro de cebola. — Só... vamos.

Aspeth fica em silêncio enquanto a arrasto pelas ruas. Que bom. Espero que perceba como isso foi errado. Espero que esteja se dando conta de que sua lealdade é com a guilda em primeiro lugar. *Comigo* em primeiro lugar.

Percebo, então, que estou com ciúmes.

Não gosto disso. Nem um pouco. Porém, já que ela não me conta nada sobre quem foi encontrar, minha mente continua voltando aos piores cenários. Com quem se encontraria à meia noite, se não um antigo amor? Ela está tentando dar um jeito de escapar do nosso casamento? Está tentando fugir do monstro a quem se encontra presa? É por isso que não diz o que está acontecendo?

A ideia faz minha irritação aumentar, e a pressão incha na base do meu membro. É a possessividade que me deixa furioso. Aspeth é minha esposa, jurou que enfrentaria a Lua da Conquista comigo. Jurou que me ajudaria, como eu a ajudo. *A questão aqui não é sentimental*, digo a mim mesmo ao pisar forte com os cascos nos paralelepípedos enquanto encaro qualquer um que ouse andar nas mesmas ruas escuras que nós.

Importa se ela tem um amante? Pergunto a mim mesmo. *Um assunto mal resolvido? Ela se casou com você. Está na sua cama. Não deveria importar.*

Porém... importa. A Lua da Conquista e os instintos taurinos estão fodendo com a minha cabeça, exigindo que eu possua minha esposa, exigindo que eu enfrente qualquer um que tente tirá-la de mim.

Um grupo de homens bêbados sai de um bar próximo, e, por instinto, ela vai para perto de mim. Parecem perigosos e baderneiros, e meus instintos protetores entram em ação. Há uma fila de tavernas nesta parte da cidade, uma pior que a outra. Em vez de passar por elas com Aspeth e pedir por problemas, levo-a até uma viela escura.

— Venha.

— Estamos indo pelo lugar certo? — protesta ela, andando depressa atrás de mim.

— É um atalho.

— Não parece ser mais curto.

Quero grunhir para que ela confie em mim, para que deixe de fazer tantas perguntas, mas simplesmente a seguro com mais força e a faço se apressar. Sei que estou apressando-a, mas posso deixar que grite comigo quando voltarmos ao dormitório. Sei de muitas histórias de estudantes da guilda que foram abordados nestas ruas à noite simplesmente porque alguém achou que pudessem estar carregando um artefato de valor. É estúpido, mas a maioria dos ladrões são estúpidos. Ou bêbados. Ou ambos.

Entramos em outra viela, mas nos deparamos com um grupo de pessoas do lado de fora de outra taverna, até que percebo meu engano. Não é uma taverna. É um bordel.

Aspeth respira fundo.

— Aquilo é... o que... o que estão fazendo?

A brisa carrega o cheiro almiscarado de sexo, fazendo meu bulbo se contrair na base do meu pau. Está tendo uma orgia na rua. Percebo no mesmo instante. Conforme a bênção do deus atinge mais e mais seus filhos, nós, taurinos, nos tornamos muito mais hedonistas. Não é incomum que taurinos usem prostitutas para aliviar seus desejos com a proximidade da lua, e sexo em público simplesmente adiciona uma camada mais excitante a tudo. Não me surpreende ver tantos da minha espécie no beco com meretrizes. Deve ter começado com apenas um deles, buscando alívio, quando uma das mulheres se ofereceu na parede da viela por causa da multidão no bordel. A partir de então, a coisa escalou para várias outras prostitutas e machos, até que o beco ficou cheio de corpos contorcendo-se no cio e do barulho de quadris se chocando.

Aspeth faz um som entrecortado ao meu lado, dando as costas para eles de imediato.

— Estão fornicando — sibila. — No meio da rua!

Por algum motivo, seu pudor só me irrita. Em menos de duas semanas, estarei fazendo a mesma coisa com ela, só não em um beco. Não temos mais tempo para puritanismo.

— Você deveria assistir.

Ela me lança um olhar de incredulidade, a cabeça erguida. Sua respiração está acelerada, e, com a luz baixa, consigo notar que suas bochechas estão ruborizadas.

— É falta de educação...

— Que *se dane* a educação. — Quando um dos taurinos ergue a cabeça e olha para nós, dou um passo para o lado e coloco-a debaixo das sombras, para que não sejamos convidados a participar. Ela se deixa ser puxada, e eu tento virá-la para a frente. Na mesma hora, ela tenta voltar a dar as costas à orgia, mas eu a seguro e a viro à força. Envolvo sua cintura com um dos braços, prendendo-a contra mim, e com a outra mão seguro seu maxilar e forço sua cabeça na direção deles. — Olhe para eles, Aspeth. Esse é o melhor aprendizado que terá sobre o que concordou em fazer.

Ela choraminga, imóvel em meus braços. Sua respiração continua acelerada, ofegante.

Segurá-la assim incendeia meus sentidos. Posso sentir todo o seu cheiro, erótico, apesar do odor de cebola. Seu corpo está quente contra o meu, macio e firme. Isso faz meu pau se manifestar, e o barulho dos corpos se unindo e dos grunhidos dos touros no beco não ajuda.

— Quero que você assista — murmuro em seu ouvido. Ela treme, e eu hesito. — Estou te machucando? Está com medo?

Aspeth balança a cabeça o máximo que pode enquanto a seguro. Ela respira fundo, e sigo seu olhar até o casal mais próximo. É um taurino e uma mulher curvada, as mãos dela estão apoiadas na parede à sua frente. Seus peitos estão para fora de um corpete decotado, balançando de maneira violenta com a força da penetração do taurino atrás dela. Suas saias estão amontoadas na cintura, e o macho a segura pelos quadris, puxando-os para trás ao movimentá-la em seu membro.

— Observe-os — murmuro em seu ouvido, ainda segurando seu maxilar. Roço o focinho em seu pescoço, e, quando ela solta um som entrecortado de prazer, percebo que Aspeth gosta do que vê. É sua criação puritana que a fez virar o rosto.

Isso acaba hoje. Quero que ela veja tudo. Quero que veja a porra da coisa toda muito bem. Quero que sacie sua curiosidade porque quero que ela deseje isso — que me deseje — tanto quanto a desejo.

Olho para o macho estocando com vontade na mulher, que solta gritinhos. Um pouco adiante, ainda no beco, há outros casais entrelaçados, mas esse me chama atenção. Ele a penetra de forma rápida e superficial, e percebo o motivo. A fêmea com quem ele está cruzando coloca a mão para trás e bate em seu quadril, indicando que precisa de uma pausa, e ele a solta, o pau duro e molhado deixando-a.

Aspeth treme diante da imagem.

— Ele é maior do que você esperava, não é? — Roço o focinho em sua orelha, meus quadris esfregando em seu traseiro. Meu membro está tão duro quanto o do desconhecido, um desejo tamanho, que chega a doer. Não consigo me impedir de pressioná-lo contra Aspeth, de mostrar a ela o quanto estou excitado. — Meu pau é grande assim, passarinha. Vou te preencher por completo quando te possuir, mas vou fazer com que seja tão bom, que você nem vai se importar.

Ela choraminga contra minha mão, e eu acaricio sua bochecha com o dedão.

O taurino gesticula, e outra mulher aparece correndo, os peitos nus balançando. Seu vestido está caindo, e ela obviamente está curtindo ter a atenção de vários taurinos esta noite. A mulher logo preenche a posição deixada pela outra fêmea, arrebitando a bunda no ar ao apoiar as mãos na parede. Há uma expressão de empolgação em seu rosto.

— Ele tem um bulbo — diz a mulher exausta, se encostando na parede mais próxima. — Cuidado com a sua boceta.

Aspeth estremece em minhas mãos.

— Está um pouco cedo para isso, não está? — pergunta a primeira delas.

— Eu gosto. — É tudo o que a recém-chegada diz, rebolando o traseiro. — Faça o que quiser. Eu aguento.

Quando o taurino monta nela, sussurro no ouvido de Aspeth:

— Alguns touros carregam sempre a bênção do deus. Esses machos são amaldiçoados, ou abençoados, a terem um bulbo o tempo todo. Ele deve ser um deles. Está vendo?

— Não consigo ver nada — murmura Aspeth de volta. — Está escuro demais.

Amo o fato de ela parecer decepcionada. Adoraria saber o que está pensando. Se a ideia do macho cruzando com a mulher em frente a ele a excita como a mim. Contudo, até um leve roçar de tecido está me excitando no momento. Eu me movimento contra seus quadris outra vez e gemo quando ela se pressiona contra mim.

— Descreva para mim — sussurra Aspeth. — Por favor.

— O pau dele é grosso, dilatado com o sangue. — Esfrego o meu em seu traseiro. — Na base, há um inchaço que o deixa maior do que o normal, como um punho envolvendo o membro. Quando eu entrar em você... — Ela prende a respiração e estremece. No mesmo momento, a meretriz grita de prazer quando o taurino a penetra — ... vou encher sua boceta até o talo. Algumas mulheres não gostam, mas é porque não foram bem-preparadas. Vou me certificar de deixá-la encharcada e desesperada, Aspeth. Você vai querer meu bulbo, não vai?

— Por favor — sussurra ela, o olhar preso ao taurino e à mulher acasalando.

Um dos taurinos fica impaciente quando a parceira vai embora. Ele pega a mulher mais próxima — que está sendo comida por trás — e enfia o pau em sua boca. Ela agarra seus quadris com avidez, e ele desliza o membro entre seus lábios.

Aspeth faz um som de choque.

— Ele está... eles vão...?

— Na boca da meretriz, sim. Não o bulbo. Só está chupando o pau dele.

— Ahhh... — Ela arrasta a palavra, e fica óbvio que a ideia nunca passou por sua mente. — Ah... pelos deuses.

— Gosta do que vê?

Ela choraminga, e eu acho que gosta.

— É tão... grande.

— Sim, mas você consegue. — Uso o dedão para acariciar seu maxilar macio. — Não vai caber tudo na sua boca, mas você pode lamber um pau como se fosse um doce. Igual a como ela está fazendo.

Uma nova prostituta se junta ao grupo e logo se ajoelha, lambendo o saco do taurino que está penetrando a boca da mulher.

Aspeth geme, um som baixo, cheio de desejo.

— Mas... tem certeza de que vai caber?

Ah, a clássica pergunta de todas as virgens.

— Sim, vou caber na sua boceta, Aspeth. Quando sentir meu cheiro, você vai ficar molhada. Mais molhada do que jamais esteve. Isso vai garantir que consiga me aguentar. Vou entrar em você devagar primeiro, fazê-la se acomodar ao redor do meu pau.

Ela geme baixo outra vez e balança os quadris contra os meus. Volto a impulsionar contra seu traseiro e, já que a sensação é tão boa, continuo. Estou usando-a para me dar prazer, mas não me importo nem um pouco, e acho que Aspeth também não. Continuo me esfregando em sua bunda carnuda, o barulho que o tecido faz conforme me movo sinaliza o que estamos fazendo.

— Quando eu gozo, meu bulbo incha. Ficarei preso dentro de você, atado até te preencher com meu orgasmo. — Tiro a mão de seu rosto e coloco-a no meio de suas coxas. Ela arfa outra vez e então se impulsiona contra minha mão. — Você vai gozar tanto, e repetidas vezes. — Quando a mulher no beco grita e os cascos do taurino batem na calçada, acredito que seja exatamente isso que ele está fazendo. Entretanto, não estou mais olhando para eles. Estou concentrado nos olhos semicerrados de Aspeth, a forma como entreabre os lábios, o desejo em seu rosto. Por cima de suas vestes, passo os dedos em sua boceta, massageando-a, e amo a forma com ela morde o lábio, os olhos se fechando.

— E vou fazer com que sinta tanto prazer — prometo a ela. — Eu juro, Aspeth. Porque adoro ver você gozar. Como gosto.

— Por favor — sussurra de novo, fechando os olhos. — Me faça gozar agora.

Eu gemo, e qualquer vestígio de controle que eu tinha desaparece. Viro Aspeth até que ela esteja encostada na parede de pedra do beco, apoiada na tenda de um armeiro. Sua bochecha pressiona a pedra, ajusto os quadris dela para trás, imitando a posição do casal a que estávamos assistindo. Seu choramingo me excita, assim como a forma com que abre as pernas. Ela ainda está completamente vestida — e eu também —, mas não importa. Separo mais suas coxas e estoco entre elas.

Aspeth geme, me encorajando.

Ergo a frente de suas saias e massageio com mais força, por cima das roupas íntimas. Não sei se a sensação vai ser tão boa para ela como é para mim, mas, se ela precisar de mais, darei mais. Enfio a mão embaixo de suas roupas e procuro seu clitóris. Sua boceta está encharcada, escorregadia com sua excitação, e deslizo meus dedos por ela antes de circular o músculo. Ela se contorce contra a parede, arfando, e coloco um dedo em seu clitóris, e então dou um impulso por trás, deixando o movimento do nosso corpo fazer o trabalho por mim.

— Deuses — choraminga Aspeth, estremecendo contra mim. — Ah, deuses.

— Estão nos observando, assim como nós estávamos — digo com a respiração entrecortada. — Faça com que aproveitem, passarinha.

Quando ela goza, tremendo em meus dedos, perco o controle. Eu me enterro nela, metendo entre suas coxas como se pudesse rasgar as camadas de tecido entre nós por pura força, e entrar em sua boceta. Vou mais rápido, segurando-a no lugar e usando-a enquanto estremece, minha respiração tão quente e forte que forma vapor ao nosso redor. Estou tão concentrado no momento, que, quando gozo, me surpreendo ao sentir o líquido quente nas calças, e não dentro dela. Minhas pernas estremecem com a força do orgasmo, e minha cauda balança com tanta força que bate na parede ao lado dela.

Caio por cima de Aspeth, prendendo-a contra a pedra enquanto ela respira com dificuldade. Dando uma olhada rápida na orgia, vejo que o casal a que estávamos assistindo continua lá, o macho com uma expressão de satisfação enquanto massageia os ombros da meretriz. Ele se agiganta sobre ela, unidos nos quadris, e, enquanto assisto, ele ergue a mão e aperta seu peito, aproveitando o momento.

Touro sortudo. Qual será a sensação de ter um bulbo todos os dias? De saber que sempre que cruzar com sua fêmea, ela ficará presa a você, para usar e dar prazer até ficar fraca e tirar todo o seu líquido com as contrações da boceta? Os deuses estão mesmo ao lado dele.

No entanto, pensando bem, não posso reclamar de como eles têm me tratado. Afasto-me de Aspeth, recobrando o fôlego, e ajeito a parte da frente da calça, agora molhada sobre meu pau latejante. Quero trazer Aspeth para perto e abraçá-la com força. Quero lamber seu sabor dos dedos e fazê-la gozar de novo. Quero levá-la para a cama mais próxima e lamber o espaço entre suas coxas durante horas.

E então me lembro de que não temos horas, porque ela precisa dormir. Nós a exaurimos com treinos e exercícios, e, em vez de dormir... Aspeth usou seu tempo para sair escondida e encontrar alguém.

Alguém que ela não conta quem é.

É como se jogassem água fria no meu fervor. Coloco suas saias no lugar e dou um passo para trás, mas uma parte pequena e vingativa minha não consegue deixar de se aproximar enquanto ela ajeita as vestes.

— Que isso sirva de lição.

Sua bufada de indignação me diz que acertei o alvo.

VINTE E QUATRO

ASPETH

5 dias antes da Lua da Conquista

SOLTO UM BOCEJO ENQUANTO esperamos em fila no salão da guilda, ignorando a cotovelada que Gwenna me dá. Sei o que ela vai dizer. Sou a única culpada por ter ficado acordada até tarde. E sou mesmo. Os últimos dias de treinamento me deixaram tão exausta, que eu deveria ter dormido feito um bebê. Contudo, não consegui pegar no sono noite passada. Estava com muitas coisas na cabeça.

Estou preocupada com meu marido. E com meus amigos. Com meu pai e com a fortaleza também. Papai ama ir a banquetes, celebrar e ir a festas. No entanto, ele não gosta das minúcias rotineiras que acompanham o cuidado com uma fortaleza. Papai não acha que precisa se preocupar com dívidas, contas ou a compra de artefatos.

Ele não terá ideia do ataque até que seja tarde demais.

Será que posso enviar algum tipo de mensagem? Devo preocupá-lo, mesmo sabendo que não temos dinheiro para pagar por mais cavaleiros no momento? Que não temos artefatos para defender a fortaleza caso Barnabus siga em frente com o plano de conquista?

Temo que não falar nada seja a escolha errada. A escolha egoísta.

Porque, se eu disser algo, com certeza a mensagem remontará a mim. É melhor ficar e tentar dar um jeito nas coisas aqui? Talvez oferecer uma promessa de dinheiro — ou alguma outra forma de recompensa — se algo for encontrado? O fato de Barnabus estar oferecendo dinheiro à guilda significa que seu pai não tem muitos artefatos úteis... ou que não o apoia nessa empreitada. Se ninguém achar nada de útil, ele vai desistir?

Será que Hawk vai sentir minha falta enquanto eu estiver fora?

As coisas não estão as melhores entre nós desde aquela noite no beco. Ainda fico cheia de tesão sempre que penso a respeito. Na forma como ele me segurou. Em como ele estocou entre minhas coxas... e então me afastou. Já faz dias, e nos tratamos com cordialidade durante o treinamento, mas me sinto sozinha na cama. Ou ele não se deita, ou não fala comigo.

Sinto que perdi algo precioso, e dói. A cama é fria e solitária sem ele, e parece errada. É estranho estar em seus aposentos sem que ele esteja presente, e, mesmo que Chilreia goste de se esparramar no lado da cama de Hawk e esfregar seus pelos laranja por todos os travesseiros, ainda acho estranho me deitar quando estou na cama sozinha.

Depois da nossa aventura nas ruas, ele não foi para a cama. Disse que precisava trabalhar. Desde estão, é uma desculpa atrás da outra quando estamos sozinhos. Ele deixou evidente que ninguém mais precisa saber que estamos enfrentando problemas, mas, sempre que ele me deixa sozinha para ir "patrulhar" ou dar uma olhada em equipamentos, meu coração dói.

E, assim como em qualquer outra noite em que não o tenho na cama, mal dormi.

Estou arrependida. Eu deveria estar toda empolgada e animada hoje, mas, em vez disso, estou me arrastando atrás dos outros do meu Cinco enquanto nos reunimos no salão da guilda atrás de Pega. Há algo um pouco estranho nela hoje. É difícil de descrever: é como se seu exterior severo estivesse suavizado. Há algo quase indiferente em sua atitude, e é intrigante.

Ela boceja enquanto esperamos na fila.

— Daqui a pouco já poderemos ir.

— Por algum motivo, quando pensei em uma aventura selvagem e em rastejar em túneis, não foi isso que imaginei — diz Gwenna ao avançarmos na fila.

Tenho que admitir que ela tem razão. A realidade é muito mais... burocrática.

Estamos em uma fila no salão da guilda, junto de mais uma dúzia de turmas de filhotes, aguardando para fazer nosso registro no diário de navegação. Precisamos fazer uma solicitação do túnel em que entraremos, e recebemos várias bandeiras numeradas e coloridas para marcarmos os locais de escavação.

— Isso serve para que as turmas não entrem nos mesmos túneis — Pega havia explicado quando entramos na fila. — E para evitar o colapso de túneis caso muitas pessoas estejam na mesma área. Além disso, se alertamos a guilda sobre onde estamos explorando, fica mais fácil de nos resgatarem caso algo dê errado.

— O que pode dar errado? — perguntara Mereden.

Pega simplesmente riu na nossa cara.

Então... *isso* não aumentou muito nossa confiança. Dou uma olhada em Mereden. Ela está perto do começo da fila, atrás de Pega, a mochila nas costas. Seus cachos pretos estão cobertos por um lenço estampado, e, enquanto a observo, um dos homens da fila ao lado dá um puxão no laço sobre sua orelha.

Ela se vira, olhando feio.

— Não acho que essa touca faça parte do uniforme, filhote — zomba o homem.

— Você é o quê? Fiscal de uniformes da guilda? — Andorinha logo a defende. — Deixe-a em paz.

— É bem corajosa de usar isso em um evento da guilda, sendo que está tentando ser levada a sério. — Ele dá outro puxão no laço.

Mereden pisca com velocidade outra vez, juntando os lábios, e parece que vai chorar.

— Elas não estão tentando ser levadas a sério — zomba outro. — Todos sabem que estão tentando usar o que está no meio das pernas para entrar para a guilda. — Ele se vira para mim e aponta. — Igual àquela ali fez.

Ai. No entanto... ele não está errado. Não foi isso que fiz? Casei-me com meu professor só para ter um tutor?

Enquanto Andorinha discute com a turma ao nosso lado, examino o salão à procura do meu marido. Hawk não foi para a cama noite passada, não tomou café conosco nem apareceu quando estávamos arrumando nossas coisas. Parece até que está me evitando, mas Pega não se mostra preocupada.

De qualquer forma, ela não parece muito preocupada com nada no momento. Andorinha está prestes a sair no soco com os homens ao nosso lado, e Pega não poderia se importar menos. Ela está vasculhando a sala com o olhar, observando as outras turmas aglomeradas em fila e esperando por suas designações.

— Já chega, já chega — diz Gwenna, avançando e separando os homens de Mereden e Andorinha. — Um homem pode chupar pau tão bem quanto uma mulher, então usar o que tem entre as pernas para conseguir entrar na guilda não é algo exclusivo das mulheres. — Ela abre um sorriso tenso. — E aposto que seu professor não gostaria de saber o que você tem aprontado tarde da noite, filhote.

O homem ruboriza e se afasta, e os outros homens caçoam dele em resposta.

— Você o conhece? — sibilo quando Gwenna se vira para nós.

— Conheço o tipo. Todo criado conhece. — Ela dá de ombros. — Onde seu marido foi parar?

— Não faço ideia. — Sinto o rosto esquentar. — Ele está me evitando.

Ela arqueia as sobrancelhas.

— Está?

Concordo com a cabeça.

— Acho que está bravo comigo. Não contei a ele com quem me encontrei na outra noite.

— Nem deveria — sussurra. — Não daria certo.

Gwenna sabe que as coisas não foram bem com Barnabus. Que ele me ameaçou, e eu ameacei me casar com outra pessoa. Que no fim isso não deu em nada, e que estou nervosa desde então.

— Não recebi mais bilhetes, recebi?

Ela balança a cabeça. Gwenna está fazendo amizade com o repetente que entrega as cartas só para poder pegá-las primeiro e esconder qualquer uma que eu receba. Barnabus não voltou a entrar em contato, e isso me deixa tão nervosa quanto sua primeira mensagem.

— Não sei o que ele está planejando — lamento. — Se está agindo ou aguardando para ver o que encontraremos nos túneis.

— Talvez esteja esperando para ver o que você vai fazer — sugere Gwenna.

Ugh. Talvez ela tenha razão. Queria que pessoas ruins andassem acompanhadas de um farol acima da cabeça, escrito EVITAR. Precisamos de um artefato desse.

— O escroto está tentando arruinar tudo pelo que tenho me esforçado.

— Uiii, que linguagem chula para uma dama.

Ela me empurra, brincando.

— Só queria que ele não tivesse descoberto que estou aqui. Ele disse que te reconheceu na floresta.

Uma expressão de culpa toma conta do rosto de Gwenna.

— Achei que ele não se lembraria de mim.

— Ele disse que te reconheceu porque estávamos sempre juntas.

Ela assente.

— Ele tentou me levar aos aposentos dele certa vez, mas recusei. Não achei que me reconheceria porque, bem, isso acontece com as criadas o tempo todo. Talvez ele seja mais sensível à rejeição do que a maioria das pessoas.

Encaro-a, boquiaberta. Ele se insinuou para minha criada?

— Quando foi isso?

— Logo depois de sua festa de noivado, eu acho. — Ela faz uma careta. — Não me odeie.

Depois da minha *festa de noivado*? Quando declarou seu amor por mim? Quando nos beijamos nos jardins, e eu permiti que apalpasse meus seios e minhas coxas? Aquele *cretino*.

— Não estou brava com você. Estou furiosa com ele.

— É, bem, a maioria dos nobres não sabe se controlar. — Gwenna balança a cabeça. — Acho que estão muito acostumados a terem tudo o que querem. Mas o Hawk é diferente.

Eu a encaro.

— Eu me casei com ele apenas pela tutelagem, nada além disso.

— Talvez tenha começado assim, mas já vi a forma como olham um para o outro. Vai me dizer que é tudo por conveniência? Que não há nem mesmo um fascínio?

Meu rosto fica cada vez mais quente. Não consigo pensar em nada para dizer. Como estamos nos olhando? Como se ele tivesse colocado a língua no meio das minhas pernas? Como se tivesse colocado a mão dentro das minhas saias em um beco e me feito gozar? Como se tivesse me feito assistir a outras pessoas transarem para que eu visse como é um bulbo? Como...

— Foi o que pensei.

— Cale a boca.

— PRÓXIMOS — chama o escriturário da guilda, e chega nossa vez.

Nossas posições e nossos nomes são anotados com cuidado. Sou registrada como baluarte, e Kipp como espada. Gwenna é a mestre de equipamentos, responsável pelos suprimentos, Mereden é a curandeira, e resta a Andorinha ser a navegadora. Todos nós ficamos um pouco preocupados com isso.

Pega simplesmente ergue a mão, nos dispensando.

— Só estamos testando. Não vou deixar que se percam. Precisam confiar mais.

Ela fala de um jeito tão relaxado e preguiçoso que não me passa confiança.

O escriturário passa os dedos pelas páginas de um diário de navegação com uma expressão de puro tédio.

— Aqui está escrito que Pega é a líder da guilda e Hawk, seu assistente. Qual dos dois vai aos túneis com a turma de filhotes?

— Eu — diz Pega. — Hawk está em uma missão de resgate.

— Outra? — Deixo escapar. — Sério?

Ela se vira para mim e dá de ombros.

— Uma pessoa precisava ser resgatada, e a grana é boa. Estamos com poucos taurinos no momento por causa da Lua da Conquista... mas tenho certeza de que já sabe disso.

A forma presunçosa com que ela fala me dá vontade de gritar... ou morrer de vergonha.

— Ele está cansado.

— Todos nós estamos cansados — responde ela em um tom de voz esgotado. — Mesmo assim, precisamos trabalhar.

Estou mesmo deixando de gostar dela.

Além disso, estou estranhamente magoada por Hawk ter saído em outra missão sem avisar nada. Sei que nosso casamento é pura conveniência, mas ele poderia ter falado ou me dado algum incentivo, já que estou prestes a descer aos túneis pela primeira vez. Talvez me desejar sorte? Dizer que vai sentir minha falta?

Misericórdia. Minha mente está uma bagunça.

O escriturário anota mais alguma coisa, e recebemos um conjunto de bandeiras azul-cinzentas para nosso Cinco.

— Boa sorte. — É tudo o que diz, sem erguer a cabeça do livro onde está escrevendo sem parar. — Estão levando algum artefato?

— Só uma varinha de radiestesia.

Ele ergue a cabeça e abre um sorrisinho.

— Sério? Aquele brinquedinho?

— O que é uma varinha de radiestesia? — pergunta Mereden.

— É uma vareta — explica Pega. — Mas dizem que quem possui ancestralidade preliana tem magia no sangue. A varinha de radiestesia aponta para a pessoa o que ela está procurando.

— Então é uma vareta — diz o escriturário sério, a expressão impassível. — Estão levando uma vareta.

— Uma varinha de radiestesia. — Pega volta a repetir. — Não desencoraje meus alunos.

— Vou registrar como "vareta". Algum outro objeto a declarar?

Kipp vai até Pega e dá três tapinhas em sua perna. *Pá, pá, pá.*

Ela olha para ele e assente.

— Verdade. Também temos a casa de um pegajoso.

— Pelos deuses — diz o escriturário, mas anota de qualquer forma. Ele coloca as bandeiras na mesa, junto de uma autorização. — Usem as bandeiras para proclamar qualquer túnel. Favor não invadir nenhum túnel que já esteja marcado. Caso tenham problemas, acendam o farol, e uma equipe de resgate vai até vocês o mais rápido possível. — Ele pega um pequeno globo de vidro com um vapor dentro e o coloca sobre a mesa. — O farol. Alguma pergunta?

Pega recolhe os objetos.

— Não. Obrigada. Vamos para a Parada Treze.

Ele arregala os olhos ao anotar, e percebo que não é a melhor das escolhas.

— Hum. Boa sorte. Vão precisar... ou talvez não, afinal, estão com uma vareta. — Ele abre um sorriso de desdém.

Pega o ignora e se vira para gesticular para nós.

— Sigam-me, filhotes.

O escrituário acena para nós ao acompanharmos Pega, as mochilas nas costas.

— Próxima turma!

Alguém me empurra por trás, fazendo minha mochila balançar. Outra pessoa estica a perna, e Andorinha quase cai de cara no chão. A sala se enche das risadas dos homens, e o rosto dela fica vermelho de raiva feito um pimentão. Ela se vira, mas Mereden segura seu braço e a leva para longe antes que possa arranjar uma briga.

— Deixe quieto — sussurra ela. — Temos mais o que fazer.

Com a autorização em mãos, Pega nos guia para fora do salão, entrando em outro corredor. Meu coração acelera quando percebo que estamos indo em uma direção que nunca fomos antes. Há guardas espalhados, todos usando uniformes da guilda. Vejo tapeçarias e os símbolos dos pássaros de todos os mestres da guilda anteriores: Asas-negras, Bico--de-pedra, o lendário Cegonha e, é óbvio, Sparkanos, o Cisne, fundador da guilda. Apesar de pequeno, o símbolo de Pega também está ali, e por um momento sinto muito orgulho e alegria por estar em sua turma.

Este é o meu sonho.

Estou prestes a fazer algo com que sempre sonhei. Sinto o coração na garganta, lágrimas surgindo em meus olhos. Estou tão feliz. Não importa o que aconteça, vou me lembrar deste dia para sempre.

Há outro membro da guilda ao fim do corredor. Apresentamos nossa autorização para ele.

— Parada Treze, ein? Boa sorte.

Olho para Gwenna, franzindo as sobrancelhas.

— Acha que a Parada Treze tem algum problema?

Ela dá de ombros, ajeitando a mochila enquanto caminha. Seu olhar vai para Pega.

Entretanto, as portas duplas ao fim do corredor estão se abrindo, e prendo a respiração, pronta para ver a entrada secreta para as ruínas da Antiga Prell pela primeira vez. Os livros que li nunca entraram em muitos detalhes a respeito disso, e sempre quis saber como é. Será que é uma abertura gigante de túnel? Outra porta com diversas passagens? Vários andares, como um bolo? Estou tão curiosa que dou pulinhos, esperando minha vez de passar e ver o que tem lá.

Pega nos leva até... um pátio lamacento cheio de buracos.

Por um momento, a visão me lembra do campo nos limites da cidade... aquele em que as pessoas podem escavar por artefatos. Sou tomada pela decepção. Há um paredão cercando o pátio, isolando o que deve corresponder a quilômetros e quilômetros do centro lotado da cidade, e é estranhamente deserto se comparado aos prédios amontoados do lado de fora. Ainda consigo ouvir as pessoas falando nas ruas próximas, o que é chocante. Sim, há lama por todo lado, mas também há várias pedras, e o caminho que seguimos é separado por cordas.

Pega avança depressa pelo pátio estranho, como se soubesse exatamente aonde está indo. Seguimos atrás dela, em fila única, e passamos por outra turma aglomerada perto de seu líder. Conforme avançamos, vejo paredes de tijolos antigos em ruínas no meio do caminho lamacento, e meu coração volta a se encher de empolgação. Essas são mesmo as ruínas da Antiga Prell.

Também há buracos por toda parte. Não do tipo pequeno, que se cava com uma pá; esses buracos são tão grandes que uma carroça poderia atravessá-los, e eu me lembro da pequena pá na minha mochila e do bastão de ponta fina que carrego. Nenhuma dessas ferramentas parece grande o bastante para o tipo de escavação diante de mim. Enquanto observo, alguém empurra uma vagoneta, e um membro da guilda movimenta uma varinha no ar. Um portal cintilante se abre, e a vagoneta o atravessa. Outro, vazio, deixa o portal.

Arfo e dou um tapinha no ombro de Gwenna.

— Viu aquilo?

— Acho que é um jeito estúpido de usar um artefato — diz, e não parece nem um pouco admirada.

— Para onde acha que vai?

— E isso importa? Não deve ser nenhum lugar importante se só estão usando para jogar terra fora, em vez de vender para um detentor por um preço alto.

Hum, ela tem razão. Contudo, ainda estou fascinada e observo o portal oscilar e voltar a sumir. O membro da guilda, exasperado, volta a movimentar a varinha no ar, reabrindo-o, e outro homem surge de lá com uma vagoneta vazia.

Observo os homens rastejando pelas ruínas esburacadas, que parecem um formigueiro. Todos estão com uniformes da guilda, mas só aquele com a varinha usa o emblema de quem foi aprovado nos exames. Todos os outros estão usando as cores dos aprendizes. Dou um passo para a frente e cutuco o ombro de Andorinha.

— Pergunte a Pega por que tem tantos aprendizes aqui.

— Pega tem ouvidos — responde nossa mestre da guilda. — Não são aprendizes. Pelo menos ainda não. São repetentes.

Ah. Os repetentes: filhotes que não foram aprovados nos exames da guilda e foram abandonados por seus mestres. Fazem trabalho braçal para ajudar a organização, na esperança de que algum mestre se impressione com sua ética de trabalho e lhe dê outra chance. Encaro os homens que trabalham duro, os olhares de ressentimento que lançam para nós ao passarmos por eles. Isso não é nada promissor. É um arranjo que abre portas para o abuso. Preciso falar sobre isso com Hawk, mas então vejo uma cornija quebrada na ponta de uma parede em pedaços que chega à altura dos joelhos. Mesmo embaçado, o formato é óbvio para mim, e qualquer pensamento some da minha mente com a imagem.

É um entalhe preliano antigo, do período tardio.

Corro até lá e me abaixo ao lado da cornija, tocando-a de forma hesitante e irreverente. Por todos os deuses. Apesar de ter sido desgastada pelo tempo e pela natureza, ainda consigo ver a águia estilizada que era tão popular na arquitetura preliana tardia. É um exemplo incrível e parece ter sido feita do mármore que mais usavam naquele período. Traço as asas abertas com os dedos, maravilhada. Não acredito que posso vê-la tão de perto. E pensar que as pessoas passam por aqui, todos os dias, como se não fosse nada.

Perto de mim alguém pigarreia.

Viro-me e vejo Pega com as mãos na cintura.

— Se já cansou de apalpar as pedras, podemos ir?

— Ah, mas... a cornija... a águia... — balbucio, cobrindo-a com os braços, como que para protegê-la. — É arquitetura preliana tardia. E está sozinha aqui no pátio. Alguém pode acabar a atingindo com uma pá...

Ela me lança um olhar exasperado.

— Para onde estamos indo, Aspeth?

É... uma pegadinha?

— Parada Treze?

— Estamos indo para as ruínas da Antiga Prell. Lá é cheio de pedras iguais a essa. Então levante-se daí e vamos dar uma olhada nelas, certo?

Com relutância, me levanto. Não quero deixá-la ali — é tão bonita, não entendo por que não a pegam para colocar em um museu ou cofre público —, mas também quero ver a Antiga Prell. E quero explorar as ruínas.

E *preciso* de artefatos.

Sinto dor física ao deixar a cornija entalhada para trás. Dói no meu coração, mas não posso ficar aqui na lama, com todos esses homens me olhando feio enquanto seguram pás. Satisfeita por eu ter voltado a segui-la, Pega se vira e continua caminhando. Gwenna me lança um olhar compassivo. Ela entende minha obsessão com a Antiga Prell melhor do que qualquer um.

Seguimos Pega enquanto ela abre caminho pelo campo enorme, coberto de pedras e buracos gigantes, cercado de andaimes. Ao passarmos, vejo que uma bandeira com o número oito — em amarelo forte — está pendurada em um mastro. Atrás do mastro, um grupo de homens da guilda está sendo espremido em um buraco, dentro do que parece ser um cesto gigante.

Devo admitir, não tinha previsto isso. Quando imaginei a vida na guilda, pensei nas aventuras nos túneis, mas não em como alguém de fato chegava a eles. Não é tão... deslumbrante. Volto a pensar em um formigueiro cheio de buracos.

Pega se vira, mostrando nossa bandeira azul para um monitor de escavação.

— Parada Treze — anuncia ela. — Pega e os filhotes.

Ele dá risada.

— Parada Treze, hein? Boa sorte.

— Por que todo mundo continua repetindo isso? — pergunta Andorinha.

O homem indica para seguirmos em frente, nos levando para o último dos três buracos abertos em sua área de exploração. Passamos pelos outros três, e eu me inclino sobre um deles, mas está escuro demais para ver qualquer coisa além da corda e a roldana que está descendo.

— É ousadia escolher treze, só isso. É um número azarado.

— Por que é azarado? — pergunta ela.

— Porque ninguém acha qualquer porcaria na Parada Treze — responde o homem, solícito.

Todos nós nos viramos para encarar Pega.

— Por que escolhemos uma parada infame por não ter artefatos? — pergunto.

— Porque vocês são filhotes e a prioridade é que pratiquem. Acalmem-se. — Ela ergue o queixo para o atendente. — Nos mostre nosso cesto. Já estamos atrasados.

Ele puxa o cesto da corrente ancorada na lateral do buraco que deve ser a Parada Treze. Algumas pedras deslizam quando ele o traz adiante. Pega dá um passo para a frente e o ajuda a guiá-lo pelo buraco aberto e do tamanho de um poço. Observo-os trabalhando, um pouco admirada e muito preocupada.

Gwenna se aproxima de mim.

— Ela pode até ter um pressentimento bom em relação a isso, mas eu não tenho. Acha que ela escolheu esse porque acha que não vamos encontrar nada? Que é só uma desculpa para parecer que está ocupada?

Dou uma olhada em nossa líder. Ela está subindo na cesta e arrumando as cordas com uma habilidade que atesta seus anos de experiência.

— Por que se daria ao trabalho?

— Só para o Hawk sair do pé dela por alguns dias? Sabe que ele não está satisfeito com ela.

— Acho que Hawk não está satisfeito com ninguém. — Não consigo deixar de pensar naquela noite no beco. Na forma como ele segurou meu maxilar e me fez assistir. Como se afastou de mim logo depois, como se eu fosse lixo, e então me abandonou assim que chegamos em casa. Eu me senti inútil, suja e indesejada.

— Hum, não sei, não. Já vi a forma como ele olha para você. Se não se sente atraído, está enganando todos nós.

As palavras dela me fazem ruborizar.

— Vamos nos concentrar em Pega. — Porque não fico com frio na barriga quando falo dela. — Acha que está tramando algo contra nós? Que não quer que encontremos nada?

Gwenna dá de ombros, olhando de maneira fixa para Mereden e Kipp, que sobem na cesta. O deslizante sobe com agilidade, a concha balançando de um lado para o outro, mas Mereden parece assustada ao olhar pela borda.

— Só estou dizendo que a resposta mais simples para um comportamento estranho é também a mais provável.

— E qual é a resposta simples?

— Que ela voltou a beber.

— Ela jurou que pararia — protesto. — Não faria isso.

— Prometer é fácil — responde Gwenna, dando de ombros. — Vem. Acho que chegou nossa vez de subir.

Quero continuar discutindo, mas Andorinha entra na cesta e faz o objeto inteiro balançar, batendo na beirada do buraco e lançando vários pedregulhos na escuridão. Mereden dá um gritinho de medo, segurando-se na casa de Kipp... e fazendo o coitado cair de barriga. Andorinha cai em cima dele, e Pega quase a acompanha.

— Segurem-se — esbraveja ela, e os próximos segundos são um caos enquanto todos tentam se ajeitar. A cesta balança perigosamente por cima do buraco, e o condutor que a segura do outro lado da polia nos escara com o olhar fixo. — Vocês duas, chega de cochichar e entrem aqui. Quanto antes descermos, antes conseguiremos dinheiro.

As palavras dela me animam. Talvez ela queira que isso dê certo, no fim das contas. Gwenna só está imaginando. Subo na cesta, apertando a lateral com firmeza quando ela balança feito louca.

— Pelos deuses!

— Vão se acostumar com o movimento — diz Pega. — Só precisam de prática.

Gwenna é a última a subir e se segura em mim ao tentar achar um espaço. A cesta está cheia, e a mochila de Mereden empurra meu flanco mesmo enquanto Gwenna me abraça. Estamos parecendo sardinhas enlatadas, ainda bem que as equipes são de cinco pessoas, ou as cestas precisariam ser maiores. Imagino uma cesta carregando o corpo grande de Hawk, eu pressionada contra ele, e volto a sentir um frio na barriga.

— Prontos? — pergunta o condutor.

— Pode nos descer — responde Pega, batendo na lateral da cesta. — Avisaremos quando estivermos prontos para voltar.

A cesta sacode, e todos soltamos um gritinho. Bem, todos menos Pega, que só ri da nossa cara. Começamos a descer devagar, e volto a sentir que estou indo rumo a um poço. Inclino a cabeça (mesmo enquanto seguro a beirada) e olho para nossa líder.

— Então, como isso funciona? Como voltamos?

— Sempre tem alguém monitorando as cordas — diz ela. — Faça chuva ou sol, seja manhã ou noite. Subimos nossas bandeiras por uma delas, e eles mandam uma cesta para nós.

Parece um sistema impreciso, e tenho um milhão de perguntas. Por exemplo, o que acontece se não conseguirmos mandar as bandeiras para cima? O que acontece se uma corda ceder? O que acontece se ficarmos muito tempo lá embaixo? As respostas curtas de Pega são desdenhosas, como se já estivesse entediada. Terei que perguntar a Hawk quando voltar a vê-lo.

Bem, isso se ele não me odiar. Se ainda quiser falar comigo depois do nosso incidente no beco.

Contudo, pensando bem, sou sua esposa. Ele terá que me procurar pelo menos para pedir o divórcio se não quiser mais cruzar comigo. Aperto as coxas com a ideia. Sem dúvida ele vai querer pelo menos isso, certo? Com certeza...

Minha mente fica vazia quando a cesta desce mais e vejo uma iluminação baixa brilhando na caverna. Conforme descemos, vejo um relógio de bolso preso a um prego, o mostrador brilhando e iluminando a caverna. Mais abaixo, há uma xícara pendurada pela asa, também brilhando. Outros objetos espalhados iluminam a descida, artefatos que foram considerados inúteis, a não ser pela habilidade de iluminar o poço da caverna, e quero pegar cada um deles e examiná-los para ver seus glifos. Que símbolos usavam para a mágica? São do Império Preliano Tardio ou Antigo? Para que serviria uma xícara que brilha com a luz do sol?

A cesta desce cada vez mais, e eu inclino a cabeça para ver cada artefato no caminho. Tenho quase certeza de que vejo Pega levar um cantil à boca, mas não digo nada. Não quero perder nenhum momento.

Porque o "gargalo" estreito da caverna por onde estamos descendo — a Parada Treze — se alarga, e então vejo a enorme gruta que forma as ruínas da Antiga Prell. Meus olhos ficam marejados com a visão à minha frente.

É a coisa mais linda e maravilhosa que já vi.

Ouvi todas as histórias milhares de vezes. Sobre como Prell era um reino cheio de feitiçaria e magia, e que, séculos atrás, os deuses (ou talvez um terremoto terrível) o atingiram, colocando-o debaixo da terra. Acontece que a própria cidade foi construída em cima de várias cavernas, então as ruínas estão espalhadas por um labirinto de túneis, alguns grandes e outros pequenos, e são eles que a guilda protege com tanta lealdade.

Há uma grande câmara aberta na caverna, e as ruínas das construções antigas se distribuem por todas as saliências rochosas. Pilares tombados estão cobertos por musgos, e água pinga em pedaços quebrados de estátuas. Há pedaços da Antiga Prell espalhados como um quebra-cabeça em qualquer lugar para que eu olhe, e tenho a impressão de que, se eu tivesse tempo e força, poderia resolvê-lo e reconstruir a cidade. Mal posso esperar para explorar.

Porém, nossa cesta continua o percurso, e preciso reprimir um chorinho de protesto ao passarmos pela caverna enorme e fascinante, e seguirmos descendo. As paredes ficam mais estreitas, a cesta batendo nas laterais e nos balançando.

— Só mais um pouco — diz Pega quando volta a ficar escuro. Não há mais artefatos iluminando o caminho agora que estamos tão fundo.

— Podemos voltar? — pergunto. — Adoraria dar mais uma olhada na caverna grande.

— Ela já foi totalmente explorada. Acredite, não tem nada lá.

Uma luz fraca surge abaixo da cesta, entrando pelas ripas que nos sustentam. A iluminação aumenta quanto mais avançamos, e o poço fica mais largo. Um ovo de cristal provê uma luz fraca, iluminando o novo túnel, mostrando mais cordas ao lado e o que parece ser um túnel lateral.

— Segurem-se firme — diz Pega. — É preciso um pouco de habilidade para esta parte.

Ela tira uma vara gigante da lateral da cesta. Há um gancho na ponta, e ela a estende para as cordas que estão balançando perto de nós. Ao enganchá-las, puxa com força, e somos levados à entrada do túnel lateral. Todos se seguram na borda da cesta, e fico aliviada ao perceber que paramos de descer e que Pega está nos puxando devagar para a lateral.

Quando nos aproximamos o suficiente, vejo outros laços de corda perdurados nas paredes, e, às suas ordens, os seguramos. Dando mais alguns puxões, conseguimos levar a cesta até a beirada da plataforma do túnel lateral.

— Podem descer! Não esqueçam seus equipamentos. — Pega parece estar animada, como se tivesse um grande carinho pelos túneis. Não posso julgá-la. Estou empolgada para explorar lá embaixo. Vai saber quais tipos de maravilha vamos ver. A ansiedade me deixa inquieta, e praticamente pulo da cesta atrás de Andorinha, empolgada para começarmos.

Um por um, entramos no túnel e olhamos ao redor. É um dos menores pelos quais passamos, mas é grande o bastante para que Mereden possa subir nos meus ombros sem encostar no teto. Há camadas de pedras aqui, as paredes com listras horizontais por causa das camadas diferentes de sedimentos, mas o caminho foi aberto o suficiente para que possamos andar sem problema.

— Em formação, por favor — diz Pega, e faz um barulho estranho.

— Você soltou um arroto? — pergunta Andorinha desconfiada.

— Não.

Gwenna me dá um empurrãozinho, com uma expressão de "eu falei" no olhar.

Ótimo. Ela está bebendo, o que significa que estamos praticamente por conta própria, e mal treinamos. Queria que Hawk estivesse aqui. Ele pode gritar comigo o quanto quiser, mas eu só me sinto segura com ele por perto.

No entanto, ele não está, e precisamos aproveitar o que pudermos antes de voltarmos à superfície. Estou dividida entre o desejo de encontrar algo para voltarmos vitoriosos... e o de não achar nada, porque para os infernos com Barnabus.

— Em formação — repito. — Tudo bem, vamos nos amarrar? O espada vai na frente da fila, certo?

— Não precisam se amarrar ainda. Estão vendo aquela corda? — Pega vai até a parede e puxa uma coisa em que eu ainda não tinha reparado: de fato há uma corda ali, ganchos de metal espalhados prendendo-a no lugar. — Quando não houver mais corrimões, aí sim estaremos na área de exploração. Nesse momento vocês poderão se amarrar.

— Então não é aqui que vamos explorar? — pergunta Gwenna.

Pega dá risada.

— Ah, lógico que não. Aqui é só a entrada. Precisamos entrar bem mais fundo se quisermos encontrar qualquer coisa. Ainda vamos demorar algumas horas para chegar aonde queremos.

Em vez de preocupada, fico muito animada. Várias horas significam muitas ruínas para ver. Ótimo. Kipp passa por mim, e vou para minha posição atrás dele, como baluarte. O escudo que me deram ainda está preso às minhas costas, segurando minha mochila no lugar, mas suponho que devo pegá-lo quando estivermos amarrados juntos. É estranho ter que contar com Pega... e percebo que não confio nela nem um pouco.

É triste. Minha heroína de infância está arruinada.

Contudo, no momento, não posso fazer nada a respeito. Seguro a corda da parede e solto um gritinho de nojo, ela está molhada, e é nojento tocá-la. Mereden também emite um som de desgosto.

— Está molhada!

— Vê se cresce! — repreende-a Pega. — Vocês vão sentir falta dessa corda daqui a algumas horas.

VINTE E CINCO

ASPETH

PARECE QUE ESTAMOS CAMINHANDO nas sombras eternamente. Os artefatos que iluminam o caminho ficam cada vez mais espaçados, e o apoio da corda nos leva cada vez mais fundo no túnel. Ele não para de descer, e a certa altura fica tão íngreme que Gwenna quase cai, a única coisa que a impede de sair escorregando é a corda e Andorinha, que segura sua mochila.

As cavernas são molhadas e gotejantes. Sempre me perguntei o porquê de haver tão poucos tecidos e livros da Antiga Prell, mas agora entendo: nada sobreviveria a essa umidade constante. Ao menos nossas roupas são quentes, e agradeço pelas camadas que vesti, as calças com uma saia por cima, além do corpete, da camisa e da capa grossa. Comecei a usar saias por cima da calça nos dias chuvosos porque meu traseiro fica grudado nela quando o tecido está molhado, e Pega disse que isso é indecente. Até agora ela não fez nenhum comentário sobre a modificação no uniforme, o que é bom. Hawk também não falou nada. Será que ele também acha que meu traseiro fica muito à mostra quando o tempo está úmido?

Também não há tanto para ver quanto eu esperava. Vemos um pedaço de construção se projetando da parede, mas a pedra ao redor dele foi escavada, como uma maçã sem miolo, e não sobrou nada para investigar. Porém, assim como Pega disse, há várias cornijas, estátuas quebradas e tijolos espalhados pelos escombros. Depois de um tempo, até isso perde a graça, ainda mais quando não se pode parar para examiná-los.

O túnel desemboca em uma grande cavidade, e a caverna se divide em dois caminhos. À esquerda, há uma bandeira em verde vivo pendurada, o túnel isolado. E há um 32 estampado na bandeira.

— Nós vamos à direita — diz Pega.

— Por que o número deles é o Trinta e Dois e o nosso, Treze? — pergunto.

— Os túneis foram escavados em períodos diferentes.

Ah.

— O Trinta e Dois também é azarado?

Ela bufa.

— Bem que eu queria.

Estranho. Então na mesma área há um túnel bom, mas ficamos com o ruim. Ótimo. Observo as diferenças entre ambos. O Trinta e Dois parece mais amplo, as paredes um pouco mais polidas. As paredes do Treze são brutas, e sua entrada, baixa. Espero que isso seja um bom sinal, mas algo me diz que não é.

Kipp tira a corda da mochila e me oferece uma das pontas. Certo. Passo-a pelo cinto da guilda da maneira que fui ensinada, e a entrego a Andorinha, que será nossa navegadora. Ela prende o cinto, e, enquanto isso, tiro a mochila e pego o escudo, que é minha responsabilidade. Como arma, tenho o pequeno bastão, mas não posso usá-lo enquanto seguro o escudo. Como baluarte, meu trabalho é proteger, e não atacar, então o coloco na mochila outra vez.

Quando estamos todos amarrados juntos, Kipp pega sua pequena espada. Ele abre um sorriso para mim e lambe o globo ocular. Acho que quis dizer que está preparado. Todos nós parecemos estar preparados, as mochilas nos ombros, e Gwenna está na retaguarda. Viro-me para trás para ver onde Pega vai ficar ao avançarmos...

Só que vejo que ela colocou a mochila no chão. Enquanto observo, ela abaixa a lamparina e estira a cama. E se deita com um bocejo, usando a mochila como travesseiro.

— O que está fazendo? — pergunto. — Achei que não era aqui!

Todos se viram para encará-la.

Pega assente, indicando nosso túnel.

— Vocês precisam seguir por ali por mais uma ou duas horas, depois vejam se encontram alguma coisa. Vou esperar aqui.

Encaro-a chocada. Os outros fazem o mesmo. Tenho quase certeza de que não era isso que nossa líder deveria fazer.

— Você não vem conosco? — pergunta Mereden em voz baixa.

— Não. Vou ficar aqui e tomar conta do acampamento. Deixar uma luz acesa para vocês e tudo o mais. — Ela aponta para a caverna. — Quando estiverem prontos para descansar, voltem nesta direção. Também podem deixar suas coisas aqui para tirar o peso das mochilas.

Não sei se gosto da ideia, mas, quando Andorinha dá de ombros e joga as coisas no chão, faço o mesmo. Tiro minha esteira de dormir e uma muda de roupa, e as deixo no chão. Minha mochila parece murcha e meio vazia agora, e tenho certeza de que Hawk não concordaria.

Contudo, Hawk não está aqui.

Depois de arrumarmos as bolsas e eu não ter nada em mãos além do escudo, Pega oferece a bandeira.

— Amarrem isso ao redor do túnel. Assim, se outra equipe passar por vocês, não poderão explorar onde estiverem. Já estará reivindicado.

Gwenna aceita a bandeira e me lança um olhar desconfiado.

— Para que vamos fazer tudo isso se não temos esperança de achar nada? — pergunta, seu tom de voz cuidadosamente calmo. — Não seria mais inteligente continuarmos com as aulas lá em cima?

— Ah, nós somos pagos só pela tentativa — responde Pega, dobrando as mãos em cima da barriga e se aconchegando na cama improvisada. — Essa é a graça. Em uma situação como esta, esses lordes pagam pelo número de equipes enviadas, e não pelo que trazem de volta. Podemos desperdiçar nosso tempo e o dinheiro dele o quanto quisermos, e vocês ainda conseguem treinar. É um ótimo arranjo. — Ela coloca a mão no cinto sem abrir os olhos e oferece a vareta. — Não esqueçam a varinha de radiestesia.

— Precisamos dizer alguma coisa para ativá-la? — pergunta Andorinha ao pegá-la.

— E eu que sei?

Franzo o cenho.

— Vamos logo, vamos ver o que conseguimos. Pelo menos vamos ganhar experiência.

Kipp puxa a corda, como se concordasse, e aponta para o túnel que nos aguarda. Eu assinto e vou atrás dele, as outras nos seguindo.

༺ ☙ ༻

Treinamos como caminhar enquanto estamos amarrados, e não nos saímos tão mal assim. Ninguém se esbarra, e mantemos certa distância uns dos outros, assim conseguimos andar de maneira confortável. Nosso novo túnel — na Queda Treze — não conta com uma corda onde podemos nos segurar, e o chão é molhado, escorregadio e íngreme. Avançamos com cautela, e fico feliz por Kipp estar na liderança. Mesmo com o chão molhado, seus movimentos são confiantes.

A iluminação acaba, e temos que parar para que Andorinha prepare uma lamparina para nós. Ela a segura no alto com uma vara, mas o teto é tão baixo, que a ferramenta bate nas pedras, fazendo uma chuva de pedregulhos atingir nossa cabeça, e Gwenna grita, surpresa.

— Desculpe — diz Andorinha, mas parece tensa. Todos nós estamos tensos. Esta é nossa primeira experiência nos túneis, e não consigo deixar de pensar que ainda não estamos preparados.

Bem, talvez Kipp esteja. Ele avança pela escuridão iminente com confiança, com a pequena espada ao lado do corpo. Se está tão nervoso quanto o restante de nós, não deixa transparecer.

— Não imaginei que seria tão escuro — sussurra Mereden ao irmos ainda mais fundo nos túneis. — Quero dizer, sei que estamos embaixo do solo. Mas acho que eu simplesmente não estava preparada... para isso.

Entendo o que ela quer dizer. O círculo de luz que a lamparina oferece parece pequeno, e a escuridão dos cantos, opressiva, como se estivesse fechando-se ao nosso redor. Como se fosse um oceano sendo retido pela mais fraca das barragens, só esperando para nos atingir mais uma vez. Ela tem razão ao dizer que nosso treinamento no escuro, no rio, não nos preparou. No rio, havia a luz da lua e das estrelas. Aqui só há um teto acima de nós, tão baixo que só preciso estender a mão para tocá-lo. Além de quilômetros e quilômetros de pedras só esperando para fazer nosso túnel desmoronar...

Afasto esses pensamentos. Se Hawk, que é alto e grande, consegue fazer isso — se dezenas de outros taurinos conseguem —, eu também posso. Ignoro o ressentimento que surge dentro de mim. Pega deveria estar aqui. Hawk deveria estar aqui. Deveria haver alguém ao nosso lado, nos guiando. Porém, Hawk está ocupado tentando salvar a guilda de si mesma, e Pega está tirando um cochilo. Estamos por conta própria.

Seguimos em silêncio pelo túnel, até que ele se expande. De repente, não é mais uma passagem apertada, e sim um labirinto de túneis laterais. Em um dos lados, há uma picareta e uma corda rompida largadas, prova de que outras pessoas já estiveram aqui antes.

Kipp para de andar, e Andorinha movimenta a lamparina ao redor da entrada dos outros túneis. Há cinco — não, seis — espalhadas em frente a nós feito um leque.

— Para qual seguimos? — pergunta ela, olhando para mim.

Como vou saber?

— A navegadora é você.

— Merda. É verdade. — Ela faz uma careta. — Preciso admitir que não me sinto muito como uma navegadora. — Ela indica o túnel mais próximo. — Que tal esse?

Seguimos por ele por um tempo, porém o caminho faz curvas e se ramifica repetidas vezes. Algumas dessas ramificações só continuam por alguns metros, mas outras descem para a escuridão por uma longa distância.

Andorinha fica nervosa quando passamos por outra ramificação profunda.

— Não sei se devemos descer.

— Não está com um bom pressentimento? — pergunta Mereden.

— Não estou com um bom pressentimento em relação a nada disso — confessa ela. — Não quero que a gente se perca por culpa minha.

— Não vamos — digo para tranquilizá-la. — Se nos perdermos, Hawk vai dar um jeito de nos encontrar. Estamos com o farol de resgate, e ele conhece esses túneis melhor do que ninguém. Ele vem para cá o tempo todo.

Sinto um frio na barriga ao pensar no meu marido. Não é a primeira vez que desejo que ele estivesse aqui conosco no lugar de Pega. Hawk não teria nos abandonado para cochilar em uma caverna mais aberta. Estaria bem aqui, nos aconselhando. Tento imaginar o que ele diria se estivesse conosco.

— Vamos pensar nisto como uma missão de exploração. Podemos ver como são as coisas aqui, explorar um pouco e então voltamos ao acampamento para descansar e ver como Pega está. Quando nos sentirmos confortáveis, podemos procurar algo para levar conosco.

— Como vamos saber quando devemos começar a escavar? — pergunta Gwenna. — Você já leu vários livros sobre este lugar. O que era indicado?

Estou começando a perceber a quantidade de informações que meus livros não citaram. Todos naqueles livros sempre pareciam saber quase que de maneira automática onde escavar e quão profundamente. Só colocavam as picaretas na parede, e os artefatos apareciam. Olhando ao redor, sei que não vai ser assim. Cada parede rochosa parece igualzinha às outras, e, quanto mais avançamos, menos vemos vestígios da Antiga Prell. Não há tijolos quebrados aqui nem pedaços de cerâmicas ou de estátuas. Isso me faz lembrar que a Queda Treze é considerada um azar. Até mesmo vazia.

— Vamos saber quando virmos.

Continuamos a explorar em uma tentativa de nos acostumar com as cavernas. No entanto, não deixo de notar que, sempre que olho para trás, Gwenna, Andorinha e Mereden estão unidas, segurando-se umas nas outras. Não as julgo. Quero fazer o mesmo, a única coisa que me impede de me juntar a elas é a coragem de Kipp. Quando imaginei a mim mesma como uma arqueóloga destemida, pensei que seria mais glamouroso e bem iluminado do que isso. Imaginei os artefatos caindo em minhas mãos depois de uma escavação mínima.

Isto, contudo? Isto vai dar uma *trabalheira*.

— Vamos tentar mais um túnel antes e depois voltamos — sugiro depois de um tempo, quando retornamos ao leque de passagens. — Podemos dizer a Pega que estávamos procurando o melhor lugar para dedicar nossos esforços. Andorinha, escolha um túnel.

Ela aponta para um deles, e Kipp segue para lá. Vou logo atrás dele, brandindo meu escudo, mesmo que agora pareça ser feito de chumbo. *Talvez eu e Andorinha devêssemos trocar*, penso ao entrarmos na passagem escura. O teto aqui é um pouco mais baixo, mas não é nada que não tenhamos visto antes. Acho que eu preferiria ser a navegadora a carregar um escudo pesado o dia todo...

Sinto algo roçar no meu cabelo.

Olho para cima, e a luz oscilante de Andorinha ilumina um labirinto de teias de aranhas. Vejo pernas longas e pretas se mexendo, então sinto algo no cabelo outra vez. Levo a mão ao topo da cabeça e encontro algo que não deveria estar lá.

Com um grito, jogo a aranha da minha cabeça para o chão da caverna. Ela é do tamanho da minha mão, as pernas compridas, nojentas e com pelos tão grossos que consigo enxergá-los até com minha visão ruim. Outra aranha cai no meu ombro, então Mereden solta um gritinho de medo, tirando uma da capa de Andorinha.

— Voltem! — grito. — Vamos voltar por onde viemos!

Corremos pelo túnel, gritando de medo e chacoalhando nossas roupas. A lamparina balança, deixando-me tonta conforme a luz oscila. Até que voltamos para a entrada dos túneis, e eu jogo meu escudo no chão, balançando minhas roupas repetidas vezes, enojada. Hawk comentou que odiava aranhas. Eu devia ter dado ouvidos. Olho para trás para ver se Kipp nos seguiu, já que a corda que nos une está tensa. Ele aparece alguns segundos depois, uma perna comprida e escura desaparecendo em sua boca.

Eca.

— Acho que para mim já basta por hoje — diz Gwenna, passando os dedos no cabelo, que agora está solto. Ela estremece. — Podemos voltar e decidir o que faremos em seguida?

Acho uma ótima ideia. Concordo com a cabeça, e Mereden faz o mesmo. Kipp dá de ombros e coloca uma pedra no meio da entrada do túnel, marcando-a. Bem pensado, mas talvez ele esteja fazendo a marcação como o local de um lanchinho, enquanto o restante de nós quer marcar como: NÃO, NUNCA MAIS.

Pegando o escudo, indico que Gwenna deve tomar a dianteira agora, já que é a primeira da fila, e voltamos por onde viemos. Estamos todos um pouco mais quietos agora que compreendemos qual é a realidade dos túneis. Meus pensamentos estão agitados, comparando como os túneis são de verdade ao que eu tinha imaginado. Não estou exatamente decepcionada... mas não posso deixar de desejar que Hawk estivesse aqui. Tenho o pressentimento de que ele entenderia melhor do que ninguém.

Ou talvez eu só esteja inventando desculpas porque quero muito falar com ele.

Quando a caverna se abre de novo e vemos a luz fraca e distante do acampamento de Pega, me dou conta de que estou exausta. Parte da umidade em minha roupa é causada pelo suor, já que passamos o dia todo caminhando por túneis. Gwenna parece estar tão cansada quanto eu, assim como Andorinha e Mereden.

— Quanto tempo acha que ficamos fora? — pergunta Mereden. — Como marcamos o tempo aqui?

— Bem, meu estômago não para de roncar — diz Andorinha, batendo na barriga. — E só costumo ter fome bem depois da hora da janta, então eu diria que está tarde. Estou pronta para comer uma ração horrível, dormir e...

Ela para e fica em silêncio, e eu espio por trás de seu corpo.

O acampamento está uma bagunça. Nossas bolsas estão reviradas, a comida jogada por todo lado. Os cantis extras que trouxemos estão derrubados em cima do próprio líquido que carregavam. Nossas esteiras desapareceram ou foram cortadas aos pedaços, nossas mudas de roupa igualmente destruídas.

Pega está estirada, o rosto para baixo, em meio à bagunça.

— Tia! — grita Andorinha, correndo adiante. Todos nós, inclusive ela, caímos quando ela se esquece de que estamos amarrados. Ela rasteja para a frente enquanto tentamos nos levantar. — Tia Pega! Ela está morta?

Gwenna ajuda Mereden a se levantar no mesmo momento em que um ronco alto e exagerado ecoa pela caverna.

— Ela não está morta — retruca Gwenna. — Está bêbada pra caralho.

Andorinha vai até a tia, virando-a de costas e chacoalhando-a para acordá-la. O restante de nós se ocupa de desamarrar as cordas, sem dizer nada.

— Tia Pega? — diz Andorinha, dando tapinhas em sua bochecha. — Acorde.

Pega acorda bufando e então coça os olhos. Ela sai de cima dos cobertores, e o som de garrafas vazias tilintando é alto na caverna. Troco um olhar com Gwenna.

— Q-Quê? — diz Pega, passando a mão na boca. Ela olha para Andorinha. — Que foi? Que aconteceu?

— Você que tem que nos dizer! O que aconteceu com o acampamento?

Pega se senta, piscando. Ela demora um momento para perceber que nossos suprimentos foram destruídos. Em seguida, pega um pedaço de biscoito de água e sal e dá uma mordida, apesar da poeira do chão da caverna.

— Devem ter sido ratazanas.

— Ah, dê um tempo — protesta Gwenna. — Não foram ratazanas.

Pega volta a deitar na esteira.

— Não tem como saber.

— As ratazanas teriam te deixado em paz enquanto estava estirada e desmaiada de bêbada? Ou teriam te atacado? — Gwenna balança a cabeça e pega um pedaço de cobertor rasgado. — Isso obviamente foi obra de alguém que queria nos sabotar.

Pelos deuses. Será que foi Barnabus? Será que enviou seus lacaios atrás de nós?

— Quem faria isso? — pergunta Mereden, oferecendo a corda desatada para eu me soltar.

— Qualquer um com um pênis! — exclama Gwenna, gesticulando para nosso grupo. — Pensem em como eles têm nos tratado desde que chegamos! Não gostam da ideia de ter mais mulheres, ou um deslizante, na preciosa guilda deles. Estão fazendo tudo o que podem para deixar na cara que não somos bem-vindos.

Ah. Ou isso. Pode ter sido isso. Tiro a corda do cinto e me jogo no chão, exausta. Quero meus óculos, porque não quero mais dar de cara com aranhas. Quero deitar e descansar a cabeça, mas meu cobertor está em frangalhos... ou nem existe mais. Quero comer e dormir abraçada com minha gata, sem ter que me preocupar com Barnabus ou com os outros homens da guilda que podem estar nos sabotando. Quero não precisar me preocupar se Pega está bebendo, quando deveria estar nos ensinando. Quero não me preocupar se meu marido taurino me odeia ou se Barnabus vai tentar me expor para guilda ou se simplesmente vai tentar conquistar a fortaleza do meu pai.

Porra, estou *farta* de tudo isso.

— Sério, tia Pega, como pôde? — Andorinha lança um olhar de decepção para a tia. — Como vamos conseguir se você também está nos sabotando?

— Ah, vê se cresce — esbraveja Pega. — Acha que vão deixar qualquer um de vocês entrar? Eles odeiam ter mulheres na guilda. Vão por mim, eu sei bem. Vão deixar vocês brincarem de ser artífices, mas nunca serão aprovados. Pensei que, se eu trouxesse vocês aqui, pelo menos poderiam ter um vislumbre de como é. Não tenho porra de culpa nenhuma nisso.

As palavras dela só fazem meu peito doer ainda mais. Ela tem razão. Os homens da guilda deixaram evidente que não nos respeitam. Mesmo que encontrássemos algo, de que adiantaria? Só serviria para ajudar Barnabus.

Se correr o bicho pega, se ficar o bicho come.

Gwenna arruma o acampamento enquanto Mereden e Andorinha tentam ajudar Pega a ficar sóbria. Kipp pega os odres e vai até o gotejamento mais próximo para reabastecê-los, e eu fico sentada, sentindo pena de mim mesma e secando as lágrimas que escorrem por meu rosto. Quando está tudo arrumado, Gwenna vem se sentar ao meu lado.

— Já acabou?

— Sim, estou me sentindo bem acabada no momento. — Fungo com mais força. — Não sei por que um dia achei que poderia fazer isso.

— Não, não. Quis dizer se já acabou de sentir pena de si mesma. — Ela me dá um empurrãozinho com o ombro. — Conheço bem essa expressão no seu rosto. "Pobre de mim, sou só a filha de um detentor, a vida é tão difícil."

Sinto a vergonha me atingir.

— Eu não...

— Olha, isso foi uma porcaria? Sem dúvida. — Ela observa Mereden e Andorinha ajudarem Pega a dar voltas na caverna, tentando eliminar o álcool e deixar nossa professora sóbria. Então ela se vira para mim. — Está tudo indo contra nós? Com certeza. Mas desde quando você deixa isso te impedir?

Esfrego a testa.

— Não tem como eu dar um jeito em nada disso, Gwenna. Estou cansada de nadar contra a maré.

— Você não é de desistir. Não faz parte de quem você é, Aspeth. Você faz o melhor com o que tem, sempre.

— E qual é o melhor cenário aqui, achar um artefato? — Abro as mãos, cansada. — E então ele será dado a Barnabus, que o usará contra meu pai para roubar sua fortaleza. Não quero ajudá-lo.

— Então não ajudaremos — responde Gwenna, como se fosse simples assim.

— Mas e se encontrarmos algo? Algum tipo de tesouro? Um artefato mágico? Teremos que entregá-lo. É uma lei da guilda.

— Ainda não fazemos parte da guilda, certo? — Ela me lança um olhar altivo. — Se acharmos algo, e, do meu ponto de vista, essa possibilidade é bem pequena, podemos conversar com Mereden, Andorinha e Kipp. Explicamos a situação e oferecemos alguma outra forma de compensação. Talvez possamos abrir mãos de nossa parte dos ganhos em algumas descobertas para pagá-los.

Meus olhos ficam marejados.

— Faria isso por mim?

— É óbvio que faria. E acho que eles também. Você faz parte do nosso Cinco. É nossa amiga.

Abro um sorriso com dificuldade.

— Ou talvez possamos vender o que quer que encontremos e ficar com o dinheiro para que você envie ao seu pai. — Gwenna se anima. — Ou talvez a decisão seja fácil. Talvez encontremos uma Urna Infinita de Varíola do Submundo e a entreguemos a Barnabus, no fim das contas. Vai saber o que nos aguarda.

Solto uma risadinha. Não consigo evitar.

— A questão, minha amiga, é que você chegou até aqui. Por que deixaria um homem como ele te fazer desistir?

Indico nosso entorno. A caverna úmida, onde as aranhas ainda se escondem em algum lugar, esperando para pular em nossos cabelos. Onde outra equipe está com nossas coisas, rindo e comemorando por nos prejudicar.

— É que isso simplesmente não é como eu esperava, sabe?

— E o que na vida é? — Ela me dá mais um empurrãozinho com o ombro, um gesto amigável. — Vamos dormir um pouco, e tudo vai estar melhor quando acordarmos. Vamos improvisar esta noite, como profissionais, e então, quando acordarmos, vamos atrás de artefatos, como programado. Como se quiséssemos este emprego. Porque eu prefiro procurar tesouros enterrados em uma caverna a limpar os penicos de nobres mimados... sem ofensas.

— Não ofendeu.

Sinto um cutucão do outro lado e me deparo com Kipp, segurando um pedaço de biscoito. Ele me oferece com um pequeno sorriso, e eu aceito, grata. Ele dá outro pedaço a Gwenna.

— Que bondade a sua — diz ela. — Onde estava guardado?

Ele dá um tapinha no canto da casa, como se isso respondesse tudo, então se afasta para dividir com as outras.

— Adoro esse carinha — diz Gwenna. — Ele é uma pessoa legal, pesar de pegajoso. Se é que me entende. — Ela dá uma mordida no biscoito e observa os outros. — Sabe, sua vida não é a única difícil. Mereden não quer voltar ao convento.

— Ah, é?

— O pai dela a obrigou a entrar para a igreja. Ela não queria, mas ele é muito religioso e achou que um dos filhos deveria ser uma oferenda a Asteria, para trazer prosperidade à casa deles. Ela me contou que ninguém no templo falava com ela. Que a seita pregava o silêncio e que os membros acreditavam estar mais próximos da deusa se não dissessem nada. É por isso que ela insistiu em vir para cá e se juntar à guilda. Estava desesperada para sair de lá.

— Parece ser horrível.

— Imagino que sim. E a Andorinha já te contou algo sobre o pai e a mãe dela?

Parece que estou ouvindo uma lição de moral, mas acho que é o tipo de informação da qual preciso saber.

— Não.

— A família dela era pobre. Pega conseguiu entrar para a guilda, mas a irmã não tinha o que era necessário. Acabou indo trabalhar em um bordel. Deu o nome de Andorinha à filha por inveja de tudo o que Pega tinha. Quis que ela fosse nomeada a partir de um pássaro para ser tão especial quanto a irmã. É óbvio que sabemos que não é assim que funciona, mas fazer o quê? — Ela dá de ombros. — Não sabem quem é o pai. Andorinha quase acabou vendendo o corpo também, mas fugiu quando adolescente e se juntou a uma trupe de cartomantes itinerantes. Ela sabe ler cartas muito bem, falando nisso. Mas é terrível nos malabares. Não sei como conseguiu ganhar a vida com isso.

Eu não fazia ideia de nada disso. Estive concentrada nos meus problemas... e, bem, na minha relação com Hawk.

— Eu não sabia.

— Seu novo marido estava ocupando seu tempo, então ninguém te culpa. — Ela dá um tapinha no meu joelho e outra mordida no biscoito. Enquanto mastiga, continua a falar: — O Kipp... bem, não sei bem qual é a situação dele, já que não fala. Mas imagino que não seja perfeita. O que estou tentando dizer é que a vida de todos tem desafios. O problema é que os seus estão surgindo ao mesmo tempo, mas você vai conseguir sair dessa.

Ela parece tão confiante, tão certa.

— Mas e se tudo der errado, e, no fim das contas, eu não tiver nenhuma escolha a não ser me casar com Barnabus?

— Então daremos a Urna Infinita de Varíola do Submundo a você, e assim você pode transformar a vida dele em um inferno.

Volto a rir, mas agora a risada está parecendo um pouco histérica.

— Mas já sou casada. E Hawk também não parece me querer.

Gwenna me lança um olhar de impaciência.

— Por que está inventando problemas para si mesma, Aspeth? É um casamento de conveniência, lembra? E ainda é conveniente para vocês dois. Pense no que está acontecendo entre vocês quando não for mais. Até lá, pare de se preocupar com isso.

Ela tem razão. O conselho racional de Gwenna entra na minha mente, e percebo que é a verdade. Por que estou inventando problemas para mim mesma? De que importa se Hawk gosta de mim tanto quanto gosto dele? Ele precisa de uma parceira para a Lua da Conquista, e eu preciso de alguém que possa se apresentar como meu tutor.

Nada além disso é necessário.

Pego a mão dela e a aperto.

— Você é uma boa amiga.

— Sou uma amiga medíocre — corrige. — Sou uma ótima criada, mas prefiro ser uma amiga medíocre. — Seu sorriso aumenta. — Ou uma filhote da guilda mais medíocre ainda.

— É nosso novo objetivo — concordo, rindo. — Temos que nos esforçar para nos tornarmos o auge da mediocridade da guilda.

— Saúde — diz ela, e ergue o biscoito para brindarmos.

VINTE E SEIS

ASPETH

4 dias antes da Lua da Conquista

QUANDO ACORDO, ME SINTO dolorida, mas firme. Meu pescoço dói por usar minha mochila vazia como travesseiro, e estou com um pouco de frio por dormir em contato direto com uma pedra. Minhas roupas estão úmidas e meu estômago está vazio, mas estou determinada.

Não vou deixar Barnabus me derrotar. Vou entrar para a guilda. Vou descobrir uma forma de proteger meu pai e a fortaleza, e tudo vai ficar bem.

Tudo vai ficar bem, repito para mim mesma várias vezes enquanto massageio minhas costas doloridas.

Tudo vai ficar bem, digo como um mantra enquanto Pega grunhe e vomita no chão, nitidamente de ressaca.

Tudo vai ficar bem, digo a mim mesma ao pegar o escudo que usarei hoje e que parece pesar toneladas. Se homens como Faisão conseguem fazer isso, eu também consigo. Por mais estranho que seja, pensar em Faisão me ajuda. Imagino aquele homenzinho baixo e odioso me superando em qualquer coisa relacionada à guilda, e isso me dá uma boa chacoalhada. Eu me endireito e abro um sorriso para os outros, que parecem ter tido uma noite difícil.

— Vamos nos preparar para partir, pessoal. O tempo está passando.

— O que vamos fazer com Pega? — pergunta Andorinha, dando uma olhada na tia.

— O mesmo que fizemos ontem — respondo depressa. — Ela pode cuidar do que sobrou de nossas coisas. Levá-la conosco não vai ajudar em nada.

Kipp distribui mais biscoitos — pedaços menores do que os de ontem, mas ainda fico feliz por eles —, e nós nos amarramos enquanto Pega cobre a cabeça com um cobertor.

— Para que lado vamos? — pergunta Mereden enquanto olha para Andorinha, que dá de ombros.

— Desde que não haja aranhas, qualquer um. Alguém tem alguma preferência?

Gwenna olha para mim. Kipp também. Faz sentido, eu sou a especialista, afinal. Reflito por um momento.

— Um dos túneis descia um pouco. Podemos ir até lá e ver se há alguma mudança nas rochas. As outras partes da caverna estavam cheias de entulhos da cidade. Se conseguirmos ver uma parte da própria rocha, talvez saibamos o quanto precisamos descer, ou subir, até chegar às ruínas.

Não sei se o que estou dizendo está certo, mas pareceu razoável.

Kipp dá um tapa firme e forte na concha, como se estivesse concordando. Ele se levanta e olha para nós, colocando a mão no cinto da espada.

Concordo com a cabeça e vou atrás dele.

É difícil monitorar o tempo nos túneis. Andorinha está usando uma lamparina a óleo com um pavio de queima lenta, então é impossível saber se de fato se passaram horas conforme vamos mais fundo ou se é só impressão. Hoje não nos apressamos e examinamos as paredes rochosas com cuidado. Se descermos demais, talvez deixemos os níveis das ruínas passarem, então precisamos achar a camada de pedras e detritos onde elas estão. O problema é que não encontramos absolutamente nada, não importa em quantos túneis entremos ou o quanto encaremos as paredes rochosas da caverna.

Fazemos uma pausa, e, quando Kipp pega mais biscoitos da mochila, percebo que deve ser hora do almoço. Tento não pensar nas pernas de aranha que vi desaparecendo em sua boca e me concentro em me sentir grata pela comida que ele guardou para nós. Até agora, a manhã foi um desastre.

— E a varinha de radiestesia? — pergunta Mereden, olhando para mim enquanto lambe o dedo e o usa para tirar migalhas do decote para em seguida comê-las. — Acha que funcionaria?

Dou de ombros... não faço ideia.

— Não servem para encontrar água?

— A tia Pega acha que qualquer um com sangue preliano pode usá-la para achar artefatos — diz Andorinha. — É a magia respondendo à magia e tudo o mais.

— Posso dizer com certeza que não tenho sangue preliano — digo.

A ancestralidade da fortaleza do meu pai remonta há vários séculos no mesmo local, e, mesmo antes disso, nossos ancestrais eram um povo das montanhas. A Antiga Prell não estava nem perto das montanhas. É uma pena. Eu adoraria ter sangue mágico.

— Podemos revezar — diz Andorinha, pegando a varinha. — Não vai fazer mal, certo?

Quero comentar que isso parece ser um jeito besta de perder tempo, mas e se eu estiver errada? Eles passaram a manhã toda confiando no meu suposto conhecimento, e não os levei a lugar algum.

— Mal não vai fazer — concordo e gesticulo para ela. — Quer ser a primeira?

Ela entrega a vara que segura a lamparina para Mereden e pega a varinha de radiestesia. É uma simples vareta com uma bifurcação em uma das pontas — uma bifurcação torta, não posso deixar de notar —, e então fecha os olhos e se concentra.

— Leve-nos às riquezas da Antiga Prell.

Andorinha a gira devagar, formando um círculo completo. Depois de fazer isso duas vezes, abre um dos olhos e nos encara.

— Era para eu sentir alguma coisa, não era?

Não faço ideia. Dou de ombros.

— Nunca usei uma varinha de radiestesia.

Nenhum de nós já usou. Kipp a pega em seguida, fechando os olhos e formando um círculo antes de dar de ombros e devolvê-la. Mereden parece igualmente insegura quando chega sua vez, e diz que não tem certeza se está sentindo um puxão ou se é sua imaginação.

— Ah, fala sério — protesta Gwenna quando pego a varinha. — Algum de nós tem que sentir algo, certo?

— É de imaginar que sim. — Tento fechar os olhos e dar uma girada, mas só parece que estou segurando uma vareta e girando em uma caverna debaixo da terra. E é... o que estou fazendo. — Será que temos que sentir algo mesmo ou só devemos seguir nosso instinto?

— Deixe-me tentar, e aí podemos desistir dessa estupidez — fala Gwenna, estendendo a mão. Entrego a varinha a ela, que a agita de leve, como se estivesse forçando-a a obedecê-la. — Agora nos mostre alguma coisa para que a gente possa seguir em frente...

A varinha pula na mão dela.

Pelo menos parece pular. Todos nós arquejamos — até mesmo Kipp — e damos um passo para trás. Gwenna joga o objeto para longe, e ele desliza pelo chão. No contorno da luz, vejo a varinha parar devagar, apontando para um dos túneis.

Olho para minha antiga criada.

— O que você fez?

— Não fiz nada — protesta ela. Ela retorce as mãos, franzindo o cenho. — Eu só segurei a varinha.

Andorinha a cutuca por trás.

— Segure-a de novo.

Gwenna parece relutante. Ela olha para mim, pedindo minha opinião. Dou de ombros, porque não faço ideia. Isso não estava em nenhum livro que li. Ela pega a varinha com dois dedos, como se estivesse suja, e faz uma careta.

— Não tenho magia no sangue.

— Talvez tenha — suspira Mereden, com os olhos arregalados. — Talvez seja descendente de uma linhagem secreta de reis prelianos.

— É mais provável que eu seja descendente de criadas prelianas — retruca, mas volta a segurar a varinha devagar e com calma, apontando-a para a parede mais próxima da caverna. — Certo. Por favor, se puder, nos indique os artefatos.

A vareta remexe na mão dela, e todos nós damos um pulo.

Observo enquanto a vejo se virar devagar, e é como se a vareta estivesse puxando-a para a frente. Ela avança, a corda ficando esticada quando assume a liderança.

— Espere — grito. — Vamos virar. Andorinha, vá atrás dela para iluminar o caminho.

Nós trocamos de posição enquanto a varinha remexe e pula na mão de Gwenna, como se estivesse impaciente. Quando eu e Kipp assumimos a retaguarda, ela volta a liderar, deixando a vareta indicar o caminho. Nós a seguimos enquanto ela nos leva por um dos túneis pelo qual já passamos meia dúzia de vezes, avançando. Ele acaba em um desmoronamento cheio de pedras enormes, grandes demais para nossas simples picaretas, então fomos embora.

— Juro que não sou eu — diz Gwenna enquanto nos leva mais fundo no túnel desmoronado. — É como se ganhasse vida quando a toco.

— Só precisa encontrar alguma coisa para levarmos de volta — diz Andorinha. — Não vamos contar a ninguém que você é uma mante.

Gwenna para de andar.

— Não sou uma mante!

— Mas algum dos seus ancestrais deve ter sido — diz Mereden.

Gwenna trinca o maxilar e me lança um olhar preocupado.

— Não sou uma mante — repete e continua a avançar pelo túnel.

— Ninguém está te acusando de ser uma mante. — Tento tranquilizá-la. É um medo válido, a magia individual está proibida desde as Guerras dos Mantes, e todos os mantes foram sentenciados à morte pelo rei. A pobrezinha vai ficar aterrorizada se Mereden continuar tocando no assunto, e eu faço um lembrete mental para conversar com ela mais tarde.

Continuamos andando por um tempo, conforme o túnel vai se estreitando. Gwenna franze o cenho enquanto se deixa ser levada pela varinha, até que ela parece virar, fazendo-nos voltar e nos distanciar do desmoronamento. A vareta a faz parar no meio do caminho, apontando para a parede do túnel.

— Eu não tinha certeza, mas... é aqui. Ela não para de encontrar algo aqui.

— É uma parede — comenta Andorinha, sem ajudar em nada.

— Bem, tem algo do outro lado.

— Tem certeza?

Gwenna balbucia, furiosa.

— É óbvio que não tenho certeza! Estamos seguindo uma porcaria de vareta!

Ergo a mão e me coloco entre as duas.

— Tudo bem. Vamos nos acalmar. Mesmo que seja uma vareta, essa é a melhor pista que tivemos até agora, então podemos muito bem tentar. — Dou uma olhada na parede da caverna. E, bem, parece ser uma rocha sólida. — Podemos tentar rachá-la e ver o que encontramos. Todos estão com suas picaretas?

Mereden ergue a mão.

— E se golpearmos com força demais e o túnel desmoronar?

Eu a encaro. Pelos deuses, ela precisa fazer esse tipo de comentário?

— Aí Hawk vai vir nos resgatar — digo de prontidão. — Mas, se tiverem uma ideia melhor de onde escavar, sou toda ouvidos. — Quando ninguém diz nada, aponto para a parede que a vareta escolheu. — Certo, então vamos tentar. Se alguém sentir que o túnel está prestes a desmoronar... é só falar.

Kipp bufa, mas é o primeiro a golpear a parede.

Pego minha picareta e também golpeio, mas não sei se estou indo bem. Não consigo tomar impulso porque ainda estamos amarrados juntos e muito perto uns dos outros. Além disso, estou cansada, com fome e um pouco temerosa de tentar golpear o que parece ser uma rocha sólida.

Mesmo assim continuamos trabalhando, porque foi o que a vareta nos indicou.

Não demora muito para que a rocha de aparência sólida rache com um dos golpes de Mereden. Então, quando encostamos nela, ela se estilhaça em dezenas de lugares, como se fosse uma casca de ovo. Logo surge um buraco, e, quando Andorinha coloca a lamparina na reta do buraco, nos deparamos com uma câmara do outro lado.

— É oca?

Troco um olhar com Gwenna. A varinha de radiestesia acertou. Havia mesmo algo do outro lado.

— Vamos entrar?

— A não ser que só quisesse abrir um buraco na parede e ir embora. — retruca Andorinha. — Vamos. Pegue a vareta de novo e vamos ver o que tem do outro lado.

— Agora ficou toda corajosa — murmura Gwenna.

Kipp é o primeiro a entrar; ao que parece o deslizante sente-se destemido, apesar dessa nova revelação. Vou atrás dele, segurando meu escudo contra as sombras ao nosso redor. O túnel atrás de nós era polido, mas, mesmo com a luz de Andorinha balançando do outro lado, consigo ver que aqui há muitas outras formas. Forço a visão em meio às sombras quando vejo algo sem dúvida humano agigantando-se na escuridão.

Piso em cima da mochila de alguém, meu coração acelerado. Invadimos a área de outra equipe? Vamos nos encrencar?

E então a lamparina de Andorinha chega até nós, e, aliviada, vejo que a sombra não era humana. É a estátua de um homem, a expressão severa em seu rosto e o acessório na cabeça indicam que trata-se de um preliano. Está praticamente em pé, uma bela obra de arte em meio aos destroços.

— Pelos deuses — grita Mereden.

— O quê? — pergunta Gwenna do outro lado da pedra. — O que foi?

— É um corpo — responde Andorinha, falando baixo de tanto medo.

Dou uma risadinha.

— Também achei que era, mas é uma estátua. Uma maravilhosa.

— Quero avançar para tocá-la, mas a corda está apertada, e, além de mim, ninguém parece querer ir mais fundo na caverna. Não consigo parar de encará-la, no entanto. O rosto é expressivo, as rugas ao redor da boca demonstrando decepção, mesmo enquanto a figura segura uma criança com tiara contra o peito. Um rei e o herdeiro, talvez? Já vi isso em outras artes prelianas...

— Aspeth. — Andorinha vem até mim e segura meus braços. Ela aponta para a escultura que me fascina tanto. — *Isso* é uma estátua. — Ela vira meu corpo e aponta para o chão. — *Isso* é um corpo.

Encaro o chão.

Achei que tivesse desviado de uma mochila. Que alguém tinha jogado a mochila no chão enquanto tentávamos entrar na câmara, e eu simplesmente pisei por cima, muito mais interessada nas ruínas em frente a nós.

No entanto, *é mesmo* um corpo. Gwenna se ajoelha ao lado dele, afastando uma capa velha e desbotada que se desfaz em suas mãos. Não há nada no corpo além do esqueleto e alguns pedaços enferrujados de armadura. Na lateral, há o que um dia deve ter sido uma bolsa, mas agora é só outra mancha apodrecida. Há um líquen esverdeado crescendo sobre tudo, e uma minhoca sai de uma das cavidades oculares do crânio.

Eu grito.

Mereden grita.

Andorinha grita e corre para o outro lado da parede. Nós cambaleamos atrás dela, a corda nos puxando e aumentando nosso desespero. Mal percebo Kipp correndo ao meu lado, a mão de Mereden nas minhas costas enquanto aceleramos pelo túnel, seguindo a lamparina de Andorinha.

— Onde vocês estão indo? — grita Gwenna atrás de nós.

— Eu sei lá! — grita Andorinha de volta. — Para longe!

Para longe parece uma boa ideia.

Corro com eles, e os túneis começam a subir. Ninguém comenta que estamos indo até Pega e o acampamento. Não é necessário. O acampamento parece ser o lugar mais seguro no momento. As paredes dos túneis estão se fechando ao nosso redor, a escuridão e a falta de circulação de ar se tornam uma opressão. Consigo ouvir os choramingos de Mereden ecoando nos túneis, além da respiração pesada de Andorinha.

Não paramos até que uma figura surge no fim do túnel. É Pega, segurando uma lanterna. Andorinha cai aos seus pés, arfando.

— Ah, graças aos deuses. Você nos ouviu.

— Ouvi o quê? — pergunta Pega. Há uma expressão séria e infeliz em seu rosto.

Agarro as tiras do meu corpete, respirando com dificuldade. Quero contar a ela o que achamos, que a varinha de radiestesia funcionou... mas então as sombras atrás dela se mexem.

E percebo que não está sozinha.

Há um taurino muito grande e irritado atrás dela.

É Hawk.

Merda.

VINTE E SETE

ASPETH

3 dias antes da Lua da Conquista

PELO JEITO, QUANDO UM cadáver é encontrado nas cavernas — o que não é incomum —, é preciso acionar as autoridades da guilda. Nosso túnel é isolado, marcado com bandeiras da guilda, e Pega não demora a gritar conosco enquanto a Queda Treze é fechada.

— Era para vocês procurarem artefatos, e não corpos — diz ela. — Seus estúpidos!

— Por que sequer estavam usando a radiestesia? Isso não passa de conto de fadas — rosna Hawk.

Ficamos em silêncio, repreendidos. Bem, exceto Gwenna, que encara Pega como se ela fosse a culpada por tudo.

— Talvez tivesse um artefato com ele — diz Mereden em voz baixa.

— Não tinha — rebate Hawk de modo severo, e não para de fazer cara feia desde que encontramos com ele.

Desde que voltamos, passamos quase o dia inteiro resolvendo ladainhas e políticas da guilda. A organização quer reivindicar a nova câmara, já que a lei da guilda postula que um cadáver deve ser investigado. Porém, Pega quer ficar com a Queda, já que alega que ela é nossa até a devolvermos. Que a reivindicamos e que qualquer coisa encontrada lá pertence à sua casa.

Uma equipe voltou com informações iniciais enquanto descansávamos, tomávamos banho, comíamos e éramos tratados pelos curandeiros da guilda. Ao que parece, nosso túnel desmoronado nem sempre fora assim, e o local que a varinha de radiestesia indicou era a parte mais fina das paredes que davam para a outra câmara. Essa câmara fica nos destroços de uma antiga casa de banhos, o que acho empolgante. Algumas das coisas mais interessantes foram encontradas nos encanamentos da Antiga Prell, e, agora que não estou mais com medo de um cadáver, quero voltar e ver o que podemos achar.

— Nem pensar — diz Hawk. Ele está do lado da guilda. Sua expressão é fria ao falar conosco, como se tivéssemos feito algo de errado.

— O local é nosso — argumenta Pega. — E aquele corpo era extremamente antigo. Não era da guilda. Não era nem mesmo um ancestral da guilda. Talvez fosse da época da própria Prell.

— E como ainda sobrou tanto dele? — pergunta Gwenna.

— Não havia praticamente nada — discorda Andorinha. — Não era nada além de insetos e ossos.

— Natrão — digo, distraída. Os outros olham para mim, então continuo explicando: — Sabe-se bem que o líquen que cresce nos túneis produz natrão. Isso desacelera a decomposição de tudo. É um dos motivos pelos quais os corpos duram tanto tempo nos túmulos da Terra Abaixo.

— Acho bizarro você saber disso — diz Mereden.

Kipp também parece bem enojado.

Hawk não cede.

— Não me importa se aquele cadáver era de ontem ou da Antiga Prell. Primeiro deixe a guilda determinar se é seguro antes de mandar um grupo de *filhotes* para lá.

— Então venha conosco — digo animada. — Pode nos vigiar enquanto escavamos e procuramos artefatos. — Para ser franca, estou pensando em todas as coisas que o mestre de canos do meu pai encontrou nos encanamentos da fortaleza. Anéis. Colares. Brinquedos esculpidos. Certa vez encontrou uma mão. E, apesar de não gostar da ideia de encontrar algo assim, ficaria feliz com quase qualquer outra coisa, sobretudo se a caverna tiver desabado há tanto tempo que ainda não foi saqueada pela guilda.

A expressão que ele me lança é de arrepiar, e, por um momento, me pergunto o que fiz de errado para causar tanta raiva nele.

— Nós dois precisamos conversar.

— Estamos conversando agora mesmo...

Ele vem até mim e me pega pelo braço, me tirando da cozinha da residência, que se tornou nosso local de reuniões não oficial. Sigo ao seu lado com um nó na garganta e um frio na barriga, porque, da última vez que ele agiu de forma autoritária comigo, praticamente fornicamos em um beco.

E eu não tenho pudor nenhum, porque a ideia de repetir isso me excita.

— Você não vai lá embaixo de novo — diz ele assim que chegamos ao corredor. — Nem pensar.

— Se for conosco, estaremos seguros — digo com uma expressão encorajadora. — Confio em você.

— Confia? — Ele arqueia a sobrancelha e se agiganta sobre mim, apoiando a mão em cima da minha cabeça. Tenho a impressão de que era para eu ficar com medo, que ele está usando sua força e seu tamanho para me fazer concordar com ele, mas isso só me deixa com tesão.

— É óbvio que sim. Você é meu marido.

— Então me diga com quem se encontrou na taverna no outro dia, e eu vou com você. — A voz dele agora é suave. — Vou falar para Pega mandar vocês lá para baixo de novo e os supervisionarei. Só preciso que me diga um nome, Aspeth.

Meu corpo inteiro fica tenso e gelado.

— Não é ninguém importante, eu juro.

— Então diga quem é.

— Não posso.

Ele olha para mim, a expressão cheia de frustração.

— Às vezes você me deixa confuso.

— Prometo que não há nada empolgante sobre mim — digo, um ânimo falso na minha expressão. — Sou só uma mulher que ama a Antiga Prell e não quer nada além de aprender sobre ela. — Ergo a mão para acariciar seu rosto, tão estranho em comparação ao meu, mas já tão familiar. — É só isso.

— É mesmo? — Ele se aproxima de leve. — Acho que está mentindo, Senhorita Aspeth Honori.

Perco o ar. Meu nome. Ele sabe meu nome e quem eu sou.

Estou fodida.

VINTE E OITO

HAWK

Anteriormente
5 dias antes da Lua da Conquista

NADA COMO UMA ESPOSA para fazer você questionar sua sanidade. Eu deveria estar bravo por causa do desconhecido com quem ela se encontrou na taverna. Deveria estar furioso. Deveria ir até lá e interrogar cada um que passou por aquelas portas, e não desistir até conseguir uma resposta. Contudo, a Lua da Conquista está se aproximando cada vez mais, aquele círculo irritante no céu brilha mais forte, deixando-me irracional.

Sim, estou irritado por Aspeth ter ido se encontrar com um desconhecido, mas, quando tento pensar sobre aquela noite, só consigo lembrar dos pequenos gemidos que ela soltou enquanto eu esfregava meu pau em sua saia. Na sensação de sua boceta molhada sob meus dedos. Na forma como ela observou os outros com tanto interesse. É a temporada de acasalamento que não me deixa pensar em nada além dela, e não confiei em mim mesmo para me deitar na cama com ela naquela noite nem confio para fazê-lo em quaisquer das próximas. Noite passada, fiquei na cozinha, bebendo chá de ervas, que deveria diminuir o desejo causado pela Lua da Conquista.

Pega acorda cedo e, quando me vê, ataca.

— Ótimo. Você está aqui.

— Onde mais eu estaria?

— Você precisa fazer um trabalho rápido hoje — diz ela. — Um resgate. Um babaca esqueceu a espada nos túneis da Queda Sete, e ela possui valor sentimental. Ele não pode voltar porque está com o pé quebrado. Avisei ao Faisão que você iria.

Fico de pé, minha mente cheia de pensamentos de Aspeth na cama, Aspeth contra a parede do beco, Aspeth forçando a vista para ver meu pau... a última coisa que quero é ficar longe dela, e é por isso mesmo que devo fazê-lo.

— Tá bem.

É um trabalho. Uma distração. Assim posso deixar tudo de lado por mais algumas horas.

Porém...

— Você vai levá-los aos túneis para treinar hoje, não vai? É melhor eu estar presente.

— Isso foi adiado — tranquiliza-me Pega. — Precisei entrar com um novo pedido de autorização para que tivéssemos um professor a mais. Vai demorar um dia até que possamos descer. Dá tempo de você fazer isso.

Não vejo nada estranho nisso. A guilda está sempre pedindo novas autorizações, já que pessoas como Faisão — que ama burocracias — estão no comando. Eu saio e recupero a espada, que está no exato local onde deveria. É tolice desperdiçar mão de obra para pegar o que outra pessoa deixou para trás, mas, se querem pagar por isso, vou aceitar o dinheiro.

Porém, quando volto, o ninho está vazio. Tudo está quieto, as luzes apagadas. Aspeth não está na cama, e a única presença na casa é a de sua gata gorda, o rosto enfiado no potinho cheio de comida. Estendo a mão e a acaricio, bufando de irritação quando um monte de pelos sai em minha mão. Existe alguma criatura que solte tanto pelo quanto essa?

— Onde está sua dona?

— Miau? — É tudo o que Chilreia responde.

Maldita Pega. Sei que o que aconteceu aqui. Aposto que, se eu fosse até a guilda, não haveria nenhuma autorização para que um segundo professor se juntasse à excursão. Ela só queria que eu saísse do seu pé para ficar no comando da turma. Contudo, eu levei os outros últimos sem que ela fizesse qualquer reclamação. Não sei por que tentaria me evitar agora.

A não ser que...

Atravesso a casa, indo até o lugar onde escondi a bebida. Ergui uma tábua do assoalho quando ela me pediu para esconder tudo e, quando chego ao local onde estão escondidas no porão, vejo que as garrafas permanecem no mesmo lugar. Isso não quer dizer muita coisa — ela pode simplesmente comprar mais se quiser. Entretanto, suas ações me deixam desconfiado.

Ela não me queria por perto por algum motivo. Até que eu descubra qual, não vou ficar tranquilo.

Acaricio um pouco mais a gata, pensando em sua dona. Mesmo que eu não possa confiar em Pega, é provável que Aspeth esteja segura o bastante com ela... eu acho. Lembro-me do quão nervosa ela parecia estar quando a tirei do bar e penso no que Gwenna disse. Aposto que sabia com quem ela iria se encontrar. Gwenna falou sobre como as pessoas da vida da amiga não deram o amor de que ela precisava. As pessoas de seu passado.

Então Aspeth se encontrou com alguém do passado no bar.

Na manhã seguinte, decido que vou descobrir o que posso sobre minha noiva. Tenho contatos com os outros taurinos da cidade, nós cuidamos uns dos outros. A maioria trabalha para a guilda de alguma forma, mas há alguns que preferem trabalhar ao lado dos humanos, em uma variedade de empregos. Conheço um taurino idoso que costumava ser segurança para uma rede de mercantes no litoral. Agora que está mais velho, ele organiza a segurança desses mesmos comerciantes e conhece a todos. É um bom ponto de partida.

Levo um presente para ele — uma caixa de pãezinhos de vegetais de uma padaria taurina famosa em Vasta — e passo em sua casa, no bairro dos comerciantes. Conversamos por um tempo, comendo pãezinhos cobertos por cenoura ralada e frutas secas, e comentamos sobre a Lua da Conquista. Hadder é casado com uma humana mais velha, então não está preocupado, mas fico surpreso por ele ainda estar na cidade.

Ele solta uma risadinha.

— A bênção do deus é um problema apenas para machos mais jovens do que eu. Já estou velho demais para ser tão afetado assim. Apenas dou algumas noites animadas para minha esposa, e então voltamos à rotina. — Seus olhos brilham, e ele joga a crina com listras brancas para o lado. — Mas é bom saber que o instrumento ainda funciona.

— Você continua trabalhando com mercantes? — pergunto, apesar de já saber a resposta. — Estou procurando por um deles; por sua filha, na verdade. Uma das aprendizes da guilda este ano é filha de um comerciante. Seu nome é Aspeth. É filha única. Muito inteligente.

— Bonita?

Sinto meu rosto esquentar e resisto à vontade de puxar a argola do focinho.

— Sim. Cabelo escuro. Acho que tem cerca de trinta anos. Corpo bonito. Ela não conta a ninguém de onde veio, mas tenho a impressão de que tem dinheiro. Muito dinheiro. Conhece algum comerciante que se encaixe na descrição?

Ele coça a barbicha, refletindo.

— Um mercante com uma filha bonita, mas solteira? É bem difícil. Eles costumam casar suas filhas assim que os seios delas tomam forma, na intenção de fazer uma nova conexão. Será que ele não é assim tão rico? Talvez parte de um mercado de nicho?

Penso sobre o conhecimento que Aspeth tem da Antiga Prell. Teria que ser alguém capaz de conseguir livros raros, alguém com muita influência. Alguém que não precisaria do dinheiro que casar a única filha traria.

— Não, acho que é rico. Muito rico. E alguém dentro de sua casa possui mais do que um simples interesse pela Antiga Prell.

— Quem não tem? É um terreno cheio de riquezas. — Ele ri e balança a cabeça. — Não consigo pensar em ninguém, mas conheço um taurino que trabalha com detentores.

Viro a cabeça e cuspo.

— Eca. Nada de detentores. Bando de mimadinhos.

Ele ergue a mão.

— Eu sei. São um mal necessário. Vai por mim, também não gosto de trabalhar com eles. Mas conheço Sterian, e ele conhece muitos detentores. Se o mercante for rico, terá envolvimento com os detentores.

Resmungo, porque ele tem razão.

— Me diga o endereço desse tal de Sterian, vou visitá-lo esta noite.

— Sua missão é urgente assim?

— Talvez seja. — Penso em Aspeth e me pergunto quais segredos ela está escondendo.

Pouco depois, estou em outra parte do bairro dos comerciantes de Vasta, em um setor que funciona como o distrito mercantil da cidade. A única exportação de Vasta é a de artefatos. Como isso costuma ser responsabilidade da guilda, este distrito está mais para um mercado clandestino do que qualquer outra coisa.

Contudo, não vou julgar. Só quero respostas.

O grande taurino — grande até para os padrões do meu povo — é tão cordial quanto espalhafatoso. Ele me dá um aperto de mão, sua risada é barulhenta e exagerada.

— Foi Faisão quem te enviou? Que honra. O que posso fazer pela guilda neste lindo dia?

— Não estou representando a guilda. É um assunto pessoal. Estou à procura de informações sobre um mercante.

Assim que digo que não estou representando a guilda, ele relaxa. Dá um tapa na mesa, e uma mulher sai do banheiro, suspirando de alívio. Ela abre um sorriso e corre para os fundos da loja.

— Que tipo de mercante está procurando? — Ele lança um olhar incisivo. — São produtos legais?

— Não quero comprar nada. Estou procurando pelo nome de um mercante que tem uma filha de cerca de trinta anos. Inteligente. Ama tudo sobre a Antiga Prell. Seu nome é Aspeth.

— Está falando da Senhorita Aspeth Honori? Ela é filha de um detentor, e não de um mercante.

Balanço a cabeça em negativa.

— Não, é a filha de um mercante.

— Humm. — Ele não parece estar convencido. Menciono esse critério, e sua reação não muda. — Já vendi vários livros sobre a Antiga Prell para o lorde Corin Honori, que mora nas montanhas. Sua herdeira é a filha, Aspeth. Garota bonita? Alta e com peitões grandes? Usa óculos?

Óculos. Volto a negar.

— Não é ela.

— Não deve ser. Aspeth também ama gatos. Anda para todo lado com um bicho enorme e laranja. — Ele dá risada. — Nunca vi uma criatura soltar pelo como aquela. Juro que troca de pelagem toda semana.

Abro um sorriso, mas, por dentro, estou gelado. Totalmente gelado. Conversamos mais um pouco, e dou a ele minha informação de contato, pedindo para que envie um mensageiro caso consiga a informação que procuro. Sei que não vai conseguir nada, é lógico. Porque agora sei que minha esposa, minha Aspeth, estava mentindo para mim.

Ela não é a filha de um mercante em busca de aventura.

É filha de um detentor. Temos um problema.

⁂

Assim, me apresso nos túneis para buscar minha esposa mentirosa. Os filhotes encontraram um corpo, o que torna tirá-los da Terra Abaixo mais fácil. Preciso de toda a minha força para manter a calma, sendo que tudo o que quero é segurar Aspeth contra mim até a verdade ser exposta. Ou só segurá-la contra mim.

É impossível pensar de maneira racional com a temporada de acasalamento tão próxima.

Aspeth faz o melhor que pode para parecer estar calma enquanto voltamos ao ninho de Pega, mas não fala comigo. Consigo ver que está nervosa. Fica explícito no jeito que não para quieta, sempre arrumando as mangas ou a capa. No jeito que coloca os dedos na boca para morder as cutículas.

Ela está certa em ficar nervosa. Estou furioso por causa de suas mentiras e por colocar todos na residência em perigo. As questões dos detentores sempre causam problemas. Eles passam por cima de qualquer um para conquistar o que querem, e as pessoas deixam. Os detentores vivem em uma realidade diferente do restante de nós. Somos todos inferiores para eles. Não somos nada segundo o julgamento deles.

Talvez seja isso que esteja me deixando mais bravo. Que ter Aspeth como esposa pareceu possível. Real. E agora estou percebendo que era tudo uma mentira. Que sua intenção nunca foi ser minha parceira. Que está me usando para atingir os próprios objetivos, porque os detentores sempre usam e abusam, sem pensar nas peças que deixaram de lado.

Aspeth não responde às minhas acusações de imediato. Em vez disso, ela vai até nossos aposentos, e, quando a sigo, vejo que está no chão com a gata, afagando o animal gordo. Tufos de pelo flutuam no ar enquanto ela abraça o bicho, sem perceber.

— Senti sua falta, Chilreia — diz ela, dando um beijo na cabecinha laranja. — Talvez a gente possa colocar você em uma coleira, assim pode descer conosco no futuro.

— A Terra Abaixo mal é segura para humanos. Não vai querer um gato lá — digo com a voz rude.

— Não? — Ela parece estar chateada, coçando a orelha da gata. — Odeio deixá-la sozinha. Ela sente minha falta.

— Então talvez esse não seja o trabalho certo para você.

Ela estremece com meu tom severo, voltando a enfiar o rosto na pelagem da gata.

A reação dela me faz sentir um tirânico irracional. Como se eu fosse o errado aqui. Preciso me lembrar de que ela mentiu para mim o tempo todo, colocando meu ganha-pão, e o de Pega, em risco. As ações de Aspeth foram egoístas, o que já é esperado da filha de um detentor. Então vou até uma das cômodas e abro uma gaveta, tirando de lá os óculos que encontrei depois de tirá-la da taverna. Pensei que pertencessem a um antigo amante, mas agora sei qual é a verdade.

— Pode colocá-los. Não faz mais sentido fingir.

Aspeth hesita e então os segura. Ela prende os cordões na orelha em gestos automáticos e pisca para mim com seus olhos que agora estão gigantes por causa das lentes.

— Não queria que os óculos fizessem as pessoas descobrirem quem sou.

— É bem melhor andar por aí praticamente cega — digo de forma fria. Penso em todas as vezes que ela forçou a vista para mim, e eu achei que estava concentrada. Como passei tanto tempo sem enxergar isso? Chega a ser um insulto. — Isso tudo é uma brincadeira para você?

Aspeth se empertiga, franzindo o cenho enquanto continua a acariciar a gata.

— Por que seria uma brincadeira?

Aponto para ela, sem saber o que dizer. Quando ela inclina a cabeça, percebo que de fato não faz ideia da magnitude do problema.

— Você é filha de um detentor. A herdeira. E está fingindo ser filhote da guilda? — Minha mão mágica fecha em punho. — Está sabotando as chances dos outros com essas mentiras. Porra, Aspeth, você *se casou* comigo.

— E qual é o problema? — Ela ergue o queixo. — Você disse que eu precisava de um tutor, e você, de uma esposa. Nosso casamento supre as necessidades de ambos.

— Você é filha de um detentor! Uma virgem! Aposto que vão me mandar para a forca só por manchar seus lençóis...

Aspeth revira os olhos.

— Não vão. Falei sério quando disse que não tenho nenhum apego à minha virgindade.

— Pode não ter, mas seu pai, o detentor, talvez pense diferente. Acha que ele vai aprovar seu casamento com um taurino?

Parte de sua bravata desaparece.

— Ele não aprovaria nada disso — admite, arrumando a posição do gato pesado em seus braços. — Nem a guilda, nem o fato de que fui embora, nada disso. Mas ele é o motivo de eu ter partido em primeiro lugar, então... — Aspeth dá de ombros. — Vai ter que aceitar.

Vai ter que aceitar. Algo que um detentor nunca fez. Imagino um exército surgindo em Vasta na intenção de livrar Aspeth da vida de servidão. Imagino a mim mesmo sendo esquartejado na praça da guilda por ter ousado encostar nela. E ela acha mesmo que não existe problema. Puxo a argola do focinho.

— Quem aqui sabe que você é filha do lorde Honori?

— Apenas Gwenna. Quando eu disse que estava indo embora, ela se ofereceu para vir comigo. Disse que eu não deveria vir sozinha. — O olhar de Aspeth encontra o meu, e ela volta a erguer o queixo. — Tentamos usar nomes da guilda, sabe. Já até tínhamos escolhido quais. Eu seria Pardal, e ela seria Catatau. Nomes bonitos e anônimos. Mas você não permitiu.

— Porque precisam conquistá-los. Você saberia disso se soubesse qualquer coisa sobre a guilda.

— Ah, eu sabia. Só estava na esperança de que, se nos apresentássemos com nossos nomes, poderíamos mantê-los, desde que não estivessem sendo usados. Achei que poderia ser uma boa demonstração de iniciativa.

— Está querendo dizer que pensou que poderia quebrar as regras para benefício próprio — corrijo. — Típico de uma detentora. — Balanço a cabeça, enojado. — Arrume suas coisas, vou mandar vocês duas para casa. São um perigo para todos aqui.

Com isso, acabarei com o Cinco desta temporada. Com isso, mais uma vez nenhum dinheiro vai chegar aos cofres de Pega. Ela perderá o trabalho como professora, e eu também, mas pelo menos estaremos vivos. Vamos nos reestabelecer. Encontrar um jeito de nos recuperar.

Aspeth se levanta, deixando a gata voltar ao chão. Mais pelo flutua no ar, envolvendo-a como uma nuvem, mesmo enquanto chacoalha as saias.

— Não pode me mandar para casa. Vou acabar morta. Minha família inteira vai acabar morta.

Isso me faz hesitar, assim como o medo verdadeiro em sua expressão.

— Do que está falando?

Ela aponta para mim.

— Você acha que eu vim para cá por algum tipo de... capricho. Que não faço ideia de onde estou me metendo. — Aspeth aponta para o chão, dando ênfase às palavras. — Mas eu vim *para cá* porque essa é minha única chance. Meu pai pode até ser um detentor, mas, se me mandar de volta para casa, vai ser um homem morto, e me matarão junto dele.

VINTE E NOVE

HAWK

3 dias antes da Lua da Conquista

—COMO ASSIM, TE MATARÃO se for para casa? Você é filha de um detentor, uma herdeira.

Aspeth estremece, balançando um pouco a cabeça.

— O que sabe sobre meu pai? Sobre a Fortaleza Honori? — Quando indico que é para ela continuar, ela o faz, unindo as mãos em frente ao corpo em uma posição elegante, que parece natural e totalmente ensaiada ao mesmo tempo. — A Fortaleza Honori é uma das mais antigas, uma das cinco originalmente atribuídas pelo rei e a única que continua intacta. Com o passar dos séculos, a realeza foi mudando, e outras fortalezas surgiram, mas a Honori é antiga e admirada, nossa linhagem pode ser traçada até a fundação. — Ela hesita. — E, por ser uma fortaleza tão antiga, estamos falidos.

— Falidos? — De todas as coisas que eu esperava ouvir, essa não era uma.

Aspeth assente.

— Os detentores da família Honori são conhecidos por sua linhagem, mas não pelo dom com o dinheiro. Nós nos vangloriamos de nossa ancestralidade, então os herdeiros da família casaram-se com outros detentores, mas o problema disso é que a riqueza deles está ligada aos artefatos. Sendo assim, quando meu pai se tornou o detentor titular, ele teve muito prestígio, muitos artefatos, mas nenhum fundo para consertar a fortaleza que desmoronava ao seu redor. — Ela lambe os lábios. — Então ele decidiu que a forma de resolver isso era apostando. Já que não tinha nenhum dinheiro de verdade, ele apostou os artefatos. Tenho certeza de que sabe onde isso vai dar.

— Seu pai perdeu a herança da família?

A expressão dela fica tensa.

— Ele começou apostando artefatos menos importantes. Lâmpadas com tons específicos. Espelhos que tornavam o reflexo mais lisonjeiro. Uma tigela com cubos de açúcar infinitos. Coisas bobas, que os comerciantes adorariam comprar só para dizer que possuíam um artefato, mas nada que prejudicasse a segurança da família. Mas a jogatina é como a bebedeira... ninguém para no primeiro copo, não é?

Penso em Pega, em quantas vezes ela jurou que pararia de beber, mas pegava a garrafa mais próxima e quebrava a promessa. Respirando fundo, concordo.

— Sim. É um poço que fica mais fundo a cada gota.

— É igual com as apostas. — Ela caminha até a beira da cama e se senta, a postura ereta ao contar sobre o pai e a vida na fortaleza. — Papai jurou que pararia. Ou então prometia que a sorte viraria ao seu favor. Sempre dizia alguma coisa, e eu observava uma das minhas luminárias favoritas desaparecer do escritório, ou um quadro encantado sumir.

— Um quadro encantado? — pergunto.

Aspeth concorda com um som baixo.

— Pintado na madeira. Era um quadro de um jovem repousando, do Império Preliano Antigo. Havia uma palavra de poder inscrita na parte de trás e, ao usá-la, era possível espiar qualquer um que estivesse no aposento. Era muito bonito, também. — A expressão dela se torna melancólica. — Foi uma das últimas coisas que meu pai perdeu. Todos os tesouros que eu amava desapareceram, e eu pensei, bem, pelo menos vou me casar com o homem que amo. Pensei que ele resolveria tudo quando se tornasse o herdeiro da fortaleza. Você sabe como os homens são mais valorizados do que as mulheres. — As palavras dela são delicadas, mas sua boca franze. — Pensei que meu pai daria ouvidos a ele.

— O homem que te traiu?

A expressão dela fica tensa ao tentar disfarçar a mágoa.

— Ele disse que me amava. Que eu era especial. Bonita. Que amava a forma como eu pensava. Fiquei tão encantada, que queria estar ao lado dele o tempo todo, mas a etiqueta não permitia. Lembro que um dia ele estava de visita com um amigo, e precisei deixar o aposento. Usei o quadro encantado para observá-lo, só para ver o que ele diria sobre mim. Foi então que ouvi a verdade. Ele disse ao amigo que me achava velha e feia, e que só se casaria comigo por minha herança e patrimônio.
— Ela solta uma risada ressentida. — Minha *herança*. Meu patrimônio. É ridículo.

Apesar de estar furioso, sofro pela dor que ela deve ter sentido. Por mais que Aspeth seja filha de um detentor e mais poderosa do que jamais imaginei, ela tem uma estranha vulnerabilidade. Confia fácil demais, oferece seu coração com muita prontidão.

Ela sempre teve de tudo quando criança, menos pessoas. As palavras de Gwenna surgem em minha mente.

— Cancelei o noivado ao ouvir isso — conta Aspeth, calma e recuperada. — Não podia me casar com ele. Não teria sido tão ruim se eu soubesse que era um casamento de negócios desde o princípio, mas ele me fez pensar que era algo além. Mentiu sobre seus motivos para querer se casar comigo, e entendi que, quando estivéssemos casados e sua posição ao lado do meu pai estivesse firme, eu não teria utilidade. Ele acharia alguma forma de se livrar de mim e se casaria com uma herdeira com dinheiro. Comigo morta, meu pai não teria outro herdeiro e nenhuma escolha além de acolher meu marido, agora viúvo, certo? Então eu não seria necessária, não depois da cerimônia de casamento. Não precisaria nem me preocupar em dar um herdeiro a ele. Não haveria concorrente.

Resmungo.

— Depois disso, decidi aferir o que havia sobrado na fortaleza. A força de uma fortaleza está em seu arsenal, é óbvio, e encontrei cada vez mais evidências de que meu pai não estava mais pagando as dívidas, nem mesmo com os artefatos que não deveria ter apostado. Não encontrei nada além dos nossos artefatos antigos e sem carga de defesa, porque não podia vendê-los. Além disso, havia duas taças quebradas que antes continham líquidos, alguns brinquedos inúteis e uma espada que antes possuía cinco cargas de um feitiço que causava terremotos. Ela não possui mais nenhuma, e agora é só uma espada. — Ela dá de ombros. — Não havia mais nada para defender a fortaleza nem nenhuma forma de adquirir mais artefatos. As dívidas do meu pai são tremendas, e nem mesmo seus credores de sempre aceitam fazer negócios com ele. Há anos ele não consegue financiar uma equipe da guilda, então essa também não pode ser uma solução. Por isso, pensei: bem, eu amo tudo sobre a Antiga Prell. Sei ler o idioma. Talvez eu possa entrar para a guilda. — Ela estende as mãos em frente ao corpo. — Então aqui estou, tentando ficar viva.

— Não tem como ter certeza de que será assassinada.

— Lembra a Fortaleza Lysium? Vinte anos atrás?

Vagamente, mas não consigo identificar. Dou de ombros, porque não acompanho a política dos detentores.

— Ela era vizinha da Fortaleza Raderian. A família Raderian decidiu que queria as terras dos Lysium e os atacou. Os Lysium não tinham a força ou os artefatos necessários para se defender da fortaleza maior. Toda a família foi assassinada, até mesmo as crianças. Os criados foram executados, e grande parte do povo perdeu suas terras e seus negócios com o ataque de Raderian. Eles demoliram os edifícios, e o território tornou-se uma colônia, chamada de Raderian Secundária. O rei multou a Fortaleza Raderian por jogo sujo. Essa foi a única consequência, já que não havia mais ninguém de Lysium para reclamar sobre o acontecido.

— Ninguém fez *nada*?

— O que poderiam fazer? A família estava morta, o povo se espalhou. O rei deixou explícito aos detentores raderianos que não estava satisfeito, mas não fez nada a respeito porque Raderian se tornou muito poderosa. Ele passou a querer tê-los como aliados, e não inimigos. — Ela lança um olhar incisivo através dos óculos, piscando com os olhos grandes. — Posso não saber de muita coisa, mas conheço bem o perigo que enfrento.

É cruel, mas não surpreende. Os detentores parecem mais poderosos a cada ano que passa.

— Talvez ninguém descubra por enquanto. Seu segredo está seguro comigo.

— Barnabus já sabe que estou aqui. Foi com ele que me encontrei na taverna. — Distraída, ela tira um pelo laranja da manga, ignorando todos os outros que cobrem sua saia. — Ele veio me ameaçar. É ele quem está contratando equipes da guilda para encontrar artefatos depressa, vai usá-los para conquistar a fortaleza do meu pai. Ele ainda não sabe que nada o impede de fazer isso agora, exceto por alguns cavaleiros muito mal pagos, que ainda servem meu pai por pura lealdade.

— Seu ex-noivo... está *aqui*?

Ela concorda.

— Exigiu que eu me casasse com ele.

Sinto meu corpo inteiro se contorcer de raiva. Esse filho da puta, tentando roubar minha esposa. Sinto uma onda de fúria me atravessar, e preciso de toda a minha força de vontade para não virar a mesa... ou sair para atacar um lorde.

— Você já está casada — digo entredentes. — *Comigo*.

— É, eu percebi. — O tom de voz dela é seco.

E essa é outra coisa que não entendo. Aspeth vem da nobreza. Poderia ter procurado qualquer outro filho de detentores e sugerido um acordo.

— Por que se casou *comigo*, Aspeth?

— Porque eu precisava de um tutor...

Balanço a cabeça.

— Chega de mentiras. Por que realmente se casou *comigo*? Quando deveria ter se casado com o filho de um detentor?

Ela hesita, o olhar fixo na saia amassada e suja. Ela tira um pelo de um dos vincos e o joga longe, com uma expressão melancólica.

— Durante toda a minha vida, fui a pessoa que meu pai esperava. Fui a filha obediente do detentor. Compareci a diversas festas e diversos casamentos. Aprendi as regras de etiqueta e fiquei sentada em salas, sozinha, quando não me era permitido sair e brincar com as outras crianças. Percebi que ser obediente não foi muito benéfico para mim até agora. É melhor eu aproveitar e ser a pessoa que quero. — Ela fixa o olhar no meu, determinada. — E eu quero fazer parte da guilda.

— Aspeth.

— E quero ser sua esposa. Quero passar a Lua da Conquista com você, assim como prometi. — Ela ruboriza. — Mesmo que eu me casasse por estratégia, ninguém se importaria comigo. Só querem o meu título. Quando você olha para mim, sinto que quer a *mim*... mesmo que odeie isso.

Eu resmungo, o desejo ressurgindo.

— *Aspeth*.

— Sei que o momento é horrível e que você acha que estou te manipulando. Mas não estou. Eu simplesmente... gosto quando você me toca. Gosto de conversar com você. Gosto mais de conversar com você do que com qualquer outra pessoa. E quero mais dessas duas coisas. — Sua boca se curva em um sorriso provocador. — Se eu realmente estivesse te manipulando, teria te chupado.

Ela hesita.

— Mas, agora que estou pensando nisso, na verdade, eu quero te chupar. Assim como aquelas mulheres fizeram com os taurinos no beco. Isso é errado?

Solto um grunhido, porque o que ela está dizendo é pervertido, mas são as exatas palavras que preciso ouvir. O que existe entre nós deixou de ser um simples acordo. Há uma atração estranha. Eu *gosto* dela. Gosto de sua inteligência e seu otimismo. Gosto da forma como é completamente franca em relação ao que quer.

— Não sou do tipo que pode ser manipulado pelo pau.

Ela morde o lábio.

— Então isso significa que eu *posso* te chupar?

Volto a rosnar, esfregando o focinho e puxando a argola. Entre todas as possibilidades que imaginei para nossa conversa, Aspeth confessar as mentiras e ainda pedir para chupar meu pau não era uma delas. Sem dúvida, pode ser uma forma de manipulação. Ela esconde bem os próprios sentimentos... porém suas bochechas estão ruborizadas, e sua respiração, mais forte. Isso ela não pode esconder.

Aspeth se levanta.

— Como eu disse, sei que é um péssimo momento. Sei que deveria estar pensando em formas de me desculpar e de mostrar minha sinceridade. Mas, desde o momento no beco, não paro de pensar em você me tocando, e eu tocando você. Pensei na forma como você colocou a boca entre minhas coxas e me deu prazer e, quando vi aquelas mulheres no beco, percebi que poderia fazer o mesmo. Eu me lembro disso sempre que fecho os olhos. Isso também é algo normal, que as esposas fazem com os maridos, certo?

— Sim — digo, a voz rouca de desejo. Ela para em frente a mim, e eu coloco as mãos no seu cabelo grosso e macio. Está emaranhado por causa do banho recém-tomado, com apenas um leve aroma de sabão, mas eu gosto. — Você sabe que poderia fazer o que quisesses comigo, e eu aceitaria.

— Poderia? — Ela se anima, e eu concordo com a cabeça.

Ela pega a argola do meu focinho e abaixa meu rosto até o dela, e então dá um beijo na ponta do meu focinho.

— Obrigada por confiar em mim.

Quero dizer a ela que não confio. Que estou deixando que me use por causa da Lua da Conquista... mas não é verdade. Eu quero Aspeth. Quero seus beijos no focinho e carinhos. Quero enfiar o focinho entre suas pernas e fazê-la gozar. Quero senti-la apertando meu membro, provocando o orgasmo do meu bulbo com sua boceta linda e apertada. Também quero ouvir sua risada. Quero ouvi-la falando sobre a Antiga Prell durante horas. Quero vê-la cuidar da gata absurda, porque sei que seu coração é mole e precisa de algo para amar.

Quero ser uma das coisas que ela ama.

Tudo isso foi um erro. Agora eu sei. Os deuses nos levam por um caminho, independentemente das consequências que isso terá em nossa vida, e a Lua da Conquista não é diferente. Eu devia ter mantido distância, usado-a conforme o necessário, e seguido minha vida. Agora, no entanto, já estou envolvido demais.

Agora estou imaginando como seria acordar todos os dias com Aspeth em meus braços. Estou imaginando-a com mais gatos absurdos, só para vê-la sorrir enquanto os acaricia. Estou imaginando-a com artefatos em mãos, os olhos brilhando de empolgação.

Estou imaginando-a em minha vida, como minha esposa.

É uma vida que não posso ter. Não com a filha de um detentor.

Eu deveria dar meia-volta e ir embora, mas sei que não vou. Tenho consciência disso antes mesmo de ela tocar meu membro, a mão ansiosa e hesitante ao mesmo tempo. Ela acaricia o volume por cima das minhas roupas, contornando-o com os dedos.

— Sempre me esqueço de quão grande você é — sussurra. — Sei que taurinos são grandes, mas só me lembro do quanto quando te toco, e então minha boca fica seca.

Aspeth abaixa mais a mão e segura meu saco pesado. Ela olha para mim, a expressão toda indagadora.

— O que foi? — Acaricio sua bochecha, fascinado com o tesão em seu olhar.

— É uma pergunta tola, mas... conheço uma senhora que alegou conseguir colocar as bolas do marido na boca e chupar as duas ao mesmo tempo. Mas... — Ela franze o cenho e me aperta de leve. — Não acho que seja possível. Não vendo isso.

— Os homens não têm o mesmo tamanho.

— E os taurinos são maiores do que a maioria? — Os olhos dela estão arregalados, inocentes atrás dos óculos.

Ela está me matando com os elogios.

— Somos feitos para crescer.

— E crescem mesmo. — Ela acaricia meu saco outra vez, e sinto-o tenso, tão cheio que está prestes a explodir. — Posso pedir um favor?

Fico nervoso e, neste momento, percebo que não confio nela tanto quanto queria. É decepcionante, porque não sei o que ela vai pedir.

— Hum?

— Da primeira vez que te vi, não estava com os óculos. Posso dar uma outra olhada... uma melhor?

Ah.

Sou um babaca por ter pensado o pior.

— Sim, com certeza. Só uma coisa.

— O quê?

— Podemos tirar o gato do quarto? Não quero que fique me encarando enquanto faço safadezas com minha esposa.

Aspeth dá uma risadinha.

— Chilreia é fêmea, e juro que não vai encarar nada. Mas sim, podemos tirá-la do quarto. Vou colocar um pouco de frango para ela na cozinha, pode ser?

Concordo com a cabeça, e ela passa a mão no meu peito antes de sair, a gata grande e laranja seguindo-a. Passo a mão no focinho, tentando me acalmar. Meus pensamentos estão desordenados, tudo o que sei é que, se ela quer brincar com meu pau, com certeza vou deixar. Parte de mim acredita que eu deveria deixá-la imaculada, que é melhor mandá-la de volta ao pai como uma virgem inocente.

Porém, lembro que não é isso que ela quer, e que o pai dela é um babaca.

Se Aspeth quer tocar um pau, é melhor que seja o meu do que o de um nobre mimado. É melhor que seja eu a mostrar a ela o caminho das coisas, e não alguém que não se importa com seus sentimentos ou que está se aproveitando.

Quando volta, ela se apoia contra a porta, fechando-a atrás de si. Os olhos de Aspeth estão grandes e escuros atrás das lentes, e ela parece preocupada.

— Qual o problema? — pergunto. — O que foi agora?

— Acha que fico feia com eles? Com os óculos. — Há uma cautela em seu rosto que revela que ela já foi ofendida por causa deles antes.

— Acho você linda com ou sem eles, mas, se quiser tirá-los para enfiar a cara no meu pau outra vez, não vejo problema. — Aponto para a minha virilha. — Não me importo se quiser olhar mais de perto.

Ela volta a sorrir e vem até mim. Suas mãos tocam meu peito, e Aspeth analisa minha expressão, hesitando, e me pergunto se ela quer me beijar. Porém, Aspeth coloca o rosto no meu peitoral, a mão voltando a descer até meu pau, e esqueço tudo o que não seja essa mão curiosa explorando minha ereção.

— Pode se despir? — pede.

— Com certeza. — Tiro o uniforme da guilda, peça por peça, enquanto ela dá um passo para trás e observa. Meu cinto tilinta junto do de armas. Então retiro o casaco, a camisa e as calças.

— Pelo jeito, os taurinos tiram as roupas mais rápido do que os humanos — comenta ela com um tom de voz nervoso e sem fôlego.

— Não usam botas ou meias.

— Eu pareceria um otário de meias.

A risada de Aspeth assume um tom histérico, e ela pressiona o rosto contra meu peito outra vez. Percebo que está nervosa. Acho que ela nunca assumiu as rédeas com um homem — humano ou não — antes. Afasto o cabelo de seu rosto. Aspeth ainda está com o uniforme da guilda, ainda está coberta com todas as camadas que a guilda exige.

— Não precisa ser agora, Aspeth. Podemos fazer isso depois, quando estiver mais confortável.

Ela balança a cabeça, esfregando o nariz no tufo mais espesso de pelo do meu peito. Seus dedos apertam meu peitoral, e então ela começa a passar a boca por ele, explorando os músculos levemente peludos com os lábios.

Seguro seus ombros, porque sinto que preciso colocar a mão em algum lugar. Qualquer lugar. No entanto, também não quero distraí-la. Se ela quer explorar meu corpo, pode fazê-lo à vontade. Meu pau pulsa, livre da limitação das minhas calças apertadas, e desconfio que vou começar a derramar líquido pré-gozo no chão se ela continuar... e não dou a mínima. Posso deixar um rastro pelo chão da casa inteira se isso significar que Aspeth vai continuar me tocando.

Sua boca percorre meu mamilo, e ela o beija, então afasta a cabeça, rindo de novo. A princípio, não entendo qual é a graça, até que ela aponta para os óculos. Ao esfregar o rosto no meu peito, sujou as lentes.

— Bem, agora não consigo ver nada mesmo.

— Limpe-as — rosno. — Você merece ver tudo.

Aspeth estremece, tira os óculos, sopra o hálito quente em cada lente — um gesto surpreendentemente erótico, ainda mais para este touro excitado — e o limpa com a barra da camisa antes de colocá-la de volta para dentro da calça com delicadeza. Ela volta a colocar os óculos e abre um sorriso.

— Vou ter que tomar mais cuidado.

— Ou não. — Eu não reclamaria em vê-la soprando-os de novo, porque isso faz meu saco se contrair, imaginando que ela está fazendo o mesmo com a minha pele.

Aspeth morde o lábio e desliza a mão por meu peito, chegando nos pelos mais grossos que cercam meu membro. Ela olha para baixo e se ajoelha para ver melhor.

Fecho as mãos em punhos.

Ao vê-las, ela fica tensa no mesmo instante, lançando-me um olhar de preocupação.

— Está... tudo bem? Posso te tocar?

— Sabe que sim. Já passamos desse ponto, Aspeth. Sabe que gosto de quando você me procura.

— Só quero garantir que você também esteja aproveitando. — Ela abre um sorriso discreto, inseguro, e lembro a mim mesmo de que ela é virgem. Vai conferir várias vezes se está tudo bem antes de avançar, porque não tem a mesma experiência que eu.

Então faço o que posso para convencê-la.

— Aspeth, você poderia passar horas falando sobre a cerâmica da Antiga Prell, e eu ainda aproveitaria, desde que estivesse me tocando.
— Contorno sua orelha com um dedo. Até essa parte do corpo de Aspeth é delicada quando comparada à de um taurino, e isso me deixa fascinado. Tudo me deixa, para ser sincero. Ela não é a primeira humana com quem me relaciono, mas é a primeira a ter tanta *influência* sobre mim. A primeira pela qual já me senti obcecado. A primeira com quem consigo me imaginar formando um vínculo duradouro. Acaricio essa orelha arredondada e fascinante. — Só... me toque.

Ela morde o lábio e usa os dedos para percorrer meu membro como se eu fosse um instrumento musical.

— Na verdade, já faz um tempo que quero te tocar.

— Pelos deuses, e por que não tocou?

Sua mão hesita, e ela olha para mim.

— Porque você fugiu de mim depois daquela noite. No beco.

Resmungo ao pensar na minha babaquice. Ela tem razão. Eu a evitei. Abandonar Aspeth não diminuiu o meu desejo, só o deixou pior. E permitiu que Pega aprontasse aquela cena escrota que quase os meteu em problemas.

— Agora me arrependo.

— Eu também.

Com isso, ela acaricia minha ereção com cuidado e então coloca a ponta do meu pau na boca.

Seus dentes roçam na cabeça sensível, e eu sibilo.

— Sem dentes. Cuidado, passarinha.

Aspeth recua na hora.

— Desculpe.

Balanço a cabeça, afagando sua orelha macia.

— Não precisa se desculpar. Você me conta do que gosta na cama, e eu faço o mesmo. É assim que funciona entre marido e esposa.

Ela ruboriza e me olha através dos óculos. Um sorriso tímido surge em seus lábios, e ela lambe a cabeça outra vez, como se fosse um doce.

— Melhor assim?

Só essa imagem já é o suficiente para fazer os joelhos de um taurino fraquejarem.

— Lindo.

Ela lambe minha cabeça de novo e então a chupa, os lábios carnudos tensos, a língua roçando a parte inferior da cabeça do meu pau, e nunca senti nada tão bom assim. Bufo e resisto à vontade de bater os cascos.

— Assim mesmo, passarinha. Me coloque na sua boca. — Ela me engole mais fundo, e eu passo os nós dos dedos em sua bochecha. — Está sentindo meu gosto? É o meu líquido pré-gozo que está saindo da cabeça. Quanto mais eu derramar, mais você saboreia, e mais nítido fica que estou gostando.

Aspeth solta um gemido entrecortado, o som causando uma vibração ao redor do meu pau. Devo estar cobrindo sua língua com meu sabor, mas ela não parece incomodada. Parece... fascinada.

— Qual é meu gosto para você? — pergunto curioso. Já ouvi falar que alguns humanos não gostam do pré-gozo taurino porque é diferente do de sua espécie. Mais forte, almiscarado... e em maior quantidade.

Ela tira a boca da minha ereção, e minha pele está brilhando com sua saliva. Como se odiasse a ideia de ficar longe por um segundo sequer, ela fecha os dedos ao redor da base do meu membro e aproxima a cabeça, esfregando-a contra os lábios molhados. Ela fecha os olhos, a expressão de fascínio.

— Tem gosto de terra... e... e taurino. Como todas as coisas perigosas e selvagens que existem debaixo da terra. Exatamente como eu achei que seria. — Ela coloca a língua para fora e me prova de novo. — Sabor de força.

— E você gosta?

Sua expressão fica meiga.

— Ah, eu gosto, sim. — Aspeth dá uma olhada em mim. — Gosto da sensação de ter você na minha língua. Seu calor. — Ela percorre um dedo por uma veia espessa do meu membro. — Você é tão grande. Poderia me sufocar se eu tentasse te engolir por inteiro.

— Então só engula o que te deixar confortável, passarinha. — Não me importo se for só seu rosto esfregando no meu pau e sua boca me provando. Só sei que preciso que este momento se prolongue, porque ver Aspeth com meu membro perto de sua boca está me matando de tanto desejo.

Ela geme, esfregando minha ereção na parte de baixo do rosto, tomando cuidado com os óculos, e, de repente, uma fantasia pervertida me atinge, uma em que gozo por toda sua boca e nos seus óculos também. Cobrindo-a com meu orgasmo e fazendo-o escorrer por seu rosto. Sujando-a. *Marcando-a.*

Rosno de tanto tesão.

— Me coloque de volta na boca, Aspeth. Use os lábios.

Ela coloca a língua para fora outra vez e lambe a fenda da cabeça do meu pau.

— Pode me dizer o que fazer? Como fazer você gozar?

Consigo resmungar. Parte de mim quer segurá-la pelas orelhas e foder seu rosto sem parar, mas isso é influência da Lua da Conquista. Sei que ela é virgem. Sei que esta é sua primeira vez chupando um pau. Tenho que ir devagar para não assustá-la.

— Bata na minha coxa se ficar demais e você quiser parar, Aspeth. Podemos parar a qualquer momento. É só me avisar.

Ela concorda, voltando a passar a cabeça do meu pau pelos lábios. Sua expressão é de êxtase.

— Gosto de ter você nos lábios, Hawk. Isso é estranho? Sua pele é tão macia e quente aqui, mas por baixo é tudo tão duro. Poderia passar o dia todo te tocando.

O que ela diz faz outra fantasia surgir na minha mente, a de Aspeth deitada preguiçosamente na cama comigo, o cabelo esparramado por meu peito enquanto passa horas e horas apenas passando meu pau pela boca. Meus quadris dão um impulso no automático, a vontade de estocar é arrebatadora. Ela arfa de surpresa quando meu membro bate em sua boca, e então me toma na língua com um pequeno choramingo.

— Use seus lábios — falo com dificuldade, observando seus olhos ávidos e fascinados. — Feche-os e os movimente ao meu redor, como se eu estivesse fodendo sua boca macia e úmida.

Ela passa a língua na parte inferior do meu membro e me leva mais fundo, olhando para mim com preocupação.

— Não sabe como seria, linda? — Não sei de onde o termo carinhoso surge, mas parece certo usá-lo neste momento. — Como eu te comeria?

Suas bochechas voltam a ruborizar, e ela faz um pequeno som de protesto no fundo da garganta. Sua boca está molhada e apertada ao redor do meu membro, e ela parece estar um pouco sobrecarregada com meu tamanho, o que não deveria ser tão sedutor quanto é. Contudo, vê-la envolver a boca na minha ereção é simplesmente... mágico.

— Quer que eu meta na sua boca? Quer que eu assuma o controle? — Passo os dedos em seu cabelo espesso, emaranhando-os nas tranças macias. É quase demais para mim quando ela assente empolgada. Volto a gemer, tendo que lembrar a mim mesmo que ela é virgem. Que devo ir devagar.

Consigo dar uma estocada breve e forte, entrando mais fundo em sua boca.

Ela emite um som de surpresa, mas então geme ao redor do meu pau, o olhar faminto. Como se quisesse mais. Estoco de novo, em movimentos cuidadosos e lentos desta vez, e ela abre mais a mandíbula para me receber. É uma delícia. Entro mais fundo e, quando ela aperta minhas coxas, uso minha mão para guiar sua cabeça e começo a penetrar, entrando e saindo de sua boca macia e ávida. Seus lábios estão úmidos e maravilhosos esticados ao redor da minha ereção, e não consigo parar de encará-la enquanto me engole.

O desejo se acumula dentro de mim, meu saco se contraindo conforme o orgasmo se aproxima. Respiro entredentes, tentando diminuir o ritmo, fazer esse momento durar, mas vai ser impossível prolongar isso. Não com a boca rosada e apertada de Aspeth envolvendo meu membro. Não com o quanto a língua dela é lisa e com a forma que a esfrega na parte inferior do meu pau. Saio de dentro da boca de Aspeth antes que eu goze, minha respiração pesada enquanto tento me acalmar.

— Espere... espere. Preciso de um momento.

— Quê? Por quê? — Ela tenta me tocar de novo, e preciso de todo meu autocontrole para afastar minha ereção de seu toque insaciável. — Eu quero você, Hawk. Por favor.

— Não quero... te surpreender... quando gozar. Vai... sair... muito.

— Mas eu gozei na sua boca — reclama ela. — Não ligo se gozar na minha.

— Tem certeza de que é isso que quer? — Mesmo sabendo que não deveria, levo meu pau de volta aos lábios dela, vendo como se abrem com empolgação para mim. Passo a cabeça em sua língua. — Quer que eu encha sua boca? Que cubra sua garganta com meu orgasmo?

Ela assente de maneira discreta e abre mais a boca, seu olhar cheio de confiança fixo em mim.

Meto em sua boca de novo — uma, duas vezes, até que chego perto do limite mais uma vez. Sinto o desejo ferver em minhas veias, ameaçando explodir, e respiro fundo. Ela passa a língua na parte inferior do meu pau e isso é tudo de que preciso para perder o controle. Gozo em sua boca com um gemido feroz.

Apesar de suas intenções, Aspeth se assusta e se afasta na mesma hora, meu líquido escorrendo por seus lábios e queixo, e espirrando na parte da frente do uniforme da guilda. Ela tosse, pisca e lambe o que deixei para trás.

Foi muito para ela. Muito para uma primeira vez. Sei disso e preciso me desculpar, porque cedi e fiz isso de qualquer forma. Várias palavras chegam à minha garganta, mas só consigo apertar meu membro, prolongando meu orgasmo e bufando quando mais um jato de gozo sai de mim e atinge sua camisa de linho. Ela coloca a língua para fora e tenta pegar as últimas poucas gotas conforme balanço.

Minha pobre virgem humana parece estar destruída. Seu cabelo está uma bagunça, escapando do coque. O rosto está decorado com meu orgasmo, os óculos embaçados outra vez, e há uma gota do meu gozo nas lentes. Suas bochechas estão vermelhas, e a camisa está grudada ao peito arfante.

— Desculpe, Hawk — diz depois de um momento. — Vou melhorar na próxima vez.

Melhorar? Seguro seu maxilar, usando o dedão para limpar um pouco do esperma, forçando-a a olhar para mim.

— Aspeth, você foi incrível. Se fosse melhor, teria sugado minha alma pelo pau.

Ela solta um risinho, tão sem fôlego quanto eu.

— Foi bom. Gostei de te tocar. Gostei de ver suas reações.

Pelo deus touro, essa humana vai ser o meu fim. As bochechas dela estão ruborizadas, o que me faz pensar em quando estava deitada nua na minha frente, porque seus peitos também ruborizaram, e foi a coisa mais linda que já vi.

Bem, estou disposto a ver isso de novo. Ajudo-a a se levantar e então puxo-a para meus braços. Ela solta um gritinho de surpresa, e sua camisa grudenta roça na minha pele.

— O que... o que está fazendo?

— Sua vez. — Jogo-a na cama, amando a forma como seus peitos balançam ao atingi-la. — Agora eu vou te dar prazer.

Ela se senta de imediato.

— Ah, você não tem que fazer isso.

— Eu sei. — Subo em cima dela. — Mas eu quero.

Abro sua camisa para ver que seus seios, praticamente expostos embaixo da camisa fina e arfando por cima do espartilho, estão mesmo ruborizados. Abro seu cinto e sua calça, e então coloco a mão dentro dela. Aspeth está molhada, sinal de que gostou mesmo de me tocar, e seu calor parece buscar meus dedos no mesmo instante. Coloco dois deles dentro dela, observando suas expressões.

— O que acha?

— Preenchida — arfa. — Me sinto muito preenchida.

— De um jeito ruim? — Uso o dedão para acariciar seu clitóris, procurando o pequeno grelo entre seus lábios.

Quando o encontro, ela estremece, as mãos me segurando. E então balança a cabeça.

— Não, não é ruim. É bom. Muito bom.

— Vai ser assim quando eu estiver te fodendo — digo, entrando e saindo devagar com os dedos. — Só que meu pau é muito, muito maior.

Aspeth geme, segurando-se em mim. Seus quadris se movem no ritmo da minha mão, como se quisesse aumentar a fricção, e fico feliz. Pelos deuses, tudo nela é tão perfeito.

Parece até perfeito demais.

De repente, penso na história que ela contou mais cedo. Em como uma hora estava gritando por causa de todas as suas mentiras, e agora estou dedando-a porque quero vê-la gozar. Estou sendo enganado? Isso é algum plano dela? Enfio os dedos mais fundo, observando sua reação, e então os dobro dentro dela, procurando por aquele ponto que a deixará alucinada de desejo.

As pernas de Aspeth têm um espasmo assim que encontro, e ela choraminga, me segurando com mais força.

— Hawk — grita. — Eu... bem aí. Isso!

— Gosta disso?

— Sim! — As pernas dela tremem, fechando-se ao redor da minha mão enquanto a penetro.

— Não mentiria para mim?

Ela balança a cabeça em movimento curtos, mesmo enquanto as unhas fincam nos meus bíceps.

— Ah... ah...

— E não é uma espiã? Tudo o que me contou mais cedo era verdade?

A vulva de Aspeth se contrai. Por um momento, acho que está gozando, mas então ela bate na minha mão, tentando tirá-la de dentro de sua calça.

— Você... você... vá se foder! — Ela empurra meu peito até tirar minha mão de suas roupas, e então escapa da cama. — I-Isso não teve nada a ver com o assunto!

Finjo estar relaxado.

— Eu precisava perguntar. Você tem que admitir que tudo parece um pouco perfeito demais. Todos os seus segredos foram expostos, e mesmo assim você ainda quis me chupar? Desculpe se pareço um pouco desconfiado.

Aspeth junta os dois lados da camisa, fechando-a, seus olhos suspeitosamente brilhantes e vermelhos sob as lentes dos óculos.

— Eu só... eu só queria te tocar. Foi só isso. Não tive nenhuma motivação secreta.

— Então venha aqui. — Dou um tapinha na cama, recusando-me a sentir culpa. — Vou fazer você chegar lá.

Ela comprime os lábios e me lança seu olhar mais arrogante.

— Você é nojento. Agora não quero que me toque.

— Porque desconfiei de você? Seja razoável, Aspeth. Esteve mentindo esse tempo todo.

— Foi necessário. — Seus lábios formam uma linha fina, e ela se vira para um dos baús, pegando uma camisa limpa. — Não foi algo que gostei de fazer.

— Mas gostou de ser Pardal. Admita. Amou estar aqui. Amou o fato de ninguém saber quem você era.

— E isso é algum crime? — Ela não se vira para mim, seu tom de voz é baixo. — Querer fazer parte de algo importante? Querer viver a vida com a qual sempre sonhei? — Aspeth balança a cabeça e troca a camisa destruída por uma nova. Ela a abotoa em silêncio e a coloca para dentro da calça. — Vou dar uma olhada em Chilreia...

— Espere — digo antes que ela saia pela porta. — Tenho uma pergunta.

— Não sou uma espiã.

— Não é isso. O que acontece entre nós dois depois que tudo for resolvido?

Aspeth se vira para mim, a boca retorcida culminando em uma careta.

— Como assim?

— Você vai conseguir artefatos para sua fortaleza, certo? E depois disso? Vai voltar para lá e fingir que nunca esteve casada com um taurino? Vai contar ao seu pai que está casada comigo? Vai desistir do seu sonho de fazer parte da guilda?

Aspeth me encara, refletindo, e então seus ombros murcham. É estranho, mas parece que essa simples pergunta a derrota mais do que qualquer coisa.

— Não pensei tão longe, Hawk. No momento, só estou tentando me manter viva. Consertar as coisas enquanto elas ainda têm conserto. — Ela solta uma risada falsa. — Só estou levando um dia de cada vez. Um problema de cada vez. Desculpe se essa não é a resposta certa, mas é a única que eu tenho.

Não é a resposta certa, mas é uma que eu entendo. É difícil pensar sobre o futuro quando o presente é um completo caos.

— Tudo bem. Pode ir.

Ela desaparece no corredor, e eu me deito de costas, encarando o teto. Eu precisava perguntar. Precisava.

Entretanto, ainda parece que fiz merda. Que arruinei uma coisa frágil com minhas perguntas.

TRINTA

ASPETH

EM MINHA DEFESA, NÃO cedo às lágrimas que ameaçam escorrer dos meus olhos. Consigo me manter calma, apesar de minha boceta estar tão sensível que sinto os lábios se esfregando enquanto ando, fazendo meu corpo vibrar com pequenas ondas de formigamento. Meus óculos estão embaçados, e tenho certeza de que estou um desastre, mas não me importo. Só preciso ficar longe de Hawk por um tempo.

As palavras dele me magoaram. De forma dolorosa. Pior do que as palavras foi o momento em que as disse. A maneira como fiquei tão vulnerável com ele, e o resultado foi me encarar com aqueles olhos intensos e perguntar se sou uma espiã? Nunca me senti tão brava, exposta... e usada.

Não tive nenhuma motivação a mais para tocá-lo, nada além do meu desejo. Por estar aliviada que meu segredo havia sido exposto. Parecia ser algo a menos com que me preocupar, mas, em vez disso, é algo que vai ser jogado na minha cara.

Não posso nem mesmo culpá-lo. É muito provável que eu também ficaria desconfiada. Eu menti. Só que... eu não tocaria no assunto com os dedos enfiados nas partes íntimas de outra pessoa. Para mim, isso é como violar uma regra implícita.

Fungando para afastar as lágrimas, vou até a cozinha. Chilreia já deve ter terminado de comer, então pelo menos posso abraçar minha gata e sentir pena de mim mesma por um tempo antes de voltar para a cama. Com sorte Hawk já vai estar dormindo quando eu voltar, e não precisarei conversar com ele.

Quando chego à cozinha, fico surpresa ao encontrar Gwenna. Há uma vela na ponta da mesa, provendo uma luz bruxuleante. Chilreia está estirada na outra ponta, ronronando e contente, enquanto Gwenna passa os dedos no pelo branco e macio de sua barriga. A gata está tão gorda, que parece um pão de forma com pernas, mas acho uma fofura.

— Ela está deixando você fazer carinho na barriga? — pergunto, tentando deixar o tom de voz tranquilo. — Ela nunca me deixa fazer isso.

— Só vou até as costelas — responde ela. — Assim ela não se importa. Se eu descer mais a mão, ela enfia a garra no meu braço. — Gwenna continua acariciando a gata e olha para mim. — O que está fazendo acordada?

— O que *você* está fazendo acordada?

— Não consigo dormir.

Boa desculpa.

— Nem eu.

— É, mas sua aparência está horrível — observa Gwenna. — Também estou vendo que voltou a usar os óculos. E tem alguma coisa neles.

Tem? Tiro-os, e, para o meu horror, há uma gota de esperma no canto de uma das lentes. Uso a barra da camisa para limpá-la depressa e me sento ao lado da minha amiga.

— Estou com dor de cabeça e achei melhor usá-los. Foi um dia longo.

— Porra, eu que o diga. — Ela me encara enquanto ajeito os óculos e os prendo atrás da orelha. Quando termino, ela me lança um olhar de preocupação. — Fiz uma coisa ruim, Aspeth.

Ah, não. O que foi agora?

— O quê? Qual é o problema?

Sem dizer nada, ela tira algo do bolso e me entrega.

É um anel. Incrustrado de terra e sujeira de séculos, mas é nitidamente um anel. Há um cabochão de rubi enorme no centro de um engaste ornamentado, e ao redor dele há glifos prelianos. Automaticamente, levo-o à linha dos olhos e começo a traduzir, apesar da luz baixa.

Para minha esposa. Uma prova de que unidos somos mais fortes.

Fofo, mas, quando giro o anel, vejo a gravura na parte interior do aro grosso. Vou para mais perto da vela, lendo.

Sua parte do poder está na palavra. Diga "tlanntra" para ativar.

— É um artefato — sussurro. — Com uma palavra de poder.
— O que ele faz?
— Não está escrito. Eu poderia fazer uma pesquisa, mas não tenho meus livros e duvido que me deixariam usar a biblioteca livremente. — Viro o anel na mão e olho para ela. — Você o colocou?
— Óbvio que não! Sou mais esperta do que isso. — Ela balança a cabeça de maneira violenta. — Também não acho que você deveria.
— Não vou. — Volto a girá-lo na minha mão e percebo que só há escrita em um dos lados, o outro está totalmente liso e vazio... como se estivesse unido a outra coisa.

Sua parte do poder...

Depois de um momento, entendo do que se trata, e uma onda de empolgação me atravessa.

— É um anel de vínculo. Os casais prelianos os usavam para demonstrar a força de uma parceria. Os anéis não funcionam bem de maneira individual, mas quando estão unidos são muito poderosos.
— Ah. Que chique.

Encaro-a chocada, fechando os dedos no anel. Parte de mim quer devolvê-lo, porque pertence a ela, mas outra parte quer roubá-lo, porque, se eu conseguir os dois anéis, isso pode ser a resposta para os problemas da Fortaleza Honori.

— Gwenna! Pelos deuses, onde arranjou isso?

Ela abre um sorriso fraco.

— Roubei do morto.
— O quê?

Gwenna faz uma careta e se levanta. Chilreia rola e sai andando na mesma hora, provavelmente voltando ao meu quarto. Continuo sentada, o anel pulsando e quente por causa do poder, e Gwenna começa a andar pela cozinha. Ela torce as mãos.

— Toda criada sabe como roubar. Não que eu faria isso, é lógico. Mas é útil saber certas coisas. Você entende algumas coisas. Aprende que, quando se é uma criada, as pessoas sabem que você está presente, mas ninguém presta atenção. É invisível de uma forma estranha, e isso facilita o roubo, ainda mais quando seu patrão não te paga. Você descobre um jeito de ser paga de qualquer jeito.

Fico chocada.

— Ah. — É tudo o que consigo dizer.

Ela logo ergue as mãos.

— Nunca roubei nada de você, Aspeth. Não se preocupe. Mas as criadas conversam. Compartilhamos dicas e conselhos. E, se algum nobre joga algo fora, pegamos para nós. Vocês nunca percebem. — Ela cruza os braços em frente ao peito, uma postura defensiva. — Sei que acha que sou a pior...

— Não acho, juro que não...

— Mas você sempre foi boa comigo e se certificou de que eu estava sendo bem tratada.

— Gwenna...

Ela anda de um lado para o outro.

— E quando vi que havia algo brilhante na bolsa dele, meus instintos entraram em ação. — Ela faz uma careta. — Sei que roubar é errado, mas ele estava morto, certo? E essa pode ser uma questão de vida ou morte para você, então por que não pegá-lo? Mas suponho que isso seja a mesma coisa que roubar da guilda, o que é ruim. Provavelmente deveria ter deixado lá, mas não o fiz, e vou entender se quiser me entregar para Pega ou Hawk. Na verdade, se for me entregar, pode ser para Pega? Acho que ela vai ser mais gentil que Hawk. Ou talvez nem diga nada e troque o anel por umas cervejas. Eu só... não quero voltar a limpar penicos e carregar bandejas de chá, Aspeth. Quero fazer algo da vida...

— Gwenna. — Coloco o anel na mesa, me levanto e seguro seus ombros antes que ela abra um buraco no chão. — Não vou contar nada a ninguém. Só... obrigada. Pensar em mim foi uma gentileza da sua parte.

— Você é minha amiga — diz ela, piscando. — Me trouxe com você quando poderia ter me deixado para trás, desempregada. Está me ajudando a construir uma nova vida. É óbvio que eu pensaria em você.

As lágrimas ameaçam rolar de novo, porque estou tão acostumada a ter que cuidar de todos na fortaleza, que parece estranho ter alguém se preocupando comigo.

— Você é minha melhor amiga, Gwenna.

Ela ri e parece estar tão cheia de lágrimas quanto eu.

— Achei que fosse a Chilreia.

— É só a gente não contar a ela.

— Ela é uma gata. Desde que seja alimentada, acho que não vai se importar muito.

Reprimo uma risada histérica e olho para o anel na mesa. É uma chance. Pode ser exatamente o que preciso para salvar a todos.

— Posso te abraçar?

— Posso te impedir? — resmunga ela, mas aceita meu abraço rápido e feliz.

Seguro-a com firmeza, porque ela provou ser mesmo a melhor das amigas. Quando a solto, meu olhar é atraído automaticamente para o anel.

— O que será que ele faz?

— Não faço ideia, mas deve ser algo importante o bastante para alguém sair invadindo túmulos, certo? Eles disseram que o corpo era velho, e que não estava com um uniforme da guilda. Só uma armadura antiga e meia-boca. O que pode ter sido além de algum tipo de roubo de túmulos?

Ela tem razão. Eu não havia chegado a pensar que poderia ser um ladrão de túmulos. Eles eram comuns antes da guilda assumir a responsabilidade pelas ruínas e estabelecer total domínio dos artefatos que surgiam na Antiga Prell.

— Encontrou outro anel?

— Se ele tivesse os dois, acha que teria morrido lá? Ou acha que ainda estava procurando o par do anel quando foi atacado pelas ratazanas?

— Ou ele não sabia do que estava em sua posse. — Mordo o lábio, refletindo. — E se a guilda estiver com o outro anel?

— Então devem estar procurando por este.

Ela está certa. Eles vão vasculhar a Queda Treze inteira à procura do par. O fato de ainda não terem feito isso é indício de que não sabem que há qualquer artefato naquela área. No momento, Pega só está brigando com eles para poder nos mandar para lá de novo por causa da papelada. Até onde eu sei, a guilda ainda não tem interesse na queda em si.

— Temos que voltar lá — digo. — Antes que eles encontrem alguma coisa. E temos que achar o par. Se o que esses anéis fazem quando unidos for poderoso… isso pode ajudar meu pai.

— Odeio o fato de que podemos encontrar algo tão incrível e que teremos que entregar ao seu pai, que simplesmente vai perdê-lo em apostas.

Estremeço, mas ela não está errada. Papai é um desastre com dinheiro. Quando não está gastando em viagens luxuosas para festas distantes, gasta com sua cortesã, Liatta. Ele não poderia ligar menos para Honori, além do fato de que pertence a ele e que, sendo assim, deve sempre pertencer a ele.

— Talvez ele acorde quando souber que Barnabus está de olho em sua propriedade. Ele acha que está seguro e que ninguém se importa com o que faz. Que, por ser um detentor, está automaticamente protegido.

— Ele é um otário — responde Gwenna de forma amarga. — Você deve ter puxado sua mãe.

Abro um pequeno sorriso ao ouvir isso, porque não consigo me lembrar da minha mãe. Volto à mesa e pego o anel, então o ofereço a ela.

— Foi você quem encontrou. Fique com ele por enquanto.

Ela ergue as mãos e balança a cabeça.

— Não. Eu peguei para você. Deve ficar com ele. De qualquer forma, não sei nada sobre a Antiga Prell. Ele vai estar mais seguro com você do que comigo.

Talvez. Não sei. Volto a examinar o anel, procurando por qualquer símbolo que não tenha visto, e então o escondo entre meus peitos cobertos pelo espartilho. É como se tivesse um pedregulho no meio das minhas roupas, mas isso não é ruim. Assim, vou saber se cair. Seguro a mão dela, apertando-a.

— Obrigada, Gwenna.

— Fiz isso por você — diz ela, apertando minha mão de volta. — Não queria que algo assim fosse parar nas mãos de Barnabus. Ele é um babaca.

— É mesmo — concordo, meus pensamentos acelerados. — Acha que conseguimos convencer Pega a nos levar lá embaixo de novo? Amanhã?

Ela dá de ombros.

— Ela está esperando a permissão da guilda, não está? Talvez demore, com o jeito que está bebendo e tudo o mais.

Pelos deuses, ela tem razão. Pega está um desastre, e todos vão saber disso depois do que aconteceu. Faço uma careta. Algo me diz que ela não vai voltar lá tão cedo, e nosso Cinco não pode ir sem um professor.

Como se pudesse ler minha mente, Gwenna pergunta:

— E o Hawk?

Penso em Hawk. E em seus dedos. E em suas perguntas horríveis. *Você é uma espiã?*

— Eu e Hawk não estamos nos falando no momento.

— Já? Mas acabamos de voltar.

— Foi uma noite tensa.

— Você quer... conversar a respeito?

Será que quero? Reflito por um bom momento, e então minha timidez toma conta. Não consigo me imaginar explicando a Gwenna que Hawk estava com os dedos enfiados dentro de mim, massageando um ponto do meu corpo que me fez querer sair voando... e então perguntou se eu era uma espiã. Que eu estava me sentindo usada porque chupei seu membro minutos antes e achei que estávamos em uma situação melhor do que aquela.

— Só acredite quando digo que, se for falar com ele sobre um anel roubado, ele não vai nos ajudar. Provavelmente vai nos entregar para a guilda e fazer com que sejamos mandadas de volta para casa. Ele sabe quem eu sou de verdade.

— Sabe? Merda. — Ela pensa por um instante. — Então o que quer fazer?

— Não sei. — Sinto-me derrotada. — Evitá-lo e torcer para que não nos entregue?

Não parece do feitio de Hawk me entregar, mas ele ficou muito zangado.

— Ele com certeza não é do tipo que quebra regras. Será que conhecemos alguém na guilda que estaria disposto a nos ajudar?

— Você... está brincando, né? *Nesta* guilda? A mesma que nos insulta por sermos mulheres? A mesma que acha que não deveríamos sequer ter permissão de descer aos túneis porque não temos pênis? Essa guilda?

— Tem razão. Pergunta estúpida. — Reflito mais um pouco. — Mereden não é daqui e faz parte da nobreza, então está fora de cogitação. Kipp... bem, Kipp não fala. — Acha que Andorinha pode conhecer alguém em quem confia?

— Mais do que a própria *tia*?

De novo com a lógica perfeita. Comprimo os lábios, colocando a mão no local onde o anel está escondido no vestido.

— Acho que não temos alternativa. Vamos ter que falar com Pega e convencê-la a trabalhar conosco. Sei que roubamos da guilda, mas e se oferecermos uma parcela do dinheiro a ela?

É arriscado, mas que escolha temos? A queda dentro da área isolada é completamente controlada pela guilda, onde são necessárias autorizações e há seguranças o tempo todo. A não ser que subornemos alguém para entrar, não vejo alternativa. E não temos dinheiro para isso.

Há outra forma de suborno, é lógico, mas não quero nem pensar a respeito. Um taurino na minha cama já é mais do que suficiente.

— Vamos conversar com os outros amanhã primeiro, vamos ver o que acham de nos ajudar. Depois podemos falar com Pega.

Tiro o anel de dentro do corpete e volto a oferecê-lo a ela.

— Não gosto da ideia de ficar com ele sendo que foi você quem o encontrou.

Gwenna balança a cabeça.

— Guarde-o.

— Tem certeza?

Ela o afasta com a expressão determinada.

— Se eu for pega com isso, sou uma ladra. Se você for pega, é uma filha de detentor sendo travessa. Entende a diferença?

Entendo. Coloco-o de volta nas minhas roupas, odiando o fato de ela estar certa.

TRINTA E UM

ASPETH

2 dias antes da Lua da Conquista

DURMO NO QUARTO DE Gwenna naquela noite, porque não quero me deitar ao lado de Hawk. Não durmo muito bem, no entanto. Estou inquieta e preocupada, minha mente presa ao anel que amarrei em uma fita e agora uso ao redor do pescoço.

Ela tem razão ao dizer que não vou me meter em problemas por estar com um artefato. Sou filha e herdeira de um detentor. Se algo acontecer, posso usar essa informação como uma arma e intimidar qualquer um a me deixar escapar sem consequências. Posso insistir que ele é meu e levá-lo para casa comigo, mas também serei enviada de volta à Fortaleza Honori na primeira carruagem disponível, sem nunca poder voltar. Os outros não terão um Cinco, e todos seremos reprovados.

Não posso deixar que isso aconteça.

Levanto-me antes do amanhecer, alimento Chilreia e faço carinho em seu queixo enquanto espero que Gwenna e os outros acordem. Estou usando um uniforme novo e estou começando a gostar da sensação pesada e áspera do tecido em minha pele. Isso me faz lembrar que minha antiga vida ficou para trás e esta é a nova.

Além disso, o pelo da Chilreia não gruda tanto nesse tecido. Afasto um tufo de pelo dos meus dedos, fazendo uma careta quando ele sai flutuando. Caramba.

O café da manhã é tenso. Estamos todos reunidos na cozinha, sentados à mesa e conversando sobre nosso Cinco, até que Hawk chega, o barulho de seus cascos no chão exageradamente alto. Mereden estremece com cada passo, e eu me forço a ficar completamente ereta, a postura firme conforme a cadeira dele *arrrrraaaanha* o piso de pedra e ele se joga em seu lugar à ponta da mesa. A criada do ninho entrega uma tigela de mingau a ele, que o remexe com raiva, me encarando de cara feia.

Ignoro-o.

— Onde está Pega? — pergunta, batendo a colher. — Por que não está com vocês?

— Vai dormir até mais tarde — diz Andorinha. — Já que não vamos fazer nada hoje.

— Ela está bêbada? — rosna Hawk, fitando-a.

Andorinha, que os deuses a abençoem, o fita de volta.

— Não, e é uma grosseria do caralho você perguntar isso. A lua está te deixando bem sensível, não é? Vá bater uma ou algo assim.

Presto toda atenção à minha comida, a tensão na cozinha é palpável. Tenho quase certeza de que Hawk olha para mim algumas vezes, mas o ignoro. Ele leva a tigela à boca, toma todo o mingau, bate a louça na mesa e sai do aposento. Um segundo depois, volta acelerado e aponta para Andorinha.

— Avise a Pega que estou indo para a sede da guilda e que, se ela sair de novo sem me avisar, não seremos mais parceiros. Entendeu?

— Entendido.

Ele sai batendo os cascos de novo... mas volta. Dessa vez, inclina-se sobre minha mesa, cheio de irritação e fúria.

— E você... vai dormir comigo esta noite. Não quero que fuja por aí sempre que discutimos. Entendeu?

— Peça por favor. — Meu coração está tão acelerado quanto o de um coelho.

Acho que ele vai surtar comigo, perder as estribeiras e gritar, porque seus hormônios estão uma bagunça. No entanto, ele não pode simplesmente sair me dando ordens, não quando foi o primeiro a me evitar.

As narinas dele inflam, e ele se aproxima ainda mais.

— Por favor.

Concordo com a cabeça.

Ele solta uma daquelas bufadas irritadas e indignadas que só os taurinos conseguem e então volta a sair do aposento.

— Caramba, a lua está pegando pesado com ele — diz Andorinha, os olhos arregalados com o divertimento como o de quem diz "viu isso?". — Dá para entender por que todos os taurinos saem da cidade ou ficam no bairro dos prostíbulos.

— Eles saíram da cidade? — pergunta Mereden, e Kipp inclina a cabeça, igualmente curioso.

— Saíram. Não sabem da Lua da Conquista? — pergunta Andorinha. — Cara, é um evento. Se um dia virem um taurino de olhos vermelhos, saiam da frente ou vão acabar com a bunda no chão.

— Eles brigam? — Mereden volta a perguntar.

— Não, quis dizer que eles fodem qualquer coisa que se mova. A bunda no chão é... literalmente sua bunda... batendo... no chão. — Andorinha enfatiza cada palavra com um soco na palma da mão, sem saber que estou tentando ignorá-la. — Nenhum buraco está seguro...

— Já entendemos — interrompe Gwenna severamente. — Obrigada.

— Só estou tentando dizer que a Lua da Conquista deve estar mesmo atingindo-o. — Ela balança as sobrancelhas para mim. — Foi por isso que não dormiu com ele, Aspeth? Não conseguia dormir com aquilo cutucando suas costas?

Ignoro-a e uso minha faca para espetar uma fatia de presunto, então a mordisco.

— Onde sua tia está?

— Bêbada — responde Andorinha.

Mereden arqueja.

— Mas você falou para o Hawk...

Ela a silencia, olhando para a porta.

— Sei o que eu disse. Mas não é bom que briguem quando a Lua da Conquista está tão próxima. Ele não vai ser racional. Pode perguntar a Aspeth.

— Ele não está sendo racional. — É só o que digo. Bêbada ou não, precisamos de Pega, e, neste momento, vou ficar do lado dela. Se já está quebrando as regras, qual o problema de quebrar mais algumas? Preciso do par de anel que está debaixo da terra para me salvar.

Ah, e para salvar meu pai *e* a fortaleza. Contudo, sendo sincera, estou muito mais interessada em me manter viva. Não tenho interesse em me tornar a herdeira ou comandar qualquer coisa. Manter-me viva, no entanto, é tudo o que me interessa.

— Olha, está tudo bem — diz Andorinha, levantando-se da mesa e jogando a tigela no balcão. A criada do ninho que está limpando a cozinha a encara, e Gwenna lança um olhar de compaixão para a mulher. — Até conseguirmos permissão para irmos àquela queda de novo, não temos muito a fazer. Ninguém vai estar treinando, já que qualquer professor que valha alguma coisa levará os alunos para explorar as ruínas em vez de estudar, até porque a guilda dá prioridade ao dinheiro, e não ao aprendizado.

Ela tem razão. Com a minha empolgação para entrar para a guilda e viver minhas fantasias cheias de artefatos, sempre esqueço que ela não está nem perto de ter tanto interesse na história de Prell quanto faz parecer. É uma guilda de abutres, remexendo na carcaça de algo que já morreu faz tempo.

— Acho que podemos treinar sozinhos.

Gwenna faz uma careta.

— Eu *não* vou fazer um circuito de obstáculos sem necessidade.

Kipp também balança a cabeça.

— Posso ensinar alguns dos glifos prelianos mais comuns a vocês — ofereço. — Certa vez, li um ótimo livro sobre falsificações, ele possuía desenhos demonstrando as artimanhas que os falsificadores usam para que os objetos pareçam genuínos.

Andorinha olha feio.

— Uau, aí está algo que ninguém nunca achou interessante. — Ela balança a cabeça e pega vários envelopes de carta, todos lacrados com cera. — Ou podemos entregar isso pela cidade.

— O que é isso? — pergunto, pegando um deles. O sinete é de algum pássaro, mas foi carimbado com tão pouco cuidado que é difícil identificar *qual* pássaro.

— Cartas da minha tia exigindo que permitam que voltemos à queda. Vamos recorrer às autoridades locais e ao vizir do rei para revogar a decisão da guilda. — Ela entrega o restante a cada um de nós.

Fico de queixo caído.

— A guilda já tomou uma decisão?

— Não, mas a resposta é sempre a mesma. Nunca a favor do Cinco. A guilda se envolve e deixa seus lacaios tomarem a frente sempre que há qualquer faro de tesouros.

Gwenna olha para mim, nervosa. Ela pega um envelope e o vira, passando um dedo no sinete.

— Então Pega decidiu já recorrer por meio das cartas?

— Ah não, fui eu quem as escrevi — diz Andorinha. — Entrei no quarto dela e peguei seu carimbo emprestado.

Kipp joga a carta longe e bate com a cauda na mesa.

— Não me provoque, lagarto — retruca Andorinha.

— Andorinha! — repreende Mereden. — Ele tem razão em estar bravo com você. Não podemos sair por aí falsificando documentos.

— Não é falsificação se a Tia Pega não se lembrar de os ter redigido ou não. — Ela abre um sorrisão. — Vocês têm alguma solução melhor? Porque, do jeito que as coisas estão agora, minha tia não vai dar muitos treinamentos, Hawk vai ficar explodindo de tesão até a Lua da Conquista deixar seu corpo e as regras da guilda dizem que não podemos fazer nada divertido sem um tutor. A não ser que possam surgir com um novo tutor, vamos treinar com espadas e andar por aí com as mochilas cheias de pedras durante a próxima temporada. Não vamos ser aprovados com esses dois cabeças-ocas no comando. Se não formos absolutamente perfeitos, vamos acabar como repetentes, já que somos mulheres. E lagarto. — Ela indica Kipp com a cabeça. — Sem ofensas.

Ele assente em resposta.

Mereden pega um dos envelopes.

— Fiquei sabendo que, da última vez que um dos nobres solicitou um pedido de dispensa especial para as equipes da guilda, alguém encontrou uma guampa muito importante. E a equipe de alunos que a encontrou pôde escapar dos exames. Puderam entrar para guilda apenas pelo poder daquela descoberta.

Agora Gwenna está olhando para mim.

— Você sabe mais sobre a Antiga Prell do que qualquer um. Isso é verdade?

Reflito, tentando me lembrar. Uma guampa. Uma guampa. Uma guampa...?

— Não consigo me lembrar de guampa alguma.

— Uma guampa de água? — diz ela, dando de ombros. — Só me lembro disso. Meu pai achou muito fascinante e passou semanas falando sobre essa guampa. Ele tentou comprá-la em um leilão, mas um comandante marítimo do Sul pagou uma taxa surpreendente por ela.

— Ah! — arquejo quando a lembrança vem à mente. — Lembrei. É a Concha das Marés.

Mereden estala os dedos.

— Isso mesmo!

— O que é uma Concha das Marés? — pergunta Gwenna. — Por que a maré é tão importante?

— A Concha das Marés é a proteção perfeita para uma fortaleza marítima — explico. — Não é nem preciso uma palavra mágica para ativá-la. Ao soprá-la, a maré muda. Pelo que lembro, o detentor que a comprou mora em uma ilha onde sua costa só fica visível na maré baixa. Ele é o detentor vivo mais protegido no momento.

— E é por isso que meu pai queria esse artefato — concorda Mereden. — A maior parte da receita da nossa fortaleza vem da pesca de conchas e moluscos na maré baixa, graças à enseada onde estamos localizados. Ele ficou bem decepcionado. — Ela me olha de forma desconfiada. — Você sabe bastante coisa sobre os detentores.

Troco um olhar com Gwenna. É hora de abrir o jogo. Viro o envelope que tenho em mãos, passando o dedo em sua borda.

— Não fui totalmente sincera com vocês — admito. — Não sou filha de um mercante.

— Estava me perguntando quando iria confessar — diz Mereden.

— Fortaleza Honori, certo?

TRINTA E DOIS

ASPETH

MEREDEN SABIA DESDE O princípio.

Fico um pouco chocada, mas não deveria. Ela é inteligente e presta atenção em tudo o que acontece. É sábia por guardar segredos, porque eles são uma forma de poder. Porém, conforme confesso a verdade sobre como e por que estou aqui, Andorinha fica cada vez mais boquiaberta, e Kipp parece tão nervoso quanto. Ao terminar de contar minha história, tiro o anel de dentro do meu corpete e o coloco na mesa, decidindo não envolver o nome de Gwenna.

— Consegui pegar isso lá embaixo.

— Não pegou, não — diz Mereden. — Se está contando a verdade, conte tudo. Estamos juntos nessa.

— Fui eu — revela Gwenna. — Aspeth está me protegendo por ser uma boa pessoa. Porque sabe que estou com medo. Vocês duas são da nobreza, têm sangue de detentor. — Ela indica a mim e Mereden. — Eu sou uma criada. Quem acham que vão culpar se descobrirem?

Mereden hesita e depois assente.

— Não ouvi nada — diz Andorinha. — E você, Kipp?

Kipp balança a cabeça depressa. *Nada.*

Gwenna abre um pequeno sorriso.

— Obrigada.

Mereden estende a mão para mim, a palma que está na mesa erguida para cima.

— Quero que saiba que seus segredos estão seguros comigo, Aspeth. Não há nada que eu queira mais do que entrar para a guilda. Precisamos dos cinco para isso. E também não vou contar nada à minha família, se isso te preocupa. Se eu contar, o mais provável é que eles tentem conquistar a fortaleza do seu pai... e então me mandariam de volta ao Convento do Silêncio Divino. — Ela faz uma careta. — Minha situação é um pouco diferente da sua, mas tão ruim quanto.

— Estamos juntos nessa — declara Andorinha, colocando a mão em cima da de Mereden.

Gwenna junta a mão às delas, e eu faço o mesmo. Kipp coloca a sua em cima da minha, pequena e grudenta. Seu leve toque parece significar muito.

— Obrigada — digo a eles, e então sinto a necessidade de continuar. — Sei que o que estamos fazendo é perigoso e ilegal... eu só preciso de um artefato que sirva para o meu pai proteger a fortaleza. Se o anel for o bastante, então só preciso dele. Qualquer outra coisa pode ser de vocês. Sei que é pedir demais, mas eu não pediria se minha vida não estivesse em risco. Ninguém vai parar e perguntar se quero ser herdeira do meu pai. Só vão me matar e pronto.

— Como pode ter certeza de que seu pai não vai perder o artefato em apostas?

Não tenho certeza.

— Vou dar um jeito. Talvez eu diga que o artefato é amaldiçoado, e que, se for vendido ou usado em apostas, ele estará arruinado.

— Pode dizer que dá varíola na bunda — diz Andorinha.

Mereden a olha com estranheza.

— Por que você gosta tanto de bundas?

Andorinha dá de ombros.

— Bundas são engraçadas.

— Bem — diz Gwenna em seu tom de voz sério. Ela pega um dos envelopes e o ergue. — Vamos entregar isto aqui, então? Quanto mais cedo a gente começar, melhor.

Saímos para entregar os apelos, e tento não pensar que Pega não faz ideia do que estamos aprontando em seu nome. É como Andorinha disse, ela não se lembrar de tê-los escrito também pode ser benéfico para nós.

Andorinha cresceu em Vasta e sabe onde fica tudo. Ela nos leva até uma casa senhorial que se agiganta acima das outras da área, uma sebe alta separando-a de seus vizinhos. A governanta aceita a carta fungando, e algo me faz desconfiar de que nunca será lida.

— Por isso fiz várias — responde Andorinha com animação. — Só precisamos de uma pessoa disposta a ir contra a guilda.

No entanto, a guilda é tão controladora, que não vejo como vamos conseguir isso. Estou prestes a apresentar esse argumento quando Kipp acelera na frente do nosso grupo, descendo a rua. Sua concha-casa balança conforme ele segue a trote, e eu me viro para as outras.

— Para onde ele está indo?

Mereden e Gwenna dão de ombros.

— Talvez tenha visto algo estranho. — Andorinha corre atrás dele e faço o mesmo, porque não é típico de Kipp nos deixar para trás. Ele é do tipo responsável.

Nós o encontramos em frente à feira comercial, perto de uma fonte. Está reunido com outro deslizante, e, ao nos aproximarmos, vemos que os dois estão se esfregando em movimento rápidos e frenéticos.

— Ah. — Andorinha dá de ombros. — Eles precisam de um momento a sós.

— O que estão fazendo? — pergunta Mereden, cobrindo os olhos por educação.

— Não é nada indecente — responde Andorinha, relaxando. Ela olha para Mereden por um momento, e depois para mim. — É por isso que os deslizantes têm esse nome. Eles deslizam uns nos outros e trocam informações. São capazes de compartilhar memórias com o contato da pele, e é assim que se comunicam. Por isso ele não gosta de ser tocado.

Que interessante. Nunca havia visto isso antes, é uma imagem meio... pegajosa. Parece algo completamente obsceno, mas quem sou eu para julgar? Estou casada com um taurino, e eles têm vários costumes peculiares também.

Pensar em Hawk e nos costumes de seu povo me faz lembrar da orgia no beco, fazendo meu rosto arder. Queria que ele não fosse tão babaca.

Também acabo por me perguntar onde ele está agora. Deve estar invadindo os salões da guilda à procura de alguém para lhe dar uma tarefa que vai mantê-lo longe de casa.

Esperamos, desconfortáveis, a uma curta distância enquanto os dois deslizantes se esfregam com movimento alegres e frenéticos. Até que eles dão um último abraço e se separam, entrelaçando as caudas. Kipp vai até nós com uma expressão de felicidade na carinha de lagarto.

— Um velho amigo? — pergunta Gwenna.

Kipp balança a cabeça e hesita. Ele procede com uma série de movimentos, tentando se comunicar conosco, algumas tentativas são necessárias, mas por fim entendemos. O deslizante era um desconhecido, empregado de um comerciante. Ele viu Kipp com o uniforme (que agora está desabotoado e aberto até a cintura graças a todo o contato físico) e quis dizer o quanto estava orgulhoso.

Sou o primeiro, Kipp gesticula para nós.

— É mesmo? — Fico chocada ao ouvir isso, mas não muito surpresa. Não vi outros deslizantes por aí, e nenhum livro da história da guilda faz qualquer menção a eles. Mal falam dos taurinos, e, até onde sei, Pega é a única mulher.

Kipp ergue o queixo, todo orgulhoso.

— Bando de homens desprezíveis — resmunga Gwenna. — Não gostam de ninguém que não tenha o mesmo equipamento que eles. Quanto mais sei sobre essa Guilda Real de Artefatos, menos gosto dela.

— Isso faz nossa entrada na guilda ser ainda mais importante — diz Mereden. — Esses homens precisam entender que deslizantes e mulheres são tão competentes quanto eles.

Ela responde com um grunhido.

Não digo nada. Há tanta coisa em jogo, que a guilda está se tornando algo opressivo. Vou acabar com a chance de todos se descobrirem que estou com o anel... ou que sou nobre...

— Por isso é importante ter um Cinco — diz Andorinha, entrando na conversa. Ela coloca a mão no meu ombro e outra no de Mereden, abraçando-nos no meio da rua. — A guilda quer enfatizar o trabalho em equipe para que os Cinco trabalhem bem juntos, mas fazer isso nos tornou mais do que uma equipe. Somos amigos. Apoiamos uns aos outros. E vamos entrar para essa porra dessa guilda cheia de linguiças e virá-la do avesso.

Damos risada, mas volto a afastar as lágrimas.

Antes de sair de casa, eu não tinha nenhum amigo. Agora tenho quatro, e me sinto a pessoa mais rica de Vasta.

◈

Quando terminamos de entregar as cartas, decidimos voltar para casa e treinar por conta própria. Kipp ensina a Mereden e Andorinha alguns movimentos básicos com espadas curtas, e eu mostro alguns dos glifos prelianos mais comuns a Gwenna na cozinha. Quero que ela consiga identificá-los para que tenha certa vantagem sobre os homens da guilda.

Basicamente, estamos esperando e arrumando afazeres para passar o tempo até que algo aconteça. Ou Andorinha vai falar com a tia e perguntar se ela pode nos ajudar com o plano, ou conseguiremos a permissão de voltar à queda com os apelos que entregamos mais cedo. Até lá, só o que temos a fazer é nos manter ocupados.

— Uma coisa incrível sobre a magia preliana é que ela é considerada feminina — digo animada a Gwenna enquanto folheio um livro que peguei emprestado do pequeno estoque de Hawk. Paro ao encontrar a representação de um vaso comum coberto por glifos e aponto para ele. — Então, quando o assunto for magia, você sempre vai encontrar o glifo que representa o gênero feminino.

Ela franze as sobrancelhas.

— Como assim?

— Quando falamos sobre magia, nós a consideramos do gênero feminino — explico, feliz por poder conversar sobre meu assunto favorito. — E a lei preliana postula que, por medida de segurança pública, todo objeto precisa ser nitidamente marcado com sua função. As leis deles eram muito avançadas para a época. Então todo objeto apresenta alguma forma de marca indicando qual seu tipo de magia, e, já que faz referência à magia, você pode esperar ver o símbolo do ovo ao redor deste glifo. A flecha nesta figura representa "homem", mas, quando está dentro de um ovo, o símbolo representa "mulher".

— A flecha representa um pênis? — pergunta Gwenna.

A pergunta direta faz meu rosto arder. Pelos deuses, parece que agora passo o tempo todo ruborizando.

— Não, é óbvio que não! É uma flecha, ou pelo menos é isso que os historiadores acham. Eles acreditam que seja uma referência à época em que os homens eram caçadores e usavam flechas para alimentar a família.

— Para mim, parece um pênis — diz ela e acrescenta: — Acho que estou passando tempo demais com a Andorinha.

— Acho que sim. — No entanto, agora também parece um pouco um pau para mim.

As portas da cozinha se abrem, e Hawk entra. Gwenna e eu logo ficamos em silêncio, observando-o ir até o jarro de água e se servir. Ele está sujo e cheio de terra, como se tivesse voltado dos túneis, mas não quero perguntar. A última coisa de que preciso é um Hawk mais irritado no meu pé.

Tenho certeza de que mereço que fique no meu pé, mas não o tempo todo.

Ele bebe a água apoiado na bancada, e finjo estar concentrada no livro à minha frente, e não no meu grande marido taurino que deve me odiar. *Ele só vai terminar de beber,* penso, *e então vamos ficar sozinhas de novo e poderemos voltar à aula...*

— Aspeth — diz Hawk —, precisamos conversar.

Abro o meu sorriso mais charmoso de filha de detentor.

— Estamos no meio de uma aula.

— Ah, isso pode esperar. — Gwenna deixa escapar, me traindo. Ela se levanta num pulo e para atrás da minha cadeira. Em seguida se abaixa e sussurra no meu ouvido: — Distraia-o enquanto vou ver como as coisas estão com Pega.

E, com um sorriso enorme, me deixa sozinha com o taurino rabugento. Lanço um olhar impaciente para ele.

— Achou que este era o melhor momento para conversarmos apesar de ter mandado que eu dormisse com você hoje? Não podia esperar até lá?

— Não sabia se iria para a cama.

— Porque não confia em mim, certo? — falo de modo calmo e em tom de piada, mesmo que as palavras doam.

Ele solta um suspiro pesado.

— Porque, no seu lugar, eu também não gostaria de ir para a cama comigo. Eu mereço toda a frustração e raiva que possa estar sentindo.

Passo o dedo na capa do livro, sem fazer contato visual. Não sei o que dizer. Com certeza não esperava que ele dissesse isso.

— Isso foi um pedido de desculpas?

— Está mais para uma explicação — responde. — Podemos conversar em nossos aposentos?

A pergunta me faz olhar para ele com desconfiança. Isso vai acabar sendo outro interrogatório sobre eu ser uma espiã? Contudo... Gwenna me pediu para distrai-lo. Infernos. Eu me levanto de queixo erguido.

— Já estou avisando, se você for grosseiro, vou embora de novo.

— Se eu for grosseiro, isso já será esperado — diz ele e vem até mim, colocando a mão na minha lombar para me conduzir até nosso quarto.

Ficar perto assim de Hawk sempre me deixa um pouco sem fôlego. Sou uma mulher grande — alta, forte e o oposto de frágil —, mas sempre me sinto delicada quando ele coloca a mão nas minhas costas. Como se eu fosse protegida. Não é algo com o qual estou acostumada — tanto o contato quanto a sensação de merecer proteção —, mas eu gosto. E odeio gostar, porque me sinto vulnerável, como se isso pudesse ser usado contra mim.

Seguimos pelo corredor e chegamos aos aposentos de Hawk. Chilreia está aconchegada no assento da janela, espalhando pelos laranja por todas as almofadas. Ao entrarmos, ela boceja e se espreguiça, mas não faz menção de se levantar, e Hawk não pede que eu a tire do quarto. O que significa que não devemos fazer nada íntimo.

Eu... não sei dizer se estou decepcionada ou aliviada.

Ele gesticula para que eu me sente na cama, e eu me sento na beirada, unindo as mãos no colo. Estou fazendo o possível para permanecer calma, mas ficar sozinha com ele traz uma onda de lembranças e pensamentos escandalosos, então fica difícil me concentrar. Hawk anda de um lado para o outro na outra ponta do quarto, sua cauda faz o mesmo movimento, e percebo que ele está com as mangas erguidas, revelando músculos fortes. Ele jogou o casaco da guilda em algum lugar, e, enquanto anda, consigo ver o contorno firme de suas coxas e a robustez de seu traseiro.

Se está querendo me atrair simplesmente com sua aparência de dar água na boca, está fazendo um ótimo trabalho.

Hawk puxa a argola pendurada em seu focinho largo.

— Aspeth... sei que fui cruel com você.

Isso me faz hesitar.

— Cruel? Com certeza foi um babaca, mas não sei havia crueldade envolvida.

— Joguei coisas que não deveria na sua cara. — Ele balança a cabeça e volta a andar de um lado para o outro. — Fiquei furioso por você estar guardando segredos. Por não ter confiado em mim. E tudo está intensificado com a chegada da Lua da Conquista...

— Ah, *por favor*. Não pode jogar a culpa de tudo nisso.

Ele se vira e me olha sério.

— Você não sabe como é.

— Não mesmo — concordo. — Mas fiz tudo o que podia para me adaptar a tempo da Lua da Conquista, e você me atacou em meio aos nossos momentos de intimidade. Não foi culpa da lua. Você simplesmente estava sendo escroto.

Sua boca fica crispada, e ele volta a mexer na argola do focinho.

— Eu sei. Eu só... — Ele volta a andar. Espero por uma resposta, porque ele parece estar indeciso. — É só que... isso deveria ser uma troca de favores entre nós, mas não é o que está acontecendo.

Inclino a cabeça, surpresa. Ele acha que não estou cumprindo minha parte do acordo?

— Não é?

Hawk deixa escapar um rosnado baixo e então atravessa o quarto até mim. Ele se apoia na cama, prendendo-me onde estou ao colocar as mãos em cada lado do meu corpo.

— Eu *quero* você. Mais do que deveria.

Meus lábios se abrem.

— Não, não é bem isso. — Ele balança a cabeça, os chifres girando de forma perigosa, e então ergue meu rosto para olhar nos meus olhos. — Quero você mais do que um professor deveria desejar uma aluna. Quero você mais do que deveria em um casamento por conveniência. E essa é a parte que mais me incomoda.

— Te... incomoda? — Por que isso faz meu coração estúpido acelerar? Ele acha que sou uma espiã cuja intenção é roubar as riquezas da guilda ou qualquer outra babaquice assim.

— Sim, me incomoda — continua Hawk. Ele observa meu rosto, sua respiração aquecendo o ar entre nós. — Porque penso em você o tempo todo. Não é só a Lua da Conquista... já senti sua influência sobre mim antes. Isso é outra coisa. Se fosse só a Lua, eu não pensaria em seu sorriso. Não pensaria em como você ri quando está tentando ser educada e em como sua risada é diferente quando você está se divertindo de verdade. Não pensaria em você com aquela gata estúpida e como a enche de carinho quando chega em casa, me deixando com ciúmes.

Minhas bochechas ardem. Ele sente ciúmes de Chilreia?

— Eu não ficaria obcecado com o fato de ainda te dever um orgasmo desde a noite passada, e essa ideia não me distrairia o dia todo. Quase caí de uma Queda porque estava pensando na forma como sua vulva apertou meus dedos, em como vai ser quando eu estiver dentro de você pela primeira vez.

— Você estava pensando em mim? — Fico sem fôlego com a ideia. Por que eu me *importo*? Entretanto, eu me importo... muito.

— Não consegui parar de pensar em você. — Suas mãos percorrem o interior da minha coxa. — Em como as coisas ficaram noite passada. Acho que eu preciso te dar aquele orgasmo, ou vou continuar distraído.

Paro a mão dele antes que suba mais.

— Esse é seu pedido de desculpas pela noite passada?

Seu olhar encontra o meu.

— Aceitaria um pedido de desculpas meu?

Engulo em seco.

— Talvez... depende da qualidade desse pedido.

Hawk abre um sorriso lento e preguiçoso.

— Vai ser um muito bom.

Pelos deuses. Meu corpo reage latejando bem no meio das pernas.

— Prometi que a faria aproveitar — murmura e se aproxima para mordiscar minha orelha. Ele é incrivelmente gentil, e a sensação de seus dentes na minha orelha é mais excitante do que qualquer outra coisa. — E eu não estou cumprindo minha parte do acordo. Mal-humorado ou não, você sendo herdeira de um detentor ou não, tenho que ser o marido que você merece. — A mão dele para na parte interna da minha coxa, o dedão me acariciando por cima do tecido. — Posso fazer você gozar, minha esposa?

Reprimo um gemido.

— Se... eu deixar... em que pé ficamos? Você acha que sou uma espiã.

Ele hesita.

— Sei que não é. Estou bravo por não ter confiado em mim. Magoado. Talvez mais do que um pouco irritado por não poder ficar com você depois que tudo acabar. Você não é uma espiã. Posso não entender você ou as coisas que faz, Aspeth, mas sei que não é uma espiã.

Acho que eu deveria me sentir melhor com sua confissão, mas só acabo lembrando que estou aqui para distraí-lo do que os outros estão fazendo... porque precisamos de Pega e de seu descaso com as regras da guilda, e não da retidão de Hawk.

— Só estou tentando me manter viva — digo em voz baixa. — Tudo que fiz foi com esse objetivo, porque não quero morrer por causa das escolhas ruins do meu pai.

— Ninguém vai encostar em você — rosna ele, então me joga de costas na cama, fazendo minhas pernas se erguerem. — Ninguém além de mim.

Respiro fundo quando ele me acaricia por cima da calça. Como ele consegue saber o exato ponto onde me tocar, mesmo por cima de várias camadas de roupas? Choramingando, me contorço em seu toque.

— Hawk. Hawk.

— Quer meus dedos em sua boceta? — Ele se aproxima, ainda me massageando por cima do tecido, mesmo ao se equilibrar em cima de mim, meu corpo coberto pelo seu. — Quer que eu te dê prazer?

Assentindo, puxo o cós da calça, mexendo no cinto até conseguir abri-lo e dar espaço para que enfie a mão dentro dela. Solto um grito assim que ele o faz, porque a sensação é boa demais. Os dedos dele estão quentes e calejados na minha pele macia, o que não deveria ser tão bom quanto é. No entanto, ele coloca dois dedos entre meus lábios e massageia, contornando meu clitóris e estimulando-o de ambos os lados. Ergo as pernas como que em automático, e ele coloca o peito no meu joelho, me pressionando com mais força contra o colchão. A posição me deixa exposta, as sensações ficando ainda mais intensas.

— Isso, minha esposa. Quero que sua boceta fique molhada sempre que eu estiver por perto. Quero que fique lubrificada e desejando assim que eu entrar no mesmo aposento que você, porque quando eu estiver por perto você só vai conseguir pensar nas coisas sujas que vou fazer com você. — Ele massageia com mais força, me penetrando e me fazendo arquejar com a forma como me preenche. — Vou fazer você sentir tanto prazer, Aspeth. Só precisa permitir.

Volto a gemer, segurando seus ombros.

— Sou sua esposa — falo ofegante. — Prometi isso a você. Prometi ser sua.

— É mesmo minha, não é? — Ele diz as palavras em um sussurro sensual no meu ouvido, o focinho roçando na minha pele mesmo enquanto os dedos entram profundamente em mim. Estou tão lubrificada, que posso ouvir sons molhados do meu corpo a cada estocada de sua mão, mas não tenho energia para sentir vergonha. Só consigo me concentrar em seus toques, no prazer que é ele me fazer gozar. — Minha esposa humana linda e doce. Não deveria ser tão possessivo em relação a você, mas não tiro você da cabeça, Aspeth. Não consigo parar de pensar em como vai ser quando eu enfiar meu bulbo no seu corpo. Quando te marcar como minha.

Ele me penetra a cada palavra, me fazendo choramingar.

— É a bênção do deus touro em mim — sussurra no meu ouvido, os dentes raspando em minha pele. — A mão do deus no meu ombro, dizendo que você deveria estar ao meu lado, ou embaixo de mim. Que é onde devo manter minha esposa. Para encher seu ventre com meu esperma e fazer com que me dê vários filhos. Para enchê-la com meu bulbo e estimular seu clitóris por horas, enquanto você se contorce no meu pau, presa em mim...

Pontos de luz surgem em meus olhos, e eu grito, o orgasmo me atingindo feito uma avalanche. Dobro as pernas, e ele grunhe de satisfação, usando o dedão para massagear meu clitóris mesmo enquanto movimenta os dedos dentro de mim. Ele prolonga meu prazer o máximo possível, me acariciando até eu estremecer e ficar exausta. Choramingo quando ele tira os dedos de dentro do meu corpo, o que volta a causar um barulho extremamente molhado, e observo-o lambê-los para sentir meu gosto.

— Isso é delicioso pra caralho, Aspeth. Eu poderia passar dias com meu focinho entre suas pernas. — Ele me olha com tanto tesão, que poderia jurar que vejo um tom vermelho surgindo em suas pupilas.

É esse tom vermelho que me assusta e me faz colocar o dorso da mão na testa.

— Preciso de um segundo.

— Com certeza. — Ele se abaixa e, com gentileza, cobre a ponta do meu nariz com a boca. Ela é tão grande, que praticamente o engole por inteiro.

— O que foi isso? — pergunto com curiosidade.

— Um beijo. — Ele fala de modo um pouco impaciente, como se estivesse se sentindo um tanto bobo por ter que explicar. — Quero ser um bom marido para você, mesmo que isso seja só por conveniência. Mesmo que anulemos o casamento depois que a Lua da Conquista passar. Quero ser bom para você até lá.

Deveria deixar passar. Deveria reconhecer que é fofo da parte dele dizer isso, mas...

— Porque agora sabe que sou filha de um detentor?

Hawk congela.

De imediato, me sinto uma babaca. Como se tivesse ido longe demais.

— Acho que foi merecido — responde ele, fazendo menção a sair de cima de mim.

Eu acaricio sua bochecha, ou pelo menos o que acredito ser sua bochecha, antes que ele saia.

— Nenhum de nós merece isso.

É o mais próximo de um pedido de desculpas que ele vai conseguir. Ainda estou magoada por causa do comentário sobre eu ser uma espiã.

Ele olha para mim e mordisca a ponta do meus dedos quando os aproximo de sua boca.

— Não existe mais confiança entre nós, Aspeth?

— Precisamos de confiança para a Lua da Conquista? — pergunto, mantendo a voz calma. Parece mais seguro do que perguntar se um dia ele de fato confiou em mim.

— Acho que não.

Ainda assim, o momento foi arruinado. E, quando ele passa o focinho na minha testa e sai da cama, eu permito. Ele atravessa o quarto e se serve de um pouco de água de um jarro em uma bacia, lavando-se. Observo-o, ajeitando minha roupa e dividida entre me oferecer para tocá-lo e dar uma olhada em Andorinha e nos outros. Sei que ele não gozou. Sei bem. Meu corpo está necessitado, e consigo ver o contorno de seu membro contra a calça. Parte de mim quer simplesmente ajoelhar em frente a ele e voltar a tocá-lo, porque gostei de fazer isso. Amei tocá-lo, amei o poder que isso me deu. Amei vê-lo perder o controle sob minhas carícias inexperientes. Isso me fez sentir conectada a ele, e quero essa sensação outra vez.

Porém, estamos ocupados demais atacando um ao outro, e isso vai piorar antes que melhore.

Ainda assim, não consigo me impedir de ir até ele. Abraço sua cintura e coloco a bochecha em suas costas largas, ignorando o fato de que é provável que terei que limpar os óculos de novo depois de todo esse esfrega-esfrega no meu rosto.

— Vamos dar um jeito nisso, eu prometo.

Hawk usa uma de suas mãos grandes para cobrir a minha.

— Sabe, eu quero que isso dê certo entre nós. Não só por causa da Lua da Conquista. Eu gosto de você, Aspeth. Acho você astuta, inteligente e esforçada. Nunca conheci alguém igual a você. E quero que isso dê certo entre nós... pelo tempo que ainda nos resta. — Ele passa o dedão no dorso da minha mão. — Vou ficar perto do ninho até a bênção da Lua parar de me influenciar. Vou ficar perto de você. Assim poderemos passar mais tempo juntos.

Ah, não. Talvez esse seja o pior possível que poderia acontecer para nossos planos.

— Mas a guilda... você é o único taurino que continua na cidade... e se precisarem de você?

— Então terão que contratar outra pessoa. — Ele vira um pouco o corpo, levando minha mão até sua boca e beijando os nós dos meus dedos. — Preciso preparar minha esposa para receber meu bulbo.

Fico vermelha. Essa ideia não deveria ser tão empolgante quanto é.

— E é melhor eu me lavar — diz ele, e eu poderia jurar que aquele brilho vermelho surge em seus olhos de novo. — E então adoraria te lavar também.

— Precisamos de mais água — digo em um tom alegre, desvencilhando-me dele e pegando o jarro. — Vou buscar e já volto!

Ele tenta me tocar, mas eu escapo antes que possa me trazer para seus braços outra vez. Abro um sorriso rápido e abraço o jarro, praticamente correndo até a porta. Chilreia me segue, sem dúvida traumatizada depois de me ver ser dedada sem dó nem piedade na cama.

Pego água fresca na cozinha e procuro os outros. Não posso ficar aqui muito tempo, ou Hawk irá me procurar.

— Gwenna? — sussurro, derramando a água do jarro e voltando a enchê-lo devagar, só para gastar tempo. — Andorinha? Mereden? Kipp? Alguém?

Ouço um barulho, e Andorinha entra com tudo na cozinha.

— Falei com minha tia — diz ela ofegante. — Ela concordou. Está distraindo o Hawk?

— Basicamente. — Olho para o jarro, que agora está cheio. — Já vou voltar para lá. Temos que discutir nossos planos, ele vai ficar por perto durante os próximos dias, até que a Lua da Conquista passe.

Ela resmunga.

— Que pesadelo. Certo, vou falar com minha tia de novo, vamos pensar em algo. Escondeu o artefato?

Merda. Ainda está preso à fita ao redor do meu pescoço. Hawk não notou porque só colocou a mão dentro da minha calça, mas, se quiser tomar banho depois disso, com certeza vai ver e questionar. Com pressa, tiro o colar e entrego a Andorinha.

— Dê isso a Gwenna.

Andorinha sai correndo outra vez.

— A gente se fala melhor amanhã!

Com certeza, se eu não desmaiar de estresse antes disso.

TRINTA E TRÊS

ASPETH
1 dia antes da Lua da Conquista

—TODOS OS APELOS QUE enviamos foram negados — sussurra Gwenna para mim durante o café na manhã seguinte.

Perco o apetite de imediato.

— Já? Foi rápido demais!

— Pega tem certa fama na cidade. — Ela dá de ombros. — Foi um tiro no escuro, de qualquer forma. Conversei com Andorinha, e ela disse que a tia tem alguns contatos. Conhece alguém que pode confeccionar uma autorização falsa e outra pessoa que, pelo preço certo, pode nos levar à queda.

Misturo meu mingau enquanto observo meu marido de longe. Ele está na outra ponta da mesa, conversando com a criada do ninho, que faz uma lista das compras para a semana. Estamos chegando mais perto da Lua da Conquista, e, pelo jeito, isso afeta os taurinos de todas as formas, inclusive em seu apetite. Ele precisa de suprimentos extras, alguns dos quais serão preparados com antecedência e deixados em nosso quarto para que não tenhamos que sair da cama durante a lua, e isso me faz ruborizar tanto, que parece que meu rosto está pegando fogo. Todos vão saber muito bem o que estaremos fazendo durante aquele período.

É igualzinho a um casamento arranjado, lembro a mim mesma, no qual o marido mantém a esposa na cama, tentando colocar um herdeiro na barriga dela o mais rápido possível. Todos sabem que o casal está transando nessa situação também.

— Vamos pegar a autorização falsa hoje à noite — murmura Gwenna, segurando uma xícara de chá à boca e cobrindo-a com a mão para esconder o rosto. — Você vai ter que manter Hawk ocupado depois do jantar, para que não questione nada.

Ah. Faço que sim com a cabeça, minha mente a mil enquanto tento pensar em como distrair um taurino ranzinza que já está avoado por causa de sexo. A resposta é óbvia, mas não quero deixá-lo desconfiado. A última vez que tomei a iniciativa de tocar Hawk, ele me chamou de espiã. Preciso que ele tome a iniciativa.

— Vou ver o que posso fazer.

Passo o dia pensando nisso enquanto treinamos com as armas e trocamos nossas posições. Andorinha bate em tudo com o escudo e, para ser franca, ela tem muito mais empolgação do que eu jamais tive. Gwenna assume o posto de navegadora, e com isso só me resta ser a curandeira ou mestre de equipamentos.

— Eu meio que gosto de ser curandeira — diz Mereden com timidez. — E sei bem como tratar ferimentos por causa do tempo que passei no convento.

— Então é melhor continuar como curandeira — concordo, porque não sei nada sobre ferimentos.

A posição de mestre de suprimentos é um tanto simples: cuido dos suprimentos e garanto que eles não acabem. Porém, isso não é algo que eu possa treinar no dormitório. Em vez disso, treino com um bastão curto e tento não pensar em todas as coisas que poderíamos estar fazendo. Deveríamos estar aprendendo mais sobre artefatos e a própria Antiga Prell. Pega sugeriu que fôssemos à biblioteca, pois ela estaria vazia (já que, exceto nós, todos estão treinando nos túneis).

Hawk recusou. Disse que seu humor estava ruim demais para ficar perto do restante da guilda. *Ele, sem dúvidas, tem se mostrado mais irritadiço*, penso ao olhar para ele, que está treinando com Kipp. O deslizante pula pelas paredes e se lança do escudo de Andorinha conforme os dois se defendem dos golpes insistentes e fortes de Hawk.

Seu humor piorou, já que a guilda enviou mensageiros para o nosso ninho duas vezes só hoje. A maioria dos taurinos não está na cidade, o que significa que as missões de ajuda e resgate estão recaindo sobre seus ombros. Ele também os dispensa, mas vejo sua carranca ficando mais profunda a cada pessoa que bate à porta.

Quando as aulas do dia terminam, ele está em um mau humor completo. A guilda enviara um terceiro mensageiro, que também fora dispensado. O restante da turma se junta na cozinha para fazer um lanchinho — e para escapar da fúria de Hawk —, e eu fico para trás enquanto ele arruma a sala de treino. Gwenna me disse para ficar grudada nele hoje, e é isso que tenho a intenção de fazer.

Abordo-o com cuidado.

— Sabe que não vou encrenar se quiser ajudar a guilda...

— Eu *disse* que ficaria com você. — Ele praticamente rosna.

Eu recuo.

O remorso toma conta de sua expressão na mesma hora. Ele passa a mão pelo focinho e solta um suspiro pesado.

— Desculpe, Aspeth. Não é culpa sua. É só... o dia de hoje. A guilda. Pega. — Ele indica nosso entorno.

— E a Lua da Conquista?

— É como se tivesse um punho ao redor do meu membro o tempo todo — admite. — É impossível de ignorar. — Ele passa as duas mãos pelo rosto comprido. — Vai ser terrível conviver comigo até que isso passe.

Quero brincar dizendo que, já que sou mulher, sei bem como é ficar irritado em alguns períodos do mês. Que entendo como é não conseguir controlar o próprio humor. No entanto, de alguma forma, não acho que comparar meu ciclo menstrual a essa situação vai ajudá-lo, não do jeito que está sensível. Se ele fosse uma mulher, eu ofereceria uns docinhos. Porém, taurinos são frescos para comer, e nem sei se ele gosta de doces. Ainda assim, melhorar seu humor com comida não é uma ideia ruim.

— Sabe do que precisa? — digo, indo até ele e envolvendo seu braço com minhas mãos. — Uma refeição boa e farta, longe daqui e de tudo.

Isso faz um sorriso surgir em sua boca tensa.

— Está querendo bancar um jantar, Aspeth?

— Não, porque não tenho dois tostões furados no bolso. — Faço uma careta. — Gastei tudo o que tinha para vir para cá. Mas seria legal se pudéssemos sair um pouco, só nós dois. Dar uma respirada e recobrar o fôlego sem ter cinco pessoas no nosso cangote.

É a coisa certa a se dizer. Ele me traz para perto e esfrega o focinho no meu pescoço, irradiando arrepios por meu corpo.

— Coloque umas roupas comuns, tá bem. Vou me lavar e te encontro em frente ao dormitório daqui a pouco. Preciso falar com Pega.

Isso, sem dúvida, não vai ajudar a melhorar seu humor, já que Pega nos abandonou no começo do dia porque estava com "dor de cabeça". Não sei se tem relação com bebida ou com nosso plano secreto, mas, de qualquer forma, com certeza vai irritar Hawk ainda mais. Ainda assim, concordo com a cabeça e dou uma piscadela atrevida, observando-o sair da sala.

Eu me sinto mal por mentir para ele, mas voltei a não ter alternativa. Preciso do par daquele anel, e de jeito nenhum posso deixar que ele acabe nas mãos de Barnabus. Preciso encontrar um jeito para que meu pai possa proteger nosso povo, e tem que ser rápido, já que todas aquelas turmas explorando os túneis inevitavelmente vão acabar encontrando algo que possa ajudá-lo a declarar guerra contra a fortaleza da minha família.

Assim que Hawk sai, corro até os aposentos de Gwenna e bato à porta. Ela abre uma fresta e, ao ver que sou eu, me deixa entrar. Os outros, com exceção de Pega, também estão lá.

— Não posso ficar — falo sem fôlego, porque escadas não fazem parte da nossa rotina de exercícios. Passo a mão nos cordões do meu espartilho enquanto meus pulmões lutam contra o confinamento. — Vou levar Hawk para jantar em alguma taverna para tirá-lo do pé de vocês.

— Boa — diz Andorinha. — Vamos nos encontrar com a tia Pega e um amigo dela mais tarde para pegar a autorização falsa. Depois, só teremos que esperar Hawk sair de novo.

— Não sei se ele vai sair — digo insegura. — Ele está decidido a ficar perto de mim. — O que é ao mesmo tempo lisonjeiro e frustrante.

— A tia Pega vai dar um jeito. — Andorinha está toda confiante. — Só o mantenha ocupado esta noite enquanto resolvemos essa parte do plano.

Concordo e hesito.

— Vocês não vão descer sem mim, certo?

— Nunca — garante Gwenna. — Você faz parte do nosso Cinco.

Confio nela. A pessoa que tem problemas de confiança é Hawk... e, infelizmente, vou dar ainda mais motivos para que não confie em mim. Odeio isso, mas não tenho muita escolha. Eu poderia pedir para que também nos ajudasse. Para que quebrasse as regras da guilda e nos ajudasse a roubá-la bem na cara deles... mas então me lembro de sua mão e do quanto ele já deve para a organização. Não vou prejudicá-lo.

Entendo o que ele quer dizer quando fala que seu problema é se importar demais.

Encontro meu marido na entrada do dormitório pouco tempo depois, estou usando um vestido verde-oliva estruturado, com mangas bordadas e, por baixo, uma chemise combinando, visível em recortes estrategicamente posicionados. Sempre me sinto linda neste vestido, ainda mais quando coloco uma capa por cima, mas desconfio que o visual tenha sido arruinado pelos meus óculos, que aumentam meus olhos e me fazem parecer uma coruja. No entanto, Hawk parece satisfeito ao me ver, e dou uma voltinha para que me aprecie.

— O que achou?

— Uma delícia.

Ao mesmo tempo, morro de vergonha e tesão.

— Você não pode me chamar assim.

— É a verdade. Salivo só de olhar para você, porque sei como é deliciosa por baixo de todas essas saias.

Dou um passo para a frente, colocando a mão em sua boca para calá-lo. Enquanto isso, minha respiração acelera, e o desejo desliza por minhas veias como se fosse líquido.

— Shh. Vamos sair hoje para distraí-lo, e não para voltar correndo para a cama.

Por mais que eu gostasse de fazê-lo. Imagino-me tirando sua roupa e esfregando seu pau por meu rosto de novo, simplesmente porque gostei de ter sua pele quente contra a minha, do quanto me senti poderosa e sensual ao tocá-lo e satisfazê-lo e do quanto fiquei excitada com isso.

Porém Gwenna, Andorinha e os outros precisam que fiquemos longe para que isso dê certo, e, assim que Hawk ouvir alguém saindo do dormitório, vai querer saber o que está acontecendo.

Então passo a mão no peito do meu marido. Ele está usando o gibão da guilda, abotoado até o pescoço, as calças também são das cores da guilda. Ele não está com a faixa que mostra sua posição, mas essa é a única mudança que vejo.

— Não íamos tirar as roupas da guilda hoje?

— Percebi que não tenho outras — murmura, aproximando-se e esfregando o focinho no meu pescoço. — E que qualquer um que vir um taurino em Vasta vai saber que trabalha para a guilda. Pelos deuses, como você está cheirosa.

A mão dele desce para a frente do meu corpete, passando por um dos meus mamilos por cima do tecido, e eu suprimo um gemido. Por sorte, minha barriga ronca no mesmo momento, e isso faz Hawk parar com os toques.

— Está com fome?

— Um jantar não cairia nada mal — admito. Também poderia voltar para nosso quarto e deixá-lo me lamber inteira, mas comer faz parte do plano, então é nisso que preciso me concentrar.

Hawk pega minha capa do gancho de roupas e a coloca sobre meus ombros.

— Vamos, então. Conheço um lugar bom. Vamos comer bem, fingir por uma noite que a guilda não existe e depois voltamos. — Ele passa o focinho no meu pescoço de novo e sussurra: — E vou te despir como se estivesse desembrulhando um presente.

Por Asteria, quando dizem que os taurinos ficam sedutores com a proximidade da lua, falam sério. Mal decidimos onde jantar e já estou corada, além de sentir minha circulação latejar entre as pernas. Hawk não fala muito enquanto seguimos por Vasta, e sou grata por isso. Assim, posso me recompor enquanto caminhamos, mas, quando nos aproximamos da Cebola do Rei, lanço um olhar incisivo a ele.

— Não é lá — garante ele. — Só é perto. Juro que não estou tentando começar uma briga, Aspeth. Nesta noite o único foco é jantar e passar um tempo juntos.

Coloco a mão na dobra de seu braço e assinto.

Assim como ele disse, paramos em uma taverna uma rua depois. Está quase vazia, e há um taurino idoso com sua esposa humana mais jovem atrás do balcão. A sala principal está praticamente vazia, salvo por alguns pegajosos reunidos perto da lareira, com suas casas empilhadas perto deles. O idoso reconhece Hawk e prepara uma grande tigela de lentilhas e vegetais, completada com meia fatia de pão, a porção que traz para mim é só um pouco menor. Ele coloca a bandeja na mesa e se inclina, o olhar fixo em Hawk.

— Sei que é um momento difícil para os taurinos, mas esse é um estabelecimento de respeito, filho. Se precisar se aliviar, vá ao beco. Entendido?

Eu deveria ficar totalmente constrangida. Porém, acho a coisa toda engraçada, e levo a mão à boca, dando meu melhor para não rir.

Hawk observa de forma sombria meus ombros balançarem.

— Você acha graça — murmura enquanto o dono da taverna se afasta —, mas alguns taurinos não conseguem se controlar. É difícil servir comida para uma família enquanto um touro está batendo uma na mesa ao lado.

Isso só me faz rir ainda mais.

— Desculpe — arquejo. — Sei que não tem graça. É só que... e se tiver vários de vocês querendo a mesma coisa ao mesmo tempo? Vão todos juntos ao beco?

— Se formos, não fazemos contato visual — diz ele arrastado enquanto me observa. — Agradeço o comentário. Meu pau amoleceu o suficiente para que eu possa comer em paz.

Seco dos olhos as lágrimas causadas pela risada.

— Desculpe. É que estou imaginando vocês se encarando e batendo uma com raiva porque a sopa está ficando fria e algum desconhecido está perto demais.

— Não deve ser um desconhecido se eu estiver com o pau na mão. — Ele sorri ao dizer. — Espero que a comida seja do seu agrado. O taurino idoso é da minha vila, e a comida dele lembra a da minha mãe.

Ah. Hawk não fala muito sobre sua infância ou família. Adoraria saber mais.

— Está uma delícia. É bom poder passar um tempo longe da guilda, mesmo que só por algumas horas. — Tomo uma colherada pequena da comida e tento não fazer careta. O gosto é de, bem, grama. Engulo e pego mais uma colherada, porque, se é disso que Hawk gosta, quero gostar também. — Nunca comi algo assim antes. É isso que vocês comem onde cresceu?

Ele está comendo várias colheradas da sopa de vegetais, obviamente adorando.

— Só havia taurinos na vila onde fui criado. Meu pai e minha mãe eram fazendeiros, então sim, muitos de nossos jantares eram assim.

Dou uma mordida no pão, porque sinto que ele vai querer comer minha sopa também.

— Sente saudades da sua família?

Hawk dá de ombros.

— Seria bom se me escrevessem. Não escrevem. Não faço mais parte da vida deles. Então não, não sinto saudades.

Reflito a respeito enquanto dou outra mordida no pão.

— Minha mãe morreu quando eu era muito nova, e a única família que tive foi meu pai e minha avó. Minha avó é da alta sociedade e ama festas acima de tudo. Nunca concordamos sobre nada. Na verdade, ela odeia meus óculos e me disse para não usá-los perto dela.

Ele bufa, irritado.

— Então ela prefere que você ande por aí sem enxergar nada do que deselegante? É uma estúpida.

Quando Hawk fala dessa forma, ela parece mesmo muito tola.

— Meu pai passou a maior parte do tempo ausente. Acho que, por um tempo, pensou em se casar de novo, mas nada chegou a sair do papel, e ele parecia feliz em ter a mim como herdeira e aproveitar com suas amantes no lugar. Nunca fomos próximos. Acho que o vejo umas duas vezes por ano, apesar de morarmos na mesma fortaleza. Ou melhor, *morávamos*. — Dou de ombros. — Então entendo quando diz que não é próximo da sua família.

Hawk termina a sopa, e eu empurro a minha para ele, que logo a aceita com um sorriso de gratidão e me dá o pão em troca.

— Não é como se eu fosse solitário. A guilda me mantém ocupado. Sou próximo dos outros taurinos que trabalham aqui na cidade. E tenho Pega.

— Humm. — Não tenho muitas coisas boas a falar sobre Pega. Ela é muito impulsiva e ausente.

— Ela já foi uma ótima mentora — diz ele, como se estivesse lendo meus pensamentos amargos. — Sei que ela tem problemas agora, mas, uma década atrás, era inteligente, corajosa e ninguém conseguia competir com sua taxa de sucesso. Era como se ela soubesse por instinto onde cavar, e voltávamos com tesouros com frequência.

— Ela também usava uma varinha de radiestesia na época? — brinco.

— Varinha de radiestesia? — Ele franze o cenho. — Óbvio que não. Isso é coisa de conto de fadas. Uma pegadinha que fazem com os filhotes para mantê-los ocupados.

— Só fiquei curiosa. Fiquei sabendo que, hum, algumas pessoas as usam.

— Tolice. — Hawk parece irritado com a ideia. — A melhor coisa a ser feita é mostrar aos alunos os melhores locais para se escavar, e não depender de varas e magia. O certo é procurar lugares que teriam muitos artefatos: depósitos antigos ou bibliotecas. Procurar lojas que eram especializadas nas artes. E, se for bem sortudo, vai acabar se deparando com a loja de um mago. Mas depender de uma vareta? — Ele faz uma careta. — É pedir para falhar.

Ele tem razão. Porém, não consigo deixar de me perguntar se Pega queria mesmo que falhássemos ou se só estava com preguiça. Ela não teria como saber da ancestralidade de Gwenna se nem a própria sabia. E não temos como ter certeza de que a varinha de radiestesia nos guiou até o anel. Pode ter sido uma casualidade. Talvez Gwenna estivesse tremendo. Algo assim.

— Então, posso perguntar qual era seu nome antes de entrar para a guilda? Quem era você antes de ser Hawk? E o que fez você escolher esse nome?

Ele me encara.

— Acha que é só me dar sua sopa que de repente vou responder qualquer pergunta que fizer?

Pisco para ele, apesar de ser provável que o movimento fique ridículo por trás dos meus óculos.

— Sim?

Seus lábios tensos curvam-se só um pouquinho.

— Acho que podemos pedir outra rodada e aí eu posso continuar falando.

Abrindo um sorriso, dou outra mordida generosa no pão, que está mesmo delicioso, apesar de seco. Acho que os minotauros considerariam manteiga algo estranho.

— É uma ótima ideia.

TRINTA E QUATRO

ASPETH

O JANTAR ESTÁ SENDO MUITO mais divertido do que deveria. Sei que era para eu estar distraindo Hawk e mantendo-o ocupado para que os outros resolvam a questão da autorização falsa, mas havia me esquecido de como simplesmente conversar com ele é agradável. Hawk é tão obcecado pela guilda quanto eu, porém tem uma visão cínica, quase exausta, em relação a ela, enquanto a minha é mais otimista. Ele está farto das burocracias, mas ainda ama o prazer de encontrar algo novo e empolgante.

— Não que eu tenha mais muitas oportunidades disso — admite. — Estou ocupado demais com missões de resgate. É como se a guilda não treinasse mais ninguém que preste. Estão sempre me mandando buscar algum babaca que não percebeu que estava escavando ao lado de uma viga e fez uma caverna inteira desmoronar. Ou então o mestre de equipamentos se esquece de levar comida, e então eles ficam fracos demais para voltar à superfície sozinhos. — Ele balança a cabeça, fazendo uma careta. — Quem diabos se esquece de levar comida?

Parece estupidez mesmo.

Hawk come mais três tigelas de sopa, e eu devoro quase um pão inteiro, sobretudo depois que o taurino idoso traz um potinho de mel para que eu possa chuchar esse pão delicioso. Também bebemos cerveja, mas a bebida é cara, e não queremos esgotar o dinheiro de Hawk nisso.

Ele se recusa a admitir que tem medo de aranhas. Diz que estou exagerando. Comenta que seu nome era Wallach antes de tornar-se Hawk.

Tento não caçoar dele.

Também conta que escolheu o nome Hawk porque é intimidador... e por seu curto.

— Não me dou bem com aquelas canetas de pena que a guilda usa — diz e mostra as palmas. — Minhas mãos são grandes demais. Então quanto menos eu escrever, melhor.

— Você teve sorte de conseguir esse nome no momento certo. Imagino que sempre haja um "Hawk" na guilda.

— Tem mesmo, mas não teve nada a ver com sorte. — O canto de sua boca se ergue em um sorriso. — O antigo Hawk estava se preparando para se aposentar. Fiz alguns favores a ele e deixei implícito que queria o nome quando ele fosse embora. Ele decidiu se aposentar no mesmo dia em que me formei como artífice.

Esperto. Esperto e estrategista.

Ele me conta que um dia gostaria de ser mestre da guilda e treinar os próprios alunos.

— Mas nunca existiu um mestre da guilda taurino — diz, balançando a cabeça. — Acho que somos importantes demais nos resgates.

Isso me entristece, pois ele seria um ótimo — apesar de severo — professor. Sei bem. Ele fez mais do que Pega para nos preparar para os túneis, mas ela fica com todo o crédito.

Bem, não exatamente. Não acho que esteja se vangloriando a nosso respeito no momento. Até agora só encontramos um cadáver.

Ok, e um anel.

Que eu roubei.

E planejo roubar outro.

Minha mente acelera enquanto termino de comer, com medo de que os outros não estejam dando conta sem mim. Isso é bobagem, mas ainda assim quero saber o que está acontecendo. Finjo soltar um leve bocejo, sorrindo para Hawk, e então lambo uma gotinha de mel do dedão.

— Devo estar cansada do treino com armas de mais cedo.

— Você precisa dormir. Quando a Lua da Conquista me atingir, não te darei um segundo de descanso. — Seu olhar se fixa no meu dedão, e ele afasta a tigela. — Vamos para casa?

Apesar de ele não estar fazendo contato visual, sinto que estou fervendo com a intensidade de seu olhar. Sei que ele está pensando em sexo. Eu, com certeza, estou. Passo a língua no dedão outra vez, e sua cauda bate com tanta força em uma cadeira próxima que parece um chicote estalando.

Algo dentro de mim tensiona com o tesão, e desconfio que ele não me impediria se eu fosse para debaixo da mesa agora mesmo. A ideia me deixa quente, e, apesar de um pouco chocada, isso também me excita.

— Nós vamos... cortar caminho por um beco?

Isso sou eu sugerindo uma safadeza? Sem dúvida.

Dessa vez, não há dúvida de que vejo um brilho avermelhado em seu olhar.

— Com certeza.

Eu deveria ficar preocupada, mas sinto tesão.

— Então vamos.

Ele dá uma batida incisiva com uma moeda na mesa e se levanta. Ao fazê-lo, me deparo com a imagem obscena do volume em suas calças, tão grosso e pesado que o que está acontecendo fica óbvio para qualquer um. Dou uma olhada ao redor da taverna quase vazia, mas, por sorte, o taurino idoso está ocupado polindo um copo, e os deslizantes não estão olhando. Alguns humanos perto da lareira sorriem para nós com malícia, mas, quando Hawk solta um rosnado baixo e assustador, eles logo voltam a prestar atenção em suas canecas.

Ele segura minha mão e praticamente me arrasta atrás dele. Estou sem fôlego de tanta empolgação e não me surpreendo quando paramos em um beco familiar de frente para o bordel. Não há ninguém do lado de fora, exceto por algumas prostitutas atrás de clientes, mas não importa. Ele me pressiona contra a parede pouco iluminada mais próxima e puxa meu corpete, libertando um dos meus peitos de sua prisão e segurando-o contra os lábios em uma oferta. Ele chupa meu mamilo com tanta força que a sensação é uma mistura de dor e prazer, e eu choramingo, enfiando as mãos em suas roupas.

— Caralho. Passei a noite encarando esses peitos maravilhosos, observando-os balançar a cada respiração sua. Como eu ia me concentrar? — Ele passa um dedo no meu mamilo e volta a abaixar a cabeça, mordiscando e chupando o bico sensível. — Quero te foder, Aspeth. Está preparada?

Isso me faz hesitar.

— Quer... quer dizer *aqui*? No beco? Ou fala num geral? Porque prefiro que minha primeira vez não seja no meio da rua...

— Aqui não — rosna e, quando olha para mim, vejo que seus olhos estão vermelhos sob a luz da lua. — Em casa. Hoje. Mas vou fazer você gozar primeiro.

E então chupa meu mamilo com uma dedicação tão obscena, que tudo o que posso fazer é gemer e me agarrar a ele. Sua língua é grande e extensa, causando a sensação de que vai engolir meu seio inteiro, mas ele só o provoca, brincando com o mamilo até estar corado e sensível, fazendo cada toque de seus lábios em minha pele provocar um formigamento por todo o meu corpo.

Ele ergue minhas saias e me encaixa em seus quadris.

— Coloque as pernas ao meu redor.

Obedeço, arfando, e, quando ele impulsiona o quadril contra mim, percebo que tirou o membro das calças e que sua ereção está esfregando minha boceta por baixo das minhas roupas.

— Onde estão suas calçolas? — pergunta entredentes, surpreso ao deslizar o pau entre meus lábios.

— Não... coloquei — falo com dificuldade, envolvendo seu pescoço com os braços. — Não vamos transar aqui, certo?

— Só vou me esfregar — promete. — Merda, que delícia. — Seu membro desliza na umidade de meus lábios, arrastando-se e atingindo todos os pontos certos, e é como se eu estivesse pegando fogo quando a cabeça faz contato com meu clitóris. — Vou gozar em você, te marcar com meu esperma. Você vai ficar encharcada.

Arquejo ao pensar em como isso é pervertido.

— Goze.

Hawk geme, estocando, até que seu esperma quente atinge minha pele mesmo enquanto ele estremece em cima de mim. Ele goza, seu líquido é uma abundância molhada que espirra em minhas coxas e boceta, cobrindo minha pele. Agarro-me a ele, observando seu rosto enquanto chega ao prazer, e é fascinante como está tenso... e depois relaxa em uma névoa de prazer. Arranho de maneira distraída a pelagem curta que cobre seu pescoço, a cor escura de cobre quase no mesmo tom de seu uniforme da guilda.

Ele se apoia em mim, quase me esmagando contra a parede.

— Foi rápido demais — consegue dizer. — Deveria ter durado mais.

— Não me incomodou. — Eu estremeço um pouco, porque estou molhada e grudenta por baixo das saias, e a sensação é estranha.

Hawk esfrega a cabeça em cima da minha.

— Mas não gozou, não é? E eu acabei de prometer que cuidaria bem de você.

Hawk coloca a mão embaixo das minhas saias, tocando a umidade entre minhas coxas. Choramingo, surpresa, quando ele passa os dedos entre meus lábios, buscando meu clitóris. E sibilo porque estou tão molhada que seus dedos gentis e curiosos praticamente deslizam em minha pele. Ele me mantém próxima, murmurando safadezas no meu ouvido, sobre como sou bonita e como gosta de quando perco o controle, e enquanto isso minhas pernas tremem e ele me deda até me levar ao êxtase.

— Agora sim. — Ele encosta o focinho na minha testa suada, o que é provável que se trate da versão taurina de um beijo na testa e, com cuidado, me coloca no chão. Eu vacilo, meus joelhos estão fracos, e ele envolve minha cintura com o braço para me segurar, mesmo enquanto ajeita minhas saias, alisando-as para que fiquem na posição certa. Ao terminar, ajeita meu corpete, colocando meu peito de volta para dentro da chemise e alisando tudo para que minhas vestes fiquem impecáveis... e escondam o líquido entre minhas pernas.

Ruborizo só de me lembrar, porque é algo obsceno e safado, e estou gostando de ser obscena e safada com ele bem mais do que deveria.

— Pronto — digo, e dou um passo inseguro para a frente. Como esperado, tudo entre minhas coxas está molhado, molhado e molhado.

Não vou conseguir dar nem um passo sem pensar nele e no que fizemos. Em como ele chegou tão perto de tirar minha virgindade em um beco sujo em frente a um prostíbulo.

Isso me faz hesitar.

— Hawk? Se transarmos esta noite, você pode me engravidar, certo?

Ele olha para mim com incredulidade.

— Vai perguntar isso agora?

— Parece um bom momento para fazer essa pergunta.

— Sim, pode acontecer. — Sua voz está tensa, e desconfio de que ele também só tenha se dado conta agora. — Podemos usar alguns amuletos, mas... não tenho nenhum em mãos. Em geral, é a mulher quem resolve essas coisas.

— Quando eu teria comprado um amuleto? — pergunto. — Antes de vir para Vasta, quando todos se perguntariam com quem a Senhorita Aspeth estava transando? Ou depois de chegar aqui, nos intervalos entre os treinos?

Hawk resmunga.

— Ótimo argumento. Vou comprar um.

No entanto, isso muda o rumo das coisas. Nossa intenção era voltar para casa e transar. Nós dois estamos preparados, e é o que nós dois queremos. Só que...

— Se formos transar, você não deveria comprar um antes?

Ele passa a mão pelo rosto.

— Farei isso assim que acordar.

— Então eu e você... amanhã?

— Isso, amanhã. — Ele aperta minha mão. — Ainda temos tempo até a Lua da Conquista.

— Quanto tempo, exatamente?

Ele usa a outra mão para esfregar a nunca, com uma expressão desconfortável no rosto.

— Até amanhã de manhã?

Pela deusa. Não temos tempo nenhum.

— E precisa ser antes de ela começar?

Ele assente.

— Para que eu possa ser gentil. Não confio em mim sob total influência da bênção do deus. Não considerando que vai ser sua primeira vez.

Mordo o lábio enquanto voltamos ao dormitório da guilda, em silêncio. Eu deveria estar pensando na Lua da Conquista, mas, em vez disso, estou pensando no que vem depois. Ainda não tinha me permitido pensar tão longe, mas agora parece que não consigo parar. O que me aguarda se eu conseguir os anéis e voltar à fortaleza da minha família?

O que me aguarda se eu ficar aqui, como esposa de Hawk?

Nunca me permiti sonhar sobre o que acontece em seguida. Sempre esteve implícito que eu me casaria para preservar o sangue da família, e que seria com alguém que pudesse trazer riqueza ou artefatos para fortalecer nosso domínio sobre a Fortaleza Honori. Meu pai e minha mãe tiveram um casamento arranjado, assim como meus avós. Nunca imaginei o que faria se não estivesse presa à fortaleza e ao dever com o povo.

Contudo, se eu pudesse...

Adoraria ficar. Entrar para a guilda. Procurar artefatos. Mais do que isso, adoraria ficar apenas para pesquisar e estudar os que a guilda já possui. Mergulhar na cultura da Antiga Prell, que amo tanto quanto todos da guilda. Explorar as cavernas ao lado do meu marido.

Voltar para casa com ele toda noite e me aconchegar em seus braços enquanto conversamos sobre nada mais importante do que as descobertas do dia (ou a falta delas).

De repente, quero tanto isso que chega a doer. Meus olhos ardem com as lágrimas que não caem, e pisco com rapidez, segurando a mão de Hawk com firmeza.

É isso o que acontece quando me permito sonhar, então vou simplesmente parar de pensar a respeito. Dói demais.

Voltamos ao dormitório da guilda em silêncio, ambos perdidos em pensamentos. No entanto, mantenho a mão na dele, porque estou com medo de soltá-lo. Reflito sobre o que Hawk disse, sobre como isso não é mais conveniência ou uma troca, e vejo que tem razão. Meus sentimentos são fortes demais, e tenho medo do que isso pode significar.

Ao subirmos a rua que leva ao ninho de Pega, vejo uma luz acesa pela janela. Confiro a parte da frente do meu corpete outra vez, como se estivesse de volta àquele beco, com um dos seios exposto.

— Alguém ainda está acordado.

— O que nunca é um bom sinal. — Hawk aperta minha mão e a solta. — Deixe que eu falo com quem quer que seja. Fique em silêncio e atrás de mim.

Como filha de um detentor, nunca fiquei quieta, muito menos me escondi atrás de um homem. Fico tensa.

— Deve ser só a Gwenna.

— Ou seu ex, que descobriu que você está casada e veio arranjar encrenca.

Fico quieta ao ouvir isso. Talvez ele tenha razão. Fecho bem a capa ao redor do vestido e deixo Hawk tomar a dianteira.

Ao entrar no dormitório, nos deparamos com dois homens sentados em um banco, ambos com a farda da guilda. Um deles se levanta em um sobressalto assim que passamos pela porta.

— A guilda precisa que todos os taurinos da cidade compareçam à Terra Abaixo — diz o primeiro. — Aconteceu um acidente horrível.

TRINTA E CINCO

ASPETH

—Não teve acidente nenhum — elucida Pega quando Hawk sai com os mensageiros da guilda. Há cinco mochilas cheias na mesa à sua frente, armas dispostas. — Até teve, mas foi planejado. Eu precisava dizer algo para que ele fosse embora.

— Do que está falando? — pergunto, bastante consciente a respeito da umidade entre minhas coxas. Quero ir para meus aposentos, me limpar e me trocar, mas parece que Pega e os outros estão determinados a conversar. — Qual é o acidente? Quem se feriu?

— Não é para ninguém ter se machucado — explica Andorinha, lançando um olhar de frustração para a tia. — Sabíamos que Hawk não ia sair de perto de você por um resgate comum. Então falamos com os contatos certos, e eles causaram um desmoronamento num túnel longe da Queda Treze.

— Mas ninguém se *feriu* — enfatizo. — Certo?

Andorinha olha para Pega, que dá de ombros.

Fico perplexa.

— Então além de termos feito um túnel que poderia ter artefatos preciosos e descobertas históricas desmoronar, alguém também poderia estar lá?

— Quer fazer isso ou não? — insiste Pega. — Porque se quiser esperar Hawk voltar e tentar explicar a ele que está roubando algo da guilda para salvar a própria pele, fique à vontade. Tenho certeza de que ele vai entender.

Ela fala de uma forma que deixa evidente que Hawk, na verdade, não entenderia.

Sinto um aperto no coração.

Gwenna vem até mim.

— Conversamos a respeito com o contato de Pega — diz, a voz tranquilizadora e calma ao dar um tapinha no meu ombro. — O túnel que desmoronamos serve para treinar, e ninguém está nele agora porque todos estão nos túneis normais.

— E o amigo de Pega colocou uma bandeira nos destroços, fazendo parecer que havia alguém lá, assim Hawk vai ficar ocupado tentando resgatá-lo, mas depois vai descobrir que houve um erro administrativo e, ops, ninguém nunca esteve lá.

Mereden abre um sorriso inseguro.

— É um bom plano — diz Pega de forma grosseira. — Não vá dar para trás agora.

Não posso acreditar que *esse* é o grande plano. Fazer um túnel desmoronar? Escapar à noite enquanto Hawk está salvando outras pessoas? As coisas parecem estar saindo do controle rápido demais.

— Achei que iríamos pegar uma autorização falsa e fingir que tudo foi aprovado.

— Meu contato sugeriu esse plano em vez disso. Quer descer ou não? — A impaciência de Pega é óbvia. — Quanto antes formos à Terra Abaixo, mais cedo poderemos voltar, antes que Hawk desconfie de algo. Ele não precisa ficar sabendo dos anéis roubados ou de qualquer outra coisa que encontremos. Na verdade, é melhor que não conte nada a ele. Assim que souber que você é uma ladra, ele vai te entregar para a guilda, e *todos* nós perderemos nossas posições e seremos expulsos. — Ela gesticula para mim. — E assim seu pai ainda não terá com o que proteger a fortaleza.

— Certo. É lógico. — Aquela antiga ansiedade volta a dar as caras, revirando meu estômago. — É que o momento é péssimo. Não posso ir. Amanhã começa a Lua da Conquista.

Pega balança a cabeça.

— Não faz mal. Voltaremos antes do amanhecer.

— Como? — Penso nas horas que passamos andando da última vez só para chegar ao nível certo. Já sabemos em qual área o anel estará, mas isso não significa que o encontraremos de imediato. Não há garantia.

— É pouco tempo...

— Conheço um jeito de entrarmos e sairmos rapidinho — diz Pega, me olhando de forma incisiva. — Podemos chegar aos túneis dentro de uma hora. Se não encontrarmos o anel até o amanhecer, voltaremos depois e tentamos de novo.

— É arriscado demais — protesto, mesmo que esteja tomada por um anseio desesperado. Pela deusa, se isso der certo, pode ser uma solução para todos os meus problemas...

— Estaremos aqui antes do amanhecer — repete Pega. — Juro pela vida da Andorinha.

— Ei! — reclama a sobrinha.

— Bem, vamos fazer isso ou não? — A mestre da guilda ajeita a postura. — Ou foi tudo à toa?

As palavras dela fazem meu estômago revirar de ansiedade. "Foi tudo à toa" ecoa em minha mente. E se ela tiver razão? E se pudermos mesmo ir até lá e voltar antes da aurora? Hawk nunca vai saber, e eu estarei aqui para a Lua da Conquista. Talvez tudo dê certo.

— Como vamos chegar lá embaixo? — insisto em saber. — Caminhando, levamos horas.

— Com um artefato. Não posso entrar em detalhes, ou vou meter outra pessoa em encrenca.

Por mais estranho que seja, isso aumenta minha confiança. Um artefato. É lógico que é um artefato. É assim que ela vai garantir que chegaremos e partiremos logo. Apesar de arriscado, preciso fazer isso. Mesmo que odeie a ideia. Mesmo que esteja ansiosa por causa do tempo. Sabemos onde encontramos o anel. Podemos achar o outro, trazê-lo antes do nascer do sol e voltar antes que Hawk desconfie de qualquer coisa.

— Prometi ao Hawk que estaria aqui para a Lua da Conquista — digo a Pega. — Não pode passar do amanhecer.

— Ao amanhecer — concorda. — Sem problema.

Está decidido, então. Ainda assim, troco o peso dos calcanhares ao voltar a pensar que o esperma de Hawk está escorrendo por minhas coxas.

— Suponho que ainda tenha tempo para me trocar...

Pega concorda.

— Mas seja rápida. Você é a mestre de equipamentos dessa excursão. Vou ajeitar tudo de que vai precisar, mas temos que sair o quanto antes. Vamos nos encontrar com uma pessoa nos túneis para nos descer, temos que estar lá antes que ele fique nervoso.

Certo. Não temos tempo a perder.

Com as mochilas presas às costas e armas em mãos, seguimos pelas ruas de Vasta na escuridão, indo até o centro rigidamente protegido da cidade: a entrada para os túneis da Terra Abaixo. Eu me troquei e coloquei meu uniforme, que agora é confortavelmente familiar, me limpei depois da aventura com Hawk, prendi o cabelo em um coque firme e baixo e limpei as lentes dos óculos de qualquer marca de dedo ou mancha. Meu corpo dói de fadiga, mas não estou cansada... é minha mente que não para.

Eu consigo. Posso salvar a fortaleza do meu pai. Posso salvar seu povo. Posso salvar minha linhagem.

Posso salvar minha vida.

Dessa vez, em vez de cortar caminho pelo impressionante salão da guilda, contornamos a muralha que cerca a área de queda. Lá, encontramos um desconhecido de espreita nas sombras, atrás de uma loja que fica encostada nos tijolos do paredão. Ele surge da escuridão com uma escada de cordas, indicando que nos apressemos.

— Se forem pegos, estão por conta própria — diz ele, então entrega a corda e sai correndo quando Pega coloca uma moeda em sua mão. — Boa sorte.

— Bem encorajador — sussurra Gwenna para mim, mas ela sempre adota uma postura sarcástica quando está preocupada. Já eu tenho um nó na garganta que cresce a cada minuto. — Espero que esteja a fim de escalar uma escada de madrugada.

— Bem, isso fez parte do percurso de obstáculos — devo admitir enquanto observo Pega prendê-la na ameia com habilidade. Um segundo depois, Kipp escala tudo sem parar. — Eles tentaram mesmo treinar a gente.

— Tentaram mesmo, malditos. — Gwenna faz uma careta e dá um passo adiante. — Certo, minha vez. Vamos acabar logo com isso.

Apesar das queixas, ela escala a parede sem grande dificuldade e some para o outro lado. Andorinha e Mereden são as próximas, as duas com muita habilidade, e sinto orgulho do quanto melhoraram. Um mês atrás, não teríamos conseguido. Quando chega minha vez, não estou nem perto de ser tão competente quanto os outros. Chego até a metade da escada, e meus braços fraquejam. Pega vai atrás de mim e empurra meu traseiro, me erguendo até o outro lado do paredão. Há outra corda lá, e até que consigo me lançar por ela sem me machucar.

Dói saber que sou a pior do nosso Cinco, mas, quando eles dão tapinhas nas minhas costas e murmuram palavras encorajadoras, vejo que não ligam. Estamos juntos nessa.

Pega recolhe as cordas e nos apressa.

— Andem — sussurra. — Cuidado onde pisam e sigam a trilha. Se caírem em um poço, não vou salvá-los. — Ela aponta para a frente. — Sigam-me até a queda.

Nós a seguimos com cuidado, e fico na retaguarda do grupo. Não consigo deixar de pensar que, com a área deserta à noite, é como avançar por um cemitério cheio de sepulturas abertas. As valas abertas parecem engolir a escuridão, e me imagino perdendo o equilíbrio e cambaleando para dentro de uma delas, morrendo nas ruínas da Antiga Prell.

Em silêncio, engancho um dedo no cinto de Gwenna, que está na minha frente.

— Bem que podíamos ter nos amarrado.

— Tem algo estranho nisso — diz ela. — Parece estranho, errado.

Entendo o que ela quer dizer. Ver o terreno da guilda vazio assim é estranho.

— É óbvio que parece errado. Estamos entrando aqui escondidos, no escuro, para roubar artefatos, e estamos mentindo para todos. — O pobre Hawk vai mesmo me odiar depois disso.

— Pega não parece estar um pouco frenética? — pergunta.

Olho para a frente. De fato, Pega parece estar totalmente alerta, os olhos brilhando de determinação. Talvez esteja animada para nos ajudar a roubar? É isso ou só quer acabar logo com isso.

— Talvez não estejamos acostumadas a vê-la sóbria.

Gwenna solta um risinho.

— É, pode ser isso.

Ao cruzarmos o pátio enorme e vazio, uma luz se acende, e vejo o rosto de um homem nas sombras. Só quando nos aproximamos é que noto que ele está segurando aquela varinha estranha que vi antes. É o homem que estava abrindo um portal para transportar pedras. Ele está envolto por uma capa escura e olha para Pega com nervosismo.

— Estão todos aqui?

— Sim. Sabe como direcionar essa coisa para a queda?

— Espere, não vamos descer na cesta? — pergunta Andorinha confusa. — Por que não?

— Porque subornei o mestre do portal, é por isso. — Pega lança um olhar de irritação a ela. — Agora feche a matraca e fique ao meu lado.

— Mas não preciso ficar amarrada com meu Cinco?

— Não é necessário — diz Pega, indicando que Andorinha deve ir para perto dela. — Venha.

— Mas... — hesita, olhando para Kipp e Mereden, e então para mim atrás de Gwenna. — Tenho quase certeza de que nas regras ...

— Há muitas coisas nas regras — esbraveja Pega —, inclusive que não se deve roubar da guilda, mas não estamos dando atenção a isso, não é mesmo?

Andorinha fica surpresa, chateada com o tom da tia.

— Desculpe. Foi só uma pergunta.

— Não acho que se precaver seja tolice — digo, dando um passo para a frente. — E nós aprendemos a nos amarrar rápido. Podemos fazer isso agora.

— Tudo bem. Tanto faz. — Pega lança um olhar feio para o mestre do portal. — Espero que não se importe de esperar por essa besteira.

Ele dá de ombros, sem jeito.

— Você está me pagando.

Não gosto nada disso. Não gosto porque me faz pensar na quantidade de pessoas que usam o suborno para entrar na Terra Abaixo no escuro da noite e roubar a guilda. Também não gosto do fato de que, normalmente, julgaria essas ações, mas eu mesma estou prestes a burlar as regras. Reprimo esses sentimentos infelizes e me amarro, entregando a corda a Gwenna com rapidez. Ela se amarra a mim, e a fila segue até estarmos todos juntos e prontos, Andorinha atrás de Kipp. Pega nos observa irritada e então balança a cabeça.

— Certo, preparem-se para entrar na queda quando ele abrir o portal.

Nós entramos, e no mesmo instante sinto uma mudança no ar. A noite estava quente na superfície, mas embaixo está fria e um tanto úmida. Fecho minha capa melhor e sigo os outros para não puxar a corda. O túnel parece estar mais largo do que antes, o que me surpreende, mas talvez eu não tenha prestado atenção porque estava tão admirada em estar na Antiga Prell. Gwenna acende a lamparina de seu cajado — já que agora é a navegadora — e a ergue, observando o entorno.

Meu coração volta a acelerar diante de toda a glória da antiga cidade: os pilares caídos e os paralelepípedos quebrados sob nossos pés, o musgo que cresce sobre tudo. O que eu não faria pela chance de simplesmente caminhar pelos túneis e aproveitar cada detalhe. Kipp desembainha a espada e avalia o túnel atrás de nós, dando um passo para a frente e um tapinha no cinto, franzindo o cenho. Ele se vira para Andorinha e gesticula.

— As bandeiras. É verdade. Esquecemos as bandeiras — diz ela. — Para marcar onde estamos.

— Não precisamos de bandeiras hoje — comenta Mereden, cobrindo os cachos com o capuz. Ela não está usando capacete dessa vez, porque achamos que seria óbvio demais se encontrássemos com alguém da guilda. — Pode perguntar a Pega.

— Mas a guilda teria colocado bandeiras aqui de qualquer forma — digo, tocando em alguns glifos gravados na parede. Não me parecem estranhos, mas é difícil saber com certeza. — Para garantir que ninguém escave em um local que está sendo investigado. Tem certeza de que estamos no lugar certo?

— Humm, vou dar uma olhada. Esperem aqui — diz Pega.

Ela se vira, segue pelo túnel estreito e então se curva. Há algo brilhando em suas mãos, e ela desenha uma linha no chão do túnel com o objeto, deixando um rastro iridescente na pedra.

— Foi mal, Andorinha.

— Pelo quê? — pergunta Andorinha, caminhando até a tia.

Nós a seguimos, já que estamos acostumados a andar juntos, e, quando ela vai até a linha desenhada, é lançada para trás no mesmo instante, como se tivesse dado de cara com uma parede. Com um gritinho, Andorinha tropeça, mas eu e Mereden a seguramos. Arquejo, chocada, enquanto ela se endireita.

Magia.

Algo está errado.

— Que merda foi essa? — Andorinha exige saber, espanando a poeira da jaqueta.

Do outro lado da linha, Pega ergue o giz.

— Magia, é óbvio. — Ela se vira para o mestre do portal. — Pode trazê-lo para baixo agora.

Aproximo-me da faixa de giz com cautela. Quanto mais perto eu chego, mais os pelos da minha nuca se arrepiam, o ar ao nosso redor carregado. Uso a ponta do meu bastão para encostar na linha, mas ele é lançado para trás de maneira violenta.

— É um feitiço — digo aos outros.

— Mentira! — diz Pega. — E você é tão inteligente.

Ignoro-a, me virando para os outros.

— O giz deve criar algum tipo de feitiço de detenção. Não podemos sair sem que ela limpe a faixa do outro lado.

Andorinha se desvencilha das mãos de Mereden e avança.

— Que merda é essa, tia Pega?

Pega abre os braços em um pedido de desculpas falso.

— Falei para você não se amarrar a eles, minha querida. Mas você ficou do lado deles, e não do meu. Não tem problema. Vou abrir uma garrafa em sua homenagem. — Ela vira a cabeça quando o portal brilha, e outros dois homens aparecem.

Arquejo, chocada, ao ver Barnabus chegar e parar ao lado de Pega, um de seus soldados mantendo-se próximo e segurando uma besta.

— O que está acontecendo?

Barnabus abre um sorriso cruel.

— O que está acontecendo é que fiz uma oferta melhor à sua professora. — Ele estende a mão, e Pega deposita o giz nela. — Gostou do meu brinquedinho novo?

— Vai fazer alguma diferença se eu disser que não? — Estou furiosa com ele, é lógico, mas todos os anos de prática entram em ação, e eu endireito a postura e assumo minha expressão de dama da fortaleza entediada, a mesma que uso em qualquer evento social. — Precisa nos soltar.

— Eu não *preciso* fazer nada. — Barnabus joga o giz de uma mão para a outra, então o ergue e admira o cabo esculpido que mantém o pedaço frágil de giz no lugar. — Mas foi mesmo sorte uma das outras turmas ter encontrado isso justamente ontem. Assim vai ser bem mais fácil manter você presa.

— É isso o que está acontecendo, então? — pergunto, me recompondo, indignada. — Está me fazendo de refém? Solte os outros, e vamos resolver nossos problemas em particular.

Barnabus simplesmente revira os olhos e arremessa o giz (e o cabo) outra vez, ignorando minha exigência.

Andorinha dá mais um passo até a barreira, mas Kipp a puxa para trás.

— Por que está fazendo isso, tia Pega? — Ela está nitidamente magoada. — Não entendo!

— Como você não entende? — esbraveja Pega com a expressão venenosa. Ela aponta para Barnabus. — Ele vai me dar uma boa grana, e eu preciso de estabilidade. A guilda vai cancelar meu contrato com eles se minha turma não se formar este ano, e perderei minha renda. E nós sabemos bem que seu Cinco não vai ser aprovado nos exames. De jeito nenhum passariam.

Andorinha faz uma careta. Eu simplesmente encaro nossa professora.

Ex-professora. Ela nos vendeu.

— Não faça essa cara. — Pega revira os olhos. — Pelo menos com o dinheiro desse nobrezinho posso beber até a morte sem me preocupar se tenho onde morar.

— A questão não é só você. — Digo a mim mesma que devo ficar calma, mesmo ao fechar as mãos em punhos. — Como pôde trair Hawk assim?

— Não o estou traindo! Estou cuidando de mim. Uma coisa não tem nada a ver com a outra! — Ela fixa o olhar irritado em mim. — E você, sua mimadinha estúpida, tem alguma noção do quanto precisei me esforçar para garantir minha posição na guilda? Sabe quantos anos passei vivendo na merda até que alguém me respeitasse? Não pode aparecer aqui, toda riquinha, e esperar que seja bem tratada só porque está chupando o pau de um taurino. É preciso mais do que isso para ser uma mestre da guilda!

Respiro fundo ao ouvir as palavras, magoada. Essa é a pessoa que admirei por tanto tempo?

— Você era minha inspiração!

— O erro foi seu — responde ela. — Tudo que eu sempre quis foi dinheiro.

Barnabus pigarreia.

— Já cansaram de se atacar? Porque eu gostaria de falar com minha noiva.

— Não sou sua noiva — retruco. — Não pode me forçar a me casar com você.

— Sei bem disso, já que se comprometeu com o primeiro homem que olhou para você. Um taurino, Aspeth? Sério? — Ele parece revoltado. — Um pau humano não era grande o bastante para você? Foi isso? Precisou ir atrás de algo mais empolgante?

— Vocês dois são horríveis e nojentos. Não são nada comparados a Hawk. Nenhum dos dois.

— É, bem, vai ficar feliz em saber que não tenho interesse em me casar com as sobras de um homem-boi. — Barnabus guarda o giz e seu cabo mágico e dá um tapinha nas vestes, garantindo que estão seguros.

— Na verdade, se depender de mim, pode continuar casada com ele. Estou disposto a deixar o passado para trás... desde que me dê o anel artífice que encontrou.

Congelo, porque, de todas as exigências que pensei que poderia fazer, de alguma forma o anel não me veio à mente. Por que ele nos prendeu no túnel sem roubá-lo antes? Como ainda não entendeu que estou falida e que não precisa conquistar Honori? Ou acha que eu roubaria a guilda por capricho? Talvez essa seja a parte mais ofensiva disso tudo, ele não saber nada sobre mim.

— Não sei do que está falando.

— Sobre o anel — enuncia cada sílaba, a voz ecoando nas paredes estreitas de pedra. — Aquele que você encontrou no túnel. Pega me contou tudo.

Olho feio para nossa professora, e Andorinha faz mais um barulho de indignação. Pega ignora nós duas.

— Quero o anel — repete Barnabus, apontando para o chão. — Retire-o e chute-o para cá.

Isso não está fazendo sentido.

— Por que não vem pegá-lo, seu covarde?

— Não sou nenhum otário. Sua criada contou tudo sobre a maldição a Pega.

Maldição? Do que ele está falando?

Gwenna pisa no meu pé.

— É verdade — diz a mim. — Eu falei para Pega que, depois de ser usado, ele não pode ser transferido para outra pessoa sem permissão. Que as runas deixam isso bem evidente.

Bem pensado, Gwenna. Eu poderia lhe dar um beijo por ser tão esperta. Ela sentiu que algo estava estranho e mentiu para manter o artefato em segurança.

— Você contou? — Finjo estar irritada. — Bem, isso não muda nada. Ainda assim, não vou transferir o poder do anel para você, Barnabus. Não importa quantas vezes peça.

Ele continua sorrindo.

— Ele é inútil para você. Tenho certeza de que podemos chegar a um acordo.

É lógico que sim, um em que eu preciso trair minha família ou meus amigos. Ou ambos.

— É inútil para você também.

— Sim, mas eu tenho condições de conseguir a outra metade. — Seu sorriso aumenta. — Posso mandar todas as equipes vasculharem cada queda amanhã, enquanto você está presa neste túnel. É melhor desistir logo.

— Tem razão — digo de forma calma. — Tudo bem. Se eu te der o anel, vai nos soltar?

— Também quero a palavra de poder.

— Não é uma palavra, e sim um gesto. Vou te mostrar. — E faço o gesto mais mal-educado e rude em que consigo pensar.

Andorinha cai na risada.

A expressão de Barnabus é de frieza.

— Pelo visto, quer agir feito uma criança em relação a isso. — Ele dá de ombros. — Tudo bem, podemos tirá-lo do seu cadáver daqui a algumas semanas, quando o triste desmoronamento for desobstruído.

Triste desmoronamento?

Olho para o teto. É baixo, mas parece firme.

Quando volto a olhar para Barnabus, ele pega a besta de um de seus homens. Percebo, tarde demais, que possui uma ponta estranha e arredondada. Só vi isso antes em tratados de guerra, e sempre são usados com algum tipo de explosivo...

Ah, não.

Assim que me dou conta, Pega abaixa a cabeça e foge.

Andorinha lança o escudo em frente ao nosso grupo.

— Explosivos! — grita.

As paredes de pedra da Antiga Prell se movem e tremem acima de nós, até que algo atinge minha cabeça. Tudo fica escuro, e o túnel desmorona ao nosso redor.

TRINTA E SEIS

HAWK

TEM ALGO ERRADO NESSA história.

Não posso afastar a sensação de que há algo estranho, mesmo enquanto passo horas escavando a Queda Vinte e Sete. Ela sem dúvida desmoronou, às vezes até escuto os ruídos que indicam o movimento das pedras. Desmoronamentos acontecem o tempo todo. Faz parte do trabalho. Já desobstruí dezenas... mas algo não está fazendo sentido, e não consigo descobrir o que é.

Isso me azucrina enquanto escavo, jogando seixos no portal mágico que o parceiro do mestre Lugre está mantendo aberto. Sua hierarquia não é tão alta quanto a de Lugre, mas ele divide o brinquedo com o namorado, então Gaivina passou a noite ao meu lado, mantendo o portal aberto para que eu possa remover os destroços.

A parte mais estranha de tudo isso é que só nós dois estamos aqui. Desmoronamentos são sempre um risco ao se lidar com ruínas cavernosas. A cidade foi engolida pelo solo, então faz sentido que continue a desmoronar com facilidade. Essa não é a parte estranha. Estranho é que ninguém mais apareceu para ajudar. Os taurinos com quem em geral trabalho estão fora da cidade, é óbvio, mas deveria ter alguém para substituí-los. Deveria haver vários de nós aqui, tentando manter a calma apesar da chegada iminente da lua.

Se alguém estiver em perigo — enterrado abaixo dos destroços —, não deveriam ter pensado em enviar mais do que apenas um taurino cansado para os túneis?

Contudo, talvez só estejam atrasados. Continuo meu trabalho de resgate, tirando pedregulhos do caminho e rolando um grande rochedo até o portal. Trabalho até estar suado e coberto por uma fina camada de poeira, então faço uma pausa para tomar um pouco de água do meu cantil. Ao fazê-lo, dou uma olhada no meu companheiro silencioso e bocejante.

— Onde estão os outros?

Ele pisca, sonolento.

— Que outros?

— Os outros que virão ajudar no resgate.

— Ah. — Ele reflete por um instante. — Não sei. Em geral há mais taurinos em um resgate, não é?

— Sim, em geral, sim — concordo. Afasto o suor da testa e volto ao trabalho, mas não consigo afastar a sensação insistente de que algo está estranho. Depois de um tempo, vejo a luz do alvorecer entrar pelo portal e, mesmo assim, ninguém aparece para ajudar. As rochas estão aumentando de tamanho, de forma que nem mesmo um taurino consegue levantá-las, e Gaivina, a única pessoa que está comigo, não pode ajudar muito na parte física. Seco meu rosto suado e tento reprimir a irritação que me atinge, porque enganos acontecem. Papeladas podem sumir.

— O restante da equipe de resgate ainda não foi enviada para cá.

— É o que parece — concorda. — Deve ter alguém vindo para nos ajudar.

Assinto, observando o túnel desmoronado. Não quero ir embora, caso alguém esteja preso ali, mas, ao mesmo tempo, não tenho como desobstruir tudo sozinho.

— Que equipe estava com essa queda mesmo?

— A do Bico-grossudo — diz de imediato, pegando um pergaminho com uma lista e lendo-a. — Os cinco filhotes dele.

Uma equipe de filhotes. É a pior situação possível.

— E só nós estamos aqui para resgatá-los? — Pego a lista que ele segura e leio-a com atenção. Não é possível que todos estejam ocupados nos túneis por causa do nobrezinho e sua recompensa. Costumo ser chamado para missões de resgate, mas nem todos descem às ruinas. Mesmo assim, analiso a lista, procurando por alguma equipe que esteja trabalhando em uma queda próxima e que possa nos ajudar... até que hesito.

— Os Cinco do Bico-grossudo estão na Queda Sete. Esta é a Vinte e Sete.

— Sim, mas... ela desabou? Este é o túnel certo. — Gaivina olha a lista por cima do meu ombro e aponta para o fim da página com o dedo sujo, enquanto o portal tremula atrás dele. — Aparecem aqui duas vezes.

Aparecem mesmo. Passo o olhar pela lista, procurando quem mais está listado nesta queda, mas não há ninguém. Só os Cinco do Bico-grossudo, e talvez nem estejam aqui.

— Quem alertou sobre o desmoronamento deste túnel?

Gaivina remexe no bolso para pegar o bilhete e o ergue contra a lamparina que deixamos em uma rocha próxima.

— Ah. Achei. — Ele olha para mim. — O desmoronamento do túnel foi alertado por mestra Pega.

Pega? O que ela está aprontando agora?

E por que me quer fora do caminho?

ASPETH

Acordo ao sentir uma mão pegajosa tocando meu rosto e uma dor latejante acima da orelha.

Tudo dói. Abro os olhos, resmungando ao perceber que tudo continua tão escuro quanto estava com eles fechados. O túnel desmoronou em nós. Pega nos traiu. Barnabus tentou nos matar. Talvez tenha conseguido. Talvez eu esteja na entrada do inferno do deus da morte.

A mãozinha pegajosa volta a tocar minha bochecha.

— Kipp? É você?

Desta vez, ele aperta minha bochecha de leve, como uma avó faria. Acho que está tentando me reconfortar. Abro e fecho uma das mãos, e pedregulhos caem dos meus dedos. Parece que está tudo inteiro, mesmo que um pouco machucado. Deve ser um bom sinal. Estou deitada em algo quente e macio.

Tento me sentar, mas bato a testa em uma pedra.

— Ai!

Kipp bate outra vez na minha bochecha, e escuto o som de algo sendo remexido. Ouço o estalo de faísca, e uma luz se acende. Kipp segura um toquinho de vela e a ergue.

É pior do que pensei.

O buraco em que estamos está cercado por pedras caídas. Elas estão perigosamente próximas do meu rosto, e, se eu me sentar, darei de cara com os destroços. Estico o braço e toco uma coluna preliana tombada, a qual criou uma espécie de triângulo seguro ao nosso redor com o escudo de Andorinha, a casa de Kipp e meu bastão. A parte de cima da casa-concha de Kipp está quebrada em vários lugares, mas o carinha parece estar bem. Ele aproxima o toco de vela do meu rosto, observando, e percebo que meus óculos estão quebrados.

Por algum motivo, isso é o que me dá mais raiva. Pega tem alguma ideia do quanto é difícil encontrar óculos que fiquem perfeitos? Inferno. Tiro-os e os jogo de lado e, quando o faço, percebo que estou em cima de alguém.

Merda. Merda, merda, merda.

Eu me afasto o máximo possível — o que não é fácil, considerando que o espaço que tenho é menor que o de um baú de roupas — e tento não entrar em pânico. Gwenna e Mereden estão embaixo de Andorinha, que tentou usar o próprio corpo para protegê-las. Tiro Andorinha de cima delas, e ela resmunga, as roupas rasgadas. Fazemos o possível para acordar as outras. O nariz de Gwenna está sangrando, e Mereden está cheia de arranhões e com o tornozelo inchado. Andorinha aperta as costelas, mas, considerando que sobrevivemos a um desmoronamento, acho que está tudo ótimo.

— Estão todos bem? — pergunto com dificuldade, limpando um fio de sangue que escorre por minha bochecha. — Ninguém está preso?

— Estou presa embaixo de um monte de pedra com quatro pessoas — brinca Andorinha e então faz uma careta, colocando a mão na cintura. — Ai, merda, que dor.

— Vamos tentar não pensar no monte de pedra, ok? — sugiro. — Vamos pensar em como podemos sair daqui.

— Não tem como — declara Gwenna, levando um pedaço de sua manga rasgada até o nariz para conter o sangramento. Ela se agacha entre mim e Mereden, e ficamos apertadas feito sardinhas em lata. — Se mexermos em algo, o túnel inteiro pode acabar caindo e vamos morrer com certeza.

— Bem, não podemos ficar aqui. — As pedras acima de nós já parecem esmagadoras. Quero esticar as pernas e ficar em pé, e, quanto mais tempo passa sem que eu possa, mais intensa parece ser a necessidade. Presto atenção em Kipp e sua pequena vela, que está quase no fim. — Vamos raciocinar. Onde está nossa bolsa de suprimentos?

— Enterrada — responde Mereden baixinho. — Igual a nós. Posso dar uma examinada em todos vocês, mas não tenho nada que possa ajudá-los.

— Está tudo bem. Nós estamos bem. — Mantenho um sorriso animado no rosto. — Eu estou bem, mas dê uma olhada nos outros.

Mereden faz uma rápida avaliação, mas não há nada que possa fazer em relação ao nariz quebrado de Gwenna ou às costelas de Andorinha. Precisam de um curandeiro da guilda.

— Não se preocupem — diz Andorinha. — Já sofri mais em uma briga de bar.

— Só quero sair daqui — resmunga Gwenna.

— Estamos tentando resolver isso. — Ela choraminga angustiada apesar de minha tentativa de acalmá-la, e pego sua mão, segurando-a com firmeza. — Kipp, o que mais tem dentro da sua casa? Algo que sirva como iluminação?

Ele rasteja até a concha e mexe na lateral, entrando por um pedaço quebrado e jogando mais algumas coisas para fora. Joga um pacote de biscoitos velhos, um maço de fios, um punhado de oleaginosas, e outra pequena vela. Não temos nada para beber, pouquíssima comida e estou me esforçando para não pensar na quantidade de rochas que pode estar acima de nós.

— Obrigada — digo a Kipp e entrego os biscoitos a Mereden e Gwenna, porque parecem estar sentindo fraqueza. — Comam isso.

Espero que Andorinha reclame, mas ela não o faz. Apesar de estar apertando as costelas, deve estar em melhor estado do que Gwenna e Mereden, que parecem prestes a desmaiar.

Continuo falando, para parecer que tenho tudo sob controle.

— Acho que podemos fazer uma vela que dure mais usando um pouco de tecido e das oleaginosas. Em Prell, eles usavam o óleo das castanhas e nozes nas velas, e é por isso que havia manchas em grande parte da tinta das ruínas... bem, não importa. A parte importante é que não fiquemos sem luz, não é? Vamos dar um jeito.

Andorinha concorda com a cabeça.

— Quando eu recuperar o fôlego, posso tentar ver se há alguma pedra solta.

— Não, fique onde está. Kipp, há alguma abertura entre rochas onde você possa entrar? — Mudo de posição, quase batendo a cabeça no teto esmagadoramente baixo de novo. — Se houver, veja se consegue descobrir a melhor rota de fuga. Me avisa se não. Temos algumas alternativas.

— Alternativas? — Gwenna solta uma risada histérica. — Que porra de alternativas temos? Se vamos morrer rápido ou devagar?

— Não — respondo com firmeza. — Em primeiro lugar, se não conseguirmos achar uma forma de sairmos dos... destroços, então aguardaremos. — Não uso as palavras *desmoronamento* ou *enterrados vivos*, apesar de serem as primeiras a vir à minha mente. Já que Gwenna ainda está em pânico, decido exagerar na mentira. — Cerca de trinta anos atrás, uma equipe passou um mês nos túneis até ser resgatada. Eles comeram musgos e beberam as gotas de água que pingavam das pedras. Vai ficar tudo bem. As pessoas sobrevivem nas ruínas o tempo todo. Podemos esperar pelo resgate.

Não é verdade, é óbvio. Tenho certeza de que turmas são resgatadas de desmoronamentos complicados, mas, depois de certo tempo, presume-se que não há mais chances de sobreviventes. Já li muitas histórias tristes sobre tais tragédias, mas não conto isso a ninguém.

Kipp assente e aponta para as pedras, então segue para os destroços, espremendo-se no meio de algumas rochas equilibradas de forma precária, mesmo enquanto o toco de vela bruxuleia e tremula. A corda amarrada a ele desliza, e Andorinha a desamarra da cintura no mesmo instante, fazendo uma careta o tempo inteiro. Kipp é um herói. Quando sairmos daqui, vou garantir que todos saibam o quanto ele é incrível. Ele manteve a calma esse tempo inteiro, e preciso fazer o mesmo. Então, pego o toco bruxuleante da vela e o uso para acender a vela maior.

— Vamos todas nos desamarrar para que Kipp tenha mais espaço para explorar. Gwenna?

— Eu? — A voz dela é trêmula mesmo enquanto desamarra a corda da cintura.

— Acha que pode usar a radiestesia se Kipp não conseguir nada?

Ela solta mais uma risada histérica.

— E vou usá-la para quê?

— Siga qualquer coisa que te puxar — digo, mantendo o tom de voz uniforme e calmo. — Se conseguir usá-la para achar uma saída, ótimo. Se não, rastreie um artefato, e veremos o que podemos conseguir com isso. Só estamos pensando nas alternativas que temos.

— As alternativas. Certo. Tudo bem. — Ela funga, e outro fio de sangue pinga de seu nariz. — Merda.

— Não tem problema. Estamos todos um desastre. — Eu seguro e aperto a mão dela.

A corda dá um puxão na minha cintura. Fiquei tão ocupada acalmando os outros que me esqueci de me desamarrar.

— Foi mal, Kipp! — grito. — Espere um pouco.

A corda escapa das minhas mãos e fica presa nas pedras. Pedregulhos caem sobre nós. Gwenna grita e se segura em mim, e é então que o teto inteiro parece se mover e grunhir.

Ah, por Lady Asteria, vamos morrer.

— Para baixo do escudo! — grito. — Tentem colocar a cabeça debaixo do escudo...

A maior de todas as rochas afunda, caindo, e eu grito, esperando que o restante da Antiga Prell desmorone em nós. Porém, Kipp dá um pulo para baixo e afasta a poeira e os pedregulhos do meu cabelo, e eu olho para cima, me deparando com uma caverna escura.

Conseguimos sair.

Praticamente.

TRINTA E SETE

HAWK

Lua da Conquista

Na rua, consigo ver o contorno da Lua da Conquista pairando no céu do alvorecer. A bênção do deus me atingirá por completo esta noite. Não há mais tempo a perder. Tenho que encontrar Aspeth e prepará-la para nosso acasalamento. Ainda tenho tempo para buscar um amuleto para ela, assim como um creme que possa facilitar minha entrada em seu corpo apertado e virgem...

Porém, quando encontro Pega sentada na cozinha do dormitório, bebendo com um desconhecido bem-vestido, minha calma esvanece. Penso na noite frustrante que acabo de ter, escavando um túnel, e, por algum motivo, ela parece estar comemorando.

Há algo errado.

— Quem diabos é esse? — exijo saber, entrando apressado. — Por que está bebendo de novo?

Ela me encara, boquiaberta e surpresa.

— Por que voltou tão cedo?

Uma raiva avassaladora e hostil toma conta de mim.

— Voltei cedo? Quem eu deveria estar resgatando, Pega?

— Como é que vou saber?

Ela finge não saber de nada, e isso só aumenta minha raiva. Reconheço a fúria incontrolável revirando dentro de mim, mas não tenho como impedi-la. Apresso-me até meus aposentos, mas encontro Chilreia aguardando em frente à sua tigela vazia. Ela mia ao me ver, queixando-se, e rodeia o potinho vazio de comida. Nem sinal de Aspeth.

Volto à cozinha, onde Pega está reprimindo um sorriso.

— Cadê os outros? Cadê minha esposa?

— Sua esposa — zomba o homem. — Seu casamento foi anulado, homem-touro. Apesar de que nunca deveria ter acontecido, para início de conversa.

Minha visão se tinge de vermelho.

— Aspeth não faria isso.

— Bem, ela não está aqui, está? — fala ele com muita confiança.

— E onde ela está? — exijo saber mais uma vez.

— Foi embora — diz Pega, arrastando as palavras. Para surpresa de ninguém, ela bebeu demais. — A pobre daminha foi embora e voltou à fortaleza do papai.

É mentira.

Infernos, estão mentindo para mim.

Aspeth pode ser irritante, mimada e teimosa, mas não é uma traidora. Lembro-me da noite passada, no beco, em como ela me encarou com tanto desejo no olhar. Como mostrou me querer.

Nada disso era mentira... era?

Penso em sua expressão gentil ao olhar para mim. Em como ela deixou que eu tomasse sua sopa enquanto conversávamos. Nas noites que ficamos acordados juntos na cama enquanto ela fazia carinho na gata e me contava sobre como estava animada para entrar para a guilda.

A gata.

A tigela de Chilreia estava vazia, e a gata, indignada. Aspeth nunca abandonaria o bicho. Aspeth nunca a deixaria com fome.

Olho para Pega e para o desconhecido, que parece triunfante demais, e então avanço. Seguro Pega pelo casaco marrom de mestre e a ergo.

— Q-Quê? O que está fazendo?

— Vou levar vocês dois para a Guilda Real de Artefatos — declaro. — Pode contar ao Faisão o que fez com seus filhotes.

TRINTA E OITO

ASPETH

O GIZ ESTÚPIDO DE BARNABUS foi o que nos salvou.

Escalamos os destroços com cuidado, pegando nossas mochilas no caminho. Do outro lado da linha de giz, a caverna está destruída, com rochas tão grandes bloqueando os túneis que seriam necessários dez taurinos para movê-las. Desse lado da linha, não há nada além de uma cascata de pedras um pouco maiores do que o normal, a maioria das quais poderia ser movida com apenas um pouco de força. A maioria do desmoronamento parece ter acontecido do outro lado, a faixa de giz servindo como uma barreira invisível, nos protegendo enquanto nos impede de sair.

Quando nos libertamos dos escombros, respiro fundo e tento não pensar na quantidade de rocha que ainda está sobre nós. Em como não há nada além de um túnel estreito nos separando da morte. Vou ter pesadelos com pedras e desmoronamentos em algum momento, mas, por enquanto, estou me obrigando a pensar em outras coisas.

— Certo, senhoras e lagarto. Vamos colocar nossas mochilas e nos amarrar de novo. Kipp, pegue a espada. Andorinha, você será nossa baluarte. E Mer, você é nossa curandeira. Gwenna, você é boa com direções?

— Do que está falando? — pergunta, lançando-me um olhar cansado e sem emoção sob a luz bruxuleante da vela. Nossa lamparina foi esmagada com a queda, e agora só temos uma vela para nos iluminar, mas pelo menos não estamos soterrados. — É melhor a gente se sentar e esperar.

— Esse era o plano antes — anuncio. — O plano de agora é tentar encontrar uma saída.

— Por que não esperamos até que alguém venha nos buscar? — Mereden olha para cima enquanto enrola o tornozelo com ataduras. — Já está quase na hora da Lua da Conquista de Hawk, não é? Ele vai vir atrás de você.

Estremeço ao ouvir isso. Sim, está na quase hora da Lua da Conquista. E uma coisa que ficou evidente para mim é que, quando ela chegar, Hawk não terá autocontrole. Pode não estar racional agora mesmo. Talvez esteja na cama com uma desconhecida enquanto apodreço na Terra Abaixo. Meu coração dói com a ideia.

— Não podemos ter certeza. Não podemos ter certeza de nada. Não enquanto Pega e Barnabus estão trabalhando juntos. E se ela tiver dito a alguém que saímos da cidade?

— Mas a queda...

— É azarada — pontua Andorinha. — Ninguém vai pedir para ir à Treze, a não ser que todas as outras estejam ocupadas. E pode levar semanas até que seja liberada em meio às papeladas da guilda. Talvez a equipe de investigação demore até começar a trabalhar lá, e não sabemos o que minha tia está dizendo a eles.

— Ou Barnabus. Ele é meio escroto — complementa Gwenna. Ela olha para mim. — Sem ofensas.

— Não ofendeu. Ele *é* mesmo. — Coloco a mão na cintura, e uma dor dilacerante sobe por meu braço. Devo ter torcido no desmoronamento. Não importa. Abaixo a mão e indico nosso entorno. — Até onde sabemos, eles já estão planejando isso há um tempo. Estamos de volta à Queda Treze, certo? Mesmo que quisessem a outra metade do anel, nos deixaram aqui. Na minha opinião, ou eles querem pegar o conjunto de anéis dos nossos cadáveres ou nos jogaram aqui para facilitar suas mentiras. Podem fingir que não sabiam de nada, que agimos sem a permissão de Pega e viemos aqui escondidos.

— Mesmo que ela estivesse envolvida — murmura Andorinha.

— Mesmo assim — concordo. — Temos que presumir que ninguém virá nos buscar. Então o que podemos fazer?

— Encontrar outro artefato — responde Mereden com a voz trêmula. — E torcer para que seja um que nos tire daqui e nos mande a um lugar seguro.

Exato.

— E o melhor momento para começarmos é agora. — Dou uma olhada no desastre que é a caverna. — Então, o que temos aqui que pode ser usado como varinha de radiestesia?

Remexemos nas mochilas para tentar construir um substituto razoável. O que estava com Gwenna foi quebrado em três partes, e não parece reagir ao seu toque. No fim, encontramos um pedaço triangular da casa quebrada de Kipp e mexemos nela até formar uma estrutura que se parece com um Y. Ele faz uma careta quando Gwenna segura a peça, com uma expressão melancólica. Quero reconfortá-lo, mas não sei nem onde deslizantes conseguem suas casas para substituirmos essa. Vamos dar um jeito quando estivermos livres, decido. Por enquanto, temos que resolver nossos problemas mais urgentes.

— Venha aqui — diz Gwenna, puxando-me de lado. Ela tira a fita do pescoço e oferece o anel para mim. — É melhor pegar isso. É seu, de qualquer forma.

Com dificuldade, abro um pequeno sorriso, fechando a mão ao redor dele. O anel esteve escondido em uma bolsinha simples de couro com um desenho malfeito de lagarto. Gwenna disse que fez isso para que achassem que era um amuleto de sorte dos pegajosos. Coloco a bolsinha de couro embaixo do peito e volto a amarrar o espartilho.

E de pensar que, alguns dias atrás, o anel me trouxe tanto alívio. Hoje, ele é só mais um problema que preciso resolver em meio a uma montanha deles.

— Ele nos trouxe tanto problemas. Espero que valha a pena.

— Não se culpe — diz ela.

— Como não? Arrisquei a vida de todo mundo. — Indico os destroços ao nosso redor. — Se conseguirmos voltar, a própria guilda vai querer nos matar.

— Estávamos cientes dos riscos, Aspeth — diz Gwenna com seriedade. — Sabemos que não está fazendo isso por seu pai adicto em jogos.

Está fazendo isso por todos que moram na Fortaleza Honori e não têm ideia de que ele está colocando a vida deles em perigo. Está fazendo isso pelo cozinheiro, pelo cavalariço, e por minha mãe, que ainda trabalha lá. Está fazendo isso por eles e para se proteger. Isso não é ruim, Aspeth. Sei que é um roubo, mas é por uma causa nobre. Não tem nada ruim em tentar ajudar outras pessoas além de você mesma. Não foi assim que a guilda começou? Queriam trazer objetos mágicos ao povo para ajudá-los no dia a dia.

Ela faz tudo parecer tão nobre. Só estou tentando sobreviver... e, por mais egoísta que seja, manter meu pai vivo porque não quero ser responsável pela fortaleza.

Nós nos reunimos com os outros, e Kipp olha com sofrimento para o pedaço de sua casa que está nas mãos de Gwenna. Diante do gesto, ela assente de maneira solene.

— Prometo que vou cuidar bem dela e depois te devolvo.

Ele assente e bate no peito, num gesto que parece querer encorajá-la.

Gwenna estende a vareta e espera.

Nós esperamos também.

Depois de um longo momento, ela a abaixa.

— Eu... não senti nada.

— Por que não tenta fechar os olhos e se concentrar? — pergunta Mereden.

— Vou tentar. — Gwenna fecha os olhos, concentrando-se, e a "varinha de radiestesia" salta, dando sinal de vida. Ela aponta para mais fundo nos túneis, na direção contrária à do desmoronamento.

— Está funcionado. Mantenha os olhos fechados.

— Ah, lógico, falar é fácil — murmura Gwenna, mas faz o que sugeri. — Alguém me guie, por favor. — Vou para um dos lados dela, e Andorinha, para o outro.

— É óbvio que está apontando para mais fundo no túnel — diz Andorinha. — Não tem outro caminho.

— Se tiver uma ideia melhor, esta é a hora de falar — digo.

Kipp lança um olhar de frustração para todas nós.

— Tudo bem. Vou calar a boca. — Andorinha entrega o cajado a Mereden. — Pegue. Precisa de ajuda para andar.

— Não, está tudo bem. — Mereden apoia grande parte do peso no cajado, mas consegue mancar. Continuo ao lado de Gwenna, os outros agrupando-se de acordo com o que a corda permite. Nós avançamos pela caverna irregular, seguindo a passos lentos, mas constantes.

Até que, para nosso azar, a vela se apaga.

Solto um palavrão. Mereden choraminga.

Gwenna para de andar, os olhos ainda bem fechados.

— O que foi? O que aconteceu?

— Estamos no escuro — explico. — A vela acabou.

— Posso abrir os olhos agora?

— Não! Vai perder o rastro — digo. — Vou tentar criar outra fonte de luz.

Kipp encosta na minha perna, e, quando olho para baixo por reflexo, vejo que a parte da frente do meu espartilho está brilhando com uma luz vermelha e fraca. Mexo na chemise, pegando o anel. Ele caiu da bolsinha de couro, e, assim que o tiro das minhas vestes, uma luz avermelhada toma conta da caverna, formando sombras sinistras.

— Não sei se isso é melhor ou pior — diz Mereden.

— Pior — comenta Andorinha. — Sem dúvida, pior.

Ergo o anel e observo os túneis. Parece que estão cobertos de sangue, mas pelo menos estão iluminados.

— Shh — digo a eles. — É melhor do que sair esbarrando em tudo no escuro.

— Será? — pergunta Andorinha. — Será que é mesmo?

Eu a ignoro; uso a fita para amarrar o anel na ponta do meu bastão e o ergo, iluminando a região próxima.

— Vamos seguir em frente. Gwenna achou algo.

Ela continua a passos lentos, a varinha de radiestesia mexendo-se em sua mão. Seus olhos continuam fechados com firmeza.

— Não quero perder esse rastro. — Ela segue adiante em passo de tartaruga. — Ainda estão comigo, certo?

— Estamos bem ao seu lado.

O túnel dobra e serpenteia, até que enfim há uma bifurcação. Gwenna vira à direita, deixando a varinha de radiestesia guiá-la, e nós seguimos ao seu lado, enquanto as ruínas da Antiga Prell se espalham ao nosso redor.

A vareta se mexe nas mãos dela e volta a se virar, fazendo Gwenna nos levar por mais um túnel. De repente, ele se abre em uma grande câmara, onde o teto se estende mais ao alto, sustentado pelas colunas ornamentadas que os prelianos tanto amavam. Há ruínas desmoronadas entre as paredes, caídas em meio às rochas, e água pinga do teto.

— Parece ser um templo antigo — comenta Andorinha, sua voz ecoando pelo espaço. — Já estivemos aqui antes?

Balanço a cabeça, porque eu me lembraria de algo assim. É provável que tenhamos entrado mais fundo na queda do que da outra vez, ou fomos para outro lado.

A varinha de radiestesia continua a nos guiar, passando pela frente do templo e parando perto de algumas escadas. Direciono a estranha luz vermelha para elas e me deparo com um amontoado de tecidos.

Ah, não.

— Por favor, diga que temos que subir as escadas — sussurra Andorinha.

— Espere aqui — digo e avanço, porque meu estômago está revirando e tenho quase certeza de que aquilo não são tecidos. Não com meu azar.

— Não podemos esperar aqui — pontua ela, tocando meu braço. — Estamos amarrados juntos, lembra?

Sempre me esqueço. Kipp dá um passo para a frente, empunhando sua arma; ele parece delicado e frágil sem a concha que é sua casa nas costas. Nós avançamos em grupo, e a vareta de Gwenna continua a nos mandar diretamente para a pilha de trapos, que aparenta ser maior e mais sólida a cada passo que damos.

Não sei se sou a primeira a notar a insígnia da guilda no ombro dele quando aproximo a luz, mas prendo a respiração, e, um segundo depois, os outros fazem o mesmo.

— Isso não é um bom sinal — diz Gwenna com a voz trêmula. — Posso olhar agora?

— É melhor que olhe — digo. — Não sei se está rastreando artefatos, mas de fato achou algo.

Ela abre os olhos e pisca com rapidez, acostumando a visão à estranha luz vermelha.

— O que encontrei?

— Um morto — diz Andorinha. — Pela segunda vez. Tem *certeza* de que está usando a radiestesia para achar artefatos?

TRINTA E NOVE

ASPETH

O MORTO ERA MEMBRO DA guilda, o que fica nítido por causa do uniforme que está usando, igual ao nosso. Além disso, a morte foi recente, já que há uma mancha de sangue se alastrando embaixo de suas roupas. Está com o rosto para baixo, e ninguém quer virá-lo.

— Sua tia não falou que ninguém da guilda se feriria com o desmoronamento? — pergunta Gwenna a Andorinha, nervosa.

— Foi o que ela disse! — Andorinha parece igualmente preocupada. — Acha que ele morreu por causa do nosso plano?

A ideia me dá náuseas. Ainda assim, algo não faz sentido.

— A não ser que o tenham esfaqueado antes, um desmoronamento não causaria esse tipo de sangramento. Além disso, não há nenhuma pedra no chão. — Aponto para o homem morto. — É melhor nós o virarmos para ver como morreu. Só por via das dúvidas.

— Podem me tirar dessa! — Andorinha dá um passo para trás, e Mereden revira os olhos.

— Eu sou a curandeira. Deixem comigo. Talvez precise ser curado. Ou algo assim. — Ela endireita a postura e respira fundo.

Então avança e se agacha ao lado do morto, a luz avermelhada lançando sombras lúgubres em tudo.

— Não está respirando. — Ela ergue o olhar. — Vou virá-lo. Se alguém se assusta fácil, é melhor não olhar.

Para nosso crédito, ninguém vira o rosto. Mereden o agarra pelo ombro e joga seu peso para o lado, virando-o até que fique de rosto para cima.

Respiro fundo quando seu rosto é revelado. Não é porque o conheço, e sim porque parece ter sido comido. Ele quase não tem mais nariz, e o restante de seu corpo está tão ruim quanto. O uniforme está rasgado, e há sangue em tudo.

Mereden apoia o peso nos calcanhares, observando o morto.

— Isso não foi causado por um desmoronamento.

— A não ser que as pedras tenham ficado com fome — concorda Andorinha.

Kipp simplesmente balança a cabeça com tristeza.

— Então foram ratazanas — digo. É por causa delas que é necessário carregar armas durante as escavações, mas, por algum motivo, não tinha passado por minha mente que poderíamos nos deparar com elas. Tudo estivera tão tranquilo nos túneis, e não encontramos nada maior do que uma aranha.

Bem, as aranhas eram *mesmo* bem grandes.

Porém, agora as sombras parecem ainda mais sinistras.

— O que será que ele estava fazendo aqui sozinho? — pergunto, segurando meu bastão um pouco mais próximo ao corpo. — Onde está o Cinco dele?

Mereden se levanta, espanando a sujeira da saia.

— É como Pega disse, eles iam fechar essa queda até que a guilda decidisse o que fazer com ela. Talvez o tenham enviado para servir de guarda.

— Sozinho? — pergunta Gwenna desconfiada.

— Quase todos os taurinos estão fora da cidade — comento. — Devem ter enviado um repetente para ficar de olho na queda, pensando que não havia nenhum risco.

Mereden balança a cabeça.

— Que horror. — Ela se inclina sobre o morto e cruza os braços dele em frente ao peito em homenagem a Asteria, para que a deusa cuide dele nos infernos de Romus. Então hesita. — E o artefato?

— Quê? — Pisco, sem entender.

— Era para ele ter um artefato, certo? — Mereden se vira para Gwenna. — Era isso que estava tentando achar, não? Vamos olhar em seus bolsos? Não parece certo.

— Porque ele está morto? — retruca Andorinha. — O que acha que estamos fazendo aqui? Roubamos dos mortos o tempo inteiro. É isso o que a guilda *faz*.

Ela tem razão, enfim admito para mim mesma. De certa forma, estamos roubando túmulos, porque aqueles que faleceram quando a cidade desmoronou continuam aqui. Ainda assim, há uma diferença entre alguém morto há séculos e alguém morto há algumas horas... não há? Acho que todos estão pensando o mesmo, porque ninguém se mexe para conferir.

Bufando, Kipp vai até o cadáver e passas as mãozinhas no corpo, conferindo os bolsos e olhando por baixo de suas vestes. Depois de uma investigação minuciosa, ele olha para nós e balança a cabeça de um lado para o outro. Nada.

— Talvez eu esteja usando a varinha da maneira errada — diz Gwenna preocupada. — Não é como se tivessem nos ensinado como usá-la direito.

— Não acho que era para ter funcionado — pontuo. — Acho que Pega a deu a nós para desperdiçar nosso tempo.

— Bem, foi um desperdício mesmo se ele não tem nenhum artefato — responde. — Ele só está sendo mais uma fonte de preocupação.

Vou para a frente e confiro o corpo de novo, tentando não fazer careta diante da sensação estranha do cadáver em minhas mãos. É como tocar em argila — argila na temperatura ambiente —, e, se eu pensar demais a respeito, vou vomitar. Porém, dou uma olhada em seus bolsos e por dentro de seu uniforme mais uma vez, procurando bugigangas ou joias. Suas botas são comuns, e não há nada escondido nas solas. Depois de passar os dedos na curva de sua orelha, procurando por brincos, sento-me nos calcanhares.

— Bem, a não ser que tenha engolido o artefato, ele não carrega um. Será que a varinha de radiestesia está identificando mortos?

— Quem usaria isso para achar um cadáver? — Gwenna faz careta.

— Alguém que perdeu um corpo? — Eu me levanto, limpando as saias. — É melhor irmos embora. Se as ratazanas comeram o rosto dele...

— O que poderia ser além de ratazanas? — interrompe Andorinha. Eu a ignoro, porque não sei.

— ... então este lugar não é seguro. Talvez estejam aqui agora mesmo, nos observando e esperando para nos pegar desprevenidos. Gwenna, pelo menos a varinha está nos levando a algum lugar. Acho que devemos continuar usando-a para ver o que encontramos.

Ela não gosta da ideia.

— E se nos levar até mais mortos?

— Então nossa situação é pior do que pensamos. — Pego meu bastão outra vez. — Vamos entrar em posição de novo, assim como aprendemos. Espada e baluarte na frente, navegadora no meio. Eu e Mereden ficaremos na retaguarda.

Espero que alguém discorde, que diga que não sou a líder. Que estou casada com um professor, mas não estou no comando. Porém, ninguém o faz. Simplesmente assentem, e nós nos posicionamos.

Quando estamos prontos, Kipp e Andorinha na dianteira, Gwenna se vira para mim com um olhar nervoso.

— Querem mesmo que eu faça isso de novo? E se estivermos mexendo com algo que não entendemos? E se estivermos irritando algum ser mágico antigo que vive aqui?

Ela tem razão, mas nunca fui do tipo que se preocupa demais com os deuses.

— Não estamos fazendo isso por crueldade. Podemos fazer uma grande doação para a igreja como pedido de desculpas quando sairmos daqui.

— Com que dinheiro? — balbucia Andorinha. — Não tenho nada.

— Vamos dar um jeito. Pensaremos nisso depois. — Faço um movimento com a cabeça para Gwenna, que segura a varinha de radiestesia improvisada. — Por você, tudo bem fazer isso de novo?

— Tenho escolha?

— Prefere ficar aqui e esperar que as ratazanas voltem?

Ela solta um suspiro pesado e fecha os olhos, segurando a varinha de radiestesia em frente ao corpo de novo.

— Por favor, nos leve até um artefato desta vez.

O objeto praticamente pula em suas mãos. Faz ela se virar no mesmo instante, desviando para a parede, onde um túnel acabou desmoronando ao longo do tempo. Não há nenhuma passagem ali, nenhum caminho, só uma pilha de destroços em frente a nós.

Kipp olha para mim e guarda a espada, pegando uma pequena picareta no lugar.

Concordo com a cabeça.

— Pelo jeito vamos passar um tempo escavando.

༄

Nós tiramos as pedras e rolamos as maiores para o lado. Conforme continuamos, um padrão começa a surgir, e percebo que encontramos um tipo de muro. Fico triste por ter que destruí-lo, mas, se para sair daqui precisamos chegar ao outro lado, não temos alternativa. Parece que Gwenna nos levou para o lugar certo outra vez, o que me anima, mas a deixa nervosa.

Um dos tijolos se desfaz sob a picareta de Kipp, e uma área aberta aparece em meio a uma nuvem de poeira. Está escuro lá dentro, e, conforme afastamos as rochas que caem, a entrada fica cada vez maior. Estamos em algum tipo de antecâmara.

Gwenna avança, a varinha praticamente exigindo que ela passe pelo muro quebrado.

— Vamos lá? — pergunta, se virando para mim e quase tendo que resistir à varinha em suas mãos. — Aspeth?

Concordo com a cabeça, pegando minha mochila. Eu a havia deixado de lado para escavar.

— Vamos ver aonde isso vai nos levar.

— Se nos levar até um cemitério, a culpa vai ser sua — responde.

— Os prelianos não tinham cemitérios. Os falecidos eram enterrados em antecâmaras anexadas à casa da família, para que os espíritos dos ancestrais ficassem por perto e cuidassem dos vivos.

Aproximo o bastão do buraco e observo o interior.

— Que assustador — diz Mereden, colocando a mochila nos ombros.

Até que acho fofo, mas também deve ser desagradável. Balanço o bastão à frente, a luz vermelha tomando conta da escuridão.

— De qualquer forma, não parece ser um cemitério. Talvez seja algum tipo de loja. — Viro-me para o pegajoso. — Vá em frente, Kipp.

Ele assente, guarda a picareta no bolso e pega a pequena espada. Avançamos em grupo, entrando no buraco e passando para o outro lado. Há ainda mais destroços, parte do teto do antigo prédio desmoronou, e a poeira cai em cima de nós. Mereden balança a mão, tentando afastá-la, e meu coração se enche de empolgação.

É uma ruína da Antiga Prell. A julgar pela poeira que surge, somos os primeiros a estar aqui. Aproximo meu bastão da parede, onde o mural de uma família foi feito a partir de pedaços de azulejo. Os membros estão oferecendo frutas aos deuses, sua representação rústica e no estilo preliano.

É incrível.

— Onde estamos? — pergunta Andorinha. — Que construção é essa? O que são essas prateleiras?

— Prateleiras? — pergunto, virando a fonte de luz para ela. De fato, do outro lado há prateleiras caídas no chão e o que parecem ser nichos esculpidos de pedra. Eles se repetem de forma padronizada, e o chão está coberto por um tipo de mancha escura, além de espirais de metal.

— Gwenna, tente apontar a varinha para o chão e veja se sente alguma coisa.

Ela se abaixa, fecha bem os olhos e faz um meio-círculo com a varinha antes de balançar a cabeça.

— Quer que eu avance. Não tem nada aqui que ela queira.

— Mas parece um túmulo — comenta Andorinha.

— O quê?! — A voz de Gwenna fica aguda. — Aspeth?

— Não é um túmulo — digo, tentando acalmá-la. Coloco a mão em seu ombro, porque não consigo nem imaginar o quanto isso deve ser assustador com os olhos fechados. — Eu já disse, os prelianos não tinham túmulos iguais aos nossos.

— É uma adega — diz Mereden de repente. — É onde eles guardavam o vinho.

— Como você sabe?

— Meu pai tem uma similar.

— Então cadê todo o vinho? — pergunta Andorinha. — Já que aqui é uma adega.

— A madeira apodreceu — diz Mereden, mexendo em algumas das argolas de metal do chão. — Só o que sobrou foram os aros. — Ela olha para mim. — Meu pai gosta *muito* de vinho.

Faz sentido.

Faço que sim com a cabeça.

— Acho que tem razão. E, seja lá para onde Gwenna está nos levando, não é aqui, então vamos continuar.

— Então estamos em uma adega? — diz Andorinha, enquanto Kipp avança pela escuridão. — Quer dizer, então, que há uma loja de vinho acima de nós?

— Ou a propriedade de alguém. Meu pai deixa os barris na adega da fortaleza e os confere todos os dias. — Mereden segue em frente, a corda puxando minha cintura com o movimento. — Deve ter uma porta em algum lugar.

O espaço está lotado de destroços em que precisamos subir, além de pilhas de terra, folhas e galhos (por mais curioso que seja). Guiamos a pobre Gwenna, segurando seu braço. Achei que encontrar ruínas intactas seria mais impressionante, mas está tudo tão cheio de coisas podres que é impossível distinguir no que estamos pisando em meio às pedras e aos destroços. A escuridão também não ajuda.

Até que Kipp aponta para as sombras ao fim da enorme câmara.

— Uma porta — diz Andorinha.

No mesmo instante, Mereden grita e aponta para a direção contrária.

— Acabei de ver olhos!

Todos nos viramos para onde ela está apontando, e os vejo também.

Olhos, vermelhos e brilhando na escuridão. Alguma coisa sibila e roça minhas saias, e eu reprimo um grito, balançando o bastão.

Ratazanas.

— Amigos, acho que caímos em um ninho — sussurra Mereden.

QUARENTA

ASPETH

— CORRAM PARA A PORTA! — grita Andorinha, entrando na minha frente com o escudo em mãos. — Corram para a porta e a abram. Eu e Kipp vamos proteger vocês.

— Estamos amarrados — grita Mereden. — Temos que ficar juntos!

— Vou abrir os olhos — alerta Gwenna.

Isso me faz entrar em pânico. Estamos tão perto de encontrar o que a varinha está indicando.

— Mas a varinha...

— Foda-se a varinha! — responde, tentando pegar a espada. — Não serve de nada se morrermos!

Uma ratazana avança em nós, e eu berro, batendo no bicho com o bastão. A iluminação do local oscila com violência, fazendo todos reclamarem.

— Desculpe! — digo. — Está preso à minha arma!

— Precisamos dele para enxergar!

As ratazanas nos cercam. São menores do que imaginei, todas são cerca de uma cabeça menores do que Kipp, que bate na minha coxa. Porém, há várias delas, e são agressivas. Agora que nos deparamos com esses monstrinhos, entendo totalmente o motivo de precisarmos de treinamento de combate. Tento manter o bastão ereto, uso a base para atingir qualquer ratazana que se aproxima e as chuto. Mereden tem um bastão igual ao meu, mas ela o agita de forma aleatória, sem bater em nada. Os bichos nos cercam no monte de entulho que forma as ruínas, e Andorinha golpeia com o escudo, tentando atingir qualquer coisa que chegue perto de nós.

— A porta — choramingo quando uma delas sobe por minhas saias. — Precisamos passar pela porta.

— Mantenha a luz firme — grita Andorinha. — Se conseguirem, abram a porta. Vamos segurá-las.

— Estou com você — diz Gwenna, indo para trás de mim. — Tente o que puder, Aspeth.

Eu? É para eu abrir a porta? Já que não posso usar minha arma, acho que a responsabilidade cai sobre mim. Não reclamo, só corro os três passos até chegar na enorme porta que preenche a passagem em arco. É uma clássica arquitetura preliana, e, em outro momento, adoraria parar para admirá-la, porém ela é feita de um metal manchado e possui uma argola e um mecanismo estranho na fechadura, cheia de engrenagens e hastes douradas encrustadas com joias. Nunca vi nada igual, e mexo nela por um bom tempo até soltar um som de frustração, pegar minha faca do cinto e enfiá-la na estrutura. Acho que acabo de quebrar um mecanismo valioso, mas não consigo me importar.

Coloco a faca na fechadura e puxo a porta. Ela não cede, e eu grito em frustração.

Gwenna berra quando uma ratazana a ataca e dá um pulo para trás, fazendo com que nós, que estamos amontoados nas escadas, caiamos com ela.

— Chutem-nas! — grita Andorinha. — Chutem todas elas!

— A porta — ofega Mereden. — Abra a porta!

Dou outro puxão na porta.

— Estou tentando! Estou tentando!

— Tente mais!

Resmungo em frustração, puxando a porta com toda a minha força. Ela não cede. Frustrada, bato as mãos nas portas pesadas.

Elas abrem. Para dentro.

Ah.

— Entrem! — grito para eles, agarrando Gwenna pela cintura e arrastando-a comigo. Caímos para dentro, e as ratazanas avançam em nós. Kipp esfaqueia uma delas, e a criatura guincha e se debate no chão enquanto outra aparece para pegá-la e levá-la para trás. As outras aproveitam a chance, atacando e mordendo. Andorinha bate em mais uma com o escudo e então a chuta escada abaixo. Os outros bichos a perseguem — buscando uma presa fácil —, e nós batemos a porta.

Ela balança no mesmo instante, com a força de várias ratazanas se jogando contra.

— Barricada — ofego — Precisamos fazer uma barricada.

Mereden enfia o bastão nas alças de metal da porta, impedindo que sejam abertas. Concordo com a cabeça, envolvendo meu cinto nelas como reforço.

— Isso vai impedi-las por um tempo — diz Andorinha, recobrando o fôlego. Ela ainda está apertando as costelas, o que é preocupante, mas não há nada que possamos fazer no momento. — Precisamos de um esconderijo melhor.

— Onde estamos? — pergunta Gwenna, limpando o suor da testa.
— Outra adega?

Lanço a luz ao redor, e meu punho machucado irradia uma onda de dor por meu braço. Ignoro, porque não há nada a ser feito. Esta sala não é um caos como a outra. É uma pequena câmara com teto baixo que parece ter sido esculpida diretamente na pedra. Há um sofá de pedra na extremidade do espaço, e mais vários outros menores esculpidos nas paredes, todos cobertos por detritos há muito apodrecidos. Vou até o que fica no fim da estranha câmara e toco nas flores em decomposição do banco. Ao fazê-lo, elas se transformam em poeira, e eu a afasto. Então, vejo os glifos que estão na chapa e resmungo.

— O que foi? — pergunta Gwenna, se virando para mim em pânico.
— O que foi agora?

— Lembra quando Andorinha disse que estávamos em um túmulo? — pergunto cansada. — E eu disse que não era o caso, já que os prelianos enterravam os mortos dentro de casa para que ficassem por perto?

— NÃO! — grita Gwenna, entendendo.

Kipp desaba, levando a mão ao focinho.

Concordo com a cabeça.

— Encontramos a cripta.

Os outros suspiram, derrotados. Entendo o que estão sentindo. É como se o azar não nos abandonasse. A porta volta a balançar e fazer barulho, e todos parecem preocupados. Andorinha e Kipp desamarram as cordas, e eu não os reprimo. Também desamarro a minha. Não vamos a lugar algum.

— Precisamos reforçar a proteção na porta — digo. — Acho que não há outra forma de sair daqui, mas ao menos não vão conseguir entrar.

— Por enquanto — comenta Andorinha.

— Tá bem, tá bem, chega de negatividade — responde Gwenna. Ela oferece o pedaço de concha a Kipp. — Pode ficar com isso. Já nos causou problemas demais.

Ele aninha a peça contra o peito, acariciando as pontas firmes e irregulares.

A porta balança de novo.

— Reforços? — pergunta Mereden baixinho.

— O que podemos usar? — Gwenna olha ao redor com frustração. — Não tem nenhum móvel aqui, e este é o único lugar pelo qual passamos sem pedras desmoronadas.

Odeio o que estou fazendo, mas tiro a poeira do ataúde nos fundos da pequena cripta.

— Há uma tampa de pedra aqui. Podemos usá-la.

Todos hesitamos, pensando a respeito.

— Credo — diz Gwenna depois de alguns segundos.

— Pois é. Quero bater em mim mesma por ter sugerido, mas acho que a pessoa que está aí dentro entenderia. — Sinto vontade de remexer as mãos, mas parece que há cacos de vidro no meu punho. — Não parece certo, mas acho pior deixar essas criaturas entrarem.

— Ainda pior seria deixar nos matarem — diz Mereden. — Eu voto a favor.

— Vamos fazer isso logo e podemos pedir perdão aos mortos depois — responde Gwenna.

Nós cinco vamos até o ataúde de pedra. As laterais são altas, e o sarcófago, fundo. A tampa é fina, mal tem a grossura de dois dedos, mas seu peso parece quase impossível de aguentar. É preciso o esforço de todos nós para erguer um dos cantos. A partir de então, a empurramos até o chão e continuamos até chegar à porta. Quando apoiamos a pedra nas portas duplas, eu me jogo contra elas, exausta.

Nada vai conseguir passar por ali, disso tenho certeza.

— Eu dormiria por uma semana — diz Andorinha, jogando a mochila ao meu lado.

— Até com todos esses cadáveres nos cercando? — pergunta Mereden.

— Até com eles.

— Eu não. Vou ter pesadelos com Pega, Barnabus e ratos — declara Gwenna ao se sentar no chão, de frente para nós.

Kipp assente em concordância, ainda acariciando o pedaço de concha.

— Pega, Barnabus e ratos? Não é tudo a mesma coisa? — brinca Mereden. Nós grunhimos, e ela sorri com cansaço e olha para Andorinha. — Desculpe.

Ela faz um gesto de dispensa para a amiga com a mão.

— Depois disso, ela morreu pra mim.

É fácil dizer algo assim quando se está numa situação ruim e magoada, mas tenho a impressão de que vai ser difícil para Andorinha se desvencilhar da tia, ainda mais se Pega continuar sendo nossa professora. Quero rir histericamente só de pensar nisso. E pensar que me considerei sortuda — sortuda! — pela oportunidade de ter a famosa Pega como professora.

Devia ter saído correndo.

Gwenna se senta ao meu lado.

— Você está bem, Aspeth?

As palavras de gentileza me fazem dar de ombros. Para ser franca, não sei se estou ou não. Achava que, entre todos nós, eu era a que tinha mais a ganhar e perder... mas a situação de todos é igual quando se está prestes a morrer, não é? A porta volta a balançar, mas nitidamente nada vai conseguir entrar, não com o tampo pesado apoiado contra ela e nós encostados. As ratazanas não vão embora.

Bem, nós também não. Nosso Cinco não tem para onde ir.

Porém, Gwenna quer mais do que um movimento dos ombros. Consigo ver em sua expressão.

— Só estou pensando em Hawk. Se nos encontrar, vai ficar furioso.

— Conosco ou com Pega?

— Ambos. — Imagino sua expressão raivosa, os olhos semicerrados, e as narinas infladas, e, em vez de me preocupar, sinto uma pontada de saudade tão forte que dói. Sinto falta dele. Queria que estivesse aqui. Inferno, queria estar ao lado dele, e não aqui nas catacumbas.

Além disso, não cumpri minha parte do acordo. Prometi que seria sua esposa e companheira durante a Lua da Conquista, e, em vez disso, fugi para a Terra Abaixo e acabei presa. Ele não terá com quem contar durante a Lua. Vai achar que o traí, que dei para trás no nosso acordo.

O pobre do Hawk vai ter que depender de prostitutas. Imagino-o no beco, com várias mulheres cercando-o e implorando por seu toque, e algo dentro de mim morre.

Não quero que ninguém toque nele além de mim. Ele é meu.

E essa é mais uma coisa que arruinei. A vida de outra pessoa que estou simplesmente destruindo.

Por mais estranho que seja, isso é o que mais me magoa. Talvez porque, com o tempo, me acostumei que seria caçada feito um animal caso não conseguisse artefatos para salvar a fortaleza do meu pai. Fui para a cama pensando nisso durante meses. Porém, perder Hawk é algo novo, e dói. Eu me permiti ter esperança por algo a mais.

Talvez, depois que a poeira baixar, ele ainda queira dividir a cama comigo, ainda queira falar comigo até tarde da noite e me contar sobre seu dia...

— Hawk vai entender. — Gwenna interrompe meus pensamentos melancólicos.

Não acho que vá. É provável que esteja em cima de uma mulher em algum beco, enquanto esperamos que as ratazanas ou a fome nos encontre.

— Ele não vai vir por nós. A Lua da Conquista chegou. Ele vai estar... ocupado nos próximos dias.

E me xingando o tempo todo.

— Além disso, não há outros taurinos na cidade. Pelo menos não da guilda. — Andorinha despeja todo o peso na tampa. — Vamos esperar bastante.

— Mas acha que alguém vai vir? — pergunta Mereden.

— Acho que sim. Devem vir atrás do anel. — Ela indica o anel que está amarrado na ponta do meu bastão, o brilho vermelho ainda nos iluminando. — Mas pode demorar um bom tempo até o encontrarem... e a nós também.

Kipp se levanta. Afasta a poeira da cauda, lambe o globo ocular e então olhar ao redor da câmara. Ele vai até o fundo da cripta, e eu o observo da porta quando ele cutuca e empurra as paredes, então enfim pergunto:

— O que está fazendo, Kipp?

Ele vira para nós e gesticula. Demoro um tempo para entender que ele está procurando uma saída.

Eu me sento.

— A câmara é toda fechada. Tem que ser, ou as ratazanas já teriam entrado. Já teriam feito um ninho aqui faz tempo.

Kipp fica desanimado e assente. Então, balança a cabeça e volta a explorar. Não importa para ele. Mesmo assim vai tentar achar uma saída. Não vai desistir.

Um afeto enorme pelo deslizante me atinge.

— Ele tem razão — digo. — Não podemos simplesmente desistir. Temos que tentar achar uma saída. Não quero morrer aqui. — Lembro-me do ladrão de túmulos que encontramos há pouco tempo e torço para que esse não seja nosso destino. Chegar tão perto, mas morrer no caminho.

As portas chacoalham de novo, e Gwenna se levanta.

— Dois de vocês devem ficar encostados aqui o tempo todo. Podemos nos revezar para explorar a câmara.

Eu me levanto, ignorando a dor no meu punho ferido.

— Mereden, por que não se senta aqui com Andorinha? — A situação das duas é a pior, mesmo que Andorinha provavelmente não admita.

— Vou ajudar Gwenna e Kipp a darem uma olhada.

Elas se sentam contra o tampo, e o rosto de Mereden parece tenso nas sombras. O cabelo encaracolado dela está coberto de poeira, e sei que deve estar odiando isso. Ela é caprichosa com o cabelo.

— Ei — Andorinha diz baixinho.

— Que foi? — Mereden olha para ela com a expressão cansada.

— Preciso fazer uma coisa para o caso de a gente não sair daqui.

Mereden ajeita a postura, concentrando-se em Andorinha.

— O quê?

Andorinha se aproxima e dá um beijo leve e doce em seus lábios.

— Isso.

— Ah. — Mereden leva a mão à boca, mas está sorrindo.

São tão fofas que dói. Reprimo um sorriso quando elas entrelaçam os dedos e penso em Hawk. Será que está com saudades? Ou está furioso por eu ter desaparecido bem antes da Lua da Conquista depois do que prometi a ele?

Também quero tanto manter minha promessa.

Com um suspiro triste, chacoalho minhas saias, que agora estão rasgadas, e estico as pernas, observando a cripta. Está tudo tomado por sombras vermelhas, fazendo-a parecer mais sinistra do que de fato é. *É só uma cripta da Antiga Prell*, lembro a mim mesma. *Onde os falecidos eram homenageados*. Gwenna se apressa até os fundos da cripta e se inclina sobre o sarcófago aberto, e então se vira para mim, parecendo aturdida.

Pelos deuses, o que foi agora?

— Aspeth? Você tem que ver isso.

QUARENTA E UM

ASPETH

VOU ATÉ GWENNA COM o coração na boca, preocupada com o que ela encontrou. Kipp rasteja até a beira do sarcófago, espiando, e escuto Andorinha e Mereden se mexendo onde estão, na porta. Minha mente acelera ao tentar pensar no que pode ser. Mais ratazanas? O cadáver de um feérico? Não pode ser, todos desapareceram. Foram embora dessa terra quando o deus Milus foi destruído pelos outros deuses. Talvez seja uma aranha. Talvez seja um ninho de aranhas.

Porém, quando chego ao sarcófago e olho o que tem dentro, me deparo com algo estranhamente reconfortante. É uma mulher, morta há mil anos, as mãos entrelaçadas em cima do peito como homenagem à Donzela Asteria das Estrelas. A pele dela secou ao redor do esqueleto, o cabelo longo está espalhado à sua volta em um emaranhado decadente. Sua cabeça está coberta por um tecido desbotado e um diadema, e o vestido tem o mesmo tom de azul fraco, que um dia deve ter sido vivo e lindo. Sua expressão é de serenidade, como se tivesse descoberto que a vida após a morte é tão calma e prazerosa quanto prometido. É possível ver o vestígio de um sorriso em seus lábios finos. O líquen cobre as paredes internas do sarcófago e salpica o cadáver.

— Ela é linda — digo. Para mim, ela é. Passou mais de mil anos dormindo aqui, sem ser incomodada. Até mais, porque foi enterrada antes que a Antiga Prell afundasse. — O tom de azul de seu vestido é chamado de azul-asteriano, ele era usado em rituais fúnebres para que Asteria abençoasse os mortos...

Gwenna me cutuca.

— Guarde a aula para depois. Olhe as mãos dela.

Dou uma olhada. Não vejo nada a princípio, estou ocupada demais notando outras coisas, como o bordado nos punhos e o fato de seu cinto estar encrustado de joias, assim como é provável que os sapatos também estejam. Ela usa pulseiras em ambos os punhos, cada uma contendo gravações de glifos, e quero tirar uma delas para interpretar o que está escrito, por mais que pareça algo terrível de se fazer... até que vejo o anel.

As mãos dela estão em cima do coração, uma em cima da outra. A que está por baixo tem um anel, e ele está brilhando com uma leve luz avermelhada. É o mesmo tom de luz que nos ilumina, e é por isso que não notei de primeira.

Respiro fundo.

— É o mesmo anel? — pergunta Gwenna. — O par do que temos?

— Pode ser que seja.

No entanto, sei que é. Simplesmente sei.

— Quem você acha que ela era?

— Uma pessoa importante. Foi enterrada com as joias, em vez de ter deixado de herança para a família, o que significa que tinha muito dinheiro. O vestido também é de alguém da nobreza. — O interior do sarcófago possui mais glifos na lateral, e eu os traço com o dedo, interpretando-os. — "Minha querida esposa. Minha outra metade. Nos reuniremos no paraíso de Asteria. Espere por mim." — Toco o último símbolo. — Este deve ser o nome da família, mas é impossível pronunciá-lo no nosso idioma.

— Que lindo — suspira Gwenna. — Ele devia amar muito ela.

Dou uma olhada no sorrisinho da mulher morta e, de forma tola e estúpida, volto a pensar em Hawk. Se tivéssemos tido tempo o bastante, ele teria me amado assim? Sou uma otária por sequer estar pensando nisso agora, mas não consigo parar.

— Posso dar uma olhada? — pergunta Mereden, levantando-se sem colocar peso no tornozelo machucado.

Eu e Gwenna trocamos de lugar com Andorinha e Mereden; me apoio contra o tampo e passo os dedos nos glifos gravados nele. Sei que será a mesma coisa.

Querida esposa.
Minha outra metade.
Espere por mim.

Andorinha se senta na borda do sarcófago e olha para a mulher. Então se vira para mim.

— Você deveria pegar o anel, Aspeth.

A mera sugestão parece uma blasfêmia.

— Não posso. É dela. — Olho para meu bastão. — Na verdade, eu deveria devolver o outro. Não sabemos onde está o cadáver de seu marido ou sequer se está aqui. Pelo menos assim podemos reuni-los.

— Ela está morta — diz Andorinha, racional como sempre. — Não vai usar dois anéis para nada, e um muito menos. Você deveria levá-los e salvar a fortaleza do seu pai. Tenho certeza de que os mortos vão entender.

Porém, só a ideia já parece errada para mim. Sempre tive uma perspectiva tão romântica da guilda. De correr por túneis e encontrar artefatos jogados por aí, só esperando para serem recuperados. Agora entendo a realidade. Há aranhas do tamanho de pratos. Há ratazanas, desmoronamentos e burocracias.

E os falecidos têm rostos. E os estamos roubando.

Balanço a cabeça.

— Acho que não consigo.

— Não é o momento para criar escrúpulos, Aspeth — diz Gwenna preocupada. — Você disse que esses anéis são poderosos. Que precisa deles. Eles estão aqui. Nós estamos aqui. É melhor aproveitar e pegá-los.

Pegá-los. E me tornar uma ladra de túmulos.

Porque é isso que a guilda é, certo? Eles usam um nome chique, mas, na verdade, são só um bando de saqueadores de cadáveres. A ideia me dói até a alma. É isso que admirei? Romantizei? Foi com o que sonhei a vida toda? Quero aprender sobre a Antiga Prell e a magia que usavam todos os dias. Não quero tirar os pertences dos mortos. Não sei se posso fazer uma dessas coisas sem fazer a outra.

A voz de Mereden ressoa com nitidez na cripta.

— Meu pai pegaria os anéis.

Ajeito a postura, olhando para ela.

Sua expressão é calma, mas cheia de compaixão.

— Entendo como se sente, Aspeth. Mas meu pai pegaria os anéis. Quebraria cada dedo desse cadáver para pegar os anéis. Arrancaria todas as joias dela e não sentiria nem um pouco de remorso. E qualquer outra pessoa da guilda faria o mesmo. — Ela indica o sarcófago. — Se quiser, pode colocar o anel com ela e fechar o tampo. E provavelmente vai permanecer ali por alguns dias, até alguém vir nos procurar. Até que saqueiem isso aqui, porque é isso que a guilda faz. Vão acabar vendendo-os separados ou juntos para algum inimigo do seu pai, e aí o que vai acontecer com você?

Ela tem razão. Odeio que tenha razão.

— Pode devolvê-los, ficar com a consciência limpa e deixar que Barnabus conquiste sua terra — continua Mereden com seu tom de voz objetivo. — Vai executar sua família, e a Fortaleza Honori se tornará a Chatworth Secundária, porque já existe uma Fortaleza Chatworth. Pode deixar tudo isso para outra pessoa achar, ou pode pegar os anéis e mantê-los juntos, como deveriam estar. — Sua voz fica mais gentil. — Pode honrar os donos deles.

— Como vou fazer isso? — pergunto, sofrendo.

— Dê o nome deles aos seus filhos — sugere Andorinha.

— Não sei pronunciar o nome deles!

— Então é melhor treinar — responde ela, mas há um toque de gentileza nas palavras rudes. — Faça o nome deles perdurar. Faça o amor deles perdurar. Existe honra maior?

Fico chocada ao perceber que estou chorando. Choro porque ou posso seguir a moral e morrer, ou fazer o que sei que é errado e salvar um pai do qual nem gosto e pessoas que não se importam comigo.

Choro porque tudo o que eu queria era salvar minha pele e me aventurar, mas agora condenei meus amigos, e o taurino pelo qual estou me apaixonando vai me odiar.

Então choro.

E pego os anéis. Porque, no fim, ainda quero sobreviver.

Mentalmente, agradeço pelos anéis e decoro o nome dela. Andhrbrhnth. E o dele: Mhrfnswth. Vou me lembrar deles.

Em seguida, junto os anéis e os ergo, e a escrita brilha.

Para criar uma muralha de névoa impenetrável ao redor de seu domínio, use os dois anéis no dedo e declare a palavra de poder.

Uma muralha de névoa impenetrável ao redor da Fortaleza Honori. É exatamente disso que meu pai precisa.

QUARENTA E DOIS

HAWK

MINHA.
Encontre Aspeth. Cruze com ela. Tome-a para si.
Preencha o ventre dela com seu esperma.

As palavras ecoam e se repetem na minha mente nebulosa. Ainda estava racional o bastante para apanhar Pega e Barnabus antes que pudessem fugir e os amarrei antes de levá-los à guilda. Porém, a Lua da Conquista nasceu, e mal consigo raciocinar. Tenho uma consciência vaga de que ainda estou no salão da guilda. Ainda estou ouvindo o conselho interrogar Barnabus e Pega, e, enquanto isso, o punho do deus aperta meu pau, fazendo meu bulbo latejar.

Minha.
Minha.
Minha.

Não preciso olhar para cima para perceber que a Lua da Conquista brilha nos céus. Posso senti-la a cada batida do meu coração.

Minha.
Minha.
Minha.

Movo-me através de uma névoa vermelha, meu pau duro e latejando. Está insuportável no momento, mas, quando chegar a noite, perderei toda a sensatez. Tenho coisas a resolver antes de me entregar por completo. Tento me concentrar. Vou até a sala mais próxima e seguro meu membro, imaginando os peitos alvos de Aspeth escapando do corpete. Gozo intensamente, prolongando o momento o máximo possível para me livrar do bulbo, mas ele enche na mesma velocidade, me deixando insatisfeito.

Merda. Vai ser um dia difícil.

Pego uma cortina e a arranco dos ganchos, usando-a para limpar a sujeira que fiz. O Hawk racional ficaria horrorizado. O que está insano por causa da Lua da Conquista está com o foda-se ligado. Coloco meu pau sensível para dentro das calças e volto ao escritório do Magistrado da Guilda, onde Pega e Barnabus estão sendo interrogados um separado do outro.

Encontre-a.
Cruze com ela.
Preencha-a com seu esperma.
Minha. Minha. Minha.

Faisão aparece em meio à névoa. Rosno para ele, que dá um passo para trás, mas não vai embora.

— Pelo jeito, a Queda Treze desmoronou.

— Ela te disse isso?

Minha. Minha. Minha.
Encontre Aspeth.
Faça-a se contorcer no seu bulbo.

— Não. Mas fizemos uma breve verificação das quedas, e parece que a número Treze foi sabotada. Tínhamos um homem de guarda lá, e ele não voltou a entrar em contato. É um horror. Simplesmente um horror. — Ele me analisa. — Seus olhos estão... vermelhos?

Minha. Minha.
Aspeth. Onde está Aspeth?

A boceta de Aspeth apertando meu bulbo. Aspeth ofegando e balançando o quadril contra o meu. Seu cheiro no meu nariz.

Encontre-a.
Cruze com ela.

— ... indo?

A palavra mal entra pela névoa. Olho para cima e estou do lado de fora. Não sei como cheguei aqui. Não sei por que Faisão está me seguindo. Seguir um taurino prestes a entrar no cio é uma péssima ideia.

— Hawk? — pergunta de novo. — Aonde está indo?

Aonde estou indo? Reflito por um momento, mas apenas uma palavra continua a martelar em minha mente. *Minha. Minha. Minha.*
Minha.
Abro caminho entre os humanos.

— Encontrar Aspeth... Queda Treze.

— Não é seguro. Espere até chamarmos uma equipe de resgate... — Ele continua falando, mas mal escuto. — ... entraremos com uma ordem de emergência... não há taurinos... paciência...

Minha.
Minha.
Minha.

— Não vou esperar — falo entredentes. — Vou atrás dela.

Dizem que, quando a bênção do deus está sobre um taurino, ele consegue sentir o cheiro de sua fêmea a mil *ientes* de distância. Veremos se é verdade. Agora mesmo, ao farejar o ar, tento encontrar o cheiro dela.

— ... você... mandamos uma mensagem ao lorde Honori... em perigo... golpe... a filha dele está aqui... — Faisão continua a tagarelar, acompanhando-me mesmo enquanto me apresso até a área das quedas.

— Espere — diz. — Hawk...

Viro-me, agarro-o pelo colarinho e o ergo. Minha visão está embaçada de tanto vermelho. A cor está em todos os lugares. Consigo ouvir meus batimentos.

Minha.
Minha.

— Está tentando me impedir de encontrar minha esposa?

Ele arregala os olhos, e sinto o cheiro acre de seu medo no ar. É a primeira vez que sinto o cheiro de medo. Hum.

— N-Não. É óbvio que não.

Trago-o para mais perto, o nariz dele quase em contato com o meu focinho.

— Está vendo... a Lua da Conquista... no céu?

Ele pisca e assente.

— Sabe o que significa? — Quando ele concorda outra vez, coloco-o no chão com o máximo de cuidado possível, porque ainda preciso do meu emprego. — Vou atrás da minha esposa.

Minha.

Minha.

— Sua esposa está encrencada com a guilda — continua Faisão, sem perceber o perigo que está correndo. — Se o que Pega disse for verdade, ela estava roubando.

Minha.

Minha.

— Não podemos deixar isso passar...

Mal percebo que estou avançando nele. Ele desvia, rápido para um merdinha atarracado, e rosno de frustração.

Faisão ergue as mãos.

— Não está sendo racional, Hawk. Podemos arranjar uma bela meretriz para que cuide de você...

— Esposa — rosno. — Vou achar minha esposa.

E me viro na direção do centro de quedas. Não tenho autorização. Não tenho bandeiras para marcar o lugar para onde vou. Contudo, ninguém me impede. Todos saem do caminho e me evitam. Ótimo.

Mal percebo que encontro a queda. Que passo pelos guardas e subo na cesta que deve ser abaixada. Que rosno paro o responsável pela queda até que abaixe o cesto só comigo, e não com um Cinco.

A névoa vermelha na minha visão fica mais forte. Meu pau está tão duro, o bulbo na base tão tenso, que dói. Mal percebo que estou desenterrando os destroços que cobrem os túneis da Queda Treze.

Mal percebo que jogo de lado uma rocha como se não pesasse nada.

Minha.

Minha.

Ela está aqui e é minha.

Não sei quanto tempo passo escavando. A névoa vermelha cobre tudo. Eu deveria tirar meu membro da calça, bater mais uma, tentar aliviar o calor que parece ter se alojado na minha virilha... mas Aspeth está aqui. Em algum lugar. Posso sentir o leve cheiro dela no ar.

Quero *minha esposa* no meu bulbo. Nada além disso vai ser suficiente.

Percebo vagamente que há uma equipe atrás de mim, mantendo a distância. Às vezes os escuto sussurrar, mas isso não impede o que estou fazendo. Estão ficando longe de mim, como deveriam mesmo. Um touro sob influência da lua é uma criatura perigosa, e, se eu não encontrar minha esposa antes que a Lua da Conquista passe pela lua menor, vou me virar e trepar com um deles. Não serei capaz de esperar mais. Vou perder o controle.

Mal estou no controle agora.

Consigo abrir caminho entre as pedras e corro por um túnel vazio. E outro. E mais um. O cheiro de Aspeth aqui é antigo, mas persistente, e um som primitivo escapa de minha garganta.

— Espere — grita alguém atrás de mim.

Ignoro-o. Minha fêmea está perto. Minha fêmea está aqui.

Minha.

Minha.

Noto por alto que avanço em uma parede quebrada e entro no ninho de ratazanas. Os outros gritam em alerta, mas eu pego as ratazanas que tentam me atacar, quebro o pescoço delas e as jogo de lado como se não fossem nada.

Nada vai me impedir de achar minha fêmea.

Nadinha.

Afasto uma ratazana maior, e o cheiro de Aspeth me atinge com tudo. Esse bicho está com um pedaço da saia dela, e, quando ergo-o para farejar, vejo um pelo laranja de gato preso ao tecido.

Berro de fúria mesmo enquanto a bênção do deus me domina.

QUARENTA E TRÊS

ASPETH

— VOCÊS OUVIRAM ISSO?

Acordo com o corpo todo dolorido. Além disso, estou faminta, mas estamos tentando guardar a comida, porque não sabemos quanto tempo vamos passar aqui. A luz avermelhada do primeiro anel continua a nos iluminar da ponta do meu bastão, e o segundo está preso ao meu pescoço com um cadarço que tirei de uma das minhas botas.

Andorinha está sentada, concentrada nas paredes de pedra. Todos os outros estão dormindo, Mereden e Gwenna estão deitadas encostadas no tampo, e Kipp está aninhado nas saias de Gwenna, abraçado ao último pedaço de sua casa-concha.

— Ouvimos o quê? — murmuro, falando baixo para não acordar os outros.

Ela olha para mim.

— Pensei ter escutado algo.

— Ratazanas?

Ela pensa por um momento, mas balança a cabeça.

— Não. Era um som diferente. Tipo um grito, mas distante.

Também me sento e inclino a cabeça, tentando ouvir. Não escuto nada, nem mesmo as ratazanas. Faz um tempo que pararam de se lançar contra a porta, e nós dormimos sempre mantendo alguém de guarda. Fiquei com o primeiro turno e troquei com Andorinha quando não aguentei mais de sono. É como se eu tivesse acabado de fechar os olhos, então os esfrego de novo.

— Talvez sejam as pedras se mexendo.

Andorinha não parece concordar.

— Pode ser.

Volto a me deitar no chão duro de pedra, mal acolchoado pela minha capa, e então escuto um grito abafado, seguido por uma batida furiosa.

E outra.

Nós duas nos sentamos de supetão.

— Acha que alguém veio nos resgatar? — sussurra ela com os olhos arregalados.

— *Aspeth!*

O rugido de Hawk é abafado pelas paredes grossas de pedra, mas conheço sua voz. Ele parece estar desesperado e descontrolado.

Nunca me senti tão feliz ao ouvir a voz de alguém.

— É o Hawk! — Levanto-me em instantes e acordo Gwenna, Kipp e Mereden, enquanto Andorinha pega as armas. — Vieram nos buscar!

— Se for o Hawk, talvez esteja com Pega — alerta Andorinha, desembainhando a espada. — Talvez tenham vindo nos prender.

— Isso não é melhor do que morrer aqui? — pergunta Gwenna.

Escuto mais um grito furioso, e alguém diz algo do outro lado da porta. Hawk berra com uma ira taurina.

Meu coração vai à boca de alegria. Quero chorar de felicidade, porque não vamos passar semanas presos neste túmulo, esperando pela morte. Ele veio atrás de mim. Seja para nos prender ou não, podemos resolver esse assunto quando estivermos na superfície, e não cercados por ratazanas.

Pelos deuses, as ratazanas! Vão atacá-lo.

Desvio de Mereden e Gwenna, apoiando-me na beirada do tampo, e então bato com o punho na porta.

— Tem ratazanas aí! — grito. — Tome cuidado!

A resposta? Outro berro incoerente.

— Para trás! — diz alguém, a voz tão distante, que mal posso ouvi-la.

— Ele está indo! Não conseguimos segurá-lo!

Olho para os outros, e a porta dá um solavanco, e outro rugido faz tremer a cripta. Os barulhos que Hawk está emitindo são tão altos, que eu poderia jurar que faz poeira cair do teto.

— Não é melhor tirarmos o tampo? — pergunto nervosa. — Não quero que quebre...

Uma coisa grande e pesada bate contra as portas duplas, e o tampo sacode e cai no chão, quebrando bem no meio. Deixo escapar um som de desalento, e Hawk volta a urrar, as portas rangendo com a força de seu corpo sendo lançado sobre elas. Ele se joga contra elas outra vez, e faço uma careta, porque com certeza isso deve ter doído.

— Hawk? — grito.

Ele rosna algo, mas não consigo entender. Pareceu um pouco com a palavra "minha", mas isso não faz sentido. Pego meu bastão e minha mochila, e, dessa vez, quando ele se lança contra as portas, o cinto de couro estica e se parte, e o bastão de Mereden quebra como se fosse um galho. As portas se abrem.

Hawk entra com tudo, ofegante. As vestes dele estão rasgadas, o peito está suado e há um fio de sangue escorrendo por seu bíceps. Está coberto de poeira, mas seus olhos são a parte mais chocante.

O tom deles é de um vermelho vivo. Ele perdeu o controle.

A Lua da Conquista o dominou por completo.

QUARENTA E QUATRO

ASPETH

DOU UM PASSO PARA a frente, meu coração disparando em uma mistura de excitação e nervosismo.

— Hawk?

— Minha — rosna ele de novo e avança até mim, o som dos cascos incrivelmente alto no chão de pedra. Ele me agarra e me traz para perto, e reprimo um soluço de alívio ao vê-lo. Fomos resgatados.

— Pelos deuses, que bom que está aqui — sussurro.

As mãos dele me exploram e então seguram meu traseiro, me puxando contra seu corpo. Seu membro está completamente duro, e o calor que ele emite é surreal. Hawk pressiona meu corpo contra o volume em sua virilha, e um barulho escapa do fundo de sua garganta.

E então arranca minha sobressaia.

A Lua da Conquista. É lógico. A bênção o atingiu, e ele me alertou várias vezes que não agiria como ele mesmo quando esse momento chegasse. Que ficaria descontrolado de tanto desejo. Ele não me procurou porque estava preocupado; me procurou para me comer.

E os outros estão parados ao nosso redor, boquiabertos.

Hawk me puxa para mais perto, me esfregando contra sua ereção, e emite outro som, um de uma urgência totalmente primitiva.

— É a Lua da Conquista — digo, mesmo enquanto ele rasga o cós da minha calça, ávido por colocar a mão aqui dentro. Olho para Andorinha. — Ele não está sendo racional. Precisam sair daqui.

— Por aqui — grita outra pessoa. — Por aqui! Conseguimos conter as ratazanas.

Andorinha ergue o escudo e sai pelas portas. O restante do grupo a segue, Gwenna e os outros fugindo da câmara que nos manteve em segurança até agora. Permaneço presa nos braços de Hawk, e não acho que conseguiria me desvencilhar mesmo se tentasse. Ele está totalmente envolvido em mim, me segurando e rasgando minhas roupas como se fossem uma ofensa.

— Deixem o taurino aí — diz o soldado da guilda. — Ele enlouqueceu.

Hawk passa o focinho na minha cabeça, aproveitando meu cheiro, mesmo enquanto aperta meu traseiro com tanta força que solto um gritinho.

— Não enlouqueceu — respondo. — Só está no cio.

— Não importa, deixe-o para trás. Vamos mantê-lo preso até que seja seguro soltá-lo. Venha conosco, e vamos prendê-lo.

Deixá-lo *para trás*? Deixá-lo sozinho e preso na cripta quando mais precisa de mim? É a ideia mais cruel que podiam ter.

As mãos de Hawk exploram meu corpo, apertando e tocando em tudo. Se estivesse sendo racional, teria pedido desculpas várias vezes, porque, se há algo que Hawk tem, essa coisa é consideração. Porém, a racionalidade o abandonou. Ele me alertou várias vezes. Suas mãos grandes sobem até a frente do meu corpete e ele arranca minha chemise, expondo meu seio para sua exploração, e jogo a capa sobre nós com rapidez enquanto seus lábios se fecham em meu mamilo.

Não consigo impedir o pequeno gemido que me escapa.

— Aspeth? — Andorinha está com as armas empunhadas e dá um passo até mim. Os outros estão atrás dela, prontos para enfrentar Hawk e me salvar dele.

Balanço a cabeça, abraçando-o mesmo enquanto chupa meu bico com força por baixo da capa.

— É melhor... é melhor vocês irem. Podem nos prender. Bloqueiem a porta. Deixem comida. Voltem... quando a Lua da Conquista passar. — É difícil falar enquanto sua boca me distrai tanto e seus dedos se movem entre minhas pernas, me esfregando por cima da calça.

— Tem certeza? — Andorinha hesita e dá um passo até nós.

Hawk ergue a cabeça e solta um rosnado baixo e ameaçador. Levo a cabeça dele de volta ao meu peito e faço contato visual com Andorinha, gesticulando com a boca para que ela vá embora. Já ouvi histórias dos ataques brutais feitos pelos taurinos na temporada de acasalamento, tão ruins que fazem as ratazanas parecerem tranquilas.

Prometi a Hawk que ficaria com ele e era verdade.

— Aspeth...

— Saiam daqui! — grito enquanto seus dedos abrem um buraco na minha calça. — Tranquem-nos!

Gwenna corre para a frente, e por um momento acho que ela vai tentar me impedir. Porém, ela joga sua bolsa de suprimentos e fecha as portas. Ouço o som de algo arranhando e uma pequena discussão do outro lado enquanto tentam encontrar a melhor forma de bloquear as portas...

... até que Hawk coloca um dos dedos dentro de mim, e respiro fundo, porque não estou molhada, e seu dedo parece enorme e invasivo.

— Espere — digo, me contorcendo contra sua mão. — Espere.

Dessa vez, ele rosna para mim.

— Hawk — digo, tentando manter a voz calma. Tenho que me concentrar, e torcer para que minha tranquilidade o influencie. Pego um de seus chifres e chego sua cabeça para trás, fazendo-o me olhar nos olhos. Ele me penetra com o dedo outra vez, sua expressão tomada por um anseio irracional quando seu olhar avermelhado encontra o meu. — Estou aqui.

— Minha — rosna.

— Sua — concordo. Eu me contorço com o dedo que entra fundo em mim. — Estou aqui com você. Vou estar com você a cada segundo da Lua da Conquista. Mas preciso estar preparada para que não doa, entende?

— Aspeth — resmunga. — Minha.

Não surtiu o efeito que eu esperava. É melhor ser mais ousada, então. Seguro seu rosto e dou um beijo no focinho. É largo e seco, e, quando ele bufa como um touro preparando-se para avançar, o ar atinge meu rosto. Se ele não consegue manter a sensatez para me preparar, vou precisar assumir o controle. Talvez eu possa fazê-lo gozar pelo menos uma vez para que se acalme. Se não, posso pelo menos lubrificar seu membro com o esperma, e talvez isso seja o suficiente para que entre com mais facilidade.

— Hawk — falo com a voz mais sedutora possível. — Quero colocar seu pau na minha boca.

— Aspeth.

Não sei se está me ouvindo ou se está completamente alheio à realidade.

— A boca de Aspeth — digo flertando, e lambo seu focinho. — Seu pau. Minha língua.

Ele geme e me coloca no chão.

Acho que é um bom sinal. Eu me desvencilho de seus braços — o que não é tão fácil quanto parece — e junto bem as pernas. Ele abriu um buraco na minha calça, bem no meio das coxas, e arrancou minha roupa íntima. Os cordões do corpete estão frouxos e rasgados. Preciso tirar o restante das minhas vestes antes que eu não tenha mais nada para vestir.

Então, aproveito para seduzi-lo. Desamarro a capa, me afastando quando Hawk volta a tentar me tocar. Ele rosna irritado, avançando, os olhos vermelhos e selvagens. Estou provocando-o, mas não tenho opção. Preciso de um momento para me despir.

— Sou sua — lembro a ele. — Quer que eu fique nua, não quer?

— Nua — responde e passa a mão no pau.

— Nua — concordo. Remexo os quadris ao tirar as botas e as calças, torcendo para que sobrevivam aos próximos dias. Quando tiro as meias, rebolo o traseiro, e ele volta a me buscar. Hawk me segura, trazendo-me para perto, e enfia o rosto no meu pescoço enquanto tenta tocar minha boceta.

— Quer minha boca no seu pau, não quer? — pergunto enquanto tiro logo o uniforme da guilda e desamarro os cordões do espartilho. O espartilho abre, meus seios aparecendo embaixo da chemise fina. Isso parece frustrá-lo, e ele estica a mão, rasgando a chemise para expor minha pele. Faço uma careta por perder uma peça de roupa tão importante, mas então ele volta a colocar os lábios nos meus peitos, e esqueço tudo.

Ele está tomado por desejo.

A boca de Hawk explora minha pele, até que passa a se concentrar no meu mamilo, chupando-o como se isso fosse necessário para sua sobrevivência. Sua outra mão volta a descer para o meio das minhas coxas, e minha expectativa é de que massageie meu clitóris, que prepare meu corpo. No entanto, ele não o faz, apenas volta a me penetrar sem mais nem menos, e eu me desvencilho de suas mãos outra vez.

— Não — digo quando ele tenta me puxar de volta.

— *Minha...*

— Sua — concordo. — Mas não quer me machucar, quer? Preciso estar pronta para isso. Tudo isso.

E apalpo seu pau com ousadia. É a estratégia errada. Ele sibila como se estivesse com dor, recuando.

Ah. O bulbo.

Consigo senti-lo na minha mão, é como um anel inchado irradiando calor em sua virilha.

Pensei tanto em mim mesma que esqueci que isso não é divertido para ele. Meu pobre e nobre Hawk. Passo a mão em seu peito, acariciando-o e tentando acalmá-lo.

— Vamos tentar outra coisa — sussurro. — Quer assistir enquanto me masturbo?

Ele geme, mantendo contato visual, e vou supor que esteja concordando.

Certo, nunca fiz isso na frente de outra pessoa, mas acho que é um ótimo momento para começar. Na última vez que toquei no membro de Hawk, ele não parecia estar tão... inchado quanto agora, então suponho que o bulbo aumente a pressão de uma forma terrível, e colocar a boca ali não ajudaria. Preciso me preparar, ou essa será uma Lua da Conquista bem difícil de enfrentar.

Estendo uma capa no chão da cripta como se fosse um cobertor e me sento em cima dela. Parece que Hawk vai me atacar a qualquer momento, mas, enquanto estiver vestido, posso fazer as coisas um pouco mais devagar. Acho que, assim que tirar as calças, o último vestígio de seu controle vai embora junto, e talvez seja melhor eu não o satisfazer com a boca.

Eu... não sei o que aconteceria se ele enfiasse o bulbo na minha boca. Morreria sem ar, acho. Reprimo uma risadinha histérica ao pensar nisso e abro as pernas.

— Minha — rosna Hawk, tentando me tocar quando se ajoelha no chão para assistir.

— Ainda não. — Bato em sua mão para afastá-lo, arriscando-me, mas ignoro seu rosnado furioso. — Estou me preparando.

Ele tenta me tocar outra vez, mas hesita quando passo os dedos no clitóris. Seu olhar selvagem e vermelho se fixa nesse ponto, e ele observa enquanto percorro o corpo com os dedos, tentando provocar meu próprio tesão. Estou nervosa, não só com a agressividade de Hawk como também porque esta é a primeira vez que faço algo assim.

Contudo, ele tentou me preparar. Se eu não tivesse fugido na noite anterior, determinada a encontrar o par do anel, teríamos transado hoje de manhã. É provável que ainda estaríamos na cama, e nada disso teria acontecido. É tarde demais para pensar nisso, e decerto ele não vai me ajudar a gozar. Então eu me deito e tento imaginar coisas que me excitam. Coisas como... os ombros largos de Hawk. A forma como esfrega o focinho no meu pescoço, como se pudesse me cheirar para sempre.

Quando ele passa o focinho no meu quadril, eu gemo.

— Aspeth — grunhe e então afasta minhas coxas com suas mãos fortes e grandes. — Minha.

— Sua — suspiro enquanto círculo meu clitóris com os dedos. Observo-o abaixando a cabeça no meio das minhas pernas, colocando a língua para fora e lambendo minha vulva inteira em uma só passada. Contorço os dedos dos pés, e ele fecha as mãos ao redor das minhas coxas, mantendo-as afastadas enquanto coloca a língua dentro de mim. É enorme, mas está molhada, quente, e a sensação é estranhamente boa. Choramingo de novo, e começo a me tocar mais rápido, decidida a gozar pelo menos uma vez antes de chegarmos aos finalmentes.

Ele entra e sai de mim com a língua, me penetrando como se estivéssemos acasalando, provocando meu interior. Nunca senti nada assim antes, e, junto da forma que toco meu clitóris, desesperada, sinto o orgasmo chegando dentro de mim.

— Por favor — sussurro, erguendo os quadris. — Vai, por favor.

Hawk enfia a língua em mim outra vez, lambendo meu ventre. Isso produz um barulho molhado, e ele resmunga com prazer.

— *Molhada*.

— Molhada? — repito atordoada.

Hawk se afasta brevemente, me encarando com os olhos vermelhos e selvagens. Ele passa os dedos por meus lábios e me penetra com eles, causando outro barulho indecente. Repete o movimento várias vezes, e morro de vergonha do quanto estou molhada e na quantidade de líquido que continua a sair.

— Molhada — repete. — Toda minha.

Ah. É verdade. Porque meu corpo está reagindo ao dele. Porque seu aroma está me dominando, e minha boceta decidiu que esse é o momento de jorrar feito uma cachoeira. Eu sentiria vergonha, mas Hawk está amando, está amando cada som molhado que seus dedos fazem quando entram em mim de novo.

Volto a colocar os dedos no clitóris, acariciando-o.

Ele afasta minha mão e a substitui com seus lábios, me chupando enquanto me observa com os olhos vermelhos. Seus dedos entram e saem de mim com barulhos de sucção, como se meu corpo o estivesse chupando de volta...

Eu gozo, espasmos irradiando pelas pernas e um grito escapando da garganta. O orgasmo me atravessa com a força de uma tempestade, tão intenso que arqueio as costas mesmo enquanto Hawk continua a me chupar e chupar e *chupar*.

Espero o clímax passar, mesmo enquanto Hawk continua a me massagear com a boca. Quando ele não ergue a cabeça, percebo que não tem nenhuma intenção de fazê-lo, e outro pequeno orgasmo me atinge, as pernas se fechando mesmo enquanto ele as afasta e continua chupando meu clitóris supersensível com uma intensidade brutal.

Pelos deuses. Não tenho como desviar sua atenção. Empurro sua cabeça, mas ele me ignora e continua a lamber e chupar meu grelo, provocando arrepios no meu corpo. Empurro-o de novo.

— Hawk, me deixe respirar.

Ele segura minhas coxas com mais firmeza, a sucção no meu clitóris ficando cada vez mais intensa. Quantos orgasmos ele ainda vai me provocar? Dez? Vinte? A ideia faz eu me contrair, tanto por tesão quanto por um pouco de preocupação.

— Hawk — volto a insistir e empurro seu rosto. Como posso fazer para distrai-lo? Para que preste atenção em mim? Erguer sua cabeça? Tenho uma ideia, gemo alto e grito: — Ah, *Wallach*.

Ele hesita em cima de mim. Fico com os nervos à flor da pele, com medo de ter cometido um erro. Ele sequer sabe que esse é seu nome? De quem ele era antes de ser Hawk?

— Minha — rosna de novo, subindo por meu corpo deitado. — *Minha* esposa.

— Sim, sou sua — concordo, segurando seu rosto enquanto ele apoia o peso no meu corpo. — Só queria chamar sua atenção porque...

Dou um gritinho de surpresa quando ele esfrega o pênis na minha entrada. Certo, vai ser agora. Ele entra em mim, e eu solto outro choramingo, levando as mãos aos seus ombros e os agarrando enquanto ele continua a entrar, seu pau parece ser grande demais. Não dói, mas a sensação também não é incrível. É desconfortável, como se estivesse sendo alongada em lugares inéditos. Eu respiro com dificuldade, é como se estivesse atingindo o centro do meu corpo.

Depois de um tempo, ele para de me penetrar, e eu tremo, segurando-o enquanto ele me encara. Sei que a Lua da Conquista tirou sua racionalidade, mas, sendo franca, ele está sendo bem gentil para alguém tomado pela necessidade de acasalar. Ergo a mão e acaricio sua bochecha para reconfortá-lo.

— Estou aqui, Hawk. Estou aqui com você como prometi.

Eu te amo.

As palavras surgem em minha mente, mas eu não as declaro. Parece errado fazer isso neste momento, sendo que ele talvez nem se lembre delas. Quando está me esmagando embaixo do seu peso, e seu membro tenta atingir meu umbigo por dentro.

Hawk geme, levando o focinho à lateral do meu rosto, e mexe os quadris. Ele mete em mim, e eu respiro fundo, porque isso é... diferente. É diferente do que simplesmente ter seu pênis enorme parado dentro de mim, forçando minhas entranhas a abrirem espaço.

Hawk mete mais uma vez, e minha respiração vacila. Certo, isso sem dúvida é bom.

— Melhor assim — sussurro. — Ah, é muito melhor. Acho que gostei disso.

Se consegue me entender, não dá nenhum sinal. Ele segura meus quadris e continua estocando, os movimentos lentos, firmes e certeiros. Eu relaxo, porque toda essa história de "acasalamento" não é tão ruim. Minha boceta dói um pouco, mas, no geral, estou gostando. Gosto da sensação esquisita de tê-lo em cima de mim. De como ele é grande e de como isso me faz sentir pequena e delicada. Nunca pensei que gostaria de me sentir pequena ou indefesa, mas, embaixo dele, gosto da sensação de ser menor e vulnerável contra sua força.

Ele começa a se mover com mais rapidez, os quadris assumindo um ritmo mais acelerado. Sua respiração também acelera, e ele começa a me penetrar com tanta força, que nossos quadris batem um no outro, e minha boceta emite um som molhado. Hawk se apoia em cima de mim e entra mais fundo, movendo os quadris, e arquejo quando ele ergue uma de minhas pernas e a prende em sua cintura. O gesto muda o ângulo da estocada, e tudo parece intenso. Sinto minha boceta apertá-lo, se contraindo quando outro orgasmo invade minhas veias, e bufo ao sentir todos os músculos da parte de baixo do meu corpo ficarem tensos, o clímax fazendo minhas costas arquearem.

Hawk resmunga e acelera os movimentos, curvando-se sobre mim. Conforme o prazer me domina, mal fico ciente de sua presença, de suas estocadas e seu membro implacável. Ainda bem que concordei com isso. Ainda bem que Hawk é meu. Ainda bem...

Ele entra mais fundo, e uma coisa enorme bate contra minha entrada. Meus olhos se abrem de imediato, e fico tensa.

— H-Hawk?

Ele resmunga outra vez, entregue ao momento, e enfia com mais força. Quando a parte firme e enorme tenta entrar no meu corpo mais uma vez, percebo que ainda não me penetrou com seu bulbo. Que preciso fazer caber ainda mais.

Pelos deuses. Respiro fundo. Agora entendo qual é o problema. Ele tenta meter mais fundo, e, quando meu corpo não cede, emite um som animalesco de frustração. Ele leva a mão à boca, colocando a língua longa e grossa para fora, e lambe os dedos. Então abaixa a mesma mão e, antes que eu entenda o que está acontecendo, a usa para massagear meu clitóris.

É tão bom que grito, uma nova onda de prazer atravessando meu corpo. Fico mais lubrificada, os barulhos molhados ainda mais sonoros.

Quando isso acontece, ele estoca com firmeza e entra no meu corpo totalmente molhado. Mais ou menos. Ele não para de forçar, enterrando o bulbo dentro de mim, e mordo o lábio. Sua mão não para de provocar meu clitóris, e essa é a mistura mais estranha de prazer e desconforto que já senti. O bulbo é grande demais. Não consigo aguentar tudo. Ele continua a me penetrar, e sinto que meu corpo vai se partir em volta dele, que sou apertada demais. Que não consigo fazer caber mais nada. Agarro seu corpo que se movimenta, sem conseguir fazer nada além disso enquanto Hawk me ata a ele.

Fico tão cheia que mal posso aguentar, meu corpo inteiro começa a tremer. Com outro rosnado animalesco, ele estoca fundo, e é como se algo *cedesse* dentro de mim. Nós dois arquejamos, e então Hawk começa a tremer, o corpo enorme sofrendo arrepios enquanto goza. Eu espero e então sinto como se um líquido estivesse sendo liberado dentro de mim. Estremeço com a sensação, e ele ofega baixinho, soltando mais de seu orgasmo. Sinto-o banhando meu interior com seu gozo várias e várias vezes, e, quando penso que acabou, ele esguicha e geme mais uma vez.

E eu não posso fazer nada além de aceitar. Aceitar tudo. O prazer peculiar dos orgasmos foi embora, e agora tudo parece apertado, dolorido e desconfortável. Até o peso agradável de Hawk em cima de mim parece um pouco demais. Mordo o lábio, porque ele me alertou sobre isso: que quando entrasse com o bulbo, ficaríamos presos juntos, os corpos atados, até me soltar.

Só me esqueci de perguntar quanto tempo levaria.

Devia mesmo ter perguntado, e me repreendo enquanto me mexo embaixo dele, tentando encontrar uma posição confortável. Por mais quanto tempo vamos ficar unidos assim? Horas? Dias?

Continuo em silêncio, brincando com os pelos curtos que cobrem seus ombros enquanto espero que volte a si.

Depois de um tempo, Hawk grunhe e ergue a cabeça.

— ... Aspeth?

— Estou aqui. — Falo baixinho e mexo os quadris, tentando encontrar uma posição melhor. Nenhuma é melhor. Ainda sinto como se fosse um odre cheio até a boca. — Você está bem?

Ele ofega, como se tivesse acabado de correr montanha acima.

— Só... tentando manter a sanidade... é difícil. — Hawk mexe o corpo e estoca em mim de novo, de forma quase involuntária. — Bulbo... Lua da Conquista...

— Eu sei. — Acaricio a pelagem macia de sua bochecha, uma onda tola de afeto me atingindo. — Está tudo bem. Estou aqui com você.

A bênção do deus deve perder a intensidade enquanto o bulbo esvazia. Ele passa o focinho em meu ombro e na minha orelha.

— Onde estamos? Eu... te machuquei? Você... está bem?

— Estou bem. — Mais ou menos. Estou presa no bulbo do meu marido, que está aqui comigo. Ele parece estar cheio de remorso, e não quero que se preocupe com nada. — Você foi muito gentil.

Ele bufa, e juro que isso faz seu pau saltar dentro de mim.

— Isso não parece com o jeito como um taurino no cio agiria.

— Certo, você estava bem entusiasmado, então. Mas não foi tão ruim. — Hesito. — Fora isso, estamos em uma cripta, o que é meio assustador, e talvez alguns fantasmas estejam nos observando.

Ele ergue a cabeça, e, ao fazê-lo, vejo que o olhar ensandecido está um pouco mais contido, mas não muito.

— Estamos mesmo. Não viu nenhuma aranha, viu?

O riso enche meu peito, e rir aumenta ainda mais a sensibilidade da área apertada em que nosso corpo está ligado. Eu me mexo embaixo dele, sorrindo.

— Estávamos um pouco ocupados demais sendo atacados por ratazanas para ver se havia aranhas. Mas passamos um bom tempo aqui, praticamente um dia inteiro, eu diria, e não vimos nenhuma.

Seus ombros relaxam um pouco.

— Que bom. A última coisa de que preciso é uma aranha mordendo meu saco enquanto ele dói desse jeito.

Solto outra risadinha.

— Onde estão os outros?

— Fugiram bem rápido quando você despiu meu seio e começou a lambê-lo.

— Foram espertos. — Ele leva a mão ao meu peito, provocando o mamilo. — São peitos lindos, a propósito.

Reprimo um gemido porque está nítido que, apesar de Hawk ter voltado a si, ainda não está satisfeito.

— Posso fazer você gozar — murmura, acariciando meu mamilo com movimentos lentos e atenciosos. — Posso fazer você gozar várias vezes enquanto está atada a mim. Enquanto está indefesa e presa ao meu bulbo. Adoro a ideia. E, na verdade, vou fazer isso... depois que me contar tudo que está acontecendo. Não poupe nenhum detalhe.

— É uma história meio longa.

— Nós dois vamos ficar aqui por um tempo, passarinha.

Gostei de ele ter me chamado de passarinha. Não parece que me odeia. Então conto sobre o anel que encontramos. O anel que continua a banhar tudo com um brilho vermelho. Lembro a ele dos problemas com falta de artefatos do meu pai e de que preciso salvá-lo. Contudo, não digo que foi Gwenna quem roubou o anel em primeiro lugar... assumo a responsabilidade por isso. E digo que foi minha ideia descer aqui e que convenci os outros a virem comigo.

— Eu os chantageei. Eles não têm culpa de nada.

— Quanta lorota — responde ele com um sorriso bem-humorado. — Chantageou com o quê? — Ele continua a massagear meu mamilo, enviando ondas de desejo no meu corpo tenso.

Eu havia previsto algumas coisas em relação ao cio de Hawk, mas esta não era uma delas: não antecipei que ficaríamos o tempo todo nos encarando enquanto esperamos o bulbo desinchar. A intimidade deste momento, o corpo dele tão fundo no meu. A conexão entre nós. Está mudando tudo, e eu me sinto muito vulnerável e compreendida também.

— Certo, talvez eu não os tenha chantageado. Mas a ideia foi minha, e não quero que eles sejam punidos por isso. — Conto a ele sobre Pega, de como disse que tinha contatos e que viria conosco... e então descobrimos que ela estava tramando com Barnabus quando ele apareceu.

Essa parte não parece surpreender Hawk.

— Encontrei os dois juntos. Estavam comemorando a anulação do nosso casamento. Disseram que você tinha ido embora. Eu sabia que eles tinham feito alguma coisa e perdi a cabeça. Acho que os fiz serem presos. — Ele hesita e pensa um pouco. — Acho que também dei um soco na cara de Barnabus, mas minha memória está meio bagunçada. Posso jogar a culpa de tudo na Lua da Conquista.

— Vão ser presos? — balanço a cabeça, franzindo o cenho. — E isso vai ajudar em quê? Vai ser só um puxão de orelha. A guilda...

— Não vai fazer nada de mais. Pelo menos não a Barnabus. Assim como não vão fazer nada de mais a você. Não podem arruinar a relação que têm com os detentores. Mas o restante de nós pode acabar sofrendo as consequências.

Sinto uma dor no coração.

— Não vou deixar que nada aconteça com vocês.

Ele abre um sorriso tenso, como se não acreditasse em mim.

— Não podia ter esperado até que eu chegasse em casa? Pedido ajuda a mim, e não a Pega?

— Você é certinho demais. Não teria ajudado.

— Acha que eu teria ficado esperando sentado em cima dos chifres? Enquanto você seria mandada de volta para casa, onde correria perigo?

— Primeiro, acho que teria que se contorcer bastante para se sentar nos próprios chifres. Segundo, não sei. Estou tão acostumada a tomar as rédeas, a não contar com a ajuda de ninguém. Desculpe por não ter te procurado.

— É o que devia ter feito. Sou seu marido. É meu dever te proteger.

— Você só é meu marido no papel, lembra?

— Não é o que parece. — Ele move os quadris, e respiro fundo, porque parece mesmo que somos bem mais do que apenas dois desconhecidos em um casamento por conveniência. O dia de hoje mudou tudo.

Não, percebo. As coisas mudaram há um bom tempo. Eu só não havia reconhecido até agora. Em algum momento, entreguei meu coração a esse taurino enorme, destemido e que odeia aranhas.

QUARENTA E CINCO

ASPETH

Assim como fazíamos na cama em casa, conversamos sobre tudo e nada. Hawk me ajuda a imobilizar meu punho ferido para que tenha algum suporte. Ele me acaricia enquanto conto sobre nossa aventura no desmoronamento, e então conseguimos nos separar, seu pau mole saindo do meu corpo. Ah. É estranho não estar mais com ele dentro de mim, me preenchendo além do limite do conforto, até um estado de êxtase. Eu me sento e procuro por algo que possa usar como penico, já que meu ventre ainda parece estar totalmente cheio com seu gozo.

No fim, esvazio uma bolsa e vou até um canto, com vergonha por não ter privacidade nem para isso. Lembro-me do que minhas criadas disseram sobre o que deve ser feito depois do sexo: sempre se deve urinar e dar um pulinho para se livrar de qualquer resíduo. Faço as duas coisas enquanto Hawk me ignora por educação e fico perplexa com a enxurrada que sai do meu corpo. Os taurinos têm mesmo muito esperma.

Com as bochechas queimando, me limpo com um pedaço úmido da minha blusa rasgada. Para o meu alívio, a mochila que Gwenna jogou tem vários cantis, e não me sinto mal por usar um pouco da água para me limpar.

Quando me sinto um pouco melhor, pego a camisola curta que coloquei na bolsa. Bem, não foi tão ruim quanto todos fizeram parecer. Viro-me para Hawk com a bolsa de mantimentos em mãos.

— Quer comer alguma…?

Ele arranca a bolsa de mim e me segura pela cintura. Dou um gritinho de surpresa — por mais que ele não esteja me ferindo —, e Hawk me puxa para sua virilha. Ele está duro de novo, e, quando olho para cima, vejo que seus olhos estão mais vermelhos do que nunca.

Pobre Hawk... nem conseguiu descansar da insanidade.

Ele pega minha camisola pelo colarinho, e seguro sua mão.

— Se rasgar isso, não vou ter mais nada para usar!

Ele rosna para mim, cheio de desejo com seus olhos vermelhos, e eu me desvencilho de suas mãos, passando por baixo de seus braços. A camisola está frouxa e cai do meu corpo no mesmo momento, e vou para o chão, de volta à nudez.

Hawk está por cima de mim em um segundo.

Ele me pressiona contra a capa amarrotada que estamos usando de cobertor e impulsiona meu corpo para a frente. Em seguida, ergue meus quadris e afasta minhas coxas enquanto estou de quatro. Esse é o único aviso que tenho antes de ele começar a me penetrar de novo, as estocadas rápidas, firmes e tão cheias de desejo que fico sem ar.

Meu corpo ainda está lubrificado, e ele consegue entrar com o bulbo em menos tempo, e então goza, tremendo em cima de mim enquanto é dominado pelo orgasmo. Foi tudo rápido dessa vez, e não me importo de não ter chegado ao clímax várias vezes como antes. Sentir Hawk em cima e dentro de mim é excitante por si só, e sinto pena dele por estar nitidamente irracional no momento.

Fico feliz por ser eu ao seu lado, e não uma desconhecida.

Seu corpo cede em cima de mim, pressionando-me no chão, e eu me mexo, inquieta e totalmente preenchida, tentando ficar confortável embaixo dele. Depois de alguns minutos, Hawk esfrega o rosto na parte de trás da minha cabeça, embaraçando ainda mais o meu cabelo.

— Humm. Aspeth.

— Estou aqui. — Dou um tapinha na mão que me procura. — Estou aqui e estou bem.

— Não fiz você gozar dessa vez, fiz? Tenho a impressão de que foi bem rápido.

— Foi rápido, mas não foi violento. Está tudo bem. — Adoro o fato de ele ainda estar preocupado comigo, como se eu fosse tão importante quanto seu desejo infindável.

— "Tudo bem" não é o bastante. — Ele passa a mão na minha barriga, indo até o meio das minhas pernas. — E a parte boa de estar atada a mim é que não pode se desvencilhar enquanto te toco. — Ele massageia meu clitóris com habilidade, e a junção de seu pau me preenchendo e os nervos sensíveis sendo estimulados me faz gemer alto. — E você não faz ideia do quanto gosto de te tocar.

Ele me prende ao chão e estimula meu clitóris até eu gozar três vezes seguidas, tudo enquanto sussurra palavras safadas nos meus ouvidos. Quando seu membro sai do meu corpo de novo, entendo que não terei muito tempo entre os intervalos de acasalamento, então dessa vez me preparo melhor. Limpo-me rapidinho, me ajeito, bebo um pouco de água...

... e ele vem atrás de mim de novo, perdido no cio.

Agora entendo por que os taurinos se referem à Lua da Conquista com amor e receio.

Repetimos esse ciclo várias vezes. Horas se passam.

Talvez até tardes inteiras.

Dentro da cripta, não sei dizer se é dia ou noite. Os minutos se embaralharam, às vezes, entre os períodos de acasalamento, nós cochilamos comigo presa a ele, então acordo com Hawk metendo em mim de novo. Nós transamos sem parar, até que tudo abaixo da minha cintura fica dolorido e sensível, e sinto que minha boceta vai ficar lubrificada para sempre. Todas as partes da cripta parecem cobertas por uma camada de suor e gozo de taurino. Fico ao mesmo tempo constrangida e orgulhosa por termos maculado este lugar. Estamos juntos.

E, depois disso, me sinto mais próxima dele do que nunca.

QUARENTA E SEIS

ASPETH

Depois da Lua da Conquista

H AWK ACARICIA MEU QUADRIL, desenhando pequenos círculos invisíveis na minha pele.

— Acho que está passando — murmura ele, parecendo tão exausto quanto eu. — Não parece mais que minha cabeça está prestes a explodir.

Abro um sorriso preguiçoso, cansada demais para sair de onde estou aconchegada ao lado dele. Nosso corpo está unido, seu membro ainda atado a mim, e dói. Minhas pernas doem. Minhas costas doem. Minha boceta sem dúvida dói. Ainda assim, me sinto bem.

— Já se passaram muitos dias? Não sei dizer.

— A comida e a água estão acabando, e isso aqui está uma zona. Acho que sim. — Ele desliza a mão até minha intimidade, e eu fico tensa, porque até essa área está dolorida. Porém, ele só passa os dedos no líquido dos nossos orgasmos e pinta minha pele, como se me marcasse. — Mais uma vez, obrigado.

É... estranho ouvir um "obrigado" neste momento. Quero ouvir palavras amorosas, e não um agradecimento.

— Esse era o acordo — digo, tentando não deixar a leve mágoa ficar evidente. — Sempre falei que faria isso com você.

— Ah, e você fez mesmo. — Ele se aproxima e esfrega o focinho longo e largo na minha testa. — Cadê seus óculos? Eu os quebrei?

— Quebraram no desmoronamento. — Tento não me preocupar, porque óculos são caros, e eu não tenho dinheiro nenhum. Contudo, tenho coisas mais importantes a resolver do que óculos quebrados. — Vou dar um jeito.

Ele solta um muxoxo.

— Vamos comprar outro. Conheço um taurino que pode fazer um para você. Só precisamos esperar até que ele volte das planícies.

Ele fala de uma forma tão descontraída, como se fosse algo corriqueiro, e isso faz meu coração doer, sobretudo depois daquele "obrigado" indiferente.

— Você fala como se fôssemos ter um futuro juntos — falo em um tom de voz alegre.

Hawk para de se mexer ao meu lado.

— Depois disso tudo, ainda duvida de mim?

De imediato, me sinto uma babaca. Viro a cabeça, olhando para ele.

— Não, só estou me sentindo carente e confusa. Eu... não sei o que vai acontecer comigo, Hawk. Sou a herdeira de um detentor e acabei de ser pega roubando a guilda.

Ele me puxa para perto, me abraçando forte por trás.

— Estarei com você, não importa o que aconteça, pelo tempo que quiser minha companhia

Abraço-o de volta.

— Não me deixe. Nunca me deixe.

— Pelo tempo que quiser minha companhia — repete como uma promessa. Ele esfrega o focinho no meu cabelo de novo. — Mas nós dois sabemos que a dama de uma fortaleza não deveria se casar com um taurino.

Sei disso. Estou tentando não pensar a respeito.

— Nunca quis ser a dama de uma fortaleza, de qualquer forma — obrigo-me a dizer com descontração. — Então vão ter que aceitar.

Hawk solta um risinho, mordiscando minha orelha. Ele impulsiona os quadris contra mim, e percebo que a Lua da Conquista está agindo sobre ele outra vez. Abraço-o com firmeza, e ele leva a mão até meu peito, brincando com meu mamilo e fazendo um prazer preguiçoso invadir meu corpo.

É como se uma eternidade tivesse se passado quando Hawk me desperta do cochilo. Vejo que seus olhos estão dourados, e não do mesmo tom de vermelho que estiveram durante todo o nosso período na cripta.

É hora de ir embora.

Estou dolorida, suja e quero uma boa noite de sono, mas ainda não estou pronta para ir. Não quero encarar o mundo lá fora. Não depois do que vivemos aqui. Visto-me com nervosismo e tento prender o cabelo de alguma forma aceitável, mas estou fedendo a suor e sexo e mais suor e mais sexo. Estou um desastre e tento não pensar em todas as coisas que me obriguei a não pensar nos últimos dias.

— Será que Chilreia está bem? — pergunto preocupada. — Acha que a criada do ninho a alimentou? Trocou a areia? Fez carinho nela?

— Tenho certeza de que sim. — Hawk me tranquiliza. — Pega pode até estar brava com você, mas ninguém vai descontar em um gato.

Espero que tenha razão. Que Gwenna já esteja de volta — ou que entenda a situação — e que cuide de Chilreia para mim. Pobrezinha da minha gata. Passou dias sem ninguém para acariciá-la ou abraçá-la. Deve estar se sentindo tão abandonada. Odeio esse aspecto da vida na guilda: ter que ficar longe de casa por vários dias. Minha gata não vai entender.

Bem, mas é provável que eu serei expulsa da guilda, então de que importa?

Amarro o corpete, fazendo cara feia ao ver como as mãos desesperadas de Hawk deixaram os cordões frouxos. Ele estava com tanta pressa, e eu estava tão perdida nos meus planos, que nos esquecemos do mais essencial: anticoncepcional. No entanto, não faz sentido perder a cabeça por isso agora. Não adianta chorar por leite derramado, e acho que meu pai não vai ser tão contra meu casamento se eu estiver grávida de um taurino, certo?

Como se pudesse ouvir a direção desesperadora que meus pensamentos estão tomando, Hawk vem até mim. Ele segura minha mão e beija os nós dos meus dedos.

— Aspeth. Dá para praticamente ouvir o que está pensando.
Suspiro.
— Independentemente do que aconteça a partir de agora, enfrentaremos juntos, lembra? — Ele beija os nós dos meus dedos de novo. — Eu te amo, passarinha.
Olho para ele, surpresa. É a primeira vez que ele diz que me ama.
— Também te amo, Hawk. Meu marido.
Ele sorri, e então coloco minha mão em seu focinho, e, por um momento, me sinto realmente feliz.
Contudo, logo chega a hora de ir. Reunimos nossas coisas e arrumamos a cripta. Eu deveria estar enojada por termos passado os últimos dias entre os mortos, mas é como se estivessem cuidando de nós. Que em algum lugar no Submundo a mulher cujo nome não consigo pronunciar e seu marido saibam que quero manter os anéis dos dois unidos e, que se fosse por mim, a cripta deles ficaria imaculada. Porém, a guilda é a guilda, e, se houver o mínimo vestígio de magia, eles vão despedaçá-la.
No fundo, a Guilda Real de Artefatos é uma guilda de ladrões de túmulos. E não sei se tenho estômago para isso. Talvez nunca tenha tido.
Talvez ser Pardal nunca tenha sido meu destino.

QUARENTA E SETE

ASPETH

Assim que colocamos o pé para fora da Terra Abaixo, sou presa. Nem mesmo os protestos de Hawk são capazes de me salvar, e os guardas me arrastam para a prisão da guilda com educação, mas com firmeza.

Eu nem sabia que a guilda tinha uma prisão. Entretanto, pelo jeito, existe uma torre com quartos pequenos e desconfortáveis que são protegidos por mais funcionários da guilda: repetentes. O meu quarto tem uma pequena janela com vista para a cidade, alto demais para que eu tente pular ou fugir. Há uma cama estreita ao lado da parede e um banquinho e balde que servem de penico.

Nada fora do esperado.

Subo na cama e durmo pelo que parece serem dias. Quando acordo, vejo que há três bandejas de comida ao lado da porta. Estou faminta e como tudo, então volto para a cama. Acordo quando alguém traz mais comida e água, mas dessa vez uso a água para me limpar. Quando termino de providenciar uma limpeza razoável — tão razoável quanto alguém pode ficar em uma cela —, sento-me no banco e olho pela janela.

Eles confiscaram meus anéis, os anéis que me esforcei tanto para conquistar e salvar a propriedade do meu pai.

Sabia que fariam isso, mas pensar a respeito ainda me deprime. Todo aquele trabalho, todo o esforço, e nenhum fruto. Barnabus pode estar conquistando a fortaleza do meu pai neste exato momento. Hawk disse que entregou Pega e ele à guilda, mas minha prisão mostra de que lado ficaram.

Então olho pela janela e me lastimo.

Não há mais nada a fazer, afinal. Preocupar-me com minha gata, meu Cinco, meu marido, meu pai, meu pessoal ou comigo não vai ajudar em nada, então admiro as nuvens e observo as pessoas andando pelas ruas abaixo, imaginando histórias sobre elas.

Trazem comida e água para mim duas vezes ao dia. Peço por um livro para ler — mesmo que sejam folhetos da guilda sobre a encadernação correta de documentos, qualquer coisa —, mas me ignoram. Além disso, durmo muito, porque, quando a noite chega, nem a janela consegue me entreter.

Pergunto-me se Hawk está aliviado por eu estar longe, agora que a temporada de acasalamento passou. Pergunto-me se seus sentimentos continuam iguais.

Pergunto-me se o enviaram para os túneis para explorar a cripta onde passamos tanto tempo.

Pergunto-me que tipos de história Barnabus e Pega estão contando ao meu respeito. Tenho certeza de que estão me pintando como a vilã da história. Por um lado, as coisas parecem mesmo ruins, e, já que não estou lá para explicar minha motivação por trás do roubo, pareço mimada e gananciosa. Ninguém vai ficar do meu lado, ainda mais se não ouvirem meu lado da história.

O tempo passa, dezoito dias agonizantes. Não há nada tão entediante quanto ficar sentada olhando por uma janela, esperando seu destino. Às vezes, quero que simplesmente se apressem. Que me condenem e pronto.

Ou talvez eu já tenha sido julgada e esta seja a pena? Morrer de tédio?

Na manhã do décimo nono dia, a porta do meu pequeno quarto se abre. Levanto-me num sobressalto, torcendo para que seja Hawk. Que tenha vindo me soltar. Que o amor ainda brilhe em seus olhos e que não tenha me esquecido.

Fico um pouco decepcionada quando Andorinha, Kipp, Mereden e Gwenna entram. Só um pouco, no entanto. Logo dou um gritinho de felicidade e abraço cada um deles.

— O que estão fazendo aqui?

— Pelos deuses, que fedor — diz Andorinha depois de me abraçar. Ela se abana, fazendo uma careta. — Eles não te banham por aqui?

— Nada de banhos luxuosos para os prisioneiros, infelizmente — brinco, sem me magoar com suas palavras. Andorinha sempre foi a primeira a falar exatamente o que pensa. E tenho certeza de que estou mesmo fedendo. Tenho me lavado com um pouco de água para tirar a sujeira da pele, mas meu cabelo está imundo, e estou com as mesmas vestes esfarrapadas de antes do desmoronamento, não tive como lavá-las. Uma ideia terrível me vem à mente. — Vocês também foram presos?

Mereden balança a cabeça.

— Não, seremos julgados como um Cinco. Por isso estamos aqui. Temos que nos apresentar aos mestres da guilda em breve.

Temos? Pelos deuses. Passo a mão no meu cabelo bagunçado e nas roupas rasgadas, e faço uma careta.

— Alguém pode me ajudar a me limpar?

Kipp sai de dentro de sua casa — é uma nova, com um pedaço da antiga concha amarrado à parte de trás e um couro costurado em alguns buracos estratégicos — e me entrega um pente. Alguns segundos depois, tira uma chemise limpa e um casaco da guilda da concha.

— Você é incrível — digo, e ele me dá uma piscadela de lagarto. Pelo menos eu acho.

Eles me ajudam a me aprontar, Gwenna fazendo uma trança e prendendo meu cabelo imundo em um coque firme na nuca. O novo casaco está um pouco apertado, mas está limpo, e pelo menos não me sinto mais como um goblin das sarjetas. Endireito as costas e assumo minha melhor postura de filha de detentor. Pelo menos agi por um senso de dever. Nenhum detentor me culparia. Eles entenderiam.

Somos acompanhados pelas escadas da torre e atravessamos os grandes salões da rede de edifícios da guilda. Todos parecem estar com suas melhores vestes, e os corredores estão lotados. É estranho, mas não deixo a confusão transparecer. Quando outro mestre da guilda passa por nós com sua faixa pesada e tilintando com broches, Mereden entrelaça o braço com o meu e aproxima a cabeça, como se fôssemos duas damas em um passeio, e não uma prisioneira e sua cúmplice.

— O rei está aqui.

Perco a compostura e paro para encará-la.

— O quê? Ele está?

Ela assente com a expressão tranquila.

— Ao que parece, a lei da guilda postula que um conflito com nobres detentores exige decisão da realeza.

Deuses. É pior do que pensei.

— Tenha coragem — diz Mereden, e aperta meu braço. — Enviei uma carta ao meu pai declarando que, se formos expulsos da guilda, insisto para que se junte a mim no Convento do Silêncio Divino. Ninguém vai tocar um dedo em você em solo sagrado.

Consigo abrir um sorriso fraco. Então não vou morrer de imediato. Vou morrer aos poucos no convento. Ótimo. Contudo, sou grata por Mereden estar tentando me salvar. Só não sei como vou viver sem Hawk. Em algum momento, ele se tornou mais importante do que a guilda. Mais importante do que qualquer coisa.

E Pega é a patroa dele. Credo.

Somos levados ao que parece ser uma sala de tribunal, as paredes cobertas com vários bancos. Em vez da cadeira de um juiz, há um grande trono, e nele senta-se um borrão de meia-idade em vestes coloridas. Forço a vista e vejo que o rei é calvo e tem uma expressão amarga no rosto. Deuses. Há um diadema fino logo acima da testa, e suas mangas estão incrustadas de joias, uma demonstração de riqueza e estilo. Seu colar pesado possui três medalhões grossos, e algo me diz que, se eu pudesse enxergar mais do que borrões, é provável que avistaria runas prelianas neles.

Só vi o rei uma ou duas vezes na vida, mas a expressão em seu rosto não causa uma boa impressão.

Nosso Cinco é levado até um banco no canto da sala, e há guardas de ambos os lados. Andorinha e Mereden estão sentadas de um dos meus lados, Gwenna e Kipp do outro. Não deixo de notar que os mindinhos de Andorinha e Mereden estão unidos quando se sentam. Fico feliz por terem uma à outra.

Continuo forçando a vista ao olhar ao redor da sala, procurando algum rosto familiar. Pega está sentada em um banco oposto ao nosso, munida de todos os seus apetrechos da guilda, e Barnabus está sentado com seus servos no banco em frente ao dela, as vestes tão coloridas quanto as do rei. Hoje, está usando três penas no chapéu ridículo. Meu olhar passa por ele, e tento encontrar um rosto avermelhado e com um par de chifres. Hawk está perto da porta, ao lado de outro taurino. Os taurinos devem estar voltando à cidade, então.

— Todos presentes? — pergunta o rei quando todos se sentam.

Faisão se apresenta, também usando sua faixa e conquistas da guilda. Mesmo sendo tão baixinho, sua faixa está tão decorada, que se arrasta atrás dele, fazendo o metal tilintar. Talvez um dia tenha sido um ótimo escavador, mas então se apaixonou pela burocracia. Ele se aproxima do trono do rei, faz uma reverência profunda e assente.

— Todos os acusados estão presentes, Vossa Majestade.

— Ótimo. — Ele olha ao redor da sala, e eu poderia jurar que prende a atenção em mim por um breve instante antes de pegar o pergaminho em seu colo. — Li as acusações contra o lorde Barnabus Chatworth, da Fortaleza Chatworth, Pega, da Guilda Real de Artefatos e a Senhorita Aspeth Honori, da Fortaleza Honori. Reuni-me com meus conselheiros e com os líderes da guilda e cheguei a uma decisão em relação aos três envolvidos. Por favor, levante-se, Pega, da Guilda Real de Artefatos.

Não posso acreditar no que estou ouvindo. A decisão já foi tomada? Como pode, se ninguém falou comigo nem me perguntou nada?! Em pânico, seguro a mão de Gwenna, que está suada e trêmula em contato com a minha. Se ninguém falou a meu favor, como podem ter chegado a uma decisão em relação a mim? Como...?

Pega se levanta.

— Estou aqui, Vossa Majestade.

— Você está de acordo com a sentença do rei? — Faisão se concentra nela.

A pergunta é uma mera formalidade. Todos sabem que não se deve discordar do rei. Essa é a maneira mais fácil de criar um inimigo para a guilda inteira.

— Lógico que sim — diz Pega. Não sei se está sóbria ou não. Percebo que ninguém está sentado no banco com ela, demonstrando apoio, nem mesmo Hawk. Espero que seja um bom sinal.

— Pega, da Guilda Real de Artefatos, você foi acusada de conspirar contra a Fortaleza Honori e de ser cúmplice de reter artefatos da guilda. Declaro-a culpada de ambas as acusações.

O rei lê o pergaminho com uma voz de tédio, e eu respiro fundo. Culpada.

— Você perderá sua posição como mestre da guilda e terá todos os seus benefícios revogados. Não poderá mais ensinar ou receber a contribuição dos alunos. Esses fundos serão desviados aos cofres da guilda. Além disso, você foi totalmente destituída de seu status como membro da guilda. Agora responderá por seu nome de batismo, Mary Turner, e está inelegível a voltar para o quadro de funcionários da guilda. Por favor, entregue sua faixa e seu casaco.

Forço bastante a vista, mas não consigo ver a reação de Pega. Era esperado que fosse destituída das honrarias da guilda, mas isso significa que talvez alguém acredite no meu lado da história. Seguro a mão de Mereden com firmeza, e Gwenna aperta a outra.

Pega avança e coloca a faixa da guilda na mão de Faisão com agressividade. Ela também retira o casaco e o entrega a ele, e depois cospe em frente aos seus pés.

— Já não era sem tempo — diz Faisão em um tom indiferente. — Você é uma vergonha como mestre da guilda há anos. Tem até a noite de hoje para retirar as coisas dos seus aposentos no ninho.

Ela olha feio para ele, mas não diz nada.

— Está dispensada — diz o rei com um aceno de mão.

Pega — Mary — assente e se apressa para sair da sala, esbarrando em todos de uniforme da guilda.

— Lorde Barnabus Chatworth — diz o rei você é acusado de conspirar para derrubar a Fortaleza Honori.

Não ouso sequer respirar enquanto Barnabus se levanta.

— É tudo um mal-entendido, Vossa Majestade — diz em um tom bajulador. — A Senhorita Aspeth é paranoica e quer se vingar por eu tê-la rejeitado.

Como ousa! Fecho bem a boca para me impedir de gritar contra suas mentiras.

O rei ergue a mão.

— Temo que tenha deixado um rastro de evidências com a guilda. A chance para se declarar inocente já foi perdida. Declaro-o culpado de conspirar para conquistar uma fortaleza, mas não é possível determinar se essa era a Fortaleza Honori. A Fortaleza Chatworth deve doar ao menos oito artefatos, escolhidos pela guilda, quatro grandes e quatro menores. Os artefatos serão divididos entre a guilda e a realeza como pena para os crimes cometidos.

É... só isso?

Isso é praticamente um puxão de orelha.

Isso comprometerá as propriedades da família de Barnabus, é lógico, mas, considerando que ele acabou de ordenar que vários artefatos fossem encontrados, não me animo. Conseguirão adquirir artefatos similares com muita facilidade, e acho irônico que o rei tenha deixado evidente que a doação terá ele e a guilda como destino. Nada para a fortaleza da minha pobre família, que estava prestes a ser dizimada.

Contudo, entendo esse jogo. O rei sempre tem cuidado com as famílias dos detentores, porque não quer que se unam contra ele. Tem cuidado com a guilda pelo mesmo motivo. É tudo um jogo de poder, e, enquanto Pega não é ninguém para ele, Barnabus pode ser um futuro aliado. Por isso o puxão de orelha.

A parte irônica é que, se Barnabus tivesse conseguido conquistar o território do meu pai, teríamos sido assassinados sem nenhuma repercussão, porque não haveria mais ninguém para protestar com o rei. Contudo, se for pego no flagra? Se for pego no flagra deve sofrer as consequências.

Barnabus não fica satisfeito com a decisão do rei, no entanto.

— Vossa Majestade, isso tudo é um grande mal-entendido. Eu nunca tentei conquistar a Fortaleza Honori. Seria tolice fazê-lo, já que vou me casar com alguém da família.

— A dama já é casada — diz uma voz conhecida, e Hawk avança. Meu coração acelera, e eu aperto a mão das minhas amigas enquanto o grande taurino se aproxima do rei. Mesmo sem conseguir enxergar bem, vejo que ele está maravilhoso. Bonito. Poderoso. Forte. — Aspeth é minha esposa.

Perco o ar.

Barnabus lança um olhar de desdém para Hawk.

— Um casamento secreto com um plebeu taurino não conta.

— A dama está casada com um mestre da guilda — corrige Faisão —, um extremamente respeitado. Não o menospreze.

Arquejo. Mestre da guilda? Quando...?

De fato, Hawk ostenta uma faixa com o mesmo tom vivo das dos mestres da guilda, coberto com muitos broches. Devem ter percebido seu esplendor e enfim oferecido a posição que sempre mereceu. Ele deveria ter sido o mestre, e não Pega. Extasiada, fungo para conter as lágrimas de felicidade. Pelo menos Hawk vai ficar bem. Vai poder ensinar alunos a se saírem bem e então conseguir dinheiro suficiente para pagar o débito por sua mão. E, mais importante do que qualquer coisa, vai conquistar o respeito da guilda que sempre mereceu.

— Silêncio, todos vocês — diz o rei em um tom entediado. Ele ergue a mão, esperando até que a sala de tribunal fique quieta. Depois, olha para Barnabus. — Ouviu meu veredito. Você se opõe a ele?

Barnabus fica carrancudo.

— Eu só...

— Você se opõe? — repete o rei.

— É lógico que não, Vossa Majestade. — Ele faz uma reverência e dá um passo para trás. — A Fortaleza Chatworth cumprirá com o que foi decidido. Informarei aos subordinados de meu pai para que preparem os bens.

E eu aposto que o pai dele não vai ficar nada feliz.

— Continuando — diz o rei. — Alunos de Pega, apresentem-se.

Nós nos levantamos de mãos dadas. Kipp nos lidera enquanto caminhamos para nos apresentar ao rei. Mantenho o queixo erguido, porque não quero parecer arrependida. Sei o que fiz. Assumo minha responsabilidade por isso.

— Alunos de Pega, vocês foram acusados de tentar roubar da guilda. Vocês...

— Fui eu — deixo escapar, dando um passo à frente. — O plano foi todo meu. Os outros são inocentes.

— Não, Aspeth... — protesta Andorinha. Gwenna segura minha mão, e Mereden para ao meu lado, Kipp a acompanhando.

O rei solta um suspiro profundo e ergue a mão, nos silenciando.

— Deixem-me falar, ou a coisa vai ficar feia para vocês.

Repreendida, abaixo a cabeça. Não posso irritar o rei, ou as consequências serão piores.

— Fui informado de que, apesar de Aspeth ter sido a mente por trás do plano, não teria como ter trabalhado sozinha. Agora que conheci a senhorita, concordo.

Ai.

— Sendo assim, considero o Cinco de Pega culpado por tentativa de roubo e por descumprir a lei da guilda. A lei da guilda postula que devem ser expulsos da organização de imediato.

Meu coração se parte. Arruinei tudo para os outros.

— Também fui informado de que vários Artefatos Maiores foram descobertos na cripta que encontraram. E que a descoberta de Artefatos Maiores dá a um aluno entrada automática como membro da guilda.

Volto a sofrer, porque tenho sentimentos opostos. Parte de mim está triste por terem roubado todos os tesouros da cripta, mas, ao mesmo tempo, sinto-me grata que algo foi encontrado e que isso será usado ao nosso favor. Sou tão ruim quanto qualquer ladrão de túmulos. Isso significa que estamos ilesos?

— Não posso deixar que uma coisa anule a outra — prossegue o rei. — Porque assim não sofreriam qualquer punição. Dessa forma, minha pena é a seguinte: os Cinco estão expulsos deste período escolar. Podem ser repetentes ou ir embora. Se decidirem ficar e repetir as aulas, trabalharão para a guilda da mesma forma que qualquer repetente o faz, e terão a permissão de se matricular outra vez no ano que vem. Não desculpo suas ações, mas tinham Pega como professora. Um poço envenenado intoxicará todos que dele bebem. Tenham isso em mente no ano que vem, quando voltarem à guilda como alunos, e não se metam em problemas, ouviram bem?

Fico desolada com a decisão. Não poderemos mais estudar. Teremos que trabalhar para a guilda e tentar outra vez no ano que vem. Prejudiquei tanto os outros, e, mais uma vez, para nada.

— Senhorita Aspeth Honori, gostaria de conversar com você em particular — diz o rei. Ele se levanta e acena com a mão. — O restante está dispensado.

Nervosa, olho para os outros. Mereden está com os olhos cheios de lágrimas, e Gwenna está estoica. Andorinha parece querer socar algo, e Kipp lambe o globo ocular repetidas vezes em um tique nervoso. Aperto a mão de Gwenna e a solto, então me viro para os outros.

— Vamos nos reunir depois e conversar. Eu sinto muitíssimo.

— Não tem pelo que se desculpar — diz Andorinha.

— Sabíamos no que estávamos nos metendo. — É tudo o que Gwenna diz. — Agora, vá dar atenção ao rei.

Ela teme os nobres e suas represálias, lembro-me. Faço que sim com a cabeça e sigo o rei, os guardas me cercando. Não sei o que ele tem a dizer a mim em particular, mas aposto que não vai me alegrar. Se fosse me absolver, o teria feito na frente de todos.

E ele não tem nenhum motivo para me absolver. Eu *sou* culpada.

QUARENTA E OITO

ASPETH

OS GUARDAS ME ACOMPANHAM pelo corredor até uma porta grande e arredondada. Há um deles do lado de fora, e, quando entro, me deparo com dois guardas de honra do rei atrás de uma mesa pesada de madeira ornamentada. Em uma das paredes, há uma prateleira cheia de artefatos, e, em outra, fileiras de livros antigos. Atrás da mesa, há um quadro com o retrato de Faisão com todas suas regalias da guilda, então suponho que esse seja seu escritório. Não sei se acho engraçado ou irônico que ele tenha um retrato enorme de si no escritório, mas combina com o que conheço dele.

— Fechem a porta — ordena o rei aos guardas e segue alguns passos à minha frente. Ele para em frente à mesa, retira as luvas e se senta. Continuo em pé em frente a ele, até que o rei gesticula, indicando que devo me sentar.

Quando me sento em uma cadeira, ele me observa.

— Explique-me por qual motivo a filha de um detentor viria sozinha a Vasta e entraria para a Guilda Real de Artefatos. Estou tentando criar algum sentido para isso na minha mente, e a decisão me parece ridícula. Então permita-me entender.

— Meu pai perdeu os artefatos da família em apostas — digo desconfortável. Odeio ter que contar isso a alguém com tanto poder quanto o rei, também sei que ele poderia tentar confiscar a propriedade do meu pai a qualquer momento independentemente disso. — Estamos vulneráveis e sem qualquer tipo de magia para nos ajudar a proteger nosso povo. Além disso, nossa fortaleza está falida. Não temos fundos para recuperar qualquer coisa. Então, tive a ideia de entrar para a guilda e conseguir alguns artefatos para o meu pai.

— Roubando-os?

— Não, eu faria isso do jeito certo e nobre. Usaria o que recebo da guilda, não importa quantos anos levasse. Repararia nossas defesas de maneira discreta. Porém, lorde Barnabus apareceu e começou a contratar turmas da guilda para que encontrassem artefatos e ele pudesse ir à guerra. Eu sabia qual era o lugar que ele planejava atacar, então precisei fazer algo.

Ele assente, pensativo, e se recosta na cadeira.

— Tenho a impressão de que poderia ter evitado tudo isso ao casar-se com alguém, Senhorita Aspeth. Como, por exemplo, o lorde Barnabus. Fui informado de que o noivado de vocês foi anulado.

Faço que sim com a cabeça.

— Eu o ouvi dizer coisas desagradáveis sobre mim a uma pessoa. Ele queria se casar comigo apenas pelo meu status.

— Me parece que a melhor vingança teria sido de fato ter se casado com ele. — O rei abre um sorriso educado. — Assim, o faria comprar artefatos para sua nova fortaleza.

— Não confiei que o faria — digo. Sinto uma raiva encher meu peito, mas como poderia esperar compreensão do rei?! Ele é um homem, nascido com privilégios. É óbvio que sugeriria que eu me casasse com Barnabus. — Suspeito que eu acabaria sofrendo um "acidente" quando ele descobrisse que os cofres da família Honori estão vazios. Assim, teria tanto nossa fortaleza quanto uma nova noiva rica, e eu e meu pai acabaríamos mortos.

— É uma hipótese radical. Acha que ele faria tais planos?

— Sim, é o que acredito.

O rei une a ponta dos dedos.

— Por mais que eu odeie admitir, Senhorita Aspeth, tenho as mesmas suspeitas que você. Tenho observado a família Chatworth há algum tempo, e nada do que ele fez hoje me surpreende. Ele é filho de um detentor, no entanto, então deve entender que não posso puni-lo com mais severidade... assim como não posso puni-la da maneira adequada. Ambos merecem ir para a cadeia, mas estou aqui, de mãos atadas.

Não digo nada, as mãos unidas no colo em sinal de educação. Algo sobre a escolha de palavras do rei e sua expressão amigável forçada me indica que ele está muito irritado com a situação toda.

— Estou tentado a simplesmente fazê-la se casar com Barnabus e mandá-la de volta para casa, mas odiaria ser responsável por sua morte precoce, caso aconteça.

— E eu já estou casada — digo com leveza, tentando sorrir.

— Sim, com um taurino. Diga, fez isso por vontade própria?

Assinto.

— A ideia foi minha. Estou bem feliz com nossa união.

— E espera que esse taurino da guilda assuma a posição de herdeiro da fortaleza de seu pai? — Quando balanço a cabeça sem dizer nada, ele arqueia a sobrancelha. — Casar-se com ele é considerado uma desonra, e agora, até onde se sabe, seu pai não tem nenhum herdeiro adequado. No que estava pensando?

— Que queria sobreviver, Vossa Majestade. Pensei em um problema de cada vez. Ainda não sei como vou resolver esse.

Ele solta um risinho.

— Nem eu. Terei que pensar a respeito por um tempo hoje. — O rei coloca a mão na mesa e tamborila, seus vários anéis brilhando. Identifico pelo menos dois que são prelianos. — O que nos leva à questão atual: os artefatos que roubou. O par de anéis. Artefatos do muro de névoa. Você se lembra deles?

Prendo a respiração, tentando não demonstrar nenhuma emoção.

— Sim, Vossa Majestade.

— Considerando que eram Artefatos Maiores roubados, foram devolvidos à guilda e vendidos a um detentor.

— ... entendo.

Já deveria ter esperado. Eu *já* esperava.

Ainda assim, ouvir isso parte meu coração. Todo aquele esforço foi para nada. Todo o perigo, as traições, o desmoronamento, as ratazanas, a cripta... tudo foi para nada. Sinto lágrimas escorrerem por meu rosto, por mais que esteja tentando manter a compostura. Aperto bem as mãos em meu colo para não começar a chorar de soluçar em frente ao rei, mas as lágrimas silenciosas escapam independentemente do que eu faça.

— Deve entender que não me deu outra escolha. Não poderia simplesmente entregar os artefatos a você depois de os ter roubado. — Seu olhar é cheio de repreensão.

— É lógico que não. — Sinto-me derrotada. Não há mais nenhuma esperança.

A Fortaleza Honori está perdida.

— A guilda queria registrar queixas, mas consegui acalmá-los. Cuidei pessoalmente dos artefatos e retirei seu nome dos registros. Você foi removida da guilda, e não pode voltar a se inscrever.

Removida da guilda.

De maneira permanente.

Pode-se dizer que sente uma facada no coração quando ele já está pisoteado?

— Entendo, Vossa Majestade.

— Não acho que entenda — esbraveja. — Nem imagina em quantas reuniões precisei comparecer para acalmar os ânimos das pessoas em relação a isso e evitar uma guerra. Deveria se sentir grata pelo que fiz por você.

— Eu me sinto — digo sem ânimo. — Obrigada, Vossa Majestade.

Nada de guilda. Para sempre. Uma pequena parte minha pensa que aquilo nunca foi para mim. Que eu prefiro me sentar em frente a uma lareira aconchegante e ler sobre a Antiga Prell do que explorar as ruínas. No entanto, agora não tenho como ajudar meu pai a conseguir mais artefatos. Não posso ajudar a Fortaleza Honori, e, quando a notícia de que nossa casa está indefesa se espalhar, outras famílias vão atrás de nós, tentando conquistar o que Barnabus não conseguiu.

Alguém bate à porta.

— Ótimo — diz o rei, o vestígio de um sorriso no rosto. — O detentor está aqui para receber os artefatos que vendi a ele.

Faz parte da punição ter que ver todas as minhas esperanças e meus sonhos serem entregues? Eu me pergunto enquanto o guarda vai até a porta.

A porta se abre, e um nobre barbado entra na sala, usando uma túnica adornada com pele e um chapéu com penas.

Meu... pai?

QUARENTA E NOVE

ASPETH

—O PLANO DO REI É genial — diz meu pai durante o jantar. — Você tem sorte de ele ter se envolvido depois do seu fiasco, Aspeth querida. Que plano tolo o seu.

Remexo o ensopado. Depois que o rei nos dispensou — e vendeu ao meu pai os artefatos que tive tanto trabalho para conseguir —, nós nos reunimos para uma refeição. Ao menos deveríamos estar comendo, mas não estou com muito apetite. Não posso acreditar que meu pai está aqui. Não posso acreditar que o rei estava brincando comigo, sendo que já tinha feito planos com meu pai. Ele só queria ver como eu reagiria. Isso traz uma amargura à boca, assim como o ensopado de cebola. Meu pai não queria ficar nos terrenos da guilda, já que acha que eles espiam os detentores. Então, estou de volta à Cebola do Rei. A mesma garçonete de antes está servindo as bebidas e ostenta um olhar simpático no rosto quando apareço com meu pai sisudo e desagradável. Meu pai olha para o lugar com desgosto, mas muda de atitude quando conto que eles ganharam um artefato do próprio rei. Artefatos sempre impressionam. O ensopado tem um gosto delicioso de cebola e carne, e o cheiro é maravilhoso. Porém, estou tensa demais para dar mais do que uma colherada.

Papai não sofre do mesmo problema. Está com uma tigela de ensopado à sua frente, já é a segunda, e ele bebe a espuma da cerveja, seguindo a etiqueta perfeita apesar da quantidade de comida que consegue consumir. Percebo que Hawk come tanto quanto meu pai, mas ele não consome nada além de vegetais e grãos. Meu pai, no entanto, simplesmente gosta de comer. E de beber. E de jogar. Ele pega um pedaço de carne e balança a cabeça para mim.

— E então?

Olho para cima, me sentindo como uma criança sendo repreendida.

— Desculpe?

— No que estava pensando, filha?

Ah, sim. Estava pensando que alguém deveria fazer algo para salvar a Fortaleza Honori, mas é lógico que não digo isso ao meu pai. Ele daria um tapa na minha boca, e ninguém o impediria por ser um detentor. Remexo um pedaço de cenoura no ensopado.

— Achei que poderia ajudar.

— É uma sorte que Liatta tenha nos ajudado — resmunga, olhando para cima. — Ah. Ali está ela.

A leal Liatta. Nunca estive no mesmo aposento que ela, já que amantes e filhas não devem se misturar. Somos mantidas em círculos cuidadosamente separados, e devo fingir que meu pai não tem uma amante na corte. Que Liatta é tão linda que foi para a cama com o próprio rei e que já é a concubina do meu pai há um bom tempo. Nunca a conheci, mas a mulher que desvia das mesas atende às expectativas.

Ela é linda, é lógico. Bem-vestida. E, pela expressão em seu rosto, astuta. Suponho que seja necessário ser tudo isso para sobreviver na corte, e Liatta prospera lá. Seu vestido brocado é opulento, o decote fundo de forma a mostrar o contorno de seus peitos, logo acima do espartilho apertado, e usa uma gorjeira no pescoço. Seu cabelo está preso em vários coques no topo da cabeça, cada um coberto por uma tela dourada e decorada com rubis. Seus olhos escuros são ardilosos quando acena com o braço coberto de braceletes, indicando que sua criada deve puxar a cadeira para que ela se sente. A mulher que a está servindo obedece, limpando a cadeira e a mesa com um guardanapo antes que Liatta se sente com elegância. Ela deve ser pelo menos dez anos mais velha que eu, mas não seria possível dizer por sua aparência. Liatta me faz sentir velha e desleixada com meu cabelo sujo e vestido limpo (mas sem graça) que Gwenna levou para mim quando soube que eu seria liberada.

— Senhorita Aspeth — diz Liatta em um tom de voz elegante e cuidadoso. — É um prazer enfim conhecê-la.

É mesmo? Porque eu estou desconfortável. Abro um sorriso, mas não sei mesmo o que fazer. A sociedade diz que devo ignorá-la, porque é uma cortesã. Contudo, a sociedade também diz que não devo me casar com um taurino.

— Meu pai diz que eu deveria agradecê-la — deixo escapar, repetindo as palavras dele. Parece ser o mais seguro a fazer. — Falou com o rei ao meu favor?

Liatta solta uma risadinha.

— Não exatamente. — Ela cutuca a criada, e a mulher sai para buscar comida e bebida. — Muitas coisas aconteceram enquanto você esperava o julgamento.

Fico curiosa e olho para meu pai.

— Seu novo marido, o taurino... — Ele hesita para me lançar um olhar reprovador, como se não pudesse esperar mais um segundo sem me lembrar de que não está feliz em relação a Hawk. — Ele nos enviou um corvo com uma mensagem. Disse que você estava em Vasta e que precisava da proteção que o nome da família pode prover.

Arqueio as sobrancelhas.

— Ele disse isso?

Liatta balança a cabeça.

— A correspondência dele era incoerente, na verdade. Cheia de frases desconexas sobre casamento, a guilda, perigo e pegas.

— Ah. — Deveria estar totalmente tomado pela Lua da Conquista e mesmo assim soube que deveria entrar em contato com meu pai para que o lorde Honori usasse sua influência. — E depois que receberam a carta, entraram em contato com o rei?

Eles trocam um olhar.

— Por coincidência, já estávamos na corte, e sugeri ao seu pai que já era hora de voltarmos a fazer negócios com a guilda.

Então não teve nada a ver comigo. Ainda assim, isso não faz tanto sentido.

— Mas não temos dinheiro...

Liatta pigarreia. Papai simplesmente dá outra mordida no pão e mastiga, se recusando a fazer contato visual comigo.

Encaro os dois, piscando, me perguntando o que não estão contando.

— A rainha está grávida de novo — diz Liatta depois de uma longa pausa. — Estão torcendo para que dessa vez seja um menino.

Espero por maiores explicações, porque ainda não entendi. Tomo um pouco do ensopado.

Meu pai enfim se pronuncia, vendo minha confusão:

— Liatta precisa abandonar a corte. Então me casei com ela.

Engasgo com o ensopado, cuspindo no guardanapo.

— O *quê*?

Todos sabem que um homem da nobreza se relacionará com uma cortesã, mas casar-se com uma...? As chances de se casar com uma são, bem, quase as mesmas de uma nobre se casar com um taurino. Ainda assim, meu pai sempre seguiu as regras de decoro com muito rigor. Já faz uma década que se relaciona com Liatta e nunca antes falou em casamento.

— Eu me casei com ela — retruca irritado. — Você não tem moral para reclamar.

— Não estou reclamando. — Pigarreio. — Só estou surpresa.

— A rainha não quer mais me ver na corte. — Liatta abre um sorriso educado enquanto bebo um pouco de água para acalmar a garganta. — Eu e o rei tivemos um caso no passado, e ela se sente ameaçada. Acredito que me mudar para o interior seja a melhor escolha, então o rei me ofereceu um dote.

Concordo com a cabeça, bebendo mais água. A rainha deve mesmo querer que a bela Liatta se vá se o rei está desperdiçando dinheiro para que isso aconteça.

Meu pai volta a falar.

— Então me casei com ela, e reconhecemos oficialmente nosso filho.

Dessa vez, cuspo água.

— *Vocês têm um filho?*

Liatta faz questão de ostentar uma expressão neutra, mas a do meu pai é defensiva.

— Sim, temos. O nome dele é Garoth, e o rei é seu padrinho.

— Ah. — É tudo o que consigo dizer.

— Ele tem sete anos — diz Liatta.

Ah.

Meu pai tem outro filho há sete anos e ninguém me contou? Todos na corte devem saber. O rei também devia saber... o que significa que estava mesmo só me testando.

— Agora que Garoth foi reconhecido como legítimo, ele é o herdeiro — diz meu pai, olhando feio para mim. — Ainda bem, porque seu comportamento foi uma vergonha. No que estava pensando, Aspeth?

De novo essa história de "no que estava pensando". Bebo mais água, tentando engoli-la dessa vez, e olho para Liatta. Sua expressão é cautelosa, e ela não encosta no ensopado ou no vinho que a criada colocou à sua frente. Está me observando. Esperando para saber qual vai ser minha reação à notícia de que perdi minha posição de herdeira.

Acho que eu deveria estar brava. Furiosa. Magoada.

Estou aliviada. Tão aliviada que quero começar a rir. Liatta passou anos conspirando na corte e agora conseguiu prender meu pai em sua teia perfeitamente. Ela será a Lady Honori, e seu filho, o herdeiro da família. É impossível que ele seja pior do que meu pai, então não tenho objeções. Posso ficar em Vasta... ou ir embora.

O futuro enfim pertence a mim.

— Entendo — digo com cautela. — Ofereço meus parabéns ao pequeno Garoth. Mas devo voltar a recomendar, pai, que compre mais artefatos. Sei que disse que o rei vendeu meus anéis a você...

— Quer dizer os anéis que roubou — corrige ele com um olhar severo. — Que coisa feia, Aspeth. Não foi isso que te ensinei.

— ... mas um par de anéis não é suficiente para proteger a fortaleza inteira — continuo, ignorando-o. — Você precisa tomar outras providências. Precisa pagar os cavaleiros. Não há nenhuma equipe da Honori na guilda. As plantações...

Liatta ergue a mão cheia de anéis.

— Entendo suas preocupações — diz, me interrompendo. — Essa é uma conversa que tive com seu pai antes do casamento. Não vou entregar meus bens a ele para que os desperdice. Agora eu estou no comando. — Sua expressão fica um pouco mais séria. — Ficarei no controle dos fundos de Honori. E contratei uma equipe da guilda para que recuperemos nossas defesas. Será caro, mas necessário.

Papai franze o cenho para a nova esposa.

— Realmente não acho...

Ela se vira e o interrompe com um olhar.

— Serei a responsável pelas finanças, Corin. — A voz dela é firme, mas gentil. — Como deve se lembrar, discutimos isso até os mínimos detalhes. Você terá uma mesada.

Reprimo a risada que ameaça escapar de minha garganta. Acredito que a Fortaleza Honori esteja em ótimas mãos. Liatta conseguiu lidar com a corte com tanta facilidade, que vai tirar meu pai de letra. Não vai deixar que ele leve a fortaleza à falência e que deixe o filho dela a ver navios. Vai governar com um punho de ferro. Vai dar uma *mesada* ao meu pai.

Quase me dá vontade de estar lá para testemunhar isso. Quase.

CINQUENTA

HAWK

MINHA ESPOSA ESTÁ LONGE há tempo demais.

Sei que é só um jantar para que explique suas motivações ao pai. Conheci o homem, nunca vi um tolo tão pomposo e negligente. Ele é igual a todos os outros detentores que já conheci, coloca o próprio conforto acima dos interesses de seu povo. É melhor que a cortesã tome cuidado com ele. Já conheci pessoas como ela antes, e a mulher não se esforçou tanto para deixá-lo torrar tudo que ela conseguiu conquistar. Não tenho medo de que insistam para que Aspeth volte à Fortaleza Honori. A nova esposa não vai querer tê-la por perto, opondo-se à forma que está lidando com as coisas.

O que mais quero é abraçar forte Aspeth contra meu peito. Foi um dia longo e cheio — um mês longo e cheio, na verdade —, e ainda não tivemos a oportunidade de conversar desde que saímos da cripta. Fiquei enrolado com as besteiras da guilda todos os dias e as noites, trabalhando com Faisão para que a posição de Pega fosse passada para mim, fechando meus acordos com a guilda, garantindo que Pega receba algum tipo de estipêndio independentemente de qualquer coisa, lutando para que seus alunos recebam mais uma chance e, já que sou um taurino, insistindo para que outros da minha espécie sejam mais valorizados. Águia-pesqueira, Raptor e vários outros trabalham duro demais e não podem ser sempre negligenciados. Ainda não consegui tudo o que queria, mas, como mestre da guilda, espero que isso abra caminho para outros.

Isso é para o futuro, no entanto. Por agora, quero saber quais são os planos de Aspeth.

Quero saber o que vai acontecer entre nós.

Quero saber o que o rei disse.

Odeio ter que esperar para sequer falar com minha esposa. Que os guardas em frente à taverna tenham deixado evidente que não posso entrar até que ela tenha saído da mesa do pai. Então, espero do lado de fora, trajado com todo o decoro de um mestre da guilda, de braços cruzados.

Posso ser tão teimoso quanto qualquer nobre. Quero que fique explícito que não vou embora sem minha esposa. O fato de ter partido com o pai sem que eu soubesse já é ruim o bastante. Já enchi os ouvidos de Faisão com minha opinião a respeito.

— São detentores — explicou, como se isso respondesse tudo. — Eles não respondem a mim.

Não me importa que tenha razão. Continuo irritado.

Então, aguardo. E, quando um dos guardas manda uma mensagem para os que estão lá dentro, parte de mim espera que me expulsem do local apesar de toda minha pompa. Em vez disso, eles abrem a porta da taverna e me deixam entrar. Minha esposa está de pé, e ela beija a bochecha do pai cumprindo com a etiqueta, um homem velho, calvo, com uma barriga grande e sapatos de bico fino, indicando que se importa mais com a moda do que com a sensatez. Ele me olha com desdém — o que ignoro — e vai embora com uma mulher nos braços. Aspeth permanece alguns passos atrás, me encarando.

— Esposa — digo quando ela se aproxima o bastante, meu tom cheio de nuances.

Ela não parece notar a escolha de palavras. Alisa o vestido simples e se aproxima de mim, falando baixo:

— Devia ter jantado conosco. Talvez assim ele não tivesse me repreendido como se eu fosse uma criança tola.

Quero dizer a ela que tentei participar do jantar, mas não importa. Por dias as pessoas me deram sermões por tirar vantagem de uma mulher da nobreza, dizendo que não tenho moral por ousar me casar com a filha de um detentor, sendo que sou um taurino. Não perdi nada ao não ouvir tudo isso (de novo) de seu pai.

— Estou aqui agora.

Aspeth olha para mim e toca a faixa vermelha que cruza meu casaco, cheia de broches dourados.

— E você está lindo. O vermelho cai bem em você.

— Então você está de acordo? — Ofereço meu braço a ela.

Ela o aceita, me observando enquanto vamos embora.

— Por que não estaria? Se tem alguém que merece isso, esse alguém é você. Vi tudo o que faz pela guilda.

As coisas são diferentes agora, no entanto. Ela viu tudo pelo olhar de uma aluna, uma sonhadora com a esperança de entrar para a guilda. Alguém que arriscou tudo para se juntar à organização e agora foi totalmente banida. Estou ciente de qual foi a decisão de Faisão e a odiei, mas o rei a apoiou. Sei que Aspeth deve estar desolada por dentro. Ela tinha suas motivações — salvar a fortaleza do pai —, mas também sei que sonhou com isso e estudou as ruínas da Antiga Prell com tanto afinco que o plano não era apenas algo recente. Ninguém está nem perto de amar a Antiga Prell tanto quanto Aspeth Honori, e agora isso foi tirado dela.

E isso me faz sentir de mãos atadas, porque não sei o que fazer a respeito. Se alguém precisa de força bruta, pode contar comigo. Se precisa de um especialista no labirinto de túneis que fica embaixo de Vasta, sou o touro certo. Os taurinos têm um faro aguçado e a habilidade inata de sempre saber aonde estão indo. É por isso que somos perfeitos na Terra Abaixo. Posso lidar com isso, assim como sei lidar com alunos que querem fazer parte da guilda.

Contudo, não sei lidar com a decepção lacerante da minha esposa. Não sei o que dizer para que se sinta melhor.

Então, fico em silêncio enquanto caminhamos pelas ruas íngremes de paralelepípedos de Vasta. É noite, e lâmpadas oscilantes iluminam as ruas. O cavalo de alguém bufa próximo, e eu desvio Aspeth de um pedaço lamacento do caminho, mas, fora isso, seguimos em silêncio.

— Meu pai tem um novo herdeiro — fala Aspeth, por fim, seus dedos brincando com minha manga.

— Ah. — Pelos cinco infernos, o que vou responder a isso? Ela não só perdeu a guilda como também a herança? As coisas só pioram a cada passo.

— Sinto muito por não ser mais a gente. Odeio ter que te decepcionar.

Ela está pensando em mim? Viro-me para olhar para ela, surpreso.

— Isso nem passou pela minha cabeça, Aspeth.

Agora é ela quem parece surpresa.

— Não? A maioria das pessoas se casa com a filha de um detentor porque quer ter poder. Sonha com o que pode fazer com uma fortaleza sob seu controle.

— Eu não sabia que você era filha de detentor quando nos casamos, lembra? Eu só estava pensando em como a Lua da Conquista que se aproximava seria desconfortável se eu não tivesse uma companheira. E, se me lembro bem, foi você quem me pediu em casamento. — Balanço a cabeça. — A questão nunca foi sua fortaleza. — Quando ela simplesmente assente, parecendo distante, tento mudar de assunto. — Além disso, vou estar ocupado aqui.

— Porque é um mestre da guilda. — Ela estica o braço e põe a mão no meu peito e na faixa exposta sobre ele. Não é algo que eu costumaria usar para andar pela cidade, porque odeio parecer pretensioso, mas Aspeth parece gostar de me ver com ela. Se ela colocar a mão no meu peito mais uma vez, ficarei tentado a encontrar o beco mais próximo e colocá-la contra a parede com as saias erguidas.

Inferno, de qualquer jeito estou tentado a fazer isso.

— Está feliz? — pergunta em um tom gentil.

Penso a respeito. Estou? Isso é algo que eu sempre quis, mas que também achei que nunca conquistaria.

— Estou. Assim tenho mais influência. Posso abrir o caminho para outros taurinos. Posso treinar filhotes da forma que considero ser a certa... e vou ser recompensado se eles se formarem. Então sim, estou feliz. — Flexiono a mão mágica. — E consegui que Faisão perdoasse minha dívida.

Ela arregala os olhos.

— Conseguiu?

— Sim. Ele não poderia tirar a mão de um mestre da guilda, certo? Cairia mal. Usei seu amor pela politicagem contra ele. Falei que ter mestres fortes e competentes, que são leais e usam os artefatos sobre os quais ensinam seria uma prova bem maior de liderança... Além disso, prometi que falaria bem dele para os taurinos quando a próxima eleição para mestre da guilda chegar.

Aspeth sorri para mim, mas logo depois o sorriso some.

— Chegou a ver Pega desde que ela saiu do tribunal? — pergunta.
— Ela estava muito chateada?

Não sei se ela está evitando uma conversa difícil comigo ou se simplesmente há muito a dizer, mas fico surpreso por ela perguntar sobre Pega. Afinal, a mulher tentou matá-la.

— Não a vi. Faisão já havia conversado com ela antes. Apesar de toda a cena que causou no tribunal, ela já sabia que corria o risco de perder sua posição apenas pela bebedeira e pela quantidade de turmas que foram reprovadas sob sua tutela nos últimos anos. — Hesito. — Na verdade, ela disse ao Faisão que ele deveria me promover. Que, se perderia sua posição, eu deveria assumi-la.

— Ela tem razão.

Suspiro.

— Tudo sempre foi difícil com Pega. Ela faz algo imperdoável, depois se arrepende e tenta compensar. Mas não posso perdoar que ela tenha tentado te matar. — Balanço a cabeça. — Ela acabou com qualquer chance de amizade que poderíamos ter. — Trago Aspeth para mais perto.

— E quanto aos outros? Gwenna? Andorinha? Kipp? Mereden? Ficaram muito tristes por terem sido reprovados?

Seu tom é cauteloso, mas sei o quanto o Cinco significa para ela.

— Estão bebendo para esquecer — respondo. — Entraram para o grupo de repetentes. Mas isso não é algo ruim. Vão conseguir mais experiência na guilda, e, depois que souberem o que foi encontrado na cripta, acho que mais professores tentarão tê-los como alunos... — Eu me pergunto se a próxima parte vai magoá-la, mas decido falar mesmo assim. — Avisei que seria um prazer voltar a ser professor deles.

— Que bom. Você é um excelente professor, e eles merecem aprender com o melhor.

Fico esperando que diga mais alguma coisa, mas Aspeth volta a ficar em silêncio. Chegamos ao ninho de Pega — meu ninho, agora, acho — e paramos em frente à porta. As luzes estão apagadas, e não há ninguém lá dentro, exceto pela grande forma laranja na janela. Aspeth emite um som entrecortado de felicidade ao ver a gata, e de repente canso de evitar o assunto sobre o qual de fato quero perguntar.

— E quanto a você?

Ela olha para mim, os olhos escuros e brilhantes sob a luz da lua.

— O que tem eu?

— Estou ciente da decisão do rei. O que vai fazer agora?

Dá para ver o sofrimento em seu rosto e me dói saber que o sonho dela foi arrancado de suas mãos. Queria poder recuperá-lo para ela, como queria, e odeio o quanto me sinto desamparado ao perceber que não importa o quanto me esforce ou o quanto lute, não vou conseguir recuperar o maior sonho de Aspeth.

Não tenho como resolver isso e me sinto péssimo.

— Não sei — confessa Aspeth. Há uma vulnerabilidade em sua expressão. Ela está totalmente perdida. — Tentei não pensar para além do meu objetivo: proteger a fortaleza. Esse era meu único propósito. Mas agora há um novo herdeiro e o dinheiro de Liatta, e não precisam nem me querem em Honori. A guilda também não me quer. Eu... não sei o que fazer.

— Pode continuar casada comigo. — Eu me sinto um tolo ao dizê-lo. É provável que ela não vá querer ter nada a ver comigo agora. Aspeth pode ter alguém tão melhor do que um zero à esquerda como eu. Ela merece ter riqueza. Estabilidade. Uma casa própria. Não tenho nada disso, minha vida está presa à guilda.

Porém, eu a amaria para caralho todos os dias.

Ela me olha com total surpresa.

— Ainda quer ficar comigo?

Todos os acontecimentos recentes devem mesmo ter impactado sua autoestima se fez essa pergunta. Achei que tinha me feito entender em relação aos meus sentimentos durante as dezenas de vezes que a atei a mim naquele pequeno intervalo de dias, mas talvez ela precise ouvir isso de novo.

— Mulher, eu sou obcecado por você. Acho que enlouqueceria se você fosse embora.

— Mas este era para ser um casamento por conveniência — diz ela, se aproximando de mim. — Para que fosse meu guardião.

— Ainda é conveniente para mim. Provavelmente será conveniente para mim daqui a cinquenta anos, quando eu estiver velho, grisalho e com os chifres desgastados. Será conveniente para mim até o fim dos tempos, Aspeth. Não entende? Eu preciso de você. Quero que fique comigo. E sei que talvez seja difícil, mas... adoraria se tentasse. — Minha voz fica suspeitosamente rouca. — Por favor.

Ela olha para mim, quieta.

Então, com um gritinho nada nobre, minha esposa da aristocracia detentora se joga nos meus braços. Ela pula, e eu a envolvo na mesma hora, mesmo enquanto coloca as pernas na minha cintura.

— Eu te amo — repete várias vezes, enchendo meu focinho de beijos. — Eu te amo, Hawk. Você tem certeza?

— Absoluta. Seu lugar é ao meu lado. — Abraço-a com firmeza, sentindo o coração leve. — Você é minha esposa. Meu amor. Tudo para mim.

Ela envolve meu pescoço com os braços e beija a lateral do meu rosto.

— Vamos entrar. Quero ficar com você.

Cinco infernos, também quero isso. No entanto, hesito, porque preciso ter certeza.

— Eu só não quero que se arrependa de nada, Aspeth. Sei que pode conseguir alguém melhor do que eu...

Ela puxa a argola do meu focinho de brincadeira.

— Shh. Eu queria alguém que me amasse por quem sou. Alguém que não vai se importar se eu passar horas falando sobre glifos em preliano antigo. Não ligo que não tenha dinheiro. — Ela ri com animação. — Eu também não tenho! Nem sou mais a herdeira! Eu... estou livre. — A palavra sai em um tom de perplexidade, como se ela mesma não acreditasse no que disse, e então ri de novo. — Posso fazer o que quiser. — Ela me lança um olhar travesso. — Posso *ficar* com quem eu quiser.

— Pode mesmo. — Abro a porta do dormitório e entro carregando minha esposa. As bandeiras e estandartes ainda possuem o símbolo de Pega, mas isso tudo será alterado nos próximos dias, junto dos aposentos do mestre. Por enquanto, estou satisfeito com o primeiro quarto do dormitório, onde sempre fiquei.

Assim que abro a porta, a grande criatura laranja pula do parapeito da janela com um miado alto.

— Chilreia! — Aspeth grita de felicidade. — Você está bem! — Ela se desvencilha de mim e corre até a gatinha que tanto ama, pegando-a no colo e abraçando-a. Ela dá beijinhos entusiasmados na cabeça do bicho, assim como fez comigo, e ignora o pelo que voa ao seu redor. — Fiquei tão preocupada.

— Gwenna me ajudou — digo, sentindo-me um tanto tolo. — Garantiu que sua gata ficasse bem. E, por mais que não pareça, eu a escovei. — Balanço a mão, afastando um pouco do pelo laranja que flutua. — Não adianta nada.

Aspeth ri.

— Eu sei. Ela é a gata mais peluda do mundo, mas isso é o que a torna especial. — Ela aperta a gata de novo, e sinto que estou interrompendo o momento das duas quando esfrega a cabecinha da criatura e um ronronado ecoa pelo quarto.

— Ela dormiu comigo todas as noites — resmungo, observando minha esposa se sentar na cama com a gata. — No seu travesseiro. Acordei todos os dias com a boca cheia de pelo.

— É assim que Chilreia mostra que você está aprovado — responde Aspeth com felicidade, e dá outro beijinho empolgado na cabeça da gata. — Ela gosta de você tanto quanto eu.

— Sei que você a ama, então garanti que ficasse bem. Não deixei que ninguém encostasse nela.

Aspeth abaixa a cabeça em cima da gata e olha para mim. As lágrimas estão escorrendo por seu rosto outra vez, e me sinto um babaca por fazê-la chorar.

— Sabia que garantiria. Não existe homem melhor do que você.

— Não sou um homem. Sou um taurino.

Ela solta um risinho choroso e coloca a gata na cama.

— Melhor ainda. — Aspeth vai até mim, suas vestes estão cheias de pelo, mas não ligo. Ela me encara com o olhar cheio de emoção e coloca a mão por baixo da faixa que atravessa meu peito. — Meu taurino.

— Seu — concordo. — Desde que coloquei os olhos em você.

E então abaixo a cabeça e pressiono o focinho contra sua boca.

É... praticamente um beijo. A boca dos taurinos não se encaixa com a dos humanos, e até tentar parece estranho. Ainda assim, quero tentar. Ergo a cabeça e olho para Aspeth. Ela parece perplexa, tocando a boca.

— Você acabou de me beijar?

— Devo ter feito errado se está tendo que perguntar.

Ela balança a cabeça.

— Foi maravilhoso.

Coloco a mão em sua nuca e levo seu rosto ao meu de novo.

— Minha querida Aspeth — murmuro, dando um segundo beijo na ponta de seu nariz. É tão estranho quanto da primeira vez, mas ela suspira contente, então continuo, beijando sua bochecha e depois a testa.

— Minha doce e preciosa esposa.

Sua expressão se torna sonhadora, e ela passa as mãos no meu casaco.

— Será que devo distrair a gata com comida na cozinha para ficar a sós com meu marido?

— Ótima ideia.

Aspeth abre um sorriso adorável e pega a gata outra vez, enfiando o rosto no pescoço do bicho enquanto o carrega pelo dormitório. Tiro minha faixa e meu casaco, despindo-me de algumas das camadas do uniforme completo da guilda. Sinto-me mais confortável com apenas uma camisa e calça curta, mas acho que não terei escolha agora que sou um mestre da guilda. Fazer o quê?

Ela volta pouco tempo depois, sem nada nos braços, com outras vestes e o cabelo molhado do banho.

— Decidi me banhar e peguei um dos uniformes dos filhotes emprestado. Começou sem mim?

— Só estou tirando algumas peças. — Coloco-a em meus braços e esfrego o focinho na curva de seu pescoço. Está parcialmente coberto pela gola alta do vestido, e quero arrancar a roupa de seu corpo. — Como senti saudades do seu cheiro.

— Também senti saudades. De tudo em você. — Suas mãos exploram minha camisa, como se quisesse me tocar em todos os lugares ao mesmo tempo. — Posso te despir?

Concordo com a cabeça, e ela começa a me despir, peça por peça, até que fico completamente nu em frente a ela. Aspeth emite um ruído de satisfação, aproximando-se e pressionando a boca no meu peito, enquanto a mão desliza até meu pau. Ela o envolve com os dedos, estimulando-o, e então olha para mim.

— E o bulbo?

— Só vai voltar daqui a cinco anos.

— Vai ser estranho sem ele — confessa.

— Vou garantir que seja bom. Não vai se decepcionar.

— Nunca me decepciona. — Seu tom de voz é extremamente doce, e ela acaricia meu pau de novo. Ela brinca com os dedos na ponta, e, quando uma gota de pré-gozo surge, usa-o para circular minha pele. — Olha até onde chegamos em apenas dois meses.

— Pois é. Você não pergunta mais por que estou pingando.

Ela enfia o rosto no meu peito, os ombros balançando com o riso.

— Que crueldade jogar isso na minha cara.

— Eu achei fofo. Acho que me apaixonei por você naquele momento.

— Bem, você demonstrava isso de um jeito engraçado. Passei um bom tempo pensando que me odiava.

Nunca.

— Só estava tentando reprimir meus sentimentos. Não lido bem com eles.

Aspeth sorri para mim, e ela é a coisa mais linda que já vi, mesmo comparada a taurinos, humanos, feéricos ou quaisquer outros seres. Nada se compara ao sorriso travesso da minha esposa. Quero envolvê-la, abraçá-la com firmeza e nunca soltar.

— Ainda não gritei com você pelo que aprontou nos túneis.

— Amanhã — responde, segurando meu pau com mais força. Ela desliza o punho, me deixando sem fôlego. — Amanhã podemos pensar sobre o resto do mundo. Quero que esta noite seja só sobre nós dois.

Adoro a ideia.

CINQUENTA E UM

HAWK

ESTICO O BRAÇO, TIRO a túnica por cima de sua cabeça e desamarro os cordões que fecham seu corpete, resmungando com a quantidade de camadas de roupas que as mulheres usam. Enquanto isso, ela acaricia e provoca meu pau. Parece que se passa uma eternidade até que consigo deixá-la nua, mas, quando as roupas estão reunidas em volta dos seus pés, não há nada além de seu corpo macio e cheio de curvas diante de mim, e quero aproveitá-la para sempre.

Seguro um de seus peitos pesados, feliz por ser grande o bastante para preencher minha mão. O bico fica duro, e eu o acaricio enquanto esfrego o focinho em seu rosto e pescoço. Ela continua estimulando meu pau, mas não demora muito até eu ficar totalmente duro. Considerando as lembranças turvas que tenho do tempo que passamos na cripta, sei que Aspeth é sensível, mas precisa ser estimulada por um tempo antes. Então a levo até a cama, coloco-a em cima do colchão e uso a mão para provocar seu seio maravilhoso enquanto enfio meus dedos em sua boceta até estar lubrificada de prazer.

Ela solta alguns sons doces e entrecortados que enchem meu corpo de desejo enquanto a toco, e me levanto para me encaixar entre suas pernas afastadas, murmurando palavras de incentivo enquanto coloco o pau em sua entrada. Ela está quente, molhada e se encaixa ao meu redor feito uma luva. Quando me impulsiono contra ela, Aspeth geme e envolve minha cintura com as pernas.

— Eu gosto do bulbo — ofega entre as estocadas, os peitos balançando enquanto meto nela —, mas assim é melhor. — Sua mão desce

até meu braço, e ela crava as unhas nos músculos, arqueando as costas.
— Pelos deuses, mesmo agora você parece enorme.

Quanta gentileza.

Faço amor com minha esposa, penetrando-a sem pressa e indo fundo enquanto tomo-a para mim. Quando Aspeth goza, treme ao redor do meu pau e me segura com firmeza, seu orgasmo é maravilhoso enquanto perde o controle nos meus braços. Então chega minha vez, e levo o polegar ao seu clitóris, garantindo que sinta cada estocada que dou dentro dela. Sua boceta se contrai mais uma vez, e eu gozo, vendo estrelas, os cascos batendo no chão ao entrar fundo nela, enchendo-a com meu orgasmo.

Aspeth passa os dedos em meu peitoral enquanto recobro o controle.
— Não usamos anticoncepcional na cripta. Nem agora.

Pensei muito nisso durante os dias que Aspeth estava na prisão, aguardando a chegada do rei em Vasta. Estico a mão até a mesinha de cabeceira e abro a gaveta, pegando uma tira de couro com uma conta.
— Pode usar isso.

Ela se senta. Ou tenta, porque está presa embaixo de mim, os quadris unidos aos meus.
— É uma conta de interrupção preliana?
— Sim. Já tinha visto?
— Só ouvido falar. Os livros evitam muito discutir qualquer coisa relacionada à anatomia feminina. Como funciona?
— Enquanto usar isso, mesmo que esteja grávida agora, nada vai se desenvolver no seu útero até que retire. Vamos pensar em toda a questão de filhos quando estiver pronta.

Aspeth hesita.
— E se eu nunca estiver pronta?
— Então pode ficar com isso até morrer. — Dou outro beijo em sua mandíbula. — Só quero que seja feliz, Aspeth. Nunca pedi que me desse filhos. Nunca pediria.
— Eu sei. Só... não estou pronta ainda. Acho que eu gostaria de ter filhos, mas não agora. Não enquanto as coisas estiverem tão confusas. — Ela coloca a tira com a conta no pescoço. — Talvez daqui um ano?

— A decisão é sua — digo, e é verdade. — Você...

Alguém bate à porta da frente com urgência.

Nós dois grunhimos. Aspeth sai debaixo de mim, pegando um robe e cobrindo o corpo.

— Está esperando alguém?

Balanço a cabeça.

— Talvez um dos Cinco tenha esquecido algo? Eles se mudaram para os dormitórios dos repetentes. — O rosto dela se fecha, e sei que está pensando neles e nos problemas que causou. Aperto sua mão, porque não é como se tivesse obrigado que fizessem qualquer coisa. São seus amigos, e decidiram ajudá-la. Terão a oportunidade de entrar para a guilda ano que vem. — Não se culpe.

— Não posso...

A batida na porta fica mais alta e insistente, e rosno de frustração. Se for Pega, vou levá-la até a prisão mais próxima. Coloco as calças enquanto Aspeth se limpa e sigo até o hall de entrada, batendo os cascos para demonstrar minha irritação a quem possa ouvir. Quando Aspeth aparece na porta do quarto com o robe firme ao redor do corpo, vou até a porta da frente e a abro.

Eu me deparo com um acadêmico da guilda, a mão erguida como se fosse bater uma terceira vez. Ele se encolhe ao ver o taurino irritado parado na soleira, uma expressão insegura no rosto. Está com uma caixa em mãos, segurando-a com firmeza mesmo enquanto dá um passo para trás.

— Me informaram que a Senhorita Aspeth estava aqui.

— *Minha esposa* está cansada. Assuntos da guilda podem aguardar. — Na minha opinião, podem aguardar para sempre. Já a decepcionaram o bastante. — Volte amanhã. Ou semana que vem. Ou no próximo mês.

Aspeth abre caminho, passando por mim e forçando a vista. Uma expressão de surpresa atravessa seu rosto ao perceber quem é a visita.

— Arquivista Peneireiro? Qual o problema?

Seu rosto se ilumina ao ver Aspeth.

— Senhorita, que prazer revê-la. Não há problema algum. Bem, pelo menos por enquanto. Há uma questão urgente, e pensei em te pedir um favor. Sabe ler preliano, certo?

Ela olha para mim e assente de leve.

— Sei ler o antigo melhor do que o moderno, é lógico. O preliano moderno depende de cada região, e não temos bons exemplos de algumas das regiões mais distantes... — Aspeth para de falar quando ele abre a caixa, revelando-a como se fosse um tipo de oferecimento. — Ah. Um sistro?

O arquivista assente com animação.

— Conhece?

Aspeth tira o objeto da caixa com cuidado.

— Só sei que são instrumentos musicais. Pouquíssimos foram encontrados intactos e, pelo que sei, os únicos dois encantados pertencem ao lorde Besral. — Ela segura o instrumento com reverência, forçando a vista na luz piscante, e emite um som de frustração. — Entre.

O homenzinho entra rapidamente, tendo o cuidado de me dar o máximo de espaço possível. Se antes eu não estivesse prestes a ir para a cama com minha esposa, acharia engraçado. Porém, estou irritado e me sentindo protetor.

— Aspeth teve um dia longo — alerto. — É melhor que isso seja rápido.

— Esse instrumento está programado para ser enviado ao lorde Besral amanhã, na verdade — diz o Arquivista Peneireiro, seguindo Aspeth enquanto ela caminha até a mesa de escritório do ninho. — É por isso que estou aqui. Preciso de uma segunda opinião sobre as inscrições, já que eu e meus colegas temos opiniões distintas. Até onde sei, a Senhorita Aspeth é especialista na leitura de glifos, então vim vê-la.

Resmungo, ainda irritado. Aspeth não é mais membro da guilda — deixaram isso bem colocado. Se ele a incomodar minimante, vai acabar com um casco no traseiro.

Porém, minha esposa remexe em uma gaveta, procurando uma lupa enquanto segura o que parece ser uma harpa do tamanho de uma mão presa em uma vara — o sistral — na outra. Quando encontra a lupa, ela emite um som de frustração por causa das sombras.

— Está escuro demais aqui.

Suspirando, pego uma vela apagada da arandela na parede e a levo até a mesa, acendo-a e a posiciono em um candelabro.

— Melhorou?

— Sim, obrigada, amor. — Ela observa o sistral com a lupa, e tento não me envaidecer por ter sido chamado de "amor" na frente de outro homem. É ridículo. Não sou um virgem apaixonado pela primeira vez, mas, ainda assim, minhas orelhas se mexem, e me vejo sorrindo enquanto minha esposa trabalha.

Porque ela é *minha*.

— Puxa vida — diz pouco tempo depois.

— O quê? Qual é o problema? — pergunta o arquivista.

Aspeth se endireita e se vira para ele, mordendo o lábio.

— Desculpe, mas disse que enviaria isso ao lorde Besral amanhã de manhã? — Quando ele confirma, ela faz uma careta. — Sinto muito, mas acho que é uma falsificação.

— Uma falsificação? — balbucia, mas não é muito convincente, e fico alerta. — Como assim?

— Está vendo este glifo? — Ela pega a lupa e a coloca em cima da haste do sistral, apontando para uma pequena forma triangular com o mindinho. — É o glifo correto, mas deveria estar depois da descrição, não antes...

Ela para de falar quando o Arquivista Peneireiro começa a rir, unindo as mãos, maravilhado. Ela olha para mim.

— É uma falsificação mesmo — exclama de alegria Peneireiro. — Você está certa!

— Você parece estar bem feliz com isso — diz Aspeth, o rosto cauteloso. — O lorde Besral...

Peneireiro balança a mão.

— Não vou enviá-lo. Eu estava mentindo. Só queria te testar uma última vez por garantia. — Ele parece extasiado. — É uma falsificação mesmo, eu sei bem, já que fui eu que a criei para as aulas.

Aspeth volta a olhar para mim.

— Não entendo. Por que trouxe isso aqui agora? Já é quase meia-noite.

Dou de ombros, porque também estou curioso.

— Porque eu precisava ser o primeiro a fazer a oferta! — O arquivista tenta encostar em Aspeth, mas recua com meu rosnado baixo. Ele volta a unir as duas mãos em frente ao corpo. — Quero que se junte a nós. Não somos oficialmente parte da guilda, mas trabalhamos para ela. Recebemos todos os artefatos que são encontrados, os registramos, registramos suas respectivas funções e analisamos os que ainda são um mistério. Procuramos por formas de consertar os que estão quebrados e atendemos os detentores quando desejam comprar um artefato mágico. Escrevemos tratados sobre os artefatos que estão sob nossa responsabilidade e treinamos os filhotes da guilda para que possam identificar as falsificações. Não há ninguém melhor do que você para se juntar ao arquivamento, Senhorita Aspeth.

Os olhos de Aspeth ficam arregalados conforme ele fala. Ela volta a olhar para mim, cheia de empolgação, e então de volta ao arquivista.

— Mas... eu fui banida... a guilda...

— Foi proibida de se juntar à guilda, é verdade. Mas ninguém disse nada em relação aos arquivistas. Nós somos aqueles que não são de fato apropriados para o trabalho na guilda, aqueles que preferem passar o dia todo estudando em vez de escavar túneis. Trabalhamos no salão da guilda e nas bibliotecas, fazendo a catalogação, e não escavando. Quanto à guilda... o próprio Faisão recomendou que eu viesse aqui e fizesse minha oferta antes dos outros.

Ele recomendou? Não deveria ser uma surpresa. Por mais que ame burocracias, ele sempre cuidou da guilda, e Peneireiro tem razão... Aspeth seria uma ótima arquivista.

— Parece um sonho. — Aspeth suspira. — Espere, você falou algo sobre outros? Que outros?

O Arquivista Peneireiro ergue as mãos, animado.

— Ué, *todos* os outros, senhorita! Desde aquele dia na sala de treinamento de artefatos, os boatos sobre suas habilidades e seus conhecimentos se espalharam por Vasta. Todos os contrabandistas vão tentar te contratar para ajudá-los, e todos os falsificadores vão querer seu auxílio. Por isso precisei aparecer aqui no meio da noite. Precisava falar com você antes que concordasse em trabalhar com qualquer um deles. Adoraria trabalhar com você, senhorita. De verdade.

Ela fica boquiaberta, e a expressão meiga de Aspeth é algo lindo de se ver. Sinto-me ansioso, porque também quero isso para ela.

— Eu... poderia ficar aqui com Hawk, não é? Não vou abandonar meu marido.

— É lógico. É uma caminhada curta daqui até os arquivos. Vai dormir na cama dele todas as noites, diferente de um explorador da guilda. — Ele ruboriza, como se tivesse acabado de entender o que disse. — Quero dizer...

— Ela entendeu — digo secamente. — E então, Aspeth?

Com os olhos arregalados, ela concorda.

— Sim, com certeza. Eu adoraria.

— Esplêndido! — O arquivista avança e abraça Aspeth, mas logo depois recua. — Desculpe! Não foi apropriado! É que estou tão animado! Tem que ver as coisas que temos nos arquivos, esperando para serem decifradas e registradas. Vários por lá não sabem ler preliano antigo tão bem quanto eu, então não confio em suas interpretações, e uma ajuda seria muito bem-vinda... — Seu corpo inteiro sofre um arrepio. — É tudo tão empolgante! — Ele saltita até a porta, hesita e corre de volta à mesa. — Posso pegar o sistral de volta...? É a melhor falsificação que já fiz.

— Sim, é lógico. — Ela o ajuda a guardar o instrumento de volta.

Quando pega a caixa, abre mais um sorriso para ela.

— Voltarei amanhã com os contratos oficiais da guilda. Não vai aceitar a proposta de mais ninguém, certo? Insistirei para que receba o salário equivalente ao de qualquer homem.

— Pode ficar tranquilo — promete ela.

— Então nos vemos pela manhã!

Com isso, o arquivista animado segue noite afora, deixando-me entretido e Aspeth perplexa.

— Parabéns, passarinha — digo à minha esposa. — Não é bem o trabalho da guilda, mas...

— É melhor — deixa escapar e leva a mão à boca. — Ah, não foi o que quis dizer. É só que... acho que me dou muito melhor estudando do que dormindo em túneis e tirando anéis dos mortos. Eu me senti tão culpada com tudo o que aconteceu na cripta, Hawk. Acho que não conseguiria mais fazer aquilo, nem se quisesse.

— Bem, então está decidido. Vai trabalhar nos arquivos durante o dia e voltará à minha cama à noite — provoco.

Ela solta mais um gritinho de animação e se joga em meus braços.

— Ah, Hawk! Isso é tão incrível! Precisarei de óculos novos! Dois pares, pelo menos! E mais livros! E...

Sua animação me enche de alegria.

— Cuidaremos disso amanhã, meu bem. Temos tempo suficiente. Por enquanto, precisa relaxar. Foi um longo dia.

— O mais longo que já tive — concorda, relaxando apoiada em mim. Então hesita. — Acha que o nome dele é mesmo Peneireiro? Ele é igual Andorinha, batizado com o nome de um pássaro?

Bufo.

— Não, os arquivistas também recebem nomes de pássaros. — Ergo o queixo dela e beijo sua boca de novo, acho que estou melhorando com a prática. — Vai poder ser Pardal, no fim das contas.

— Sua Pardal! — grita triunfante. — Espere, os falcões não caçam pardais?

— Eles os devoram.

Seu olhar fica intenso.

— Parece ótimo.

— Parece, não é? — Tranco a porta e carrego minha esposa até nossos aposentos. O futuro aguarda muitas mudanças: uma arquivista a ser apresentada ao trabalho, um mestre da guilda que precisará de filhotes. E repetentes: Gwenna, Kipp e os outros a se estabelecerem.

A cerimônia do anel precisa ser feita.

No entanto, tudo isso pode esperar até amanhã.

Esta noite — e todas as próximas —, Pardal é minha.

NOTA DA AUTORA

UMA DAS INÚMERAS PERGUNTAS que nós, autores, ouvimos é: "De onde tira suas ideias?" Costumo responder dizendo: "De qualquer lugar." Contudo, entendo que essa não é uma boa resposta. Brinco que minhas ideias são como uma bola grudenta de lixo (se você já jogou *Katamari Damacy* vai entender do que estou falando), e a bola fica rolando e pegando coisas aleatórias até se tornar uma história. Enquanto escrevia *Lua em touro*, fiz uma lista das coisas que mais me influenciaram na criação desta história. Achei uma boa ideia falar a respeito aqui. Aproveite!

Antes de começar, devo explicar que todas as histórias ficam um tempinho marinando na minha imaginação até estarem prontas para serem escritas. É lá que a bola de lixo fica rolando em silêncio nas extremidades da minha mente, tentando grudar partes o suficiente para se tornar uma história.

Uma das partes mais importantes para esta obra em particular é a Royal Geographical Society (Sociedade Geográfica Real). Meu cérebro entra em um espiral em relação a certos assuntos, e leio textos de não ficção sobre eles até entender como posso usá-los em um livro. Por um tempo, foram naufrágios históricos (que usei em *Sworn to the Shadow God*), e depois a Guerra de Troia (que contribuiu muito para *Bound to the Shadow Prince*). O espiral deste livro foi a Royal Geographical Society — um tipo de clube que, durante a era vitoriana, tinha como único objetivo explorar e mapear o mundo de sua época. Como todas as sociedades e os clubes, possuía todo tipo de fofoca e hierarquia, e é óbvio que exploradoras mulheres eram raramente aceitas. Eu me deparei com a história de Isabella Bird (percebam o sobrenome, "Pássaro", em inglês), uma inspiração em particular. Mesmo que aquele fosse um clube para garotos, Isabella ignorou isso e fez o que queria. Ela se juntou ao clube — a primeira mulher escolhida como membro — e escreveu um livro contando suas experiências. Eu sabia que queria escrever uma história sobre um clube parecido e sobre as experiências de uma mulher exploradora naquela época. Isso grudou na bola de lixo.

Pouco tempo depois, assisti a um documentário de arqueologia chamado *Os segredos de Saqqara*. É um incrível documentário sobre o Antigo Egito. Conta a história de equipes de escavadores que trabalhavam nas planícies de Saqqara — literalmente qualquer lugar das planícies — e faziam descobertas. Um deles poderia estar comendo um sanduíche ao lado de uma colina, aí chutava a terra e, tcharam, achava um artefato. Outro arrastava uma picareta na areia e, tcharam, um sarcófago. Bem, apesar de isso ser, até certo ponto, um exagero (e é provável que tenha sido um exagero feito para o filme), fiquei fascinada com a ideia de que essa civilização enterrada não estivesse... tão enterrada assim? Será que as pessoas vão lá a passeio nos fins de semana e começam a escavar? Qualquer um pode ir até Saqqara com uma pá, na esperança de encontrar algo? Aposto que essas perguntas têm respostas, mas preferi deixar minha mente brincar com isso... então elas se juntaram à bolinha de lixo.

Outra coisa que foi parar na bolinha: os xerpas do Everest. Durante a pandemia, eu e meu marido assistimos a várias séries sobre o Everest e a escalada até seu topo. Eu ficava perplexa ao ver as pessoas se vangloriarem tanto, dizendo "Eu cheguei ao topo! Consegui! Conquistei essa coisa tão incrível", enquanto os xerpas fazem a mesma jornada várias vezes sem nenhum alarde, porque é simplesmente o trabalho deles. Quem colocou a escada para que todos os caras ricos pudessem atravessar a fenda de gelo? Os xerpas. Quem colocou as cordas de ancoragem para que os alpinistas soubessem aonde ir? Os xerpas. Quem resgata os alpinistas que não conseguem chegar ao topo ou se perdem? Os xerpas. Quem não recebe nenhum crédito pelo que fazem (nem o dinheiro que merecem)? Os xerpas.

Todas essas coisas, que estavam no fundo da minha mente, começaram a formar uma história enquanto eu jogava mais videogames durante a pandemia. Todos sabem que adoro jogos de simulação, e *Stardew Valley*, *My Time at Portia*, *Rune Factory* e outros do tipo supriram minha necessidade de exploração sem que eu precisasse sair de casa. A maioria desses jogos possui algum tipo de "caverna" em que você entra e descobre minerais, pedras preciosas e, às vezes, algum artefato.

E se existisse uma civilização antiga pronta para ser explorada e cheia de todo tipo de artefato? E se uma guilda tivesse controle sobre quem tem direito a explorá-la? E se essa guilda fosse um verdadeiro clube do bolinha? Como minha protagonista conseguiria se juntar a eles?

Vasta e os princípios da Guilda Real de Artefatos nasceram. Queria que minha heroína fosse uma pessoa superprotegida e otimista, que não soubesse que as mulheres não deveriam desejar ser membros. E, já que sou eu e adoro ter monstros como protagonistas, pensei em qual herói faria mais sentido nesse universo e em como ele se conectaria à protagonista. Soube de imediato que seria um minotauro, porque qual criatura seria melhor num labirinto subterrâneo do que essa? É lógico! E decidi que os minotauros de Vasta e da Terra Abaixo seriam muito parecidos com os xerpas: fazem o trabalho duro enquanto outras pessoas ficam com todo o crédito. A menção a pássaros, filhotes e nomes de pássaros foi inspirada em Isabella Bird, porque amo uma citação aleatória, e Pega ser a única mulher da guilda também veio dessa inspiração.

(Só um adendo: não sei nada sobre o comportamento de Isabella Bird em relação à bebida. Pega ser etilista foi uma ideia totalmente minha.)

Eu precisava pensar um pouco mais sobre que tipo de universo daria tanta importância a artefatos de uma civilização antiga, então criei a história com referências a uma sociedade feudal. Cada fortaleza é um pequeno reino particular, que só responde ao suserano dos suseranos. Isso provoca vários tipos de problema quando se trata da guilda e como lidam com os detentores e a própria Aspeth. Os detentores são considerados intocáveis, então o que fazer quando um deles está no seu meio e não para de fazer merda? Foi divertido descobrir. Também queria que o universo fosse familiarizado com a magia, mas não o suficiente para que os artefatos mágicos não fossem valorizados. Queria que houvesse mais do que humanos andando por aí: na verdade, há cinco espécies diferentes nesta obra, mas eles não aparecem ao mesmo tempo. Queria de fato causar a impressão de que Vasta possuía uma história complexa e densa, e que Aspeth e Hawk só faziam parte de um pedacinho dela.

Outros assuntos que eu queria explorar entraram para a obra: o roubo de túmulos, por exemplo. Um dos primeiros "arqueólogos" conhecidos foi um homem do Antigo Egito chamado Khaemweset, filho de Ramsés II. Durante a vida de Khaemweset (ele nasceu em aproximadamente 1285 a.C.), o roubo de túmulos já era comum. Os monumentos egípcios estavam sendo destruídos, e os saqueadores agiam com rapidez após o sepultamento. Khaemweset gostava de explorar e preservar os túmulos e templos antigos do povo egípcio. Isso pode parecer uma insanidade para nós, porque ele era um antigo egípcio, mas, quando nasceu, as pirâmides já existiam havia cerca de 1.300 anos. Gostei da ideia de que aqueles do período tardio do império exploravam seu *início*. E isso também se juntou à pilha de lixo!

Outra partezinha foi o campo pelo qual Aspeth e Gwenna passam no começo do livro. Isso foi inspirado em uma visita que fiz na infância ao Parque Estadual Crater of Diamonds, no Arkansas, que não é bem uma cratera, e sim um campo cheio de terra. Quem quiser pode ir lá escavar, e, se encontrar um diamante, pode levá-lo para casa! Contudo, a escavação acontece literalmente... em um campo lamacento. Já aconteceu de encontrarem diamantes, no entanto! Eles *estão mesmo* lá. O lugar recebe milhares de turistas todo ano, porque quem não adoraria a ideia de encontrar um objeto inestimável que pode mudar sua vida?

A princípio, Kipp não seria parte importante da história, mas eu meio que me apaixonei por esse carinha competente. De início, ele teria falas — ao fim do livro, haveria uma grande revelação de que ele sabia falar, só não *queria* —, mas eu gostei bastante da forma única com a qual Kipp se comunicava. Além disso, ficar em silêncio até o fim parecia babaquice, e isso não tem nada a ver com Kipp. Inventar um método diferente de comunicação para ele foi uma boa maneira de lembrar a mim mesma — e aos meus personagens — que cada um tem um talento único.

Preciso comentar que, apesar de ter amado escrever esta história, uma das minhas coisas favoritas foi Chilreia, a gata gorda e mimada de Aspeth. Chilreia foi inspirada em uma bobona laranja que faleceu em 2022. Ela era uma gata que amava se deitar no peito das pessoas para dormir, mesmo que tivesse quase sete quilos. Adorava uma boa tigela de frango, ser carregada no colo feito um bebê e falava com as pessoas em miados que eram praticamente comentários. Chilreia também soltava pelo de um jeito que nunca vi antes. Não importava quantas vezes fosse escovada, assim que recebia carinho, os pelos começavam a flutuar. Depois de um tempo, você passava a amar carregar tufos de pelo laranja para todo canto, porque apareciam apesar do quanto tentasse evitá-los. Ela também era preguiçosa, bagunceira e tinha uma personalidade tão distinta que era impossível não amá-la. Sinto sua falta todos os dias, e colocá-la nesta história viabilizou que eu passasse mais um tempinho com ela. Se ela parece ridícula, posso concordar que era mesmo, mas também era incrível. :)

Então, foi assim que esta história veio a nascer. Espero que tenha gostado de dar uma olhadinha nos bastidores, e, quando perguntar ao seu autor favorito como uma história em particular surgiu, não se surpreenda se ele te responder com várias coisas aleatórias. Juro que faz sentido!

— Ruby, outubro de 2023

AGRADECIMENTOS

A PÁGINA DE AGRADECIMENTOS É uma das mais difíceis de se escrever, sempre fico com um sentimento de que estou esquecendo alguém, não importa quantas pessoas mencione. Aqui vai minha tentativa de agradecer a todos de que estou ciente que tiveram algum envolvimento na realização deste livro.

A meu marido, que me deixa reclamar sobre a velocidade de decomposição dos cadáveres e me mantém equilibrada. Mesmo quando acordo mal-humorada, você faz o possível para me animar. Você é o melhor homem que já conheci, sempre me faz rir, e adoro que, depois de vinte anos juntos, tenhamos nossa linguagem própria bobinha. Obrigada por ser minha pessoa.

A minha assistente, Emily Prebich, que segura o tranco quando eu sumo por dias por causa dos prazos.

A Kati Wilde, que sabe bem mais sobre meus compromissos do que eu mesma. Eu estaria perdida sem você, tanto como assistente quanto como amiga. Você é um anjo. Um anjo talentoso, sexy e de cabelo maravilhoso.

A meus amigos autores, que permitem que eu envie e-mails reclamando sobre as várias etapas do meu livro e como certo elemento está me irritando: Lana Ferguson, Michele Mills, Celia Kyle, Kati Wilde (mais uma vez), Lea Robinson, Ginny Sterling, Lissanne Jones e Finley Fenn.

À equipe da editora Berkley: isto aqui só existe por causa de vocês! Cindy, obrigada por ficar tão empolgada em relação a este livro quanto eu. Imagine que estou fazendo um coração com as mãos neste momento. O título que escolheu é tão melhor que o meu... A Angela Kim e Elizabeth Vinson, que responderam a todos os meus e-mails com rapidez e que é provável que tenham feito muito mais que isso nos bastidores. À equipe de arte que criou este design incrível e que me deixa boquiaberta: Kelly Wagner, pela arte de capa, lilithsaur, pela folha de guarda e Rita Frangie Batour, por reunir e dar brilho a tudo. Vocês são demais. As cores! As margens! Estou completamente apaixonada.

A Christine Masters, pela incrível edição do texto. Você é a paciência em pessoa. A Fabi Van Arsdell (gerente de produção), pelo trabalho nos bastidores, e a Katy Riegel (design de interiores), por deixar o miolo tão bonito quanto, bem, a capa. A Michelle Kasper (editora), pelo trabalho maravilhoso e detalhista que sempre faz. Tenho até medo do quanto sua mente é sagaz, e, além disso, você merece um aumento. Obrigada pelo trabalho incrível! Obrigada também a Jessica Mangicaro, Stephanie Felty e Tina Joell, que trabalharam nos bastidores para que este livro nascesse.

À equipe da minha agência: Holly Root, Alyssa Maltese e Heather Shapiro. Vocês arrasam! O cabelo de vocês é espetacular, e as sobrancelhas, perfeitas. Em relação ao trabalho, eu morreria de ansiedade sem vocês. Obrigada por estarem sempre ao meu lado e por me fazerem sentir que tudo está sob controle, mesmo que talvez esteja um caos.

Se esqueci de te agradecer, por favor, considere que recebeu meu obrigada aqui. É só escrever seu nome. Vou fingir que esteve aí o tempo todo.

Obrigada, _____. Você é incrível (e seu cabelo também é lindo).

— *Ruby*

Impresso no Brasil pelo Sistema Cameron da Divisão Gráfica da
DISTRIBUIDORA RECORD DE SERVIÇOS DE IMPRENSA S.A.